테스

Tess of the d'Urbervilles

국립중앙도서관 출판시도서목록(CIP)

테스 / 토머스 하디 지음 ; 이혜민 옮김 -- 고양 : 현대문화센타, 2012
    p. ;   cm -- (세계명작시리즈)

원표제: Tess of the d'Urbervilles
원저자명: Thomas Hardy
ISBN 978-89-7428-383-4 03840 : ₩13000

미국소설[美國小說]

843.4-KDC5
828.8-DDC21   CIP2012000141

Tess of the d'Urbervilles

토머스 하디 지음 | **이혜민** 옮김

차례

제1부 처녀

1

5월 하순의 저녁 무렵, 한 중년의 사나이가 샤스톤과 가까운 골짜기에 있는 '블레이크모어' 또는 '블랙무어'라고도 부르는 말로트 마을의 집으로 돌아가고 있었다. 사나이의 두 다리는 비틀거렸고 걸음걸이가 고르지 못해서 자주 왼편으로 빗나가곤 했다. 무엇을 특별히 생각하는 것도 아니었으나, 마치 누군가의 의견에 동의라도 하는 듯 이따금 고개를 크게 끄덕였다. 빈 달걀 바구니가 한쪽 팔에 걸렸고 모자는 보풀이 엉킨 데다 벗을 때 엄지손가락이 닿는 차양 부분은 닳아빠져 있었다. 저편에서 잿빛 암말을 타고 이름 모를 곡을 흥얼거리며 오는 나이 든 목사와 마주쳤다.

"안녕하세요, 목사님."

광주리를 든 사나이가 먼저 인사를 했다.

"안녕하시오, 존 경."

목사가 대답했다. 사나이는 두어 걸음 더 가다가 돌아섰다.

"저, 목사님, 실례입니다만 요전 장날 이맘때쯤 이 길에서 뵀을 때 '안녕하세요.'하고 인사를 드렸더니 저보고 '안녕하시오, 존 경.' 이렇게 오늘처럼 인사하셨어요."

"그랬소."

목사가 말했다.

"그리고 또 그전에도 한 번…… 아마 한 달쯤 전인가 봅니다."

"그랬을지도 모르지."

"그러시다면, 이렇게 만날 적마다 '존 경'이라고 부르시는 까닭이 무엇인지요? 저는 잭 더비필드라는 보잘것없는 행상인에 지나지 않는뎁쇼."

목사는 한두 걸음 가까이 와서 말을 세웠다.

"뭐, 괜한 생각에서였소."

목사는 이렇게 대답하고 잠시 망설이는 듯하더니,

"사실은 얼마 전 향토지를 새로 엮으려고 족보를 뒤적거리다가 뭘 발견한 바 있어 그러오. 나는 스택풋 래인에 사는 트링엄 목사인데 고고학을 좋아한다오. 더비필드, 당신은 유서 깊은 기사 집안 더버빌 가문의 직계 자손이고, 더버빌 집안은 정복왕 윌리엄을 따라 노르망디에서 건너온 유명한 기사 페이건 더버빌 경의 자손이라는 사실을 정말 모르오?"

"들어 보지 못한 이야깁니다, 목사님."

"아니, 이건 사실이야. 어디 잠깐 턱을 좀 들어 보오, 옆 얼굴이 잘 보이도록. 암, 이건 틀림없이 더버빌 집안의 코와 턱이야…… 다소 격은 떨어지지만. 당신의 조상은 노르망디의 에스트르마빌라 경이 글래머간셔를 정복할 때 공을 세운 열두 기사 중의 한 분이셨오. 한때 당신 집안 사람들은 영국에서 여러 개의 장원을 소유했었고 그 이름들이 스티븐 왕 시대의 연보에도 올라 있었소. 존 왕 시대에는 문중에 거부가 있어서 종교 기사단에 장원으로 기증한 일도 있고, 에드워드 2세 때 당신의 조상 브라이언이라는 분은 웨스트민스터 종교회의에 참석한 일도 있었다오. 올리버 크롬웰 시대에는 다소 기울었으나 대단치는 않았고, 찰스 2세 때에는 충성의 공으로 로열 오크라는 기사 칭호까지 받아서 당신 집안은 몇 대에 걸쳐 존 경 행세를 했다오. 옛날에는 대대로 물려받기도 했지만, 만약 기사 작위가 준남작 같은 세습제라면 당신도 지금 틀림없이 존 경이 되어 있었을 거요."

"원, 당치도 않은 말씀을!"

"요컨대"

목사는 채찍으로 자기 다리를 힘껏 내리치면서 결론지었다.

"영국에서 더버빌 가문만큼 대단한 집안이 별로 없다는 거요!"

"아니, 정말입니까?"

더비필드는 말했다.

"그런데도 저는 이 교구에서 가장 보잘것없는 천민처럼 여기저기 떠돌아다니지 않았습니까…… 트링엄 목사님, 대체 이 소식이 알려진 지 얼마나 됐습니까?"

목사는 자기가 알기로, 이 사실은 벌써 사람들에게 잊혀져서 거의 알려지지 않았다고 설명했다. 목사 자신이 그것을 조사하기 시작한 것은 더버빌 가문의 변천을 캐내는 일을 하던 지난 봄, 어느 날 우연히 존의 짐마차에 새겨져 있는 더비필드라는 이름이 눈에 띄어 그의 부친과 조부에 관해서 상세히 조사하게 됐고 결국 이 문제에 대해 의심할 여지가 없게 되었다는 것이었다.

"처음에는 이런 부질없는 소식으로 당신의 마음을 어지럽히지 않으려고 했었소."

목사는 말했다.

"이따금 마음의 충동이 사리 분별보다 훨씬 강할 때가 있지. 그리고 나는 당신이 어쩌면 이 일을 전부터 알고 있을지도 모른다고 생각했었지."

"저의 집안이 블랙무어로 오기 전에는 잘살았다는 얘기를 한두 번 들은 적은 있지요. 하지만 저는 한 필밖에 없는 말을 두 필 정도 가지고 있었던 게지, 하는 정도로 생각하고 별로 염두에 두지도 않았답니다. 집에 오래된 은수저와 조각이 새겨진 도장이 하나 있긴 합니다만, 그 숟가락이나 도장이 다 어쨌다는 겁니까? 그런데 제가 그 문벌 높은 더버빌 가문과 한 혈육이라고 생각하면 말입니다. 전

9

해지는 말로는 저의 증조부님은 무슨 비밀이 있는지 어디서 왔는지 도무지 말하지 않았다고 하더군요…… 목사님, 주제넘은 말씀입니다만 저의 집안은 지금 어디에 모여서 살고 있을까요?"

"아무 데도 살고 있지 않소. 없어져 버린 셈이지…… 한 군의 가문으로서는."

"거 참, 섭섭하네요."

"안됐지…… 모호한 족보에서 소위 남자의 대가 끊겼다는 거지. 말하자면 몰락한 거야, 망해 버린 거요."

"그러면 우리 조상들은 어디 묻혀 있나요?"

"킹스비어 서브 그린힐이라는 곳이오. 퍼벡 대리석으로 된 지붕 밑에 늘어선 입상이 있는 납골당 안에 말이오."

"그러면 우리 저택이랑 토지 따위는요?"

"아무것도 없지."

"네? 땅도 없다고요?"

"전혀 없어. 아까도 말했듯이 당신 가문은 자손이 많아서 한때는 영지가 대단했지. 이 고장만 해도 킹스비어에도 있었고 셔튼, 밀폰드, 럴스테드, 웰브리지에도 당신네 영지가 있었소만."

"그럼 언젠가 다시 그걸 찾을 수 있을까요, 목사님?"

더비필드는 잠시 말을 끊었다가 물었다.

"아니…… 아무것도 할 건 없소, 아무것도. 그저 '오, 권력의 무너짐은 이러하구나!'고 생각하고 자기를 달랠 수밖에. 그것은 지방역사가나 족보 학자들에게는 흥미 있는 사실이겠지만 그 이상의 아무것도 아냐. 이 고을의 농가 중에도 당신 가문 못지않은 집안이 몇몇 있다오. 그럼 잘 가시오."

"저 트링엄 목사님, 이것도 인연인데 되돌아가서 맥주라도 한잔 안 하시겠습니까? 저기 퓨어 드롭에 가면 아주 좋은 맥주가 있는뎁쇼……. 물론 롤리버에 비길 바는 못 되지만서도."

"아니 더비필드, 고맙소만 오늘 저녁엔 그만두겠소. 당신은 벌써

어지간히 마신 모양인데 그래."

목사는 대화를 마치고 말을 몰면서 이 진귀한 이야기를 자세히 털어놓은 것이 과연 분별 있는 일이었을까? 하고 생각했다.

목사가 가버리자 더비필드는 깊은 생각에 잠긴 채 두세 걸음 옮겨 놓다가, 풀이 무성한 길옆 둑에 바구니를 내려놓고 주저앉았다. 잠시 후 더비필드가 걸어 온 방향에서 한 젊은이가 나타나더니 같은 길 쪽으로 걸어왔다. 그를 보고 더비필드는 손을 들었다. 젊은이는 걸음을 재촉해서 가까이 왔다.

"여보게, 그 바구니를 들게! 그리고 내 심부름 좀 하게나."

나뭇가지처럼 빼빼 마른 젊은이는 얼굴을 찌푸렸다.

"아니, 존 더비필드, 당신이 뭐길래 나더러 심부름을 시키며 '여보게'라고 부르는 거요! 당신은 내 이름을 알고 있잖아요? 내가 당신 이름을 알고 있듯이!"

"알고 있어, 알고 있단 말이지? 그건 비밀이야. 암, 비밀이지! 자, 내 말을 듣고 내가 시키는 대로 전해야 돼…… 그런데 프레드, 비밀이란 바로 내가 귀족의 자손이란 거야. 바로 오늘 오후에 이 사실을 내가 발견했지."

더비필드는 앉은 자리에 그대로 쓰러져 들국화 핀 둑 위에 기분 좋게 드러누웠다. 젊은이는 더비필드 앞에 서서 그를 머리끝에서 발끝까지 훑어보았다.

"존 더버빌 경, 이게 바로 나야."

그는 드러누운 채 말을 이었다.

"기사도 준남작과 같다면 말이야. 하기야 기사는 준남작이지. 나에 관한 모든 이야기가 역사에 올라 있어. 자네 킹스비어 서브 그린힐이란 데를 아나?"

"알죠. 그린힐 장날에 가봤죠."

"그래, 그 읍의 교회당 밑에 묻혀 있는 것이……."

"내가 말한 건 읍이 아니에요. 아무튼 내가 갔을 때에는 읍은 고

사하고 형편없이 보잘것없는 곳이던데요."

"그곳이야 어떻든 상관없어, 그런 건 문제가 안 돼. 그곳 교구의 교회당 밑에 수백 명이나 되는 우리 조상들이 갑옷에 보석을 휘감고 육중하고 커다란 납관 속에 누워 있단 말이야. 남부 웨섹스 일대의 고장에서 나만큼 훌륭하고 뼈대 있는 가문을 이어받은 사람은 하나도 없단 말이야."

"자, 그 바구니를 들고 말로트 마을로 가게. 퓨어 드롭 술집에 가거든 내가 집으로 돌아갈 수 있도록 마차를 이리로 보내라고 이르게. 럼주를 작은 병에 넣어 마차에 실어 보내도록 하고 술값은 내 앞으로 달아 두라고 그래. 말을 전한 뒤에는 바구니를 들고 우리 집으로 가서 마누라에게 빨래 따위 안 해도 좋으니까 할 얘기가 있으니 내가 돌아갈 때까지 기다리고 있으라고 전하게."

젊은이가 미심쩍은 태도로 서 있자 더비필드는 호주머니에 손을 넣더니 그로서는 드물게 가져 보는 일 실링짜리 돈을 꺼냈다.

"옜다, 이건 심부름 값일세."

젊은이의 자세는 완전히 달라졌다.

"예, 존 경, 고맙습니다. 그 밖에 다른 일은 없습니까, 존 경?"

"우리 집에 일러둬. 저녁밥은, 가만 있자…… 양고기 튀김으로 하라고 그래. 그게 없거든 순대도 좋겠지, 것도 없다면 내장 요리도 좋다구 일러둬."

"네, 존 경."

젊은이가 바구니를 들고 그 자리를 떠나려 할 때 마을 쪽에서 악대 소리가 들려 왔다.

"저건 뭔가?"

더비필드가 물었다.

"나 때문에 하는 건 아닌가?"

"저건 부인회의 들놀이랍니다, 존 경. 참, 댁의 따님도 회원일 텐데요."

"아, 그렇군. 그것보다 더 큰일을 생각하느라고 깜박 잊었군. 자, 빨리 말로트로 가서 마차를 보내 주게. 마차를 타고 소풍놀이를 시찰하게 될지도 모르니까."

젊은이는 떠나고 더비필드는 저녁 햇살 아래 들국화 속에 누워서 기다렸다. 오랫동안 아무도 그 길을 지나가지 않았다. 푸른 언덕으로 둘러싸인 이곳에 들려오는 소리라고는 악대의 어렴풋한 선율뿐이었다.

2

말로트 마을은 블레이크모어 또는 블랙무어라고 하는 아름다운 골짜기의 동북쪽 계곡 사이에 자리 잡고 있으며 런던에서 불과 4시간 남짓한 거리에 있으면서도 아직껏 관광객이나 풍경화가의 발길이 미치지 않은 외딴 고장이었다.

이 골짜기는 아마 가뭄철의 여름날을 제외하고—이곳을 둘러싼 언덕의 꼭대기에서 내려다보면 잘 알 수 있다. 궂은 날씨에 길잡이도 없이 이 골짜기를 깊숙하게 더듬어 들어갔다가는 꼬불꼬불한 진창길에 불쾌한 느낌을 갖게 되기 마련이다.—가뭄에도 들이 갈색으로 변하지 않고 샘이 마르는 일 없는 이 비옥하고 아늑한 고장은 남쪽으로 햄블턴 힐, 벌배로우, 네틀콤타우트, 도그버리, 하이스토이, 버브다운 등 여러 봉우리를 안은 백악질 산맥이 경계를 이루고 있다.

해안 쪽에서 찾아오는 나그네가 석회질 언덕이나 옥수수 밭 사이로 북쪽을 향해 20마일가량 걷다가 낭떠러지에 이르면, 여태 지나온 땅과는 전혀 다른 마을이 눈 아래 펼쳐져 있음에 놀라기도 하고 기뻐하기도 한다.

뒤쪽으로는 언덕이 확 터져 있고 햇빛이 찬연히 비치는 들판은 너무도 넓어 이 풍경이 사방으로 둘러싸인 곳이라는 인상을 주지 않는다. 오솔길은 희고 나즈막한 울타리가 가지를 엮어 서 있으며 공기는 맑다. 여기 이 골짜기 안의 세계는 유난히 작고 세밀하게 만들어져 있는 듯하다. 들판은 조그만 목장으로 나뉘어 있어 높은 곳에서 보면 칸막이 울타리가 연초록 풀 위에 펼쳐진 진초록 실그물처럼 보인다. 대기는 한가로운 하늘빛으로 물들어 있고 먼 지평선은 짙은 군청색을 띠고 있었다. 경작할 수 있는 땅은 한정되어 있지만 광대한 삼림과 무성한 풀과 작은 언덕이 있는 이곳은 바로바로 블랙무어 골짜기다.

이 지역은 지형 못지않게 역사적으로도 흥미 있는 곳이다. 일찍이 이 골짜기는 헨리 3세 때에 생긴 전설 때문에 '흰 수사슴의 숲'으로 알려졌다. 왕이 아름다운 흰 사슴을 잡으려고 몰아 가다가 놓아 주었는데, 토마스 드라린드라는 사람이 이 사슴을 죽였기 때문에 많은 벌금을 물게 했다는 전설이다. 그 시대뿐 아니라 최근까지도 이 땅은 울창한 숲으로 덮여 있었다. 옛 흔적은 언덕 비탈에 살아 있는 늙은 참나무의 잔 나무나 불규칙한 삼림대에서 또는 목장 여기저기에 점점이 그늘을 짓고 있는, 속이 빈 고목 따위에서 엿볼수 있다.

숲은 없어졌으나 나무 그늘 아래에서 벌어졌던 옛 풍습 중의 몇 가지는 아직 남아 있다. 그러나 대부분의 풍습은 변형되었거나 겨우 이어갈 뿐이다. 가령 '오월의 무도회'나 앞에 말한 이날 오후의 클럽 행진같이 '부인회 들놀이'라고 부르는 형태로 찾아볼 수 있다.

막상 이 행사에 참가하는 사람들은 재미를 느끼지 못하지만 말로트의 젊은이들에게는 제법 흥미 있는 행사였다. 풍습이 남아 있다는 사실보다 참가하는 사람이 여자뿐이라는 점에서. 남자들의 모임에서는 이런 축하놀이가 차츰 없어지고 있어도 별로 진기한 일이 아니다. 그러나 여성들의 타고난 수줍음이나 또는 남성의 냉소적인 태도로 겨우 남아 있는 여자끼리의 모임에서 영광과 즐거움은 사라져 버렸다. 이것은 자선 모임 따위가 아니고 일종의 종교적인 부인네의 모임으로서 수백 년에 걸쳐 계속되어 왔고 지금도 계속되고 있다.

행렬을 따르는 여자들은 모두 흰옷을 입고 있었다—그것은 즐거움과 오월이란 말이 같은 뜻이었던 구력 시대—먼 앞날을 염려하는 버릇이 사람들의 정서를 단조로운 상태로 떨어지게 하기 전부터 줄곧 이어온 명랑한 풍속이었다. 여자들은 두 사람씩 짝을 지어 교구 안을 행진함으로써 모습을 나타낸다. 푸른 울타리와 담쟁이덩굴이 엉긴 집을 배경으로 햇빛이 그녀들의 얼굴을 환하게 비춰 줄 때는 이상과 현실 사이에 다소의 어긋남이 생긴다. 모두 흰옷을 입었지만 옷의 흰빛은 모두 같지 않았기 때문이다. 어떤 옷은 백색에 가까웠으나 어떤 것은 푸르스름한 것도 있고, 나이 든 여자가 입고 있는 것은 (아마 몇 해 동안 개킨 채로 장롱 속에 간직해 둔 탓이리라) 주검 같은 빛이 도는 조지 왕조 시대의 구식 디자인이었다.

여자들은 오른손에는 껍질을 벗긴 버드나무 가지를, 왼손에는 한 묶음의 하얀 꽃다발을 들었다. 버드나무 가지의 껍질을 벗기는 일과 꽃을 따는 일은 각자가 자기 손으로 했다.

행렬 속에는 몇몇 중년 부인과 심지어는 늙은이도 끼어 있었는데, 세월과 고생에 시달린 그들의 철사 같은 머리며 주름 잡힌 얼굴은 이런 명랑한 행렬에서는 괴상하고 가여워보였다. 제대로 관찰한다면 "이제 그런 일엔 재미가 없어요." 하고 말하게 되는 때가 가까이 오고 있는 이들, 근심과 경험을 쌓은 여자들이야말로 젊은 여자들보다 더 많은 이야기를 모으고 들을 수 있을 것이다. 그러나 여기서는 나이 먹은 부인들은 제쳐놓고 허리에 꼭 끼는 의상 아래 인생이 뜨겁게 맥박치고 있는 처녀들에게 눈을 돌리기로 하자.

사실 이 모임은 거의가 젊은 처녀들이었다.

그들의 풍부한 머리채는 햇빛을 받아 금색, 검은색, 혹은 갈색 등 여러 색조로 반사되고 있었다. 어떤 처녀는 눈매가 아름다웠고, 어떤 처녀는 코가 잘 생겼으며, 어떤 처녀는 입과 몸매가 예뺐으나 모든 것을 다 갖춘 처녀는 드물었다. 처녀들은 뭇사람들의 거침없는 시선 앞에 노출되어 입술을 어떻게 다물어야 할지 모르고 고개를 가누지도 못해 자의식을 떨어내지 못하고 있음이 뚜렷했다. 따라서 그들이 많은 사람들의 시선에 익숙하지 못한 시골 처녀라는 것을 알 수 있었다.

예외 없이 태양이 몸을 따뜻하게 데워 주고 있듯이 각자의 마음에도 가슴을 뜨겁게 하는 자기만의 태양을 하나씩 품고 있었다. 어떤 꿈, 어떤 사랑, 어떤 취미, 무언가 멀리 있는 희망, 헛되이 갈구할지 모르지만 그래도 여전히 살아 있는 그런 희망을 갖고 있었다. 그래서 그들은 모두 명랑했고 즐거웠다.

그들은 퓨어 드롭 술집의 모퉁이를 돌아 목장 쪽으로 향했다. 그때 여자 하나가 말했다.

"어머나, 얘, 테스 더비필드. 저기 마차를 타고 돌아오시는 분, 너의 아버지 아냐?"

이 소리에 행렬 속의 한 젊은 처녀가 머리를 돌렸다. 참하고 아름다운 처녀였다―물론 더 아름다운 사람도 있었지만―작약빛 입술과 크고 천진한 눈이 얼굴빛과 몸매에 풍부함을 더해 주었다. 머리에는 붉은 리본을 달고 있었는데, 흰옷을 입은 모임 속에서 이처럼 화려한 옷태를 자랑할 수 있는 것은 오로지 그녀뿐이었다. 그녀가 뒤돌아보았을 때 존 더비필드는 퓨어 드롭 술집의 이륜마차를 타고, 팔꿈치까지 소매를 걷어올린 억센 고수머리의 힘센 여자에게 마차를 몰게 하여 한길을 올라오는 참이었다. 이 여자는 술집에서 무슨 일이든 도맡아 하는 쾌활한 하녀였다. 몸을 뒤로 젖힌 더비필드는 매우 흡족한 듯이 눈을 감고, 머리 위로 손을 휘두르면서 느릿느릿 노래를 부르고 있었다.

"킹스비어에는 우리 훌륭한 조상들의 납골당이 있다네. 그곳 납관 속에는 기사가 된 조상님이 잠들어 계시다네!"

테스를 빼놓고 행렬의 여자들은 킥킥거리고 웃었다. 테스는 아버지가 사람들의 웃음거리가 되고 있음을 알아채고 점점 얼굴이 달아오르는 모양이었다.

"피곤하셔서 그러실 뿐이야."

그녀는 얼른 말했다.

"우리집 말은 오늘 쉬어야 하니까 마차를 빌려 타고 돌아오시는 거야."

"테스야, 넌 참 순진하구나."

친구들이 말했다.

"너의 아버지는 오늘 장에서 술에 취하신 거야, 호호호."

"이봐 얘들아, 우리 아버지를 놀려대면 난 너희들하고 한 치도 같이 걷지 않을 테야!"

테스는 소리쳤다. 상기된 뺨의 붉은 빛이 목으로 번졌다. 곧 그녀는 눈물이 글썽해지고 시선이 땅에 떨어졌다. 친구들은 테스가 괴로워하는 것을 보고는 더 이상 아무 말도 하지 않았다. 테스는 아버지가 무슨 뜻으로 그런 말을 했으며 무슨 말이 하고 싶었는가 알고 싶었지만, 그녀의 자존심은 되돌아보는 것을 허용하지 않았다. 그녀는 일행과 함께 춤을 출 풀밭의 울타리 속으로 갔다. 거기까지 가는 동안 마음이 다소 가라앉아서 그녀는 버들가지로 옆에 있는 친구를 가볍게 치기도 하고 평소처럼 지껄이기도 했다.

이 무렵의 테스 더비필드는 오로지 감정에 의해서 움직였다. 마을의 학교를 마쳤지만 그녀의 말에는 얼마쯤 사투리가 섞여 있었다. 이 지방 사투리의 특징적인 억양은 Ur 음절을 정확하게 발음하는 것인데—아마도 인간의 말 중에서 찾아낼 수 있는 가장 풍부한 발음이었다. 이 음절을 제 고장 사투리로 삼아 온 그녀의 뾰족하고도 붉은 입술은 뭐라 한마디 한 뒤에는 입을 다물 적마다 아랫입술이 윗입술의 가운데를 밀어올리는 버릇이 있었다.

그녀의 얼굴에는 아직 어릴 적 모습이 보였다. 반짝이는 눈동자에서는 아홉 살 때의 모습이 떠올랐으며 심지어 입매의 곡선에서는 이따금 다섯 살 적의 모습이 스치기도 했다.

그러나 이를 아는 사람은 별로 없었고, 더구나 이를 생각하는 사람은 거의 없었다. 다만 몇 사람만이, 그것도 지나가는 나그네가 우연히 그녀의 신선함에 잠시 매혹되어 이런 처녀를 다시 만나볼 수 있을까 생각하곤 했지만 그녀는 누구에게든 순진하고 아름다운 시골 처녀일 뿐 그 이상은 아니었다.

술집 하녀가 모는 마차에 의기양양하게 타고 있던 더비필드는 더 이상 모습이 보이지도 않고 소리도 들리지 않았다. 행렬이 예정된 장소에 들어가자 춤이 시작되었다. 처음에는 여자들끼리 춤을 추었으나 하루 일이 끝날 무렵이 되자 마을 남자들이 지나가던 나그네들과 주위에 모여들어 춤추게 해주었으면 하는 얼굴로 바라보기 시작했다.

구경꾼 속에 작은 배낭을 짊어지고 탄탄한 지팡이를 쥔, 상류 계급 출신인 듯한 청년 세 사람이 있었다. 이들은 서로 닮았고 나이도 비슷한 형제간이었다. 제일 나이가 많은 청년은 흰 넥타이에 목까지 오는 조끼를 입고 차양이 좁은 모자를 쓴, 부목사의 복장을 하고 있었다. 가운데 청년은 대학생의 차림을 하고 있었다. 그중 가장 젊은 청년은 겉모습만으로는 어떤 사람인가를 판단할 수가 없었다. 눈초리나 옷차림에는 아직 직업 세계의 문 앞에도 가보지 않은 티가 나고 있었다. 이 청년은 닥치는 대로 무엇이든 그때그때 배우려는 학생 같았다.

세 형제는 성령강림절의 휴가를 이용하여 블랙무어 골짜기를 도보로 횡단하는 중인데, 샤스톤에서 서남쪽으로 가는 길이라고 인사를 나눈 사람들에게 말했다.

그들은 큰길가에 있는 문에 기대어 이 춤과 흰옷을 입은 부녀자들의 의미를 물어 보았다. 두 형제는 그 자리에 오래 머물 생각이 없는 모양이었으나, 셋째 동생은 한 무리의 여자들이 상대 남자도 없이 춤을 추는 것이 신기한 듯 얼른 떠나려 하지 않았다. 그는 배낭을 풀어 지팡이와 함께 울타리 위에 놓고 문을 열었다.

"뭐 하려고 그래, 에인절?"

맏형이 물었다.

"안에 들어가서 아가씨들과 춤추려고요. 우리 다 같이 가지 않을래요? 일이 분 동안만, 그렇게 오래 걸리진 않을 겁니다."

"안 된다, 안 돼. 당치도 않은 소리!"

맏형이 말했다.

"시골 말괄량이 처녀들과 춤을 추다니! 만일 누가 보기라도 한다면 어떡할 참이야! 어서 가자, 이러다가는 스투어캐슬에 닿기도 전에 어두워지겠다. 도중에는 잘 데도 없어. 또 자기 전에 우리들은 '불가지론에 대한 반박'을 한 장 더 읽어야 하잖아. 내가 일부러 책까지 가지고 왔는데."

"알았어요. 5분 안으로 형과 카드버트 형을 따라갈 테니 기다리지 마세요. 꼭 그렇게 할게요, 펠릭스 형."

두 형은 마지못해 그를 남겨 놓고는 뒤에서 따라올 때 몸이 가볍도록 그의 배낭까지 걸머지고 떠났다. 동생은 풀밭으로 들어갔다.

"이거 정말 안 됐군요."

춤이 멎자 그는 가까이에 있는 처녀들에게 상냥하게 말을 건넸다.

"여러분의 파트너는 어디 있나요?"

"아직 일터에서 돌아오지 않았어요."

그 가운데서 제일 대담한 처녀가 대답했다.

"이제 곧 이리로 올 거예요. 그동안 같이 추지 않겠어요?"

"좋습니다. 그러나 이렇게 많은 분들 속에서 나 혼자 어떻게."

"없는 것보다야 낫지요, 뭘. 여자끼리 얼굴 맞대고 춤추기란 우울한 일이에요. 서로 얽히지도 껴안지도 않고'. 그럼 상대를 고르세요."

"쉬! 너무 그렇게 함부로 말하지 마."

좀 부끄러워하는 처녀가 말했다. 청을 받은 청년은 골라볼 생각으로 여자들을 둘러보았으나 모두가 처음 보는 얼굴이라 분별하기가 어려웠다. 그는 맨 처음 손에 잡히는 처녀를 택했다. 그 여자는 자기가 뽑힐 것을 은근히 바라며 말을 건네던 처녀도 아니고 테스 더비필드도 아니었다. 혈통도, 조상의 유골도, 역사적인 기록도, 더버빌 가문의 특이한 용모도 아직 테스의 삶을 위한 투쟁에 있어서는 아무 도움도 되지 못했으며 흔해빠진 시골 처녀들을 젖혀 놓고 춤의 파트너로 뽑힐 정도의 도움은 더더욱 주지 못했다. 빅토리아 왕조의 부의 도움이 없는 노르만 족의 혈통이란 기껏 이런 것이었다.

다른 여자들을 물리치고 뽑힌 이 처녀의 이름은 전해지지 않고 있다. 그러나 그날 저녁 맨 처음으로 남자와 짝지어 춤을 추는 기쁨을 누렸다고 해서 모두가 부러워했다.

본보기의 힘이란 큰 것이어서 아무도 들어가는 사람이 없는 동안은 좀체 들어가려고 하지 않던 마을 청년들이 이제는 재빨리 섞여이내 활기를 띠었으며 나중에는 가장 평범하게 생긴 처녀마저 남자의 역할을 하지 않아도 좋게 되었다.

교회당의 시계가 울리자 학생은 이제 그만 가야 한다고 말했다. 깜빡 잊고 있었는데 형들을 뒤따라가야 한다는 것이었다. 춤에서 빠져나오다가 그의 시선이 우연히 테스 더비필드에게 멈추었다. 사실 그녀의 커다란 눈동자에는 그가 자기를 선택해 주지 않았음을 원망하는 빛이 미미하나마 떠돌고 있었던 것이다. 그도 이 처녀의 내성적인 성격 탓으로 그때 몰라본 것을 유감스레 생각했다. 이런 생각을 가슴에 담고 그는 떠났다.

너무 오래 지체했으므로 급히 서쪽으로 달려 낮은 곳을 지나 다음 등성이로 올라갔다. 그래도 아직 형들을 따르지 못했으나 숨을 좀 돌리기 위해 멈춰 서서 뒤를 돌아보았다. 푸른 잔디밭 울타리 안에서는 아까 자기가 끼어서 함께 춤추고 돌았던, 아직도 빙글빙글 돌고 있는 흰옷의 처녀들 모습이 보였다. 그들은 벌써 그를 까많게 잊어버린 듯했다.

다들 잊어버렸다고 해도 아마 한 사람만은 그렇지 않은 듯싶었다. 흰 모습 하나가 멀리 떨어져 혼자 울타리 곁에 서 있었다. 그녀의 위치로 미루어 자기가 같이 춤추지 않았던 예쁜 처녀임을 알 수 있었다. 그는 자기가 못 본 체함으로써 섭섭하게 했음을 본능적으로 느꼈다. 그는 그녀에게 (춤을 추자고 청했으면 좋았을걸, 이름이라도 알아둘걸 하는) 아쉬운 마음이 들었다. 얌전하면서도 표정이 풍부하고, 부드러워 보이는 처녀였는데 싶어 후회막심했다.

하지만 이젠 하는 수 없는 일이라 그는 서둘러 발걸음을 옮겨 그 일을 마음속에서 몰아냈다.

3

테스 더비필드는 이 일을 쉽사리 마음에서 몰아내지 못했다. 춤출 마음이 나지 않았다. 상대는 얼마든지 있었지만 마을 청년들은 그 낯선 젊은이처럼 상냥하게 말할 줄 몰랐다. 그녀가 잠시의 슬픔을 떨어버리고 상대를 해달라는 남자에게 승낙의 대답을 한 것은 언덕 위로 멀어지는 청년의 모습이 사라진 뒤였다.

그는 친구들과 어두워질 때까지 남아 얼마간 열을 올리며 춤을 추었다. 아직 그녀는 사랑을 모르기 때문에 박자에 맞춰 춤추는 즐거움만 있을 뿐이었다. 사랑을 청하는 남자에게 마음을 준 처녀들의 '부드러운 고민, 쓰디쓴 단맛, 즐거운 괴로움, 흐뭇한 슬픔'을 목격하더라도 그녀는 그런 일이 자기에게도 일어나리라고는 거의 생각하지 않았다. 젊은이들이 서로 자기와 춤추려고 시새우고 다투어도 그녀에게는 재미있을 뿐 그 이상의 것은 아니었다. 그리고 그들이 지나치게 다투면 오히려 책망했다.

더 늦게까지 있을 수도 있었으나 그녀는 아버지가 걱정이 되어 춤추는 무리에서 빠져나와 양친의 오두막이 있는 마을 끝을 향해서 걸음을 옮겼다. 집까지 아직 몇 십 야드 남은 곳에 왔을 때, 뒤에 남기고 온 음악 소리와는 다른 음률이 들려 왔다. 너무나도 귀에 익은 소리였다. 그것은 집 안에서 나오는 덜커덩덜커덩하는 규칙적인 소리로, 돌바닥 위에서 요람을 흔드는 소리였다.

요람의 움직임에 맞추어 여자는 경쾌한 춤곡의 리듬으로 '얼룩소'라는 노래를 부르고 있었다.

저어기 저 푸른 숲 속에 누워 있는 그녀가 보이는구나.
님이여 이리 오라, 어딘가 가르쳐 주리!

요람 소리와 노랫소리는 동시에 멎는가 하면 고음의 외침이 들려오곤 했다.

"하나님이 너의 부드러운 두 눈에 축복하시기를! 너의 매끄러운 볼에도, 버찌 같은 입에도! 통통한 다리에도! 복 받은 작은 몸의 구석구석에 하나님의 축복이 있으시기를!"

기도가 끝나면 다시 요람 소리와 '얼룩소'가 되풀이되는 것이었다. 테스가 문을 열고 방 안의 발닦개 위에 서서 방 안을 둘러보았을 때도 바로 이런 정경이었다.

노랫소리와는 달리 방 안의 분위기는 그녀의 기분을 말할 수 없이 서글프게 만들었다. 하루의 들뜬 축제 기분—흰옷, 꽃다발, 버들가지, 풀밭에서 만난 낯선 청년을 향한 설렘—이런 것에서 한 자루의 촛불에 비치는 음산한 우울, 이 얼마나 판이한 기분인가! 좀 더 일찍 돌아와서 어머니를 도와 집안일을 돌보지 않았다는 자책으로 그녀의 가슴은 서늘해졌다. 테스가 집을 나갈 때와 마찬가지로 어머니는 여러 아이들에게 둘러싸인 채 언제나 그렇듯이 이번 주일도 월요일부터 그대로 쌓이고 밀린 빨래통 앞에 서 있었다. 테스가 지금 입고 있는 이 흰 웃옷의 슬픔을 느꼈지만—어머니가 손수 짜서 다림질을 해준 그 옷을 조심성 없게도 풀에 스쳐 옷자락을 파랗게 물들여 버렸던 것이다.

여느 때와 마찬가지로 더비필드 부인은 빨래통 곁에서 한 발로 몸의 균형을 잡고 한 발로는 갓난아이가 잠들어 있는 요람을 흔들고 있었다. 요람의 흔들대는, 돌바닥 위에서 오랜 세월 동안 많은 아이들의 무게에 눌린 채 고된 일을 해온 탓에 편편하게 닳아 있었다. 때문에 더비필드 부인이 자신의 노래에 도취되어 종일토록 비누거품 속에 파묻혀서도 남은 힘을 다하여 흔들대를 밟으면 요람은 그때마다 아기를, 베틀의 북처럼 안에 누운 아기를 이리저리 흔들어대는 것이었다.

덜커덩덜커덩 요람이 흔들렸다. 촛불은 길게 타올라 위아래로 흔들리기 시작했다. 어머니의 팔에서 물이 뚝뚝 떨어졌다. 노래는 가사의 마지막을 향해 달음박질하고 더비필드 부인은 아까부터 딸을 물끄러미 바라보고 있었다. 조앤 더비필드는 조무래기 등쌀에 시달리고 있는 지금도 노래를 몹시 좋아했다. 바깥세상에서 블랙무어 골짜기로 흘러들어온 노래면 테스의 어머니는 한 주일 안에 그 가락을 외워버리는 것이었다.

어머니의 용모에는 젊었을 때의 싱싱함이, 아니 아름다움마저 희미하게 엿볼 수 있었다. 테스의 자랑할 만한 매력은 주로 어머니에게서 물려받은 것으로 기사의 혈통과는 아무 관련도 없음을 반증해 주었다.

"어머니, 제가 대신 흔들게요."

딸은 상냥하게 말했다.

"그보다 빨래 짜는 거나 도와드릴까요? 전 벌써 다 끝난 줄 알았어요."

어머니는 집안일을 자기 혼잣손에 맡겨 둔 것에 대해서 테스를 조금도 언짢아하지 않았다. 어머니가 그런 일로 테스를 꾸짖는 일은 거의 없었다. 딸이 일을 거들지 않는 것을 마음에 두지 않는 대신 부담을 덜기 위해 일을 뒤로 미룬다는 것이 그녀의 계획이었기에 그다지 아쉽게 여기지 않았다. 오늘 밤은 여느 때보다도 기분이 더 좋다. 어머니의 표정에는 딸이 알 수 없는 꿈꾸는 듯한, 흥분의 빛이 감돌고 있었다.

"아, 돌아왔니?"

마지막 가락까지 다 부르고 나자 어머니는 말했다.

"이제 너의 아부지를 데리러 가구 싶다만. 아니, 무슨 일이 있었는지 얘기해 주마. 얘야, 너두 알믄 아주 좋아할걸!"

(더비필드 부인은 아직도 사투리를 썼다. 런던에서 초등학교 6학년을 마친 테스는 두 가지 말을 했다. 집에서는 다소 사투리를 썼고 밖에서나 점잖은 사람을 대할 때는 표준어를 썼다.)

"내가 나간 뒤에 있었던 일이에요?"

테스가 물었다.

"암!"

"오늘 오후 아버지가 마차를 타고 아주 으스대고 오시던데 그것과 무슨 관계라도 있어요? 아버지는 왜 그런 짓을 하셨담? 난 너무 부끄러워서 정말 쥐구멍에라도 들어가고 싶었어요."

"그것두 다 이 소동의 한 토막이란다. 글쎄 우리가 이 고을에서 제일 뼈대 있는 집안이란 걸 알게 됐다는구나! 조상은 올리버 그럼볼[1] 때보다두 훨씬 더 옛날—아무튼 이교도 야만인들이 있었던 때부터 내려오는 가문이래. 글쎄 비석이라든가 납골당이라든가 방패 문장 등등 없는 것이 없다지 뭐냐! 성 찰스 시대에는 로열 오크의 기사루두 뽑혔구, 우리네 진짜 성은 더버빌이라구 헌다는구나…… 아니, 이걸 듣구두 가슴이 두근거리지 않니? 아버지가 마차를 타구 돌아온 것두 이 때문이란다. 남들은 술이 취한 탓이라구 생각허겠지만 사실은 그렇지 않어."

"아이 좋아라, 그러면 무슨 좋은 일이 있어요, 어머니?"

"있구말구. 이제 엄청난 일이 생길 거야. 이 일이 알려진다믄 반

---

1) 올리버 크롬웰을 말함

드시 지체 높은 사람들이 마차를 타구 줄줄이 우리 집으로 찾아들 걸. 아부지가 스투어캐슬에서 돌아오는 길에 이야기를 듣구 와서는 자초지종을 다 나헌테 얘기해 주셨어."

"아버진 지금 어디 계셔요?"

테스가 별안간 물었다.

어머니는 대답 대신 엉뚱한 사실을 알려 주었다.

"아부지가 오늘 스투어캐슬에서 진찰을 받으셨는데 폐병은 아닌 모양이더라. 심장 주위에 지방층이 생겼대. 이렇게 되었나 봐."

조앤 더비필드는 물에 젖은 엄지와 집게손가락으로 손짓하며 말했다.

"의사가 하는 말이 '지금 당신 심장은 여기도 이렇게 막히고 여기도 막혀 버렸소. 단지 이 부분만 아직 열려 있는데 이것이 이렇게 맞붙어 버리는 순간…… (더비필드 부인은 손가락으로 동그라미를 만들었다) 당신은 그림자처럼 사라져버릴 것이오. 더비필드 씨, 당신은 앞으로 10년을 더 살지도 모르고 아니면 열 달이나 열흘 안으로 끝장이 날지도 모를 일이오.' 이렇게 말하드래."

테스는 놀란 얼굴이 되었다. 갑자기 이렇게 훌륭하게 되었는데 아버지는 그렇게 빨리 구름 저편으로 가버리실지도 모르다니…….

"아버지는 지금 어디 계셔요?"

그녀는 다시 물었다. 어머니는 애원하는 듯한 표정을 지었다.

"얘, 너 짜증내지 마러. 가엾은 양반이—목사님헌테서 그 얘길 듣구는 어찌나 흥분했는지—조금 전에 롤리버 술집으로 가셨다. 내일은 벌통을 싣고 떠나야 허니까 기운을 돋우려는 거지. 집안의 지체야 어떻든 간에 벌통은 갖다 줘야 허거든. 길이 멀어서 오늘 밤 자정이 지나면 곧 떠나셔야 헐걸."

"기운을 돋우신다구요?"

테스는 어느새 눈물이 글썽해지며 짜증스럽게 말했다.

"아, 맙소사, 또 술집엘 가시다니? 게다가 어머니마저 그런 아버지를 두둔하시다니."

그녀의 비난과 불쾌한 기분은 방 안에 가득 차서 세간도, 촛불도, 가까이서 놀고 있는 아이들도 그리고 어머니의 얼굴도 모두 겁에 질린 듯했다.

"그런 게 아녀."

어머니는 시무룩해져서 말했다.

"내가 좋다구 헐 리가 있니. 네 아부지를 데리러 갔다 오는 동안 너더러 집을 봐달랠려구 너를 기다리구 있었단다."

"제가 가겠어요."

"넌 안 돼, 테스. 니가 간대두 소용없어."

테스는 더 이상 우기지 않았다. 어머니가 반대하는 까닭을 알고 있었다. 더비필드 부인의 윗도리와 모자는 쉽게 손이 닿는 옆 의자에 슬쩍 걸려 있어서 언제라도 외출할 수 있도록 해놓았으면서도 그녀는 마중나가야 하는 자기 처지를 필요 이상으로 넋두리하고 있었다.

"그리구 이 운세책은 바깥 광에다 갖다 둬라."

어머니는 손을 닦고 옷을 입으면서 일렀다.

낡고 두꺼운 운세책은 어머니 곁의 탁자 위에 놓여 있었는데 늘 호주머니 속에 넣었다 빼 보느라 가장자리가 닳아 없었다. 테스는 이 책을 집어 들었고 어머니는 집을 나섰다.

주책없는 남편을 찾으러 술집에 가는 일은 더비필드 부인에게 있어 아이들을 기르는 번거로움 속에 남아 있는 즐거움 중의 하나였다.

롤리버 술집에서 남편 옆에 한 시간이고 두 시간이고 앉아서 그동안 아이들에 대한 모든 성가심이나 근심을 잊어버리고 있으면 마음이 행복해졌다. 그럴 때면 어떤 후광 같은 것, 저녁노을 같은 것이 그녀의 생활 위로 비치는 것이었다. 세상살이의 고달픔이며 그 밖의 현실이 어느덧 막막하고 형이상학적인, 고요한 명상에 지나지 않게 되어 몸과 마음을 괴롭히는 다급하고 구체적인 현실로 압박해 오지 않는 것이었다. 보이지 않는 어린 조무래기들은 보일 때보다 오히려 집안을 유쾌하게 하는, 꼭 있어야 할 필수품으로 생각되었다. 사소한 일상도 여기서 보면 웃음이 나고 즐거운 멋이 없지도 않았다. 지금은 남편이 된 이 남자에게 구애를 받으면서 지금과 똑같은 자리에 앉아 그의 결점에는 눈을 감아 버리고 오직 이상적인 애인으로서만 그를 생각하던, 그 시절의 기분을 조금은 느끼는 것이었다.

어린 동생들과 남은 테스는 운세책을 가지고 바깥 광으로 나가 그것을 이엉 밑에 쑤셔 넣었다. 이 너절한 책을 미신처럼 두려워하는 어머니는 밤중에는 절대로 집 안에 두지 않았으며 점을 치고 나면 반드시 제자리에 갖다놓았다. 미신이나 민속, 사투리나 구전민요 등 급속히 소멸해 가는 것에 대한 잡다한 지식을 가진 어머니와 개정된 교육령 아래서 교육을 받고 표준 지식을 갖춘 딸 사이에는 200년의 거리가 있었다. 둘이 같이 있을 때는 제임스 1세 시대와 빅토리아 여왕 시대도 나란히 나타나는 것이었다.

테스는 뜰의 좁은 길을 돌아보면서 오늘따라 어머니가 그 책으로 무엇을 알아보려 했을까 하고 생각했다. 조상에 대한 이번 발견과 관계가 있으리라고는 꿈에도 몰랐다. 그러나 곧 이런 생각을 머리에서 지워버리고 낮에 말린 속옷가지에 물을 뿌려 축이는 등 바쁘게 일했다. 어린 동생을 잠자리에 눕히느라 아홉 살 난 남동생 에이브러햄과 보통 '리자 루'라고 부르는 열두 살 반짜리 누이동생 엘리자 루이자가 거들어 주었다. 테스와 바로 아래 동생과는 네 살 차이였으며 그 사이에 있던 두 동생은 갓난아기 때 죽어버렸다. 그래서 동생들에게는 어머니다운 태도를 지니게 되었다. 에이브러햄 아래로 호프와 모데스티라는 두 여자아이가 있고, 그 아래로 세 살 난 사내아이와 이제 막 돌이 지난 갓난아기가 있었다.

이 모든 어린 생명들은 모두 더비필드라는 배의 승객들이었다.

그들은 즐거움도, 의식주도, 건강도, 아니 생존조차도 더비필드네 두 어른의 판단에 온전히 의존하고 있었다. 만약 더비필드 집안의 두 우두머리가 고생과 불행과 굶주림과 질병과 타락 그리고 죽음 속으로 배를 몰아간다면 여섯 명의 작은 포로들도 그들과 운명을 같이 할 수밖에 없었다. 이 무력한 여섯 생명들은 어떤 조건 아래 태어나고 싶었냐는 물음을 받은 적도 없고, 하물며 불안정한 더비필드 집안의 일원이 되는 어려운 역경 속에서라도 태어나고 싶었냐고 질문 받은 적도 없다. 그 노래가 정답고 맑듯이 그 사상도 깊고 믿음직하다고 생각되고 있는 시인[2]이 과연 무엇을 근거로 '자연의 성스러운 설계'에 관해서 이야기했는지 알고 싶어 하는 사람도 있을 것이다.

밤은 깊었는데 부모님은 돌아오지 않았다. 테스는 이따금 밖을 바라보며 마음속으로 말로트 마을을 한 바퀴 돌아보았다. 마을은 이제 잠들려 하고 있었다. 촛불과 램프가 하나 둘 꺼졌다. 불을 끄는 용구(맡)와 불을 끄느라고 뻗은 손을 마음속으로 그려 볼 수 있었다.

어머니가 마중 나간다는 것은 데려올 사람이 하나 더 생긴다는 것을 의미할 뿐이었다. 테스는 그다지 몸도 좋지 못한 아버지가 내일 새벽 1시 전에 길을 떠난다면서 이렇게 늦게까지 술집에 앉아 조상의 혈통을 축복할 일이 아니라고 생각했다.

"에이브러햄."

그녀는 곧 남동생을 불렀다.

"모자를 써. 응, 무섭지 않지? 롤리버 술집에 가서 아버지와 어머니가 이렇게 늦도록 웬일인지 좀 알아보고 와."

소년은 자리에서 벌떡 일어나더니 문을 열고 어둠 속으로 스며들었다. 다시 반시간이 지났다. 그러나 아버지도, 어머니도, 동생도 돌아오지 않았다. 에이브러햄도 양친과 마찬가지로 술집의 덫에

---

2) 워즈워스를 가리킴

28

사로잡힌 모양이었다.

"내가 가봐야지."

테스는 중얼거렸다. 리자 루도 잠이 들어 있었다. 테스는 문을 잠그고 캄캄하고 구불구불한 오솔길과 한길을 걸어갔다. 한 치의 땅에도 값이 붙기 이전, 바늘 하나만의 시계로도 넉넉히 하루의 시간을 가르던 시대에 만들어진 길이었다.

4

롤리버 술집은 인가가 띄엄띄엄 있는 기다란 마을의 막바지에 딱 하나 있는 선술집이라 할 수 있지만 실은 술만 팔 따름이지 안에서 술 마시는 것은 허가받지 못한 집이었다. 가게 안에서 술을 마실 수 없는 까닭에 손님을 위해 그나마 허락된 것이라고는 마당 울타리에 철사로 엮어 맨 넓이 6인치, 길이 2야드가량의 판자로 된 선반으로 엄격히 제한되어 있었다. 목마른 나그네들은 길가에 서서 술을 마시면서 이 판자 위에 술잔을 올려놓기도 하고 먼지 이는 길바닥에 먹다 남은 술을 버려 폴리네시아 지도를 그리고는, 가게 안에 편안히 쉴 자리가 있었으면 하고 바라는 것이다. 이것은 낯선 길손들의 경우다. 역시 이런 것을 바라는 토박이 단골들도 있었으니 뜻이 있는 곳에 길이 있는 법이다.

위층에 있는 넓은 침실의 창문은 안주인인 롤리버 부인이 얼마 전 못쓰게 됐다고 젖혀 놓았던 큼직한 털 솔로 가려 놓았는데 이 방에 오늘 저녁에도 여남은 명의 술꾼들이 모여 있었다. 말로트의 아랫마을 가까이에 살고 있는 토박이들도 이 구석진 술집의 단골들이었다. 인가가 드문 마을 저쪽 끝에는 술집으로 허가를 받은 퓨어 드롭이 있었으나 너무 멀어서 이쪽에 사는 사람들이 가기 어려울 뿐 아니라, 넓은 집에서 그곳 주인과 마시기보다는 이 지붕 밑 방석에서 롤리버와 어울려 마시는 술맛이 더 낫다는 데 의견이 일치되어 있었다.

방 안의 초라한 네발 침대는 삼면에 둘러앉은 몇몇에게 자리를 제공했다. 두 사람은 장롱 위에 올라앉았고 한 사람은 참나무 궤짝에 걸터앉았으며, 둘은 세면대 위에, 한 사람은 걸상에 그럭저럭 자리를 잡고 있었다. 이 시간쯤 그들의 쾌적한 기분은 영혼이 피부 밖으로 부풀어 나와 각자의 개성이 온 방에 따뜻하게 퍼져 있는 상태였다. 이쯤 되니 방도 세간도 점점 훌륭해 보이고 화려해 보였다. 창문에 드리운 숄은 벽걸이의 호사스러움을 띠고, 장롱 서랍의 놋쇠 손잡이는 금으로 된 쇠고리로 변했으며, 조각이 된 침대 다리들은 솔로몬 왕국의 장엄한 신전 기둥들과 무슨 연분이라도 있는 듯 했다.

더비필드 부인은 테스와 헤어진 뒤 여기까지 급히 걸어와서 앞문을 열고 깊은 어둠 속에 잠긴 아래층 방을 지나 고리의 특성을 잘 아는 익숙한 솜씨로 층층대의 문고리를 벗겼다. 구불구불한 층계를 올라가는 그녀의 걸음은 느렸다. 마지막 층계에 이르자 불빛에 비치는 그녀의 얼굴로 침실에 모인 사람들의 눈길이 한꺼번에 쏠렸다.

"부인회의 들놀이 끝에 오늘 밤 한턱내려고 친밀한 몇몇 분을 오시랬지요."

발자국 소리를 들은 안주인이 마치 교리문답을 되풀이하는 아이처럼 큰 소리로 지껄이면서 층층대 쪽을 기웃거렸다.

"아니, 이게 누구야, 더비필드 부인이었구먼! 어쩌면 사람을 이렇게 놀라게 하우! 난 또 관청에서 나온 사람인 줄 알았지."

더비필드 부인은 비밀 집회에 모인 나머지 사람들로부터 눈길과 고갯짓으로 인사를 받고 남편이 앉아 있는 쪽을 돌아보았다. 남편은 낮은 소리로 얼빠진 듯 콧노래를 흥얼대고 있었다.

"어느 누구 못지않은 훌륭한 내 가문일세! 킹스비어 서브 그린힐에 우리 가문의 납골당이 있구, 웨섹스 지방의 어느 누구보다 훌륭한 뼈가 있다네."

"그 일루 말이우. 얼핏 생각난 일이지만 당신헌테 헐 말이 있다
우. 대단한 계획이라우."

쾌활한 그의 아내가 속삭였다.

"여보, 존, 내가 안 보이우?"

그녀는 팔꿈치로 찔렀으나 남편은 그녀의 얼굴을 마치 유리창을
통해서 보듯 멍청하니 볼 뿐 연신 노래만을 흥얼거렸다.

"쉬! 너무 큰소리 내지 말아요, 영감."

안주인이 말했다.

"만일 관청 사람들이라도 지나가 봐요. 내 허가장을 빼앗아가겠
수다."

"이번에 우리 집에 일어난 일을 저이가 얘기했지요?"

더비필드 부인이 물었다.

"예. 그래 그런 일루 돈이라두 좀 생긴답디까?"

"아, 그건 비밀이라우."

조앤 더비필드는 거드름을 피우면서 말했다.

"마차를 탈 신세는 되지 못헌더라두 그런 신분에 가까이 가는 것
만도 나쁘진 않을 거요."

그녀는 여러 사람에게 들리도록 말하다가 소리를 낮추어 남편에
게 말했다.

"당신헌테서 그 얘기를 듣고 줄곧 생각헌 건데, 저 사냥터 숲 끝
의 트랜트리지라는 곳에 더버빌이라는 돈 많은 부인이 살구 있다
는 생각이 났어요."

"이봐, 뭐라고?"

존 경이 물었다. 그녀는 다시 되풀이했다.

"그 부인은 틀림없이 우리 집안예요. 그래서 난 테스를 그 집에
보내서 우리가 친척이라는 걸 내세울 참이라우."

"그래, 그러고 보니 생각나는군. 그런 부인이 있기는 있지."

더비필드는 말했다.

"트링엄 목사님도 거기까진 생각이 미치지 못했군그래. 허지만 그 부인도 우리 가문에다 대면 아무것도 아니지. 아마 노르만 왕 시절 훨씬 전에 우리 집에서 분가해 나간 집안이 분명해."

이 문제를 논의하느라고 정신이 팔려서 부부는 꼬마 에이브러햄이 방에 들어와 어서 집에 가자고 조를 기회를 보는 것도 모르고 있었다.

"그 부인은 부자고 우리 딸애는 그 부인의 눈에 꼭 들 거야."

더비필드 부인은 말을 이었다.

"그럼, 좀 좋은 일이우. 헤어진 집안끼리 서루 오구가구해서 안 된다는 법은 없지 않우."

"정말이야, 우리 모두 한집안이라고 그래!"

침대 아래서 에이브러햄이 기쁜 듯이 말했다.

"그리구 누나가 그 아줌마 집에 살게 되면 우리 모두 가서 만나보는 거야. 그리고 그 아줌마 마차를 타고 까만 나들이옷도 입는 거야!"

"아니, 넌 어떻게 여길 왔니? 어처구니없는 소릴 하구 있네! 저리 가서 아버지와 엄마가 일어설 때까지 층층대에서 놀고 있어…… 그러니 테스는 그 집에 꼭 보내야 하우. 그 애라면 마님 눈에 들구 말구. 테스라면 틀림없어. 그렇게만 된다면 어느 지체 높은 분이 그 애와 결혼하게 될지 몰라요. 난 알았다우, 난 알고 있었어."

"어떻게?"

"운세책으로 그 애 운수를 봤더니 딱 그렇게 나오던걸. 그 애가 오늘 얼마나 이쁘게 보이던지 당신도 봤으면 좋았을걸. 살결이 마치 공작부인처럼 보드랍더라니까."

"그 애는 뭐라고 그래?"

"아직 물어 보지 않았어요, 그렇게 훌륭한 마님허구 친척이라는 걸 그 애는 아직 몰라요. 허지만 꼭 훌륭한 결혼을 허게 될 테니까 설마 가는 걸 싫다군 하지 않겠죠."

"테스는 좀 까다로운 애라서."

"그래두 바탕은 순한 애라우. 그 앤 나한테 맡겨 둬요."

대화는 두 사람 사이의 얘기였지만, 주위 사람들도 더비필드 네가 지금 다른 사람들보다 훨씬 중대한 이야기를 하고 있다는 것과 그들의 아름다운 맏딸, 테스의 앞날에 좋은 일이 있겠다는 것을 어슴푸레 눈치챘다.

"테스는 참하고 명랑한 애야. 오늘 다른 애들하고 신나서 교구를 돌아다니는 것을 보니 그런 것 같아."

나이 많은 술꾼 한 사람이 나직한 목소리로 평했다.

"하지만 더비필드 부인도 테스가 '마룻바닥에서 파란 엿기름을 기르는 일'이 없도록 조심해야 할 텐데."

특별한 뜻이 담긴 이 지방의 속담에 누구 하나 답하는 사람은 없었다. 얘기는 다시 다른 사람으로 번져 갔으며 얼마 후 아랫방을 지나는 발소리가 들려 왔다.

"부인회의 들놀이 끝에 오늘 밤 내가 한턱내려구 친밀한 몇몇 분을 오시랬지요."

안주인은 언제나 예고 없이 들어오는 사람 때문에 준비해 둔 말을 재빨리 지껄이다가 새로 나타난 사람이 테스임을 알았다.

주름살이 잡힌 중년 남녀들에게는 어울리지 않을 것도 없는 술 냄새가 꽉 찬 이런 장소에 나타난 딸의 모습은 어머니의 눈에도 전혀 안 어울려 보였다. 테스의 새까만 눈에 책망하는 빛이 반짝이기도 전에 양친은 자리에서 일어나 급히 남은 술을 들이켠 다음 딸 뒤를 따라 층층대를 내려갔다. 롤리버 부인이 그들의 발소리를 뒤쫓아갔다.

"제발 소리 좀 내지 말아 줘요. 허가장 뺏기구 불려가구 또 어떻게 될지 나도 모른다우! 그럼 잘들 가시우."

테스와 어머니가 아버지의 양팔을 부축해서 집으로 돌아갔다. 사실 아버지는 별로 술을 마시지 않았다. 늘 마시는 술꾼이면 주일날 오후 교회에 갈 때 조금도 비틀거리지 않고, 동쪽을 향해 무릎을 꿇어 예배도 드릴 수 있는, 주량의 사분의 일도 안 마셨지만 존 경은 체질이 허약한 탓으로 이런 하찮은 실수를 수없이 저질렀다. 신선한 공기를 쐬자, 그의 걸음걸이는 매우 위태로워져서 세 사람의 행렬을 금방 런던 쪽으로 가는 듯이 기울여 놓는가 하면 다음 순간에는 바스로 향하는 듯이 비틀어 놓곤 했다. 이런 꼴은 밤중에 집으로 돌아가는 패들에겐 흔히 있는 일이어서 우스꽝스러워 보였지만 대개의 희극적 효과가 그렇듯이 결코 희극적인 것만도 아니었다. 두 여자는 이 강요된 탈선과 역행이 장본인인 더비필드에게도 에이브러햄에게도 그들에게도 자연스러운 것인 양 꾸미려고 무진 애를 썼다. 이렇게 그들은 차츰 집 앞으로 다가갔다. 더 가까워지자 가장은 초라한 집을 보고 용기를 북돋우기나 하려는 듯 갑자기 먼저 부르던 후렴을 외치기 시작했다.

"킹스비어에는 우리 집안의 납골당이 있다네!"

"쉿! 주책 떨지 말구 좀 조용해유!"

마누라가 말했다.

"당신 집안만 옛날에 훌륭했던 게 아니에요. 앤크텔 집안이나 호시 집안, 트링엄 집안도 다 그렇다우. 다들 망했지만 말이지. 그들보다 당신 가문이 더 훌륭했던 건 사실이지만. 난 지체 높은 집에서 태어나지 않았으니 못 살아도 부끄러워할 필요는 없다우."

"그렇지도 않을 걸. 당신 성품으로 봐서 당신 집안에선 옛날에 왕도, 왕비도 많이 나왔을 거야. 다만 우리보다 더 형편없이 망해 버린 것뿐이야."

테스는 다른 이야기로 화제를 돌렸다.

"아버진 내일 아침 벌통을 가지고 길 떠나시긴 어렵겠어요."

"나 말이냐? 한두 시간 지나면 거뜬해질 거다."

더비필드는 말했다.

11시가 지나서야 더비필드 가족은 잠자리에 들었고 토요일 장이 열리기 전에 캐스터브리지의 소매상에 벌통을 배달하려면 늦어도 이튿날 새벽 2시에는 떠나야만 했다. 이삼십 마일이나 되는 길인데다가 말도, 짐마차도 더없이 느렸다. 1시 30분이 되자 더비필드 부인이 테스와 동생들이 자고 있는 침실로 들어왔다.

"가엾게두 아버지는 못 가신단다."

어머니는 딸에게 말했다. 딸은 어머니의 손이 방문에 닿을 때부터 커다란 눈을 뜨고 있었다. 테스는 방금 꾸던 꿈과 소식 사이의 어렴풋한 상태에서 깨어나지 못한 채 침대에 일어나 앉았다.

"그럼 누구든지 가야지요."

그녀는 대답했다.

"벌통은 벌써 철이 늦었어요. 올해 통 가르기도 끝나 가는데 다음 주 장날까지 늦추다간 살 사람도 없어지고 결국은 처분도 못하고 말아요."

더비필드 부인은 다급해진 일을 감당 못하는 듯했다.

"혹시 누구 젊은 사람이 안 가 줄까? 어제 너하구 퍽 춤추고 싶어 허든 젊은이 중에서 말이다."

그녀가 제의했다.

"아니, 안 돼요. 난 세상없어도 그렇게 하긴 싫어요!"

테스는 당당하고 분명히 말했다.

"그런 일을 하면 세상 사람들이 왜 아버지가 못 가시게 됐는지 알아버리잖아요! 에이브러햄이 같이 가준다면 나라도 갈 수 있을 것 같아요."

어머니도 찬성했다. 어린 에이브러햄은 같은 방 한 구석에서 세상 모르고 자다가 비몽사몽간에 입혀 주는 옷을 입었다. 그러는 동안 테스는 분주히 옷을 입었고 둘은 초롱불을 들고 마구간에 갔다. 삐걱거리는 조그마한 짐마차에는 이미 짐이 실려 있었다. 테스는 마차보다 별로 나을 것도 없고, 비틀거리는 프린스라는 말을 끌어냈다.

가엾은 짐승은 아닌 밤중에, 자기만 밖에 나가서 일을 해야 된다는 사실을 믿지 못하겠다는 듯이 어둠과 초롱과 두 사람을 둘러보았다. 둘은 초롱 속에 타다 남은 초 토막을 여러 개 집어넣고는 말을 몰았다. 처음 오르막길을 오르는 동안에는 기운 없는 동물에게 너무 벅차다 싶어 둘이 말 어깨 옆에 붙어서 걸어갔다. 초롱불 아래서 버터 바른 빵을 먹기도 하고 이야기를 주고받기도 하면서 일부러 상쾌한 아침 기분을 내려고 했지만 진짜 아침이 오려면 아직도 까마득했다. 에이브러햄은 잠이 깨자(꿈속이나 마찬가지였다.) 하늘을 배경으로 온갖 어두운 물체가 이루는 괴상한 형상에 대해서 얘기하기 시작했다. 이 나무는 성난 호랑이가 동굴에서 뛰어나오는 것 같다든가, 저것은 거인의 머리를 닮았다든가 하면서.

두툼한 다갈색 지붕 아래 묵묵히 꿈을 엮고 있는 스투어캐슬이라는 작은 거리를 지나자 지형이 다소 높은 곳에 다다랐다. 왼편으로 그보다 더 높이 남부 웨섹스에는 제일 높은, 벌배로우 또는 빌배로우라고 부르는 산이 동쪽으로 물 없는 도랑에 둘러싸여 하늘 높이 솟아 있었다. 길은 한참 동안 천천히 기울어져 내려갔다. 그들은 짐마차 앞에 올라탔고 에이브러햄은 골똘한 생각에 잠겼다.

"테스 누나!"

한참 침묵을 지키던 그는 무얼 말하려는 듯이 불렀다.

"왜 그래, 에이브러햄?"

"우리가 귀족이 된 게 누난 기쁘지 않아?"

"별로 기쁠 것도 없다."

"그래두 귀족하구 결혼하게 될 테니 좋겠지 뭐."

"뭐라고?"

테스는 얼굴을 들고 물었다.

"우리한테 굉장한 집안이 있는데, 거기서 누날 신사한테 시집보낸다던데."

"나를? 굉장한 우리 집안이라니? 그런 집안 우리한텐 없어. 어떻게 그걸 알게 됐니?"

"아버질 찾으러 갔을 때 롤리버에서 들었어. 트랜트리지라는 마을에 우리 집안 되는 부자 아주머니가 산대. 엄마가 그러는데 그분이 누날 신사하고 결혼시켜 줄 거래."

테스는 갑자기 조용해지면서 생각에 잠겼다. 에이브러햄은 남의 말을 듣기보다 자기 말만 재잘거리는 것을 더 좋아했으므로 누나가 무엇에 정신을 쏟고 있는지 별로 마음에 두지 않았다. 그는 벌통에 몸을 기대고 하늘을 쳐다보며 별에 대한 이야기를 했다. 별들은 이 두 보잘것없는 인간의 생명은 아랑곳없이 어두운 허공에서 차갑게 맥박치고 있었다. 그는 저 깜빡깜빡 빛나는 별은 얼마나 먼 곳에 있는지, 저편에 하나님이 있는지 등을 물었다. 그의 어린애다운 재잘거림은 이따금 천지 창조의 경이보다 더 깊이 그의 상상력을 자극했다. 만약 누나가 신사와 결혼해서 부자가 된다면, 저 별들을 네틀콤 타우트만큼이나 끌어당기는 큼직한 망원경을 살 만한 돈을 가질 수 있을까?

온 집안사람 머릿속에 가득 찬 이 얘기가 다시 나오는 바람에 테스는 견딜 수가 없었다.

"그런 소리 이젠 그만둬!"

테스는 역정을 냈다.

"별들도 세계가 있다고 그랬지, 누나?"

"그래."

"우리들이 사는 세계와 같아?"

"그건 모르지만 아마 그럴 거야. 가끔씩 별이 우리 집 사과나무에 달려 있는 사과와 비슷하게 보일 때가 있지. 아주 싱싱하고 흠도 없어. 간혹 가다가 벌레 먹은 것도 있긴 하지만."

"우리들은 어느 쪽에 살고 있어? 싱싱한 거야, 벌레 먹은 거야?"

"벌레 먹은 쪽이지."

"저렇게 싱싱한 별이 많은데, 좋은 걸 고르지 못한 건 아주 운이 나쁘구나!"

"그래."

"정말 그래, 누나?"

이 신기한 얘기에 무척 감명을 받은 에이브러햄은 누나를 돌아보면서 말했다.

"만일 우리들이 싱싱한 놈을 골랐더라면 어떻게 됐을까?"

"글쎄. 아버지는 저렇게 기침지도 않으실 테고, 이번 장에 못 갈 만큼 술에 취하지도 않으셨을 거야. 어머니도 끝없는 빨래 같은 건 안 하셨을 거야."

"그리고 누나는 처음부터 부잣집 아가씨여서 꼭 신사한테 시집을 가야 되는 일도 없을 거구."

"그만둬라, 얘. 제발 그런 소린 이제 하지 마!"

혼자 생각에 잠기게 된 에이브러햄은 졸기 시작했다.

테스는 말을 다루는 데 익숙하지 않았으나 당분간 혼자 말 모는 일을 맡아야겠다고 생각하고 에이브러햄이 자고 싶다면 재우기도 했다. 동생이 떨어지지 않도록 벌통 앞에 둥우리 같은 자리를 만들어 준 그녀는 고삐를 두 손에 쥐고 전과 같이 터벅터벅 말을 몰았다.

프린스는 힘이 없어서 별로 주의할 필요가 없었다. 이제 정신을 팔 말동무도 없게 된 테스는 벌통에 등을 기대고 전보다 더 깊은 생각에 잠겼다. 나무와 울타리의 소리 없는 행렬은 이 세상이 아닌 광경 같았고, 때로 일어나는 바람은 무언가 거대하고 슬픈 영혼의 탄식 같았다.

자기의 삶에 일어난 착잡한 일들을 생각해 보니, 아버지가 자랑하는 일들이 얼마나 허황된 것인가를 알 것 같았고 어머니가 공상하고 있는 청혼자라는 신사의 얼굴도 보이는 듯했다. 그는 테스의 빈곤이나 수의를 입은 기사의 조상을 비웃는 찡그린 얼굴의 사람으로 떠올랐다. 모든 것이 점점 어처구니없어져 그녀는 이제 시간이 어떻게 흐르고 있는지조차 알 수 없게 되었다. 느닷없는 충격이 테스가 앉은 자리를 뒤흔드는 바람에 깜빡 잠들었던 그녀는 번쩍 눈을 떴다.

그들은 그녀가 의식을 잃었을 지점보다 훨씬 멀리 떨어진 곳에 와 있었고 마차는 멈춰 서 있었다. 생전 처음 듣는 옅은 신음 소리가 앞쪽에서 들리고 이어서 "아, 이봐!"하는 누군가의 고함 소리가 들렸다.

마차 옆에 걸렸던 초롱불은 꺼지고 그보다 훨씬 밝은 다른 초롱불이 그녀의 얼굴을 비추고 있었다. 뭔가 엄청난 일이 일어난 것이었다. 차가, 길을 막고 있는 무언가에 얽혀 있었다.

놀라서 마차에서 뛰어내린 테스는 무서운 사실을 발견했다. 신음 소리는 아버지의 가엾은 말, 프린스가 내는 것이었다. 두 바퀴의 아침 우편 마차가 소리 없이 화살처럼 이 오솔길을 달려오다가 불도 없이 느릿느릿 오고 있던 테스의 짐마차와 부딪친 것이다. 삐죽이 나온 우편 마차의 채 끝이 불행한 프린스의 가슴에 칼처럼 꽂혔고, 생명의 피가 상처에서 줄기를 이루며 뿜어져 나와 길 위로 쏟아지고 있었다.

절망에 빠진 테스는 앞으로 뛰쳐나가 상처를 손으로 막았으나 얼굴에서 치마까지 붉은 피가 튀었을 뿐이었다. 그녀는 어찌할 바를 모르고 우두커니 서 있었다. 프린스도 버틸 수 있는 한은 몸을 가누고 서 있더니 땅에 풀썩 쓰러지고 말았다.

이때서야 우편 마차의 마부도 아직 따뜻한 프린스의 몸뚱이를 끌어당겨 마구를 풀기 시작했다. 이미 말은 죽었고, 더 이상 손을 쓸 수 없음을 안 마부는 자기 말 쪽으로 돌아갔다.

"네가 길을 옳게 안 지켰어."

그는 말했다.

"나는 우편물을 운반해야 하니까 너는 여기서 짐을 지키고 기다리는 수밖에 없어. 되도록 빨리 도와줄 사람을 보내 주지. 이제 곧 날이 밝을 테니 무서워할 것 없다."

그는 마차에 올라 급히 달려갔다. 테스는 우두커니 서서 기다렸다. 공기가 희붐해지고 새들은 둥지에서 몸을 털고 일어나 재잘거렸다. 희끄무레 멀리까지 좁은 길이 보였다. 테스는 그 길보다 더 창백한 얼굴이었다. 눈앞의 커다란 피 웅덩이는 벌써 무지갯빛으로 엉기고 해가 떠오르자 무수한 광채가 반사됐다. 프린스는 뻣뻣해진 채 옆에 조용히 누워 있었다. 눈을 반쯤 뜬 프린스의 가슴의 상처는 생명을 다 쏟아 버린 구멍치고는 퍽 작았다.

"모두 내가 저지른 일이야. 모두!"

실의에 찬 테스는 울부짖었다.

"변명이 있을 수 없어. 아무것도. 이제 아버지와 어머니는 무엇으로 살아가시지? 애비야, 얘, 애비!"

그녀는 참사 내내 깊은 잠에 빠져 있는 동생을 흔들어 깨웠다.

"이젠 짐을 가지고 갈 수 없게 됐어. 프린스가 죽었어!"

에이브러햄이 모든 것을 알았을 때, 어린 얼굴에는 오십 먹은 사람 같은 주름살이 잡혔다.

"아, 어저께만 하더라도 난 춤추고 웃고 했는데!"

테스는 혼자 중얼거렸다.

"정말 어쩌면 나는 이렇게 바볼까!"

"우리들이 벌레 먹은 별에서 살고 있어서 그런가 부지. 싱싱한 별에 살고 있지 않아서 말이야, 응, 누나?"

눈물을 글썽거리면서 에이브러햄이 중얼거렸다.

둘은 굳은 침묵 속에서 기다렸다. 그 사이가 아주 길게 여겨졌다. 마침내 가까이 오는 말굽 소리가 나고 물체가 보여서 그들은 마부가 약속을 지켜 주었음을 알았다. 스투어캐슬 가까운 곳에 사는 한 농부가 튼튼하게 생긴 작은 말을 끌고 다가왔다. 벌통을 실은 짐마차에 프린스 대신 새 말을 매고 캐스터브리지 시장으로 갔다.

그날 저녁 빈 수레가 사고 현장에 돌아왔다. 죽은 프린스는 아침부터 도랑 속에 누워 있었다. 길 한복판에 피가 고인 곳은 지나가는 수레바퀴에 짓밟히고 뭉개졌다. 프린스는 녀석이 전에 끌던 짐마차에 실려 말굽은 하늘로 쳐들린 채 석양빛에 편자를 반짝이면서 팔구 마일 떨어진 말로트 마을로 되돌아갔다.

테스도 일찍 돌아갔다. 어떻게 이 소식을 알려야 할지 엄두가 나지 않았다. 부모의 얼굴빛으로 손해를 이미 알고 계시다는 것을 발견하고는 그녀가 직접 말하지 않아도 되니 한편으로는 마음이 놓였지만 그렇다고 깜빡 잠들어버린 자기의 부주의에 대해 줄곧 쌓아올린 자책감은 조금도 줄지 않았다. 이 불행한 사고는 그들의 처지로서는 파산을 뜻하는 것이었고 부지런히 일하는 다른 집의 경우로서는 약간의 불편을 의미하는 데 지나지 않겠지만, 워낙 살림살이가 정돈돼 있지 않았기 때문에 살아보려고 애쓰는 가정이 이런 경우를 당했을 때보다는 태연할 수 있었다. 열심히 딸자식의 행복을 바라는 부모라면 응당 터뜨렸을 불같은 노여움을 더비필드 내외는 얼굴에 나타내지 않았다. 그녀를 책망하는 사람은 없었다.

가죽 다루는 폐마상이 늙은 말이라고 겨우 이삼 실링밖에 주지 않겠다는 말에 더비필드는 단호한 태도를 취했다.

"좋아."

그는 태연한 얼굴로 말했다.

"나는 말의 늙은 몸뚱이를 팔지 않겠다. 우리 더버빌 가문이 이 땅의 기사였을 적에 누가 군마를 고양이 밥으로 팔았던가. 그런 푼돈은 저희들이나 가지라고 해! 이 녀석은 살아서 나를 잘 도와주었으니 이제 와서 떨어지고 싶지 않아."

이튿날 그는 식구들이 먹을 곡식을 가꾸던 지난 몇 달보다 더 열심히 프린스의 무덤을 팠다. 다 파고 난 뒤 더비필드 부부는 밧줄로 말 몸뚱이를 묶어 구덩이까지 끌고 갔다. 아이들이 장례 행렬을 지어 그 뒤를 따랐다. 에이브러햄과 리자 루는 흑흑 느껴 울고 호프와 모데스티는 엉엉 소리 내어 슬픔을 쏟아냈다. 울음소리는 바

람벽에 메아리쳤다. 프린스가 구덩이로 털썩 떨어지자 모두 무덤
가에 둘러섰다. 그들은 이제 밥벌이 일꾼을 잃었다. 어떻게 할 것
인가?

"프린스는 천국에 갔어?"

에이브러햄이 훌쩍이면서 물었다.

더비필드가 삽으로 흙을 덮기 시작하자 아이들이 다시 울기 시작
했다. 테스만 울지 않았다. 자기가 말을 죽인 듯 얼굴은 눈물 흔적
없이 창백하게 질려 있었다.

5

주로 말에 의지해 온 행상 일은 그날부터 뒤틀리게 되었다. 빈궁
까지는 아니어도 곤경의 그림자가 어슴푸레 나타나기 시작했다.
더비필드는 마을에서 소문난 게으름뱅이였다. 때로는 일할 수 있
는 충분한 힘을 가지고 있었으나 그때와 일을 해야 할 때가 잘 들
어맞지 않았으며 날품팔이 노동자의 일상적인 노동에 길이 들지
않아 어쩌다 한다 하더라도 끝까지 해내지를 못했다.

한편 테스는 부모를 이런 궁지에 빠뜨린 당사자로서 어떻게 하면
그들을 구해낼 수 있을까 하고 혼자 곰곰이 생각하고 있었다. 그때
어머니가 자기의 계획을 털어놓았다.

"사람의 생활에는 오르막과 내리막이 있는 법이다, 테스."

어머니는 말했다.

"그리고 너의 고귀한 혈통두 이 좋은 때에 알게 됐구나. 친척을
만나볼 때는 바루 지금이야. 넌 저 숲 끝에 더버빌 부인이라는 돈
많은 친척이 살고 있는 걸 아니? 그인 틀림없이 우리 집안이야. 넌
거기를 찾아가서 친척이라고 밝히고 우리 집 사정이 어려우니 도
와 달라고 청을 해보는 거다."

"난 그러고 싶지 않아요."

테스는 말했다.

"그런 부인이 있다면 우리를 친밀히 대해 주는 것만으로 충분하잖아요. 도움까지 바라지는 않더라도."

"너 같으면 그 부인이 무슨 일이든 해줄 만큼 마음에 들어 할 게다. 또 네가 아는 이상의 일이 있을지도 모르잖니. 얘, 내가 들은 것이 있어 그런다."

집에 해를 입혔다는 압박감 때문에 테스는 여느 때와는 달리 어머니의 희망에 순순히 따르려고 했지만 어머니가 왜 이런, 별로 이익이 없을 성싶은 계획을 꾸미고는 이처럼 흡족해하는지 알 수 없었다. 혹시 어머니가 이 더버빌 부인이 참으로 비길 바 없이 덕이 높고 인자한 분이라는 것을 어디서 알아냈을지도 모를 일이었다. 그러나 테스의 자존심은 가난한 친척의 역할을 하는 것을 마뜩찮게 여겼다.

"차라리 무슨 일자리를 찾을까 봐."

테스는 중얼거렸다.

"더비필드, 당신이 결판을 내구려."

뒤에 앉아 있는 남편을 돌아보면서 아내는 말했다.

"당신이 가라면 가겠지."

"내 자식이 낯선 친척을 찾아가서 폐를 끼친다는 것은 맘에 들지 않아."

그는 중얼거렸다.

"나는 문중에서 제일 높은 가장이니까 그만한 위치에 맞게 처신해야 돼."

테스에게 가지 말고 있으라는 아버지의 이유는 그녀에게 마뜩찮았다.

"어머니, 하긴 내가 말을 죽였으니까."

테스는 슬픈 듯이 말했다.

"무엇이든 해야겠다고 생각은 하고 있어요. 그분을 찾아뵙는 것은 어렵지 않아요. 하지만 도와 달라고 청하는 것은 저한테 맡겨 주셔야 돼요. 그리고 그분이 저를 결혼시켜 준다느니 하는 생각일랑은 아예 하지도 마세요. 그건 어리석은 일이에요."

"옳은 말이다, 테스."

아버지가 점잖게 말했다.

"내가 그런 생각을 헌다고 누가 그러든?"

조앤이 물었다.

"내 짐작이에요. 어머니가 혹 그런 생각을 하실까봐. 하지만 가 보겠어요."

이튿날 아침 일찍 일어난 그녀는 언덕 위의 샤스톤까지 걸어가서 일주일에 두 번 샤스톤에서 동쪽으로 체이스보로까지 다니는 마차를 탔다. 마차는 트랜트리지 마을 가까이를 지나가는데 그곳에 막연히 소문으로만 듣던 더버빌 부인의 신비로운 저택이 있었던 것이다.

이 잊지 못할 아침, 테스 더비필드가 더듬어 찾아간 길은 그녀가 태어나고 자란 골짜기의 동북쪽 산하를 가로지르고 있었다. 블랙무어 골짜기는 그녀의 세계였고, 그곳에 사는 주민들은 한 민족이었다. 그녀는 세상이 모두 이상하게 보이던 어린 시절, 말로트 마을의 대문 앞에나 층층대에서 골짜기 전체를 내려다보곤 했는데 그 시절에 신비로웠던 것은 지금도 그때 못지않게 신비로웠다. 그녀는 매일같이 자기 방 창문가에서 탑과 마을과 흰 저택들을 바라보았으며 무엇보다 샤스톤 마을에 의젓하게 솟아 있는 집의 창문이 저녁 햇빛을 받아 등불처럼 반짝이는 것을 바라보곤 했었다. 그러나 그 마을에 가본 적은 없었으니 분지와 그 주변조차도 그녀가 아는 것은 좁은 부분에 지나지 않았다. 이 골짜기를 멀리 떠난 적도 한 번 없었다. 사방을 둘러싼 산들의 윤곽이라면 친척들의 얼굴 윤곽만큼 그녀에게는 친밀했지만 그 너머에 있는 것들에 대해선 일이 년 전에 우등으로 졸업한 마을 학교에서 배운 것으로 판단하는 수밖에 없었다.

어린 시절 그녀는 또래의 여자아이들한테 많은 사랑을 받았다. 테스는 하교 중인 세 친구 가운데 늘 눈에 띄었다. 언제나 가운데서는 테스는—빛깔이 바래서 뭐라 표현할 수 없는 털실로 짠 원피스에 고운 바둑판무늬가 새겨진 분홍빛 앞치마를 걸치고—긴 줄기 같은 다리로 걸어 다녔는데 꼭 끼는 긴 양말은 길바닥이나 둑 위에서 풀이나 돌멩이를 찾느라고 무릎을 꿇는 바람에 닳아서 사닥다리 모양의 조그만 구멍이 나 있었다. 그녀의 흙빛 머리는 불 위에 냄비를 거는 고리처럼 대롱대롱 매달려 있었다. 양쪽에 선 두 소녀는 테스의 허리에 팔을 감고, 테스는 두 친구의 어깨에 팔을 얹고 다녔다.

테스가 점점 크면서 집안 사정을 알게 되자 아이들을 돌보고 먹이는 일이 여간 괴로운 일이 아닌데도 어머니가 생각 없이 그 많은 동생들을 낳은데 대해서 매우 맬서스[3]적인 생각을 품었다. 그러나 어머니의 지각은 천진난만한 어린아이 정도였다. 조앤 더비필드는 하나님의 섭리에 따라 줄줄이 어린아이가 태어난 것이지만 맏이는 아니라고 생각했다.

그러나 테스는 어린 동생들을 따뜻하게 보살펴 주었으며 부모를 도우려고 학교를 졸업하자 곧 이웃 농가에 가서 건초를 만들거나 추수 일을 거들어 주곤 했다. 또 우유 짜는 일이나 버터 만드는 일도 즐겨 거들었는데, 아버지가 암소를 기를 때 배웠던 일이고 워낙 손이 민첩해서 썩 잘했다.

집안의 무거운 짐은 나날이 어린 테스의 두 어깨에 얹어지는 듯이 보였으며 테스가 더비필드 집안의 대표로서 더버빌 저택에 가야 한다는 것은 당연한 일이 되었다. 이 경우 더비필드네로서는 그들의 가장 아름다운 딸을 밖으로 내보내고 있다는 것을 인정하지

---

3) 토머스 로버트 맬서스, 빈곤의 원인을 인구 증가에 돌린 영국의 경제학자(1766~1834)

않을 수 없었다.

그녀는 트랜트리지 사거리에서 마차를 내려 체이스라고 부르는 곳을 향해 언덕을 걸어 올라갔다. 그녀가 들은 바로는 이 체이스 기슭에 더버빌 부인의 '슬로프' 저택이 있다고 했다. 보통 말하는 장원의 저택에는 밭이랑 목장이 딸려 있고 지주와 그 가족의 생활을 위해 어떤 수단으로든 착취되기 때문에 항상 투덜거리기만 하는 소작농이 있는데 이 저택만은 달랐다. 저택은 오히려 순수하고 단순한 생활을 즐기기 위해서 지은 별장에 더 가까웠으며 거주에 필요한 땅 외의 자투리땅은 조금도 없었다. 주인은 심심풀이로 하는 조그마한 농원을 갖고 있었으나 관리인이 돌보고 있었다.

처마 끝까지 울창한 상록수로 가려진 붉은 벽돌의 문지기 집이 먼저 눈에 띄었다. 테스는 이것이 저택인 줄 알았는데 옆문을 지나 길이 굽은 곳에 이르자 본채 건물이 완전한 모습을 나타냈다. 얼마 전에 지은 집으로—사실 거의 새 집이었다—문지기 집의 상록수와 대조를 이루는 진한 붉은 색 건물이었다. 주위의 차분한 색채를 배경으로 빨간 제라늄처럼 산뜻하게 서 있는 이 저택의 뒤쪽으로 체이스의 연한 하늘빛 풍경이 펼쳐져 보였다. 참으로 숭엄한 산림지대, 영국에 남아 있는 거의 태곳적 수명을 지닌, 얼마 안 되는 산림지대의 하나였다. 드루이드교파가 숭배했다는 겨우살이 늙은 참나무 줄기를 지금도 볼 수 있고 사람의 손으로 심지 않은 거대한 무화과나무가 활을 만들고자 가지를 치던 시대에 자랐던 그대로 자라나고 있었다. 이 예스러운 숲의 모습이 슬로프 저택에서도 보이기는 했으나 영지의 경계 밖에 있었다.

이 아늑한 영지 안에 있는 것은 모두 맑고 풍요롭고 손질이 잘 되어 있었다. 몇 에이커나 되는 온실이 경사지를 따라 언덕 아래 관목 숲까지 뻗치고 있었다. 모든 것이 방금 조폐국에서 찍어낸 새 동전같이 보였다. 오스트리아 소나무와 참나무로 반쯤 가려진 마구간은 최신 기구를 모두 갖추고 있었으며 교회의 지성소만큼이나 위엄 있어 보였다. 널따란 잔디밭에는 장식을 한 천막을 쳐놓았는데 입구는 테스를 향해 열려 있었다.

순진한 테스 더비필드는 자갈이 깔린 마차길 한쪽에 거의 얼빠진 듯 서서 바라보았다. 그녀는 발이 가는 대로, 어딘지도 모른 채 무심하게 걸어왔는데, 와서 보니 모든 것이 그녀가 생각했던 것과는 아주 딴판이었다.

"아주 오래된 집이라고 생각했는데 여긴 새 집이잖아!"

테스는 소녀처럼 꾸밈없이 중얼거렸다. 그녀는 '친척이라고 주장해보라'고 하던 어머니의 계획에 선뜻 따르지 말고 집 근처에서 도움을 얻도록 애썼더라면 좋았을 것을 하고 생각했다.

이 모든 것을 소유하고 있는 더버빌네는 처음에는 스토크 더버빌을 자칭했었지만, 영국의 고풍스러움에 젖은 이 지방에서는 찾아보기 힘든 좀 색다른 집안이었다. 휘청거리며 걷는 존 더비필드가 이 고장에 남아 있는 옛 더버빌 집안의 유일한 진짜 직계 자손이라고 한 트링엄 목사의 말은 옳았다. 그때 목사는 스토크 더버빌네가 정통 더버빌 집안이 아니라는, 자기가 잘 아는 사실을 덧붙여 말해 주었어야 했다. 하지만 이 집의 부흥을 필요로 하는 가명을 접목하기에 아주 훌륭한 구실이 되어 준 것만은 인정되어야 할 것이다.

얼마 전에 시몬 스토크 노인은 영국 북부에서 착실한 장사꾼으로(대금업자였다는 말도 있다) 재산을 모은 후 자기가 장사하던 지방과는 멀리 떨어져 있는 영국 남부의 한 시골에 정착하려고 작정했다. 그래서 그는 한때 빈틈없는 장사꾼이었던 본색이 얼른 드러나지 않을 만한, 멋없고 뚝뚝한 성보다는 덜 평범한 성을 가지고 재출발할 필요가 있다고 생각했다. 그는 한 시간 동안 대영박물관에서 이제부터 그가 영주하려는 지방의 명문 가운데서 아주 없어져 버렸거나 또는 반쯤 없어져 버린 집안들을 연구한 기록 문서를 조사한 끝에 더버빌이 다른 것들보다 좋게 들린다고 생각하여 그 성을 자신과 후계자의 이름에 영구히 붙였던 것이다. 그는 엉뚱한 인물이 아니었으므로 새로운 바탕 위에서 자기 집의 계보를 만드는 데 있어서도 다른 집안과의 인과 관계나 귀족과의 연관 관계를 맺는 데 전혀 무리가 없도록 합당한 계급 이상의 칭호는 하나도 삽입하지 않았다.

이런 상상의 산물로 만들어진 가문이란 걸 테스와 그 부모들이 알 리가 없었다. 이것이 그들의 실패의 원인이었다. 사실 이렇게 성을 만들어낼 수 있다는 것조차 그들은 전혀 몰랐다. 잘산다는 것은 운명의 혜택일지 몰라도 집안의 성은 태어날 때부터 정해져 있는 것이라고 생각했다.

테스는 수영하는 사람이 물로 뛰어들기 전에 주춤거리는 것처럼 물러날까 그대로 버틸까를 정하지 못하고 서 있었다. 그때 사람의 그림자가 천막에서 나왔다. 키가 후리후리한 젊은 남자가 담배를 물고 있었다.

얼굴은 거무스름했으며 흉하게 생긴 붉고 두툼한 입술 위에 끝이 뾰족하게 말려 올라가도록 다듬어진 수염을 기르고 있었다. 나이는 스물 서넛 이상 되어 보이지는 않았다. 겉보기에 야만스러운 데는 없었지만 이 신사의 얼굴과 대담한 눈에는 일종의 힘이 있었다.

"아, 예쁜 아가씨께서 무슨 볼일이십니까?"

그는 가까이 오면서 경쾌하게 말했다. 테스가 어쩔 줄 모르고 서 있는 것을 금세 알아차리고는 말했다.

"어려워할 건 없어요. 나를 만나러 오셨나요?"

더버빌 집안의 한 사람이자 같은 성을 가진 사람의 출현은 저택과 정원이 이상으로 테스의 예상과 어긋났다. 그녀가 그리고 있던 것은 더버빌 집안의 용모적인 특징을 모조리 순화시킨 것 같은 늙고 위엄 있는 얼굴, 온갖 추억을 구상화한 듯 주름이 잡히고 몇 세기에 걸친 일족의 역사와 영국의 역사가 상형문자처럼 나타난 얼굴이었다. 그러나 그녀는 당면한 일을 피할 수 없었으므로 용기를 내어 대답했다.

"어머님을 뵈러 왔어요."

"어머니는 만나지 못하실 걸요. 편찮으시니까."

가짜 가문의 현 주인은 대답했다. 그는 최근에 죽은 분의 외아들 알렉이었다.

"내가 용건에 대답할 수 없을까요? 어머니는 무슨 용무로 만나러 오셨지요?"

"용무가 아니에요. 그건…… 뭐라고 말하면 좋을까?"

"놀러 오셨나요?"

"아, 아니에요. 제가 말씀드리면 아마도……."

테스는 자기의 심부름이 매우 우스꽝스럽다는 생각이 새삼스레 느껴졌다. 그가 무섭기도 하고 여기 와 있다는 것이 불안스러웠음에도 불구하고 장밋빛 입술로 방긋 미소를 지어 보였다. 미소는 거무스레한 알렉산더의 마음을 크게 끌었다.

"아주 어리석은 일이에요."

그녀는 말을 더듬거렸다.

"말씀드릴 수도 없을 것 같아요!"

"괜찮습니다. 나는 어리석은 걸 좋아하니까. 말해 봐요, 아가씨."

그는 정답게 말했다.

"어머니가 가보라고 하셨어요."

테스는 말을 계속했다.

"그리고, 실은, 저도 이렇게 될 줄은 몰랐어요. 저는 댁과 우리 집이 한집안이라는 말씀을 드리려고 왔어요."

"후! 가난한 집안이란 말이지?"

"네."

"스토크 집안?"

"아뇨, 더버빌이에요."

"아, 참, 더버빌 집안이지."

"우리 집 성은 변해서 더비필드가 되었지만 우리가 더버빌 집안이라는 증거는 여러 가지 있어요. 옛것을 연구하는 분들도 그렇게 말하고요. 그리고 우리 집엔 오래된 도장이 하나 있는데 방패 모양의 윤곽 안에 사자가 뒷발로 서 있고 그 위로 성이 그려져 있어요. 또 아주 오래된 은수저도 하나 있는데 오목한 데가 마치 조그만 국자같이 되어 있고 손잡이에 뛰어오르는 사자 한 마리와 성이 그려져 있어요. 그런데 너무 오래된 것이라서 어머니는 완두콩 수프를 휘젓는 데 쓰고 계시지요."

"은으로 된 성은 분명히 우리 집 문장의 윗장식이지요."

그는 상냥하게 말했다.

"사자가 뒷발로 서 있는 문장이지요."

"그래서 어머니는 댁에 가서 인사를 드려야 한다고 말씀하셨어요. 불행한 사고로 집에서 일하는 말을 잃었고 또 우리 집안 중에서는 제일 오래된 집안이라서."

"퍽 친절한 어머님이시군요. 나도 모친이 하신 말을 유감으로 생각하지는 않아요."

알렉은 테스가 살짝 얼굴을 붉힐 만큼 지그시 바라보았다.

"그러니까 예쁜 아가씨, 당신은 집안사람으로서 우리 집에 친선 방문을 오신 셈이네!"

"그런 셈이에요."

테스는 머뭇머뭇 말하고 저택을 둘러보았다.

"글쎄 그거야 조금도 해로울 건 없지. 댁이 어디지? 아가씨는 뭘하고?"

그녀는 간단히 사정을 이야기했다. 그리고 다시 몇 가지 질문에 답한 뒤 올 때 타고 온 마차 편으로 되돌아갈 생각이라고 일렀다.

"그 마차가 돌아와서 트랜트리지 사거리를 지나가자면 아직 한참 시간이 있어요. 시간을 보낼 겸 집 안을 좀 거닐면 어떨까, 어여쁜 아가씨?"

테스는 되도록 빨리 이 방문을 끝내고 싶었으나 젊은이가 억지로 권하므로 따라가겠다고 동의했다. 그는 그녀를 데리고 잔디밭과 화단과 화초용 온실에 들렀다가 거기서 다시 과수원과 과일용 온실로 들어가서 딸기를 좋아하느냐고 물었다.

"네."

테스는 말했다.

"딸기철이 되면요."

"여기 벌써 나와 있지."

더버빌은 몸을 구부려 여러 종류의 딸기를 따더니 뒤에 서 있는 그녀에게 넘겨주었다. 그러다가 '영국 여왕'종의 잘 익은 딸기를 따서 꼭지를 쥐고 그녀의 입에 갖다 댔다.

"아니, 아니에요!"

그녀는 그의 손과 자기 입술 사이를 손으로 막으면서 재빨리 말했다.

"제 손으로 먹겠어요."

"못난 소리!"

그는 고집했다. 그녀는 약간 난처해하면서 입술을 벌려 딸기를 받아먹었다.

두 사람은 거닐며 시간을 보냈다. 테스는 더버빌이 권하는 것을 반은 즐겁고 반은 내키지 않는 마음으로 모두 받아먹었다. 그녀가 더 이상 먹을 수 없게 되자 그는 조그마한 바구니에 딸기를 가득 채워 주었다. 그리고 그들은 장미나무가 서 있는 곳을 돌아가게 되었는데 거기서 그는 꽃을 꺾어 그녀에게 주면서 가슴에 꽂으라고 했다. 그녀는 하라는 대로 했다. 그리하여 가슴에 더 꽂을 수 없게 되자 그는 꽃봉오리 한두 개를 따서 자기 손으로 꽂아 주고 호기롭게 그녀의 바구니에 꽃을 수북이 담아 주었다. 그리고는 손목시계를 들여다보면서 그가 말했다.

"이제 뭘 좀 먹고 나면 떠날 시간이 될 거야. 샤스톤으로 가는 마차를 타려면 말이야. 이리로 와, 먹을 것을 좀 찾아올 테니까."

스토크 더버빌은 그녀를 잔디밭으로 데리고 돌아가서 천막 안에 그녀를 남겨두고 나가더니 곧 가벼운 점심식사를 담은 바구니를 들고 나타나 손수 테스 앞에 펼쳐 놓았다. 젊은 신사는 하인들이 이 유쾌한 시간을 방해하지 말기를 원하는 것이 분명했다.

"담배 태워도 괜찮을까?"

그가 물었다.

"아, 그럼요, 물론."

그는 그녀의 먹는 모습을 천막 안에 퍼지는 담배 연기 사이로 지켜보았다. 테스 더버빌은 그녀 가슴의 장미꽃을 천진하게 내려다보면서 예측하지 못한 파란 마약의 안개 뒤에 '비극적 위험'이 숨어있는 것을 깨닫지 못했다. 그 사람은 무지개처럼 다채로운 그녀의 인생에 핏빛 재앙을 가지고 기다리고 있었던 것이다. 그녀의 매력이 그녀에게서 떨어지지 않는 것이 원인이었다. 풍만하게 무르익은 육체의 완전함때문에 그녀는 실제 나이보다 성숙해 보였다. 그녀의 자태는 어머니한테서 물려받았지만 그것이 뜻하는 본질은 갖고 있지 않았다. 그녀의 친구들은 시간이 흐르면 나아진다고 말했지만 그녀는 이따금 괴로워하곤 했었다.

테스는 곧 점심을 마쳤다.

"이제 저는 집에 가야겠어요."

그녀는 일어서면서 말했다.

"그런데 이름은 뭐라고 하지요?"

그는 그녀를 따라 마차가 다니는 길까지 나왔을 때 물었다.

"말로트 마을의 테스 더비필드예요."

"그래, 집에서 말을 잃었단 말이지요!"

"제가 말을 죽였어요!"

그녀는 눈물을 글썽거리면서 프린스가 죽은 경위를 이야기했다.

"그래서 저는 아버지에게 어떻게 해드려야 할지 모르고 있어요!"

"나도 뭐 무슨 방도가 없나 생각해 봐야겠군. 어머니가 틀림없이 당신에게 무슨 일자리를 하나 구해 주실 거요. 그런데 테스, '더버빌'에 대한 쓸데없는 소리는 이제 그만두도록 해요. '더비필드'면 그만이요. 알겠어요? 전혀 다른 성이니까."

"저는 그 이상 더 바라지 않아요."

그녀는 약간 위엄을 보이면서 말했다.

잠시 동안, 불과 잠시 동안, 두 사람이 높다란 석남화와 침엽수 사이 차도의 모퉁이에 이르렀을 때, 그는 그녀 쪽으로 얼굴을 기울이고 마치—그러나 안 된다!—고 생각을 고쳐먹은 듯 그녀를 그대로 보내 주었다.

이렇게 일은 시작되었다. 만일 그녀가 이 만남을 인식했더라면, 그녀는 어째서 그날 올바르고 바람직한 남자를 만나지 않고 자기를 점찍고 탐내는 엉뚱한 남자를 만나도록 운명 지어졌을까 하고 반문했을 것이다. 그러나 이상적인 남자에게 있어서 그녀에 대한 인상은 덧없는 것에 지나지 않았다.

훌륭한 판단으로 계획된 일이라도 잘못 실행되면 기대했던 결과를 가져오기 힘들다. 자연은 가련한 인간에게 행동으로 옮길 수 있는 때를 '보라!'하고 가르쳐 주는 일이 거의 없다. 지루한 숨바꼭질이 될 때까지 찾아 헤매는 인간의 '어디?'라는 부르짖음에 '여기!'라고 답해 주는 일도 드물다. 인류의 진보가 정점에 이르면 더 정묘한 직관이나 사회제도의 상호 작용에 의해서 이러한 시행착오가 시정될지는 모를 일이다. 그러나 그런 완벽한 상태가 가능하다고 예언할 수는 없으며 심지어 가능하다는 생각조차 할 수 없는 일이다.

현재의 경우 단지 이렇게 말하면 족할 것이다. 즉 몇 백만의 경우와 마찬가지로 완벽한 하나가 될 두 반쪽은 완벽한 순간에 만난 이상적 반쪽이 아니라, 짝을 찾지 못한 반쪽들이 저마다 외로이, 지상을 방황하다가 간신히 만난 반쪽이라고. 이런 서툰 망설임에서 근심과 실망과 충격과 비극과 기구하다는 말로는 표현할 수 없는 '운명'이 솟아나기 마련이다.

더버빌은 천막으로 되돌아가서 의자에 걸터앉아 뭔가를 생각하다가는 한바탕 유쾌하게 웃어댔다.

"나 참, 우습네. 하하하, 그런데 꽤 귀여운 여자앤데!"

6

테스는 언덕을 지나 트랜트리지로 가서 체이스보로에서 샤스톤으로 돌아가는 마차를 타려고 멍하니 서서 기다렸다. 마차에 오르면서 말대꾸는 했지만, 다른 승객들이 자기에게 뭐라고 말했는지 기억하지 못했다. 마차가 다시 달리기 시작했지만 그녀는 밖을 내다보지 않고 생각에만 잠겨 있었다.

승객들 중에서 어떤 사람이 지금까지 들어 본 일이 없는 날카로운 말투로 그녀에게 말을 걸어 왔다.

"마치 꽃다발 같군요! 유월 초에 장미꽃이 만발하다니!"

테스는 모자와 가슴에 장미를 꽂은 자기의 모습과 바구니에 넘칠 듯 가득한 딸기와 장미꽃이 다른 사람들의 눈에 신기하게 보인다는 것을 비로소 알아챘다.

그녀는 얼굴을 붉히면서 이 꽃들은 선물 받은 것이라고 머뭇거리며 말했다. 사람들이 그녀에게서 눈을 돌리자, 그녀는 눈치를 보면서 모자에 꽂은 꽃을 뽑아 바구니에 넣고는 손수건으로 그 위를 덮었다. 그녀가 다시 생각에 잠겨 아래를 내려다볼 때, 가슴에 달고 있던 장미꽃 가시가 우연히 그녀의 턱을 찔렀다. 블랙무어 지방에 사는 마을 사람들과 마찬가지로 그녀도 환상과 미신에 젖어 있어서 가시에 찔린 것은 불길한 징조라고 생각했다. 그날 그녀가 처음으로 느낀 불길한 예감이었다.

마차는 샤스톤까지만 가기 때문에, 말로트 마을 골짜기까지 가려면 오륙 마일이나 되는 비탈길을 걸어서 내려가야만 했다. 그녀의 어머니는, 너무 피곤하면 샤스톤에 있는 아는 여자 집에서 자고 오라고 일러두었다. 그래서 테스는 샤스톤에서 하룻밤을 묵고 이튿날 오후에 집으로 돌아왔다.

그녀가 집 안에 들어섰을 때, 어머니의 의기양양한 태도를 보고 집에 무슨 일이 있었다는 사실을 곧 눈치 챘다.

"그렇구말구! 일이 이렇게 될 줄 알았지. 잘될 거라구 내가 말혀잖었니. 내 생각이 딱 들어맞었단 말이야!"

"제가 없는 동안에 말인가요? 무슨 일이 있었어요?"

테스는 약간 지친 듯이 물어봤다. 어머니는 모든 것을 알고 있다는 듯이 그녀의 아래위를 훑어보면서 농담조로 말했다.

"그 집 사람들이 너헌테 홀딱 반했드구나!"

"어머니가 어떻게 알아요?"

"편지를 받았단다."

테스는 자기가 없는 사이에 편지가 올 만한 시간은 있었나보다고 생각했다.

"더버빌 부인이 자기가 취미삼아 하는 조그만 양계장 일을 돌봐줬으면 좋겠다는구나. 그러나 그런 부탁을 허는 것은 니가 딴 생각을 먹지 않구 그 집에 오도록 허기 위한 핑계일 뿐이야. 그리구 너를 친척으로서 맞이허겠다드라."

"하지만 전 그 부인을 보지도 못했는걸요."

"그럼 다른 사람을 만난 게로구나?"

"부인의 아들을 만났어요."

"그래, 그 사람이 너를 친척으로 생각허든?"

"그건 알 수 없지만…… 날 보고 사촌 누이라고 불렀어요."

"내 그럴 줄 알았지! 여보! 그 청년이 이 앨 사촌 누이라구 그러드래!"

부인이 다시 얘기를 이었다.

"그러니까, 아들헌테서 그 얘기를 듣구 널 쓰겠다구 그러는구나."

"그렇지만 그 일을 잘해낼지는 모르겠어요."

테스는 애매한 대꾸를 했다.

"그럼 누가 잘헐 수 있는지 모르겠구나. 시골에서 태어나 그런 일루 자란 니가 못하다니. 시골에서 자란 사람은 누구보다 그 일을 더 잘 하는 법이야. 또 그런 일은 네가 미안해헐까 봐서 시키는 척 허는 거야."

"아무리 생각해도 가지 않는 게 좋겠어요. 누가 쓴 편지인지 좀 보여 주시겠어요?"

테스가 생각하듯 말했다.

"자, 여기 있다. 더버빌 부인이 쓴 거드라."

그 편지는 삼인칭으로 쓴 것이었는데 테스가 양계장 일을 도와줬으면 좋겠다는 것과 아가씨가 승낙만 한다면 좋은 방도 주고 또 보수는 두둑하게 준다는 짤막한 내용이었다.

"이게 다예요?"

"그럼 어떻게 처음부터 너를 얼싸안고 입 맞춰주기를 바랄 수 있겠니."

테스는 창밖을 내다보았다.

"차라리 이 집에서 엄마와 아빠하고 같이 사는 게 좋겠어요."

"그건 또 왜?"

"왜냐고요, 그건 말 안하는 게 좋아요. 저도 모르게 가고 싶지 않아요."

한 주일이 지난 어느 날 저녁, 테스는 이웃집에 간단한 일거리를 얻으러 갔다가 헛걸음만 하고 돌아왔다. 그녀는 여름에 돈을 벌어서 말을 장만해야겠다고 마음먹고 있었다. 그녀가 집 안에 들어서자 동생 하나가 방 안에서 껑충껑충 뛰면서 떠들고 있었다.

"멋쟁이가 왔다갔어!"

어머니는 입을 함지박만큼 벌리고 좋아하면서 숨차게 얘기했다. 더버빌 부인의 아들이 말로트 마을을 지나가는 길에 말을 타고 왔는데, 테스가 일을 도와주러 올 것인지 부인이 다짐을 받아오라고 했다는 것이다. 그는 또 지금까지 그 일을 맡아 보던 청년을 믿을 수 없어 그만두게 했다는 등을 늘어놓았다고 잔뜩 들떠 얘기했다.

"더버빌 도련님은 네가 착한 아가씨임에 틀림없다고 믿는대. 너를 무슨 금덩어리처럼 알고 있더라니까 글쎄. 사실은 그 사람이 너를 상당히 좋아허는 것 같드구나."

테스는 자신을 보잘것없는 존재로 생각하는데, 낯선 사람이 자기를 그렇게까지 칭찬해 준다니까 기분이 좋아지는 것 같았다.

"그 청년이 저를 그렇게 생각해 준다니 고맙지 뭐예요, 그 집 사정을 알 수만 있다면 언제든지 가겠어요."

"그 사람 아주 잘생겼드라!"

"제가 보기엔 그렇지 않던데요."

"가거나 말거나 니 마음대로 할 일이지만, 그 사람은 멋진 다이아 반지를 끼고 있던데!"

창문턱에 앉아 있던 에이브러햄이 쾌활하게 말했다.

"맞아. 나도 끼고 있는 걸 봤어! 그 사람이 콧수염을 만질 땐 반지가 반짝반짝 빛나던걸. 근데 엄마, 왜 자꾸만 콧수염을 만지지?"

"조그만 녀석 말허는 것 좀 봐요!"

하잘것없는 말인데도 더비필드 부인은 기뻐하며 말했다.

그러자 존 경은 의자에 앉아서 잠꼬대를 하듯이 말했다.

"다이아 반지를 자랑하고 싶어서 그러는 게지."

"다시 생각해 보겠어요."

테스는 방에서 나갔다.

"여보, 테스가 그 집안사람들 마음에 쏙 들었나 부네요. 이런 기회를 놓친다면 저 애는 멍청이거나 바보죠."

부인은 남편 쪽을 보면서 말했다.

"나는 그 애를 보내고 싶진 않아. 내가 직계 후손이니까 그들이 우리를 찾아오는 게 당연한 일이지."

부인은 남편을 타일렀다.

"아니에요, 그 애를 보내야 해요. 여보, 그 청년은 테스에게 홀딱 반했어요. 그거야 당신두 아시겠지만서두요. 그는 우리 애를 누이 동생이라구 불렀대요. 틀림없이 결혼해서 조상들이 누리던 것 같은 생활을 허게 될 거예요."

존 더비필드는 살짝 우쭐대는 성질이 있어서 그런 얘기는 그의 귀를 솔깃하게 했다.

"지당한 말이야. 그게 바로 그 청년의 생각이었는지도 모르지. 또 직계 후손과 혈연을 맺어서 자기 가문을 든든하게 하려고 깊이 생각했는지도 모르지. 저 깜찍한 테스! 한 번 찾아가서 이렇게 좋은 결과를 가져 오다니!"

한편 테스는 깊은 생각에 잠겨서 야생딸기 덤불 사이를 거닐다가 말의 무덤까지 갔다. 그녀가 집으로 돌아오자 어머니는 다그쳐 물었다.

"얘, 어떻게 헐 셈이냐?"

"그 부인을 만나봤더라면 좋았을걸 그랬어요."

"니가 결심만 허면 당장 뵐 수도 있을 거 아냐."

아버지는 의자에 앉아서 쿨럭쿨럭 기침을 하고 있었다.

"전 어떻게 해야 좋을지 모르겠어요! 두 분이 결정해 주세요. 저 때문에 말이 죽었으니까 다른 말을 살 수 있는 방법을 제가 책임져야죠. 하지만 그 남자하고 한집에서 사는 건 정말 싫어요!"

아이들은 다르게 생각하고 있었다. 동생들은 테스가 부유한 친척 집에 살러 가는 것을 말이 죽은 후로는 하나의 낙으로 삼고 있었기 때문에 그녀가 망설이며 가기 싫어하자, 그들은 울기 시작하면서 괜히 망설이고 있다고 그녀를 나무라고 괴롭혔다.

"누나는 그 집에 안 간대! 귀부인도 안 된대! 이젠 근사한 말도 사긴 글렀고, 번쩍번쩍하는 금화도 없어서 갖고 싶은 것도 못 사게 됐어! 누나는 좋은 옷도 입기 싫은가 봐!"

어머니도 애들의 장단을 맞췄다. 항상 집안일을 질질 끌어서 별 것 아닌 일도 실제보다 힘들게 하는 어머니의 태도도 이 장단에 한 몫을 한 셈이다. 오직 아버지만 중립적인 태도를 취하고 있었다.

테스는 버티다 못해 말했다.

"그 집에 가겠어요."

모친은 그녀의 승낙을 얻자 솟아오르는 기쁨을 참지 못했다.

"참 잘 생각했다. 너처럼 아름다운 아가씨에겐 최고의 기회야!"

테스는 쓴웃음을 지으면서 말했다.

"난 이 기회에 돈을 벌려는 거지 별다른 생각은 없어요. 어머닌 이런 시시한 얘길 교구 사람들한테 퍼뜨리지 마세요."

더비필드 부인은 그러겠다고 약속하지 못했다. 그 청년이 한 말을 떠들어대지 않겠다는 장담을 할 수 없었던 것이다.

이렇게 해서 일단 매듭을 지었다. 테스는 그쪽에서 부르기만 하면 언제든지 출발하겠다는 편지를 보냈다. 더버빌 부인한테서 지체 없이 답장이 왔는데, 요구를 들어 줘서 감사하다는 인사와 테스를 맞이하기 위해 이틀 후에 짐마차를 산마루까지 보낼 테니 채비를 하고 있으라는 내용이었다.

더버빌 부인의 필체는 남자 글씨처럼 보였다. 더비필드 부인은 믿을 수 없다는 듯 투덜댔다.

"짐마차를 보낸다구? 자기 친척을 위해서 승용 마차쯤은 보낼 수 있을 텐데!"

태도를 결정하자 불안하던 마음은 사라져서 훨씬 편안했다. 과히 힘들지 않은 일을 해서 아버지에게 다른 말을 사드릴 수 있다는 생각으로 테스는 유쾌하게 집안일을 돌봤다.

테스는 늘 학교 선생이 되기를 바랐지만, 운명의 신은 딴 곳으로 인도하는 것 같았다. 정신 연령으로 본다면 어머니보다 그녀가 높기 때문에 어머니가 품고 있는 결혼에 대한 간절한 소원에 귀를 기울이는 일은 한 번도 없었다. 그러나 생각이 좀 모자라는 어머니는 테스가 태어났을 때부터 좋은 사윗감을 찾는 생각에만 골몰했었다.

7

떠나기로 한 아침, 그녀는 동이 트기 전에 눈을 떴다. 먼동이 트기 직전의 숲은 아직도 고요한데, 참새 한 마리가 적어도 시간만은 정확하게 안다는 듯 맑은 소리로 지저귀고 있을 뿐이었다. 다른 새들은 참새의 지저귐을 비웃는 듯 침묵하고 있었다.

그녀는 아침식사 때까지 이층에서 짐을 꾸렸다. 그녀는 일요일에 입는 외출복까지 잘 개어서 상자에 넣은 다음 집에서 늘 입는 옷을 입고 아래층으로 내려왔다.

어머니는 그녀를 타이른다.

"그런 옷을 입고 어떻게 그 집엘 가니? 새 옷으로 갈아입지 않구?"

"저는 일하러 가는 거지 놀러 가는 게 아니에요."

"그렇긴 해, 처음에는 그렇게 보이는 것도 좋지만, 그래도 남의 집에 가는데 깨끗하게 입는 게 현명한 일이야."

"알겠어요, 어머니 말이 맞는 것 같아요."

그녀는 아무래도 좋다는 듯 조용하게 대답했다. 어머니를 기쁘게 해주려고 모든 것을 어머니한테 맡기고 속삭이듯 말했다.

"어머니 좋은 대로 하세요."

더비필드 부인은 딸의 고분고분한 태도에 좋아서 어쩔 줄 몰랐다.

어머니는 먼저 큰 대야를 가져다 테스의 머리를 감겨 주는데, 어찌나 꼼꼼하게 하는지 머리를 말리고 빗질을 하고 나니 다른 때보다 두 배의 시간이 걸린 것 같았다. 그녀는 평소보다 커다란 분홍색 리본을 머리에 달아 주고 친목회 때 입던 흰옷을 입혔다. 테스의 풍만한 육체와 탐스럽게 땋은 머리는 나이보다 훨씬 성숙하게 보이게 했다.

"이 양말 뒤꿈치에 구멍이 났는데."

"그런 건 걱정헐 것 없다. 양말 구멍이 말을 허진 않을 테니까. 나는 처녀 시절에 모자만 갖구 있어도 아무 걱정 없드라. 귀신이 아니구야 구두 속을 들여다볼 재간이 있겠니!"

어머니는 딸의 아리따운 모습이 흐뭇하여 마치 화가가 자기 그림을 감상하듯, 몇 발자국 뒤로 물러서서 딸을 바라보았다.

"얘! 네 눈으로 네 모습을 보렴, 아주 딴 사람 같구나!"

몸치장할 때 시골 사람들이 흔히 하는 것처럼 어머니도 딸의 온몸을 비추어 볼 수 있도록 창 밖으로 검은 외투를 걸어서 유리창을 큰 거울로 만들었다. 부인은 곧 아래층에 있는 남편한테 내려갔다.

부인은 어쩔 줄 모르며 남편에게 말했다.

"여보, 내 말 좀 들어 봐요. 그 청년이 테스를 사랑허지 않군 못 견딜 거예요. 그래도 그 청년에 대한 얘기는 너무 많이 허지 않는 게 좋아요. 모처럼 잡은 기횐데 성질이 아주 별난 애니까 그 청년에게 반감을 품을지두 모르구, 또 마음이 변해서 안 간다구 허믄 큰일이니까요. 일이 잘되기만 허믄 스택풋 래인에 사는 목사님께 사례를 해야 돼요. 그런 사실을 알려 주다니 참 고마우신 분이네요!"

그러나 출발 시간이 다가옴에 따라 딸에게 옷을 입힐 때의 설레던 기쁨은 사라지고, 무언가 서운한 마음을 느꼈다. 그런 느낌이 들자 부인은 다른 마을이 잇닿은 언덕까지라도 딸을 배웅하고 싶었다.

테스는 스토크 더버빌에서 보내는 짐마차를 언덕 위에서 타야 해서, 시간에 늦지 않도록 젊은 일꾼을 시켜 짐은 벌써 수레에 실었다. 어머니가 모자 쓰는 걸 보자 동생들은 자기들도 따라가겠다고 소리쳤다. 그러자 어머니는 타일렀다.

"누나를 배웅허러 저기까지만 갔다 오는 거야. 누나는 이젠 멋쟁이 아저씨헌테 시집가서 좋은 옷을 입게 된단다!"

테스는 화가 잔뜩 치밀어 어머니 쪽을 홱 돌아보면서 말했다.

"어머니! 그 소리는 듣기도 싫어요! 그런 쓸데없는 소릴 왜 자꾸 애들한테 하세요!"

더비필드 부인은 애들을 보면서 타이르듯 말했다.

"애들아, 누나는 부유한 친척집으로 일허러 가는 거다. 그래서 돈을 많이 벌믄 다른 말을 살 수 있단다."

테스는 솜뭉치로 목을 막은 듯한 소리로 작별인사를 했다.

"아버지, 안녕히 계세요."

존 경은 딸의 출발을 축하하는 술기운에 졸고 있다가 머리를 들면서 말했다.

"내 딸아, 잘 가거라. 이 가문의 그림자 같은 귀여운 너를 그 청년이 귀여워해 주길 빈다. 그리고 테스야, 그 청년한테 말이야 완전히 몰락했을망정 어엿하게 남아 있는 가문의 작위를 팔 생각도 있다고 전해라. 암 팔구말구…… 엄청난 값은 결코 아니라고 말이야."

"천 파운드 이하로는 안 판다구 그래라!"

존 경의 부인이 소리쳤다.

더비필드가 다시 말했다.

"천 파운드만 주면 판다. 아냐, 그것보다 조금 적어도 팔아야지. 나 같은 건달이 선조의 명예를 지니고 있는 것보다는 그 청년이 갖는 편이 더 어울릴 거야. 그러니 백 파운드만 내도 준다고 그래라. 하지만 말이야, 나는 부스러기 돈은 상대도 안한다. 오십 파운드라면 판다고 말해 줘. 그렇지 이십 파운드! 이십 파운드면 돼. 그 이하론 어림도 없어. 제기랄! 가문의 명예란 역시 명예로운 거니까 말이야!"

테스의 눈엔 눈물이 가득 고이고 말문이 막혀 한마디도 못한 채 급히 돌아서서 밖으로 나갔다.

동생들이 그녀의 양쪽에서 하나씩 팔을 잡고 어머니도 함께 걸었다. 동생들은 마치 굉장한 일을 하러 가는 사람을 보는 것처럼, 누나를 자꾸만 쳐다봤다. 어머니는 막내아이를 데리고 테스의 바로 뒤에서 가는데 이들의 모습은 마치 양쪽에는 철없는 시녀들과 뒤에는 순진한 허영의 여신에게 둘러 싸여 걷고 있는 성실한 미녀의 그림 같았다. 그들은 오르막길이 시작되는 산기슭까지 갔다.

테스는 트랜트리지에서 마중 오는 마차를 언덕 위에서 탈 예정이었는데, 그곳은 마지막 비탈을 달리는 말의 피로를 덜기 위해 택한 곳이었다.

고개 저쪽 너머엔 샤스톤 마을의 뾰족뾰족 솟은 듯한 집들이 산맥을 가르고 있었다. 내리막길이 시작되는 언덕에는 테스의 총재산을 수레에 싣고 먼저 와서 앉아 있는 청년 외에는 아무도 없었다.

"여기서 잠깐만 기다리믄 마차가 곧 올게다. 아! 저기 마차가 보이네!"

부인이 소리쳤다.

마차는 언덕 위에 불쑥 나타나더니 짐마차를 지키고 있는 청년 옆에서 멈췄다. 부인과 애들은 더 가지 않기로 결정했다. 테스는 그들에게 황급히 작별인사를 하고 언덕길을 오르기 시작했다. 그들은 짐마차 쪽으로 테스의 하얀 뒷모습이 다가가고 있는 것을 보았다. 그러나 그녀가 미처 마차에 이르기도 전에 언덕 숲 속에서 또 다른 마차가 갑자기 나타나더니 모퉁이를 돌아 짐마차 옆을 지나서, 깜짝 놀란 듯 쳐다보는 테스 옆에 멈췄다.

부인은 첫눈에 그 마차가 짐마차하곤 비교도 안될 만큼 훌륭하게 장식한 번쩍번쩍하는 이륜마차임을 알 수 있었다. 마차를 모는 사람은 스물 두셋 가량의, 입에 시가를 문 청년인데, 멋있는 모자에다 갈색 재킷과 같은 빛깔의 바지와, 하얀 목수건에 빳빳한 칼라, 그리고 갈색 승마 장갑을 낀 사람이었다. 간단히 말하면, 한 보름 전에 테스의 대답을 듣기 위해 온 일이 있는 잘생긴 청년이었다.

더비필드 부인은 어린애처럼 손뼉을 치면서 좋아했다. 부인은 그를 열심히 쳐다보더니 청년의 그런 행동이 무엇을 뜻하는지 잘 아는 것처럼 다시 손뼉을 치면서 좋아했다.

"저 아저씨가 누나의 신랑이 될 사람이야?"

막내아들이 물었다.

한편 모슬린 옷차림을 한 테스 더비필드는 갑자기 나타난 청년을 보며 망설이고 있는 것이 보였다. 그녀의 망설임은 심각한 것 같았다. 그것은 불안감이었다. 그녀는 오히려 짐마차 쪽으로 가고 싶었다. 청년은 마차에서 내려 그녀에게 어서 타라고 재촉하는 듯이 보였다. 그녀는 가족들이 서 있는 언덕 아래로 고개를 돌려 조그맣게 보이는 어머니와 동생들을 봤다. 아마도 자기가 말을 죽게 했다는 자책감이 그녀의 마음을 속히 결정하도록 부추기는 것 같았다.

테스가 마차에 오르자 청년은 그녀의 옆자리에 앉으면서 말채찍을 휘둘렀다. 눈 깜짝할 사이에 그 마차는 느릿느릿한 짐마차를 앞지르더니 고개 너머로 사라졌다. 누나의 모습이 순식간에 사라지고 연극을 보는 것 같던 재미가 없어지자 동생들의 눈에는 눈물이 고였다.

"난, 불쌍한…… 불쌍한 누나가 귀부인이 되러 가지 않길 바랐어!"

막내아이가 입을 삐죽거리더니 울음을 터뜨렸다. 마치 전염이나 되듯 세 아이 모두 차례차례 울음을 터뜨렸다.

집으로 발길을 돌리면서 조앤 더비필드 부인의 눈에도 눈물이 흘렀다. 마을로 돌아왔을 때 그녀는 될 대로 되라는 생각을 하고 있었다. 밤에 잠자리에 누워서 그녀가 한숨을 쉬자, 남편은 왜 그러느냐고 물었다.

"뭐가 뭔지 모르겠어요. 테스를 보내지 않았드라면 더 좋았을 것을, 허구 생각했을 뿐이에요."

"왜 미리 그런 생각을 하지 못했어?"

"허지만 그 애헌테는 좋은 기회였는걸요. 그 애가 돌아올 수만 있다믄, 그 청년이 정말로 마음이 착헌 사람인지, 또 그 애를 친척으로서 친절허게 대해 줄 것인지를 확인허기 전엔 안 보내겠어요."

"그런 일쯤은 당신이 벌써 알아봤어야 할 것 아니오."

존 경은 졸려서 코 먹은 소리로 말했다.

더비필드 부인은 스스로를 위로할 구실을 만드는 버릇이 있었다.

"이젠 별 수 없어요. 그 애는 똑똑한 가문의 후손이니까, 지가 가진 장점을 잘 이용허기만 한다믄 그분들과 잘 지내는 거야 어렵지 않을 거예요. 청년이 당장 결혼을 안 허드라도 머지않아 허게 되겠죠. 테스한테 홀딱 반했다는 사실은 누구라도 알 수 있으니까요."

"그 애의 장점이란 도대체 뭐야? 더버빌 가문의 혈통을 말하는 거요?"

"당신두 참! 내 처녀 때 같은 그 애 얼굴 말이에요."

8

알렉 더버빌은 짐마차를 까마득하게 앞질러 첫 번째 산비탈로 쏜살같이 말을 몰았다.

산마루에 다가갈수록 사방이 활짝 트였다. 뒤쪽으로는 그녀가 태어난 마을이 보이고, 앞쪽으로는 트랜트리지를 방문했을 때 얼핏 들은 일이 있는 회색빛 마을이 보였다. 마차가 산마루에 이르자, 거의 일 마일이나 되는 쭉 뻗은 내리막길이 나왔다.

꽤 용감한 테스지만, 사고가 있은 다음부터는 지나치도록 마차에 겁을 먹고 있었다. 마차가 조금만 심하게 흔들려도 그녀는 금방 불안해졌다. 그녀는 청년이 마차를 거칠게 모는 것이 마음에 걸렸다.

"내리막길은 천천히 몰 테지요?"

그녀는 태연한 척 말했다.

더버빌은 그녀를 한 번 쳐다본 다음 앞니로 시가를 질끈 물고 천천히 웃어 보였다. 그는 시가를 한 번 빨고 나서 대답했다.

"왜 그러지 테스, 테스처럼 용감하고 굳센 사람이 그런 말을 하는 건 우스운데. 난 언제나 전속력으로 내려가거든. 용기를 돋우기에 이보다 좋은 방법이 없지."

"하지만 지금은 그럴 필요가 없지 않아요?"

청년은 머리를 가로저으면서 말했다.

"아니지, 달려야 될 이유는 두 가지가 있어. 나 혼자만을 위해서가 아니라 탑도 생각해 줘야 해. 괴상한 성미가 있거든."

"누군데요?"

"이 암말이지, 누구긴. 나는 이 말이 조금 전에 날카로운 눈초리로 돌아보는 걸 눈치 챘단 말이야. 아가씨는 그걸 몰랐지?"

"놀라게 하지 마세요."

테스는 무뚝뚝하게 말했다.

"놀라게 하려는 게 아니야. 인간 중에서 이 말을 누릴 수 있는 자가 있다면 그건 바로 나지. 아무도 이 말을 부릴 수 없어. 그런 힘을 가진 자가 있다면 그건 바로 나란 말이야."

"그럼 뭣 때문에 이런 말을 갖고 계시죠?"

"그렇게 물을 만도 하겠지! 그건 내 운명이라고 생각해. 이 말은 사람을 죽인 일이 있단 말이야. 이놈을 다루다가 나도 죽을 뻔했지. 내가 이 말을 죽일 뻔한 일도 있고. 아직도 거칠기가 이만저만이 아니야. 이 말 뒤에 서 있는 건 정말 위험하지."

마침 말은 내리막길을 달리기 시작하고 있었다. 말의 성질이 사나워서 그런지, 아니면 청년이 거칠게 몰아서인지 하여튼 (청년의 성질 때문이라고 생각되지만) 난폭한 질주를 바라는 청년의 기분을 말은 이미 알고 있기 때문에 뒤에서 암시를 줄 필요도 없었다.

아래로 아래로 마차는 내달렸다. 속도가 점점 빨라졌다. 바퀴는 빨리 도는 팽이처럼 윙윙 소리를 냈고 좌석은 좌우로 기우뚱하면서 마차는 뒤집힐 듯 기울었다.

내리막길을 달리는 말의 모습은 마치 물결처럼 솟구쳤다간 가라앉았다. 때로는 한쪽 바퀴가 공중에 뜬 채 몇 야드씩이나 달리고, 바퀴에서 튄 돌이 총알같이 길옆으로 튕기며, 말발굽에서 튀는 불꽃은 부싯돌처럼 번쩍였다. 가느다란 비탈길은 순식간에 확대되어 눈앞에 닥쳐오고, 양쪽 옆둑은 마치 대나무를 쪼개듯 어깨를 스치면서 사라졌다.

바람은 테스의 옷을 지나 살결까지 스며들고 머리는 바람에 나부꼈다. 그녀는 공포를 보이지 않으리라 결심하면서도 청년의 팔에 매달리지 않을 수 없었다.

"내 팔을 잡아선 안 돼! 두 사람이 함께 날아가 버린단 말이야! 내 허리를 껴안아요!"

테스는 그의 허리를 껴안은 채 산기슭까지 도착했다.

그녀는 불처럼 달아오른 얼굴로 말했다.

"당신이 어리석은 짓을 했지만 무사히 내려왔으니 다행이에요!"

"테스, 무슨 소릴 하고 있어! 내가 침착했기 때문이지!"

"사실 그래요."

"그런데 테스, 위험한 고비를 넘겼다고 해서 그렇게 매정하게 손을 놓을 건 없잖아."

그녀는 자기가 어떤 행동을 하고 있었는지 생각할 겨를도 없었다. 상대가 여자든 남자든, 또 막대기든 돌이든 간에, 그녀는 무의식중에 청년을 안은 것뿐이었다. 제정신이 들자 그녀는 말없이 앉아 있었다. 잠시 후 마차는 다음 내리막길과 만났다.

"자, 다시 시작해 볼까!"

"싫어요, 싫어! 제발 부탁이에요. 그런 무모한 짓은 하지 말아 주세요."

"오르막길이 있으면 내리막길이 있는 건 당연한 일이지!"

그는 쏘아붙였다. 청년이 고삐를 조이자 마차는 두 번째 비탈길을 내닫기 시작했다. 마차가 흔들리는 가운데 그는 얼굴을 그녀에게 돌리고 놀리듯이 짓궂게 말했다.

"어여쁜 아가씨, 아까처럼 내 허리에 다시 매달려 보시지."

"싫어요!"

그녀는 청년에게 몸을 대지 않으려고 떨어져 앉으면서 말했다.

"테스, 그 동백꽃 같은 빨간 입술에 키스를 허락한다면 난 달리지 않을 것을 약속하지! 따뜻한 뺨에라도 좋아!"

테스는 깜짝 놀라 몸을 움츠리면서 더 떨어졌다. 그러자 청년은 또다시 채찍으로 말을 거세게 몰아 그녀를 심하게 흔들리게 했다.

그녀의 큰 눈은 야수 같은 청년을 쏘아보면서 절망한 나머지 부르짖었다.

"이렇게 하지 않고는 직성이 풀리지 않나요?"

어머니가 테스를 이토록 아름답게 단장해 준 것도 지금에 와서는 한심한 일이 되어 버렸다.

"딴 방법은 없어, 귀여운 테스."

"아아, 나는 모르겠어요. 마음대로 하세요!"

그녀는 거칠게 숨을 쉬면서 청량하게 말했다.

그는 고삐를 늦추었고 속도가 느릿해지자 그토록 갈망하던 키스를 하려고 했다. 그러자 갑자기 그녀는 자기의 경솔함을 깨달은 듯 옆으로 몸을 피했다. 청년의 양쪽 팔은 고삐를 잡고 있었기 때문에 그녀를 막을 길이 없었다.

"빌어먹을! 목이 부러지든 말든 해보자꾸나! 이 여우 같은 계집애야! 그렇게 해서 약속을 어길 수 있을 줄 알아?"

기분 내키는 대로 정열을 발산하려던 이 청년은 으르렁대면서 욕지거리를 했다.

"좋아요, 당신이 그런 태도로 나온다면 나도 굽히지 않을래요! 나는 당신이 친척으로서 좀 더 친절하게 대해 주고 보살펴줄 줄 알았어요!"

"뭐 말라 죽을 친척이야! 자, 어서!"

"하지만 아무하고도 키스 같은 건 하기 싫어요!"

굵다란 눈물이 뺨을 타고 흘러내리고 울음을 참으려는 그녀의 입술은 바르르 떨렸다.

"이럴 줄 알았더라면 오지도 않았어요!"

무슨 말을 해도 청년은 눈도 꿈쩍하지 않았다. 테스는 꼼짝 않은 채 앉아 있었고 더버빌은 의젓하게 뺨에다 승리의 키스를 했다. 키스를 마치자마자 그녀의 얼굴은 수치심으로 붉어졌다. 그녀는 손수건을 꺼내서 청년의 입술이 닿은 뺨을 닦았다. 그것을 본 청년은 더욱더 욕정이 타올랐다.

"촌색시답지 않게 깐깐하군!"

테스는 자기도 모르는 사이에 뺨을 닦은 행위가 그에게 모욕감을 줬다는 사실을 눈치 채지 못했고 청년의 말이 무슨 뜻인지도 알지 못했다. 그녀는 할 수 있는 한 키스의 흔적을 완전히 닦아 버렸다.

멜베리 다운과 윈그린 부근까지 와서야 비로소 테스는 자기가 청년의 기분을 상하게 했음을 어렴풋이 느꼈다. 그녀는 꼼짝 않고 앞만 보고 있었다.

잠시 후 또 다른 내리막길이 기다리고 있는 것을 보고 소스라치게 놀랐다.

"후회하는 꼴을 보고야 말 테니까!"

청년은 분이 가시지 않은 목소리로 말하면서 채찍을 휘두르며 말을 몰았다.

"자진해서 다시 한 번 키스를 허락하고 손수건으로 닦는 짓을 하지 않는다면 별 문제지만 말이야."

그녀는 한숨을 쉬면서 말했다.

"좋아요, 당신 말대로 하겠어요. 어머, 모자를 집게 해주세요!"

말하는 사이에 모자가 날아가 땅에 떨어졌으나 마차는 여전히 빨리 달리고 있었다. 청년은 마차를 멈추고 자기가 집어오겠다고 했다. 그러나 테스가 먼저 뛰어내려 되돌아가서 모자를 집었다. 더버빌은 그녀 쪽을 돌아다보면서 말했다.

"아가씬 모자 벗은 모습이 더 귀엽군, 정말이야. 자, 빨리 와서 타요! 왜 그러고 있어?"

그녀는 모자를 다시 머리에 쓰고서도 움직일 생각을 하지 않았다. 그녀는 하얀 이와 붉은 잇몸을 드러내고 눈은 떳떳한 승리의 기쁨에 반짝이면서 말했다.

"타지 않겠어요, 어떻게 될지 아는 이상 다시는 타지 않겠어요!"

"뭐라고? 내 옆에 앉지 않겠단 말이지?"

"네, 난 걸어가겠어요."

"트랜트리지까지 아직 오륙 마일이나 더 남았는데."

"몇 십 마일이 남았다 하더라도 상관없어요. 더군다나 짐마차도 뒤따라오고 있으니까 걱정 없어요."

"이 교활한 말괄량이야! 모자를 떨어뜨린 건 일부러 그런 거지?"

그녀의 전략적인 침묵은 그의 의혹을 더욱 북돋아 주었다. 그는 테스가 자기를 속인 데 대해서 온갖 저주와 욕설을 생각나는 대로 퍼부었다.

그는 갑자기 말머리를 돌려 그녀 쪽으로 마차를 몰았다. 그는 길 옆에 있는 울타리와 마차 사이에서 꼼짝도 못하도록 말을 몰려 했으나 그녀를 다치게 할 것 같아서 그렇게 하진 못했다. 마차가 다가올 때 울타리에 기어오른 테스는 힘차게 소리쳤다.

"욕을 함부로 내뱉는 당신, 창피한 걸 알란 말이에요. 난 당신이 미워 죽겠어요! 신물이 날 지경이에요! 어머니한테 돌아갈래요!"

잔뜩 화가 났던 더버빌은 그녀의 얼굴을 보고 있다가 씩 웃었다.

"나는 그러는 아가씨가 아주 마음에 드는데. 자, 우리 화해합시다. 당신이 싫어하는 짓은 두 번 다시 하지 않을 테니까, 꼭 약속을 지킬게!"

마차에 다시 타고 싶은 생각은 전혀 없었다. 하지만 그가 마차를 몰아 옆에서 따라오는 것은 반대하지 않았다. 이렇게 해서 마차는 느린 걸음으로 트랜트리지를 향했다. 청년은 테스로 하여금 마차를 벗어나 걷게 한 잘못을 뉘우치며 몹시 괴로운 표정을 지었다. 테스는 그의 말을 믿어도 좋을 것 같았다. 그러나 그는 그녀에게 워낙 신용을 잃었으므로 테스는 천천히 걸으면서 집으로 되돌아가는 편이 나을지 곰곰이 생각하고 있었다. 그녀의 마음은 이미 결정돼 있었다. 어쩔 수 없는 사정이 아닌 바에야 이제 와서 집으로 돌아간다는 건 변덕도 너무 심하고, 또 어린애 장난 같아 보였다. 보따리를 들고 가서 무슨 낯으로 부모를 대하며, 이런 하찮은 이유로 어떻게 가정을 부흥할 계획을 깨뜨릴 수 있나? 몇 분 지나자 슬로프 저택의 굴뚝이 보이고, 그 집의 오른편 구석에 테스의 목적지인 양계장과 작은 집이 보였다.

9

관리인으로서 모이를 주기도 하며, 또 닭의 의사 노릇뿐만 아니라 친구로서 테스가 돌봐야 할 양계장은, 사방을 돌담으로 쌓아올린 울에 이엉을 엮은 농가를 그 본부로 삼고 있었다. 양계장이 있는 네모진 마당은 원래 정원으로 쓰던 것인데 지금은 닭들이 밟아 뭉개서 모래땅으로 변해 버렸다.

집은 담쟁이로 뒤덮였고, 지붕 위의 굴뚝은 마치 황폐한 탑 같았다. 이 집은 교회 묘지에 묻혀 있는 사람들이 옛날에 지은 것인데 지금은 닭을 위해 지은 것인 양, 주인 행세를 하면서 돌아다니는 닭에게 아래층이 제공되었다. 그 사람들 이 집을 짓기 위해 많은 돈을 들였고, 또 스토크 더버빌이 이사 오기 전까지만 해도 그들의 후손에게 상속됐기 때문에 깊은 애착을 느끼고 있었다. 그러던 것이 법적 절차를 거쳐 스토크 더버빌의 소유로 되자, 부인은 거리낌없이 그 집을 양계장으로 사용해 버렸다. 그것을 본 전 소유자의 후손들은 일종의 모욕을 느꼈다.

"할아버지 시대에는 기독교 신자가 살기에 알맞은 집이었는데."

그들은 아쉬워했다.

옛날에는 유모가 돌보는 몇 십 명의 어린애들이 야단법석을 떨던 여러 개의 방에서 지금은 병아리들의 모이 쪼는 소리만 들릴 뿐이었다. 점잖은 지주가 쓰던 의자가 놓여 있었을 자리엔 마음 들뜬 암탉이 갇힌 닭장이 놓여 있었다. 굴뚝 옆과 한때는 불길이 활활 타올랐을 벽난로 옆엔, 엎어 놓은 벌통이 쌓여 있는데 암탉들은 그 속에다 알을 낳고 있었다. 옛날 집주인들이 정성껏 삽으로 일구어 놓았던 밭고랑은 닭들로 인해 형편없이 거칠어져 있었다. 농가가 있는 뜰은 사방이 담으로 둘리어서 하나밖에 없는 문으로 출입할 수 있었다. 이튿날 아침 테스는 양계장을 하던 집안의 딸답게 이것 저것 손질하고 있는데 흰 모자에 앞치마를 두른 하녀가 들어왔다. 안채에서 심부름 온 여자다.

"더버빌 부인께서 여느 때와 같이 닭을 가지고 오시랍니다."

하녀는 테스가 집안 사정에 어두운 것을 깨닫고 말을 덧붙였다.

"마님은 늙으신 분이에요, 앞을 못 보신답니다."

"앞을 못 보신다구요?"

뜻밖의 사실을 캐어물을 사이도 없이 하녀가 가르쳐 주는 대로, 햄벅종 중에서 가장 탐스러운 걸로 두 마리를 골라 안고, 역시 닭 두 마리를 안은 하녀를 따라 안채로 들어갔다.

안채는 화려하고 웅장한 건물이었으나, 안채의 바깥쪽에서는 이 집안의 누군가가 말 못하는 생물에게 정을 기울이고 있는 흔적이 도처에 있었다. 예를 들면 현관에 흩어진 닭털이라든가, 풀밭에 가 져다 놓은 조그만 닭장 같은 것들이다.

아래층 거실에는 이 저택의 소유주이며 여주인이기도 한 여자가 햇살을 등에 받으며 안락의자에 앉아 있었다. 성성한 백발에, 육십 안팎으로 보이는 부인은 테 없는 큰 모자를 쓰고 있었다.

시력을 잃은 지 오래된 사람이라든지, 날 때부터 장님이 된 사람 의 담담한 표정과는 달리, 부인의 얼굴은 안타까움과 체념이 엇갈 려 예민해 보였다.

테스는 한 팔에 한 마리씩 닭을 안고 부인 앞으로 걸어갔다.

"아, 네가 닭을 돌보려고 온 젊은 아가씨냐?"

부인은 처음 듣는 발걸음 소리를 듣고 말했다.

"닭들을 잘 보살펴 주길 바란다. 우리 집 관리인이 그 일엔 네가 가장 적합하다고 그러더구나. 그런데 가져온 닭은 어디 있지? 오, 그래그래, 이건 스트럿종이군! 오늘은 기운이 없는 것 같은데, 안 그래? 아마 낯선 사람이 와서 겁이 난 모양이군. 다음 이건 패나종, 이놈도 그렇군. 다 조금씩 놀란 것 같은데, 그렇지? 그래도 곧 너한테 길이 들 거야."

부인이 말하는 동안에 테스와 하녀는 그녀의 손짓에 따라 한 마리씩 차례차례 무릎 위로 갖다 놓았다.

부인은 닭의 주둥이와 볏, 목털 그리고 날개와 발톱까지 손으로 더듬어 빈틈없이 조사했다. 한 번 만져 보기만 해도 닭의 상태를 판단하는데, 털이 한 개 꺾였다든가 처진 것도 찾아냈다. 부인은 닭의 발톱을 만져 본 다음 무엇을 얼마나 먹었는지도 알아냈다. 모든 것을 손으로 만져서 판단하는 부인의 얼굴은 마치 무언극을 하는 사람처럼 보였다.

그들이 가져왔던 닭은 지체 없이 닭장으로 되돌아가고 부인이 좋아하는 닭들의 검사를 전부 마칠 때까지 똑같은 행동을 되풀이했다.

햄벅종, 반탐종, 코친종, 부라마종 등 수많은 닭을 무릎 위에 앉히고 검사하면서도 부인이 닭의 상태를 그릇 판단하는 일이란 거의 없었다.

테스는 부인을 보고 견진 성사가 떠올랐다. 더버빌 부인은 주교고, 닭들은 젊은 신도들이며, 테스와 하녀는 신도를 인솔해 온 교구 목사와 부목사로 생각되었다.

검사가 다 끝났을 때 부인은 주름 잡힌 얼굴이 일그러지도록 움직이더니 테스에게 말했다.

"휘파람을 불 줄 아니?"

"휘파람요, 마님?"

"그래, 휘파람으로 노래하는 것 말이다."

대부분의 시골 아가씨들처럼 테스는 휘파람을 불 줄 알지만 점잖은 사람들 앞에선 불지 않았다. 여하튼 휘파람을 불 줄 아는 것은 사실이므로 불 줄 안다고 상냥하게 대답했다.

"그러면 매일 휘파람 부는 것을 연습해. 전에 있던 청년은 참 잘 불었는데 딴 곳으로 가버렸어. 불핀치라는 새가 있기는 하지만 눈으로 볼 순 없으니까 노랫소리라도 들을 수 있도록 휘파람으로 가르쳐 줘야겠어. 엘리자베스, 새장이 어디 있는지 테스에게 가르쳐 주고 테스를 내일부터 당장 가르치도록 해요. 며칠 동안 훈련을 안 시켜서 배운 것마저 잊어버리겠어."

"오늘 아침엔 도련님께서 가르쳤답니다, 마님."

엘리자베스가 말했다.

"흥! 그 애가 가르쳤다고!"

부인의 얼굴은 노여움으로 찌푸려졌고 더 이상 아무 말도 하지 않았다. 테스가 머릿속으로 그려 보던 부인과의 대면은 이렇게 끝났고 닭은 모두 닭장으로 돌아갔다.

테스는 저택의 규모를 본 다음부터 이만한 일은 상상했으므로 막상 더버빌 부인을 대면하고도 그리 놀랄 만한 일은 없었다. 그러나 테스는 친척 관계에 대해선 부인에게서 말 한마디 듣지 못했다는 것을 미처 깨닫지 못했다. 그녀는 오히려 눈먼 부인과 아들 사이의 애정이 별로 두텁지 않은 듯한 인상을 받았지만 이것 역시 오해였다. 자식의 행실을 괘씸하게 생각하면서도 자식을 사랑하지 않을 수 없는 어머니처럼 더버빌 부인도 그랬다.

첫날의 일과가 유쾌하지 않았음에도 불구하고 일단 자리를 잡고 나니까 이튿날 아침 해가 떴을 때는 자신의 새로운 지위가 마음에 들었다.

테스는 자기가 맡은 일을 잘 감당하여 그 자리에 머무를 수 있는지를 알기 위해 부인이 분부한 일 가운데 생각지도 않은 일을 연습해 보려고 마음먹었다. 그녀는 담 옆에 있는 닭장으로 가서, 오랫동안 불지 않던 휘파람 연습을 하려고 입을 오므렸다. 하지만 이전의 휘파람 솜씨는 온데간데없고, 아무리 애써도 입술 사이로 헛바람만 나왔다.

불고 또 불어 보았지만 모두 헛수고였다. 어릴 때부터 잘 불었던 휘파람이 이렇게 안 될 수 있을까 하고 고개를 갸우뚱하고 있을 때, 돌담을 덮고 있는 덩굴가지 속에서 무엇인가 움직이는 것을 눈치챘다. 마당으로 뛰어내리는 구부린 모습이 보였다. 알렉 더버빌이었다. 전날 묵은 정원사 집 앞까지 안내받은 뒤로 그를 처음 보는 것이다.

"이봐, 사촌 누이! 난 '자연'에서도, '예술'에서도 너처럼 아름다운 여자는 본 적이 없어. (사촌 누이라고 부를 때 그는 비웃듯이 말했다.) 난 담 너머로 널 여태 보고 있었지. 기념탑 위의 조상처럼 휘파람을 불려고 내민 빨간 입술, 후후하고 불다가 안 되니까 투덜대던 모습을. 계속 허탕만 치다가 잘 안되니까 몹시 짜증을 내는 것 같던데."

"짜증을 냈는지는 모르지만 투덜대진 않았어요."

"아하! 우리 어머니가 불핀치한테 노래를 가르쳐 주라고 하셨나 보군. 염치도 없는 어머니야! 닭 돌보는 것만 가지고는 계집애한테 일이 너무 적은 줄 아시는 모양이지. 나 같으면 그런 일은 깨끗이 거절해 버리겠어."

"이 일을 꼭 해야 한다고 그러시면서 내일 아침까지 연습해 두라고 하시던 걸요."

"어머니가 그렇게 말씀하셨다고? 그렇다면 내가 한두 번 가르쳐 주지."

"어머, 싫어요! 가르쳐주지 않아도 괜찮아요!"

테스는 문 쪽으로 뒷걸음치면서 말했다.

"바보 같으니! 아가씨 몸에 손을 대려는 게 아니야. 자, 봐요. 나는 철망 이쪽에 서 있고 당신은 그쪽에 있으니 아가씨는 조금도 두려워할 게 없지. 그럼 내가 해볼 테니 잘 봐야 해요. 아가씬 입을 너무 오므린단 말이야. 자, 이렇게 해봐."

청년은 몸짓을 하면서 '가져가세요, 오, 가져가세요, 그 붉은 입술을'이라는 노래의 일절을 휘파람으로 불었으나 테스에게는 그 노래의 뜻이 통하지 않았다.

"자, 이제 한 번 해봐."

청년이 말했다. 그녀는 말을 하지 않으려 했고 얼굴은 깎은 듯 굳어졌다. 그는 계속해서 재촉했다. 테스는 청년을 빨리 쫓아버리기 위해 어쩔 수 없이 그가 시키는 대로 입 모양을 만들었다. 그러다 그녀는 멋쩍게 웃어 버렸고 웃은 것이 속상해서 얼굴은 붉어졌다. 그는 다시 그녀의 용기를 돋우어줬다.

"다시 해봐!"

이번에는 보기에 미안할 정도로 긴장해서 열심히 했다. 뜻밖에도 아주 부드러운 휘파람 소리가 나왔다. 그녀는 성공했다는 순간적인 기쁨 때문에, 자기도 모르게 눈을 크게 뜨고 그의 얼굴을 바로 보면서 환히 웃음 지었다.

"됐어, 됐어! 내가 첫걸음을 이끌어 줬으니까 이제부턴 잘 될 거야. 지금 난 참을 수 없는 유혹을 느껴. 하지만 가까이 가지 않겠다고 말했으니까 약속을 지켜야지. 그런데 테스, 우리 어머니가 이상하지 않아?"

"난 아직 부인을 잘 몰라요."

"곧 이상한 사람이라는 것을 알게 될 거야. 새에게 휘파람을 가르치라는 것부터가 이상한 거야. 난 어머니한테 미움을 받고 있지만 아가씨는 시키는 대로 동물을 잘 돌보기만 하면 귀여움을 받을 거야. 그럼 잘 있어. 만일 어려운 일이 생기거든 관리인한테 가지 말고 나한테 와."

테스 더비필드가 처음으로 일을 맡기 위해 치른 것은 이런 일이었다. 첫날의 경험은 앞으로 계속될 생활의 본보기 같은 것이었다.

알렉 더버빌의 붙임성으로 테스의 부끄러움은 조금씩 사라졌다. 그는 우스운 얘기도 하고 단둘이 있을 때는 사촌 누이라 부르며 경계심을 상당히 풀어 주었다. 하지만 새로운 호감이나 이전보다 부드러운 마음씨를 이끌어내지는 못했다. 테스는 청년의 지배하에 있는 한 온순하게 그를 대하지 않을 수 없었다. 부인에게 의지해야 할 그녀지만, 부인에게 받은 도움은 비교적 적었으니 청년의 힘을 빌릴 수밖에 다른 방법은 없었다.

테스는 옛날에 불던 휘파람 솜씨를 되찾았고 더버빌 부인의 방에서 새에게 노래를 가르치는 건 별로 어렵지 않았다. 그녀는 음악에 소질 있는 어머니의 노래가 귀에 익어서 새에게 가르칠 만한 멜로디는 풍부하게 알고 있었다. 뜰에서 휘파람 연습을 할 때보다도 매일 아침 새장 옆에서 하는 것이 훨씬 더 즐거웠다. 청년이 옆에서 보고 있을 때에도, 그녀는 태연하게 새장에 입술을 대고 새를 향해 기분 좋게 휘파람을 불었다.

더버빌 부인은 수놓은 무거운 커튼이 드리운 침대에서 잠을 잤다. 작은 멋쟁이 새도 같은 방을 차지하고 있는데 몇 시간이고 마음대로 날아다니다가 옷장이나 장식품 위에 앉아 배설물 얼룩을 만들기도 했다.

새장이 나란히 걸린 창가에서 테스는 여느 때와 같이 새들에게 노래를 가르치고 있었다. 이때 부인이 나가고 없는 침대 뒤쪽에서 부스럭하는 소리가 났다. 그녀가 방 안을 둘러보자 커튼 밑으로 신발 끝이 보이는 것 같았다. 그 때문에 그녀의 휘파람은 떨리기 시작해서 잘되지 않았다. 만약 숨어 있는 자가 있었다면 그녀의 떨리는 휘파람 소릴 듣고 자기가 들킨 것을 알았을 것이다.

그런 일이 있은 다음부터 그녀는 매일 아침 커튼 뒤를 살펴봤으나 아무도 숨어 있지 않았다. 알렉 더버빌은 그녀를 깜짝 놀라게 해주려던 엉뚱한 생각은 집어치우는 게 상책이라고 생각했던 모양이었다.

10

어느 마을이든지 그들 나름의 생활 태도와 조직 그리고 도덕규범이 있는 법이다. 트랜트리지 마을 근방 여자들 중에서도 품행이 나쁜 여자는 금세 눈에 띄었는데, 이는 슬로프 저택을 중심으로 한 그 근방 유지들의 특징인 것 같았다.

이 마을의 큰 단점 하나는 마을 사람들이 술을 많이 마신다는 것이다. 밭에서 농부들이 주고받는 얘기들은 으레 돈은 모아 뭘 하느냐는 거였다. 또 계산에 밝은 농부는 곡괭이나 삽에 매달려서 한평생 피땀 흘려 돈을 모으는 것보다는 두 마을에서 주는 구제 기금을 받는 편이 훨씬 낫다는 사실을 증명하려고 계산에 열중하기 일쑤였다. 이런 이론가들의 가장 큰 오락은, 일과를 마친 토요일 저녁에 약 이삼 마일 떨어진 체이스보로의 조용한 술집에서 자정이 넘도록 술 마시는 일이었다. 옛날에 흥청대던 이 술집을 지금은 독점 상인이 경영하고 있는데 여기서 파는 엉터리 맥주는 배탈을 일으켜 농부들은 일요일 내내 자리에 누워 있어야만 했다.

테스는 매 주일 있는 그들의 모임에 오랫동안 가지 않았다. 그러나 자기와 비슷한 또래인 부인들의 권유에 못 이겨 그녀도 모임에 참가하기로 했다. 이곳의 품삯은 스물한 살이나 사십 된 부인이나 같았으므로 여자들은 일찍 결혼하는 습관이 있었다. 모임에 처음 끼여 보니 생각했던 것보다 훨씬 재미있었다. 떠들썩하고 유쾌한 분위기가 양계장에서 일주일 동안 시달려 온 테스에겐 무척 마음에 들었다.

그녀는 계속해서 모임에 참석했다. 얌전하면서도 매력 있고 또 여자로서 성숙한 시기에 다다른 테스는 체이스보로 마을 건달들의 엉큼한 시선을 끌었다. 그래서 혼자 그 마을에 가는 일이 있어도 밤늦게 돌아오는 길에는 언제나 친구들과 같이 왔다.

이렇게 한두 달 지났을 즈음 장날과 축제일이 함께 있는 9월의 어느 토요일이 다가왔다. 이날은 트랜트리지에서 온 사람들도 다른 때보다 배나 흥겨워하고 있었다. 일 때문에 늦은 테스는 친구들이 떠난 지 한참 뒤에 혼자 출발했다. 아름다운 가을 저녁 무렵이었다.

저녁놀이 푸른빛과 섞여서 머리카락 같은 가느다란 빛을 발산했고 자연과 한 덩어리가 된 대기에는 헤아릴 수 없는 날벌레들이 춤추고 있었다. 땅거미가 지기 시작하는 어슴푸레한 대기 속을 테스는 천천히 걸어가고 있었다.

어둑할 때 체이스보로에 도착해서야 그녀는 비로소 축제일과 장날이 겹친 것을 알았다. 몇 가지 물건을 산 다음, 트랜트리지에서 온 농부들을 찾아다녔다.

처음에는 그들을 만나지 못했는데 상인의 집에서 그들 중 많은 사람이 비밀 무도회에 갔다는 사실을 알았다. 그 상인은 건초와 토탄을 매매하는 사람으로, 그의 집은 거리의 으슥한 구석에 있었다. 길을 찾다가 그녀는 길모퉁이에 서 있는 더버빌을 발견했다.

"아, 아가씨 아냐? 이렇게 늦게 여긴 웬일이지?"

그녀는 길동무를 찾으러 가는 길이라고 간단히 대답했다.

"잘 가."

청년은 뒷길로 들어가는 테스의 뒤에서 말했다.

건초 상인의 집 근처에 가니 '릴'이란 춤곡을 켜는 바이올린 소리가 들리는데, 춤추며 떠드는 소리는 들리지 않았다. 춤추고 웃는 소리가 음악을 누르는 것이 보통인데 음악 소리만 들리니 이상했다.

대문이 열려 있어서 시야가 미치는 데까지 집 안의 뜰을 볼 수 있었다. 문을 두드려도 아무도 나오지 않았다. 그녀는 문으로 들어가서 좁은 길을 따라 외딴 집이 있는 곳까지 갔다. 밖에서 들리던 음악은 그 집에서 흘러나오고 있었다.

그 집은 창이 하나도 없는 건물이어서 창고로 쓰고 있었다. 열려 있는 문에서 노란 안개 같은 것이 흔들리는 걸 봤을 때, 처음에는 등불 아래서 연기가 피어오르는 것인 줄로만 알았다. 가까이 가서 보니 집 안에서 일어나는 구름 같은 먼지가 촛불에 반사되는 것이었다. 먼지에 반사된 불빛으로 입구의 모습이 마당의 넓은 어둠 위로 드러나고 있었다.

더 가까이 가서 들여다보니 얼굴을 분간할 수 없을 만큼 먼지가 가득한 가운데 사람들이 이리 뛰고 저리 뛰며 춤을 추고 있었다. 바닥엔 토탄 가루와 다른 가루 찌꺼기가 발목까지 쌓여서 뛰는 소리가 들리지 않았던 것이다. 그들이 소란스레 춤추는 동안 바닥의 먼지가 일어나 창고 속을 자욱한 안개로 채우고 있었다. 곰팡이 냄새가 나는 먼지 속에서 열기와 땀 냄새가 범벅이 되니 마치 식물 가루와 사람의 몸이 한 덩어리가 된 것 같았다.

신이 나서 춤추는 사람들의 기분에 비하면 저음으로 켜는 바이올린 소리는 너무나 초라했다. 그들은 춤을 추다가도 먼지 때문에 기침을 하고 기침을 하고 나선 웃어댔다. 쌍쌍이 뛰어노는 그들의 모습을 높이 매달린 희미한 등불처럼 겨우 분간할 수 있었다. 그들은 정욕의 신이 요부 신을 끌어안고 있는 것 같기도 하고, 숱하게 많은 염소신이 숱하게 많은 목동신과 맴도는 것 같기도 하며, 또 여성신이 남성신의 품에서 도망치려다간 다시 붙들리는 것처럼 보였다.

가끔 신선한 공기를 마시려고 짝지어 문간에 나왔다. 바람을 쐬는 그들의 희미한 모습이 평범한 마을 사람들의 얼굴로 바뀌었다. 소박한 트랜트리지 마을 사람들이 짧은 사이에 이토록 미친 사람처럼 변할 수 있을까! 몇몇 술에 취한 사람들은 벽에 기대 놓은 긴 의자나 마른 풀 위에 앉아 있었다. 그중 한 사람이 테스를 보고 아는 체했다.

"아가씨들은 '루스 홀'에서 춤추기를 싫어합니다. 그들은 남자친구를 남에게 보이지 않으려고 해요. 또 그 집은 손님들의 흥이 무르익어 갈 무렵에 문을 닫아버릴 때가 있죠. 그래서 우리는 술을 사다가 여기서 노는 거요."

"그런데 집에 돌아갈 사람은 없나요?"

테스는 약간 걱정스럽게 물어 봤다.

"거의 끝날 때도 됐지. 이번이 끝에서 두 번째 춤일 테니까요."

그녀는 기다리고 있었다. '릴'곡은 끝나가고 있으나, 그만하고 돌아가려는 사람과 더 놀다 가려는 사람으로 갈려서 한 곡을 더 추기로 했다. 테스는 이번에는 끝나겠지 하고 생각했으나 춤은 계속됐다. 그녀의 마음은 점점 불안해졌다. 이렇게 오래 기다린 이상 새삼스럽게 혼자 갈 수도 없었다. 오늘은 축제날이니까 밤길에 여자를 노리는 건달이 숨어 있을는지도 모른다.

그녀는 미리 경계할 수 있는 위험을 두려워하는 게 아니라 갑자기 부닥치는 사건을 겁내고 있었다. 말로트 마을이 멀리 떨어져 있지만 않았더라도 그처럼 두렵지는 않았을 것이다. 얼굴은 땀에 젖고 커다란 밀짚모자를 머리 뒤로 젖혀 쓴 청년이 기침을 하면서 테스에게 위로의 말을 했다. 그의 모자 테는 성자의 후광처럼 빛을 반사하고 있었다.

"그렇게 안절부절못할 건 없어요. 바쁜 일도 없는데 내일은 일요일이겠다. 교회 가는 시간에 자면 될 것 아니오. 자, 한 번 추지 않으시렵니까?"

그녀가 춤을 싫어하는 건 아니지만 여기서 추고 싶은 생각은 없었다. 구름 기둥 같은 먼지 속에서 음악을 연주하는 사람들은 곡에 맞지 않는 엉뚱한 줄을 퉁기거나 손이 빗나가기도 해서 음악은 가끔 엉망이었다. 그러나 춤추는 사람들은 음악엔 아랑곳없이 열에 들떠 돌아가고 있었다. 그들은 아주 싫증을 느끼지 않는 한 좀체 파트너를 바꾸지 않았다. 파트너를 바꾼다는 것은 그들 중 누군가가 짝이 잘 맞지 않는다는 뜻이다. 그러나 오늘은 모든 짝이 잘 어울려 춤추고 있었다. 춤만이 인생의 전부인양 그들은 꿈꾸는 듯 황홀한 기분에 잠겨 발길에 걸리는 것만 없으면 끝없이 계속될 듯 춤추고 있었다. 별안간 쿵 하는 소리와 함께 한 쌍의 남녀가 바닥에 넘어졌다. 그 위로 건초더미가 쓰러지고 뒤따라오던 다른 한 쌍이 걸려서 그 위에 또 넘어졌다. 창고 안의 가득 찬 먼지 위에 또 다른 먼지가 일고 엉키고 뒹구는 사람들의 팔다리를 볼 수 있었다.

"집에 가면 혼날 줄 알아요!"

사람들이 엉켜 넘어진 곳에서 넘어지게 한 남편한테 소리치는 여자의 앙칼진 음성이 들렸다. 그 여자는 결혼한 지 얼마 안 되는 새댁이었는데, 신혼부부의 춤추는 광경은 트랜트리지 마을에선 흔히 있는 일이었다. 결혼한 지 오래된 부부들도 식어 가는 애정을 되찾을 수 있을지도 모른다는 생각에서 흔히 짝지어 춤을 추었다.

마당의 어둠 속에서 큰 웃음소리가 테스의 등 뒤로 들려오고 그 웃음소리는 창고 안에서 낄낄대는 웃음과 어울렸다. 그녀가 뒤돌아보자 빨간 담뱃불이 보였다. 알렉 더버빌이 홀로 서 있었다. 그가 불러서 테스는 마지못해 다가갔다.

"아가씨 여기서 뭘 하고 있어?"

그녀는 집에서 늦도록 일하고 길을 헤매서 너무 피곤한데다 밤길이 무서워 길동무를 기다리는 중이라고 솔직히 털어놓았다.

"그들은 아직도 돌아갈 생각이 없어요. 나는 이제 더 기다릴 수 없어요."

"그렇고말고, 더 기다릴 수야 없지. 오늘은 내가 타고 온 말밖에 없지만 당신이 '루스 홀'로 온다면 마차를 대절해서 집까지 모셔다 드리지."

테스는 그 말에 솔깃했지만 그에 대한 불신감이 아직 남아 있어서 늦더라도 친구들을 기다렸다가 걸어 가기로 마음먹고 생각해 주는 건 고맙지만 폐를 끼치고 싶지는 않다고 대답했다.

"친구들을 기다리겠다고 했으니까 지금 나를 찾고 있을 거예요."

"좋습니다, 도도한 아가씨. 좋으실 대로 하십시오. 나도 급히 돌아가야 할 일은 없으니까…… 그런데 저 사람들은 웬 법석들이야!"

그가 밝은 곳으로 나가진 않았으나 어떤 사람은 더버빌을 알아봤다. 청년이 그곳에 있는 걸 알자 마을 사람들은 잠시 멈칫하더니 시간이 얼마나 지났는가를 따져보고 있었다. 청년이 담뱃불을 다시 붙여 물고 저쪽으로 가버렸다.

트랜트리지 마을 사람들은 함께 출발하기 위해 다른 마을 사람들과 떨어져 한곳에 모였다. 모든 짐과 바구니도 한군데 모았다. 준비가 끝나고 30분쯤 지나 교회 종이 11시 15분을 알렸을 때 이들은 언덕으로 뻗은 길을 따라 집으로 걸어갔다.

삼 마일이나 되는 모랫길은 달빛을 받아 오늘 밤 유난히 더 희게 빛나고 있었다.

테스는 마을 사람들과 어울려 이야기를 주고받으면서 걸었다. 술을 많이 마신 남자들은 시원한 밤바람에도 몸을 가누지 못해 비틀비틀 걷고 있었다. 살결이 검고 욕지거릴 잘하며, 얼마 전까지 더버빌과 사이가 좋았던 카 다치(스페이드의 여왕이라는 별명이 있는), 다이아의 여왕이란 별명을 가진 그녀의 동생인 낸시, 그리고 무도장에서 넘어진 새색시 등 남자에 못지않은 그녀들의 술 취한 걸음걸이는 웃기고도 망측했다.

보통 사람들은 그녀들의 술주정이 고약해 보일지 몰라도, 그들은 전혀 개의치 않았다. 그들은 독창적이고 깊이 있는 사상을 갖고 있다는 자부심으로 하늘을 나는 듯한 기분으로 걷고 있었다. 자기들은 자연과 한 덩어리가 되었고 서로 즐겁게 연결되어 있다고 생각했다.

그들은 하늘에 떠 있는 달이나 별처럼 의기양양했고 달과 별은 자기들처럼 정열에 불타는 것으로 생각했다.

테스는 아버지의 술주정을 뼈저리게 겪었기 때문에 그 꼴을 보자 달밤을 즐기려던 기분이 사라져 버렸다. 하지만 안전을 위해서는 그들과 함께 갈 수밖에 없었다. 큰길부터는 서로 떨어져서 걷고 있었는데 맨 앞에 가던 사람이 농장으로 들어가는 문을 열려고 애쓰는 동안에 다시 한군데로 몰렸다.

　문을 열려던 사람은 스페이드의 여왕 카였다. 어머니에게 드릴 잡화나 옷감, 또 일주일 동안 쓸 물건이 담긴 바구니를 머리에 이고 있었다. 바구니는 크고 무거웠다. 그녀가 두 팔을 허리에 버티고 걸을 때마다 바구니는 중심을 잃고 떨어질 듯 흔들거렸다.

　갑자기 어떤 사람이 소리쳤다.

　"어머, 카 다치! 등을 타고 흘러내리는 게 뭐지?"

　모두 카를 쳐다봤다. 얇은 웃옷을 입은 그녀의 등에는 밧줄 같은 것이 허리로 내려가고 있었다. 그것은 마치 중국 사람이 머리를 땋아 내린 것 같았다.

　"머리가 흘러내린 거야."

　다른 여자가 말했다. 그건 머리칼이 아니었다. 바구니에서 천천히 흐르는 까만 물줄기는 잔잔한 달빛 아래 매끄러운 뱀처럼 반들거렸다.

　"이건 당밀이야."

　자세히 보던 부인이 말했다. 사실 그건 당밀이었다. 카의 할머니는 그걸 무척 좋아했다. 양봉을 해서 벌꿀이 많았는데도 당밀을 더 먹고 싶어 하시는 할머니를 기쁘게 해드리려고 그녀가 사가던 것이다. 그녀가 급히 바구니를 내려다보니 당밀이 든 병이 깨져 있었다. 그런 그녀의 모습을 보고 사람들은 큰 소리로 웃었다. 약이 머리끝까지 오른 카는 다른 사람의 손을 빌지 않고 혼자 처리해 보려고 당장 보이는 밭으로 뛰어들었다. 그녀는 잔디 위에 벌렁 누워서 등을 좌우로 흔들어 비비기도 하고 팔꿈치를 땅에 대고 몸을 끌어올리기도 하면서 웃옷의 얼룩을 떨어버렸다. 웃음소리는 점점 더 높아졌다. 카를 보며 배꼽이 빠지도록 웃던 사람들은 맥이 풀려서 농장의 문과 기둥과 지팡이 등에 기대기도 했다. 여태까지 침묵을 지켜 오던 우리의 여주인공도 그들의 소란한 소용돌이 속에 끼어들지 않을 수 없었다.

그러나 그녀가 웃은 것은 여러 가지 의미에서 불행한 일이 돼버렸다. 카는 술에 취하지도 않은 테스가 다른 사람들보다 큰 소리로 웃는 걸 보자, 오랫동안 쌓였던 경쟁의식이 머리를 쳐들기 시작했다. 카는 벌떡 일어나 증오의 대상인 테스 앞으로 바싹 다가갔다.

"이 왈패 같은 년, 잘도 비웃는군!"

"남들이 웃는 걸 보니까 참을 수 없었어."

그녀는 아직도 킥킥 웃으면서 사과했다.

"네가 그 남자의 사랑을 받아 지금은 제일인 줄 알지만, 잠깐만 기다려, 잠깐만 기다리라니까…… 너 같은 년 둘이 덤벼도 문제없어! 날 좀 봐…… 자, 맛을 톡톡히 보여줄 테니!"

떨고 있는 테스 앞에서 피부가 검은 여왕은 웃옷을 벗어젖혔다. 그녀는 마을 사람들이 웃음을 터뜨린 원인이었던 웃옷을 벗어 던지면서 쾌감을 느꼈다. 살이 오른 목덜미와 어깨 그리고 팔이 달빛 아래 드러났다. 기름이 흐르듯 반질반질하고 아름다운 몸집은 마치 프락시텔레스의 비너스 같았다. 둥글면서 육감적인 시골 아가씨의 아름다움이었다. 카는 주먹을 불끈 쥐고 테스한테 대들었다. 테스는 늠름한 말투로 말했다.

"그렇게 덤벼도 당신 같은 사람하곤 싸움 안 해요! 당신이 그런 여자인 줄 미리 알았더라면 이렇게 정신없는 사람들과 같이 오지 않았을 거예요!"

마을 사람을 싸잡아 깔아뭉갠 테스의 말에 그들도 마구 욕설을 퍼부었다. 특히 카에게 의심을 받을 만큼 더버빌과의 관계가 수상한 다이아의 여왕은 카와 함께 공격했다. 평소에 얌전하던 대여섯 명의 여자들도 춤추던 흥분이 남아선지 장단을 맞추었다. 테스가 이유 없이 욕먹는 것을 본, 여자들의 남편이나 애인들은 서로 화해시켜보려 했으나 오히려 싸움을 더 크게 만들 뿐이었다.

테스는 약도 오르고 창피하기도 했다. 갈 길이 쓸쓸하다든가, 시간이 너무 늦었다는 등의 걱정은 사라지고 지금은 오직 속히 이곳을 빠져나가려는 생각뿐이었다. 공격 중인 여자들 중에서도 착한 사람은 내일만 되면 후회할 것을 그녀는 잘 알고 있었다. 일행은 이제 모두 들판 안으로 들어섰다. 테스가 그들에게서 빠져나가려고 뒷걸음질하고 있을 때, 담장 한쪽에서 소리도 없이 말 탄 사람이 나타났다. 마을 사람들을 훑어보는 그 사람은 알렉 더버빌이었다.

"도대체 뭣들 하는 거요?"

청년이 물었다. 이에 대한 대답은 간단히 할 수 있는 것도 아니고 청년도 어떤 대답을 듣기 위해서 물어 본 것도 아니다. 사실 그는 얼마간 떨어진 곳에서 그들의 떠드는 소릴 들었고 조용히 다가와 그들의 소동을 끝까지 지켜보았다.

테스는 일행과 떨어져 문 쪽으로 서 있었다. 청년은 그녀에게 몸을 구부려 속삭였다.

"자, 빨리 내 뒤에 올라타요. 저 떠들어대는 무리를 순식간에 앞질러버릴 테니까!"

그녀는 쓰러질 것만 같았다. 여자들과 싸움하느라 극도로 긴장했던 것이다. 그렇지 않았다면 이전에도 청년의 호의를 거절했듯이 동행 역시 거절했을 것이다. 쓸쓸한 밤길만이 그녀의 걱정이었던들 청년의 친절을 받을 리는 없었을 것이다. 한 발 뛰어오르는 것만으로, 적에 대한 두려움과 분노를 승리로 바꾸어버릴 수 있는 특수한 상황이었다.

그녀는 순간적으로 청년의 발등을 밟고 그의 등 뒤로 말에 올라탔다. 다투기 좋아하는 술주정꾼들이 일어난 일을 눈치 챘을 때에는 두 사람은 멀리 어둠 속을 달려 사라질 무렵이었다. 스페이드의 여왕은 옷에 묻은 당밀도 잊어버리고 다이아의 여왕과 술 취한 새 색시 옆에 서 있었다. 말발굽 소리가 사라져버린 길을 그들은 한참 바라봤다.

테스와 청년이 함께 사라진 걸 알지 못하는 남자가 그녀들에게 와서 물었다.

"무얼 보고 있지?"

"호호호호!"

피부가 검은 카는 웃었다.

"히히히히!"

술 취한 새색시가 남편의 팔에 매달리면서 웃었다.

"호호호호!"

카의 어머니가 웃었다. 그녀는 코를 훔치면서 짧게 말했다.

"여우 굴에서 도망쳐 호랑이 입으로 뛰어든 격이야!"

언제까지나 시시덕거릴 수도 없는 남녀들은 발길을 재촉했다. 밤이슬을 담뿍 맞은 그들의 머리는 달빛에 반사돼 우윳빛 후광이 머리에 붙어 가는 것 같았다. 후광은 머리에 찰싹 붙어 희미하게 그들의 머리를 장식해 주었고, 그들이 내뿜는 술 냄새는 밤안개의 일부분인 것 같았다. 아름다운 경치와 신비로운 달빛, 포근한 대자연 그리고 술에 취한 인간의 정열이 하나가 된 밤이었다.

11

두 사람은 한동안 아무 말 없이 말을 달렸다. 테스는 위험을 벗어난 기쁨에서 청년을 꼭 잡고 있었지만 한편으로는 불안해 보였다. 말은, 그가 가끔 타는 거친 암말이 아니란 것을 알았으므로, 조금도 두려워할 필요는 없었다.

그러나 왜 그런지 자꾸 불안한 생각이 들었다. 그녀가 말을 천천히 몰아 달라고 부탁하자 알렉은 순순히 들어줬다. 청년은 입을 열었다.

"어때 테스, 멋있게 빠져나왔지?"

"네! 그건 감사하지 않을 수 없군요."

"정말 고맙게 생각한단 말이지?"

그녀는 대답하지 않았다.

"테스, 어째서 내가 키스하는 걸 싫어하지?"

"내가 당신을 사랑하지 않기 때문인가 봐요."

"그게 정말이야?"

"당신의 행동이 불쾌할 때가 한두 번이 아니에요!"

"흥, 나도 그럴 거라고 알고 있었어."

알렉도 그녀의 말을 부인하지는 않았다. 그는 테스가 무슨 말을 해도 태연한 척하는 것이 무난하다는 것을 알고 있었다.

"내가 아가씰 기분 나쁘게 했을 때 왜 잠자코 있었지?"

"잘 아실 텐데 그러시네. 난 이곳에서 멋대로 행동할 수 없으니까요."

"내가 치근덕거려서 아가씨를 못살게 군 적은 별로 없다고 생각하는데?"

"때때로 그러신 적이 있어요."

"몇 번이나 그랬어?"

"여러 번이에요. 시치미 뗄 필요는 없어요."

"만날 때마다 내가 그러던가?"

그녀는 입을 다물었다. 말은 상당히 멀리 달렸고 초저녁부터 피어오른 흐린 안개가 지면에 낮게 퍼져서 그 일대를 덮어버렸다. 안개가 더욱 달빛을 가렸다.

길이 어두워서 그랬는지, 마음을 놓고 있거나 졸려서 그랬든지 간에, 트랜트리지로 가는 갈림길을 훨씬 벗어난 사실과 또 알렉이 일부러 그 길을 피했다는 사실을 테스는 전혀 모르고 있었다.

그녀는 말할 수 없이 고단했다. 그 주간에는 매일 새벽 5시에 일어나 해질 때까지 꼬박 서서 일을 했다. 그런데다가 지난밤에는 삼 마일이나 되는 체이스보로까지 걸어갔고, 저녁도 굶고 세 시간 동안이나 길동무를 기다렸었다. 또 돌아오는 길 내내 걸었고 싸움 때문에 흥분했었다. 말은 어슬렁어슬렁 걷고 있어서 어느덧 1시가 다 됐다. 깜빡 잠이 든 순간에 그녀의 머리는 스르르 청년의 등에 닿았다.

더버빌은 말을 멈췄다. 발디딤에서 발을 빼고 그녀의 몸을 받쳐 주려고 몸을 옆으로 돌려 그녀의 허리를 휘어 감았다. 그녀는 몸을 움찔했다. 테스는 몸에 밴 방어심에서 순간적으로 청년을 뿌리쳤다.

말은 힘이 좋았지만 다행히 성질이 온순해서 청년은 비틀비틀하면서도 겨우 낙마를 면했다.

"이건 너무 지나치지 않아! 나쁜 짓을 하려는 게 아니야, 떨어지지 않도록 받쳐 주려고 그런 거지."

그녀는 의심쩍어 곰곰이 생각하다가 그의 말이 사실이기도 해서 부드럽게 말했다.

"불쾌하게 해드려서 죄송합니다."

"아가씨가 미안하다는 생각을 행동으로 나타내지 않으면 용서할 수 없어."

그는 노발대발했다.

"이게 무슨 꼴이야! 너 같은 계집애한테 핀잔만 받다니, 날 뭘로 아는 거야. 석 달이 다 되도록 나를 조롱하고 피해 다니고 또 창피만 줬지? 난 이제 더 참을 수가 없어!"

"나는 내일 집에 가겠어요."

"안 돼! 보낼 수 없어. 한 번 더 말하는데, 나를 믿는다는 증거로 내 품에 안겨 보란 말이야. 우리 둘밖에 아무도 없어. 자, 어서, 우리 서로 잘 아는 사이잖아. 너를 사랑한다는 것도 알지? 너를 이 세상에서 누구보다 아름다운 여자라고 생각하고 있어. 넌 대체 어떻게 생각하니? 혹시 너를 사랑해선 안 된다는 이유라도?"

테스는 급히 몸을 피하고는 노기에 찬 숨을 쉬었다. 그녀는 거북하게 몸을 꼬고 먼 산을 바라보면서 중얼거렸다.

"난 몰라요…… 대답을 하면 좋겠지만 내가 어떻게 좋다 싫다 말할 수 있어요……."

청년은 테스를 끌어안아 이 사건은 일단 해결됐다. 그녀도 이제 더 이상 반항하지 않았다. 체이스보로까지의 거리에 비하면 말이 느리게 걷고 있기는 하지만, 시간이 너무 오래 걸리는 것 같았다. 자세히 보니 큰길로 가는 게 아니라 샛길로 가고 있음을 깨달았다. 그녀는 겁이 났다.

"어! 어머나, 여기는 도대체 어딘가요?"

"숲 옆을 지나가고 있는 거야."

"숲이라니요. 어느 숲이죠? 큰길에서 아주 벗어난 거예요?"

"체이스 숲의 일부야. 영국에서 가장 오래된 숲이지. 이렇게 멋있는 밤에는 좀 천천히 가는 것도 괜찮지 않아?"

"어쩌면 당신은 그렇게 믿을 수 없을까요!"

타이르는 듯, 두려워하는 듯한 말투로 테스는 말했다. 말에서 떨어질 위험도 있었지만 그녀는 자기를 껴안고 있는 청년의 손가락을 하나하나 제쳐서 빠져나오려 했다.

"아까 뿌리친 것이 미안해서, 당신 원하는 대로 이렇게 품에 안겼는데…… 무슨 엉뚱한 소리예요! 이거 놓으세요, 내려서 걸어가겠어요."

"이것 봐, 날씨가 맑아도 혼자서 갈 순 없어. 굳이 알고 싶다면 할 수 없지만…… 사실은 우리 트랜트리지에서 몇 마일이나 떨어진 곳에 있어. 이렇게 안개가 짙을 때는 숲 속에서 길을 잃기 쉽단 말이야."

"그런 걱정은 필요 없어요. 제발 내려 주세요. 여기가 어디든 상관없어요, 내려만 주세요. 부탁이에요!"

"좋아, 정 그렇다면 내려 주지. 단 조건이 있어. 이렇게 으슥한 곳으로 아가씨를 끌고 온 이상 안전하게 돌아가게 할 책임이 나한텐 있어. 짙은 안개 속에서 아가씨 혼자 집을 찾아간다는 건 불가능한 일이야. 사실은 여기가 어디쯤인지 나도 확실히 몰라. 그러니까 말 옆에서 내가 돌아올 때까지 기다리겠다고 약속하면 기꺼이 내려 주지. 내가 이 근방의 길이나 집을 찾아서 우리가 어디 있는지 확실히 알게 되면 아가씰 붙들지 않을게. 내가 돌아와서 길을 자세히 가르쳐 줄 테니까 그때는 걸어가든지, 타고 가든지 아가씨 자유야."

그녀는 청년의 조건을 받아들였다. 강제로 키스를 당한 일이 있기 때문에 그녀는 재빨리 말 등에서 먼저 미끄러져 내리고 청년은 반대쪽으로 뛰어 내렸다.

"말고삐를 잡고 있을까요?"

"아냐, 그럴 필요 없어. 오늘 밤엔 지쳤으니까 안 잡아도 괜찮아."

알렉은 씩씩 거칠게 숨 쉬는 말을 쓰다듬으면서 말했다. 그는 말 머리를 숲 속으로 향하게 하고 큰 나뭇가지에다 고삐를 묶었다. 그리고 마른 풀이 쌓인 곳에다 그녀가 앉을 자리를 만들어 주었다.

"자, 여기 앉아. 가랑잎은 아직 습기가 차지 않았으니까 괜찮을 거야. 말이나 지켜주면 돼."

그는 몇 발자국 걷다가 돌아섰다.

"그런데 말이야, 오늘 어떤 사람이 당신 아버지께 조랑말을 선사했더군."

"주신 분은 당신이죠!"

더버빌은 머리를 끄덕였다. 지금 같은 때 감사를 표시해야 하는 어색함에 신경이 쓰여 그녀는 소리쳤다.

"그런 일을 해주시다니 뭐라 감사해야 좋을지 모르겠어요!"

"그리고 아이들에겐 장난감을 주었지!"

"아이들에게까지 주실 줄은 정말 몰랐어요!"

그녀는 사뭇 감동하며 말했다.

"아무것도 주지 않는 게 더 좋았을걸 그랬어요. 정말이에요. 아무것도 받지 않는 편이!"

"왜 그렇지?"

"그런 걸 받으면 곤란해요."

"테스! 당신은 조금도 날 사랑하지 않는군?"

"선물을 주신 것은 감사해요. 그러나 섭섭한 말이지만 사랑한다고는…….."

자기에 대한 청년의 정열을 생각하자 그녀는 말을 맺지 못했다. 눈물이 방울방울 흘렀다.

"울음을 멈추지, 응 아가씨! 자, 여기 앉아서 내가 올 때까지 기다려 줘."

그녀는 그가 쌓아준 마른 풀더미에 순순히 앉았다. 몸은 약간 떨렸다.

"추워?"

"네, 조금."

청년은 손을 그녀의 몸에 가져가 보았다. 손가락은 가라앉는 것처럼 그녀의 몸에 닿았다. 몸은 부드러웠다.

"얇은 모슬린 옷만 입었군…… 도대체 어떻게 된 일이야?"

"이건 내가 가진 것 중에서 제일 좋은 여름옷이에요. 집에서 나올 때는 이 옷이 따뜻했었는데…… 이렇게 늦도록 말을 타고 돌아다니게 될 줄은 몰랐으니까요."

"9월의 밤은 기온이 꽤 내려가는 법이야. 가만 있자."

그는 자기가 입고 있던 가벼운 외투를 벗어 다정하게 그녀를 감싸줬다.

"이제 됐어! 좀 있으면 따뜻해질 거야. 그럼 아가씨, 여기서 쉬고 있어요. 내 빨리 돌아올 테니까."

그녀를 덮어준 외투의 단추를 끼워 주고 그는 숲 속에 면사포를 친 듯한 안개 속으로 뛰어들었다.

청년이 바로 옆의 언덕을 올라가는지 부스럭거리는 소리가 들렸다. 그의 인기척은 조그만 새가 바스락거리는 정도로 작아지다가 아주 조용해졌다. 달이 차차 기울어짐에 따라 희미한 빛은 사라지고 테스가 잠들었을 때는 사방이 어둠에 싸였다.

알렉 더버빌은 자기들이 체이스 숲 속의 어디쯤에 있는지를 살피기 위해 비탈길을 올라가고 있었다. 사실 그는 달빛에 빛나는 그녀의 아름다움에 넋을 잃어 길가 표지에는 눈 돌릴 새도 없었던 것이다. 그리고 그녀와 좀 더 오래 있고 싶은 욕심에 닥치는 대로 말을 몰아 한 시간 정도 돌아다녔다. 너무 돌아다닌 말에게도 휴식이 필요했으므로 청년은 서둘러 방향을 확인하려 하지 않았다.

고개를 넘어 길이 잇닿은 골짜기로 내려가니까 눈에 익은 울타리가 있는 곳까지 왔다. 청년은 비로소 위치를 알게 됐다. 다시 발길을 돌려 테스가 기다리는 쪽으로 향했다.

동이 틀 무렵이었지만 달은 완전히 기울었고 안개도 걷히지 않아서 체이스 숲은 두터운 어둠에 잠겨 있었다. 그는 나뭇가지에 걸리지 않도록 팔을 뻗어 더듬어 나가야만 했다. 이런 어둠 속에서 자기가 있었던 장소를 찾아내기란 불가능하다는 것을 깨달았다. 청년은 근방을 헤매다가 바로 옆에서 말의 움직이는 소리를 들었다. 뜻밖에도 자기 외투의 소매가 발에 걸렸다.

"테스!"

더버빌은 불렀다. 아무 대답도 없었다. 사방은 완전히 어둠에 쌓였기 때문에 아무것도 보이지 않았지만 희미한 것이 발밑에 보였다. 가랑잎 위에 누워 있는 테스의 흰옷이었다. 다른 것은 하나도 보이지 않았다. 더버빌이 몸을 구부리자 쌔근쌔근 숨소리가 들렸다.

그는 무릎을 꿇었다. 그녀의 숨결이 얼굴에 따뜻하게 느껴지도록 더 납작 몸을 구부렸다. 그의 뺨은 그녀의 뺨과 맞닿았다. 그녀는 곤히 잠들었고 속눈썹에는 눈물이 맺혀 있었다.

어둠과 고요만이 모든 것을 지배하고 있었다. 그들의 머리 위로 태곳적부터 내려오는 체이스 숲의 주목나무와 떡갈나무가 높이 솟아 있었다.

나뭇가지에는 새들이 포근한 새벽잠을 즐기고 있었고 그들의 주변에선 산토끼들이 살금살금 뛰어다니고 있었다. 어떤 사람들은 이렇게 말할지도 모른다. 테스를 지키는 천사는 어디에 갔으며, 그녀가 순진하게 믿어 오던 하나님은 어디에 있는가? 하고. 아마도 비꼬기 잘하는 디셉인의 신처럼 뭔가 열심히 이야기하고 있었거나 다른 일에 정신이 팔렸거나 아니면 여행 중이었거나 잠에서 깨지 않았는지도 모른다.

얇은 비단만큼이나 아련하고 티 없는, 이 아리따운 여자에게 왜 추잡한 낙인을 찍어야 하며, 왜 추잡한 자가 아름다운 것을 차지하고, 못된 남자가 착한 여자를, 못된 여자가 착한 남자를 제 것으로 삼는 일이 허다한지, 수천 년 동안 철학자들도 아직 해명하지 못했다.

눈앞에 닥친 이 비극에 어쩌면 인과응보의 법칙이 숨어 있다고 할지 모르겠다. 틀림없이 테스 더비필드의 몇 대조 조상이 싸움터에서 의기양양하게 개선했을 때, 그들 중 어떤 자는 시골 처녀들을 똑같은 방법으로, 아니 더 거친 방법으로 욕망을 채웠을 것이다. 조상의 죄가 후손에게 미친다는 건 신에게는 훌륭한 도덕률이 될지 모르지만 인간에게는 비난받을 일이다. 그러니 이런 이론을 내세워본들 그의 행동이 당연했다고 할 수는 없는 것이다.

테스의 고향 사람들은 어떤 일이든 운명으로 돌려 '이미 그렇게 되도록 돼 있었는걸.'하고 말한다. 모순은 그들이 그렇게 생각하는 데 있다. 트랜트리지 마을의 양계장에서 운명을 시험해 보려고 어머니 곁을 떠난 주인공 테스의 성격은 사회의 헤아릴 수 없는 모순으로 인해 점점 변하고 있었다.

제2부 처녀 아닌 처녀

12

바구니는 무겁고 보따리는 커서 불편했지만 짐의 무게쯤은 문제가 아닌 듯 테스는 계속해서 걸었다. 걷다가 힘에 겨우면 길가의 문이나 기둥에 기대어 잠깐 쉬었다간 팔에 바구니를 걸고 또다시 걷기 시작했다.

테스 더비필드가 트랜트리지에 온 지 넉 달쯤 되고 또 체이스 숲 속에서 밤을 지낸 지 이십 일쯤 되는 10월 하순 어느 일요일 아침이었다. 날이 샌 지 얼마 되지 않은 때였다.

뒤쪽 지평선에서 떠오르는 황금빛 광채는 그녀가 가는 앞산의 봉우리를 비추고 있다. 그 산은 그녀가 고향으로 가기 위해 넘어야 할 길, 즉 넉 달 전까지만 해도 트랜트리지 마을과는 아무 상관 없이 살아오던 골짜기의 경계선이기도 했다. 오두막 길 이쪽에서 올라가는 그리 가파르지 않은 지형이라든가, 경치가 블랙무어 골짜기와는 사뭇 달랐다. 양쪽으로 철도가 통하고 있어 서로 이어진 인상을 주기는 하지만 마을 사람들의 성격과 언어에는 상당한 차이가 있어 보였다.

트랜트리지와 고향과의 거리는 백 리도 안 되지만 굉장히 먼 것 같은 느낌이 든다. 고향 사람들은 장사나 여행이나, 심지어는 연애와 결혼까지도 북서부 지방 사람들과 했고, 트랜트리지 마을 사람들은 그들의 정력이나 관심을 주로 동남부 지방 사람들에게 집중시키고 있었다. 테스가 걷고 있는 고갯길은 6월의 어느 날 더버빌이 그녀를 태우고 난폭하게 마차를 몰던 바로 그 언덕이다. 테스는 얼마 남지 않은 산꼭대기까지 쉬지 않고 단숨에 올라갔다. 그녀는 고갯마루에 서서 반쯤 아침 안개에 가려진 정든 푸른 땅을 바라다봤다. 이곳에서 내려다보는 경치는 언제나 아름다웠지만 오늘은 더욱 아름다워 보였다. 그녀가 마지막으로 이 경치를 본 후로는 새가 아름답게 지저귀는 곳에 독사가 숨어 있다는 교훈을 배웠고 그때부터 그녀의 인생관은 완전히 바뀌었다. 시골의 순진하던 소녀와는 아주 딴판으로 변한 테스는, 깊은 생각에 잠겨 머리를 숙인 채 한참 서 있다가 고개를 돌려 올라온 길을 돌아다봤다. 마음이 괴로워 고향 마을을 더 바라볼 수 없었다.

조금 전에 그녀가 힘들게 올라온 길고 하얀 비탈길에 이륜마차가 와 섰다.

"왜 아무도 모르게 살짝 도망쳐 나왔어?"

더버빌은 나무라듯 숨을 헐떡이며 말했다.

"오늘은 일요일 아냐, 남들은 일어나지도 않았는데 말이야! 난 네가 없어진 걸 발견하곤 허둥지둥 쫓아왔단 말이야. 저 말의 꼴 좀 보라니까…… 얼마나 땀을 흘리는지! 왜 이런 짓을 해…… 너를 못 가게 붙잡는 사람이라도 있어? 이 무거운 짐을 들고 사서 고생할 필요가 뭐야! 난 정말 미친놈처럼 말을 몰았어. 네가 정 돌아가기 싫다면 가는 길이라도 태워다주려고."

"난 돌아가지 않겠어요."

"그럴 줄 알았어. 나도 그렇게 생각했으니까! 좋아, 그럼 짐을 실어, 바래다줄 테니."

그녀는 아무래도 좋다는 듯이 바구니와 보따리를 마차에 싣고 자리에 올라 더버빌과 나란히 앉았다. 이제는 더버빌이 무섭지 않았다. 그러나 그를 두려워하지 않게 된 그 무엇이 그녀를 슬프게 했다.

더버빌은 시가에 불을 붙였다. 대수롭지 않은 화제로 싱거운 얘기를 하면서 그는 말을 몰았다. 지난여름 같은 길을 반대쪽으로 달릴 때 테스에게 키스하려고 안간힘을 쓰던 사실을 까맣게 잊고 있었다. 지금 그녀는 인형처럼 무표정하게 앉아 그가 하는 얘기에 간단한 대꾸만 했다. 몇 마일을 달렸을 때 조그만 숲이 나타나고 숲 저쪽으로 말로트 마을이 보였다. 그때서야 비로소 그녀의 무표정하던 얼굴에 가냘픈 흥분의 빛이 스치더니 한 방울 두 방울 눈물이 떨어졌다.

"왜 울지?"

그는 쌀쌀하게 물었다.

"저 마을에서 태어난 일을 생각했을 뿐이에요."

"어디서든 태어나게 마련이지!"

"난 태어나지 않았더라면 좋았어요. 아무 데서도!"

"체, 시시한 소리! 그런데 트랜트리지가 싫다면 왜 왔지?"

그녀는 대답하지 않았다.

"나를 사랑하기 때문에 온 건 아니지. 그렇지?"

"그건 사실이에요. 당신을 사랑하기 때문에 갔더라면 진심으로 사랑했던 거예요. 달리 생각할 건 없어요."

그는 어깨를 으쓱해 보이고 그녀는 다시 말을 계속했다.

"나는 당신의 속셈을 깨닫지 못했어요. 깨달았을 땐 이미 일은 끝났죠."

"그건 여자들이 늘 하는 소리지."

"어떻게 그런 뻔뻔한 말을 하는 거죠!"

그녀는 홱 머리를 돌리면서 소리쳤다. 깊숙이 숨어 있던 정기가 솟아난 것처럼 그녀의 눈은 이글이글 불타올랐다. (이런 분노를 그는 이후에도 종종 보게 된다.)

"아! 기가 막혀 죽겠어! 당신을 마차에서 밀어버려도 시원치 않겠어요! 여자들이 늘 하는 소리라고? 진심으로 말하는 여자도 있다는 건 모르셨군요."

그는 웃으면서 말했다.

"잘 알겠어. 마음 상하게 해서 미안해. 사과할게."

그는 다소 듣기 싫은 말투로 말했다.

"언제까지 화만 낼 필요는 없잖아. 잘못에 대해선 힘닿는 데까지 내가 책임지려고 생각하고 있으니까 말이야. 자기가 번 돈으로 리본 하나 살 수 없는 지금 옷차림보다 더 멋지게 꾸밀 수 있다고."

외고집이긴 하지만 천성이 너그럽고 솔직해서 남을 깔보는 일은 없는 그녀는 입술을 비쭉거리며 말했다.

"아무것도 바라지 않았다고 말하지 않았나요. 받지도 않고 받을 수도 없어요! 당신의 욕망을 채우는 노예밖에 안 되는 짓은 할 수 없어요!"

"누가 보면 틀림없는 더버빌 가문의 후손일 뿐 아니라 공주라고 생각할 거야. 하하하! 하여간 귀여운 아가씨, 난 더 할 말이 없어. 내가 나쁜 놈이지, 진짜 나쁜 놈이야. 나는 나쁜 놈으로 태어났고 나쁜 놈으로 살아 왔으니까 결국 나쁜 놈으로 죽고 말 거야. 내 가슴에 손을 얹고 맹세하지만 너한테 두 번 다시 나쁜 짓을 하지 않을게. 만약 어려운 일이 생기면 말이야, 알겠어? 아무리 작은 일이라도 나에게 꼭 알려 줘. 필요한 건 무슨 일이든 다 도와줄 테니까. 난 트랜트리지에 없을지도 몰라, 얼마 동안 런던에 가 있을 작정이야. 늙은이가 보기 싫어 죽을 지경이거든. 그래도 편지로 연락할게."

그녀는 더 가지 않아도 좋으니까 내려 달라고 했다. 작은 나무 아래서 그는 말을 세웠다. 더버빌이 먼저 내려서 그녀를 안아 내린 다음 그녀 옆에 짐도 내려놓았다. 그녀가 고개를 조금 숙여 작별인사를 할 때 잠깐 그의 눈과 마주쳤다. 그녀는 몸을 돌려 짐을 들고 떠나려고 했다.

알렉 더버빌은 시가를 입에서 떼고 그녀에게 몸을 굽히며 말했다.

"이렇게 섭섭하게 헤어질 생각은 아니겠지? 이리 와!"

"원하신다면."

테스는 그의 쪽으로 돌아가서 얼굴을 치켜들었다.

반은 형식적으로 반은 아직 미련이 남은 듯한 태도로 알렉이 그녀의 뺨에 입술을 댔다. 그녀는 조각처럼 꼼짝도 않은 채 두 눈은 멀리 보이는 숲에 막연히 머물러 있었다. 그가 무슨 짓을 하고 있는지 알지도 못하는 것처럼.

"자, 옛 정을 생각해서 저쪽도."

초상화가나 미용사가 시키는 대로 움직이듯이 그녀는 순순히 고개를 돌렸다. 그는 돌린 쪽에다 키스했다. 그녀의 뺨은 마치 길가에 있는 버섯처럼 촉촉하고 미끄럽고 차가웠다.

"넌 나에게 키스해 주지 않는군. 스스로 키스해 준 적은 한 번도 없어. 나를 조금도 사랑하지 않는군."

"몇 번이나 말씀드렸지만 난 사랑하지 않아요. 절대로 사랑할 수 없어요. 어떤 거짓말보다도 이런 경우에 하는 거짓말이 내겐 더 유리하겠지요. 하지만 거짓말을 할 수 없는 양심은 아직 남았어요. 만약 당신을 사랑한다고 고백하면 커다란 대가가 생긴다는 것도 알고 있어요. 그러나 나는 당신을 사랑하지 않아요."

"테스, 어울리지 않게 감상적이군그래. 아첨하려고 하는 말이 아니야. 솔직히 말해서 그렇게까지 슬퍼할 필요는 없어. 가문이야 좋든 나쁘든 이 지방에서 테스의 아름다움을 당할 여자는 하나도 없어. 이건 세상을 아는 사람으로서 그리고 테스를 아끼는 마음에서 말하는 거야. 당신이 현명한 여자라면 그 아름다움이 시들기 전에 세상 사람들에게 버젓이 보일 거야. 지금이라도 늦지 않으니 내게 돌아오지 않겠어? 진심으로 말하지만 이렇게 헤어지고 싶진 않아!"

"돌아가지 않아요! 결코 돌아가지 않겠어요! 그렇게 되기 전에 깨달았어야 했어요. 그 일이 있은 다음 나는 굳게 결심했어요. 절대로 안 돌아가요."

"그럼 잘 가요. 내 넉 달 동안의 사촌 누이동생, 안녕!"

그는 날쌔게 마차에 올랐다. 고삐를 고쳐 잡더니 곧 붉은 열매가 달린 울타리 사이로 사라졌다.

테스는 그의 뒷모습을 보지도 않고 오솔길을 따라 걸었다.

이른 아침이라 태양은 겨우 산봉우리에 얼굴을 내밀었다. 햇살이 보이긴 하지만 뚜렷하지도 않고 피부에 느껴지지도 않았다. 근처에는 사람 하나 보이지 않고 길 위에는 쓸쓸한 세월과 깊은 슬픔을 간직한 그녀만 걷고 있는 것 같았다. 뒤에서 남자의 발걸음 소리가 들렸다. 재빠르게 걸어오는 그 남자는 그녀에게 다가왔다. 그녀가 남자의 다가오는 것을 깨닫기도 전에,

"안녕하십니까."

남자는 인사했다. 직공 같아 보이는 그는 붉은 페인트가 든 통을 들고 있었다.

"짐을 좀 들어 드릴까요?"

사무적인 태도로 그는 말했다. 테스는 그에게 짐을 한 개 주고 나란히 걸었다. 남자는 유쾌하게 말했다.

"안식일인데 아침 일찍 걷고 계시다니, 참 부지런하십니다!"

"네."

"모두 한 주일의 일을 마치고 쉬고 있을 시간인데……."

그녀는 역시 고개를 끄덕여 동의했다.

"나는 다른 어느 날보다도 보람 있는 일을 안식일에 합니다만."

"그러세요?"

"토요일까지는 인간의 영광을 위해서 노력하지만 안식일엔 하나님의 영광을 위해서 노력합니다. 이게 더 보람 있는 일이죠…… 그렇잖아요?"

그는 다시 말을 덧붙였다.

"아, 참 저 난간에 잠깐 할 일이 있군요."

그는 길 옆 목장으로 들어가는 입구로 향하면서 말했다.

"잠깐만 기다려 주십시오. 곧 끝납니다."

그 사람이 테스의 바구니를 들고 갔기 때문에 그녀는 하는 수 없이 그가 하는 양을 지켜보면서 기다렸다. 그는 목장 난간 앞에 가더니 바구니와 페인트 통을 내려놓고 붓으로 페인트를 잘 섞은 다음, 석 장의 널판으로 막은 난간의 가운데 칸에 크고 네모나게 글씨를 쓰기 시작했다. 읽는 사람에게 생각하며 읽게 하려는 듯 단어마다 구두점을 찍어 가면서.

THY, DAMNATION, SLUMBERETH, NOT 2 Pet. ii. 3.
(저희 멸망은 자지 아니 하느니라. 베드로후서 2:3)

평화로운 경치, 숲의 쓸쓸한 빛깔, 파란 하늘의 지평선 그리고 이끼 낀 목장의 난간을 바탕으로 주홍색 글씨는 불붙는 듯 눈부시게 빛났다. 글씨는 스스로 부르짖으면서 대기를 울리는 듯했다.

종교의 전성시대에는 인류에게 훌륭한 도움이 됐을 이 계명이 괴상한 모양으로 써진 모습을 보고 어떤 사람은 "오오 불쌍한 신학이로다!"라고 개탄할지도 모른다. 그 글은 책망하는 듯 그녀의 가슴에 파고들어 무섭게 했다.

그는 분명히 모르는 사람인데 마치 최근에 겪은 테스의 비밀을 알고 있는 것 같았다. 일을 마치고 그는 바구니를 집어 들었다. 그녀는 다시 나란히 걸었다.

"지금 쓰신 걸 그대로 믿으세요?"

그녀는 나직이 물었다.

"그걸 믿느냐고요? 내가 살아 있느냐고 물을 수 있어요?"

그녀는 떨리는 목소리로 말했다.

"하지만 자기 잘못으로 저지른 죄가 아니라면 어떨까요?"

그는 머리를 저었다.

"그런 중대한 문제를 나로서는 설명할 자신이 없습니다. 나는 지난여름에 수백 마일을 돌아다녔죠. 구석구석 찾아다니면서 벽이나 대문, 목장 난간 등 가리지 않고 계명을 썼습니다. 그 계명이 어떻게 작용하는가 하는 문제는 읽는 사람의 양심에 맡기고요."

"그건 너무 지독한 것 같다고 생각해요. 사람의 마음을 짓밟고…… 숨통을 막아 죽이는 거예요!"

"그게 바로 그 계명이 목적하는 겁니다."

그는 직업적인 목소리로 말했다.

"항구나 빈민굴에 써 붙이려고 준비해 놓은 정말 따끔한 문구를 읽어 보겠소? 영락없이 머리가 빙빙 돌게 될 겁니다. 시골에서 사용한다 하더라도 역시 훌륭한 교훈이 될 겁니다. 아, 저기 쓰러져 가는 헛간 벽에 빈자리가 있군. 저기다 한 줄 써야겠어. 당신 또래의 위험한 아가씨들이 정신을 차리도록 말이오. 기다려 주겠소?"

"싫어요."

그녀는 바구니를 들고 터벅터벅 걸어갔다. 조금 가다가 그녀는 돌아다봤다. 낡은 회벽에는 첫 번째 것과 비슷한 거친 내용의 글이 한 자 한 자 나타나기 시작했다. 한 번도 이런 일을 당해 본 일이 없는 벽은 난처하다는 듯 묘한 표정을 짓고 있는 것 같았다.

남자가 반쯤 썼을 때 그 글을 읽은 테스는 뜻하는 의미를 깨닫고 얼굴이 새빨개졌다.

THOU, SHALT, NOT, COMMIT-
('너희는 간음하지 말라' 의 앞부분. 출애굽기 20장)

쾌활한 남자는 그녀가 보고 있는 것을 알고 붓을 놓았다. 그리고 큰 소리로 말했다.

"혹시 이 귀중한 교훈의 설명을 듣고 싶으면, 충실하고 착한 목사가 오늘 저녁 아가씨가 가는 마을에서 자선예배를 하니까, 만나 보시고…… 에민스터의 클레어라는 분인데, 전에 나도 그분의 교인이었죠. 참 훌륭한 분입니다. 내가 아는 목사 중에선 설교를 제일 잘하시고 이 일을 시킨 사람도 바로 그분이지요."

테스는 아무 말도 하지 않았다. 두근거리는 가슴으로 땅만 보면서 걸었다.

"시시하게…… 하나님이 이런 말을 하셨다고는 믿어지지 않아!"

그녀는 비웃듯이 중얼거렸다. 달아올랐던 얼굴도 식어 있었다.

굴뚝에서 가느다란 연기가 피어오르는 것을 보자 그녀는 가슴이 아팠다. 집에 도착해서 눈앞의 광경을 보니 더욱 괴로웠다. 아래층으로 내려와 껍질 벗긴 떡갈나무로 아침밥을 지으려고 불을 지피던 어머니는 뛰어나와 테스를 맞았다. 아버지와 아이들은 아직 이층에 있었다. 일요일 아침이니까 아버지는 30분쯤 더 누워 계시려는 생각이리라.

"아이구, 테스 아니냐!"

깜짝 놀란 어머니는 딸에게 키스하면서 반색을 했다.

"어떻게 된 거냐? 니가 내 앞에 설 때까지 온 줄두 몰랐단다! 결혼하게 돼서 집에 온 거니?"

"아니에요, 어머니. 그런 일로 온 게 아니에요."

"그럼 휴가루?"

"네, 휴가예요. 휴가라도 아주 긴 휴가로."

"뭐라구, 그 청년이 잘 돌봐주겠다구 허지 않든?"

"그는 친척이 아니에요. 그리고 결혼할 생각도 없는 사람이에요."

어머니는 테스를 나무라듯 쳐다봤다.

"애야, 사실대로 다 말해 봐라."

테스는 어머니의 어깨에 머리를 대고 얘기했다.

"그래, 그런 일을 당하구두 결혼하자고 매달리지 않았다니, 그렇게 되구두 물러나는 여자는 너밖에 없겠다!"

"다른 여자들은 그럴지 모르지만 나는 그럴 수 없어요."

"니가 결혼을 허구 돌아왔다면 그보다 좋은 일이 어디 있겠니!"

103

더비필드 부인은 억울해서 당장 울음을 터뜨릴 것 같았다.

"너와 그 사람 소문이 여기까지 다 퍼졌어. 그런데 이렇게 될 줄 누가 짐작이나 했겠니! 니 생각만 헐 게 아니라 식구 생각두 좀 해 보면 어떠냐? 자, 나는 노예처럼 일해서 헤어날 날이 없구, 아버지는 몸두 약헌 데다가 심장이 기름으루 막혀 있지 않니. 그런 줄두 모르구 난 좋은 소식 오기만 기다리구 있었단다! 넉 달 전에 너희 둘이 마차를 타구 떠날 때 정말 잘 어울리는 짝이라구 생각했는데…… 그 사람이 선물헌 걸 봐라. 우리가 그의 친척이니까 그렇게 허는 줄 알았지. 만약 친척이 아니드래두 너를 사랑허는 까닭이라구 생각했단다. 그런데 결혼을 못 허다니!"

알렉 더버빌을 자기와 결혼하도록 만든다니! 그가 자기하고 결혼한다니! 그는 결혼 문제에 대해서 이제껏 한마디도 한 일이 없었다. 만약 그가 청혼했더라면 어떻게 됐을까? 체면을 차리느라고 당황하고, 또 대답하지 않을 수 없는 처지에 있었다면, 그녀는 뭐라고 대답했을까? 테스 자신도 알 수 없는 일이었다. 딱한 어머니는 그에 대한 딸의 심정을 이해하지 못했다. 그녀의 심정이란 말로 표현하기 어려운 이상하고, 부자연스러운, 뭐가 뭔지 알 수 없는 것이었다. 바로 그 묘한 심정에 자기 자신이 싫어졌다. 그를 생각해 본 일도 없으며 지금도 그에 대한 관심은 전혀 없다. 테스는 그가 두려웠다. 그의 앞에서는 위축됐고 그의 교묘한 수단에는 넘어가지 않을 수 없었다. 결국 그의 열렬한 태도에 잠시 눈이 어두워져서 그가 하는 대로 테스는 굴복했었다. 그러나 이제는 야비해 보여 싫어졌고 그녀는 도망쳐 왔다. 이것이 그녀가 돌아온 이유의 전부인 것이다.

그를 죽도록 미워한다고는 할 수 없지만 그의 존재란 테스에게는 재나 먼지에 지나지 않았다. 또 그녀는 가문을 생각해서라도 그와는 결혼할 생각이 없었다. (결혼할 마음이 없었다면 좀 더 몸조심을 할걸 그랬구나!) 당장 가슴이 터질 것처럼 몸부림치면서 테스는 어머니에게 따지듯 말했다.

"어머니, 어머니! 어떻게 그런 걸 미리 알 수 있어요. 넉 달 전 집을 떠날 때까지만 해도 나는 어린애였어요. 남자들은 엉큼하고 위험하다는 걸 왜 가르쳐 주지 않았어요. 어째서 미리 주의시키지 않았느냐 말이에요? 부잣집 딸들은 소설을 읽고 남자들이 어떻다는 걸 아니까 몸을 지키는 방법도 알아요. 하지만 나는 그런 걸 배우지도 못했고 또 어머니는 가르쳐 주지도 않았어요!"

그녀의 어머니는 누그러졌다.

"그가 널 좋아해서 어떻게 될 거라는 걸 네게 미리 말해 준다면 거만하게 굴어서 모처럼의 기회두 놓칠 거라구 생각했었어. 이제는 다 지나간 일이니 잊어버리자꾸나. 그렇게 되두룩 작정된 것이구 또 하나님이 허시는 일이야!"

어머니는 앞치마로 눈물을 닦으면서 넋두리를 했다.

13

테스 더비필드가 엉터리 친척한테서 돌아왔다는 소문이 파다하게 퍼졌다. 고작해야 사방 일 마일이 좀 넘는 이 마을에 파다하게 퍼졌다고 하는 건 과장된 표현일지 모르지만 어떻든 사람들 입에 오르내렸다. 말로트 마을에 사는 친구들이 오후에 찾아왔다.

흉내도 못 낼 큰 성공을 거두고 돌아온 (그들은 그렇게 생각했다) 친구를 만나기 위해 그들은 빳빳하게 풀을 먹인 옷으로 단장하고 있었다. 테스를 가운데 앉히고 호기심에 찬 눈으로 둘러앉았다. 먼 일가뻘인 더버빌은 단순한 지방 유지와는 달리 신사인 데다가 난봉꾼인데 테스와 사랑하는 사이라는 소문이 트랜트리지 마을에서 들려왔다. 그녀의 가문이 가난해서 그런 관계를 불안하게 생각했으나, 일이 잘되어 가고 있다면 테스의 매력은 굉장한 것이다.

친구들은 그녀에게 깊은 관심을 보였다. 테스가 잠깐 몸을 돌렸을 때 나이 어린 처녀가 소곤거렸다.

"어쩌면 저렇게 예쁠까, 좋은 옷을 입으니까 더 예뻐 보여! 저 옷은 꽤 비쌀 거야. 그 남자가 사준 건가 봐."

찻잔을 끌어당기던 테스는 그녀가 하는 말을 듣지 못했다. 그 말을 들었다면 사실대로 얘기해서 친구들의 오해를 풀어줬을지도 모른다. 그러나 어머니는 그 말을 들었다. 당장 결혼하게 될 줄 알았던 그녀의 소망은 헛되이 꺼져 버렸지만 그가 딸에게 몸을 태우던 장면을 마음속에 그리면서 허영심을 채워 보려 했다. 덧없고 보잘것없는 결과가 테스의 체면을 깎는다 할지라도 과히 창피한 일은 아니라고 그녀는 만족해했다. 이러다가 다시 결혼하게 될지도 모른다는 생각을 어머니는 버리지 않았다. 그들이 칭찬하는 것에 보답할 양으로 어머니는 흐뭇하게 차를 권했다.

친구들은 재잘거리고 웃으면서 허물없는 농담을 했다. 그들이 때때로 테스를 칭찬하고 부러워하자 그녀의 기분도 되살아났다. 저녁 무렵에는 친구들의 명랑한 태도에 이끌려 테스도 쾌활한 모습으로 돌아왔다. 대리석처럼 굳어져 있던 얼굴은 어디론가 사라지고 이전의 활발한 걸음걸이로 아름다운 자태를 여지없이 드러냈다.

조심했지만 그의 수단에 넘어간 자신의 경험은 좀 색다른 것이라고 인정하는 듯, 선배 같은 태도로 친구들의 질문에 대답했다. 로버트 사우드의 시처럼 '사라져 간 지난날을 그리워하며' 심정은 아니었으므로 테스의 환상도 순식간에 물거품처럼 사라졌다.

냉정한 이성이 되살아나서 어리석은 그녀의 약점을 비웃었다. 몸서리치는 자존심이 그녀의 죄 많은 실수를 책망할 때는 다시금 침울해졌다.

이튿날 새벽 그녀가 눈을 떴을 때 낙심은 이루 말할 수 없이 컸다. 한가로운 일요일이 지나고 월요일 아침이었다. 입고 있던 새 옷은 헌 옷으로 바뀌었고 떠들썩하던 친구들은 모두 가버렸다.

천진하게 잠자는 동생들 틈에서 테스는 홀로 앉아 있었다. 그녀가 돌아옴으로 해서 일어났던 일시적인 소동과 들뜬 마음은 사라지고 대신 누구의 도움이나 한 가닥 동정도 없이 겪어야 할 숱한 일들만 앞에 놓였다. 테스는 눈앞이 캄캄했다. 죽어버리고 싶은 생각마저 들었다.

그럭저럭 이삼 주일 지났을 때는 마음도 상당히 안정되어 일요일 아침에는 교회에 나갈 만했다. 그저 해보는 시늉 정도에 지나지 않았으나 그녀는 찬미를 듣고 옛 '시편'을 읽으며 '아침의 찬미가'를 함께 부르는 것도 좋아했다. 그녀가 노래를 좋아하는 것은 민요를 잘 부르는 어머니에게서 유전된 것이다. 단순한 음악에서도 때로 마음을 흔드는 힘을 느끼곤 했다.

청년들의 짓궂은 눈길을 피하려는 생각에서 그녀는 교회 종이 울리기 전에 교회에 도착했다. 그녀는 노인들만 들어가 앉는 아래층 헛간 맨 뒷줄에 자리 잡았다. 헛간에는 묘지 연장이 있고, 테스가 앉은 의자 바로 옆에는 관을 올려놓는 받침대도 있었다. 두서너 사람씩 들어와서 앞자리에 앉았다. 그들은 기도를 하지 않으면서도 마치 기도하는 것처럼 약 일 분쯤 머리를 숙이고 있었다. 다시 머리를 들고 바로 앉은 사람들은 사방을 둘러봤다. 찬송가가 시작되었는데, 그것은 찬송가 중에서도 테스가 가장 좋아하는 '랭돈'이었지만 그녀는 가사를 몰랐다. 말하지는 않았지만 작곡가에게는 하나님과 같은 신비한 힘이 있다고 생각했다. 작곡가의 이름도, 성품도 모르지만 찬송가는 그녀의 죽은 듯한 영혼을 일깨워 주었다.

사방을 둘러보던 사람들은 예배 중에 테스가 있는 것을 발견하자 서로 수군거렸다. 그들의 수군거림의 내용을 짐작한 그녀는 속상하고 창피해져서 다시는 교회에 오지 않기로 마음먹었다.

동생들과 함께 쓰는 침실은 그녀가 숨어 사는 도피처 같았다. 두 칸쯤 되는 방 안에서 계절이 바뀌도록 나오지 않았다. 그녀는 거기서 바람 부는 것을, 눈보라 치는 것을, 비 내리는 것을, 그리고 찬란한 저녁놀과 둥근 보름달을 보았다. 마을 사람들은 테스가 그 집에서 살지 않고 어디로 가버린 줄로 생각했다. 그녀의 유일한 운동은 저물고 난 뒤의 숲 속을 거닐 때뿐이었다. 숲 속에 있을 때만 그녀는 사는 보람을 느꼈다. 빛과 어둠이 골고루 어울리는 그 시간에는 낮의 피곤과 밤의 휴식이 잘 조화되어 말할 수 없는 자유로움을 느꼈다. 살아 있다는 괴로움이 거의 자취를 감추는 때도 바로 그 무렵이었다.

그녀는 어둠 따위는 조금도 무서워하지 않았다. 인간 세계란 뭉쳐 있으면 무서운 힘을 발휘하지만 산산이 흩어지면 가련할 만큼 힘없는 것이다. 이른바 세상이라는, 인정도 없는 미물의 집합체인 인간들을 피하려는 것이 그녀의 바람인 것 같았다.

이 쓸쓸한 골짜기와 숲 속을 거니는 그녀의 조용한 발걸음은 그녀의 존재를 끊임없이 주위의 사물들과 결합시켰다. 어둠에 빨려 들어가는 그녀의 모습은, 그녀를 둘러싼 경치에서 떼놓을 수 없는 존재가 됐다. 그녀의 부질없는 공상은 주위의 일부분인 것처럼 느껴졌다. 아니 이 자연과 서로 결합하여 움직이고 있었던 것이다.

세상이란 심리적 현상에 지나지 않아서 사물이 있다고 생각할 때 비로소 존재하는 것이다. 겨울밤에 얼어붙은 나무 싹이나, 가지 사이로 몰아치는 돌풍이나, 바람 소리는 가슴 아픈 자책의 되풀이였다. 비가 온다는 것은 마음속에 있는 막연한 도덕이란 존재가 그녀의 나약함을 깊이 슬퍼해 주는 표시 같았다. 그녀는 어렸을 때 흔히 말하는 도덕이란 것이 '하나님'을 뜻하는 것인지 아니면 다른 무엇을 뜻하는 것인지 구별하지 못했다.

낡아빠진 풍습에 근거를 두고 테스 마음대로 만들어낸 이 생각은, 그녀의 공상에서 생겨난 슬프고도 잘못된 창조물이었다. 그녀가 까닭 없이 무서워하는 도덕이라는 도깨비 떼들이었다.

현실에서 피해 다니는 것은 도덕이라는 도깨비 떼들이지 결코 테스 자신은 아니었다. 새들이 잠자고 있는 나무 사이를 거닐면서, 달빛이 드는 토끼장의 토끼를 보면서, 꿩의 보금자리가 있는 가지 아래 서서 자기는 '죄 없는 짐승'의 보금자리를 침입한 '죄 많은 사람'이라고 생각했다.

죄 없는 사람은 하나도 없는데 테스는 구태여 구별하려고 애를 썼다. 스스로 다른 사람과 어울릴 수 없는 존재라고 생각하지만 사실은 완전히 어울리고 있었다. 오랫동안 지켜 내려오는 사회도덕은 어겼지만 자기를 나쁜 사람이라고 생각하는 환경의 법칙은 어기지 않았다.

14

짙은 안개가 낀 8월의 어느 새벽이었다. 짙은 안개는 따뜻한 햇살을 받아서 양털처럼 흩어지고 움츠러들어 골짜기나 숲 속으로 숨어 버렸고 거기서 아주 질 때를 기다리고 있었다.

안개에 가린 태양은 묘한 감정을 지닌 사람의 표정 같았고, 그 모양에 어울리는 남성 대명사를 붙여 달라고 하는 것 같았다. 사람 하나 찾아 볼 수 없는 들판에서 이제 막 떠오른 태양의 모양은, 옛날의 태양 숭배 교리를 설명하는 것 같았다. 이만큼 건전한 종교가 일찍이 세상에 있었다고 믿어지지 않을 만큼 장엄했다. 빛을 내는 이 발광체는 황금빛 머리에 상냥스런 웃음을 띠고 부드러운 눈매까지 갖춘 하나님 같은 존재였다. 젊은이처럼 씩씩하고 의지가 있는 이 생물체는 흥미 가득한 눈으로 세상을 내려다보고 있었다.

잠시 후 햇살은 덧창 틈 사이로 스며들어 선반이나 옷장이나 그 밖의 다른 가구들 위에 벌겋게 단 부젓가락 같은 광선을 비추어 잠자고 있는 농부를 깨웠다.

이날 아침 붉게 빛나는 것들 가운데 가장 빛나고 있는 것은 페인트칠을 한 두 개의 폭이 넓은 받침대인데, 말로트 마을 옆에 있는 밀밭 모퉁이에 서 있었다. 그것은 밑에 있는 다른 두 개의 받침대와 함께 오늘의 추수를 위해 간밤에 갖다놓은 것이었다. 네 개의 받침대로 회전하는 몰타식 추수 기계를 만들었다. 거기 칠한 페인트가 햇빛에 반사되어 마치 용광로 속의 빛을 내고 있었다.

마차나 기계가 지나갈 수 있도록 길을 터놓기 위해 밭 둘레를 따라 일 미터 정도의 넓이로 밀을 손으로 거두어들였다.

동쪽 울타리 그늘이 서쪽 울타리 그늘의 중간쯤에 이르렀을 때 한 무리의 남자 일꾼들과 여자 일꾼들이 오솔길로 내려왔다. 일꾼들의 얼굴은 햇살을 받고 발은 아직 햇살을 받지 않았다. 그들은 길에서 가장 가까운 곳에 있는 두 돌기둥 문 사이로 사라져 갔다.

조금 있더니 밭에서 귀뚜라미가 짝을 부르는 것 같은 소리가 들렸다. 추수 기계가 돌기 시작한 것이다. 세 마리의 말과 페인트칠한 목재 기계가 털커덕거리면서 한 줄로 나가는 모습이 문 너머로 보였다. 한 사람이 기계를 끄는 말 위에 앉아 마부 노릇을 했고 기계 위 자리에는 일을 돕는 조수가 타고 있었다. 밭고랑을 따라 세 마리의 말이 끄는 추수 기계의 가로대는 천천히 빙빙 돌아, 마차 전체는 저쪽 끝까지 나가 눈앞에서 사라졌다가 되돌아서는 갈 때와 같은 속도로 밭고랑을 따라 올라왔다. 말머리에 단 반짝이는 놋쇠별이 고개 마루턱에 제일 먼저 나타나고 뒤이어 빙빙 도는 새빨간 가로대가 그리고 마지막에 추수 기계가 나타나는 순서로 되돌아온다.

밭을 둘러 싼 그루터기가 보이는 좁은 길은 추수 기계가 한 바퀴 돌 때마다 폭이 점점 넓어졌다.

해가 높이 솟음에 따라 밀밭은 차츰 그 범위가 좁혀들었다. 집토끼, 산토끼, 뱀, 들쥐들은 좁아지는 밀밭이 임시 대피소인 것도 모르고 해질 무렵 이후에 그들을 기다리고 있을 운명을 알지 못했다. 손바닥만큼 남은 마지막 밀밭마저 추수 기계가 베어버리면 마침내 들짐승들은 추수꾼들의 막대기와 돌멩이에 맞아 모두 죽고 마는 것이었다.

추수 기계가 한 묶음이 될 만한 밀을 베서 뒤로 떨어뜨리면 따라

110

오는 사람들이 다발로 묶는다. 이 일은 대개 여자들이 맡아 하는데, 간혹 무명 셔츠를 입은 남자들도 섞여 있다. 그들은 가죽 띠로 바지를 졸라매었기 때문에 뒤에 붙은 두 개의 단추는 움직일 때마다 두 개의 눈동자처럼 햇빛에 반짝였다. 그것은 마치 성난 눈동자와도 같았다. 그러나 밀을 묶는 사람들 가운데도 가장 관심을 끄는건 여자들이었다. 가정이라는 일상의 자리를 떠나 들판에서 자연의 일부분이 될 때 그들의 매력이 넘치기 때문이다. 남자들은 밭에서 일하는 사람에 불과하지만 여자들은 들판의 일부가 된다. 여자로서의 한계를 넘어 자연과 동화되는 것이다.

아가씨라고 부르는 편이 더 어울릴 만큼 젊디젊은 여자들이 대부분을 차지하고 있지만 밭에서 일하는 여자들은 햇빛을 가리기 위해 커다란 무명 모자를 쓰고 장갑을 끼고 있었다. 어떤 여자는 연분홍색 재킷을 입었고, 어떤 여자는 소매 끝이 좁고 긴 크림색 블라우스를, 또 가로대에 칠한 페인트만큼이나 붉은 치마를 입은 여자도 있었다. 나이 든 여자들은 올이 굵은 갈색의, 길이가 짧은 작업복을 입었는데 이 옷은 예부터 추수 때 입던 옷으로 들일엔 적당했지만 요즘 젊은 여자들은 입지 않았다.

오늘 아침엔 연분홍 재킷을 입은 여자한테 사람들의 눈이 쏠렸다. 많은 여자들 중 그녀의 몸집이 가장 탐스럽고 몸매가 아름다웠다. 그녀는 모자를 깊이 눌러 썼기 때문에 밀단을 묶는 동안은 얼굴이 보이지 않았지만, 늘어뜨린 해가림 모자 끝으로 한두 갈래 뻗어 나온 짙은 갈색 머리칼로 그녀의 안색은 짐작할 수 있었다. 다른 여자들이 자주 사방을 두리번거리는 때에도, 타인에게 아랑곳없이 자기 일만 하는 그녀가 사람들의 관심을 더욱 끌었는지도 모른다.

그녀는 시계 바늘처럼 단조롭게 밀단 묶는 동작을 계속했다. 이제 막 베어 놓은 밀대에서 한 줌씩 집어 왼쪽 손바닥으로 밀포기 끝을 탁탁 쳐서 가지런히 했다. 그러고 나서 다발을 마치 애인 끌어안는 듯 허리를 낮게 구부려 장갑을 낀 왼팔은 단 밑으로 하고 오른팔은 위로 하고는 무릎으로 받치면서 밀대를 끌어 모았다. 끈 양끝을 앞으로 당기고 무릎으로 밀짚을 눌러서 단으로 묶었다. 산들바람이 가끔 치마 끝을 펄렁이면 그녀는 손끝으로 툭 쳐 내린다. 물소 가죽 장갑과 옷소매 사이로 팔이 드러나 보였다. 시간이 지나면서 밀단에 상한 그녀의 부드러운 살결에 피가 맺혔다.

그녀는 가끔 일어나서 허리를 펴고는 비뚤어진 앞치마를 고쳐 입거나 모자를 바로 쓰기도 했다. 무엇에나 매달려서 하소연할 듯 길게 땋은 머리와 검고 큰 눈동자를 가진 그녀의 둥글고 잘생긴 얼굴이 보였다. 그녀의 파리한 뺨과 고르게 난 치아와 붉고 얇은 입술은 흔히 보는 시골 아가씨들의 그것과는 달랐다.

그녀는 바로 더버빌이라는 가명의 테스 더비필드다. 어딘가 사람이 달라진 듯하면서도 이전과 같고, 변함이 없는 것 같으면서도 달라진 테스였다.

자기 고향에 살면서도 나그네나 다른 곳에서 온 사람처럼 생활하고 있었기 때문이었다. 추수기에는 집안일보다 바깥 일이 더 많고 수입이 좋으므로 오랫동안 집 안에 틀어 박혀 있었던 그녀도 밖에 나가 일하기로 결심했다. 다른 여자들의 동작도 테스의 하는 것과 비슷했다. 한 단씩 묶고 나면 그들은 카드리유 춤을 추는 사람들처럼 사방에서 모여들어 이 지방의 풍습대로 열 단이나 열두 단씩 무더기를 지어 놓았다.

그들은 아침식사를 마치고 와서 다시 일을 계속했다. 11시가 가까워졌을 때, 그녀를 살펴본 사람이면 일을 계속하면서도 재빨리 언덕 쪽으로 눈을 돌리는 그녀의 태도를 보았을 것이다. 드디어 그 시간이 되자 여섯 살에서 열 네 살쯤 된 아이들이 그루터기만 남은 언덕 위로 나타났다. 테스의 얼굴은 조금 붉어지는 듯했으나 그대로 일을 계속했다. 가장 커 보이는 계집애가 어깨에 두른 숄을 땅바닥에 질질 끌면서 인형 같은 것을 껴안고 왔다. 인형 같은 것은 긴 옷을 입힌 갓난아기였다. 다른 한 아이는 점심을 가져왔다. 추수꾼들은 일손을 멈추고 밀단 쌓아놓은 곳에 기대앉아 점심을 먹었다. 남자들은 술잔을 돌렸다.

남들이 각기 자리에 앉을 때까지도 테스는 일을 계속했다. 그녀는 다른 사람들의 얼굴을 피해, 밀단을 쌓아 놓은 끝에 가서 앉았다. 그녀가 편안하게 자리 잡고 앉았을 때 토끼 가죽으로 만든 모자를 쓰고 허리춤에 손수건을 꽂은 남자가 낟가리 너머로 그녀에게 술잔을 넘겨줬으나 이를 사양했다. 점심을 펼쳐 놓자 그녀는 동생을 불러 아기를 받았다. 동생은 좋아서 저쪽 낟가리에서 놀고 있는 아이들한테 갔다. 테스는 꺼리는 듯한, 그러나 체념한 동작으로 단추를 끌러 아기에게 젖을 먹이기 시작했다. 얼굴이 점점 붉어졌다. 가까이 있는 남자들은 딴 곳으로 얼굴을 돌리고 어떤 남자는 담배를 피우고, 또 어떤 남자는 빈 술병을 유감스러운 듯 기울이며 두들겼다. 점심을 먹고 힘을 얻은 여자들은 얘기에 꽃을 피우며 흐트러진 머리를 매만졌다.

아기가 배불리 젖을 먹고 나자 먼 곳에 눈을 두었던 그녀는 거의 혐오에 가까운 씁쓸한 표정으로 아기를 어르다간 갑자기 격렬한 입맞춤을 했다. 모욕과 열정이 묘하게 뒤섞인 입맞춤에 아기는 울음을 터뜨렸다.

"아이를 미워하는 척하고, 또 함께 죽어버렸으면 좋겠다고 말하지만 그래도 자식은 예쁘지."

빨간 치마를 입은 여자가 말했다.

"그런 말은 이제 하지 않을 걸. 참 알 수 없는 노릇이지. 누구나 저런 일에 익숙해지니까!"

누런 옷을 입은 여자가 대꾸했다.

"저렇게 된 걸 보면 아무래도 말로만 치근댄 것 같지는 않아. 작년 어느 밤에 말이야. 체이스 숲 속에서 여자가 흐느껴 우는 소리 들은 사람들이 있대. 만약에 이웃사람들이 봤다면 그 청년은 톡톡히 망신당했을 거야."

"글쎄…… 그 남자의 꼬임에 넘어갔는지 어쩐지는 알 수 없지만, 하고 많은 여자 중에서 하필이면 그 애가 당하다니 참 가엾어. 그런 변을 당하는 건 예쁜 애들뿐이야! 얼굴이 못생긴 처녀는 교회처럼 안전하지. 안 그래, 제니?"

무리에게 동의를 구한 그녀의 얼굴은 과연 안전하게 생겼다.

꽃송이 같은 입술과, 검지도 푸르지도 잿빛도 아닌 크고 순한 눈을 가진 테스의 모습은 설사 원수가 본다 해도 그녀의 불행을 동정할 것이다. 조상으로부터 물려받은 조심성이 부족한 성격만 없다면 흠잡을 데 없는 그녀가 그런 꼴을 당하다니.

갑자기 떠오른 한 가지 결심에서 테스는 여러 달 만에 처음으로 밭에 나온 것이었다. 혼자 겪어야 했던 온갖 뉘우침과 괴로움에 시달리고 지친 끝에 비로소 평범한 생각이 그녀의 마음을 비추었다. 어떤 대가를 치르더라도 새 삶을 맛보기 위해 새 출발을 해야겠다고 그녀는 결심했다. 과거는 과거다. 그것이 설사 어떤 것일지라도 가까이 존재하진 않는다. 결과가 어떻든 세월이 지나면 다 없어진다. 몇 년 안 가서 그런 일은 기억에서 사라지고, 그녀 또한 땅에 묻혀 잊힐 것이다. 더구나 초목은 옛날과 다름없이 푸르고 새는 노래하며 태양은 언제나처럼 빛나고 있지 않은가.

그녀를 둘러싼 낯익은 만물은 그녀의 슬픔으로 어두워지지도 않았고 그녀의 괴로움으로 말미암아 파리해지지도 않았다.

그녀의 고집을 누그러뜨린 것은 세상의 이목을 두려워하던 염려가 한낱 부질없는 것임을 깨달았기 때문이다. 그녀는 타인과 아무 상관없는 개체이고, 경험이며 정열이고 또 감각기관이었다.

사람들에게 그녀의 존재란 한낱 흘러가는 이야깃거리에 지나지 않는다. 친구들에게도 가끔 얘깃거리가 된다는 것뿐이다. 그녀가 밤낮으로 몸부림치더라도 '저 애는 사서 고생을 하고 있어'라고 말할 게다. 또 그녀가 모든 걸 잊고 태양과 꽃과 갓난애한테서 기쁨을 찾으려 하면 그들은 '저애는 용케도 잘 참아'라고 말할 것이다. 만약 무인도에 홀로 있다면 자기가 당한 일을 불행하다고 생각했을까? 그렇지는 않았을 것이다.

그녀가 이름 없는 아기의 어머니라는 것 외에 인생 경험도 없고 남편 없는 어머니의 처지라면 그런 환경이 그녀를 절망케 했을까? 오히려 그녀는 그 환경을 냉정하게 받아들이고 거기서 낙을 발견했으리라. 그녀의 불행은 거의가 사회의 관습에서 오는 것이지 타고난 감정에서 오는 것은 아니다.

어떤 마음이 그녀를 예전의 상태로 돌아가게 했고 마침 밭일이 한창 바쁜 때 일하러 나오도록 했다. 그래서 그녀는 침착함을 유지했고 갓난애를 품에 안았을 때에도 사람들의 얼굴을 조용히 쳐다볼 수 있었던 것이다.

추수꾼들은 낟가리에서 일어나 팔다리를 힘껏 펴보고 담배를 피웠다. 말들에게 사료와 쉼을 주기 위해 끌러 놓았던 빨간 기계를 다시 달았다. 급히 점심을 마친 테스는 동생을 불러 아기를 데려가게 한 다음 옷차림을 고치고 장갑을 꼈다. 다시 밀단을 묶기 위해 허리를 굽혀 나중에 묶은 단에서 다음 단을 묶을 밀짚을 한 줌 빼냈다.

오전에 하던 똑같은 일이 저녁까지 계속됐다. 테스는 다른 추수꾼들과 더불어 어두워질 때까지 일을 했다. 사람들은 일이 끝나자 좀먹은 투스카니 성자상의 낡아빠진 금박 후광을 닮은 달을 벗 삼아 짐마차를 타고 집으로 돌아갔다.

테스의 친구들은 숲 속으로 들어갔다가 변해서 돌아온 처녀를 비웃는 민요를 한두 곡 다른 노래와 함께 섞어 부르긴 했지만, 그녀의 처지를 위로도 하고 다시 함께 일하게 된 것을 기뻐하기도 했다. 인생이란 얻는 것이 있으면 잃는 것이 있고 잃는 것이 있으면 얻는 것이 있는 법이다. 친구들의 다정함과 유쾌한 수다에 테스는 딱한 처지를 잊고 명랑해지기도 했다.

겨우 슬픔을 이기고 있을 때 새로운 슬픔이 어머니 테스에게 닥쳤다. 그녀가 집에 돌아와 보니 젖먹이는 오후부터 심하게 앓고 있었다. 갓난아기가 너무 허약해서 걱정하지 않았던 것은 아니지만 막상 병에 걸리고 보니 그녀는 어찌할 바를 몰랐다.

이 애가 태어남으로 해서 테스는 사회에 죄를 지었다는 생각을 하고 있었다. 그녀의 소원은 이 애의 생명을 붙잡아 놓고 그 죄를 이어 가고 싶었던 것이다. 그러나 그녀가 걱정하던 것보다도 더 빨리 이 조그만 육체의 죄인이 해방될 시간이 얼마 남지 않았다는 사실을 알 수 있었다. 아기를 잃는 것도 가슴 아픈 일이지만 아직 세례를 받지 못한 것이 더욱 슬펐다. 그녀의 죄 때문에 화형을 당해야 하고 그것으로 모든 일이 해결된다면 조용히 형장에 나갈 수 있을 것 같았다.

마을의 다른 처녀들과 마찬가지로 테스도 성경을 많이 읽어서 오호라와 오호리바 얘기의 결말도 잘 알고 있었다. 똑같은 일이 그녀의 젖먹이에게 벌어졌으나 양상은 달랐다. 귀여운 아기가 죽어가고 있는데 그의 영혼은 살릴 길이 없었다. 잠자리에 들 시간이었지만 그녀는 아래층으로 뛰어 내려가 목사를 불러와야겠다고 말했다. 마침 일주일에 한 번씩 가는 롤리버에서 아버지가 막 돌아와 있었다. 자기는 이 지방에서 가장 유명한 가문의 후손인데 테스가 그 명예에 먹칠을 했다는 아버지의 완고함은 술기운으로 더욱 굳어 있을 때였다.

테스가 가문을 더럽혔기 때문에 어느 때보다 집안일을 숨겨야 하는데 목사를 불러들여 집안의 수치스런 사정을 알릴 수 없다고 아버지는 잘라 말했다. 아버지는 문을 잠가버리고 열쇠를 호주머니에 넣었다.

가족은 모두 잠자리에 들었다. 테스는 큰 슬픔을 안고 이층으로 올라갔다. 자리에 누워도 잠은 오지 않았다. 자정쯤 됐을 때 아기의 열이 점점 더해가는 것을 알았다. 분명히 죽어 가고 있었다. 조용하게, 그러나 분명히 죽음이 다가오고 있었다.

그녀는 침대에서 괴로워 안절부절못했다. 벽시계가 둔탁하게 1시를 알렸다. 온갖 공상이 활개치고 불길한 억측이 현실로 다가올 때였다. 세례를 안 받았다는 것과 사생아라는 두 가지 죄목으로 지옥의 맨 밑바닥으로 떨어질 아기를 생각했다.

사탄이 빵 굽는 오븐에 쓰는 삼지창 갈퀴로 아기를 던지는 장면이 떠올랐다. 교회에서 아이들에게 얘기하는 기묘한 형벌도 떠올랐다. 고요한 가운데 무서운 생각들이 그녀의 상상력을 심하게 자극했기 때문에 잠옷은 땀으로 흠뻑 젖고 심장이 고동칠 때마다 침대가 흔들리는 것 같았다. 아기의 숨소리는 더욱 가빠졌다. 아기를 껴안고 아무리 입 맞춰도 소용없었다. 그녀는 미친 듯이 방 안을 왔다 갔다 했다.

"오, 자비로운 하나님, 은혜를 베풀어 주시옵소서. 이 가련한 아기에게 은혜를 베푸소서."

"주님의 노여움이 풀리시도록 제게 어떤 벌이라도 내리옵소서. 저는 기꺼이 받겠습니다. 제발 아기만은 가엾게 여기사 은혜를 베푸시옵소서."

그녀는 장롱에 기대어 알아들을 수 없는 기도를 오랫동안 웅얼거리다가 갑자기 몸을 일으켰다.

"아! 이 애는 어쩌면 구원을 받을 수 있을지도 몰라! 정말 구원을 받을 수 있을지도 몰라!"

그녀가 너무나 희망에 차서 말했기 때문에 어둠 속에서 그녀의 얼굴만 빛나는 것 같았다. 그녀는 촛불을 켜고 한 방을 쓰고 있는 둘째 칸과 셋째 칸 침대에서 자고 있는 동생들을 깨웠다. 세면대를 앞으로 끌어내고 그녀는 세면대가 놓였던 자리에 가서 섰다. 주전자에 담긴 물을 세면대에 쏟고 동생들의 손을 모으게 하고는 그 둘레에 무릎을 꿇게 했다. 잠에서 덜 깬 동생들은 누나의 행동에 겁을 먹고는 큰 눈으로 그녀를 지켜봤다. 그녀는 침대에서 아기를 안아 올렸다. 어린아이가 낳은 어린애를……

테스는 갓난애를 안고 세면대 옆에 서고 바로 아래동생은 교회에서 집사가 하는 것처럼 기도서를 펼쳐 그녀 앞에 섰다. 이리하여 아기의 세례 준비는 끝났다. 흰 잠옷에 허리께까지 땋아 내린 까만 머리채는 그녀의 모습을 드높고도 늠름하게 보이게 했다.

햇빛 아래 드러나는 그루터기에 다친 자잘한 상처나 피곤한 눈동자를 어슴푸레 비치는 다정한 촛불은 드러내지 않았다. 정성스러운 그녀의 태도가 그녀를 위엄 있는 여왕처럼 보이게 했다. 무릎을 꿇고 둘러앉은 동생들은 벌겋게 된 눈을 껌벅거리며 준비가 다 되도록 기다렸다. 그중에서 제일 신기하게 보던 아이가 물었다.

"누나, 아기에게 정말 세례를 줄 참이야?"

소녀 같은 어머니는 진지한 태도로 그렇다고 대꾸했다.

"이름은 뭐라고 하지?"

그녀는 아직 이름을 정하지 않았지만 세례 준비를 하면서 '창세기'에 나오는 이름 하나를 골라 그 이름으로 세례를 주기로 했다.

"소로우, 성부 성자 성신의 이름으로 그대에게 세례를 주노라."

그녀는 물을 뿌렸다. 방 안은 숨소리조차 멎어 고요했다.

"자, 모두 '아멘'해요."

아이들은 시키는 대로 '아멘'을 따라 했다. 그녀는 기도문을 쭉 외다가 "우리는 이 아이를 받아 십자가의 표지를 그리노라."라는 구절에서 잠시 멈추고는 손에 물을 묻혀 아기 머리 위에다 십자가를 그었다. 그러고는 아기가 죄악과 세상과 또 악마와 용감히 싸워 그의 생명이 다하는 날에 충실한 하늘의 군인이 되기를 축원하는 기도문을 계속했다. '주기도문'을 다 같이 외웠다. 가느다란 목소리로 더듬더듬 외던 동생들은 마지막 구절에 이르자 집사만큼 큰 목소리로 '아멘'을 따라 해서 고요를 깨뜨렸다.

세례의 효과에 자신이 생긴 테스는 가슴에서 나오는 감사 기도를 드렸다. 자기 말에 정신을 집중할 때 나오는 담대하고 울림 있는 소리로 감사 기도를 드렸다. 가슴을 뒤흔드는 음성이었다. 믿음에 도취한 그녀는 속세를 떠난 사람처럼 보였고 환한 얼굴의 두 뺨은 붉게 물들었다.

그녀의 눈동자에 반사된 촛불이 금강석처럼 반짝였다. 누나가 무척 경건하게 보여서 동생들은 감히 말붙일 엄두도 못 냈다. 지금 누나는 누나가 아니라 우뚝 선 탑이나 동생들과는 아무 상관없는 존재 같아 보였다.

죄악과 세상과 그리고 악마에 대한 소로우의 싸움은 가련하고 보잘것없는 운명을 지녔다. 그가 태어난 동기를 생각한다면 죽음이란 오히려 다행한 일인지도 몰랐다. 먼동이 틀 무렵 허약한 병사는 마지막 숨을 거두었다. 잠에서 깬 동생들은 울음을 터뜨리며 예쁜 아기를 다시 낳아 달라고 누나를 졸랐다.

세례를 주고 나서부터 생긴 마음의 안정은 아기가 죽은 후에도 계속됐다. 오후가 되자 아기의 영혼에 대해서 자기가 지나치게 두려워하고 있었다는 사실을 깨달았다. 아기에게 준 세례가 정당한 것이든 아니든 간에 지금은 조금도 괴로움을 느끼지 않았다. 만약 이런 부당한 세례 흉내를 하나님이 인정하지 않거나 또 정식으로 세례를 받지 않은 자는 천국에 갈 수 없다고 한다면 그런 천국은 아기와 자기에겐 없어도 좋다고 그녀는 생각했다.

'바라지 않았던 소로우'는 갔다. 사회의 규범을 무시한 세상의 불청객, 창피를 모르는 '인간의 선물'인 사생아는 간 것이다. 일생을 며칠 동안에 마친 아기는 해나 세기가 있음을 알 까닭이 없다. 아기에게는 시골 방의 생활만이 그의 세계요, 일주일의 기후가 온 세상의 기후였다. 며칠 동안의 삶이 인생의 전부였고 젖을 빠는 본능만이 지혜의 전부였다.

기독교 의식으로 아기를 매장하기 위해서 교리상 이 세례가 합당한 것인지 그녀는 곰곰이 생각했다. 여기에 대한 대답을 할 수 있는 사람은 목사뿐인데 교구 목사는 새로 부임한 지 얼마 되지 않아 잘 몰랐다. 해가 진 다음에 그녀는 목사를 찾아갔으나 집까지 들어갈 용기가 나지 않았다. 단념하고 돌아오는 길에 외출에서 돌아오는 목사를 우연히 만나지 않았더라면 그녀는 목사를 다시 찾아가지 않았을 것이다.

그녀는 어둠 속에서 서슴지 않고 말했다.

"목사님, 뭘 좀 여쭈어 보려고 하는데요."

목사는 기꺼이 그녀의 청을 받아주었다. 그녀는 아기가 병에 걸렸다는 사실과 임기응변으로 세례를 준 일까지 얘기했다. 그녀는 진지하게 말했다.

"그런데 목사님, 제가 행한 세례가 목사님께서 베푸시는 것과 똑같은 효력을 나타낼 수 있을까요?"

마땅히 자기에게 부탁할 일을 고객이 자기 식으로 해결해 버렸을 때 느끼는 언짢은 심정이 치올라 목사는 부정하려 했다. 그러나 그녀의 떳떳한 모습과 신비하고 부드러운 음성은 목사의 감정에 호소했다.

10년이나 목사 생활을 해도 여전히 갈등하고 있는 신앙에 대한 회의심을 그녀의 기품이 자극한 것이다. 성직자의 양심과 인간의 감정이 목사의 내부에서 갈등을 일으켰으나 승리는 인간에게로 돌아갔다.

"사랑스런 아가씨, 그것은 조금도 다를 게 없습니다."

"그러시다면 그 아이에게 기독교 의식으로 장례를 해주시겠습니까?"

그녀는 재빨리 물었다. 목사는 대답할 바를 몰랐다.

아기가 병에 걸렸다는 말을 듣고 세례를 주려고 밤에 그녀의 집을 찾아갔으나 거절당했다. 그것이 테스가 아니고 그녀 아버지의 거절이었음을 안 그는 테스의 부탁을 들어 주기가 곤란했다.

"아, 그건 또 문제가 다릅니다."

"문제가 다르다니요. 무슨 뜻이에요?"

"우리 둘만 관계되는 일이라면 서슴지 않고 해드리겠습니다만, 그렇지 못한 이유가 있습니다."

"꼭 한 번뿐이에요. 목사님!"

"글쎄, 아무래도 안 됩니다."

그녀는 목사의 손을 잡고 애원했다.

"목사님, 제발!"

목사는 손을 뿌리치고 좌우로 머리를 저었다.

"정 그러시다면 그 교회엔 두 번 다시 안 가겠어요!"

"그렇게 지각없는 소린 하는 게 아닙니다!"

"목사님이 해주지 않는다 하더라도 죽은 아기한테는 마찬가질 거예요…… 그렇죠? 똑같겠죠? 제발 성자가 죄인에게 말씀하듯 하지 마시고 인간적으로 딱한 저에게 말해 주세요!"

이런 문제에 대해서 자기가 품고 있는 엄격한 기준과 목사로서 어떻게 타협했느냐 하는 것은 속세의 사람들이 아랑곳할 바는 아니다.

그러나 이 문제에 그렇게 답한 목사의 심정은 보통 사람이라도 이해할 수 있을 것이다. 하여간 목사는 그녀의 정성에 감동되어 역시 같은 대답을 했다.

"그건 차이가 없습니다."

아기의 시체를 담은 조그만 상자를 낡은 숄에 싸서 밤중에 묘지로 운반했다. 일 실링과 맥주 한 병을 묘지기에게 치러 주고 볼품없는 묘지 한구석, 하나님이 배정한 땅의 등불 아래서 아기는 묻혔다.

쐐기풀이 무성한 묘지에는 지옥으로 떨어졌을, 세례 받지 않은 갓난아기나 소문난 주정뱅이 그리고 자살자들의 무덤이 즐비한 곳이었다. 어느 날 밤 테스는 남의 눈을 피해 길이 험한 묘지를 다시 찾아왔다. 직접 만든 조그만 십자가에 꽃을 달아 아기의 무덤 위에 세웠다. 그리고 같은 꽃 한 다발을 작은 물병에 꽂아 무덤 앞에 놓앗다. 비록 꽃병의 '킬웰의 마멀레이드'라는 상표가 눈에 띈다고 한들 그게 무슨 상관인가? 죽은 자식을 생각하는 어머니의 눈에 그런 것은 보이지 않는다.

15

'경험에 비추어 보면, 오랜 방황 끝에 비로소 지름길을 발견하게 된다.'라고 로저 애스컴은 말했다. 그러나 오랜 방황 끝에 지름길을 찾았다 해도 그때는 너무 지쳐서 더 나아갈 수도 없는 일이 종종 있는데 그렇다면 경험이 우리에게 무슨 필요가 있단 말인가? 테스 더비필드의 경험도 마찬가지다. 오랜 고민 끝에 간신히 그녀는 어떻게 해야 한다는 걸 깨달았다. 하지만 이제 와서 그녀를 알아줄 사람이 어디 있는가?

만약 그녀가 더버빌 저택에 가기 전에 널리 알려진 격언이나 교훈을 배워 자신 있게 처신했다면 그런 일을 강요당하지 않았을 것이다. 그러나 교훈이나 격언의 진리를 완전히 터득하여 필요한 때마다 활용한다는 것은 테스뿐 아니라 누구한테나 불가능한 일이다. 성자 어거스틴이 하나님께 말한 구절을 허다한 사람들처럼 그녀도 빈정대면서 외어봤을지 모른다. '당신은 하나님께서 허락하신 것보다도 더 좋은 방법을 가르쳐 주셨나이다'라고.

겨울 동안 그녀는 아버지 집에서 닭털 뽑는 일도 하고, 칠면조나 거위도 돌봤다. 더버빌한테 받고는 옷장에 넣어 두었던 옷으로 동생들의 옷을 만들어 주기도 했다. 더버빌에게 도움을 청하고 싶은 생각은 털끝만큼도 없었다. 그러나 바쁘게 일을 하다가도 그녀는 가끔 머리에 손을 얹고 깊은 생각에 잠기곤 했다.

그녀는 지난 1년 동안에 일어났던 일들을 하나하나 되새겨봤다.

트랜트리지의 캄캄한 체이스 숲 속의 파멸의 밤을, 아기가 태어나던 날과 숨을 거두던 날을, 생일날을 그리고 자신과 관계있었던 날들을 그려봤다. 어느 날 오후 거울을 보고 있다가 지나온 나날보다도 훨씬 더 중요한 시간이 따로 있음을 그녀는 갑자기 깨달았다. 그것은 그녀의 아름다움도 사라져 버리는 죽음의 날이었다. 그것은 1년에 한 번 어디엔가 끼여 있어 해를 거듭해도 보이지 않고 기척도 없이 숨어 있다. 그래도 죽음의 날은 분명히 존재한다. 도대체 그날은 언제일까? 관계가 깊으면서도 냉정한 그날을 해마다 겪으면서 한 번도 두려움을 느껴 본 적이 없음은 무슨 까닭일까? 제레미 테일러의 말과 같이 언젠가 자기를 아는 사람들이 '오늘은 가없은 테스 더비필드가 죽은 지 며칠이야.'라고 말할 때가 올 것이라고 그녀는 생각했다. 그리고 그 말이 그들에게는 전혀 이상하지 않으리라. 일생의 마지막 날로 정해졌을 그 날짜가 언제일지 테스는 알지 못했다.

테스는 거의 단숨에 단순한 처녀에게 성숙한 여인으로 변화했다. 생각에 잠긴 표정은 얼굴에 나타나고 슬픈 감정은 때로 그녀의 음성에도 섞였다. 눈은 전보다 더 커져서 표정도 더욱 풍부해졌다. 미녀라고 불리기에 손색이 없었다. 그녀의 아름다운 자태는 남의 눈을 끌기에 충분했고 지난 2년 동안의 숱한 시련으로 더욱 강인한 여자로 변했다.

요즈음 그녀는 사람들과 가까이 하지 않아서 그녀의 불행이 더 알려지지도 않았고 또 말로트 사람들도 지난 일은 거의 잊었다. 그러나 그녀의 집안이 더버빌 가문과 '친척관계'를 주장하고 테스를 통해 더 밀접한 관계를 이루려던 계획이 실패한 것을 알고 있는 마을에서 마음 편히 살기 어렵다는 것은 그녀도 잘 알고 있었다. 아직까지도 희망에 찬 삶의 고동이 몸속에서 뜨겁게 뛰노는 것을 테스는 느꼈다. 아무 추억도 없는 외딴 곳에 가서 살면 행복해질 것 같았다. 모든 과거와 슬픔을 잊는 길은 그것들을 매장해 버리는 것이고 그러기 위해선 말로트 마을을 떠나는 수밖에 없다.

(한 번 잃어버린 것은 영원히 잃어버린 것은 정조의 경우에도 해당되는 말일까?) 그

녀는 생각했다. 지나간 일을 숨길 수만 있다면 그녀는 그런 관념이 잘못된 것이라고 증명할 수 있을지도 모른다. 유기체의 공통점인 재생력이 처녀성에만 적용되지 않는다는 것은 믿을 수 없는 일이었다.

새로운 삶을 꾸려볼 기회를 찾지 못한 채 그녀는 오랫동안 집에서 기다렸다. 유난히 화창한 봄이 찾아와 꽃봉오리 속에 움트는 생명의 소리가 들리는 것만 같았다. 봄의 속삭임은 들짐승들을 깨우듯이 그녀의 마음도 움직여 밖으로 나가고 싶게 충동질했다. 5월로 접어든 어느 날, 기다리던 소식이 드디어 날아들었다. 한 번도 만난 일은 없지만 어머니의 옛 친구한테 오래전에 부친 편지의 답장이 온 것이다. 편지 내용은 여기서 남쪽으로 백 리쯤 떨어진 목장에서 젖 짜는 여자를 쓰겠다는 것이고, 목장 주인은 그녀를 기꺼이 여름 한철 동안 고용한다는 것이었다.

바라던 만큼 멀리 떨어진 곳은 아니었지만 그녀의 행동이나 소문이 퍼지는 범위는 아주 좁은 것이었으므로 그만하면 괜찮을 것 같았다. 시골 사람들에게는 십 마일은 경위도와 맞먹고, 교구는 군이고, 군은 주나 나라 전체와 비등했다.

한 가지 문제에 대해서 그녀는 굳은 결심을 했다. 이제부터 시작하는 새 생활에서는 알렉 더버빌 생각은 꿈에서도 하지 않겠다는 것이다. 오직 소젖 짜는 테스 그것만으로 족한 것이다. 더버빌의 문제에 대해서 어머니와 얘기를 주고받은 일은 없으나 어머니도 테스의 심정은 잘 알고 있었다. 이후 기사와 선조 따위 얘기는 비치지도 않았다.

모순적이긴 하지만, 곧 가게 될 마을은 공교롭게도 조상의 영지와 가까웠다. 어머니는 블랙무어 출신이었지만 조상들은 그 고장이 고향은 아니었다. 그녀가 가기로 되어 있는 탈보테이스 목장은 더버빌 가문의 옛날 영지 가까이에 있었다. 목장 근방에는 그 당시에 세도가였던 증조모 가족들의 유골 안치소도 있어서 목장에만 가면 그곳을 가볼 수 있었다.

바빌론과 같이 멸망한 더버빌 가문의 옛 자취를 더듬어 볼 수도 있고, 또 죄 없는 어린 후손의 영혼도 그들처럼 조용하게 잠들 수 있다는 사실을 알게 될 것 같았다. 조상의 옛날 영지에 가 있는 동안 생각지 못한 좋은 일이 생길 것만 같았다. 나무의 수액이 가지를 타고 오르듯 어떤 용기가 그녀의 가슴에 솟아올랐다. 그것은 막을 수 없이 솟아오르는, 희망을 일으키는 젊음이자 기쁨을 억제할 수 없는 본능이었다.

제3부 재생

16

테스가 트랜트리지에서 돌아온 지 3년째 되는, 사향초 향내 그윽하고 새가 알을 품는 5월의 어느 날 아침, 조용한 재생의 삶을 보내던 그녀는 두 번째로 집을 떠났다.

꾸려 놓은 짐은 따로 부쳐달라고 부탁하고 빌린 마차로 스투어캐슬을 향해 출발했다. 스투어캐슬은 목적지로 가는 길목에 위치하기 때문에 부득이 거쳐 가야 했다. 처음 트랜트리지로 향하던 방향과 비교하면 지금 가는 쪽은 정반대가 됐다. 그녀가 간절히 떠나려고 했던 말로트 마을이었으나 막상 언덕의 모퉁이를 돌 때는 마을과 아버지의 집을 서운한 마음으로 돌아다봤다.

집에 남아 있는 동생들은 누나가 멀리 떠나가고 없어도, 그리고 누나의 웃는 얼굴을 다시 볼 수 없어도, 변함없이 뛰놀며 살아갈 것이다. 누나와 작별하는 아쉬움은 잠시고, 서너 날만 지나면 다시 명랑한 마음을 되찾을 것이다. 그녀는 동생들 곁을 떠나는 것이 무엇보다 좋은 일이라 생각했다. 그녀가 집에 계속 머물면 그들은 자기의 영향을 받아서 영리해지기보다 해를 받는 일이 더 많을지도 모른다.

스투어캐슬을 지나 큰길 사거리를 향했다. 그곳에서 남서 지방으로 가는 역마차를 갈아타게 된다. 이 지방의 둘레에는 철도가 있지만 내륙을 횡단하는 철도는 아직 부설되지 않았다. 사거리에서 역마차를 기다리고 있을 때 농부가 모는 승용 마차가 다가왔다. 낯선 사람이었지만 그 남자의 호의가 단순히 그녀의 아름다운 용모로 해서 베푼 것임을 아랑곳하지 않고 그의 곁에 앉았다.

지루한 시간을 달려 웨더베리에 도착했다. 그녀는 농부가 가르쳐 주는 집에 가서 간단한 요기를 했다. 넓게 펼쳐진 목장과 웨더베리 중간에 가로놓인 관목이 무성한 고지를 향해 그녀는 지체 없이 바구니를 들고 걸었다.

이 지방에 와본 적은 없으나 친근하게 느껴졌다. 얼마 멀지 않은 킹스비어 근처쯤으로 짐작한 그녀가 행인에게 물어 보니 추측이 틀림없었다.

테스는 이제 조상을 숭배하지 않았다. 그녀를 구렁텅이에 빠지게 한 조상을 오히려 저주하고 있었다. 그들한테서 물려받은 것이란 낡은 도장과 은수저뿐이었다.

"흥, 나는 양친한테서 똑같이 피를 이어받았어! 나의 아름다움이란 엄마를 닮은 거고, 엄마도 젖 짜는 여자에 불과했어."

이그돈 고지나 저지대의 거리는 십 리 남짓인데 걸어 보니 생각보다 훨씬 힘들었다. 몇 번이나 길을 잃어서 고지에 도착하기까지 두 시간이나 걸렸다. 오랫동안 고대하던 골짜기에 널따란 '낙농마을'이 내려다보였다. 그곳에서 나는 버터와 우유의 맛은 고향 말로트보다는 못하지만 많은 양이 생산됐다. 바르라고도 하고, 프룸이라고도 하는 강물을 끌어들여 들판에 물을 대었다.

불행했던 트랜트리지를 빼놓고는 '소규모 낙농 마을'인 블랙무어와는 아주 딴판이었다. 여기서는 모든 것이 규모가 컸다. 블랙무어는 고작 십 에이커의 목장 규모였으나, 이곳은 오십 에이커나 되는 넓은 지대에 건물이 딸린 농장도 훨씬 많고 소는 큰 무리를 이루고 있었다.

까마득한 동쪽에서 서쪽 끝까지 흩어져 있는 무수한 소떼를 그녀는 본 일이 없었다. 반 알스루트나 살라에르트가 그린 그림의 초원에는 사람이 가득 했으나, 이곳의 초원에는 소떼가 가득 했다. 윤기 흐르는 송아지의 다갈색 털은 햇빛을 빨아들이고 흰 젖소는 햇빛을 반사해 높은 곳에 있는 테스의 눈을 부시게 했다.

눈 아래 펼쳐진 경치는 그녀가 알고 있는 목장만큼 풍성하지는 않았으나 훨씬 상쾌해 보였다. 이곳은 블랙무어의 포근한 대기, 비옥한 토지와 향기로움과 비교하면 좀 모자라지만 공기는 맑고 산뜻했다. 이 목장의 초원을 푸르게 하고 젖소들에게 물을 대는 하천도 블랙무어의 것과는 달랐다. 그곳의 강은 느리게 조용히 흐르는데다 가끔 흐려지고 깊어 서툰 사람은 빠져 죽을지 몰랐다. 그러나 프룸 강물은 성경의 요한계시록에 나오는 '생명의 강'처럼 맑고, 물줄기는 구름같이 빠르며, 자갈이 깔린 얕은 강물은 하루 종일 하늘을 향해 재잘거렸다. 강변에 피는 꽃도 그곳에서는 수선화가 피고 이곳에서는 미나리아재비가 피었다.

흐린 곳에서 맑은 곳으로 온 탓인지, 아니면 자기를 이상스러운 눈빛으로 보는 사람이 아무도 없는 곳으로 온 때문인지 어떻든 그녀는 놀랄 만큼 활발해졌다. 부드러운 남풍을 안고 경쾌하게 걸어가면 희망은 태양과 한데 엉켜 그녀를 둘러쌌다. 귓전을 스치는 바람 속에서 즐거운 음성이 들리고 새의 지저귀는 소리는 기쁜 노래를 부르는 것 같았다.

마음의 변화에 따라 요사이 그녀의 얼굴에도 변화가 생겼다. 즐거운 생각이나 우울한 생각에 잠길 때엔 그녀의 얼굴도 심경에 따라 아름답게 또는 평범하게 바뀌었다. 장밋빛이 되어 어디 나무랄 데 없는 날이 있는가 하면 창백하고 우울한 빛을 띠는 날도 있었다. 얼굴이 장밋빛으로 빛나는 날은 창백한 날보다 감정의 변화가 적었다. 마음이 안정되면 될수록 아름다움이 빛나고 기분이 상하면 상할수록 파리해졌다. 남풍을 받으면서 걷는 그녀의 모습은 아름다웠다.

귀천을 막론하고 모든 사람들이 불가피하게 좇는 하나의 풍조 또는 스스로 기쁨을 추구하려는 경향은 테스의 마음속에도 파고들었다. 정신적으로나 감정적으로나, 아직 성장 과정에 있는 스무 살의 젊은 그녀가 세월이 지나도 변치 않는 인상을 간직한다는 것은 불가능한 일이었다.

그녀의 활기와 감사 그리고 희망은 점점 높아갔다. 그녀는 여러 민요를 불러 봤지만 어느 것도 충분치 못하다는 것을 알았다. 그래서 그녀가 금단의 열매를 따먹기 이전에 일요일 아침마다 가끔 읽었던 시편을 읊조렸다.

"오 하늘의 태양과 달이여…… 그리고 뭇 별들이여…… 지상의 초목들이여…… 공중에 나는 새들이여…… 들짐승과 가축들이여…… 세상의 아들들이여…… 주님을 찬양할지어다. 영원토록 그를 경배할지어다!"

그녀는 갑자기 읊조림을 멈추고 중얼거렸다.

"하지만 나는 아직도 하나님을 분명히 알지 못하고 있어."

아마도 무의식중에서 부른 이 시편은 일신교를 배경으로 배물교를 표현한 것일 게다. '자연'의 여러 형태와 힘을 흔히 신앙의 대상으로 하는 여자들은 현대의 조직적인 종교보다도 조상으로부터 전해온 미신을 훨씬 더 마음에 간직하고 있다. 어떻든 자기의 감정과 가장 비슷한 표현을 테스는 어릴 때부터 외어오던 시편에서 찾아냈다. 그것으로 그녀는 흡족했다. 자립하려는 목표를 향해 이제 막 첫발을 대딛는 순간에서도 커다란 만족을 느끼는 것은 더비필드 집안의 기질이었다.

사실 테스는 누구에게도 굽히지 않고 떳떳하게 살아가기를 원하고 있으나, 그녀의 아버지는 그런 의욕이 조금도 없었다. 그러나 눈앞의 조그만 일에도 만족하거나, 또 한때 융성했다가 몰락한 더비필드 집안의 영달만 꿈꾸고 노력하기를 싫어하는 점에서는 테스도 아버지를 닮아 있었다.

테스의 기를 꺾어 놓았던 그 일이 있은 후로, 그녀의 나이에 으레 있는 정력과, 어머니에게서 받은 혈기가 다시 살아난 것이라고 말할 수 있으리라. 사실 여자들이란 그런 일을 겪고 제정신을 되찾은 다음에는 더욱 깊은 눈으로 세상을 살피기 마련이다. 생명이 있으면 반드시 희망도 있다는 사실을, 어느 낙천주의자가 우리에게 이해시키려 해도 잘 되지 않겠지만, '배신을 당해 본' 사람들에게는 이해가 되는 말이다.

테스 더비필드는 꿋꿋한 마음으로 삶에 대한 흥미를 느끼면서 그녀의 목적지인 목장을 향해 이그돈 비탈길을 내려갔다.

블랙무어와 이그돈과의 차이점에는 독특한 면이 있었다. 블랙무어는 높은 곳에서 가장 잘 볼 수 있었다. 그러나 지금 그녀의 눈앞에 펼쳐져 있는 골짜기는 한가운데로 내려가 봐야만 알 수 있었다. 그런 추측으로 산 밑에 이르렀을 때 그녀는 동서로 길게 주단을 펼친 듯한 평원에 서 있었다. 고지대의 흙이 비에 씻겨 내려 골짜기를 메우고 가운데 흐르던 강은 물이 줄어 구불구불 흐르고 있었다.

그녀는 기다란 당구대 위에 앉은 파리처럼 산에 둘러싸인 넓은 들판에 홀로 서 있었다. 그녀가 그곳에 존재한다는 사실은 주위에 아무런 영향도 주지 않았다. 그녀가 조용한 골짜기에 끼친 단 하나의 영향은, 그녀와 가까운 곳에 내려앉는 왜가리를 놀라게 한 것뿐이었다. 왜가리는 목을 세우고 그녀를 지켜봤다.

갑자기 평원의 여러 곳에서 "워이! 워이! 워이!" 하는 소리가 길게 꼬리를 물면서 거듭해 들렸다. 이 소리는 동쪽 끝에서 서쪽 끝으로 전염되는 듯이 퍼져나갔다. 소리에 섞여 가끔 개 짖는 소리도 들렸다. 그것은 이 마을에 도착한 테스를 환영하는 소리가 아니라 남자 일꾼들이 젖소를 몰다가 젖 짜는 시간인 4시 30분을 알리는 신호였다.

이 신호를 기다리던 근방에 있는 붉고 흰 소들은 커다란 젖통을 흔들면서 뒷마당으로 들어갔다. 테스는 소떼를 따라 남자들이 들어갈 때 열어 놓은 문을 지나 안마당으로 들어갔다. 이엉을 얹은 외양간은 울타리를 따라 둥글게 늘어섰고 경사진 지붕에는 이끼가 끼어 있었다.

오랫동안 수많은 소들이 비벼 댄 기둥은 반질반질하게 윤이 나고 있었으나 이제는 낡아서 눈여겨보는 사람도 없었다. 기둥 사이마다 젖소가 한 마리씩 매여 있었는데, 만약 누가 뒤에서 그 모양을 본다면, 쟁반 위의 두 막대기 사이에 소가 얹혀 있고 회초리 같은 꼬리가 시계추처럼 좌우로 움직이는 것으로 보았으리라.

저물어 가는 태양이 젖소들을 비추어 그림자를 안쪽 벽에다 선명하게 드러냈다. 해가 질 때마다 궁전 벽에 미인의 옆모습을 그리듯이 저녁 햇살은 이들 동물의 모습을 조심스럽게 벽에다 그리는 것이었다. 마치 대리석에다 올림피아의 신들이나, 알렉산더, 시저 또는 고대 이집트 왕들을 새겼듯이.

외양간 안에 가두고 젖을 짜는 소는 성질이 거친 것들이고 온순한 젖소들은 안마당에서 젖을 짠다. 안마당에는 온순한 젖소들이 줄이어 젖 짤 때를 기다렸다. 특상품에 속하는 이 젖소들은 다른 지방에는 거의 없고 이 마을에서도 그리 흔하지 않았다. 그것은 1년 중에서도 가장 좋은 이 계절에, 비옥한 초원이 공급하는 물기 많은 풀을 먹고 자란 소들이다. 점박이 흰 소는 눈부시도록 햇빛을 반사했고 뿔 위에 붙은, 잘 닦인 놋쇠 구슬은 군대의 견장을 연상케 했다. 굵은 힘줄이 튀어나온 유방은 무거운 모래주머니 모양으로 축 처지고, 젖꼭지는 집시들이 쓰는 질항아리에 달린 꼭지 같았다. 젖 짤 차례를 기다리는 동안에도 젖이 스며 나와서 뚝뚝 떨어졌다.

17

목장에서 젖소들이 돌아오자 젖 짜는 아가씨들과 남자들이 착유장에서 몰려 나왔다. 여자들은 모두 나막신을 신었는데 날씨가 궂어서 신은 게 아니고 마당에 깔린 짚에 신발이 파묻히지 않기 위해서였다. 여자들은 세 발 달린 걸상에 앉아 얼굴을 비스듬히 옆으로 돌려 오른뺨을 젖소 옆구리에 갖다 대고, 무언가 골똘히 생각하는 체하면서 다가오는 테스를 유심히 보고 있었다.

남자 일꾼들은 차양이 달린 모자를 깊숙이 눌러쓰고 땅을 내려다보고 있었으므로 테스가 오는 것을 알지 못했다. 일꾼들 중에 건장하게 생긴 중년 남자가 있었다. 그의 흰 머플러는 다른 사람들 것보다 깨끗하고 좋아 보였으며 재킷도 제법 멋있었다. 그는 테스가 만나보려는 목장 주인으로 엿새 동안은 목장 일을 하고 주일에는 좋은 옷으로 갈아입고 가족과 함께 교회에 가는 모습이 너무나 대조적이라 다른 사람들이 노래를 지어 놀릴 만큼 두드러지는 인물이었다.

엿새 동안은
젖 짜는 딕이지만
주일에는 리처드 크릭 씨가 된다네.

자기를 바라보는 테스를 발견하고 주인은 그녀에게 갔다. 젖 짜는 남자들이란 대개 시무룩한 얼굴이지만 주인은 새 일꾼이 온 것을 기뻐했다. 한창 바쁜 때에 온 그녀를 그는 친절하게 맞이했다.

주인은 더비필드 부인과 가족들의 안부도 물었지만, 테스의 소개장을 받기 전까지는 부인의 존재도 몰랐던 것이 사실이었으므로 그의 안부는 어디까지나 인사치레에 불과했다. 인사가 끝나자,

"그곳에 가본 지가 오래되긴 했지만 옛날에 가본 일이 있어서 그쪽 사정은 잘 알지. 오래전에 사망했지만 우리 집 근처에 살던 아흔 살쯤 된 할머니가 블랙무어에 있는 더비필드라는 사람의 얘기를 해준 적이 있어요. 요즘 사람들은 모르지만 더비필드의 조상은

한때 이 지방에서 영화를 누리다가 몰락했다더군요. 그러나 난 그 할머니의 잠꼬대 같은 소리는 상대도 하지 않았소. 이제 와서 그런 게 무슨 소용이 있나."

"그렇고말고요. 쓸데없는 얘기죠."

얘기는 일 얘기로 옮겨졌다.

"아가씬 소젖을 완전히 짜낼 줄 알죠? 한창 젖 짤 시기에 젖이 가라앉으면 곤란하니까." (젖을 완전히 짜지 않으면 점점 젖이 안 나오게 된다.)

그녀가 자신 있다고 대답하자 주인은 아래위로 그녀를 살펴보았다. 테스는 오랫동안 집 안에서 지내서 살결이 흰 편이었다.

"정말 이런 일을 견뎌 내겠소? 억센 사람들에게는 쉬운 일이지만 누구에게나 쉬운 일은 아니니까."

그녀는 해낼 수 있다고 다짐했다. 일을 하려는 결심과 성의를 보이니까 주인도 만족한 것 같았다.

"자, 차를 마시든지 뭘 좀 먹어야겠군. 뭐라고? 아직 괜찮다고? 그럼, 좋을 대로 해요. 하지만 그렇게 먼 길을 내가 여행했더라면 바싹 마른 나뭇가지처럼 말라비틀어졌을 거야."

"손을 익히기 위해서 지금부터 우유를 짜보겠어요."

그녀가 우선 우유로 목을 축이자 주인 크릭은 깜짝 놀랐다. 그는 우유를 마실 만한 음료라고 생각한 일은 한 번도 없었기 때문이었다. 주인은 그녀가 마시고 있는 우유통을 받쳐 주면서 무심하게 말했다.

"마실 수만 있다면 좋지. 난 마시기만 하면 납덩어리같이 뱃속에 가라앉을 것 같아서 입에 댈 생각도 하지 않았어. 저걸 짜봐."

그는 옆에 있는 소를 턱으로 가리키며 말을 이었다.

"그놈은 젖 짜기가 힘들어. 사람도 다루기 쉬운 사람과 힘든 사람이 있는 것처럼 소들도 마찬가지야. 그런 것도 곧 알게 될 거야."

테스는 모자를 수건으로 바꾸어 쓰고 젖소 배 밑에 의자를 놓고 앉아 허리를 구부렸다. 쥐어짜는 손가락 사이로 소젖이 우유통으로 흘러내리자, 정말 새로운 출발이 시작됐다는 느낌이 들었다. 이런 자신감이 흥분해서 뛰던 마음을 침착하게 가라앉혔다. 그녀는 비로소 주위를 살펴볼 수 있었다.

거기서 일하고 있는 사람들은 족히 일개 대대가 될 만한 숫자였다. 남자들은 젖꼭지가 단단한 젖을 짜고 여자들은 순한 젖소를 짜게 돼 있었다. 착유장은 상당히 규모가 컸다. 크릭이 기르는 소는 거의 백 마리나 되는데, 그가 집에 있을 때는 대여섯 마리의 젖을 직접 짰다. 그가 직접 짜는 소는 젖 짜기가 무척 힘든 것들이어서 성실치 못한 임시 고용자들이나, 손가락 힘이 약한 여자들에겐 결코 맡기지 않았다. 젖을 완전히 짜지 않으면 젖이 차츰 굳어져 적게 나올 뿐 아니라, 나중에는 한 방울도 나오지 않기 때문이었다.

테스가 젖소를 맡아서 짜기 시작한 후 안마당엔 얘기 소리 한마디 들리지 않았다. 이따금 소에게 움직이라든가, 가만히 있으라고 소리치는 것 외에는 우유통 속으로 젖이 떨어지는 소리만 들렸다. 움직이는 것이라곤 젖 짜는 이들의 오르내리는 손과 소꼬리뿐이었다.

이 분지의 양편 비탈까지 이른 넓고 평평한 초원 복판에서 젖 짜는 일을 계속했다. 새로이 조성된 경치와 오랫동안 잊혔던 옛 경치가 한데 어울려 변화 있는 초원을 이루고 있었다.

"아무래도" 첫마디를 던지며 주인은 젖을 짠 소 곁에서 일어섰다. 한 손에는 의자를 다른 손에는 우유를 들고 다른 소에게 옮겨 가면서 말했다.

"아무래도 오늘은 젖이 잘 나오지 않는군 윙커란 놈이 젖을 내지 않으면 한여름이 지나도록 젖 짜기는 틀렸는데."

"일손이 새로 왔기 때문에 그런 거예요. 이전에도 이런 일이 있었어요."

조나단 케일이라는 여자가 말했다.

"맞아, 그럴지도 몰라 난 미처 그런 줄은 몰랐네."

"젖이 안 나오면 모두 뿔로 올라간 거라고 하던데."

젖 짜는 처녀가 말했다. 젖이 뿔로 올라간다는 생리 작용을 요술
쟁이인들 막을 재간이 있겠느냐는 듯이 주인은 그녀들의 말에 대
꾸했다.

"글쎄, 젖이 뿔로 올라간다는 건 잘 모르겠는데. 전혀 모르는 일
이야. 그러나 뿔 없는 소도 뿔 있는 소처럼 젖을 내지 않을 때도 있
으니까 그 말은 틀렸어. 조나단, 어째서 뿔 없는 소가 뿔 있는 소보
다 젖을 적게 내는지 그 수수께끼를 풀 수 있어?"

"몰라요! 주인께선 아시나요?"

"그건 몇 마리 안 되니까 그런 거야. 하여간 이 엉터리들이 오늘
은 젖을 내지 않을 작정인가 보지. 자, 모두 이 친구들의 기분을 풀
어주기 위해서 노래를 좀 불러 줘야겠어."

이 부근의 착유장에서는 소젖이 잘 나오지 않으면 소의 신경을
달래기 위해 노래를 부른다. 주인의 청을 받아 그들은 의무적으로
노래할 뿐, 하고 싶어서 즐겁게 부르는 것은 아니었다. 어쨌든 그
들이 믿는 대로 노래를 부르는 동안 젖 나오는 분량이 늘었다. 도
깨비불이 무서워서 침실에 들어가지 못하는 살인범을 주제로 한
명랑한 민요를 십오 절까지 노래했을 때 젖 짜는 남자 일꾼이 말
했다.

"이렇게 구부리고 노래하다간 숨통이 막히겠군요! 도련님의 하프
를 내오셔야겠어요. 바이올린이면 그만이지만."

테스는 그 말이 주인에게 하는 건 줄 알았는데 그렇지 않았다.
"어째서지?" 하는 대답이 난간에 갇힌 젖소의 뒤쪽에서 들렸는데
그녀는 거기에도 한 남자가 앉아 있는 줄은 몰랐다.

주인이 말을 받았다.

"참 그렇지, 바이올린만큼 효과를 내는 건 없어. 내가 경험해서
잘 알지만 암소보단 황소가 음악을 잘 알아듣지. 멜스톡이라는 곳
에 윌리엄 듀이라는 노인이 있었는데 상당히 큰 운송업자집 사람
이었지…… 조나단, 듣고 있어? 그와는 형제처럼 지내는 사이였

어. 그런데 어느 달 밝은 밤에 혼인집에서 바이올린을 켜주고 집으로 돌아가고 있었어. 그는 사십 에이커나 되는 들판을 질러가려고 지름길로 접어들었는데 소들이 풀을 뜯고 있더라는 거야. 그런데 뒤를 돌아보니까 황소 한 마리가 뿔을 곤두세우고 뒤에서 따라오더래. 대개가 잘사는 사람들이 모인 혼인집이어서 술은 많이 먹지 않았기 때문에 있는 힘을 다해서 뛰었는데도 앞에 있는 울담을 뛰어넘을 재간이 없었대. 그래 마지막 수단으로 뛰어가면서 바이올린을 꺼내들고, 뒷걸음로 구석으로 물러서서 경쾌한 곡을 켜기 시작했다는군. 그러자 황소의 태도는 부드러워지고 윌리엄 듀이를 유심히 쳐다보더래. 나중에는 황소의 얼굴에 미소가 떠오르는 것 같더래. 그래서 윌리엄이 곡을 멈추고 돌아서서 울담을 기어오르려고 하자, 황소는 웃는 낯을 그치곤 반바지를 입은 그이 엉덩이를 향해 뿔을 들이받더라지 뭐야.

윌리엄은 하는 수 없이 다시 돌아서 바이올린을 켰는데, 겨우 새벽 3시밖에 안 되어 사람 왕래도 없고 배고프고 지친데다가 오도 가도 못하니 어쩔 수가 없었다는 거야. 새벽 4시가 되도록 켜고 나니까 손가락 하나 까딱할 기운도 없어서 '이게 마지막 곡이다! 하나님 굽어 살피소서. 그렇잖으면 저는 죽을 수밖에 없나이다.'하고 중얼거렸다는군. 그런데 크리스마스 전날 밤 무릎을 꿇던 걸 본 일이 기억나더래. 그래서 크리스마스이브는 아니지만 황소를 한 번 속여 보자는 생각에서 크리스마스 캐럴을 켜니까, 어럽쇼, 그놈은 가짜 크리스마스이브인 줄도 모르고 무릎을 꿇더니 공손히 머리를 조아리더래. 뿔 달린 친구가 머리를 수그리기 무섭게 재빨리 몸을 돌려서, 황소가 다시 쫓아오기 전에 사냥개처럼 날쌔게 담장을 뛰어넘었대.

하고 많은 멍청이들을 보았지만, 크리스마스이브가 아닌데 자기의 꾀에 빠졌다가 속은 걸 깨달은 황소의 멍청한 얼굴 같은 것은 본 적이 없다고 윌리엄은 늘 입버릇처럼 말했어…… 그렇지, 그 양반의 이름이 분명히 윌리엄 듀이였어. 난 그의 무덤이 멜스톡 묘지의 어느 곳에 있는지 정확하게 말할 수 있어. 바로 둘째 주목나무와 교회 별관의 중간에 있지.”

“참 신기한 이야기군요. 신앙이 살아 있던 중세시대로 돌아간 것 같은 느낌인데요!”

착유장의 분위기에 어울리지 않는 이 유식한 말은 다갈색 소의 뒤쪽에서 들려 왔으나 그 말뜻을 이해하는 자도 없었고, 그 말에 귀를 기울이는 자도 없었다. 다만 얘기한 주인공만이 자기 얘기가 그들에게 허황된 인상을 주었는가 보다고 생각했다.

“하여튼 이 얘기는 사실입니다, 도련님. 나는 그 남자를 잘 알고 있거든요.”

“물론이죠, 저는 그 얘기를 의심하는 게 아닙니다.”

다갈색 소의 뒤쪽에 있는 사람이 말했다. 테스의 관심은 주인과 얘기하는 그 남자에게로 쏠렸으나, 그는 암소의 옆구리에 꼼짝도 않고 붙어 앉아 젖만 짜고 있어서 옷자락밖에는 보이지 않았다. 무엇 때문에 주인까지도 그 남자를 보고 ‘도련님’이라고 존대하는지 이유를 알 수 없었다. 그렇다고 설명이 될 만한 관계라도 눈에 띄는 게 아니다. 세 마리의 젖을 짤 만한 시간이 지나도 그는 다갈색 소 옆에서 일어설 줄 모르고 간간이 혼자서 큰소리 쳤다.

젖이 잘 짜지질 않는 모양이었다.

“슬슬 하십시오, 도련님, 슬슬 말입니다. 젖 짜는 일은 요령으로 하는 거지 힘으로 되는 게 아니니까요.”

주인이 말했다.

“저도 그런 줄 압니다.”

그 남자는 겨우 일어나서 두 팔을 쭉 폈다.

“이놈은 그럭저럭 짜긴 다 짰는데 덕분에 손이 아프네요.”

비로소 테스는 그 남자를 볼 수 있었다. 젖 짤 때 농부들이 흔히 하는 흰 머플러와 가죽 장화를 신었다. 그가 신은 장화에는 안마당에 깔린 짚 부스러기가 더덕더덕 붙어 있었다. 그러나 그에게서 풍기는 시골 냄새란 고작 그의 옷차림뿐이었다. 어딘지 교양과 겸손과 지혜가 보통 사람과는 달라 보였다.

테스는 그가 전에 본 적이 있는 사람임을 알아챘다. 더 이상 그를 꼼꼼히 살펴볼 수 없었다. 그 일이 있은 후 테스는 여러 가지 변화를 겪었으므로 그 남자를 어디서 만났는지 당장 기억이 나지 않았다. 그러나 말로트 마을의 무도회 때 끼어들었던 나그네라는 사실이 잠시 후 문득 떠올랐다. 그는 어디서 왔는지도 모르게 나타나서 테스는 거들떠보지도 않고 다른 여자들과 춤추다가 함께 온 일행들과 가버린 사람이었다.

트랜트리지에서의 사건보다 먼저 있었던 무도회의 일이 되살아나자 여러 생각이 떠오르고 그녀의 마음은 잠시 우울해졌다. 만약 그 남자도 자기를 알아보고 또 혹시 자기에게 일어난 과거의 사건을 알게 되면 어떡하나 하는 두려움 때문이었다. 그러나 그 남자가 알아보지 못하는 걸 알고 그녀의 그런 두려움은 곧 사라졌다. 그들이 무도회에서 보았을 때의 풍부한 표정은 침착한 모습으로 변했고 청년다운 콧수염과 턱수염이 보기 좋게 자랐다. 또 뺨에 난 구레나룻은 노란 빛을 띠고 있었으나 끝부분은 짙은 다갈색이었다. 삼베로 짠 머플러에 검정 벨벳 재킷과 풀 먹인 셔츠, 올이 굵은 반바지를 입고 긴 양말을 신었다. 위생복을 벗는다면 그가 무얼 하는 사람인지 분간할 수 없으리라. 줏대 없는 지주처럼 보이거나 품위 있는 농부같이도 보일 것이다. 한 마리의 젖을 짜는 데 걸리는 시간으로 봐서 그 남자가 젖 짜는 일에 아주 서툰 사람이라는 것을 그녀는 금방 알 수 있었다.

한쪽에서 젖 짜는 아가씨들은 "어쩌면 저렇게 예쁠까!"하고 진심으로 칭찬하면서 새로 온 테스를 평하고 있었다.

저녁쯤 젖 짜는 작업이 끝나자 아가씨들은 크릭 부인이 있는 집 안으로 들어갔다. 좀 거만한 부인은 착유장에는 나가지 않고 젖 짜는 아가씨들과 같은 옷을 입는 것도 꺼려했다. 오늘은 따뜻해서 여자들은 얇은 옷을 입었는데 부인만은 두꺼운 옷을 입었다. 그녀는 집안일을 돌보고 있었다.

아가씨들은 집으로 돌아가고, 착유장에는 서너 사람만이 기숙한다는 사실을 테스는 알았다. 주인의 얘기를 비평하던 그 고급 착유일꾼도 저녁 식탁에서는 보이지 않았다. 테스는 그 남자 얘기를 물어 보지 않았다. 저녁식사가 끝나고 남아 있던 아가씨들은 침실로 갔다.

침실은 우유 창고 이층에 있는데 길이가 십 미터나 되는 커다란 건물로서 아가씨들은 한 방을 쓰고 있었다. 테스보다 좀 더 나이 먹은 여자 한 명만 빼고 다들 나이 어린 처녀들이었다. 지칠 대로 지친 테스는 잠자리에 들자 곧 잠이 들었다.

그러나 그녀만큼 피곤을 느끼지 않는 옆자리 아가씨는 목장의 사정과 근래에 있었던 일들을 들려주고 싶어 했다. 점점 몽롱해지는 테스에게는 그녀의 속삭이는 듯한 얘기가 어떤 환상과 어울려 나타나는 것 같았다.

"젖 짜는 일도 배우고 하프도 탈 줄 아는 그 에인절 클레어 씨 말이야, 그이는 여자하고 얘기하는 일이 거의 없어. 그 사람은 목사의 아들인데, 항상 자기 생각에 잠기느라고 여자에겐 관심을 쏟을 짬도 없어. 지금은 주인의 제자로 있으면서 낙농 기술을 배우는 중이야. 이곳에 오기 전엔 양치는 일을 배웠대…… 그 사람 정말 좋은 사람이야. 그의 아버지는 에민스터에서 목회를 하신대. 클레어 목사라고."

그녀의 친구가 자다 말고 깨어나서 대꾸했다.

"그래, 그 목사 얘긴 나도 들은 적 있어. 굉장히 부지런한 목사라면서?"

"맞아, 바로 그분이야. 웨섹스 지방에서 가장 성실한 목사라고 소문이 났어. 복음 교회파 중에 남은 단 한 사람이래. 여기서는 고

등 복음파라고 부르지만. 여기서 일하는 클레어 씨만 빼놓고 그분 자제들도 모두 목사가 됐대."

클레어 씨는 왜 다른 형제들처럼 목사가 되지 않느냐고 물어볼 만한 호기심도 테스에게는 없었다. 옆방에서 풍겨 오는 치즈 냄새와 아래층에서 규칙적으로 떨어지는 우유 방울 소리와 그녀들의 얘기를 들으면서 테스는 잠이 들었다.

18

에인절 클레어가 뚜렷하게 인상적이지는 않았지만, 목소리나 침착하고 시원한 눈매 그리고 이따금씩 입을 굳게 다무는 걸 봐서 결단성이 있어 보였다. 작은 입술 등에서는 그의 과거의 모습이 떠올랐다.

그러나 무엇엔가 열중하는 것 같기도 하고, 무관심한 것 같기도 하고, 약간 얼빠진 사람 같기도 한 그의 흐릿한 태도로 봐서는 장래를 위한 물질적 관심이나 뚜렷한 목적이 없는 사람처럼 보였다. 하지만 그가 하려고 마음만 먹으면 무엇이든지 할 수 있는 사람이라고 다른 사람들은 말했다.

그는 가난한 목사의 막내아들로 농사 기술을 배우면서 여기저기 돌아다니다가 낙농 기술을 배우려고 6개월 기한으로 이곳 탈보테이스 목장에 왔다. 그의 목적은 목장에 관한 여러 기술을 배워서 식민지로 진출하거나 국내에서 목장을 경영하려는 것이다.

그가 농업이나 목축업에 손을 댄 것은 자기 자신이나 남들도 예상하지 않았던 뜻밖의 출발이었다. 아버지는 딸만 하나 낳은 첫째 부인이 죽은 후, 늘그막에 재혼을 했는데, 그녀에게서 아들 셋을 얻었다. 그래서 아버지와 막내아들 에인절과의 연령 차이는 손자뻘이될 만큼이었다. 늦게 얻은 세 아들 중 막내 에인절만이 대학 교육에 적합한 아이라고 인정했으나 끝내 대학 교육을 받지 못했다.

에인절이 말로트 마을의 무도회에 모습을 나타내기 이삼 년 전의 어느 날 학교를 그만두고 자기 집 서재에서 연구하고 있을 때, 서적상에서 목사 앞으로 보낸 소포가 왔다. 소포를 끄르자 안에서 책이 나왔다. 몇 페이지를 읽던 목사는 잔뜩 화가 나서 벌떡 일어났다. 그는 즉시 서적상을 찾아가서 따져 물었다.

"이 물건을 왜 나한테 보냈소?"

"이건 댁에서 주문하신 겁니다."

"이런 책을 주문한 사람은 아무도 없소."

점원은 주문 장부를 펼쳐 봤다.

"아, 이름을 잘못 적었군요. 주문하신 분은 목사님이 아니라 에인절 클레어 씨입니다."

클레어 목사는 한 대 얻어맞은 듯 움찔했다. 창백하게 기가 죽어 집에 돌아와 에인절을 서재로 불렀다.

"너, 이 책 좀 봐라. 생각나는 거 없냐?"

"제가 주문한 겁니다."

에인절은 솔직하게 대답했다.

"뭣 하려고?"

"읽으려고요."

"어째서 이따위 책을 읽을 마음이 생겼지?"

"어째서라니요? 이건 철학 서적인걸요. 도덕이나 종교에 관한 서적으론 이만한 게 없습니다."

"도덕에 관한 책이라는 말은 옳다. 그러나 이 책이 종교적인 문제를 다루고 있다고! 더군다나 전도사가 되려는 네가 감히 이런 책을 읽어!"

에인절은 아버지의 눈치를 살피면서 꺼리듯 말했다.

"아버지께서 말씀하신 김에 제 생각을 솔직히 말씀드리고 싶습니다. 저는 목사가 되고 싶지 않습니다. 제 양심으로는 목사가 될 수 없습니다. 부모를 사랑하는 것만큼 교회를 사랑하고 또 교회에 대한 뜨거운 신앙에도 변함은 없어요. 그러나 받아들일 수 없는 속죄주의를 교회가 고집하는 한 저는 형들처럼 목사가 될 수 없습니다."

혈육인 아들한테서 이런 말을 들으리라곤, 마음이 곧고 단순한 목사는 꿈에도 생각 못한 일이었다. 목사는 눈앞이 캄캄하고 가슴이 답답해졌다. 온몸의 힘이 죄다 빠지는 것 같았다. 에인절이 교회에 봉직할 생각이 없다면 케임브리지 대학엔 보내서 뭘 하겠는가? 대학 교육이란 성직을 얻기 위한 것이지 그렇지 않은 것은 본문이 없는 서문과 같다는 것이 이 완고한 목사의 신념이었다. 그는 단순한 종교가가 아니라 열렬한 경배자요, 독실한 신자였다. 엉터리 전도사들이 사람의 비위에 맞춰서 성경을 해석하는 것과는 달리 복음주의파다운 적극적인 해석을 했다. 그는 다음과 같이 읊조릴 수 있는 사람이었다.

영원한 것과 거룩한 것이
모든 진실에 있어서
지금으로부터 18세기 전에

에인절의 아버지는 토론도 하고 설득도 하며 애걸도 해보았다.
"안 됩니다, 아버지. 다른 것은 다 제쳐놓는다 하더라도 제4조[4]는 뜻 그대로 받아들일 수 없습니다. 따라서 현재의 상태로선 도저히 목사가 될 수 없어요. 종교 문제에 있어 저의 목적은 그런 모순을 뜯어고치는 것입니다. 아버지께서 즐겨 말씀하시는 히브리서에 '피조물 중에서 흔들리는 것들을 뽑아 버림은 흔들리지 않는 것을 남겨두려 함이니라.'라고 씌어 있지 않습니까?"

에인절이 민망할 정도로 아버지는 크게 낙심하고 있었다.
"기쁨과 영광을 하나님께 돌리지 않을 바에야 네 어머니와 내가

---

4) 영국 교회의 39개 신조 가운데 그리스도의 부활을 적은 조항

애써 돈을 모아 너를 학교에 보낸들 무슨 소용이 있겠니?"

목사는 같은 말을 또 했다.

"그렇지만 인류의 영광과 기쁨을 위해서 도움을 주면 되지 않습니까, 아버지."

만약에 에인절이 끝까지 버티었다면 형들처럼 대학에 갈 수 있었을 것이다. 학교교육을 목사가 되기 위한 디딤돌이라고 믿는 아버지의 사고방식은 뿌리가 깊었고, 또 이 집안의 전통이었다. 그래서 철없는 아들이 자기 고집대로 하겠다는 것은 신의에 대한 배신행위라고 생각했다. 부모의 말은 거역하면서도 애써 모아준 돈으로 공부하겠다는 것도 잘못임을 깨닫고 에인절은 결심했다.

"저는 케임브리지 대학에 가지 않겠습니다. 부모님의 명령을 어기면서 대학에 갈 권리는 없습니다."

결정적인 토론의 결과는 얼마 안 가서 나타나기 시작했다. 에인절은 목적도 없는 연구와 실험, 그리고 공상으로 세월을 보냈다. 그는 사회적인 형식과 습관을 대수롭지 않게 생각하여, 지위라든가 재산 같은 물질적인 영달을 점점 천하게 여겼다. '훌륭한 가문'(최근에 죽은 어떤 지방 명사가 즐겨 쓰는 말을 사용한다면)조차도 그 집을 대표하는 사람들 가운데 새로운 결의를 찾아볼 수 없으면 에인절에겐 아무 가치도 없는 것이었다. 자기의 굳은 결심을 행동에 옮겨 보려고 런던에 갔을 때, 나이 많은 여인에게 걸려 타락할 뻔했으나 다행히 큰일 없이 빠져 나왔다.

어릴 적 시골 생활은 도시 생활에 대한 억누를 수 없는 반감을 에인절에게 일으켰다. 그래서 목사를 하지 않더라도 일반적인 직업으로 성취할는지도 모를 성공 같은 것은 아예 단념해 버렸다. 그러나 놀고만 있을 순 없었다. 그는 너무 오랫동안 시간을 낭비했다. 식민지에서 농업으로 성공한 아는 사람이 있어서 농업이야말로 자기가 택할 길이라고 생각했다. 열심히 기술을 배워서 농업을 할 만한 자격만 갖춘다면 식민지든 미국이든 또 국내에서든 간에 자립

할 수 있다고 생각했다. 풍부한 재산보다도 더욱 소중히 여기는 지식의 자유를 희생하지 않더라도 말이다. 그리하여 스물여섯 살의 에인절 클레어는 탈보테이스 목장의 연구자로 왔고 마땅한 숙소가 없어 주인집에 기숙하게 된 것이다.

우유 창고의 넓은 지붕 밑 다락방이 그의 방이었다. 다락방은 오랫동안 비어 있었다. 그 방은 치즈 저장실에서 사다리로 출입했다. 방이 상당히 넓어서 에인절이 돌아다니는 소리를 착유장 사람들은 종종 들을 수 있었다. 한쪽은 커튼으로 막아 뒤쪽에 침대를 놓고 바깥쪽은 거실로 꾸며 놓았다.

처음에는 거의 방에만 틀어박혀서 독서를 하거나 경매장에서 사온 하프를 탔다. 거리에서 하프를 타는 것이 호구지책의 수단이 될는지도 모르겠다는 심각한 농담도 가끔 했다.

얼마 안 가서 주인 부부와 다른 남녀 직공들과 함께 어울려 식사를 하면서 그들과 친해졌다. 목장에서 기숙하는 사람은 몇 안 되지만 식사 때는 다른 사람들도 몇몇 끼기 때문에 식사 분위기는 즐거웠다. 클레어도 곧 일꾼들과 익숙해졌고 또 비슷해졌다.

에인절 자신도 놀란 일이었지만, 사실 그들과 사귀면서 새로운 기쁨을 맛봤다. 그가 그리고 있던 농부란 불쌍할 정도로 무식한 '시골뜨기'였다. 그러나 그들과 함께 지내는 동안에 에인절의 고정관념은 바뀌었다. 같이 생활하며 사귀어 보니 한 사람의 '시골뜨기'도 보이지 않았다. 선입견대로라면 지금 친하게 지내는 이들이 분명히 촌스럽고 답답해 보였을 텐데.

목장 주인과 자리를 같이 한다는 건 처음에는 버릇없는 행동이라 생각했다. 그들의 사고방식도, 생활양식도, 또 환경조차도 퇴보적이고 무의미한 것 같았다. 그러나 이곳에서 사는 동안 예민한 연구자는 날마다 새로운 면을 보게 되었다. 눈에 보이는 어떤 변화가 일어난 것은 아니지만 똑같아 보이던 인간들의 각기 다른 개성을 보았다. 주인 가족과 또 남녀 고용인들이 클레어와 친밀해짐에 따라 마치 화학적 변화라도 나타나듯 그들은 각각의 특징을 드러냈다. 파스칼의 사상을 그는 이해할 만했다. '슬기로운 사람일수록 인간의 특징을 발견한다. 그러나 평범한 사람은 그런 것을 알지 못한다.' 단조롭게 보이던 시골뜨기는 눈앞에서 자취를 감춘 것이다. 그들은 변화무쌍한 사람들이었다.

복잡한 마음을 지닌 사람이 있는가 하면 한없이 변덕스러운 사람도 있다. 행복한 사람은 얼마 안 되지만 평온한 사람도 있고 더러는 우울한 사람도 있었다. 가끔 천재다운 지혜를 보이는 사람이 있는가 하면 바보 같은 녀석도 있으며 방종한 사람도 있고 점잖은 사람도 있었다. 입이 무거운 밀턴 같은 사람도 있고 크롬웰처럼 남모르는 힘을 가진 사람도 있었다. 크롬웰이 친구들에게 한 것처럼 강한 자기주장을 가진 사람도 있었다. 서로 칭찬도 하고 비난도 하며 상대방의 약점이나 악덕을 웃기도 하고 슬퍼하기도 했다. 사람들은 모두 제각각 갈 길을 가다 죽어 먼지로 바뀌는 존재였다.

클레어 자신이 계획한 일생과 어떤 관계가 있느냐 하는 문제는 제쳐놓고라도, 자연이 갖는 매력과 여기서 얻어지는 만족으로 현재의 생활을 좋아하게 되었다. 그답지 않게 자비로운 하나님에 대한 신앙이 줄어들고 문명인을 사로잡는 만성적 우울증에서 점점 벗어났다. 그가 배우고 싶어 하던 몇 권의 농업 서적은 읽는 데 시간이 얼마 걸리지 않았으므로 오래간만에 마음 내키는 대로 책을 읽을 수 있었다.

그는 낡은 관념에서 차츰 벗어나 생활과 인간성과의 사이에서 무언가 새로운 것을 깨달았다. 이전에 느끼지 못하던 여러 가지 자연현상, 즉 계절의 감각이나 아침과 저녁 또는 밤이나 낮, 더운 바람이나 찬바람, 초목들, 바다와 안개, 그리고 그늘과 침묵, 무생물들의 음성을 자세히 들을 수 있게 되었다.

이른 아침 그들이 식사를 하는 커다란 식당은 난롯불이 생각날 만큼 찬 기운이 맴돌았다. 한자리에서 식사를 하기엔 클레어의 가문이 너무 훌륭하다는 크릭 부인의 배려에 따라 식사 때는 벽난로 옆에 그를 따로 앉혔다. 벽난로 옆에는 찻잔과 다른 접시들이 놓인 조그만 접는 탁자가 놓여 있었다. 그가 앉은 맞은편 창문으로 들어오는 햇빛과 굴뚝을 통해 비쳐 들어오는 푸르스름한 빛은 아무 때라도 책을 읽을 수 있을 만큼 밝았다.

클레어와 창문 중간에 모두가 앉은 식탁이 놓여 있고 식사하는 그들의 옆모습이 창문을 통해 뚜렷이 보였다. 우유 창고로 들어가는 옆문으로는 신선한 우유가 가득 찬 네모꼴 우유통들이 줄지어 있었다. 훨씬 저쪽에는 교유기가 빙빙 돌아가는 게 보이고 우유가 출렁이는 소리도 들렸다. 창 너머로 본 교유기의 모양은 마치 한 소년에게 쫓기는 힘없는 말이 원을 그리며 도는 것 같았다.

클레어는 자기 앞으로 오는 정기간행물이나 음악 서적을 읽는데 열중하느라고 테스가 온 지 닷새가 지나도록 그녀가 식당에 있는 것도 몰랐다. 다른 아가씨들이 떠들어댈 때 테스가 얘기하는 일은 드물었기 때문에 귀에 익지 않은 테스의 목소리가 들릴 리 없었다. 게다가 전체적인 인상에만 관심을 두지 개별적인 특색에는 신경을 쓰지 않는 게 그의 버릇이었다.

어느 날 머릿속으로 곡조를 만드느라 정신을 쏟고 있을 때, 벽난로 앞으로 악보가 한 장 스르르 떨어졌다. 아침을 준비하느라고 벽난로에 불을 피운 뒤였으므로 나무토막에서 튀어 오르는 불꽃이 발레리나가 발끝으로 맴도는 것 같았다. 불꽃은 제 나름의 음정에 맞춰서 춤추는 모양이었다. 벽난로 위 시렁에 걸린 두 개의 난로 갈고리를 보고 있으려니까 그것도 음정에 맞추어 움직이는 것 같았다. 반쯤 담긴 끓는 물조차 가냘프게 반주했다. 식탁에서 재잘대는 아가씨들의 말소리도 클레어의 머리에서 맴도는 음악과 뒤섞였다. (누구 목소린데 이렇게 아름다운 음성을 가졌을까! 아마 새로 온 여자의 목소린가 보다.)

다른 아가씨들과 함께 앉은 그녀를 클레어가 쳐다보고 있었으나 그녀는 느끼지 못했다. 사실 클레어는 늘 한쪽 구석에서 잠자코 있었기 때문에 다른 사람들은 그의 존재를 잊고 있었다. 테스는 얘기를 계속했다.

"저는 도깨비에 관한 건 몰라요. 그런데 죽지 않고도 사람의 영혼을 떠나게 할 수 있다는 건 알고 있어요."

주인은 입 안 가득 음식을 씹으면서 사뭇 미심쩍은 눈으로 그녀를 돌아봤다. 교수형을 집행하려는 사람처럼 커다란 나이프와 포크를 곤두세웠다.

"아가씨, 그게 정말이요, 그런 일이 있을 수 있을까?"

"아주 간단하게 알 수 있어요. 밤에 풀밭에 누워서 큰 별을 똑바로 쳐다보세요. 그리고 마음을 온통 그 별에 쏟아 보세요. 그러면 오래잖아 자신이 육체에서 수만 리나 떨어진 걸 알게 되고 육체 따위는 소용없다고 느끼실 거예요."

주인은 테스에게서 눈을 돌려 부인을 쳐다봤다.

"여보, 크리스티나, 거 정말 괴상한 얘기지? 나는 지난 30년간 연애도 하고 장사도 하고 의사나 간호사를 부르러 별이 총총한 밤길을 수없이 쏘다녔지만 그런 일은 듣도 보도 못했는데. 내 영혼이 육체를 떠났다고 느껴 본 일은 없었거든."

구석에 앉아 있던 클레어는 물론, 모든 사람의 시선이 그녀에게 쏠리자 테스는 얼굴을 붉혔다. 그것은 자신의 공상이라는 변명을 하고 그녀는 다시 식사를 했다.

클레어는 그녀에게서 눈을 떼지 않았다. 식사를 마친 그녀는 그가 자기를 보고 있다는 걸 알았다. 가축이 주인에게 감시당하는 듯한 거북한 기분을 느끼면서 그녀는 손가락으로 식탁보 위에 무늬를 그리고 있었다.

클레어는 중얼거렸다.

"저렇게 청신하고 순결한 자연의 딸이 젖 짜는 여자라니!"

천국까지도 어둡다고 생각하는 현재와는 달리 모든 게 즐거웠던 옛날로 이끄는 어떤 다정한 힘이 그녀에게 있는 것 같았다. 장소를 기억할 순 없지만 전에 한 번 만난 적 있는 여자라는 느낌이 들었다. 시골을 돌아다니는 중에 우연히 만났겠지만 굳이 알아보고 싶은 마음은 없었다. 여자와 사귀고픈 마음이 생긴다면 다른 아가씨들을 밀쳐놓고 테스를 선택할 만한 가능성을 이 조그만 인연은 충분히 간직하고 있었다.

19

젖을 짤 때 소의 성질을 가리지 않고 닥치는 대로 짜다보면 오히려 소가 사람을 가리는 경우가 있다. 기분에 맞지 않는 사람이 젖을 짜려 하면 말을 안 듣고, 되는 대로 우유통을 걷어차 버릴 때도 있다. 그래서 젖 짜는 사람을 정하지 않고 계속 바꿔서 못된 젖소들의 버릇을 고쳐 보려는 게 크릭 주인의 생각이다. 그렇게 하지 않으면 남자나 아가씨들이 휴가를 얻어 없을 때 주인이 곤란해지기 때문이었다. 그러나 아가씨들의 속셈은 주인과는 정반대였다. 그녀들은 잘 길들여 놓은 여남은 마리의 젖소를 각자가 매일 선택하려고 했다. 그러면 젖소가 자진해서 젖을 내주기 때문에 힘들이지 않고 일할 수 있기 때문이었다.

테스도 동료들과 마찬가지로 어느 소가 자기를 좋아하는지 알게 되었다. 지난 이삼 년 동안 집에 오래 박혀 있어서 그녀의 손은 부드러웠고 젖소들의 비위를 맞추기에 적합했다. 아흔다섯 마리의 젖소 중에서 특히 덤플링, 팬시, 로프티, 미스트, 올드 프리티, 영 프리티, 타이디, 그리고 라우드 여덟 마리는 젖꼭지 몇 개가 홍당무 같이 딱딱한 것도 있었지만 손을 대기 바쁘게 젖이 쏟아져 나왔다. 그러나 주인의 생각을 잘 아는 그녀는 도저히 다룰 수 없는 거친 소만 빼놓고는 닥치는 대로 젖을 짜려고 노력했다. 우연하게도 소의 차례와 마음속으로 바라는 그녀의 기대가 꼭 들어맞는 것을 눈치 챘다. 또 그것이 우연의 일치가 아니라는 것도 알게 됐다.

얼마 전부터 클레어는 소를 줄 세울 때 그녀를 도와줬다. 그런 일이 대여섯 번쯤 됐을 때, 그녀는 그를 쳐다보고 소한테 기대면서 살짝 말을 걸었다.

"클레어 씨, 당신이 소를 줄지으셨군요!"

그녀는 얼굴이 달아오르고 나무라는 듯 말하면서도 얼굴엔 웃음이 번졌다. 윗입술이 저절로 올라가서 하얀 치아가 드러났다.

"네, 뭐 문제될 건 없지요. 늘 이곳으로 우유를 짜러 오시죠?"

"어떻게 알고 계셔요? 전 모르겠어요."

구석진 곳에서 일하는 그녀의 마음을 클레어가 오해했을지도 모른다는 생각을 하자 그녀는 슬며시 자신에게 화가 났다. 그가 곁에 있어 주는 것이 그녀의 소원인양 열심히 얘기한 꼴이 돼버렸다. 그의 마음을 눈치 채고 또 경솔한 질문을 후회하면서 그녀는 땅거미가 덮인 뜰을 혼자 거닐었다.

아름다운 6월의 초저녁 여름이었다. 평온한 기운이 대기에 가득하고 무생물까지도 흥겨워하는 것 같았다. 원근의 구별이 없어지고 귀를 기울이면 만물이 하나인 듯 느껴졌다.

그 적막은 단순히 소리가 없다는 사실보다도 오히려 만물의 음성이 하나의 음성으로 조용히 들려오는 것이었다. 고요를 서툰 하프 소리가 깨뜨렸다.

테스는 다락방에서 나오는 연주 소리를 들은 일이 있었다. 방 안에서 어렴풋이 들리던 그 소리는 지금 들리는 것처럼 뚜렷하게 들리진 않았다. 하프 소리라고 다 같이 감명 깊은 것은 아니었다. 그러나 모든 것이 분위기와 어우러져 있다 보니 그걸 듣고 있는 테스도 홀린 듯 꼼짝 않고 서 있었다. 그 자리를 뜨기는커녕 그녀는 들키지 않게 울타리 뒤로 몸을 숨기면서 소리 쪽으로 다가갔다.

테스가 들어온 뜰 주변은 여러 해 동안 돌보질 않아서 질척하게 습기가 차 있었다. 건드리기만 해도 꽃가루가 안개처럼 번지는 물기 머금은 풀과 고약한 냄새를 풍기며 웃자란 잡초와 그리고 빨강, 노랑, 자주 등 형형색색의 잡초들이 그득히 자라고 있었다. 벌레의 거품을 치마에 묻히기도 하고, 발아래 달팽이를 밟기도 하며, 엉겅퀴의 진딧물을 손에 묻히는가 하면, 사과나무에 달라붙어 있을 땐 희게 보여도 피부에 붙으면 피처럼 보이는 진디를 털어 버리기도 하면서, 무성한 잡초 사이를 고양이처럼 살금살금 빠져나가 그녀는 클레어의 눈에 띄지 않게 그에게 다가갔다.

테스는 시간도 공간도 잊었다. 별을 쳐다보고 있으면 느낄 수 있었던 희열이 지금은 가만히 있어도 그녀에게 찾아왔다. 낡은 하프의 가냘픈 가락에도 그녀의 마음은 설레었다. 흩날리는 꽃가루는 그가 타는 가락이 형태로 나타난 것이고, 습기 가득한 뜰도 감상에 젖은 것 같았다. 해질녘인데도 악취를 풍기는 잡초의 꽃은 쉬지 않고 자태를 자랑하고, 그 꽃들의 빛깔은 소리의 물결과 함께 춤췄다. 아직 남은 저녁 햇살은 서쪽 하늘의 구름 사이로 새어나왔다. 사방은 땅거미가 덮여서 그 빛은 뒤처진 낮의 한 조각 같았다. 솜씨가 없어도 탈 수 있는 간단한 곡을 클레어는 마쳤다. 그녀는 다른 곡을 또 기다렸다. 연주를 마친 그는 천천히 울타리를 돌아 움직임을 알아볼 수 없게 살그머니 그 자리를 빠져나갔다.

에인절이 그녀의 옷을 발견하곤 말을 건넸다. 거리가 떨어져 있으나 그의 낮은 음성은 그녀에게 뚜렷이 들렸다.

"테스, 왜 그렇게 도망가죠? 겁이 나나요?"

"아, 아뇨…… 바깥은 무섭지 않아요. 특히 지금은 전혀요. 사과꽃은 모두 떨어지고 만물은 온통 푸르니까요."

"그러나 마음속에 무언가 두려운 게 있는 모양인데요. 그렇죠?"

"네, 실은 그래요."

"뭐가 두렵습니까?"

"뭐라고 잘라 말할 수 없군요."

"우유 맛이 변하는 것 때문에?"

"아뇨?"

"살아가는 것 때문에?"

"네, 바로 그거예요."

"아, 그런 문제라면 나도 종종 생각해 보는 문제입니다. 이렇게 되는 대로 그럭저럭 사는 것이 견딜 수 없어서요. 그렇게 생각하지 않으세요?"

"그렇게 말씀하시니까 그런 것 같아요."

"그래요? 당신같이 젊은 아가씨가 그런 생각을 할 줄은 몰랐는데, 어째서요?"

그녀는 망설이면서 아무 말도 하지 않았다.

"자, 테스, 터놓고 말해 봐요."

그녀는 이 세상이 자기 눈에 어떻게 비치느냐는 뜻으로 알아듣고 수줍게 대답했다.

"나무는 무엇이든 알고 싶어 하는 것처럼 보이지 않아요? 안 그래요? 그리고 강물은 '왜 그런 얼굴로 나를 괴롭히느냐?'고 말하는 것 같아요. 또 내일이라는 수많은 날이 한 줄로 늘어서서 맨 앞의 것은 가장 크고 뚜렷한데 차츰 적어져서 맨 끝까지 이르죠. 모두 한결같이 두렵고 잔인한 것들이에요. 그 하나하나가 마치 '자, 이제 간다! 조심해! 나를 조심하란 말이야!'하고 말하는 것 같고요. 그래도 당신은 음악으로 희망을 북돋아서 그런 공상들을 쫓아 버릴 수 있을 거예요!"

보기 드문 매력으로 함께 기숙하는 동료들에게 선망을 받고 있지만, 한낱 젖 짜는 여자에 불과한 그녀가 그처럼 서글픈 생각을 한다는 것에 클레어는 놀라지 않을 수 없었다. 그녀의 말은 현대주의적 고민을 나름대로 표현한 것이었다. 진보된 사상이라는 것도 알고 보면 대개 세상 사람들이 여러 세기를 두고 품어 오던 막연한 감정을 유행하는 해석에 따라 정의하여 무슨 주의니 무슨 학이니 하는 방법으로 표현한 것이라 한다면, 그녀의 생각은 그리 새로운 것도 아니었다.

그렇다 하더라도 아직 젊은 나이에 그런 생각을 품는다는 것은 확실히 이해할 수 없었다. 이해할 수 없을 뿐 아니라 인상적이고 흥미로우면서 또 서글픈 일이다. 그녀가 사물을 그렇게 관찰하는 원인을 알 수 없었다. 생활 태도를 보면 그 사람의 과거를 알 수 있다는 사실을 확인해 볼 방법도 없다. 테스의 일시적인 우울증은 정신적으로 얻어진 경험의 수확이었다.

한편 테스는 클레어가 목사 가정에서 태어나고 훌륭한 교육도 받았으며 또 신체적 결함도 없는데, 살아가는 것을 왜 불행이라고 생각하는지 그 이유를 알 수 없었다. 불행한 인생 순례자 같은 테스에게는 그럴 만한 이유가 충분하지만, 학식 있고 훌륭한 이 사람이 왜 '굴욕의 골짜기'에 틀어박혀 있는지. 욥의 고백처럼, 3년 전에 테스도 깨달은 '내 영혼은 살기 싫어한다. 항상 사는 것만을 원치 않노라.' 하는 생각을 클레어도 깨달았을까.

현재 클레어가 자기 계급 사회를 떠나 있는 것은 사실이다. 그러나 러시아의 피터 황제가 조선 기술을 배우기 위해서 직공으로 일했던 것과 같이, 그도 알고 싶은 것을 배우고 있는 데 불과함을 그녀는 알고 있었다. 그가 목장에서 일할 수밖에 없는 사정이 있어서 일하는 게 아니라 부유한 농업자로, 지주로, 임업가로, 또는 가축 사육자로서 성공하는 방법을 연구하고 있는 것이다. 왕처럼 남녀 하인들을 거느리고 양떼와 소떼, 젖소와 그 밖의 가축들을 호령하는 미국이나 호주의 농업 왕이 되고자 할 것이다. 그러나 책을 즐기고 음악을 좋아하는 사색적인 이 청년이 부친이나 형들처럼 목사가 되려 하지 않고 어째서 굳이 농부가 되려 하는지 그녀로서는 이해할 수 없는 일이었다.

그들은 상대방의 마음속을 알아볼 만한 실마리도 찾지 못하고 표면에 나타난 상황도 의아해했지만 상대방의 과거를 캐려 들지도 않았다. 다만 서로의 성격과 생각을 알게 될 때가 오기를 기다리고 있었다.

차차 그는 그녀의 성질을 조금씩 알게 되고 그녀는 그녀대로 그의 성질을 차츰 알게 되었다. 그녀는 남의 눈에 띄지 않으려고 애썼으나 자신에게 힘찬 생활력이 있는 건 몰랐다.

처음에 테스는 클레어를 하나의 인간이 아니라 지성의 존재로 생각했다. 그와 자신의 하늘과 땅처럼 먼 인격의 차이를 생각할 때 그녀는 한없이 기가 죽었다. 미래를 위해 노력하려는 욕망마저 우러나지 않았다.

고대 그리스의 유목 생활에 관해서 얘기를 나누던 어느 날, 그는 테스가 풀이 죽어 있음을 알아차렸다. 그의 얘기를 들으면서 그녀는 강둑에 핀 '로드 레이디'를 따 모으고 있었다.

"왜 갑자기 슬픈 얼굴을 하고 있죠."

"어머나, 아무것도 아니에요. 제 일을 좀 생각했어요."

서글픈 웃음을 겨우 지어 보이며 레이디 꽃봉오리의 껍질을 벗겼다. 그녀는 계속 말했다.

"제가 운이 좋았다면 어떻게 됐을까 하고 잠깐 생각해 본 것뿐이에요. 저는 좋은 기회를 한 번도 가져 보지 못한 채 세월을 보냈나봐요. 선생님이 읽고 보고 아시는 것 그리고 생각하시는 것에 비하면 저는 정말 보잘것없어요. 성경에 나오는 가엾은 시바의 여왕 같아요. 용기라고는 없어요."

"쓸데없는 소릴…… 그런 일에 신경 쓰지 말아요! 역사에 관한 것이든 무엇이든 간에 가르쳐 줄 수 있다면 그 이상 기쁜 일은 없다오."

"어머, 이번에도 '레이디 꽃님'이에요."

껍질을 벗긴 '로드 레이디' 꽃봉오리를 내밀면서 그녀는 말을 가로챘다.

"네?"

에인절이 물었다.

"이 꽃들을 까보면 로드보다는 레이디가 언제나 많이 나와요."

"로드건 레이디건 상관할 필요 없어요. 당신은 무언가 배우고픈 생각은 없나요? 예컨대 역사 공부 같은 거요."

"역사에 관한 것이라면 지금 알고 있는 것보다 더 배우고 싶은 생각은 없어요."

"그건 또 무슨 이유죠?"

"저도 같은 운명을 지닌 인간 중의 하나라는 사실을 배운들 무슨 소용이 있겠어요. 역사에서 저와 같은 운명의 인간을 발견하고 저 역시 그와 같은 길을 가고 있다는 사실을 안들 마음만 슬퍼질 거예요. 자신의 지난 삶과 성격이 이미 세상을 떠난 이들과 똑같고, 앞으로 가야할 길도 결국 수천수만의 타인과 같다는 사실은 모르는게 더 나아요."

"아니, 그럼 정말 아무것도 배울 생각이 없단 말인가요?"

"태양은 왜 착한 사람과 악한 사람에게 골고루 빛을 주느냐 하는 문제라면 배우고 싶어요."

그녀는 조금 떨리는 목소리로 대답했다.

"하지만 그런 것은 책에서 배울 수 없는 거예요."

"테스, 너무 비꼬지 말아요!"

이전에도 그런 말을 들은 적이 있으므로 비꼰다는 말은 의무적인 표현일 뿐이었다. 천진난만한 그녀의 입술을 보면서 그런 생각은 어디서 들어서 얻은 것이라고 생각했다. 그녀는 여전히 꽃봉오리를 뜯고 있었다. 그는 고개 숙인 그녀의 보드라운 뺨으로 내려덮이는 속눈썹을 잠시 바라보다가 떠나기 싫은 발길을 돌렸다.

그가 가버린 후, 마지막 꽃봉오리를 뜯으면서 한동안 생각에 잠겨 있다가 문득 자신의 어리석음에 짜증이 나고 심한 흥분을 느껴 이제껏 모은 꽃을 땅바닥에 팽개쳤다.

그는 나를 얼마나 어리석다고 생각할 것인가! 그에게 좋은 인상을 주려고 그녀가 잊어버리려고 노력하던 일, 한때는 생각하는 것조차 불쾌하던 더비필드 가문과 더버빌 가문이 같은 혈통이라는 생각에 다시 사로잡혔다. 그것은 테스에게 온갖 불행을 가져다줬지만 킹스비어 묘지의 비석에 새겨진 이름들이 테스의 조상이라든가, 또 트랜트리지의 돈이나 양심으로 이름을 산 가짜 후손이 아니라 직계 후손이라는 사실을 클레어가 안다면 꽃이나 가지고 어린 아이같이 장난하던 그녀를 이해해 주고, 어쩌면 지식 있는 역사가의 입장에서 존경해줄 것 같은 생각이 들었다. 집안 내력을 말하기 전에, 돈이나 토지라곤 하나도 남지 않은 조상의 후손에 대한 클레어의 생각이 어떤지를 주인에게 물어 봤다.

주인은 자신 있게 힘주어 대답했다.

"클레어 씨는 여태껏 본 일이 없는 반항적인 젊은이지. 자기 식구들과는 무엇 하나 닮은 데가 없어. 그가 가장 싫어하는 것이 있다면 그것은 옛 조상들에 대한 관념이야. 그들이 온갖 영화를 다 누렸기 때문에 이렇게 아무것도 남지 않게 된 것은 당연하다는 거야. 빌렛, 드렌커즈, 그레이즈, 세인트 퀸틴, 하디스, 골즈 등의 가문들이 옛날 이 지방의 넓은 토지를 소유하고 있었지만 지금은 민요 한 곡만 불러도 그따위 가문의 이름쯤은 모조리 살 수 있어. 우리 집 고용인 중에 레티 프리델이라는 여자만 하더라도 패리델 가문의 후손이야. 지금은 웨섹스 백작의 소유인 킹스 힌톡 근방의 광대한 토지를 소유했던 명문이었지. 그런데 클레어 씨가 그 사실을 알고는 그녀에게 경멸하듯 말했어.

"아가씨는 훌륭한 젖 짜는 아가씨가 될 수는 없어! 아가씨 가문의 재능은 먼 옛날에 팔레스타인에서 이미 써버렸으니까 일할 수 있는 힘을 다시 얻으려면 몇 천 년은 더 기다려야 할 거야!"라고 말이야. 언젠가 맷이라는 소년이 일자리를 구하러 온 일이 있었지. 성을 물었더니 성이 있다는 얘길 듣지 못했다는 거야. 까닭을 물으니까 저희 집은 뿌리를 받을 만큼 오래지 않기 때문이라고 하더군. 그랬더니 클레어 씨는 기뻐하면서 소년과 악수하더니 "너야말로 내가 찾던 소년이야! 너 같은 소년에게 나는 희망을 걸지”하면서 반 크라운을 주더군. 옛 가문 같은 건 딱 질색하더라고!”

클레어의 생각을 만담조로 듣고 나니까 클레어에게 가문 얘기를 꺼내지 않아서 다행이라고 생각했다. 그녀의 가문이 상당히 역사가 길다 할지라도 말이다. 오래된 집안의 후손이라는 점에서 다른 아가씨도 그녀와 사정이 같았다. 더버빌 가문의 묘지나, 그 이름을 그녀도 이어받고 있는 정복왕 윌리엄의 기사에 관해서나, 또 그들의 후손이라는 사실 등을 한마디도 입 밖에 내지 않았다. 테스에 대한 클레어의 관심은 그녀가 새로운 세대에 속한 인간으로 보이는 데에 있음을 알 수 있었다.

20

계절은 바뀌고 만물은 무르익어 갔다. 수명이 짧은 꽃과 나뭇잎과 나이팅게일이나, 티티새, 방울새들은 1년 전엔 한낱 미물에 지나지 않았다. 그러나 1년이 지난 지금 그들은 한 세대 전에 같은 생물이 차지했던 자리에 어김없이 다시 찾아들었다. 아침 햇살은 새싹들을 일깨워 기다란 줄기로 뻗게 하고, 소리도 없이 수액을 끌어올려 꽃피게 해서 보이지 않는 대기에 향기를 풍겨 주었다.

목장 주인 크릭 집에서 일하는 남녀 식구들은 안락하고 즐겁게 살고 있었다. 그들은 다른 사람들보다 행복했다. 이제 빈곤을 벗어났고 체면이나 형식 또는 불필요한 허영 때문에 생활이 불안정했던 처지가 아니었다.

모든 것이 수목처럼 자라기만 할 것 같던 녹색의 계절은 지났다. 태연한 듯 보이지만 위험한 정열의 가장자리에 멈춰 서서 테스와 클레어는 서로를 관찰했다. 한 골짜기에 흐르는 두 개의 물줄기처럼 불가항력적인 힘에 지배되어 둘이 합쳐지는 쪽으로 가고 있었다.

근래에 맛본 일도 없고 앞으로도 다시없을 행복을 그녀는 지금

누리고 있었다. 다른 이유도 있겠으나 우선 육체적으로나 정신적으로 현재 환경에 잘 어울리고 있었다. 거친 땅에서 뿌리를 뻗을 때까지 자란 젊은 나무를 더욱 비옥한 땅으로 옮겨 심은 격이었다. 더욱이 그녀는 (클레어도 마찬가지지만) 좋아하는 것인지 아니면 사랑하는 것인지, 분간하기 어려운 심정이었다. 깊은 관계에 놓인 것도 아니고 자신을 돌이켜보지도 않은 채, 그저 불안한 마음으로 자신에게 물어 봤다. '이 새로운 물결은 나를 어디로 이끌 것인가? 나의 미래에 무엇을 의미하는 것일까? 나의 과거와 어떤 관계가 있을까?'하고.

에인절 클레어에게 테스의 존재란 이제 겨우 마음속에서 잡히기 시작한 현상 같은 것이었다. 그는 남달리 고상하고 싱싱하며 여성의 표본처럼 관심을 끄는 여자를 생각하는 것은 철학자다운 태도라 생각하고 있었다.

그들은 꾸준히 만났다. 만나지 않곤 견딜 수 없었다. 저녁놀이 물드는 초저녁이나, 먼동이 트는 이른 아침이나, 신비하고 엄숙한 시간에 그들은 매일 만나고 있었다. 그 집에서는 일찍 일어나야 했다. 젖 짜는 일은 아침 일찍 마치기로 되어 있었고, 젖 짜기 전 새벽 3시만 되면 통에 있는 크림을 걷어내기 시작했다. 제일 처음 자명종 소리에 잠이 깬 사람이 반드시 사람들을 깨우게 돼 있었다. 테스는 새로 들어온 데다가 늦잠도 자지 않아 친구들을 깨우는 일은 그녀가 도맡았다. 3시를 알리는 소리가 울리자 그녀는 방을 나와 주인 방문 앞으로 가서 사다리를 타고 이층으로 올라갔다. 속삭이듯 입을 귀에 대고 클레어를 깨운 다음 돌아와서 친구들을 깨웠다. 테스가 옷을 다 갈아입을 무렵엔 클레어도 아래층으로 내려와 습기 찬 밖에 나와 있었다. 주인과 다른 일꾼들은 잠을 깬 후에도 15분가량 자리에서 뒹군 다음에야 나오는 버릇이 있었다. 새벽녘과 초저녁의 그늘은 같을지 몰라도 빛에는 차이가 있다. 새벽녘의 빛은 활동적인 데 비해, 초저녁의 빛은 어둠이 점점 퍼지기 때문에 조는 듯 힘없어 보인다.

두 사람이 항상 먼저 일어났으므로 둘만이 세상에서 제일 일찍 일어나는 것 같았다. 요즘 그녀는 크림을 떠내는 일을 하지 않았다. 그녀는 잠에서 깨기 바쁘게 거의 언제나 밖에서 기다리는 클레어에게 달려갔다. 널따란 초원에 가득히 덮인 물기를 머금은 흐린 빛은 그들이 마치 아담과 이브가 된 것 같은 느낌을 줬다. 클레어는 그녀의 훌륭한 몸매와 성품에서 마치 여왕과 같은 위력을 느꼈다. 왜냐하면 이 신비로운 시간에 그녀만한 아름다움을 지닌 여자가 클레어의 눈이 미치는 범위 내에서는 없을 뿐 아니라, 온 영국을 통틀어도 없을 것 같았다. 한여름의 이른 새벽은 아름다운 여인들이 한참 자고 있는 시간이다. 그런 때 테스만이 깨어 그의 눈앞에 있고 다른 사람은 아무도 없었다.

밝음과 어두움이 묘하게 엇갈려 감도는 대기 가운데 젖소들이 있는 곳으로 그들이 함께 걸어가노라면 그는 자주 예수가 부활한 시간을 생각했다.

막달라 마리아가 자기 옆에 있으리라곤 생각지도 못했다. 사방의 경치는 희미한 장막에 가려져 있는데 바로 옆 테스의 얼굴은 인광이 비친 듯 안개 속에 떠올랐다. 마치 유령같아 보였다. 그녀의 얼굴은 동북쪽에서 비쳐 오는 싸늘한 빛을 받고 있었다. 클레어의 얼굴도 그녀가 볼 때 같은 표정으로 보였다. 자기 자신은 모르지만.

그녀가 가장 깊은 인상을 주는 시간은 바로 그때였다. 그녀는 이제 한낱 우유 짜는 여자가 아니라 여신이었다. 전 여성의 표본적인 모습을 응결시킨 존재였다. 아르테미스라든가, 데메테르 또는 그밖의 다른 여신의 이름으로 짓궂게 그녀를 불렀으나, 그녀는 뜻을 알지 못했고 그렇게 불리는 걸 싫어했다. 곁눈질을 하면서 "테스라고 부르세요."라고 말하면 그는 그대로 따랐다.

주위가 밝아지면 그녀의 얼굴은 평소의 얼굴로 돌아갔다. 인간을 축복하는 여신에서 여신에게 행복을 갈구하는 평범한 인간의 모습으로 바뀌는 것이었다. 인적이 없는 이 시간엔 그들은 물새 곁으로 바싹 다가설 수 있었다. 그들이 잘 다니는 풀밭 옆에 덧문을 여는 듯한 요란한 소리를 내면서 가끔 왜가리가 날아다녔다. 왜가리가 물속에 서 있을 때는 태엽을 감는 장난감이 움직이는 것처럼 조용하고 침착하게 목을 수평으로 움직여 지나가는 두 사람을 경계하기도 했었다.

부드러운 여러 겹의 홑이불 두께만한 여름 안개가 흩어져 목장 가득히 번지는 게 보인다. 습기 찬 회색빛 풀밭에는 밤새 젖소가 자고 간 흔적이 남아 있었다.

그것은 안개의 바다 가운데 남겨진 소의 몸집만한 녹색의 마른 섬 같았다. 소가 누웠던 자리에서 꾸불꾸불 걸어간 발자국이 나 있는 것은 젖소가 자고 난 다음 풀을 뜯으러 간 것으로 발자국이 끝나는 곳에서 젖소를 발견했다. 소는 그들을 알아보고 코를 벌름거리면서 숨결을 내뿜어 온누리에 자욱한 안개 속에 한층 더 짙은 안개를 만들었다. 그들은 마음 내키는 대로 소를 몰아 다른 데로 가거나 그 자리에서 젖을 짰다.

여름 안개는 더욱 짙게 깔려서 목장은 하얀 바다 같고 수목들은 암초 같아 보일 때도 있었다. 새들은 안개를 뚫고 날아올라가 맑은 하늘을 날거나 유리처럼 반짝이는 목장의 난간에 내려앉았다. 안개의 습기가 엉켜 자잘한 금강석 같은 물방울이 테스의 속눈썹에 달리고, 그녀의 머리에는 조그만 진주알 방울이 맺혔다. 햇볕이 따뜻해져서 물방울들이 모두 증발해 버리면 신비롭고 섬세하던 그녀의 아름다움은 자취를 감췄다. 치아와 입술과 그리고 눈은 햇빛 아래 빛나는 우유 짜는 아가씨로 돌아갔다. 다시 그녀는 동료들과 어울려 자신의 살 길을 헤쳐 나갔다.

이맘때가 되면 늦게 나온 아가씨들을 훈계하거나, 손을 씻지 않은 데보라 피안더 노파를 엄하게 꾸짖는 주인 크릭의 음성이 들렸다.

"제발 좀, 펌프에 가서 손 좀 씻고 오시오, 데보라! 할멈의 그 지

저분한 꼴을 런던 양반들이 안다면 우유와 버터를 함부로 먹이려
하지 않을 것이오. 그렇게 되면 큰일이니까."

젖 짜는 일이 끝날 때가 되면, 크릭 부인이 무거운 식탁을 끌어
내는 소리가 일꾼들 모두에게 들린다. 식탁을 끌어내는 요란한 소
리는 식사 때마다 미리 울리는 신호와 같았다. 식사가 끝나고 설거
지를 마친 다음에는 그 소리가 또 한 번 들린다.

21

아침식사가 끝난 후, 우유 가공장에서 큰 소동이 벌어졌다. 교유
기는 돌고 있었으나 버터가 나오지 않았다. 모두 당황했다. 커다란
통 속에서 우유가 출렁이는 소리는 들리지만 그들이 기다리는 다
른 소리가 들리지 않았다.

주인과 아내, 테스, 메리안, 레티 프리들, 이즈 휴엣 그리고 마을
에서 온 새색시, 클레어, 조나단 케일, 데보라 노파 그리고 다른 일
꾼들도 낙심하여 멍하니 회전기계를 보고 있었다.

밖에서 말을 몰던 소년도 놀란 눈을 하고 있었다. 우울한 표정의
말까지도 마당을 한 바퀴 돌고 올 때마다 그들의 실망을 궁금히 여
기는 듯 창 너머로 기웃거리는 것 같았다. 주인은 쓰디쓴 어조로
말했다.

"이그돈에 사는 트렌들 점쟁이의 아들한테 가본 지가 너무 오래
됐어! 그 녀석은 제 아버지에 비하면 아무것도 아냐, 너 같은 녀석
은 믿을 수 없다고 쉰 번은 더 말했을 거야. 지금도 믿진 않지만 그
녀석이 아직 살아 있다면 아무래도 가봐야겠어. 암, 가봐야지 이런
사고가 계속된다면 가봐야지!"

주인의 푸념에 클레어 씨도 걱정되는 듯했다. 조나단 케일이 말
했다.

"캐스터브리지 쪽에 '와이드 오'라고 부르는 점쟁이 폴이라는 사

람이 있는데요, 내가 어렸을 때 참 잘 맞췄어요. 지금은 썩은 고목 같지만요."

주인은 말을 계속했다.

"우리 할아버지는 아울스콤에 있던 점쟁이에게 쭉 다니셨는데 상당히 용했던 모양이야. 요새는 도통 그런 점쟁이를 찾을 수가 없어!"

크릭 부인은 쉬운 방법을 생각하며 눈치를 살피듯 말했다.

"이 집 안에 연애하는 사람이 있나 봐요. 연애하는 사람이 있으면 이런 일이 생긴다는 얘길 어릴 때부터 들었어요. 여보, 그 왜 몇 해 전에 일하던 아가씨 생각나지 않으세요? 그때도 버터가 나오지 않았거든요."

"아, 생각나는군! 그러나 그건 그 여자 때문에 그런 게 아냐, 버터가 안 되는 것과 연애와는 상관이 없어. 그때는 기계가 고장 나서 그랬던 거지."

주인은 클레어를 향해 말했다.

"잭 돌롭이라는 아비 없는 녀석을 고용한 일이 있었는데요. 아, 그 녀석이 늘 하던 버릇으로 멜스톡에 사는 젊은 여자와 연애를 하다가 그 여잘 잘못 건드렸지 뭡니까. 하필이면 부활주일의 목요일에 말이죠. 지금처럼 여러 사람이 한 자리에 모이고 기계는 쉬고 있을 때 황소라도 때려눕힐 만한 놋쇠 손잡이가 달린 우산을 든 여자가 문 앞에 다가오면서 '잭 돌롭이 여기서 일하고 있나요? 그 녀석을 좀 봐야겠어요! 나는 그 녀석과 따질 일이 있으니까요. 이건 정말 예삿일이 아니에요!'라고 말하지 않겠어요. 어머니 뒤로 그 여자가 손수건에 얼굴을 파묻고 울면서 따라오더군요. 창 너머로 그녀들을 발견한 잭은 '하나님 맙소사, 기어코 나타났구나! 나를 때려죽이려고 할 거야! 어떻게 숨지? 어디 숨어야 안전하지? 내가 숨은 곳을 가르쳐 주지 마십시오!' 그는 곧장 교유기 통 속으로 들어가서 뚜껑을 닫고 숨어 버렸지요.

잭이 숨는 것과 거의 때를 같이해서 그녀의 어머니가 가공장 안으로 달려 들어왔지요. 그러고는 '불한당 같은 놈! 어디 숨었지? 그 녀석 있는 곳을 가르쳐만 주세요. 그놈의 낯짝을 할퀴어 줄 테니까?'라고 갖은 욕설을 퍼부으면서 구석구석 찾아다녔죠. 통 속에 숨은 잭은 숨이 막힐 지경이고, 그 불쌍한 아가씨…… 아니 아가씨라기보다는 젊은 여자가 어울릴 겁니다. 아무튼 그녀는 울어서 눈이 퉁퉁 부어가지고 문에 서 있었죠. 그 광경은 도무지 잊히질 않아요. 잊을 수가 있나요! 그런데 그 여자는 끝내 잭을 찾아내지 못했지요."

주인이 잠시 얘기를 멈춘 사이에 듣고 있던 사람들이 두서너 마디 거들었다. 사실은 얘기가 끝난 게 아니지만 주인의 얘기하는 버릇은 중간에서 끝난 것 같은 인상을 가끔 주었다. 주인의 버릇을 모르는 사람은 얘기가 채 끝나기도 전에 감탄사를 넣는 일이 많았다. 주인의 얘기는 계속되었다.

"그런데 그 늙은 부인이 어떻게 알아챘는지 잭이 통 속에 숨어 있다는 걸 눈치 챘지요. 그녀는 두말 않고 기계 손잡이를 잡아 빙빙 돌리기 시작했답니다. 그때는 교유기를 손으로 돌리게 돼 있었거든요. 마구 돌려 대니까 그 속에서 잭은 뒹굴 수밖에요. 견딜 수 없어 그는 머리를 불쑥 내밀면서 고함을 쳤어요. '제발 그만해요! 기계를 멈춰요. 날 좀 나가게 해줘요. 곤죽이 되겠어요!'

여자나 건드리는 녀석들이 대개 그렇듯이 잭도 어지간히 겁이 많은 녀석이었죠. '내 딸을 더럽힌 놈은 맛을 톡톡히 봐야 해.'라고 늙은 부인이 대꾸하자 '기계를 멈추란 말이야! 이 늙은 마귀할멈아!' 하는 잭이 큰 소릴 치지 않겠어요. '뭐라고! 늙은 마귀할멈이라고, 이 사기꾼 놈아! 다섯 달 전부터 장모님으로 모셔야 할 분을 말이야.' 늙은 부인은 기계를 계속 돌려댔고, 잭 녀석의 뼈가 부딪쳐 뿌드득거리면서 돌아갈 수밖에 없었죠. 감히 말리려고 뛰어드는 사람도 없었어요. 결국 그 녀석이 견디다 못해 책임을 지겠다고 약속을 했죠. '네, 약속을 꼭 지키겠습니다!'라고 말하고서야 그날은 겨우 끝났어요."

얘기를 듣고 있던 사람들이 재미있다는 듯이 싱글벙글 웃고들 있을 때, 뒤에서 무엇인가 조급하게 움직여 돌아다보니 테스가 창백한 낯빛으로 문 쪽으로 가면서 조그만 소리로 "어쩜 이렇게 더울까!" 하고 중얼거렸다.

날씨가 더웠으므로 그녀의 행동을 주인이 한 얘기와 결부시켜 생각하는 사람은 하나도 없었다. 주인은 문을 열어 주고 부드럽게 농담조로 "웬일이야, 처녀. (그 말이 그녀를 비꼬는 뜻인 줄 모르고 그는 테스를 가끔 애칭으로 이렇게 불렀다) 우리 목장에서 가장 귀여운 아가씨가 이만한 더위에 맥을 쓰지 못한대서야 되나? 정작 한 더위가 닥치면 네가 없어서 쩔쩔매게 되겠는걸. 그렇지 않습니까, 클레어 씨?"

"좀 어지러워서…… 바깥에 나가면 좀 나을 것 같아요."

그녀는 기계적으로 말하곤 밖으로 나가버렸다. 다행히도 그녀가 빠져 나가는 데 도움이 된 것은 말썽을 부리던 기계가 정상을 회복하기 시작한 때였다.

"버터가 나온다!"하고 크릭 부인이 소리를 지르자 테스를 주시하던 사람들이 전부 그쪽으로 쏠렸다.

충격을 받았던 아름다운 그녀는 다시 침착해진 것 같다. 그러나 그녀의 기분은 종일 우울했다. 오후 작업이 끝나자 친구들을 피해 밖으로 나와서 이리저리 혼자 돌아다녔다. 주인의 얘기가 다른 사람들에게는 재미있게만 들리는데 그녀만 가슴 아프게 들어야 하는 처지가 말할 수 없이 슬펐다. 그 얘기가 그녀의 아픈 곳을 얼마나 찔렀는지 아무도 몰랐다. 저무는 석양까지도 쓰리고 아픈 상처가 하늘에서 불타는 듯 보기 싫게 떠 있는 것 같았다. 다만 강가의 갈대밭에서 윤활유 없는 기계가 돌아가는 것 같이 우는 외로운 새가 그녀를 반겨줄 뿐이었다. 그 울음소리는 이제는 싫증이 난 옛 친구의 목소리 같았다.

해가 가장 긴 6월에는 일꾼들이나 주인 가족들이나 모두 해만 떨어지면 잠자리에 들었다. 해가 지기도 전에 잠자리에 들 때도 있는데 우유가 많이 나올 때는 새벽에 일찍 일어나야 하고 일도 상당히 힘들기 때문이었다. 다른 때는 언제나 친구들과 함께 침실로 올라갔다. 그러나 오늘밤엔 그녀 혼자 일찌감치 방으로 돌아왔고 친구들이 돌아왔을 때는 이미 꾸벅꾸벅 졸고 있었다. 오렌지 빛 저녁놀을 온몸에 받으면서 옷을 벗는 그녀들을 쳐다보다가는 다시 잠이 들었다가 그녀들의 떠드는 소리에 눈을 떠 그쪽을 돌아봤다.

그녀들 셋은 잠옷을 걸치고 맨발로 창가에 모여 있었다. 불그레한 저녁놀은 아직도 그들의 얼굴과 목과 그리고 방 안의 벽돌을 물들였다. 그들의 관심을 끄는, 마당에 있는 어떤 사람을 지켜보고 있는 모양이었다. 그녀들의 얼굴이 서로 바싹 몰렸다. 명랑한 둥근 얼굴, 새까만 머리에 파리한 얼굴, 또 적갈색 머리를 땋은 아름다운 얼굴들이었다.

"밀지 마! 밀지 않아도 잘 보이지 않니?"

가장 나이 어린 적갈색 머리의 레티가 꼼짝 않고 말했다.

"아무리 그 사람을 생각해 봤자 아무 소용없어, 얘."

쾌활해 보이고 가장 나이가 많은 메리안이 장난처럼 말했다.

"그 사람은 네가 아니라 다른 여자의 뺨을 생각하고 있어!"

레티 프리들은 여전히 서서 지켜보고 다른 둘도 다시 밖을 내다봤다.

"어머, 저기 또 나왔어!"

창백한 얼굴에 검은 머리와 윤곽이 뚜렷한 입술을 가진 이즈 휴엣이 말했다. 그러자 레티가 말을 가로막고

"이즈! 말 안 해도 알아! 네가 그 사람의 그림자에 키스하는 걸 봤어."

메리안이 나섰다.

"뭐하는 걸 봤다고?"

"그이가 치즈통에서 치즈를 걷고 있었는데 그림자가 뒤쪽 벽에 비치지 않았겠니. 그때 이즈도 같은 일을 하고 있었단 말이야. 그이의 입 있는 그림자에 자기 입술을 갖다 대지 않겠니. 그 사람은 모르지만 난 봤단 말이야."

"어머나, 이즈 휴엣!"

이즈 휴엣의 뺨이 발그레해졌다. 그녀는 냉정한 척 대꾸했다.

"그 사람을 생각하는 점에선 레티도 그렇고, 메리안도 마찬가지 뭐!"

얼굴이 둥근 메리안은 얼굴을 붉히지는 않았다.

"내가? 별 소릴! 어머, 저기 또 나왔어! 그리운 눈, 그리운 얼굴, 그리운 클레어 씨!"

"저것 봐, 자기도 그러면서!"

"너는 그러지 않았니? 다 마찬가지야."

남이야 뭐라든지 상관없다는 듯이 메리안은 솔직히 말했다.

"세 사람 모두 시치미 뗄 필요는 없어. 왜 숨기려고들 하지. 난 당장 내일이라도 저 사람하고 결혼하고 싶어!"

"나도 그래, 난 그뿐만이 아냐."

이즈 휴엣이 작은 소리로 말했다.

"나도 결혼하고 싶어."

레티는 수줍어하면서 속삭였다. 그들의 얘기를 듣는 테스는 점점 가슴이 설레었다.

"세 사람이 함께 결혼할 순 없어."

이즈가 말했다. 메리안이 대꾸했다.

"우리들하고 결혼할 성싶어. 아무도 상대하지 않아, 속상한 일이지만 말이야. 아, 또 나왔어!"

세 사람은 모두 똑같이 키스를 보냈다.

"왜?"

레티가 물었다.

"저 사람은 테스 더비필드를 제일 좋아해. 내가 매일 그 사람 뒤만 살피다가 발견한 거야."

메리안은 나직한 음성으로 말했다. 그녀들은 잠자코 생각에 잠겼다. 레티가 다시 입을 열었다.

"그렇지만 테스는 그 사람을 조금도 생각하지 않는 것 같은데."

"나도 가끔 그런 느낌이 들었어."

이즈 휴엣이 초조하게 말했다.

"하지만 이따위 시시한 얘기들은 집어치워! 우리 세 사람 중 아무하고도 그리고 테스하고도 결혼하지 않을 거야. 가문 좋은 집의 자손이니까. 외국에나 가서 농장을 경영할 점잖은 집안의 사람인 걸 뭐! 1년에 얼마씩 줄 테니까 자기의 농장 일을 거들어 달라는 게 고작일 거야."

하나가 한숨을 쉬자 또 하나가 한숨을 쉬었다. 몸집이 뚱뚱한 메리안이 가장 크게 한숨을 쉬었다. 침대에 누워 있던 테스도 한숨을 쉬었다.

이 지방에서 상당한 위치를 차지하는 파리델 가문의 마지막 꽃봉오리이며, 셋 중에서 제일 어린, 빨간 머리 레티 프리들의 눈에 눈물이 고였다. 그들은 여전히 삼색 머리들을 맞대고 한동안 마당을 내려다봤다. 그들의 심정을 알 까닭이 없는 클레어는 집 안으로 들어가 서 다시 나타나지 않았다. 어둠은 차츰 짙어 가고 그들은 잠자리로 들어갔다. 얼마 지나자 위층으로 올라가는 그의 발자국 소리가 들렸다. 메리안은 금방 잠이 들었으나 이즈는 쉽게 잠들 수 없었다. 레티 프리들은 울다가 잠이 들었다.

누구보다도 깊은 정열을 품은 테스는 잘 생각조차 하지 않았다. 그들이 주고받던 얘기는 그녀가 참고 삼켜야 할 또 하나의 쓴 약이었다. 그런 얘길 듣고서도 마음속에 어떤 질투도 느끼지 않는 것을 보니 테스는 그녀들보다 유리한 입장에 있는 것 같았다. 세 아가씨 중에서 누구보다 잘생겼고, 교육도 더 받았으며 그리고 레티를

166

빼면 그중에서 가장 어린데다가 여성스러운 면까지 테스는 지니고 있었다. 약간의 노력만 기울이면 한결같이 버릇없는 그녀들을 따돌리고 그의 마음을 사로잡을 수 있을 것 같은 생각이 들었다.

'그러나 반드시 그렇게 할 필요가 있을까?'하는 것이 가장 커다란 문제였다. 애태우는 것과는 반대로 그녀들은 실제 접근할 기회조차 없었다. 그건 틀림없는 사실이다. 하지만 테스는 그가 이곳에 머무는 동안 그의 일시적인 애정을 불러일으켜 그의 친절을 흡족히 누릴 수 있었고 또 여태까지 그런 기회가 있었던 것이다. 부자연스러운 연애가 결혼으로 발전하는 일이 아주 없는 것도 아니다.

하루는 클레어가 웃으면서 "만 에이커나 되는 식민지의 농장에서 가축을 기르고 농사를 지어야 할 사람이 귀부인과 결혼한들 뭣하겠어요."라고 얘기하더라는 것을 크릭 부인에게 들은 일이 있었다. 그렇다면 그에게는 농촌 여자가 부인으로 어울릴 것이다. 그러나 클레어가 진심에서 그런 얘기를 한 것인지 아닌지는 별 문제로 치더라도 지금 처지로서는 양심을 속이지 않는 한 다른 남자와 결혼할 수도 없고 또 그런 유혹에는 넘어가지 않겠다는 신앙적인 맹세를 한 그녀가 아닌가. 그런 그녀가 탈보테이스에 있을 동안만이라도 그 사람의 사랑을 받으려는 덧없는 행복을 위해서 이들의 꿈을 짓밟을 수 있겠는가?

22

이튿날 아침 그들은 피로가 아직 가시지 않는 듯 하품을 하면서 아래층으로 내려왔다. 평소처럼 우유 걷는 일과 젖 짜는 일을 마친 다음 아침식사를 하러 집으로 돌아왔다. 주인 크릭은 방 안에서 안절부절 못하고 서성거리고 있었다. 그는 늘 거래하는 단골손님한테서 온 편지를 받았는데 버터에서 떫은맛이 난다는 불평이 적혀 있다고 했다.

버터 덩어리가 붙은 나무 주걱을 왼손에 들고 주인이 말했다.

"틀림없어! 불평한 그대로야! 자, 직접 맛을 봐요!"

대여섯 사람이 주인 앞으로 모여들었다. 클레어가 맛을 보고, 테스도 맛을 보고, 기숙하는 아가씨들과 남자 일꾼들, 그리고 아침식사를 준비해 놓고 기다리던 크릭 부인까지 와서 맛을 봤다. 버터에서 분명히 떫은맛이 났다.

주인은 다시 맛을 보고 원인이 된 해로운 잡초를 가려내려고 온 신경을 쏟고 있었다. 그는 갑자기 소리쳤다.

"이건 마늘이야! 우리 목장의 마늘은 모두 뽑아버린 줄 알았는데!"

그 말을 듣자 오래된 일꾼들은 며칠 전에 젖소 서너 마리가 들어갔던 마른 목초 지대가 몇 해 전에도 버터 맛을 망쳤던 일이 생각났다. 그때는 주인이 맛을 가려내지 못하고 다만 버터에 귀신이 붙었다고만 생각했었다.

"그 풀밭을 샅샅이 뒤져 봐야겠어. 이런 일이 계속되다간 큰일 나겠어!" 하고 크릭이 말했다. 그들은 함께 날이 무디어진 칼을 들고 풀밭으로 갔다. 잡초들은 눈에 잘 띄지 않을 정도로 아주 좁은 장소에만 나 있었으므로 눈앞에 펼쳐진 무성한 풀밭에서 찾아내기란 힘든 일이었다. 그러나 반드시 찾아내야만 될 일이었기에 모두 한 줄로 늘어섰다. 주인은 자진해서 도우러 나온 클레어와 함께 앞장을 서고 다음으로 테스, 메리안, 이즈 휴엣, 레티, 빌 루엘, 조나단, 까만 곱슬머리에 눈이 둥글둥글한 결혼한 백 닙스, 그리고 겨울 목장의 습기 때문에 폐병에 걸려 얼굴이 누렇게 뜬 프란시스의 순서로 섰다.

그들은 땅을 내려다보면서 천천히 들을 건너간 다음, 약간 아래쪽으로 비켜서서 아까와 같은 식으로 되돌아오곤 해서 한 치의 풀밭도 소홀히 지나쳐 버리는 일이 없도록 했다. 넓은 초원에서 대여섯 뿌리의 마늘을 발견했을 정도였으므로 그것은 지루하기 짝이 없는 작업이었다. 그러나 그 매운 맛을 단 한 마리가 딱 한 번 뜯어

먹은 것만으로도 그날 하루 동안 생산되는 우유의 맛은 망치는 것이다.

그들은 성격이나 감정이 서로 달랐지만 하나같이 허리를 꾸부린 채 조용히 줄을 유지하고 있었다. 나그네가 근처를 지나가다 이들의 모습을 구경 했다면 그들을 시골뜨기라고 놀려댔으리라. 그들이 허리를 굽히고 독초를 찾기 위해 천천히 앞으로 나갈 때 등은 따가운 오후의 햇볕을 담뿍 받고 있었지만, 그늘진 얼굴에는 미나리아재비가 반사하는 노릇한 빛을 받아 마치 달빛이 어른거리는 것 같았다.

모든 일에 다른 사람들과 함께 행동하는 에인절 클레어는 이따금씩 사방을 둘러봤다. 그가 테스의 뒤에서 물었다.

"기분이 어때요?"

"네, 좋아요. 고마워요."

그녀는 정색을 하고 대답했다. 그들이 신상에 관해서 얘기를 주고받는 것이 불과 30분밖에 되지 않았으므로 새삼스레 이런 식으로 말을 붙이는 것이 조금 싱거워 보였다. 그러나 다른 말을 더 하지는 않고 계속해서 천천히 나아갔다. 그녀의 치맛자락이 클레어의 장화에 닿기도 하고 그의 팔꿈치가 그녀의 팔꿈치에 스치기도 했다. 그들 뒤에서 따라오던 주인은 견디다 못해 일어섰다. 그는 힘겹게 허리를 펴며 사뭇 괴로운 듯 불평을 터뜨렸다.

"정말 못해먹을 노릇이군. 이렇게 구부리고 있다간 허리를 쓰지 못하겠어! 그런데 테스 아가씨, 엊그제 몸이 좋지 않다고 했는데 이런 일을 계속하면 골치가 아플 거야. 어지러우면 그만해. 뒷일은 다른 사람들이 하면 되니까 말이야."

주인은 줄에서 빠져 나가고 테스도 뒤로 쳐졌다. 클레어도 줄밖으로 나와 혼자서 독초를 찾아다녔다. 옆에 클레어가 있는 걸 알자 지난밤에 들은 얘기가 생각나 그녀가 먼저 말을 건넸다.

"예쁘게들 보이죠?"

"누구 말이오?"

"이즈 휴엣이랑 레티 말예요."

테스는 두 여자 중 누구든지 훌륭한 농부의 좋은 아내가 될 수 있을 거라고 생각했다. 그래서 그들을 좋게 말해 주어 자기의 불행한 아름다움은 숨겨버려야 한다고 결심했다.

"예쁘다고요? 글쎄, 그렇지. 예쁜 처녀들이지. 건강하게 보이는 게 말이오. 나도 가끔 그렇게 생각한 적이 있지요."

"안타깝게도 아름다움이란 영원한 게 아니에요!"

"불행한 일이지만 그게 사실이죠."

"저 처녀들은 젖 짜는 솜씨가 보통이 아니에요."

"잘하죠. 하지만 당신보다는 못하지요."

"우유 거품을 걷어내는 일도 나보단 훨씬 잘해요."

"그래요?"

클레어는 처녀들의 일하는 모습을 보고 있었으나 그들은 클레어를 보지 못했다. 테스는 침착하게 말을 계속했다.

"얼굴이 붉어지네요."

"누가요?"

"레티 프리들 말이에요."

"오, 왜 그럴까?"

"당신이 레티를 쳐다보기 때문이에요."

자신의 아름다움을 희생시키려는 생각을 마음속으로 했을지는 몰라도, '당신이 진심으로 젖 짜는 아가씨와 결혼할 생각이 있고 훌륭한 가문의 따님과는 하지 않겠다면 저 두 처녀 중에서 선택하세요. 나하고 결혼할 마음은 먹지 마세요!'라고 말할 수는 없었다. 그녀는 주인을 따라가며 남아 있는 클레어를 보니 서글픈 만족을 느꼈다.

그날부터 테스는 클레어를 굳이 피하기 위해 갖은 노력을 다했다. 우연하게 만나도 이전처럼 오래 얘기하지 않았다. 그리고 모든 기회를 세 처녀들에게 양보했다.

그녀들의 고백을 엿듣고 클레어가 사랑의 대상이라는 사실을 깨달을 만큼 테스도 여자로서 성숙해 있었다. 그녀의 생각이 옳든 그르든 간에 남자들이란 자제력이 없다고 생각하던 그녀에게, 처녀들의 여린 마음에 상처주지 않으려고 애쓰는 클레어의 태도는 한층 흠모의 정을 불러일으켰다. 만약 그런 배려가 클레어에게 없었다면 한집에서 기숙하는 그녀들을 일생 동안 눈물짓게 했을 것이다.

23

7월의 무더위가 소리 없이 찾아왔다. 이 평탄한 골짜기의 대기는 마취된 듯 무겁고 일꾼들과 소들 그리고 수목들을 내리눌렀다. 뜨거운 증기 같은 빗줄기가 자주 쏟아지면 젖소들을 방목하는 초원을 더욱 기름지게 하지만 다른 목장에서 때늦게 건초를 말리는 일에는 방해가 됐다.

통근하는 일꾼들도 죄다 집으로 돌아간 어느 일요일 아침이었다. 테스와 세 처녀들은 부리나케 옷을 갈아입고 있었다. 그녀들은 약 십 리쯤 떨어진 멜스톡 교회에 가기로 약속을 한 것이다. 테스가 탈보테이스에 온 지도 두 달이 지났지만 외출은 이번이 처음이었다. 어제 오후부터 밤까지 초원에 퍼붓던 세찬 소낙비는 약간의 마른 풀을 강으로 휩쓸어 갔다. 그러나 날이 밝자 태양은 더욱 찬란하게 빛나고 공기는 향기롭고 맑았다.

탈보테이스에서 멜스톡에 이르는 오솔길은 도중에 가장 낮은 분지를 따라가게 돼 있었다. 가장 낮은 곳에 그들이 이르렀을 때, 약 오십 미터가량의 길이 어젯밤 비로 인해서 발목까지 물에 잠긴 것을 발견했다. 다른 날 같으면 이런 것쯤이야 문제될 건 없었다. 굽이 높은 나막신이나 장화를 신고 건너가 버리면 그만이니까. 그리나 예배라는 정신적인 용무라는 허영심을 만족시키기 위해 몸치장을 하고 나가는 이 밝은 날에는 문제가 달랐다. 특히 오늘은 분홍색, 흰색, 라일락색의 웃옷들을 입고 흰 양말에다 굽이 낮은 구두를 신었기 때문에 흙탕물 한 방울만 튀어도 당장 눈에 띨 것이다. 교회까지는 아직도 일 마일 가까이 남았는데 교회 종소리가 들려왔다. 그들은 길 옆 높은 둑으로 기어 올라가 길을 건너려고 조심스럽게 걷고 있었다. 메리안이 말했다.

"한여름에 길이 잠길 줄 누가 알았담!"

레티가 낙심한 듯 대꾸했다.

"이렇게 해서 건너가긴 다 틀렸어. 물속으로 그냥 지나가든지, 아니면 큰길로 돌아가든지 해야지. 아이, 이렇게 걷다간 많이 늦겠어!"

메리안이 실망한 듯 다시 말했다.

"늦게 들어가면 사람들이 쳐다보는 통에 창피해 죽겠어. '주님 뜻대로 이루어지이다.'라고 기도가 끝나야 겨우 마음이 가라앉든."

그들이 둑 위에서 서성대고 있을 때, 길모퉁이에서 철벅철벅 물 튕기는 소리가 들리고, 잠시 후 그녀들 있는 쪽으로 에인절이 다가왔다. 네 사람의 심장은 동시에 고동치기 시작했다.

그의 모습은 독단적인 목사의 아들들이 흔히 그런 것처럼 안식일을 인정하지 않는 것 같았다. 그의 옷차림은 평소에 입는 작업복에다 장화를 신고 머리를 식히기 위해 양배추 잎사귀를 모자 밑에 끼웠으며 풀 베는 낫까지 들고 있었다. 일하러 가는 사람으로서는 빈틈없는 차림새다.

"저 사람은 교회에 안 가나 봐."

메리안이 말했다. 테스가 나직하게 말했다.

"저 사람도 갔으면 좋겠는데!"

에인절은 자기의 행동이 옳든 그르든 간에, 모호한 말을 하기 좋아하는 인간들의 말을 인용하면, 맑은 여름날엔 교회에서 설교를

듣기보다는 자연을 보고 배우는 데 흥미가 있었다. 오늘 아침엔 건
초가 얼마나 떠내려갔는지를 조사하기 위해 나온 것이다. 그녀들
은 물을 건널 생각에 골똘했으므로 클레어가 지나가는 걸 보지 못
했다. 그는 멀리 지나간 다음에야 그녀들이 둑 위에 서 있는 걸 발
견했다. 길이 물에 잠겨 건너지 못하는 것을 보고 누구를 건네줄까
생각하면서 그들에게 급히 달려왔다.

　장밋빛 얼굴에 반짝이는 눈을 가진 네 처녀들이 화려한 여름옷
을 입고 둑 위에 모여 앉은 모습은 지붕 위에 앉아 있는 비둘기처
럼 매력이 있었다. 그녀들에게 다가가기 전에 그는 잠시 동안 그들
을 쳐다봤다. 그들의 망사 같은 치맛자락은 풀잎을 스쳐 파리와 나
비를 흩었다. 미처 날아가지 못한 파리와 나비는 마치 새장에라도
들어간 것처럼 투명한 치마폭에 갇혔다. 에인절의 눈길은 맨 뒤에
있는 테스에게 쏠렸다. 오도 가도 못하는 그들의 꼴에 웃음이 터질
것만 같던 그녀는 그의 빛나는 시선을 밝은 표정으로 맞지 않을 수
없었다.

　물이 과히 깊지 않은, 그녀들이 있는 곳 바로 밑으로 왔다. 그리
고 그들의 치마폭 속에 갇힌 파리와 나비를 보며 서 있었다. 맨 앞
의 메리안에게, 다른 두 처녀도 포함시키듯 말했으나 테스만은 제
외한 뜻으로 물었다.

"모두 교회에 가는 길이오?"

"네, 하지만 늦었어요. 늦기만 하면 얼굴이 붉어져서……."

"제가 모두 건네다 드리죠."

네 사람은 똑같이 뛰는 심장을 가진 듯 똑같이 얼굴을 붉혔다.

"못하실 거예요."

메리안이 말했다.

"여길 건너려면 어쩔 수 없어요. 가만히 서 있어요. 아가씨는 그
리 무겁지도 않으니까! 난 네 명 다 한꺼번에 건네 드릴 수 있어요."

"자, 메리안 팔을 내 어깨에 올려놓고, 그렇지 됐어! 단단히 잡아

요. 됐어요.”

메리안이 시키는 대로 그의 팔과 어깨에 몸을 맡기자 에인절은 성큼성큼 건너갔다. 그의 호리호리한 모습은 마치 메리안이라는 커다란 꽃송이가 달린 꽃줄기 같았다. 그들은 길모퉁이를 돌아 자취를 감추었으나 메리안의 모자에 달린 리본이 어디쯤 있는지를 보여주고 있었다. 3분가량 지나자 에인절이 다시 타나났다. 이즈 휴엣이 두 번째로 둑에서 기다렸다.

“저기 온다.”

그녀는 작은 소리로 속삭이듯 말했다. 흥분한 그녀의 입술에서 바짝바짝 마르는 소리가 들리는 듯했다.

“나는 저 사람 목에다 팔을 감을 테야. 그리고 메리안처럼 얼굴을 들여다볼 테야.”

“그렇게 한다고 무슨 뜻이 있는 게 아니야.”

이내 테스가 말했다.

“무슨 일이든지 때가 있어.”

이즈가 아랑곳없이 말을 이었다.

“안을 때가 있고 안는 것을 멀리할 때가 있어. 안을 때가 내 차례에 온 거야.”

“이즈야! 집어 치워, 그건 성경 구절이야!”

“그래 맞아, 난 교회에 가면 그런 아름다운 구절에만 귀를 기울이니까.”

그녀들에게 대하는 태도의 사분의 삼까지는 친절에서 우러난 당연한 것이라고 에인절 클레어는 생각했다. 그는 이즈 앞으로 다가왔다. 그녀가 얌전하게 꿈꾸듯 그의 팔에 안기자 그는 기계적으로 걸어갔다. 그가 세 번째로 돌아오는 소리가 들렸을 때 레티의 고동치는 심장으로 몸마저 흔들리는 것 같았다. 붉은 머리의 그녀에게 다가가 안으면서 그는 테스를 힐끗 쳐다봤다. 에인절의 입술엔 너무도 분명하게 ‘이젠 당신과 나의 차례야’라고 말하는 것 같앗다. 알아들었다는 표정이 그녀의 얼굴에도 나타났다. 그녀는 속에서 우러나는 감정을 참지 못했다. 그들은 서로 마음을 이해하고 있었다.

이 가엾은 레티는 가장 가벼웠으나 클레어에게는 반갑잖은 짐이었다. 메리안은 마치 밀가루 부대 같아서 육중한 그녀의 몸은 에인절을 비틀거리게 했다. 이즈는 가볍고 침착하게 안기었지만 레티는 신경질로 뭉쳐진 여자 같았다.

클레어는 잠시도 가만히 있지 않는 레티를 무사히 건네다 놓고 돌아왔다. 길 건너 언덕 위에 건네다 놓은 그녀들이 나무 사이로 보였다. 이번에는 테스의 차례가 왔다. 그녀들이 흥분하는 것을 멸시한 그였지만 클레어의 숨소리와 눈과 마주칠 것을 생각하니 몸이 뜨거워지는 자신이 당황스러웠다. 자기의 비밀이 드러날까 봐 두려워하는 듯 그가 다가왔을 때 망설였다.

"전 둑을 타고 건널 수 있어요. 저 애들보다는 잘 올라갈 수 있으니까요. 그리고 클레어 씨는 너무 지치셨어요!"

"처…… 천만에."

그가 급히 말렸다. 테스는 거의 무의식적으로 그의 어깨와 팔에 몸을 맡겼다.

"한 사람의 라헬을 얻기 위해 세 사람의 레아를 건네 줬군."

그가 속삭였다.

"그들이 저보다 훌륭해요."

그녀는 자신의 결심을 지키면서 너그럽게 대답했다.

"나는 그렇게 생각지 않아."

그 말을 들은 테스의 얼굴이 붉어지는 걸 눈치 챘다. 그들은 말 없이 몇 걸음 나아갔다. 그녀는 머뭇거리면서 말했다.

"상당히 무겁죠?"

"무겁지 않아요. 메리안을 한 번 들어봐요! 굉장한 몸집이지! 당신은 햇빛에 따뜻해진 출렁이는 물결 같아요. 이 모슬린 옷은 물거품 같고."

"그렇게 보인다면…… 퍽 예쁘게요."

"네 번째를 위해서 세 번이나 계속 같은 일을 한 심정을 당신은 알겠소?"

"모르겠어요."

"오늘 이런 일이 생기리라고는 생각지도 못했죠."

"저도 마찬가지예요…… 물이 갑자기 불어서."

물이 불었다고 그가 말하는 줄로 그녀는 알아들었지만 가쁜 숨결은 그녀의 생각을 뒤덮고 있었다. 클레어는 조용히 걸음을 멈췄다. 그리고 그녀에게 고개를 기울였다.

"오, 테시!"

그녀의 뺨은 에인절의 숨결로 뜨거워지고 흥분한 그녀는 그의 눈을 바로 볼 수 없었다. 우연한 기회를 너무 이용하는 것 같은 생각이 들자 그는 행동을 멈췄다. 사랑에 대해서 명백하게 말한 일도 없는 그들로서는 그 정도에서 남겨 두는 게 좋을 것 같았다. 그는 되도록 느린 걸음으로 남은 길을 걸었다. 그러나 굽은 길목을 돌아 나오자 기다리고 있는 세 아가씨들이 한눈에 보였다. 그들이 있는 곳에 테스를 내려줬다.

친구들은 눈을 크게 뜨고 미심쩍은 듯 그들을 바라봤다. 테스는 자기의 얘기를 주고받고 있었다는 생각을 했다. 에인절은 급히 그녀들에게 인사하고 물에 잠긴 길을 지나 돌아갔다.

그들 네 사람은 처음 올 때와 마찬가지로 함께 걸어갔다. 얼마 안 가서 메리안이 침묵을 깨뜨리고 입을 열었다.

"안 돼, 정말이지 우리들은 안 되겠어. 테스하고라면 가망 없어!"

그녀는 시무룩한 얼굴로 테스를 봤다.

"무슨 소리야?"

"그 사람은 널 가장 좋아하고 있어. 누구보다도 좋아한단 말이야! 너를 안고 올 때 우린 그걸 알았어. 네가 조금만 눈치를 주었어도 그 사람은 키스했을 거야."

"아냐, 그렇지 않아."

떠날 때 간직했던 기쁨은 사라져 버렸지만 적의라든가 악의는 없었다. 그들은 마음 착한 아가씨들이었다. 모든 것을 운명으로 돌려버리는 궁색한 시골에서 자랐기 때문에 테스를 원망하지는 않았다. 그래서 그 사람을 그녀에게 빼앗기는 것도 운명이라고 생각했다.

그녀는 괴로웠다. 그녀들이 에인절을 사모한다는 걸 알지만 그녀 자신도 그를 사랑하고 있다는 사실을 숨길 수 없었다. 이런 감정은 특히 여자들에게 물들기 쉬운 것이었다. 테스의 애타는 심정은 같은 처지에 있는 그녀들을 애틋하게 여기게 했다. 테스의 정직한 성격은 자기의 마음을 꺾으려 했지만 역부족이었다.

"나는 절대로 너희들을 방해하지 않아. 너희들 누구라도 말이야! 그 사람은 결혼할 생각도 없겠지만 만약에 결혼을 하자고 그러더라도 나는 거절할 거야. 누구하고도 결혼은 하지 않을 테니까."

"어머! 그게 정말이니? 왜 그러니?"

레티는 의심쩍은 듯 물었다.

"그런 일은 있을 수 없어. 솔직히 나를 빼고 생각하더라도 그가 너희들 중 누구하고라도 결혼할 것 같지 않아."

알 수 없는 감정 때문에 마음이 괴로운 레티는 마침 그때 올라온 두 처녀를 돌아봤다.

"우린 테스하고 다시 친해질 수 있어. 저 애도 우리처럼 그 사람을 생각하지 않기로 했어."

서먹서먹하던 기분은 이내 사라지고 그들은 다시 친해질 수 있었다.

"나는 내가 어떻게 되든지 상관없어. 나한테 두 번씩이나 구혼한 스티클포드의 목장 주인과 결혼하려고 했지만, 지금은 그 사람의 아내가 될 바에야 차라리 죽어버리는 게 좋다고 생각해! 이즈, 넌 왜 잠자코 있지?"

메리안은 잔뜩 침울해서 말했다. 이즈는 조그만 소리로 말했다.

"사실은 말이야, 오늘 나를 안고 건널 때 틀림없이 키스해 줄 줄 알았어. 그래서 얌전하게 그에게 몸을 맡겨서 기다리고 또 기다렸단 말이야. 난 꼼짝도 하지 않고 있었어. 그래도 그이는 키스해 주지 않았어. 이제 탈보테이스에 더 있고 싶지 않아! 난 집으로 돌아갈 테야."

침실의 공기는 그녀들의 절망적인 감정과 더불어 떨고 있는 것 같았다. 그날 밤 테스는 레티에게 눈물을 흘리면서 다짐했다.

자연의 법칙은 그녀들이 바라지도 않은 감정에 억눌려 몸부림치게 했고, 그들의 마음을 사정없이 짓밟았다. 오늘 낮에 있었던 일은 그녀들의 가슴 속에 있는 불길을 부채질해서 견딜 수 없는 괴로움을 주었다. 그들을 따로따로 구별하려 했던 여러 차이점들은 이 정열로 인해 모두 사라져 버리고 이제 여성이라는 공통된 한 유기체에 지나지 않았다. 그들에겐 희망이 사라졌기 때문에 비밀도 없고 질투도 하지 않았다. 그들은 저마다 상당한 상식을 가지고 있어 쓸데없는 자부심으로 허세를 부리지도 않았고 자기의 사랑을 부인도 하지 않았으며 다른 사람들에게 우쭐대지도 않았다.

한 남자를 놓고 미치도록 사랑한 마음은 세상 사람들이 볼 때 어린애 장난 같은 것이라는 사실을 그들도 깨달았다. 왜냐하면 아무 목적도 없이 시작했고 자기들 멋대로 생각했으며, 또 교육을 받은 사람들의 입장에서 본다면 그들의 사랑은 정당화될 만한 이유가 부족했다. 본능적인 면에서 이성을 그리워하는 건 조금도 이상할 것도 없지만 에인절을 사모하는 마음이 그들을 황홀하게 한 것만은 사실이었다. 에인절과 결혼하고자 하는 행동이나 뿌리 깊은 욕심이 있었다면 그들은 방법을 가리지 않고 부끄러운 짓을 했을 것이다. 그러나 그들은 그런 생각도 없었고 또 자신들의 그릇된 점을 깨달았기 때문에 그를 단념하고 나름의 체통을 찾았다.

그녀들은 작은 침대에서 몸을 이리저리 뒤척였다. 아래층의 치즈 짜는 기계에서는 치즈 방울이 또닥또닥 떨어지고 있었다. 반시간 쯤 지났을 때 한 여자가 테스에게 말을 건넸다.

"테스, 아직 안 자니?"

이즈 휴엣의 목소리였다. 테스가 그렇다고 대답하자 레티와 메리 안도 갑자기 홑이불을 걷어차고 한숨을 쉬었다.

"우리도 마찬가지야! 그 사람의 신붓감으로 골라 났다는 여자 말이야, 도대체 어떻게 생긴 여잘까!"

"글쎄!"

이즈가 말을 받았다. 테스가 숨 가쁘게 물었다.

"신부를 골라 났다고? 난 그런 말 들은 적이 없는데!"

"아니, 정말이래. 그런 소문이 들리더라. 가문이 비슷한 집에서 정했대. 클레어 목사의 교구인 에민스터 근방에 있는 신학박사의 딸이라던데. 에인절은 그 여자를 그리 달갑게 여기지 않는다지만 틀림없이 결혼하게 될 거야."

그녀들은 그 얘기를 자세하게 들은 일이 없지만 밤중에 공상으로 애태우며 그려 보기엔 충분했다. 그녀들은 에인절이 결혼에 동의하는 모습이나 결혼 준비, 신부의 행복이나, 신부의 면사포나 드레스 그리고 축복이 넘치는 그들의 가정생활 등 온갖 상상을 펼쳤다. 그 사람은 그녀들의 사랑 따위는 잊어버릴 거라고 생각했다. 그러면서 그녀들은 슬픔을 잊을 때까지 얘기하고 괴로워하며 흐느껴 울다 잠이 들었다.

클레어에게 혼담이 있다는 뜻밖의 사실을 알고 난 다음부터 테스는 자기에 대한 에인절의 태도에 대해서 부질없는 생각을 하지 않기로 했다. 다만 잠깐 사랑이 하고파서 그녀의 아름다운 얼굴에 끌린 여름 한철의 지나가는 사랑일 뿐, 그 밖에 아무 뜻도 없는 것이라고 생각했다.

그러나 무엇보다 슬펐던 것은 다른 처녀들보다 테스를 진심으로 좋아했고, 또 그녀 자신도 다른 친구들보다 훨씬 열정적이고 영리하며 아름답다고 자부하고 있었지만 도덕적인 면에서는 에인절이 무시하는 아가씨들보다도 훨씬 못한 여자라는 것이 견딜 수 없이 괴로웠다.

24

프룸 분지의 습기를 머금은 비옥한 토지가 훈훈하게 발효하고 무럭무럭 자라나는 나무들이 양분을 빨아올리는 소리마저 들릴 것 같은 계절이다. 이런 계절엔 사랑이 더욱 열렬해지지 않을 수 없다. 이미 사랑을 위해 열려 있던 가슴은 자연과 더불어 사랑을 잉태하기 시작했다.

7월이 지나가고 찌는 듯한 무더위가 닥쳤다. 이 무더위는 마치 탈보테이스 목장의 가슴과 맞서 보려는 자연의 저항 같았다.

봄에서 초여름까지 그렇게 맑고 신선하던 이곳의 공기가 지금은 아무 움직임도 없이 나른했다. 향기는 그들을 내리누르는 것 같고 한낮의 경치는 마치 기절해 누워 있는 것처럼 보였다. 고지대의 초원은 뜨거운 태양에 누렇게 태워졌으나 시내가 흐르는 이곳에는 아직도 푸릇푸릇한 풀이 무성했다. 클레어는 여름 더위도 괴로웠으나 상냥하고 말이 적은 테스에 대한 열정에 마음이 타들어 갔다.

장마가 끝나고 고원지대는 말라 있었다. 시장에서 집으로 향하는 주인의 짐마차가 뿌얀 먼지의 소용돌이를 일으키면서 달렸다. 마치 불붙은 화약 열차가 흰 연기를 뿜으면서 달리는 것 같았다. 파리떼가 귀찮은 암소들이 난간이 다섯 개나 달린 농장의 뒷문을 뛰어넘었다. 월요일부터 토요일까지 주인은 언제나 셔츠 소매를 걷어붙이고 지냈다. 창문과 출입문을 모두 열어놔야 겨우 공기가 좀 통하는 것 같고, 안마당에 있는 지빠귀와 티티새들은 날짐승이라기보다는 길짐승처럼 날갯죽지를 늘어뜨리고 덤불 숲 그늘 밑으로

만 기어 다니고 있었다. 부엌에 있는 파리들은 도망치지도 않고 마룻바닥이나 옷장 서랍 속 또는 젖 짜는 아가씨들의 손등 등 평소 잘 앉지 않던 곳에 앉았다. 사람들의 대화는 언제나 일사병에 관한 것뿐이었고 버터 제조나 저장 문제 같은 건 아주 절망적이었다.

시원할 때 손쉽게 하기 위해 소들을 몰아들이지 않고 목장에서 그대로 젖을 짰다. 해가 중천에 떠 있는 동안 소들은 아주 작은 나무 그늘이라도 찾아가서 그늘이 움직이는 대로 따라다녔다. 젖 짜는 사람이 와서 젖을 짤 때에도 파리떼 때문에 소는 가만있지 않았다. 그러던 어느 날 오후의 일이었다. 아직도 젖을 짜지 않은 네댓 마리의 소가 무리에서 벗어나 울타리 뒤에 서 있었다. 그중에는 다른 사람보다 테스를 더 잘 따르는 덤플링과 올드 프리티도 끼어 있었다. 방금 젖을 짜고 난 소 곁에서 테스가 일어서자, 얼마 동안 그녀를 지켜보던 에인절 클레어가 이번엔 저쪽에 있는 소들을 짜겠느냐고 물었다. 그녀는 머리를 끄덕이고 걸상과 우유통을 들고 그쪽으로 갔다. 잠시 후 올드 프리티의 젖이 통으로 쏟아지는 소리가 울타리를 지나서 들려 왔다. 에인절도 다루기 힘든 소의 젖 짜기를 끝내려고 소가 있는 모퉁이 구석으로 갔다. 이제는 에인절도 주인 못지않게 젖 짜는 일에 익숙해 있었다.

젖을 짤 때 남자들도 그렇지만 여자들 중에도 더러는 소의 배 밑까지 머리를 수그리고 우유통을 들여다보면서 짠다. 그러나 대개 서너 사람은 머리를 소 옆구리에 기댄다. 테스도 그런 버릇을 지니고 있어 관자놀이를 소 옆구리에 붙이고 먼 곳을 바라보며 올드 프리티의 젖을 짜고 있었다. 마침 햇빛이 정면으로 비쳐 분홍색 웃옷과 망사 차양 모자를 쓴 그녀의 옆모습을 다갈색 젖소 옆구리를 배경으로 선명하게 드러내고 있었다.

클레어가 뒤로 다가와서 젖소 밑에 앉아서 지켜보고 있는 것을 테스는 몰랐다. 그녀는 완전히 집중해 있었다. 이 장면에서 움직이는 것이라곤 젖소의 꼬리와 테스의 손뿐이었다. 혈액의 순환에 따

181

라 심장이 뛰는 것처럼 그녀의 손도 어떤 자극에 따라 움직이듯 규칙적으로 움직였다. 그녀의 얼굴은 한없이 사랑스럽게 보였다. 먼 곳에 있는 아름다움이 아니라, 바로 눈앞에 있는 동작이고 느낄 수 있는 체온이며 또 살아 있는 인간이었다. 사랑스러운 그녀의 모습 가운데서 가장 으뜸인 것은 그녀의 입이었다. 그녀의 말하는 듯한 까만 눈은 다른 어떤 여자한테서도 볼 수 있다. 그녀의 아름다운 뺨이나 그린 듯한 눈썹이나 잘 다듬어진 턱과 목도 본 일이 있으나 그 입과 비길 만한 것은 보지 못했다. 아무리 정열이 없는 남자라도 한가운데가 위로 약간 쳐들린 듯한 그녀의 붉은 입술을 본다면 넋을 잃게 될 것이다. '눈 덮인 장미꽃'이라는 엘리자베스 여왕 시대의 비유가 떠오르는, 가슴이 벅차도록 아름답게 보이는 그녀의 입술과 잇속을 일찍이 본 일이 없었다. 애인으로서 가장 완벽하다고 말했을지도 모른다. 그러나 완벽한 것은 아니었다. 완전한 듯하면서도 약간의 불완전이 깃든 편이 인간미가 있어 더욱 매력적이었다.

클레어는 마음으로 쉽게 떠올릴 수 있도록 수없이 그녀의 입술을 살펴보았다. 그녀의 선명한 입술이 바로 눈앞에 보이자 몸이 떨리고 가슴이 울렁거렸다. 멋쩍게 재채기까지 나왔다.

그녀는 비로소 에인절이 쳐다보고 있다는 걸 알았다. 꿈꾸는 듯 꼼짝 않던 그녀의 표정은 자취를 감췄고 모른 척 시치미를 뗐다. 그러나 그녀를 살폈더라면 붉은 빛이 볼에 살짝 스치는 걸 봤을 것이다.

하늘이 재촉한 듯 클레어의 가슴 속에 파고든 자극은 좀처럼 가라앉지 않았다. 결심이나, 침묵이나, 조심성이나, 두려움 등은 패주하는 군대처럼 물러가 버렸다. 그는 자리에서 벌떡 일어났다. 젖소가 차고 싶으면 마음대로 하라는 듯 그는 우유통을 젖소 옆에 놔두고 시선이 쏠리는 곳으로 다가갔다. 그녀 옆에 와서 무릎을 꿇고 그녀를 껴안았다.

그녀는 어떻게 생각할 겨를도 없이 그의 팔에 안겼다. 자기를 끌어안은 사람이 다른 사람이 아닌 바로 사랑하는 사람임을 알자 그녀는 놀라움과 황홀함으로 그의 품에 안겼다. 너무나 매혹적인 입술에 키스하려던 순간 욕망을 억누르며 고백했다.

"귀여운 테스, 용서해 줘요! 먼저 허락을 받았어야 하는데. 나도 잘 모르겠소. 하지만 장난으로 이러는 건 아니야. 사랑스런 테스! 당신을 진심으로 사랑해!"

이때 올드 프리티는 어리둥절해서 주위를 두리번거렸다. 자기가 익힌 습관으론 분명히 한 사람만이 있어야 할 배 밑에 두 사람이 웅크리고 있는 걸 보자 젖소는 뒷발을 들어올렸다.

"젖소가 골이 났어요! 우리가 뭘 하는지 알지 못하니까요. 우유통을 걷어차 버릴 거예요!"

테스는 젖소의 동작에 신경을 쓰면서도 마음은 에인절에게로 쏠렸다. 그녀를 따라 일어선 에인절은 테스를 여전히 안고 있었다. 먼 곳을 쳐다보던 그녀의 눈에 눈물이 고이기 시작했다.

"왜 울지, 테스?"

"저도 모르겠어요!"

자기가 지금 처해 있는 입장을 깨닫자 그녀는 마음이 불안해 뒤로 물러서려 했다. 이상하게도 그는 실망한 듯 한숨을 쉬었다. 그것은 그의 감정이 이성을 앞질렀다는 것을 무의식중에 인정한 것이었다.

"난 결국 감정을 드러내고 말았군요. 진심으로 그리고 깊이 그대를 사랑하진 않겠소. 말할 필요도 없소. 그러나 나는…… 이 이상 말하지 않겠소…… 당신을 괴롭힐 뿐이니까…… 당신이 놀란 것만큼 나도 나 자신에게 놀라고 있어요. 당신이 마음을 놓고 있을 때 그랬다고 생각하진 않겠지요…… 성급하고 경솔하다고 생각하지는 않겠죠?"

"아뇨, 뭐라 말해야 좋을지 모르겠어요."

그녀는 다시 제자리로 돌아가 젖 짜기를 시작했다. 두 사람이 잠시 하나가 됐던 사실을 아는 사람은 하나도 없었다.

잠시 후 울타리를 지나 주인이 그들을 돌아보러 왔을 때 그들이 단순히 아는 사이 이상의 관계가 된 사실을 눈치 챌 만한 흔적은 조금도 없었다. 그러나 조금 전에 주인이 그들을 본 순간부터 그들의 마음속엔 지축이라도 흔들 만한 변화가 생겼다. 만약 그들에게 일어난 변화의 내용을 주인이 안다면 실리적인 그는 그들을 멸시했을 것이다. 그러나 그것은 현실적인 이유들을 산더미처럼 쌓아놓은 것보다도 더욱 굳세고 불가항력적인 흐름에 근거한 것이었다. 이제 앞을 가렸던 장막이 걷히고 그들 앞에 새로운 지평선이 펼쳐졌다. 그것이 잠시 동안이든 오래든 간에.

제4부 결과

25

에인절은 자기 마음을 사로잡은 테스가 방으로 돌아간 뒤에도 안절부절못하다가 저녁 어둠이 깃든 밖으로 나갔다. 밤에도 낮과 마찬가지로 무더웠다. 어두워진 뒤에도 풀밭이 아니면 전혀 시원하지 않았다. 큰길이나 오솔길이나 집 앞이나 뒷마당의 벽도 뜨겁기만 했다. 더운 바람이 몽유병자의 얼굴에 끼쳤다.

그는 착유장 뒷마당의 동쪽 문에 가 앉았다. 자신을 어떻게 판단해야 좋을지 알 수 없었으나 분명히 감정이 이성을 마비시킨 것 같았다.

3시간 전에 갑작스러운 포옹을 하고 난 뒤 그들은 다시 떨어져야만 했다. 갑자기 생긴 일에 놀란 나머지 그녀는 말문이 막힌 듯했다. 에인절로서도 계획하지 않았던 사건이어서 마음을 가라앉힐 수가 없었다. 꼼꼼하고 사색적인 그는 이제 관계를 어떻게 이어 가야 할지, 또 다른 사람들 앞에선 어떤 태도를 취해야 할지 몰랐다. 에인절 클레어가 처음 이곳에 올 때는 기술을 배우기 위한 일시적인 생활일 거라고 생각했다. 몇 달이란 시간은 긴 일생에 비하면 극히 조그만 애깃거리밖에 안 되고, 또 세월이 지나면 기억에서 사라질 것으로 알았다. 그는 마치 외계와 차단된 듯한 한구석에서 재미있는 바깥 세계를 조용히 바라보며 월트 휘트먼과 더불어 노래나 부르며 계획을 세워보려고 이곳에 왔던 것이다. 그러나 재미있는 일은 이곳에도 있었다. 원래 그의 마음을 끌었던 세계는 무언극처럼 단조로워졌고, 침침하고 생기 없던 이곳에서 어디서도 경험하지 못한 신기한 일이 활화산처럼 폭발했다.

집의 창문은 모두 열려 있어 마당을 사이에 두고 자기들 방으로 들어가는 목장 사람들의 작은 말소리까지 다 들렸다. 그가 잠시 머물러 있는 이 누추하고 보잘것없는 건물을 이 골짜기에서 찾아볼 만한 값어치가 있는 곳이라고 생각해 본 일은 없었다. 그러나 지금은 어떠한가? 이끼 낀 벽돌집의 처마가 마치 속삭이는 듯 '머무르시오!'라고 말하는 것 같았다. 창문은 미소 짓고 출입문은 달콤하게 손짓하며 덩굴은 둘만의 비밀이라도 있는 듯 얼굴을 붉혔다.

이 집에 있는 한 여자의 영향력은 벽돌과 땅과 넓은 하늘까지도 열정적으로 감동시킬 만큼 깊은 것이었다. 이처럼 강력한 매력을 지닌 사람은 도대체 누구일까? 젖 짜는 시골 아가씨에 지나지 않는다. 세상에서 존재도 분명치 않은 이 목장이 그에게 커다란 문제를 안겨 준 것만으로도 놀랄 만한 일이다. 새로 싹트기 시작한 사랑이 그가 갖고 있는 문제의 일부분을 이루기는 했지만 단지 그것만도 아니었다. 생활의 중대성은 외부적인 변화보다도 주관적인 경험에 좌우된다는 사실은 에인절뿐 아니라 다른 사람들도 알고 있다. 우둔한 왕자보다는 감수성이 풍부한 농부들이 오히려 마음이 넓고 생활에 충실하며 또 재미있게 산다. 생각해보니 이곳 생활도 다른 곳의 생활처럼 중요하다는 것을 깨달았다. 클레어는 이단적이고 약점도 있기는 있지만 양심적인 인간이었다.

테스는 놀이 상대나 되는, 그런 하찮은 존재가 아니다. 그녀가 현재의 생활을 만족하는지 아니면 할 수 없어 견디는지는 몰라도 그가 볼 때는 누구 못지않게 가치 있고 성실한 생활을 한다고 생각됐다.

테스에게는 온 세상이 자기 느낌에 따라 좌우되고 자기가 있음으로 다른 사람들도 존재했다. 이 우주마저도 그녀가 탄생한 그해, 그날에 테스를 위해서 생긴 것에 지나지 않았다.

에인절이 끼어든 이 사건이야말로 냉정한 운명이 그녀의 생존을 위해서 준 단 하나의 기회였고 또 그녀의 전부였다. 일생을 통해서 단 한 번뿐인 기회였다.

그러니 어찌 그녀를 무시할 수 있으며 가지고 놀다가 싫증나면 버리는 노리개로 볼 수 있을까? 그녀의 마음에 불어넣은 애정을 진지한 마음으로 대하고 그것으로 괴로워하거나 파멸하지 않게 돌봐야하지 않겠는가?

친숙하게 그녀와 매일 만나는 것은 돋아난 새싹을 키워 주는 일이었다. 이처럼 밀접한 관계에서 생활하고 있으면 서로 만난다는 것은 바로 더욱 정이 깊어지는 것이 된다. 생명이 있는 인간인 이상 이것을 막지 못했다. 그들의 관계가 어떤 결과를 가져올까에 대한 판단은 내리지 못한 채 당분간 서로 얼굴을 대하는 일은 피해야겠다고 마음먹었다. 그녀에게 준 상처가 아직 크지 않으니까.

그러나 그녀에게 접근하지 않겠다는 결심의 실행은 쉬운 일이 아니었다. 맥박이 뛸 때마다 그녀에게 마음이 끌려가는 심정이었다.

이 문제에 대해 클레어는 친구들의 의견을 들어보기 위해 그들을 찾아가려고도 했다. 앞으로 다섯 달만 더 있으면 낙농 기술은 다 배우게 되니까 다른 농장에 가서 두어 달 더 익히면 농사에 관한 지식도 완전히 터득하여 자기 혼자 일을 시작할 수 있게 된다. 농부에겐 아내가 필요치 않을까? 농부의 아내는 응접실의 밀랍 인형 같아야 할까? 아니면 농사일을 잘 아는 농촌 여자라야 될까? 잠자코 있어도 맘에 드는 대답을 얻을 수 있었지만 그래도 떠나기로 결심했다.

어느 날 탈보테이스 목장의 아침 식탁에 둘러앉았을 때 어느 아가씨가 클레어가 보이지 않는다고 하자 주인 크릭이 대답했다.

"응, 그래, 클레어 씨는 가족들과 며칠 같이 지내려고 고향인 에민스터에 갔어."

설레는 가슴으로 식탁에 앉았던 네 아가씨들에게는 아침의 맑은 햇빛이 단번에 빛을 읽고 새들도 지저귐을 멈추는 것 같았다. 그러나 그들은 애써 낙심하는 기색을 나타내지 않았다.

아가씨들에게 어떻게 들리든 아랑곳없는 주인은 덤덤하게 말을 계속했다.

"우리들하고 같이 있을 날도 이제 얼마 남지 않았으니까 다른 데서 일 배울 계획을 세우고 있는 것 같아."

"얼마나 더 여기 있게 되나요?"

슬픔에 잠긴 네 아가씨들 가운데서, 태연한 목소리로 물어볼 수 있다고 생각한 이즈 휴엣이 말했다. 그녀들의 목숨이 마치 그 대답에 달리기나 한 듯, 나머지 아가씨들은 주인의 대답을 기다렸다. 레티는 멍청하니 입을 벌린 채 식탁보를 물끄러미 쳐다보고 메리안은 원래 붉은 얼굴이 더욱 상기되었으며 테스는 가슴을 두근거리면서 바깥 목장을 내다봤다. 크릭은 역시 무관심하게 대답했다.

"글쎄, 수첩을 보지 않고선 잘 생각이 안 나는데. 날짜도 조금 변경될지 몰라. 새끼 소 받는 것까지 배우려면 좀 더 있게 될지도 몰라. 금년 말까지는 있을 거야."

'괴로움을 둘러싼 즐거움'이라고 할 수 있는, 그와 함께 지낼 안타깝고도 쓰라린 기쁨을 맛보며 지내게 될 넉 달. 그 뒤에 닥쳐올 견딜 수 없는 깜깜한 밤.

그 시각에 클레어는 목장에서 십 마일쯤 떨어진 좁은 길로 말을 몰아 에민스터에 있는 부친의 목사관을 향하고 있었다. 그는 크릭 부인이 그의 양친에 대한 인사 표시로 보내는 까만 카스텔라와 벌꿀술 한 병이 담긴 바구니를 조심스럽게 들고 있었다. 그는 앞으로 길게 뻗은 오솔길을 가면서 내년 일을 골똘히 생각하고 있었다. 그는 테스를 사랑하고 있다. 그녀와 결혼을 해야 될까? 아주 결혼을 해버릴까? 어머니와 형들은 어떻게 생각할까? 결혼하고 2년쯤 지난 후에 자기 자신은 어떨까? 이에 대한 확실한 대답은 그들의 애정의 싹이 일시적인 감정에서 나온 것이냐, 또는 단지 그녀의 아름다움에 대한 감각적인 향락에서 출발한 것이냐에 달렸다.

마침내 언덕에 둘러싸인 작은 마을에 있는 튜더 왕조풍의 붉은 벽돌로 지은 교회 탑과 목사관 근처의 숲이 보였다. 그는 낯익은 문을 향해 말을 몰고 내려갔다. 집으로 들어가기 전에 교회 쪽을 힐끗 바라봤다. 예배실 출입문 옆에 열두어 살에서 열여섯 살 정도로 보이는 소녀들이 누구를 기다리고 있는 것 같았다. 조금 있더니 소녀들보다 나이 들어 보이는 여자가 나타났다. 그녀는 차양이 넓은 모자를 쓰고 풀을 빳빳하게 먹인 흰 예복을 입었으며 책을 두어 권 들고 있었다. 클레어는 그녀를 알고 있었다. 클레어가 온 것을 그녀가 봤는지도 모르나 보지 못했기를 바랐다. 거기까지 가서 인사하는 게 귀찮았다. 그녀는 나무랄 데 없는 여자였지만 인사하고 싶은 생각은 없었다. 그녀가 자기를 알아보지 못했으리라 에인절은 단정했다.

그녀의 이름은 머시 찬트로 이웃에 사는 아버지 친구의 외동딸이다. 장차 그녀와 결혼하기를 에인절 부모는 간절히 바라고 있었다. 그녀는 신앙 절대주의와 성경 클럽의 강의에는 대단히 열성적이어서 지금도 성경을 가르치러 들어가는 참이었다. 그러나 클레어의 마음은 여름의 막바지에서 찌는 듯 무더운 바르 골짜기의 정열적인 이방인들에게 끌렸다. 쇠똥으로 얼룩진 그들의 장밋빛 얼굴, 그 중에서 누구보다 정열적인 한 여자에게.

에민스터에 가려는 충동이 순간적으로 일어나서 부모에게 편지를 보내진 않았지만 양친이 교구 일로 나가기 전, 아침식사 시간에 도착하기 위해서 말을 급히 몰았다. 집에 들어서니 가족들은 식사하고 있었다.

그가 들어오는 것을 보자 모두 벌떡 일어나서 반겨주었다. 그 자리에는 양친과 이웃 교구에서 부목사로 일하다가 두 주일 휴가로 돌아온 펠릭스 형 그리고 고전어 학자로서 케임브리지의 특별 연구원이자 학장인 커트버트 형이 장기 휴가를 받아 와 있었다. 어머니는 모자에 은테 안경을 썼고, 아버지는 성직자에게서 풍기는 경건한 풍모를 지닌 65세의 노인이었다. 그의 창백한 얼굴엔 사색적이고 의지적인 주름이 잡혀 있었다. 벽에는 에인절의 누이 사진이 걸렸는데, 그보다 열여섯 살 위인 이 집의 큰누님으로 선교사와 결혼해서 아프리카에 가 있었다.

클레어 목사는 거의 낙오된 완고한 목사였다. 위클리프, 후스, 루터, 그리고 캘빈 등 신학자들의 정통 후계자로서 복음파 중의 복음파이며, 개종주의자이기도 했다. 생활과 사상 모두 사도다운 순박성을 지녔고, 젊었을 때 인생 문제에 대해 심각하게 마음을 정하고 난 뒤로는 일체 의문을 갖지 않았다. 그의 사상은 같은 시대의 목사들이나 같은 학파에 속한 목사들한테서도 극단주의라는 비평을 받았다. 그러나 그의 뜻을 굽히지 않는 굳센 태도라든지, 주의를 실천하는 데 있어서 주저하지 않는 놀라운 의지에 대해서는 그의 사상을 전적으로 반대하는 목사들까지도 탄복하지 않을 수 없었다.

그는 타르서스의 바울을 사랑했고 사도 요한을 좋아했으며 성 야곱을 끝내 미워했다. 그리고 디모데와 디도와 빌레몬은 사랑도 하고 미워도 했다. 그가 알기로 신약성경은 하나님의 말이라기보다는 사도 바울의 서한집이었다. 그의 결정론적인 교의는 너무나 엄격해서 거의 악덕에 가까웠으나 세부적인 면에서는 쇼펜하우어나 레오파르디의 사상과 비슷한 절망의 철학이라고 할 수 있었다. 교회 법규와 예배 규정을 무시하고 신앙 조목을 외면하면서도 모든 범주에서 자기는 변함없다고 생각했다. 그의 태도가 전부 옳다고 할 수 없을지는 몰라도 성실하다는 것만은 확실했다.

바르 골짜기에서 아들이 경험하는 자연환경이나 탐스러운 여성에 대한 관능적이고 이기적인 즐거움에 관해서 충분히 이해한다 할지라도 아버지의 성정에는 마땅치 않을 것이다. 언젠가 한 번 에인절이 흥분해서 근대 문명을 지배하는 종교의 근원이 팔레스타인이 아니고 그리스였더라면 훨씬 좋은 결과를 인류에게 가져왔을 거라고 아버지에게 말한 적이 있다. 아버지는 반분의 진리는 커녕 천분의 일의 진리도 이해하지 못한 당치않은 말이라면서 크게 실망하셨다. 얼마 동안 아버지는 근엄하게 에인절을 타이르기만 했다. 그러나 무엇이든 오래 마음에 두지 않는 다정한 아버지였기에 어린이같이 천진한 미소를 가득 짓고 아들을 반겼다.

에인절이 집에 온 아늑함을 느끼며 자기도 여기 모인 가족 중의 하나라고 생각했지만 이전의 느낌과는 사뭇 달랐다. 집에 돌아올 때마다 서먹한 분위기를 느꼈지만 오늘은 유달리 그런 느낌이 더했다. 목사 가정의 분위기와 에인절은 확실히 어울리지 않는 것 같았다. 그들의 초월적인 사고방식이나 하늘 위에 낙원이 있다든가 땅 밑에 지옥이 있다 같은 지구 중심적인 사리 판단은 마치 외계인의 공상 같아서 에인절에게는 아무 상관도 없는 것 같았다. 요즈음 에인절은 '인생'에 관한 것만 보아 왔다. 인간 스스로 기꺼이 조정하려는 지혜를 무조건 막으려고만 하는 신앙 교리에 굽히지도 않고 비뚤어지게 생각지도 않으며 또 얽매이지도 않는 삶의 열정적 맥박만 느낄 뿐이었다.

가족들이 볼 때도 이전의 에인절과는 아주 달랐다. 이전의 클레어에서 점점 멀어지는 것 같았다. 특히 그 변화는 에인절의 태도에서 나타났다.

에인절은 농부처럼 굴었다. 다리를 아무렇게나 걸치고 얼굴에 거침없이 기분을 드러내고 눈은 입 못지않게 심중의 변화를 보였다. 학생답던 모습은 자취도 없고 풋내기 청년의 인상만 볼 수 있었다.

점잖은 사람이 본다면 교양 없다고 할 것이고 새침데기 여자가 본다면 버릇없는 남자라고 생각할 것이나, 에인절이 풍기는 인상과 태도는 함께 생활했던 탈보테이스 목장의 일꾼들을 닮아 있었다.

아침식사를 마친 다음 그는 두 형들과 함께 거닐었다. 형들은 교양이 풍부했고 또 어느 곳 하나 흠잡을 데 없는 청년들로서, 말하자면 조직적 교육이라는 기계에서 해마다 생산되는 것 같은 전형적인 사람들이었다. 모두 시력이 나빠서 안경을 썼는데 시력보다는 유행에 따라 줄 달린 외알 안경을 낄 때도 있고 코안경을 끼기도 했다. 보통 안경이 유행하면 그들도 즉시 바꿔 썼다. 워즈워스가 계관시인으로 지명되면 그의 시집을 호주머니에 넣고 다녔고 셸리의 인기가 떨어지면 그의 책은 먼지에 파묻혔다. 화가 코레지오가 칭송될 때면 그를 예찬하고 벨라스케스가 칭송을 받으면 개인적인 느낌도 없이 그들의 칭찬에 발을 맞추었다.

형들이 에인절을 점점 사교적으로 부적당하게 됐다고 생각했듯이 에인절의 눈에는 형들의 정신력이 점점 오므라들고 있는 것처럼 보였다. 펠릭스는 교회의 화신같이, 커트버트는 대학 전체 같이만 보였다. 펠릭스한테는 교구 종교회와 감독 교구 시찰이, 커트버트에게는 케임브리지 대학이 그의 세계를 움직이는 큰 태엽이었다.

문명사회에 성직자도 아니고 대학 출신도 아닌 사람들이 몇 천만 명이나 있다는 사실을 형들은 인정했다. 그러나 그들의 값어치를 알고 동등하게 존중하려는 게 아니라 함께 어울릴 수 없는 사람들로 분류했다.

형들은 모두 효성이 대단한 아들로서 부모를 정기적으로 찾아왔다. 신학의 전통에서 본다면 아버지의 사상과는 거리가 먼 새로운 종파에 속하지만 펠릭스는 아버지에 비해 희생정신이 강하거나 이해를 초월하지 못했다. 주장하는 사람의 위험이 예견되는 반대 의견에는 아버지보다 더 너그러웠지만 자기 이론을 모욕하는 자는 용서하지 못했다. 커트버트는 형보다 너그러운 성격이지만 감정만 섬세할 뿐 다정하지 못했다.

형들이 에인절보다 유리한 위치에 있어도 진실한 생활을 깨닫지도 못하고 말할 줄도 모른다는 이전의 느낌이 산허리를 따라 걸을 때 되살아났다. 다른 사람들의 경우처럼 형들도 의견을 표시할 기회가 적은 것만큼 관찰하는 기회도 적었던 것 같다. 형들이 속한 사회의 부드럽고 잔잔한 흐름 저쪽에 복잡한 힘이 작용하는 것을 형들은 충분히 알지 못했고 또 부분적인 진리와 보편적인 진리의 차이도 모르며, 그들이 교회나 학교에서 얻어 들은 내부 세계는 외부 세계의 생각과는 퍽 다르다는 것도 몰랐다. 이것저것 이야기를 주고받다가 펠릭스는 안경 너머로 들판을 바라보며 슬픈 표정을 지으면서 에인절에게 말했다.

"이제 너는 농사 짓는 것밖에 별 도리가 없겠구나. 그러니 우리도 그게 제일 낫다고 인정하는 수밖에 없지. 너한테 바라는 것은 도덕적인 정신을 잃지 않도록 힘써 달라는 거야. 농사가 육체적으로 힘든 일이라는 것은 사실이지만 평범한 생활을 하면서도 고상한 정신을 가질 수 있을 거다."

"물론이죠. 그건 벌써 1900년 전에 입증된 게 아닙니까. 형님의 영역을 침범하는 것 같지만 말이죠. 그런데 형님은 왜 내가 도덕이나 고상한 정신을 저버린 것처럼 말씀하시죠?"

"아, 그건 내 짐작이야. 네 편지나 네가 말하는 것에서 지식이 무뎌진 것 같은 인상을 받은 것뿐이야. 커트버트, 너도 그런 걸 느끼지 않니?"

에인절은 무뚝뚝하게 펠릭스한테 말을 건넸다.

"그런데 형님, 우리는 다정한 형제간이지만…… 우리는 각자 주어진 길을 걷고 있지 않습니까? 지성을 가지고 따진다면 형은 자기만족에 빠진 독선가로 생각되는데, 제 지성은 염려마시고 형님의 지성에 대해 생각하는 게 나을 거예요."

그들은 점심을 먹으러 집으로 내려갔다. 점심은 정한 시간이 없이 교구에 나간 양친이 돌아오면 하게 돼 있었다. 헌신적인 클레어 목사 부부도 오후에 찾아오는 교구민은 별로 고려하지 않았다. 그래서 아들들은 모두 이 점에 대해 양친이 좀 현대적 개념을 가져주기를 바랐다.

산책을 하고 난 뒤라 그들은 시장기를 느꼈다. 노동자로서 목장 부인이 해주는 소박한 음식을 양껏 먹던 에인절은 더 배가 고팠다. 그러나 늙은 양친은 좀처럼 돌아오지 않았다. 아들들이 거의 다 지쳤을 무렵에야 양친은 돌아왔다. 그들은 병들어 누워 있는 교구민의 간호를 해주느라고 늦은 것이다. 자신들의 배고픔도 잊어버리고 병자를 돌봐준 것은, 그들을 하루라도 더 살게 해서 하나님 곁에 가는 데 늦도록 하는 평소의 설교와는 모순이었다.

가족이 식탁에 둘러앉자 식어빠진 음식이 나왔다. 에인절은 농장에서처럼 맛있게 구워 달라고 어머니께 일러놓은, 농장부인이 준 까만 푸딩을 두리번거리며 찾았다. 향긋한 풀냄새가 풍기는 훌륭한 맛을 부모님도 같이 즐기길 바랐다.

"아, 너 그 푸딩을 찾는구나."

어머니가 알아챘다.

"네가 까닭을 알면 아버지나 나처럼 너도 섭섭하게 생각지는 않겠지. 사실 우리 교구에 정신병 때문에 아무 일도 못하는 사람이 있어서 크릭 부인이 준 고마운 선물을 그 집 아이들한테 갖다 주자고 했더니 네 아버지도 찬성하셨어. 그들에게 큰 기쁨도 될 것 같아서 그 집에 갖다 줬단다."

"잘하셨어요."

에인절이 이번에는 벌꿀술을 찾았다. 어머니가 또 이유를 말했다.

"그 벌꿀술엔 알코올이 너무 섞였더라. 마시기엔 적합하지 않지만 다치거나 기절했을 때에 브랜디 대신 쓰면 좋을 것 같아서 약상자 속에 넣어뒀다."

194

"원칙적으로 우리 집안에선 술을 안 마시는 거야."

아버지가 한마디 거들었다.

"그렇지만 주인아주머니한테 뭐라고 그러죠?"

"사실대로 말해야지."

아버지가 대답했다.

"푸딩과 벌꿀술을 맛있게 잘 먹었다고 말하고 싶었는데. 그 부인은 쾌활하고 친절한 분이세요. 돌아가면 당장 제게 물어볼 겁니다."

"먹지 않은걸 맛있게 먹었으니 어떠니 할 수야 없지."

아버지는 명확하게 대답했다.

"그럼요. 하지만 그건 끝내주는 술이에요."

"대단한 뭐라구?"

커트버트와 펠릭스는 동시에 말했다.

"아, 저, 그건 탈보테이스 목장에서 쓰는 말이에요."

에인절은 얼굴을 붉히면서 대답했다. 그런 쪽으로 부모의 정서가 없을 뿐, 실행 면에서는 정당한 터라 그는 더 이상 아무 말하지 않았다.

26

초저녁에 가족 예배를 드린 후, 에인절은 가슴에 품고 있는 두어 가지 중요한 일에 대해서 아버지와 얘기할 기회가 생겼다. 형들 뒤에서 무릎을 꿇고 기도하는 동안 에인절은 형들의 구두 뒤축에 박힌 작은 못을 보면서 그 문제를 열심히 생각했다. 예배를 마치고 어머니와 형들이 다른 방으로 가니 아버지하고 둘만 남았다.

영국 본토나 식민지에서 크게 성공해 보려는 계획을 에인절은 먼저 의논했다. 에인절을 케임브리지에 보내는 비용을 대지 않은 만큼 아들이 땅을 사든지 빌리든지 간에 필요한 돈을 매년 얼마씩이라도 저축하는 것을 부모의 의무로 아버지는 생각했던 것이다. 에인절이 자기만 불공평하게 냉대 받았다는 느낌을 갖지 않게 하기 위해서였다.

아버지는 말을 이었다.

"세속적인 재산으로만 따진다면 몇 년 안에 너는 형들보다 훨씬 나을 것이다."

아버지의 호의에 힘을 얻은 에인절은 좀 더 중요한 문제를 끄집어냈다. 나이도 이미 스물여섯 살이나 됐고 또 농부로서 일을 하려면 뒤를 돌봐줄 사람, 이를테면 자기가 밖에 나가 일할 동안에 집안일을 보살펴 줄 사람이 필요하게 될 텐데, 결혼하면 어떻겠느냐고 아버지의 의향을 물었다. 아버지는 아들의 말이 당연하다고 생각하는 것 같았다. 그래서 에인절은 이런 질문을 했다.

"검소하고 부지런한 농부가 될 저에겐 어떤 여자가 어울린다고 생각하십니까?"

"네가 외출할 때 도와주고 위로가 될 만한 참된 기독교 신자여야 한다. 그 외엔 문제되는 게 없어. 그런 여자가 아주 없는 것도 아니지. 이웃에 사는 극진한 내 친구 찬트 박사라고……"

"그렇지만 소젖을 짤 줄 안다든가, 좋은 버터와 훌륭한 치즈도 만들 줄 알아야 하지 않을까요? 닭이나 칠면조가 알을 품게 할 줄 알아야 되고 병아리를 까게 할 줄 알아야 하며 바쁠 때는 밖에 나가서 일꾼들도 감독해야 하고 염소나 송아지의 값을 어림할 줄도 알아야 할 텐데요."

"그렇지, 농부의 아내라면 마땅히 그래야지."

솔직히 아버지는 그런 것까지 생각해 본 일이 없었다. 그는 말을 계속했다.

"순결하고 고상한 여자를 원한다면, 네가 늘 관심을 갖는 것 같더라만, 머시도 네게 도움이 될 게고. 그보다 네 어머니나 내 마음에 드는 여자가 없다는 걸 방금 말하려던 참이었어. 요즘 이웃 찬트의 딸도 이 근방 젊은 목사의 본을 따서 성찬대를 꽃과 다른 것들로 장식하고 있지. 축제주간의 어느 날 그녀가 성찬대를 제단이라고 말하는 걸 들었을 때 나는 질겁했다만 그녀의 아버지도 나만큼 그런 헛소리는 반대니까 곧 딸의 행동을 고칠 수 있을 거야. 그런 건 어디까지나 일시적인 기분에 불과하니까 오래가지 않을 거라고 난 믿는다."

"네, 그렇죠. 머시는 온순하고 믿음이 두텁다는 걸 저도 압니다. 그런데 아버지, 찬트 아가씨 같은 정숙함이나 종교적인 교양 대신 농부처럼 농장생활의 의무를 잘 알고 있는 쪽이 저한테 훨씬 적합하다고 생각하는데요."

인간성에 대한 바울 사도의 의견에 의할 것 같으면, 농부의 아내로서 해야 할 의무를 잘 아는 것만이 생활에서 가장 중요한 건 아니라는 신념을 아버지는 끝내 고집했다. 충동적인 성격의 에인절은 부친의 기분도 존중하고 자신의 마음도 털어놓을 겸 그럴 듯하게 얘기를 했다. 아내가 될 만한 모든 자격과 진실한 마음을 품은 여자가 에인절의 앞에 나타났는데 그것은 하나의 운명이거나 하나님의 뜻일 거라고 그는 말했다. 또 그녀가 아버지의 교회파의 교리를 틀림없이 따를 거라고 주장했다. 그녀는 성실한 신자이고 마음이 정직하고 감수성이 예민하며 총명하고 어느 정도 품위도 있으며 여신처럼 순결하고 외모도 흔치않게 아름답다고 말했다.

둘이서 얘기하는 동안에 조용히 방에 들어온 어머니는 놀란 표정으로 물었다.

"간단히 말해서 너하고 결혼할 만한 가문의 딸이냐?"

"흔히 말하는 명문의 딸은 아니지만 그녀가 농부의 딸이라는 것을 저는 자랑스럽게 생각해요. 명문의 딸 못지않은 정서와 성품을 지니고 있으니까요."

"머시 찬트는 아주 훌륭한 가문이야."

"그까짓 가문이라는 게 무슨 소용이 있단 말이죠? 어머니 현재나 장래나 거친 일을 해야 할 사람한테 가문이 무슨 소용이 있겠어요?"

그는 재빨리 말했다.

"머시는 교양을 갖춘 여자야. 교양은 여자의 재산이야."

어머니는 은테 안경 너머로 아들을 바라봤다.

"외면적인 교양 같은 건 살아가려는 저하곤 거리가 멀어요. 독서에 관한 문제라면 저라도 가르쳐 줄 수 있어요. 그녀는 확실히 잘배울 거예요. 한 번 만나 보시면 어머니도 그렇게 생각하실 겁니다. 그녀는 시정이 넘쳐요. 그것은 현실화된 시지요. 말로만 떠드는 시인이 종이에 쓰는 걸 그녀는 행동으로 나타내거든요. 그리고흠 잡을 데 없는 교인이라고 저는 믿습니다. 아마도 어머니께서 전도하시고자 하는 그런 부류에 속하는 여자일 겁니다."

"아니 에인절, 너 빈정대고 있구나!"

"죄송합니다, 어머니. 하지만 주일에는 빠짐없이 교회에 나가는진실한 교인이에요. 교양이 부족한 점은 그녀의 신앙을 봐서 너그럽게 봐주시리라 생각해요. 만약에 다른 여자를 얻어야 되면 그보다 못한 여자를 선택하게 될 겁니다."

에인절은 사랑하는 테스의 정교에 대해 열성적으로 말했다. 자연원리를 따른 신앙에 비해서 비현실적인 정교주의를 그녀들이 실천하는 걸 볼 때는 비웃기까지 하던 그였으나 그것이 자기의 체면을세워줄 줄은 몰랐다.

보지도 못한 처녀를 놓고 정교주의로 아들이 세워줄 만한 여자인지 미심쩍었다. 하지만 양친은 그녀가 건전한 정신을 갖고 있고 두사람의 결합은 하나님의 섭리에 의해서 이루어졌을 거라는 느낌을받았다. 정교주의를 부정하는 에인절이 그것을 조건으로 내세운적은 없었기 때문이다. 그래서 그녀를 한 번 만나보긴 할 테지만너무 조급한 행동은 하지 말라고 에인절에게 타일렀다.

에인절도 더 이상 자세히 얘기하지 않았다. 부모의 성격은 순진하고 희생적이지만 중류계급의 사람들이 그렇듯 편견이 남아 있기때문에 완전히 동의를 얻기 위해서는 약간의 요령이 필요했다.

법률상으로 에인절에겐 선택의 자유가 보장돼 있고 테스를 아내로 맞는다 하더라도 멀리 떨어져 살 테니 양친에게 어떤 지장을 주는 건 아니지만, 일생의 가장 중대한 일을 결정짓는 데 부모의 마음을 상하게 하고 싶지 않았다.

에인절은 테스와 겪었던 생활을 중요하게 생각하는 자신의 모순을 발견했다. 사실 그는 테스 그녀 자체를 사랑했다. 그녀의 영혼과 마음, 성정을 사랑하는 것이지 그녀의 낙농 기술이나 학문을 배울 수 있는 적응성이나 순박하고 형식적인 신앙 태도를 사랑하는 게 아니었다. 그녀의 단순하고 야성적인 성격은 인습적인 허례 없이도 그의 기분에 맞았다. 가정의 행복을 좌우하는 정서나 충동에 교육은 그다지 큰 영향을 미치지 못한다는 생각을 에인절은 여전히 갖고 있다. 몇 세대가 지나면 향상된 지와 덕의 교육제도는 본의가 아닌 또는 무의식적인 인간의 본능조차 발전시킬 것이다. 그러나 에인절이 아는 바로는 오늘날까지 교육이 이루어 놓았다는 것은 고작 인간 정신의 껍데기만 약간 건드렸다는 것뿐이었다. 이러한 생각들은 여자를 접촉해 본 후로 더욱 확실해졌다. 에인절의 여성 교제가 중류사회에서 농촌사회로 넓혀지고 보니까 같은 사회나 계층에서의 선한 여인과 악한 여인, 또는 현명한 여인과 우둔한 여인과의 차이에 비한다면 각각 다른 사회 계층의 착하고 현명한 여자들 간의 근본적인 차이란 아주 미미한 것임을 깨달았다.

에인절이 집을 떠나려는 날 아침, 형들은 이미 한 사람은 대학으로, 다른 한 사람은 자기 교구로 가기 위해서 목사관을 떠나고 없었다. 에인절도 형들과 함께 갈 수 있었으나 탈보테이스에 있는 애인에게 되돌아가기로 했다. 에인절은 형제 중에 가장 앞선 인도주의자며 가장 이상적인 종교가이고, 가장 박식한 신학자이긴 하지만, 자기의 모난 성격은 형들의 둥근 성격과는 맞지 않는다는 소외감이 있어서 형들과 가더라도 서먹한 기분을 면치 못했을 것이다. 그래서 커트버트 형과 펠릭스 형에게 테스에 관한 얘기를 한마디도 하지 않았다.

어머니는 간단한 점심을 챙겨주고, 아버지는 잠깐 말을 몰아 에인절을 전송했다. 에이젤은 마음먹은 자기 일에 상당한 진전을 보았으므로 그늘진 오솔길을 가는 동안 교구에 관한 아버지의 얘기에 흡족한 기분으로 귀를 기울였다. 교구 목사가 겪은 여러 가지 곤란한 일과, 남들이 파격적인 칼빈주의라고 생각하는 교리에 비추어 신약성경을 엄격하게 해석한다 해서, 아버지가 아끼는 목사들까지 쌀쌀하게 대한다는 등 여러 이야기를 했다.

"내 설교가 파격적이라는 거야!"

아버지는 그들의 태도에 부드러운 경멸을 나타내고는, 그들의 모순을 뒷받침하는 경험담을 얘기했다. 가난한 자나 부자나 가릴 것 없이, 비뚤어진 생활을 하는 자들 사이에서 봉사해서 그들을 개종시킨 일들을 얘기했고 여러 번의 실패도 솔직히 인정했다.

실패한 한 가지 예로 사십 마일쯤 떨어진 트랜트리지 마을의 벼락부자가 된 더버빌이라는 청년 얘기를 했다. 에인절이 물었다.

"킹스비어와 다른 여러 지방에 살았었던 더버빌 가문 말인가요? 그 왜 사두마차에 관한 유령 같은 전설과 괴상한 내력을 지닌 몰락한 가문 말이죠?"

"아, 아니지, 진짜 더버빌 가문의 후손은 적어도 60년이나 80년 전에 자취를 감춘 것으로 나는 알고 있어, 지금 말한 것은 그 가문의 이름만 쓰고 있는 새로운 집안이야. 그 기사 일가의 명예를 위해서도 지금 그 사람들이 가짜기를 바라고 있지. 그건 그렇다 치고 네가 그런 일에 관심을 보인다는 건 이상한 일이군, 옛날 가문에 대해서 나보다도 관심이 적은 줄 알았는데 말이야."

"아버진 저를 오해하신 거예요. 정치적으로 그들이 과연 어떤 이익을 끼쳤는지 의심하지 않을 수 없어요. 그들 중에서도 현명한 자는 햄릿처럼 '자신의 세습에 반대한다'고 부르짖은 사람도 있었잖아요. 서정적으로든 극적으로든 역사적인 면에서는 그들에게 꽤 호감을 가지지요.”

　에인절이 말하는 내용이 그리 미묘한 것이 아닌데도 아버지에게
는 잘 이해되지 않았다. 그래서 하려던 얘기를 계속했다. 더버빌이
라는 사람이 죽은 뒤의 얘기는 다음과 같았다. 아버지의 대를 이은
청년은 눈먼 모친과 함께 살아야 했기 때문에 분별 있게 처신했어
야 했지만 오히려 정욕에 빠져 있었다. 우연히 그 지방에 전도하러
갔다가 소문을 들은 클레어 목사는 기회를 보아 그 불량한 청년의
정신 상태를 뜯어고치려고 마음먹었다. 비록 다른 교회의 설교단
이었지만 그렇게 하는 것만이 자기의 의무라고 생각했다. 그래서
설교에 누가복음의 ‘어리석은 자여, 오늘 밤에 네 영혼을 도로 찾으
리라’라는 성구를 인용했다. 직접적으로 비난받는 설교를 듣자 그
는 화가 머리끝까지 치밀어 올랐고, 뒤이어 토론 자리에서 목사의
체면이나 나이를 보아 경의를 표하기는커녕 오히려 모욕을 주었다
는 것이다. 에인절은 마음이 심히 괴로운 듯 얼굴을 붉히면서 슬픈
목소리로 말했다.

　“아버님, 무엇 때문에 그런 장소에 나가셔서 공연한 고통을 당하
십니까?”

　주름진 얼굴을 자기희생의 열의로 빛내며 아버지는 대답했다.

　“고통이라고? 고통이라면 가련하고 미련한 그 청년을 생각할 때
느끼는 거야. 내가 모욕을 당하거나 심지어 얻어맞는 일이 있다 해
서 고통을 느낄 것 같으냐? ‘후욕을 당한즉 축복하고, 핍박을 당한
즉 참고, 비방을 당한즉 권면하니 우리가 지금까지 세상의 더러운
것과 만물의 찌꺼기같이 되었도다.’ 사도 바울이 고린도 사람들에게
보낸 이 귀한 말씀은 지금 이 순간에도 불변하는 진리의 말씀이지.”

　“아버지, 설마 폭행까지는? 그 청년이 아버지를 때리지는 않았겠
지요?”

　“응, 때리지는 않았어. 그런데 만취해서 미치다시피 된 사람에게
얻어맞은 일이 있지.”

"설마!"

"그런 일은 수십 번 있었지. 하지만 그게 어떻다는 거냐? 내가 참음으로 자기를 죽이는 죄에서 그들을 구원한 것인데. 나중에는 그들도 잘못을 뉘우치고 나에게 감사하며 하나님을 찬송했단다."

"그 청년도 잘못을 뉘우쳤으면! 하지만 아버님 말씀대로라면 그 사람은 가망이 없겠군요."

에인절은 진지하게 말했다.

"하지만 희망은 있단다. 이 세상에서 다시 만날 기회가 없을지 몰라도, 나는 그를 위해서 기도를 계속하고 있거든. 내가 던진 보잘것없는 말 한마디가 언젠가는 그의 가슴속에서 싹이 나고 열매를 맺겠지."

아버지는 늘 그렇듯이 지금도 아이들처럼 낙관적이었다. 막내아들은 부모의 독선을 받아들이진 않지만 아버지의 실행력과 두터운 신앙심 속에 있는 영웅적인 기질을 존경하지 않을 수 없었다. 테스에 관한 얘기를 할 때 그녀의 가정 형편은 한마디도 물어보지 않은 아버지의 성품에 어느 때보다 더 큰 존경을 에인절은 느꼈다. 물질을 중요시 하지 않는 아버지를 닮아 에인절은 농부의 길을 택했고, 형들도 일생동안 가난한 목사의 길을 가게 된 것이다. 에인절은 아버지의 그런 성품을 어쨌든 숭배했다. 자기는 좀 이단적인 생각을 갖고 있지만, 인간적인 면에서는 형들보다 아버지와 비슷하다는 사실을 에인절은 종종 느꼈다.

27

한낮의 뙤약볕 아래 이십 마일이나 되는 골짜기를 넘고 넘어, 오후에는 탈보테이스에서 서쪽으로 이 마일쯤 떨어진 언덕에 다다랐다. 그곳에서 그는 활기 넘치고 습기 가득한 프룸 골짜기를 다시 바라봤다. 언덕 밑으로 펼쳐진 기름진 충적토를 향해 그는 말을 몰아 달렸다. 내려갈수록 공기는 점점 무거워졌다. 여름 과실과 안개, 마른 풀과 꽃들의 나른한 향기가 향기의 바다를 이루어 가축과 벌과 나비들을 나른하게 했다.

클레어는 멀리 떨어져 있는 소라도 얼룩진 무늬만 보면 이름을 맞힐 수 있을 만큼 젖소들의 생김새 하나하나가 머릿속에 새겨져 있었다. 학생 시절에는 알지 못했던, 인생을 내면으로부터 관찰하는 능력을 이곳에 와서 발견하게 된 것은 아주 흐뭇한 일이었다. 부모를 그리워하는 마음 이 간절했지만 며칠간의 휴가를 마치고 이곳으로 다시 돌아오자, 부목이나 붕대를 풀어버린 것 같은 홀가분함을 느꼈다. 왜냐하면 탈보테이스에는 지주가 존재하지 않기 때문에 관습적인 구속감은 없었다.

목장 바깥에는 사람 하나 보이지 않았다. 여름철에 너무 일찍 일어나는 그들은 한 시간씩 낮잠을 자지 않고서는 못 견뎠다. 출입문 옆의 떡갈나무로 만든 우유통 걸이에는, 하도 물에 씻어 하얗게 벗겨진 나무 테를 두른 우유통들이 모자처럼 걸렸다. 저녁에 우유를 짜기 위해 우유통은 모두 깨끗하게 물기 없이 말려져 있었다. 에인절은 집 안의 조용한 복도를 지나 뒷문 쪽으로 가서 귀를 기울였다. 짐수레를 두는 헛간에서 남자들의 코고는 소리가 들렸다. 좀 더 먼 곳에서는 더위에 시달리는 돼지들의 꿀꿀대는 소리가 들려왔다. 대황과 양배추도 그 넓고 부드러운 잎을 반쯤 편 우산 모양 축 늘어뜨리고 뜨거운 햇볕 아래 자고 있었다.

말안장을 풀고 먹이를 준 다음, 집에 다시 들어가자 시계는 3시를 알렸다. 오후 3시면 우유에서 크림을 떠내는 작업이 시작된다. 시계 종소리가 들리자 위층 마룻바닥에서 삐거덕거리는 소리와 함께 계단으로 내려오는 인기척이 들렸다. 그것은 테스의 발자국 소리, 다음 순간 그녀는 그의 눈앞에 나타났다.

에인절이 돌아온 걸 알지 못하는 그녀는 그가 거기 있는 줄 전혀 몰랐다. 길게 하품을 하느라 크게 벌어진 그녀의 빨간 입속이 보였다. 크게 기지개를 펴는 통에 에인절은 그을리지 않은 고운 피부를 보았다. 그녀의 얼굴은 낮잠으로 상기되어 불그레했고 눈꺼풀은 무겁게 처졌지만 넘칠 듯한 풍만함이 온몸에서 풍겨 나왔다. 영혼이 몸으로 표출되고, 정신의 아름다움마저 여성성으로 더욱 두드러지는 순간이었다.

아직 정신이 들지 않은 무거운 눈꺼풀 속에서 그녀의 눈동자가 빛났다. 반가움과 수줍음과 놀라움이 뒤섞여서 그녀는 소리쳤다.

"어머나, 클레어 씨! 어쩜 이렇게 사람을 놀라게 하세요. 저를, 저는……."

에인절이 사랑을 고백한 뒤에 그들의 관계가 사뭇 달라졌다고 느낄 만한 시간적 여유가 테스에겐 없었다. 그러나 계단 밑에까지 다가오는 그의 다정한 모습을 보자, 그녀의 얼굴은 모든 것을 깨달은 듯 보였다. 클레어는 팔로 그를 안고 상기된 뺨에 입을 갖다 대면서 속삭였다.

"귀여운 테시! 이제부터 '씨'니 '선생님'이니 하는 말은 하지 말아요. 난 당신이 보고 싶어서 이렇게 급히 달려 왔다오!"

테스의 뛰는 가슴이 대답하는 양 그의 가슴에 전달됐다. 바닥에 빨간 벽돌이 깔린 문간에 서 있는 동안 창문으로 비치는 햇살은 그녀를 꼭 껴안고 있는 클레어의 등과 약간 기울어진 그녀의 얼굴에 그리고 그의 관자놀이의 파르스름한 힘줄과 그녀의 드러난 팔과 목덜미 구석구석을 비추었다. 옷을 입은 채로 자고 나온 그녀의 몸은 햇볕을 쪼인 고양이처럼 따뜻했다.

처음에는 클레어를 똑바로 쳐다보려 하지 않았지만 잠시 후 그녀가 살며시 고개를 들었다. 검은색에서 파랑색으로 회색에서 보라색으로, 햇빛에 빛나는 비단처럼 변하는 그녀의 눈동자를 클레어는 깊이 들여다봤다. 두 번째로 잠에서 깬 이브가 아담을 쳐다보듯이 테스는 그를 쳐다보았다.

"저는 크림을 걷으러 가봐야겠어요. 도와줄 사람이라곤 뎁 할머니밖에 없어요. 주인아저씨하고 아주머니는 장보러 가셨고, 레티는 몸이 불편해서 자리에 누웠어요. 그리고 다른 사람들은 어디 간 모양인데 저녁 작업 시간에라야 돌아올 거예요."

그들이 우유창고로 들어가자 데보라가 계단 위에 나타났다.

"데보라, 이제 돌아왔어요. 당신은 피곤한 것 같으니 내려오지 마세요. 내가 테스를 도와줄 테니까."

위를 보며 클레어가 말했다. 아마 이날 오후 탈보테이스의 크림은 제대로 걷히지 않았을 것이다. 테스는 꿈을 꾸는 듯 눈에 익숙하던 물건들이 도무지 뚜렷하게 보이질 않았다. 크림 떠내는 국자를 식히기 위해서 펌프 물에 갖다 댈 때마다 손이 부들부들 떨렸다. 클레어의 애정이 너무나 열렬해서 뜨거운 햇볕을 쪼인 식물처럼 그녀는 오므라든 것 같았다.

클레어는 그녀를 자기 쪽으로 다시 끌어당겼다. 통 가장자리에 졸아 붙은 크림을 저으려고 테스가 집게손가락으로 휘젓자 클레어는 테스의 손가락을 빨아 깨끗이 해주었다. 탈보테이스의 구김살 없는 습관이 이런 때엔 퍽 편리했다.

"언제 말해도 마찬가지지만 지금 말하는 게 좋을 거야. 지난 주일 풀밭에서 만난 후로 줄곧 생각했는데 중요한 문제를 얘기할 게 있어. 나는 가까운 시일 내에 결혼하려고 마음먹고 있어. 그런데 테스도 알다시피 나는 농부니까 농사일을 잘 하는 여자가 필요하단 말이야. 테스가 그런 사람이 돼 줄 순 없어, 테시?"

이성이 아닌 일시적인 충동에서 나온 듯한 인상을 주기 싫어서 클레어는 이런 식으로 말했다. 그녀는 근심스런 표정을 지었다. 그를 사랑하지 않을 수 없는 결과에 굴복하긴 했지만 필연적인 결과가 이렇게 갑자기 오리라곤 미처 생각하지 못했다. 사실 클레어도 조급하게 할 생각은 없었는데 불쑥 털어놓게 됐다. 쓰러질 것 같은 괴로움을 느끼면서도 체통을 지키는 여자답게, 하지 않을 수 없는 맘먹은 말을 했다.

"아, 클레어 씨…… 저는 당신의 아내가 될 수 없어요. 될 수 없어요!"

자기의 결심을 밝힌 그녀의 대답은 가슴을 에는 것 같았다. 그녀는 슬픔을 참지 못해 고개를 떨어뜨렸다. 뜻밖의 대답에 어리둥절해진 클레어는 그녀를 더욱 바싹 끌어안으면서 말했다.

"아니, 테스! 거절한다는 거야? 당신은 정말 날 사랑하오?"

괴로운 그녀의 아름답고 정직한 음성이 대답했다.

"사랑해요. 사랑하고말고요! 이 세상 누구보다도 당신의 아내가 되고 싶어요. 그러나 당신과 도저히 결혼할 수 없어요!"

"테스! 약혼한 남자라도 있는 거야?"

그는 테스를 꼭 붙들고 말했다.

"아니에요. 없어요!"

"그럼, 왜 거절하는 거야?"

"전 결혼하고 싶지 않아요! 결혼 같은 건 생각해 본 적도 없고 할 수도 없어요! 저는 그저 당신을 사랑하고 싶을 뿐예요."

"도대체 왜 그래?"

무엇이든 이유를 말해야 할 궁지에 몰려 그녀는 더듬더듬 말했다.

"당신 아버님은 목사님이시고, 또 어머님은 저 같은 여자와 결혼하는 것을 반대하실 거예요. 어머님은 가문 있는 아가씨를 원하실 거예요."

"당치도 않는 소리. 이미 부모님께 말씀드렸어. 그 일도 겸해서 집에 갔던 거요."

"아무리 생각해도 안 되겠어요. 절대로…… 절대로 안돼요!"

"너무 갑자기 말을 꺼내서 그러는 거야?"

"네, 이런 일은 짐작도 못했어요."

"테스, 만약 이 문제를 보류해 달라고 하면 시간 여유를 줄게. 돌아오자마자 이런 얘길 한 건 너무 성급했던 것 같아. 당분간 아무 말도 하지 않을게."

그녀는 국자를 꺼내 펌프 물에 식힌 다음 다시 일을 시작했다. 크림의 바로 밑에다 재치 있게 국자를 대야 했다. 그러나 아무리 하려고 해도 여느 때처럼 되질 않았다. 우유의 복판을 쑤시거나 헛손질을 하기 일쑤였다. 슬픔에 젖은 두어 방울의 눈물이 앞을 가려 아무것도 보이지 않기 때문이었다. 그녀의 슬픔을 가장 다정한 친구에게도 말할 수 없었다. 그녀는 얼굴을 돌리면서 말했다.

"크림을 못 걷겠어요. 안 되네요!"

그녀를 혼란시켜 작업을 방해하지 않으려는 사려 깊은 클레어는 부드럽게 얘기했다.

"테스는 우리 부모를 오해하고 있는 모양이야. 그분들은 정말 소박하고 야심 없는 분들이야. 지금은 몇 사람 남지 않은 복음파에 속한 두 사람이지. 테시, 당신은 복음파 교인이 아닌가요?"

"모르겠어요."

"주일에는 꼬박꼬박 교회에 나가지?"

"내가 듣기론 이곳의 교회도 그다지 높은 교파는 아니라던데."

교구 목사에 대한 그녀의 개념은 아직 한 번도 설교를 들은 일이 없는 클레어의 개념보다도 더 막연한 것 같았다.

"지금보다 더 잘, 들은 이야기를 마음속에 새겨 둘 수 있으면 좋겠어요. 귀에 들어오는 말이 하나도 없을 때는 서글픈 생각도 들어요."

그녀는 그저 무난한 얘기를 했다. 테스 자신은 교회가 어느 파에 속하는지 모른다 할지라도 아버지가 신앙 문제를 가지고 반대하진 못하리라고 생각했다. 그녀가 어릴 때부터 익혀 온 중심 없는 신앙은 클레어가 볼 때 어법상으로는 트랙타리안파에 속하며 또 본질면에서 일종의 범신론에 속한다는 걸 알았다. 중심이 없는 신앙이든 어떻든 간에 그녀의 마음을 건드리고픈 생각은 없었다.

너, 누이가 기도할 때 방해하지 마라.

어린 마음에 그리는 천국과 행복한 꿈을

어두운 말로 어지럽히지 마라.

행복하게 지내는 한 어린 삶을.

멜로디는 아름답지만 그리 성실한 얘기가 못된다고 클레어는 생각했었다. 그러나 지금은 그 말을 기꺼이 따르기로 했다.

그는 아버지의 생활 태도라든가 자신의 주의에 대한 열성 등 집에 갔던 동안에 있었던 일들을 얘기했다. 테스의 마음은 진정되고 작업도 순조롭게 진행됐다. 그녀가 크림을 하나하나 떠내는 대로 클레어는 그 뒤에서 마개를 뽑아 우유가 흘러 나가도록 했다.

그녀는 자신에 관한 얘기를 피하려고 짐짓 이런 말을 했다.

"처음에 들어오실 때 당신은 좀 우울해 보이더군요."

"음, 사실은 아버지가 겪었던 여러 가지 고통에 대해서 얘기를 해주셨는데, 그런 얘기를 듣고 나면 언제나 마음이 우울해져요. 아버지는 너무 열성적이어서 반대 의견을 가진 사람들한테 푸대접을 받고 얻어맞는 일까지도 있었어요. 그만한 연세에 말 못할 모욕을 당하시는 건 차마 들을 수 없는 얘기죠. 열정도 그 지경에 이르면 별로 좋을 게 없다는 걸 생각하면 말이오. 최근에 일어난 아주 불쾌한 얘기를 해주셨어요. 어느 선교 단체의 대리로 전도하기 위해 약 사십 마일 떨어진 트랜트리지라는 마을에 가신 적이 있다는 군요. 그 근방에 사는 지주의 아들로 장님 어머니와 함께 살고 있는 방종하고 파렴치한 청년이 있어서 좀 타이르셨대요. 아버지가 단도직입적으로 말씀하셔서 소동이 일어난 모양인데 아무 소용없는 걸 뻔히 아시면서도 낯모르는 사람에게 충고하는 것부터가 어리석은 짓이지 뭐겠어요. 그러나 자신의 의무라고 생각하시면 때를 가리지 않고 덤비시거든. 그래서 타락한 사람들뿐만 아니라 간섭받기 싫어하는 다른 교인들한테서도 미움을 사고 있지요. 그러면서도 모든 모욕을 하나님의 영광이라고, 또 그렇게 하면 간접적으로

선이 베풀어진다는 거죠. 내 생각에는 이제 연세도 드셨으니까 돼지 같은 무리들은 내버려두고 쉬시는 게 좋을 것 같아요."

테스의 표정은 점점 굳어지고 생기가 사라졌다. 빨갛게 익은 입술은 괴로운 듯 일그러졌다. 그녀는 이제 조금도 떨지 않았다. 클레어는 아버지 생각이 다시 떠올라서 그녀를 별로 눈여겨보지 않았다. 그렇게 그들은 긴 네모꼴 통의 하얀 줄을 따라 내려가며 크림을 떠내고 우유통을 죄다 비워 버렸다. 이렇게 해서 일을 마쳤을 때, 다른 아가씨들이 돌아와서 우유통을 가져가고, 뎁 할머니는 빈 통을 씻으러 내려왔다. 테스가 젖소가 있는 풀밭으로 나가려 하자 클레어는 부드럽게 속삭였다.

"그런데, 나에 대한 대답은, 테시?"

알렉 더버빌의 얘기에서 자신의 지나간 날의 소용돌이가 새삼스럽게 떠올라 그녀는 암담한 절망을 느끼며 대답했다.

"아, 안 돼요! 할 수 없어요!"

그녀는 초원에 있는 친구들 쪽으로 뛰어갔다. 아가씨들은 멀리 소떼가 풀을 뜯고 있는 쪽으로 몰려갔다. 그녀들은 야수와 같은 대담함과 무한한 공간에 익숙한 자유로운 몸짓 그리고 파도에 몸을 맡겨 헤엄치는 사람처럼 대기에 온몸을 맡기고 앞으로 나갔다. 구속 없는 '대자연' 속에서 테스는 자연스러워 보였다.

28

테스의 거절은 뜻밖이었지만 그의 결심이 꺾이진 않았다. 여자에 대한 그의 경험은, 거절은 때때로 승낙의 전주곡에 지나지 않는다는 사실을 알고 있을 만큼 범위가 넓었다. 단 테스가 거절한 이면에는 수줍음만이 아닌 말 못할 사정이 있다는 사실을 깨닫지 못했다. 클레어는 그녀가 이미 자기의 사랑을 받아 준 것이 또 하나의 확증이라고 생각했다. 더구나 들이나 목장에서는 '공연히 한숨짓는 사랑'이라는 말이 결코 헛소리가 아니라고 생각했다. 왜냐하면 체면이나 소문을 두려워하는 지방에서는, 처녀들이 결혼하기만 애타게 바라기 때문에 정열이 이성을 마비시키는 데 반해, 탈보테이스에서는 사랑을 고백하면, 달콤한 사랑 자체로 인해 사랑이 쉽게 받아들여진다는 사실은 몰랐다.

며칠 후 클레어는 그녀에게 물었다.

"테스, 왜 그렇게 딱 잘라서 '안 돼요'하고 말했죠?"

그녀는 흠칫 놀랐다.

"그런 건 묻지 마세요. 이유도 어느 정도 말했으니까요. 저는 훌륭한 여자도 아니고 자격도 없어요."

"어째서 자격이 없다는 거요? 훌륭한 여자가 아니란 말이요?"

"네, 말하자면 그래요. 당신 가족들은 저를 멸시할 거예요."

그녀는 중얼거렸다.

"그건 정말 오해야. 우리 부모님을 오해하고 있는 거야. 나의 형님들은 상관할 것도 없어."

그는 그녀가 피하지 못하도록 그녀 등 뒤에 돌린 두 손을 깍지 꼈다.

"자, 말해 봐. 진심으로 그러는 게 아니지? 난 그렇게 믿고 싶어! 난 당신 때문에 초조해서 책도 읽을 수 없고 아무 일도 손에 잡히지 않아. 서두르는 게 아냐. 다만 언젠가는 나의 아내가 돼주겠다는 말을 당신의 따뜻한 입술로 듣고 싶어. 당신이 언젠가 내 아내가 되어 주겠다는 말을 말이오. 언제든지 당신이 택하면 돼요. 언젠가는 그렇게 해주겠지?"

그녀는 고개를 저으며 외면할 뿐이었다.

클레어는 그녀의 얼굴을 유심히 들여다보았다. 마치 상형문자라도 읽듯이 자세히 표정을 살폈다. 거절은 진정인 것 같았다.

"그렇다면 당신을 이렇게 포옹하고 있을 수 없지. 그렇지 않겠소? 당신이 어디 있는지 찾아다닐 권리도, 같이 산책할 권리도 내겐 없는 거요! 분명히 말해 줘! 다른 남자를 사랑하고 있는 거요?"

그녀는 자신의 마음을 억제하면서 말했다.

"어쩌면 그런 말을 하시나요?"

"나도 그렇지 않다는 걸 알고 있어. 그런데 어째서 나를 거절하
는 거야?"

"전 거절하지 않았어요. 저를 사랑한다고 말해 주시길 바랄 뿐이
에요. 저하고 함께 걷고 있을 땐 언제든지 그렇게 말해 주세요. 그
게 결코 제 마음을 언짢게 하진 않아요."

"그러나 나를 남편으로는 받아들일 수는 없다는 말이지?"

"그것과는 다른 문제예요. 그것도 오로지 당신을 위해서 그러는
거예요, 정말이에요! 아, 제 말을 믿어 주세요. 오직 당신만을 위하
기 때문이에요! 당신의 것이 되겠다고 약속을 해놓고 저만 행복할
순 없어요. 저는 그런 짓을 할 순 없어요."

"당신은 나를 행복하게 해줄 텐데!"

"아, 당신은 아무것도 몰라요!"

그녀가 거절하는 본심이 어느 모로 보나 자격이 없다는 일종의
겸손한 마음이라고 생각한 클레어는, 영리하다느니, 아는 것이 많
다느니 하여 그녀의 맘을 풀어주려 했다. 그의 말은 사실이었다.
원래 재치가 있고 클레어를 흠모하는 그녀는 그가 쓰는 어휘나 억
양, 지식의 단편까지 놀랍도록 흡수했다. 이런 달콤한 시비가 테스
의 승리로 끝난 후, 젖 짜는 시간이면 멀리 떨어져 있는 젖소한테
로 가고 한가한 시간이면 사초 덤불 속이나 자기 방으로 가서 겉으
로만 냉정히 거절한 것을 혼자 슬퍼하곤 했다.

마음의 갈등은 괴로웠다. 그녀의 마음은 클레어에게만 끌렸기
때문에—두 개의 불타는 마음이 조그맣고 가련한 양심과 싸웠다—
있는 힘을 다해 결심을 지키려 했다. 그녀는 굳은 결심을 하고 탈
보테이스에 온 거다. 후일 아무것도 모르고 그녀와 결혼한 남편에
게 쓰디쓴 슬픔을 안겨 주게 될 이 한 걸음을 아무래도 내디딜 수

없었다. 또한 마음이 한쪽으로 기울지 않았을 때 양심이 결정한 일을 저버려서는 안 된다는 생각을 품고 있었다. 그녀는 혼자 중얼거렸다.

"나에 관한 얘기를 그에게 해주는 사람이 왜 하나도 없을까? 불과 사십 마일밖에 떨어지지 않았는데 그런 소문이 여기까지 들리지 않다니 이상한 일이야? 내용을 아는 사람이 분명히 있을 텐데!"

그러나 아무도 아는 사람은 없는 것 같았다. 그에게 얘기해 주는 사람도 없었다.

이삼 일 동안 아무 말도 하지 않고 지냈다. 같은 방의 친구들은 테스와 클레어가 이미 약속한 사이라는 것을 알고 있는 듯한 표정이었다. 그러나 테스가 클레어의 마음대로 움직이지 않는다는 것도 그녀들은 알고 있었다.

생명의 줄이 기쁨과 괴로움으로 뚜렷하게 엮어진 이런 순간을 전엔 느껴 본 일이 없었다. 치즈를 만들게 됐을 때 그들은 다시 둘만 남게 됐다. 지금까지 주인도 치즈 만드는 일을 거들고 있었는데, 부인과 마찬가지로 크릭도 요즘 두 사람 사이에 싹튼 애정을 눈치챈 듯했다. 그들은 산책도 아주 조심스럽게 해서 알아채기도 막연했을 텐데. 어쨌든 주인은 그 자리를 떠났다.

그들은 통에 넣을 수 있도록 먼저 응유 덩어리를 조각조각 부수고 있었다. 이 작업은 마치 빵을 부수는 것과 비슷했다. 새하얀 응유를 다루는 테스의 손은 장미꽃같이 붉게 보였다. 응유 덩어리를 큰 통에 담고 있던 에인절은 갑자기 그녀의 양손 위에 그의 손을 얹었다. 그는 몸을 굽혀 그녀의 걷어 올린 팔 안쪽에다 키스했다.

9월 초순의 날씨는 아직 무더웠지만 차가운 응유 덩어리를 만지고 있었기 때문에 그녀의 팔은 갓 따온 버섯처럼 시원하고 촉촉하고 우유 맛이 났다. 그의 입술이 닿자 심장의 피가 용솟음쳐 손끝까지 뜨겁게 달아올랐다. 그녀의 뛰는 가슴은 '더 이상 망설일 필요가 있을까? 남자와 남자 사이에서도 마찬가지지만 여자와 남자 사이에도 진리는 진리야.'라고 심장이 말이라도 하는 것처럼 그녀는 그를 쳐다봤다. 그녀는 온 마음을 바치듯 그를 바라보았다.

"내가 왜 팔에다 키스했는지 알아?"

"저를 사랑하니까 그렇죠!"

"맞았어, 그리고 다시 애원하기 위한 예비 행동이야."

"제발 그만두세요!"

그녀는 자신의 욕망에 무력해질 것을 두려워하는 것 같았다. 클레어는 말했다.

"오, 테시! 왜 이토록 애타게 하는지 알 수가 없어. 무엇 때문에 나를 실망시키는 거야. 당신은 꼭 요부 같아. 요부라도 화려한 도시의 요부 같단 말이야! 남자를 마음대로 희롱하는 일급 요부. 탈보테이스 같은 시골구석에서 이런 일을 당할 줄은 꿈에도 몰랐어……."

그는 표현이 좀 지나쳤다고 생각해서 재빨리 말을 덧붙였다.

"테시, 나는 당신이 이 세상에서 가장 정직하고 티 없는 여자란 걸 알고 있어. 그런 내가 어떻게 당신을 바람둥이로 생각할 수 있어. 나를 사랑하는 게 사실이라면 나의 아내가 돼달라는데 어째서 싫다고 하는 거야?"

"싫다고 그러지는 않았어요. 전 당신을 진심으로 사랑하고 있기 때문에 그런 말을 할 수도 없어요!"

그녀는 더 참을 수 없어 입술이 떨렸다. 테스는 그 자리를 떠나지 않을 수 없었다. 마음이 괴로워서 어떻게 해야 할지 모르는 클레어는 그녀를 뒤쫓아 복도에서 잡았다. 손에 우유 범벅이 된 것도 잊어버린 채 에인절은 그녀를 붙들고 흥분하면서 말했다.

"말해! 말해줘! 사랑하는 사람은 나밖에 아무도 없다고 말해 보란 말이야!"

"말하겠어요, 말할게요! 저를 놓아 주시면 모든 걸 말씀드리겠어요. 저의 과거라든가 경험을 다 얘기할게요!"

"과거를 얘기하겠다고…… 물론 하셔야지요. 얼마든지 하셔야죠."

클레어는 유쾌한 말투로 비꼬듯이 그녀의 얼굴을 들여다보면서 말했다.

"나의 테스는 아마 오늘 아침 울타리에 갓 피어난 저 나팔꽃들처럼 많은 경험을 갖고 있을 거야. 무엇이든 다 이야기해도 좋지만 제발 그 내 아내 될 자격이 없다는 소리는 하지 말아요."

"네, 그런 소리 하지 않겠어요! 내일이나 다음 주일쯤 그 이유를 다 말씀드리겠어요."

"일요일에?"

"네, 일요일에 하죠."

마침내 그녀는 클레어로부터 벗어났다. 마당의 낮은 쪽, 버드나무 숲에 이를 때까지 그녀는 걸음을 멈추지 않았다. 그녀는 바스락거리는 숲에서 괴로움으로 꼼짝 않고 누워 있었다. 결과에 가져올 두려움과 억누르지 못하는 기쁨으로 혼란스러웠다.

사실 그녀의 마음은 클레어의 청혼을 받아들이는 쪽으로 기울고 있었다. 내뿜는 숨결과 물결치는 피와 심장의 박동 소리는 본능과 더불어 양심에 얽매여서 주저하는 그녀를 거역하는 것 같았다. 이것저것 생각할 것 없이 그의 청혼을 받아들이고 고백하지도 마라. 교회에서 결혼식을 올리고 나중에 알게 되는 건 운명에 맡기고 고뇌의 무쇠 이빨이 물어뜯기 전에 무르익은 즐거움을 움켜쥐어라. '사랑'은 이렇게 권했다. 공포에 가까운 환희에 사로잡힌 테스는 외로이 자책하면서 엄격히 독신 생활을 지켜보려고 번민하면서 노력해본들 결국 사랑 앞에 굴복할 것임을 알았다.

오후가 지나도록 그녀는 버드나무 그늘에서 떠날 줄 몰랐다. 통걸이에 걸린 우유통을 벗기는 덜거덕 소리와 소를 부르는 '워어, 워어' 하는 외침이 들려와도 젖을 짜러 나가지 않았다. 일꾼들은 그녀의 들뜬 마음을 눈치 챌 것이고 주인은 단지 사랑 때문에 그런 줄 알고 놀리리라. 그러면 그녀는 어찌할 바를 몰라 참을 수 없을 것 같았다.

테스를 찾거나 부르지도 않는 걸로 미루어 그녀의 격한 기분을 짐작한 클레어가 대신 변명해 준 것 같았다. 6시 30분이 되자 태양은 하늘에 걸린 용광로의 모습으로 지평선에 가라앉고 이내 괴상한 호박덩이 같은 둥근 달이 반대편에서 떠올랐다.

가지를 쳐낸 버드나무들은 머리를 산발한 괴물처럼 달빛을 받고 서 있었다. 그녀는 집으로 돌아와 불도 켜지 않은 채 이층으로 올라갔다.

다음 날도 에인절은 멀리 떨어져서 테스를 바라볼 뿐 다가가진 않았다. 침실에서도 말을 시키지 않는 걸 보면 두 사람의 관계가 매듭을 지을 단계에 와 있음을 뜻하는 것이라고 메리안과 다른 처녀들은 생각하는 듯했다. 금요일도 지나고 오늘은 토요일, 내일이면 그녀가 확실한 대답을 할 날이다.

'나는 지고 말 거야. 좋다고 대답할 거야. 결혼하게 될 거야. 내 힘으론 어쩔 수 없어.'

테스는 옆의 자는 친구들이 그의 이름을 한숨 섞어 부르는 것을 듣자 베개에 얼굴을 묻고 질투로 가쁜 숨을 쉬었다.

'내가 가져야 돼. 그 남자를 다른 여자에게 빼앗길 순 없어! 하지만 그건 그 사람을 잘못되게 하는 짓이야. 나중에 그 사람이 내 과거를 알면 고민하다 죽을지도 몰라. 아, 어쩌면 좋을까, 이 괴로운 마음을 ―아―아.'

29

이튿날 아침, 식사를 하고 있는 일꾼들을 수수께끼를 낼 때와 같은 눈으로 휘둘러보면서 주인 크릭이 말문을 열었다.

"그런데 오늘 아침에 누구의 소문을 들었는지 알아? 자, 누구일 것 같아?"

그들은 한마디씩 했으나, 크릭 부인만은 벌써 알고 있었으므로 아무 말 하지 않았다.

"그건 말이야, 건달 잭 돌롭에 관한 소문이지. 그 녀석이 어느 과부와 결혼했다는 거야."

"설마 잭 돌롭이? 거 고약한 놈인데요. 생각도 못할 일인데!"

한 젖 짜는 남자가 말했다. 테스는 금방 그 남자의 이름이 생각났다. 애인을 망쳐 놓고 나중에 처녀의 어머니한테 교유기 속에서 혼난 사람이었다.

부인이 정해 주는 외딴 식탁에 앉아 신문을 뒤적이던 에인절은 무심코 물었다.

"그 씩씩한 아주머니의 딸하고 약속대로 결혼하지 않았던가요?"

"네, 하지 않았죠. 그 녀석은 처음부터 그럴 생각이 없었으니까요. 방금 말한 그 과부랍니다. 돈푼깨나 있는 모양인데 1년에 약 오십 파운드씩의 수입이 있대요. 녀석이 노린 건 바로 그거죠. 그래서 결혼식을 급히 서둘러 올렸는데 과부는 그 녀석과 결혼해서 연 수입 오십 파운드를 잃게 됐다고 나중에야 얘기하더래요. 그 말을 들은 녀석의 꼴을 좀 생각해 보세요! 그때부터 그들은 고양이와 개 같은 사이가 됐다네요. 그 녀석한테야 그게 싸지만 그 여자만 가엾게 된 셈이죠."

주인이 말했다.

"그 여자도 바보 같은 여자죠. 죽은 남편의 귀신이 못살게 굴 거라고 진작 말해줬으면 좋았을 것을."

크릭 부인이 말했다.

"그래, 그래."

주인은 우물쭈물 대답했다.

"그래도 그 여자는 어떻게든 가정을 갖고 싶었고 모험을 할 생각은 없었던 거야. 아가씨들은 그렇게 생각하지 않아?"

주인은 처녀들이 앉은 쪽을 둘러봤다.

"그 여자가 결혼식을 올리러 교회에 가기 전에 그 말을 미리 했었더라면 좋았을 거예요. 그때는 남자도 등을 돌릴 수 없었을 테니까."

메리안이 의견을 말했다.

"그래, 네 말이 맞아."

이즈가 맞장구를 쳤다. 그런데 레티는 발칵 성을 내면서 말했다.

"그 남자의 꿍꿍이속을 몰랐을 리가 없어요. 그녀는 마땅히 거절했어야 했어요."

주인은 테스에게 물었다.

"아가씨, 어떻게 생각하지?"

"그런 사정을 여자 쪽에서 미리 얘기하든지 아니면 청혼을 거절하는 게 마땅하죠. 전 모르겠지만요."

테스는 버터 바른 빵이 목에 걸린 목소리로 대답했다.

잔일을 돌보러 이웃에서 온 벡 닙스 부인이 한마디 거들었다.

"고백을 하거나 청혼을 거절할 바에야 난 차라리 죽어 버리겠어요! 사랑과 전쟁에서는 수단 방법을 가리지 않는 게 상식이에요. 나 같으면 그 여자처럼 결혼하겠어요. 그래서 하기 싫은 전남편의 얘기를 미리 하지 않았다고 해서 남자가 뭐라고 하면 방망이로 때려눕혀 버리지—그따위 조그만 말라깽이 녀석쯤이야! 어떤 여자라도 때려눕힐 수 있어요."

그 여자가 하는 농담에 사람들이 와 하고 웃었다. 테스는 마지못해 씁쓸한 웃음을 지을 뿐이었다. 그들에겐 희극이 될 수 있을지 몰라도 그녀에겐 비극으로 들렸다. 그들의 흥겨워하는 것을 견딜 수 없어 식탁을 물러나 밖으로 나갔다. 클레어가 뒤따라오려니 생각하면서 꼬불꼬불한 오솔길을 걸었다. 도랑을 따라 걷다가 바르 강가에까지 이르렀다. 강 위쪽에서는 남자들이 물풀을 낫질하고 있고, 강에는 커다란 풀더미가 마치 움직이는 미나리아재비의 섬처럼 흘러갔다. 풀더미는 사람이 올라탈 수 있을 만큼 컸다. 소들이 강물을 건너지 못하도록 박아 놓은 말뚝에 기다란 풀들이 떠내려가다 걸렸다.

과거를 얘기한다는 것은 그녀에게 가장 무거운 십자가를 지는 것과 같은 일인데 다른 사람들에게는 그저 웃음거리에 지나지 않았다. 고통은 거기에 있는 것이다. 그것은 마치 남의 순교를 보고 사람들이 비웃는 것과 같았다.

"테스!"

뒤에서 부르는 소리가 들리더니 클레어가 도랑을 뛰어 건너 테스의 옆으로 내려섰다.

"머지않을 내 아내!"

"안 돼요! 당신을 위해서. 아, 클레어 씨. 전 당신을 위해 그럴 수 없어요!"

"테스!"

"아무래도 안 되겠어요!"

그녀는 되풀이했다. 그런 대답을 예기치 못했으므로 길게 늘어뜨린 그녀의 머리 밑 허리로 클레어는 가볍게 팔을 감고 있었다. (주 일날 교회에 가기 위해 머리를 틀어 올리기 전에 머리를 푼 채로 아침을 먹는다. 머리를 틀어 올리고는 소 옆구리에 머리를 대고 젖을 짜기 어렵다.) 만약 그녀가 "네" 하고 대답했더라면 그는 끌어안은 채로 키스했을 것이다. 클레어는 분명히 그런 생각을 하고 있었다. 그러나 그녀의 단호한 거절은 마음 약한 그를 막았다. 같은 지붕 밑에서 함께 사니 얼굴을 자주 대해야 하는 테스는 여자로서 불리한 처지에 놓여 있다. 테스가 자기를 피할 수 있는 입장에 있다면 당당하게 이용했을지도 모를 달콤한 말을, 불리한 처지에 있는 그녀에게 쓰기는 싫었다. 그녀의 허리를 놓아주고 클레어는 키스하지 않았다. 테스가 이번에 거절할 힘을 얻은 것은 주인이 말한 과부 얘기 때문이었다. 그런 것쯤은 금방 극복할 수 있었다. 그러나 그는 말 한마디 없이 알 수 없다는 듯한 얼굴로 가버렸다. 두 사람은 매일 빠지지 않고 만났다. 어느덧 3주일이 지나고 9월 하순에 접어들었다. 테스는 클레어가 다시 결혼 문제를 들고 나올 것 같은 예감이 들었다.

　그의 청혼이 너무 뜻밖이어서 그녀가 놀라 거절한 것이라고 판단한 클레어의 청혼 방법은 이전과 달라졌다. 결혼 문제를 얘기할 때마다 피하는 그녀의 태도가 판단을 더욱 뒷받침했다. 그래서 포옹하는 따위의 행동은 삼가고 말로써 그녀를 설득시키려고 노력했다. 이리하여 클레어는 끈덕지게, 졸졸 흘러나오는 우유처럼 낮은 음성으로 사랑을 속삭였다. 때로는 암소 곁에서, 때로는 크림을 떠낼 때, 또는 버터나 치즈를 만들 때, 혹은 닭장 안에서나 심지어 새끼 낳는 돼지우리 안에서도 구혼했다. 목장에서 일하는 처녀들 중에서 이처럼 사랑 고백을 많이 들어 본 사람은 없을 것이다.

　머지않아 클레어에게 꺾이고 말 것을 테스는 알고 있었다. 알렉 더버빌과의 관계가 부도덕하다는 감정이나 솔직해야겠다는 양심의 욕구로 클레어와는 버틸 힘이 없을 것 같았다. 그녀는 클레어가 하나님 같아 보일 만큼 뜨겁게 사랑하고 있었다. 비록 훌륭한 교육은 받지 못했을망정 아름다운 마음씨를 타고 난 그녀를 클레어가 보호자처럼 감싸주기를 애타게 기다렸다. 그녀는 여전히 "나는 그이의 아내가 될 수 없어"라고 다짐했지만 소용없는 일이었다. 그녀의 마음이 약해졌다는 증거는 평상심이라면 구태여 하지 않아도 되는 말을 지껄인다는 사실이다. 사랑을 속삭이는 클레어의 음성까지도 무서운 희열로 그녀의 마음을 흔들었다. 그래서 그녀는 자신이 두려워하는 말을 되풀이해서 말해 주기를 은근히 바랐다.

　남자들 모두가 그럴지 모르지만, 어떤 변덕이나 핀잔이나 비밀을 고백하더라도 여전히 사랑하고 보호해 줄 사람 같아 클레어를 만나면 테스의 마음은 한결 가벼워졌다. 계절은 초가을에 가까워져 있었다. 날씨는 좋았으나 해는 훨씬 짧아졌다. 목장에서는 날이 밝을 때까지 촛불 밑에서 작업을 시작했다. 그러던 어느 날, 새벽 3시가 좀 지나서 클레어의 청혼은 다시 되풀이되었다.

　언제나처럼 그녀는 새벽에 잠옷 바람으로 이층에 올라가 그를 깨운 다음, 돌아와서는 옷을 갈아입고 친구들을 깨웠다. 그리고는 촛불을 들고 아래층으로 내려가려 하고 있었다. 마침 그때 셔츠를 입고 지붕 밑에서 내려온 클레어는 양팔을 벌리고 계단을 막았다.

"자 바람둥이 아가씨, 아래층으로 내려가기 전에 본심을 말해줘야겠어. 대답을 기다린 지도 2주일이 됐으니까. 아직도 말할 수 없다면 나는 이곳을 떠날 수밖에 없어. 방문이 열린 틈으로 당신을 보았지. 당신의 안전을 위해서라도 내가 여기를 떠나야 해. 당신은 내 마음을 잘 모를 거야. 그렇지? 승낙하는 거지?"

테스는 뾰로통해서 대답했다.

"클레어 씨, 전 이제 막 일어났어요. 잠도 덜 깬 사람한테 그런 얘길 하는 건 너무 이르지 않아요! 절 보고 바람둥이라는 건 너무 하시는 말씀이에요. 당치도 않아요. 제발 조금만 기다려 주세요, 제발! 진지하게 생각해 볼 테니까 그만 비켜 주세요!"

촛불을 옆으로 들고 서서, 자신이 너무 심각하게 한 말을 얼버무리려고 웃는 모습은 클레어의 말대로 약간 바람둥이처럼 보이기도 했다.

"자, 그럼 클레어 씨라고 하지 말고 에인절이라고 불러 봐요."

"에인절."

"사랑하는 에인절이라구 말해도 좋을 텐데?"

"그러면 청혼을 받아들이는 뜻이 되잖아요?"

"그 말을 안 해도 당신이 나를 사랑한다는 건 변함없지. 사랑한다는 건 벌써 얘기했잖아."

"좋아요, '사랑하는 에인절' 반드시 그렇게 불러야 한다면……."

그녀는 촛불을 보면서 작은 소리로 말했다. 불안해하면서도 입가에는 귀여운 웃음이 번졌다. 그녀가 승낙할 때까지 키스하지 않으려고 클레어는 결심했었지만, 귀엽게 걷어 올린 옷소매와 되는 대로 감아올린 머리를 보자 클레어는 그녀의 뺨에 살짝 키스했다. 그녀는 뒤돌아보지도 않고 재빨리 아래층으로 내려갔다. 다른 아가씨들은 이미 내려와 있었기 때문에 문제는 다시 추궁되지 않았다. 새벽을 알리는 싸늘한 첫 광선과는 아주 다른 누르스름한 촛불 아래서 메리안을 빼놓은 아가씨들은 부러운 듯 미심쩍은 눈초리로 그들 두 사람을 쳐다봤다.

가을이 다가옴에 따라 젖의 양이 날마다 줄었다. 크림 걷는 일도 적어졌으므로 일을 마치자, 레티와 다른 처녀들은 밖으로 나갔다. 테스와 에인절도 그들의 뒤를 따랐다.

먼동이 트는 새벽의 싸늘한 공기 속으로 걸어가는 세 처녀들을 보면서 클레어는 깊이 생각하는 듯한 어조로 테스에게 말했다.

"우리의 설레는 생활과 저들의 생활과는 거리가 아주 먼 것 같지?"

"뭐, 그리 다르다고는 생각하지 않아요."

"어째서 그렇게 생각하지?"

"마음 설레며 살지 않는 여자는 별로 없을 거예요."

자기가 대답한 말에 스스로 감탄한 듯 테스는 잠시 그 말을 생각하다가 말했다.

"당신이 알지 못하는 것이 저 처녀들의 가슴속에 있어요."

"뭘까?"

"저 세 아가씨는 모두 저보다 더 좋은 부인이 될 수 있는 처녀들이에요. 그리고 저 못지않게 당신을 사랑하고 있어요."

"오, 테시!"

그녀는 사랑을 다른 처녀에게 양보하려고 큰 결심을 했지만 안타까운 듯 외치는 클레어의 음성을 듣자 더할 나위 없이 흐뭇해졌다. 그들에게 이제 한 번 양보한 셈이다. 두 번 다시 희생을 되풀이할 힘은 없었다. 남자 일꾼 한 사람이 그들 사이에 끼어들었기 때문에 얘기를 중단했다. 테스는 오늘 안으로 결말이 날 것 같았다.

오후에는 여느 때와 마찬가지로 주인과 집 식구들 몇 명과 거들어 줄 일꾼들이 멀리 떨어진 목장에 갔다. 거기서는 젖소들을 집에 몰아넣지 않고 젖을 짰다. 그러나 새끼가 자꾸만 불어남에 따라 우유의 생산량은 점점 줄었다. 그래서 목초가 무성한 계절에 고용했던 임시 일꾼들은 모두 집으로 돌아갔다.

작업은 한가롭게 진행되었다. 우유통에 젖이 가득 고이면 목장에서 온 짐마차의 큰 통에다 부었다. 젖을 다 짜낸 젖소들은 어슬렁어슬렁 돌아갔다.

흐린 하늘 아래 유난히 흰 머플러를 하고 다른 사람들과 서 있던 주인 크릭은 갑자기 회중시계를 꺼내봤다.

"제기랄, 이렇게 늦은 줄 몰랐네. 우물쭈물하다간 기차 시간에 우유를 대지도 못하겠는데. 집에 들러서 모아 놓은 우유와 함께 보낼 수도 없어. 여기서 곧장 역으로 나가는 수밖엔 없겠구만. 누가 가겠어?"

클레어가 가겠다고 나섰다. 그리고 테스에게 함께 가자고 청했다. 해는 지고 없지만 가을 날씨치고는 후텁지근해서 테스는 재킷도 입지 않고 팔을 드러낸 채 머릿수건만 쓰고 나왔다. 마차를 타고 달리기엔 마땅치 않은 차림새였으므로 테스는 사양했으나 클레어는 다정하게 재촉했다. 그녀는 하는 수 없이 자신의 우유통과 걸상을 주인에게 부탁하고는 마차에 올라 옆자리에 앉았다.

30

햇빛이 차츰 사라지는 가운데 초원을 가로지르는 평탄한 길로 마차를 몰았다. 초원의 맨 끝 쪽에는 이그돈 히드의 험한 산봉우리들이 거무스름한 배경을 이뤘다. 산꼭대기에 쭉쭉 뻗은 전나무의 뾰족한 끝은 검은 도깨비 성 위에 세워진 톱니 모양의 감시탑 같았다.

그들은 서로 바싹 다가앉은 느낌에 설레며 얼마 동안 말이 없었다. 큰 통 속의 우유가 출렁이는 소리만 들렸다. 그들이 달리는 길은 개암이 완전히 영글어서 저절로 떨어지고, 산딸기는 송이가 축늘어져 있을 만큼 사람의 왕래가 드문 곳이었다. 에인절은 채찍 끈으로 딸기 송이를 따서 테스에게 주기도 했다. 잔뜩 흐린 날은 비올 낌새를 보이고, 텁텁하던 대기는 변덕스러운 바람으로 변하여 그들의 얼굴을 스쳐 갔다. 강이나 연못에 일렁이던 빛이 사라지자, 반짝이던 거울이 광택 없는 우툴두툴한 납덩어리로 변한 것 같았다. 이런 경치도 테스의 깊은 생각을 깨뜨리진 못했다. 원래 불그레한 그녀의 얼굴은 햇볕에 그을어 연한 갈색이었는데 빗방울을 맞을수록 그 빛은 더욱 짙어졌다. 작업할 동안에 옥양목 모자 끈 밖으로 흘러내려 틀어 올렸던 머리칼이 습기에 젖은 모습은 해초나 다름없었다. 그녀는 하늘을 쳐다보면서 중얼거렸다.

"난 오지 말 걸 그랬어요."

"비가 와서 안 됐긴 했지만 당신이 옆에 있는 게 얼마나 기쁜지 모르겠어!"

그는 말했다. 멀리 보이던 이그돈 봉우리는 비에 가려 점점 보이지 않았다. 길에는 군데군데 밭으로 들어가는 문이 있어서 걷는 속도 이상으로 말을 달리지 못했다. 공기는 차가워졌다.

"아무것도 걸친 게 없어서 당신이 감기 들까봐 걱정인데. 내 곁으로 바싹 다가앉아요, 가랑비쯤은 괜찮을 테니까."

그녀는 살짝 옆으로 다가앉았다. 그는 우유통을 덮는 무명 돛베로 두 사람의 몸을 감쌌다. 클레어는 고삐를 잡고 있어서 테스는 돛베가 두 사람에게서 흘러내리지 않도록 움켜쥐고 있었다.

"자, 이젠 됐어. 그렇지도 않군! 내 목으로 조금씩 떨어지는데, 그쪽으론 더 떨어지겠는걸. 됐어, 테스. 당신 팔은 비에 젖은 대리석 같군. 그 천으로 닦아요. 이젠 움직이지만 않으면 비가 새지 않을 거야. 그런데 테스, 우리 문제에 관한 건데 오래 끌어 오던 그거 말이야?"

대답 대신 들리는 소리라곤 비에 젖은 길을 가는 말굽 소리와 우유통 속에서 출렁이는 소리뿐이었다.

"당신이 한 말 기억하겠지?"

"알고 있어요."

테스가 대답했다.

"그럼, 집에 돌아가기 전에…… 알았지?"

"해보겠어요."

그는 더 이상 말하지 않았다. 캐롤라인 왕조 시대의 낡은 장원이 나타났다가는 금세 뒤로 사라져 버렸다. 그녀를 즐겁게 해주려고 클레어가 말했다.

"저건 흥미로운 고적이야, 노르만 계 가문에서 갖고 있던 저택 중의 하나지. 더버빌이라는 가문인데 이 지방에서 상당한 세력을 쥐고 있었어. 이 저택 앞을 지날 때마다 자연히 그들 생각을 하게 돼. 그들이 설사 난폭하게 권력을 휘두르고 봉건적인 명성이 드높았다 할지라도 어쨌든 명문 후손의 몰락이란 비참해."

"정말 그래요."

테스가 말했다. 그들은 어둠 속에서 불빛으로 희미하게 존재를 알리는 지점을 목표삼아 나아갔다. 그 지점은 낮에 난데없이 흰 연기가 나타나서 외딴 세계와 현재의 생활 사이를 끊어 놓는 곳이었다. 현재의 생활은 하루에도 서너 번씩, 증기로 된 촉각을 이곳으로 뻗어 소박한 생활을 만져보다가, 닿은 것이 못마땅한 듯 황급히 손을 걷어가는 것이었다.

그을음이 잔뜩 낀 램프가 희미하게 밝히는 조그만 역에 그들은 도착했다. 그것은 보잘것없는 땅 위의 별이고 하늘의 별에 비하면 부끄러운 빛이지만, 탈보테이스의 목장과 그곳 사람들에게는 하늘의 별보다 더 귀중한 것이었다.

실어온 우유를 비가 쏟아지는 가운데 내려놓은 동안, 테스는 사철나무 밑에서 비를 피하고 있었다.

증기를 내뿜는 화차가 비에 젖은 역에 닿자, 우유통은 하나하나 재빨리 화차에 실렸다. 화차통의 불빛이 커다란 사철나무 밑에 꼼짝 않고 있는 테스를 잠시 반짝 비췄다. 통통한 팔, 비에 젖은 얼굴과 머리, 온순한 표범이 쉬고 있는 것처럼 꼼짝 않고 있는 모습, 언제 만들었는지 알 수 없는 사라사 옷, 흘러내린 옥양목 모자 끈 등 문명의 때가 묻지 않은 이 순수한 처녀만큼 낯선 것은 없을 것이다.

클레어가 시키는 대로 테스는 그의 옆자리에 다시 올라앉았다. 그들은 온몸을 돛베로 뒤집어쓰고 어둠 속으로 마차를 몰았다. 감수성이 예민한 그녀에게 잠깐 본 기차의 움직임은 머리에서 떠나지 않았다.

"런던 사람들이 내일 아침엔 저걸 마실 테죠? 우리가 만나본 적도 없는 낯선 사람들이."

그녀가 물었다.

"아마 그럴 거야. 우리가 보낸 우유를 그대로 마시지 않고 물에 좀 타서 마실 거야."

"젖소는 구경도 하지 못한 귀족, 외교관, 장군, 귀부인, 상점 여주인, 그리고 어린아이들이 마시겠죠."

"그렇겠지, 특히 장군들이."

"그 사람들은 우리를 알지도 못할 테고 우유가 어디서 오는지도 모를 거예요. 기차 시간에 맞추려고 비를 맞으면서 먼 길을 달린 것도 모르겠지요."

"런던 사람들만 위해서 마차를 몬 건 아니지. 아직 해결하지 못한 우리들의 얘기를 하기 위해 왔다고 볼 수 있으니까, 난 승낙할 줄 믿어. 이렇게 말하는 걸 용서해줘요. 당신은 이미 내 사람이야. 당신 마음 말이야. 그렇지 않아?"

"잘 아시면서…… 네, 네, 그래요!"

"그런데 당신은 왜 내 것이 돼주지 않는 거야?"

"그 이유는 오직 당신을 생각하기 때문이에요. 문제가 하나 있기

225

때문에. 당신에게 드릴 말씀이 있어요."

"그 얘기, 날 행복하게 하고 내 생활에 도움이 되는 거겠지?"

"네. 맞아요. 당신을 행복하게 하고 당신 생활에 도움이 됐으면! 이곳에 오기 전에 내가 지내온 생활을—얘기하고 싶어요."

"그렇지, 그것이 나를 행복하게 만들고 내 생활에도 도움이 될 거야. 영국이나 식민지에 큰 농장을 갖게 되면 당신은 나의 귀중한 아내가 될 거요. 당신이 얼마나 소중한 여자인지 모르오. 그러니 제발, 제발 당신이 나에게 방해가 된다는 생각은 버려요."

"저의 과거를 말해야겠어요. 제 얘길 들어 주세요. 얘기를 듣고 나면 당신의 마음이 달라질 거예요!"

"꼭 하고 싶으면 해봐요. 나는 어디서 언제 태어났으며 하는 따위의 얘기를."

그의 농담 섞인 말을 계기로 그녀는 얘기를 시작했다.

"저는 말로트 마을에서 나서 그곳에서 자랐어요. 그리고 초등학교 육학년에 학교를 그만 두었을 때 재능이 있으니 선생님이 되면 좋을 거라고 모두들 그랬어요. 그래서 저도 그렇게 마음먹었는데 집안에 사고가 생겼어요. 아버지는 게으른데다가 술을 좋아하셨거든요."

클레어는 그녀를 좀 더 끌어당기면서 말했다.

"그랬군, 가엾게도! 하지만 뭐 흔히 있는 일이지."

"그런데 생각지도 않은 일이 일어났어요. 제게 관계되는 일인데 저는…… 저는 저…….""

테스의 호흡이 빨라졌다.

"그래서? 주저 말고 얘기해요."

"저는 더비필드가 아니라 사실은 더버빌이에요. 우리가 지나 온 그 저택을 갖고 있던 가문의 후손이죠. 지금은 몰락해 버린."

"더버빌이라구! 아 그렇군! 테스, 걱정거리란 그것뿐이오?"

"네, 그래요."

테스는 힘없이 대답했다.

"그런데—내가 그 사실을 안다고 해서 당신을 덜 사랑할 이유가 뭐지?"

"당신은 오래된 가문을 미워한다는 말을 주인한테서 들었어요!"

그는 소리 내서 웃었다.

"어떤 의미에선 그렇지. 귀족들의 세습주의를 나는 무엇보다 싫어해요. 우리가 존경할 단 하나의 가문은 육체적인 혈통을 내세우지 않고 지혜와 덕망을 갖춘 정신적인 가문이라오. 하여간 나는 재밌는 얘기를 들었네. 내가 얼마나 흥미를 느꼈는지 상상도 못할 거요! 그런 유명한 가문의 후손이라는 점에 당신은 관심이 없소?"

"없어요. 저는 슬픈 일이라고 생각해요. 특히 이곳의 눈에 띄는 산과 들이 한때는 조상들의 소유였다는 사실을 알고 말이에요. 그러나 어떤 것은 레티의 조상이, 또 어느 것은 메리안의 조상이 소유했던 것인지도 모르는 일이니까, 가문이라는 것을 가치 있게 생각지 않아요."

"사실이야. 지금 땅을 갈고 있는 많은 사람들이 한때는 자기들의 것으로 그 땅을 소유했다는 사실은 놀랍지. 정치가들이 이런 사정을 왜 이용하지 않는지 그 까닭을 알 수 없지만. 그들은 이런 내용을 모르나 봐. 명백한 언어의 와전도 발견 못하고 당신의 이름이 더버빌과 닮은 것도 알지 못했다니. 망설이던 비밀이라는 게 바로 그것이었군!"

그녀는 끝내 말하지 않았다. 마지막 순간에 이르러 그녀의 용기가 꺾인 것이다. 왜 일찍 말하지 않았느냐고 화를 낼까봐 겁도 났고 자신을 보호하려는 본능이 고백하려는 용기보다 강했다. 아무것도 모르는 클레어는 말을 계속했다.

"물론 테스가 남을 희생시켜 세도를 얻은 몇몇 자기 본위의 후손이 아니고 순수한 영국인으로 오랫동안 수난을 받은 한낱 평민의 피를 이어받았더라면 더 반가웠을 거야. 그러나 당신에 대한 사랑으로 난 완전히 노예가 돼버렸어. (그는 말하면서 웃었다.) 나도 그들처럼 자기 본위가 돼버린 것 같은데. 그 가문의 후손이라니 난 기뻐. 어처구니없이 점잖은 체 하는 세상이니까, 나한테 교육을 좀 받기만 하면 당신이 내 아내가 되는 데 있어서 그 혈통은 좋은 인상을 줄 거야. 내 어머니도 낡은 생각을 갖고 있어서 혈통 때문에 당신을 훨씬 좋게 볼 거야. 테스, 당장 오늘부터 이름을 똑똑히 쓰도록 해야 돼, 더버빌이라구."

"지금 쓰는 이름이 오히려 나을 것 같아요."

"아니야. 꼭 그 이름을 써야 해! 하고많은 벼락부자들이 무엇 때문에 그런 이름을 가지려고 야단들인지! 응 맞아, 맞아, 그 이름을 쓰고 있는 작자가 있지. 어디 산다고 그러더라? 체이스 숲 근처라고 그런 것 같은데. 언젠가 내가 말한 적 있지? 우리 아버지하고 다툰 바로 그 사람이야. 우연의 일친데!"

"에인절, 그런 이름은 쓰지 않는 게 좋을 것 같아요. 아무래도 불길한 이름일 거예요!"

그녀는 마음이 불안해졌다.

"그러면 테레사 더버빌이라고 내가 지어 줄게. 내 이름을 쓰면 당신 이름은 쓰지 않아도 돼! 그 비밀이란 것도 다 말했는데 어째서 나를 거절하는 거요?"

"만약 저를 아내로 맞이해서 틀림없이 당신이 행복해지고 저와 결혼을 하지 않고서는 못 배기겠다고 생각하신다면."

"물론 그렇고말고!"

"제 말은 이를테면, 설사 내가 어떤 잘못이 있더라도 저 없이는 살 수 없으시다면 거절할 수 없다는 뜻이에요."

"승낙하겠다는 거지? 알았지! 당신은 영원히 언제까지 내 것이 되는 거야."

그는 그녀의 손을 잡고 키스했다.

"네, 승낙하겠어요!"

그녀는 대답을 마치자 이내 울음을 터뜨렸다. 그것은 가슴이 미어지는 듯한 흐느낌이었다. 그녀의 울음에 그는 놀랐다.

"왜 그래, 테스?"

"어떻게 말해야 좋을지 몰라요! 당신의 아내가 되고 당신을 행복하게 한다는 걸 생각하니까, 너무 기뻐서!"

"하지만 이건 그렇게 기쁜 것 같진 않은데!"

"제 결심이 꺾인 걸 생각하고 우는 거예요! 저는 죽을 때까지 결혼 않기로 맹세했었어요!"

"그러나 나를 사랑한다면 우리가 부부되는 걸 좋아할 것 아냐?"

"네, 정말 그래요! 하지만 저는 세상에 태어난 걸 가끔 후회해요!"

"테스, 당신이 지금 흥분해 있고, 또 세상 경험이 없다는 것을 내가 이해하니까 망정이지, 그렇지 않다면 방금 한 말은 별로 달갑지 못했을 거야. 내가 마음에 있는데 어떻게 그런 말을 해? 나를 사랑하는 거야? 당신이 나를 생각한다는 증거를 보여 주면 좋겠어."

"어머 증거를 보여 드렸는데, 이 이상 어떻게 증거를 보여요?"

그녀는 거의 외치다시피 말했다.

"이렇게 하면 좋은 증거가 되겠지요?"

그녀는 클레어의 목에 매달렸다. 여자의 마음과 영혼을 다 바쳐 사랑하는 남자에게 퍼붓는 키스가 어떤 것인가를 클레어는 처음 알았다.

"이젠 저를 믿으시겠어요?"

상기된 얼굴로 눈물을 닦으면서 그녀가 물었다.

"응, 믿고말고. 한 번도 의심해 본 적이 없어. 한 번도!"

그들은 마차 위에서 한 덩어리가 되어 어둠을 뚫고 달렸다. 말은 마음대로 발길을 옮기고 비는 두 사람에게 몰아쳤다. 그녀는 승낙하고야 말았다. 차라리 처음부터 승낙하는 게 좋았을지도 모른다. 거센 바람이 보잘것없는 잡초를 휩쓸어 가듯이, 목적을 향해 치닫는 만물의 '기쁨을 좇는 욕망'을 사회 질서 같은 것으로는 다스릴 재간이 없었다.

"어머니한테 편지를 써야겠어요. 써도 괜찮겠죠?"

"괜찮고말고, 내 귀여운 사람, 당신은 나에 비하면 어린애야. 이런 일이 있을 때 집에 알리는 것이 얼마나 당연하고 내가 편지를 못 쓰게 한다면 그게 얼마나 어리석은 짓인가를 당신은 아직 모르니까 말이야. 어머니는 어디 사시지?"

"같은 곳이에요, 말로트라고 블랙무어 분지 끝에 있어요."

"아, 그러고 보니 작년 여름에 아가씨들을 만난 일이 있어."

"네, 그 초원에서 춤출 때 말이에요. 그때 저하곤 춤추려 하지 않았어요. 그 일이 우리 사이에 나쁜 징조가 되지 않았으면 좋겠어요."

31

다음 날 테스는 정성껏 쓴 속달 편지를 어머니한테 띄웠다. 곧 서투른 옛날식 필적으로 두서없이 쓴 답장이 왔다.

사랑하는 테스에게,

니가 무고허기를 바라며 몇 줄 적는다. 나도 별 일없이 지내는 걸 하나님께 감사 헌다. 니가 머지않아 결혼헌다는 소식을 듣고 우리는 모두 기뻐허구 있단다.

니가 물어본 것에 대해선 너허구 나만 아는 얘기지만 어떤 일이 있드래두 너의 지난 얘기는 그에게 하지 않두룩 해라. 너두 그렇게 생각허고 있겠지만, 아부지는 가문을 굉장히 우쭐대구 있기 때문에 네 얘기는 다 알리지 않았다. 많은 여자들한테, 그중에는 신분이 높은 여자들두 있겠지만, 젊은 시절에 사고가 있었던 거야. 다른 여자들은 가만히 있는데 너만 얘기헐 게 뭐냐? 이미 오래된 얘기고 또 네 잘못도 아닌데 그런 바보 같은 소리는 허지 말두룩 해라.

니가 쉰 번을 묻드래두 나는 똑같은 대답을 헐 게다. 니가 마음속에 있는 걸 간단히 털어 놓는 어린애 같은 성질이 있다는 걸 명심해라…… 그리구 너의 행복을

230

위해서 말루나 행동으루나 절대로 그런 기색을 보이지 않두룩 조심하라구 약속했지. 집을 나갈 때 너두 굳게 약속허지 않었니? 그 약속은 꿈에라두 잊어선 안 된다. 단순하기 짝이 없는 네 아부지가 사방으루 떠들구 다닐까봐 너가 질문한 것허구 결혼 얘기는 알리지두 않었다.

사랑하는 테스야, 기운 내라. 그곳에는 사과술이 흔치 않구, 있드래두 맛이 시금하다구 들어서 결혼 선물로 사과술 한 통 보낸다. 그럼 이만 쓰기로 허구 약혼자에게 인사를 전해 다오.

조앤 더비필드

"아, 어머니, 어머니……"

테스는 낮은 소리로 불렀다. 테스에겐 가장 고통스러운 일이지만 유연한 마음을 가진 더비필드 부인에겐 얼마나 사소한 것인가를 깨달았다. 어머니는 테스처럼 인생을 심각하게 보지 않았다. 마음을 괴롭히는 지난날의 사건도 어머니에게는 한낱 흘러간 일에 지나지 않았다. 테스의 사정이야 어떻든 간에 이제부터 취해야 할 태도로는 어머니의 말이 옳았다. 그녀가 흠모하는 남자의 행복을 위해서는 침묵이 최선책일 것 같았다. 침묵이 아니고서는 안 되리라 결심했다.

테스의 행동을 지배할 권리를 가진 이 세상 오직 한 사람의 명령으로 그녀의 마음은 가다듬어지고 침착해졌다. 그녀는 마음의 부담을 덜게 되어 요 몇 주일 동안 기분이 훨씬 가벼워졌다. 그녀가 청혼을 승인한 뒤 늦가을의 한동안을 그녀의 일생을 통해서 느껴본 일 없는 황홀한 기분으로 보낼 수 있었다.

클레어에 대한 테스의 사랑은 하나의 신앙과 같았다. 지도자로서, 철학자로서, 친구로서 갖추어야 할 모든 선의 전부인 것처럼 테스는 그를 거룩하게 믿었다. 그의 육체를 이루는 윤곽의 모든 부분은 남성미의 표본이었고 영혼은 성자의 것이며 그의 총명은 예언자의 것인 양 생각했다. 사랑에 빠진 클레어에게 그녀의 슬기로

움은 더욱 사랑스럽고 돋보였다. 클레어의 다정한 사랑을 느낄 때마다 그녀는 더욱더 그를 사모했다. 눈앞에 신이라도 대하는 것처럼 깊이를 알 수 없는 눈을, 두려운 듯 크게 뜨고 쳐다보는 모습을 클레어는 가끔 발견할 때가 있었다. 그녀는 과거를 밟아 꺼버렸다. 마치 연기가 피어오르는 위험한 석탄불을 밟아 끄듯이.

남자가 여자를 사랑할 때 클레어처럼 너그럽고 담대하게 여자를 감싸줄 수 있다는 사실을 그녀는 옛날에는 알지 못했다. 이 점에 있어서 에인절 클레어는 그녀가 생각하던 남자와는 딴판의 사람이었다. 보통의 남자와는 너무나 거리가 멀었다. 그는 정신적인 사람으로서 자기를 잘 다스렸고 저속한 취미는 갖고 있지 않았다.

그의 성격은 열정적이라기보다는 쾌활한 편이었고 바이런보다는 셸리의 성격을 닮았다. 마음만 먹으면 생명을 걸고라도 사랑할 수 있는 사람이지만 사랑하는 사람에 대한 육체적인 본능을 끝까지 억제하는 순수함도 지니고 있었다. 클레어의 이런 장점은 미숙한 경험으로 모든 것을 비뚤게 단정했던 테스를 놀라게도 하고 기쁘게도 했다. 남자들을 터무니없이 미워했던 만큼 그녀는 상식에서 벗어날 정도로 클레어를 존경했다.

그들은 진정으로 함께 있고 싶어 했고 그녀도 그에 대한 믿음이 있기에 같이 있고 싶음을 숨기지 않았다. 보통 남자들은 다루기 힘들면서도 매력적인 여자가 사랑을 맹세한 다음에도 여전히 까다로운 태도를 보이면 위선적이라고 의심하기 마련이다. 클레어 같은 남자도 당연히 불쾌하게 여길지도 모른다는 것이 그녀의 남녀 관계에 대한 생각이었다.

약혼 기간 중에 집 밖에서 남녀가 자주 만나는 것은 시골에서 흔한 일이었고 그녀도 당연하게 생각했다. 그래도 테스에게는 다소 어색하고 부자연스러웠다. 활짝 갠 10월 내내 그들은 목장의 구석구석을 거닐었다. 시냇물이 졸졸 흐르는 물가를 따라 길을 걷는가 하면, 시내에 놓인 작은 나무다리를 건너 저편까지 갔다 되돌아오면서 목장을 거닐기도 했다. 소용돌이치며 흐르는 시냇가를 그들은 좀처럼 벗어나지 않았다. 재잘거리며 흐르는 물소리는 그들의 말벗이 되고 초원에 수직으로 떨어지는 햇살은 오색의 꽃가루를 빛나게 했다. 눈부신 햇빛 아래 수목과 울타리 그늘에는 파르스름한 안개가 퍼지곤 했다. 태양은 초원으로 다가들고 두 사람의 그림자는 사분의 일 마일가량이나 뻗어 마치 초원이 잇닿은 산기슭을 가리키는 두 개의 긴 손가락처럼 보였다.

목장을 다듬는 계절이어서 일꾼들은 조그만 도랑을 치거나 젖소들이 밟아 무너뜨린 둑을 메우는 등 여기저기서 일을 했다. 목장 바닥에 섞인 흑구슬같이 빛나는 진흙은 분지 가득 강을 이루고 있을 때에 휩쓸려 온 기름진 흙으로 예부터 내려오는 귀한 약과 같았다. 오랜 세월을 두고 물에 씻기는 동안 고운 가루가 되어 초원을 기름지게 했다. 목초가 무성하고 그것을 먹는 젖소가 잘 자라는 이유이기도 했다.

클레어는 여러 일꾼들이 보는 데서도 그녀의 허리에 팔을 두르고 나란히 걸었다. 그러나 테스와 마찬가지로 입술을 약간 벌리고 약삭빠른 동물같이 곁눈질하고 있는 그들 때문에 사실 클레어도 어색하기는 했다.

"남들이 보는 앞에서 저와 함께 거니는 걸 부끄럽게 생각하지 않는군요!"

"부끄러울 게 뭐 있어!"

"하지만 당신이 나랑 돌아다니고 있다는 사실을 에민스터에 계시는 부모님께서 아신다면…… 기껏해야 젖 짜는 여자와 말이에요."

"가장 아름다운 젖 짜는 아가씨라고 그러겠지."

"그분들은 체면을 깎였다고 생각하실지도 몰라요."

"나의 귀여운 아가씨 더버빌의 후손이, 클레어 가문의 위엄을 손상시킨다고? 당신이 그런 가문에 속한다는 사실은 여간 도움이 되는 게 아니야. 우리가 결혼하고 트링엄 목사가 당신의 혈통을 증명해 주면 사람들은 깜짝 놀랄 거야. 또 나의 장래는 우리 집과는 전혀 상관이 없는 거야. 털끝만큼도 해를 끼치는 일이 없을 테니까. 우리들은 이 마을을 떠날 텐데 남들이 뭐라 하든 무슨 상관이오? 나하고 같이 가는 걸 싫다고는 하지 않겠지?"

클레어의 가장 정다운 벗으로서 함께 살아 갈 것을 생각하니 가슴이 너무 벅차서 겨우 긍정하는 대답만 할 뿐이었다. 그녀의 설레는 가슴은 파도처럼 귀를 울렸다. 테스는 클레어의 손을 쥔 채로 햇빛이 일렁이는 강가까지 왔다. 태양은 다리 뒤에 가려져 보이지 않았지만 강물 위에서 끓는 쇳물처럼 빛나는 광채는 그들을 눈부시게 했다. 그들은 걸음을 멈췄다. 복슬복슬한 물새의 머리가 조용한 수면 위로 불쑥 솟았다가 정적을 깨뜨린 인간이 있는 걸 보자 물속으로 다시 들어가 버렸다. 이른 초저녁에 안개가 자욱이 둘렸으나 그들은 머리와 눈썹에 수정 같은 이슬이 맺히도록 강가를 거닐었다.

일요일에는 날이 완전히 어두워진 후에 산책을 했다. 약혼을 하고 첫 번째 맞는 일요일 저녁, 밖에 나와 있던 몇몇 목장 사람들은 테스의 낭랑하고 행복에 겨운 목소리를 들었다. 말귀를 똑똑히 알아들을 수 없이 멀리 떨어지긴 했어도 클레어의 팔에 매달려 걷다가 숨이 차면 간간이 얘기를 멈추고 내뿜는 숨소리와, 극히 만족하여 영혼에서 우러나는 듯한 나직한 웃음소리와, 여러 사람이 함께 사랑하던 남자를 독차지한 여자만 낼 수 있는 웃음소리 등이 때때로 들렸다. 새가 땅에 내려앉으려는 순간에 파다닥거리는 날개 소리 같은 한껏 들뜬 그녀의 발소리도 들렸다.

클레어에 대한 그녀의 사랑은 이제 테스의 호흡이자, 생명이었다. 그것은 어떤 광채와 같이 그녀를 둘러싸서 의심이나 두려움이나 불쾌한 생각이나 고민 등을 되살아나게 하려고 발버둥치는 기분 나쁜 유령들을 억누르고 과거의 슬픔을 잊게 했다. 이 유령들이 그녀를 감싼 빛의 둘레에서 늑대처럼 기다리고 있다는 사실을 그녀는 알고 있었다. 그것들이 굶주려서 숨지게 할 끈질긴 힘도 그녀에겐 있었다.

정신적인 망각과 이성적인 기억이 공존하고 있었다. 그녀는 빛속을 걷고 있었으나 등 뒤에 어둠의 그림자가 따라오는 걸 알고 있었다. 이 그림자는 번갈아 가면서 조금씩 멀어져가는 것 같기도 하고 또 다가오는 것 같기도 했다.

어느 날 해질녘에 다른 사람들이 모두 밖에 나가고 없어서 테스와 클레어가 집을 지켜야 했다. 클레어와 얘기하다가 테스는 무엇을 생각하는 듯한 눈으로 그를 바라보았다. 그도 사랑이 담긴 눈으로 그녀의 시선을 맞았다.

"저는 자격이 없어요…… 당신에겐 어울리지 않아요!"

그의 다정한 호의와 그녀 자신의 넘치는 기쁨에 증오를 느끼는 듯 낮은 의자에서 벌떡 일어서면서 소리쳤다. 그녀가 더 큰 이유가 있어 사소한 일에 이렇게 흥분한다고 생각한 클레어는 말했다.

"테스, 그렇게 말하는 게 제일 싫어! 되잖은 인습을 이용하는 건 훌륭한 사람이 할 짓은 아니야. 사람은 당신처럼 진실하고, 정직하고, 올바르고, 순결하고, 사랑스럽고, 또 평판이 좋아야 한단 말이요."

그녀는 복받쳐 나오는 울음을 참으려 애썼다. 지난 몇 해 동안 교회에서 똑같은 교훈을 헤아릴 수 없이 들을 적마다 그녀는 얼마나 괴로웠던가. 그런데 똑같은 말을 그가 되풀이하다니 얼마나 얄궂은 일인가.

"왜 그때 머물러서 저를 사랑해 주지 않았어요…… 제가 동생들과 함께 살던 열여섯 살 때, 당신이 풀밭에서 춤출 때 말이에요? 아, 왜 안 그러셨어요!"

그녀는 두 손을 꼭 쥐면서 말했다. 감정 변화가 많은 이 여자와 결혼하면 자기가 잘 돌봐줘야겠다고 생각하면서 클레어는 그녀를 위로하고 진정시키려 했다.

"정말 그래, 내가 왜 그때 그곳에 남지 않았을까? 나도 그렇게 생각해. 내가 그때 알기만 했던들! 그러나 그렇게까지 후회할 건 없잖아…… 후회하는 이유가 뭐지?"

감추고 싶은 본능으로 그녀는 재빨리 말끝을 돌렸다.

"지금보다 4년이라는 더 많은 시간을 당신과 함께 지내고 싶었어요. 그랬더라면 제가 보낸 시간은 낭비되지 않았을 거구, 또 그만큼 더 오래 행복했을 것 아니에요!"

그녀는 이제 어두운 내력을 견뎌 온 성숙한 여자가 아니라 덫에 걸린 새처럼 사로잡힌 스물한 살의 순박한 아가씨였다.

마음을 좀 가라앉히기 위해서 그녀는 밖으로 나갔다. 그는 장작불이 훤하게 비치는 벽난로 앞에 앉아 있었다. 활활 타는 장작 끝에서는 나무진이 부글부글 끓어 나왔다. 테스가 다시 방에 돌아왔을 때는 제법 진정돼 있었다.

"테스, 당신은 변덕이 좀 있다고 생각하지 않아? 뭘 좀 물어보려고 그랬는데 당신이 마침 빠져나갔어."

방석을 펴주고 자기도 곁에 앉으면서 클레어는 기분을 상하지 않을 듯한 어조로 말했다. 그녀는 갑자기 옆으로 바싹 다가앉아 한 손을 그의 팔에 올려놓고 조그맣게 말했다.

"네, 변덕쟁이일지도 몰라요. 하지만 에인절, 천성이 그런 건 아니에요!"

테스는 그렇지 않다는 걸 더욱 확실하게 보이려고 그의 어깨에 머리를 기대고는 말했다.

"물어 보고 싶다는 게 뭐예요? 꼭 대답해 드릴게요."

"당신은 나를 사랑하고 내 청혼을 받아들였으니까 결혼날짜를 언제로 할까 하는 문제가 남았는데."

"저는 이대로 지냈으면 좋겠어요."

"내년 봄에는 나도 사업을 시작하지 않으면 안 된단 말이오. 그러니까 새로운 사업으로 일이 바빠지기 전에 결혼식을 올려야 돼요."

"하지만 사업이 안정된 다음에 결혼하는 게 좋지 않을까요? 당신 혼자 가버리고 나만 혼자 남게 되면 괴로운 일이지만!"

그녀는 소심하게 대답했다.

"물론 그럴 수는 없지. 또 내 처지로 본다 해도 그건 좋은 방법이 아니야. 사업을 시작하는데 당신의 도움이 많이 필요해. 언제로 할까? 두 주일 뒤면 어때?"

"안 돼요. 생각해 봐야 할 문제가 너무 많아요."

"그렇지만 말이오."

그는 상냥하게 그녀를 끌어당겼다.

사실 결혼 문제가 눈앞에 닥칠 때는 누구나 당황하게 마련이다. 얘기가 다시 계속되기도 전에 크릭 부부와 두 사람의 젖 짜는 아가씨들이 긴 의자의 모퉁이를 돌아 벽난로의 불빛이 환한 방으로 들어왔다. 테스는 탄력 있는 공처럼 그의 옆에서 발딱 일어섰으나 그녀의 얼굴은 붉게 물들었고 눈은 장작불에 비쳐 반짝거렸다. 그녀는 짜증스럽게 변명했다.

"저 사람 옆에 가까이 앉았다가는…… 이럴 줄 알았어요! 다른 사람들한테 들킬 것 같았어요! 그의 무릎 위에 앉은 것처럼 보였을지는 몰라도 사실은 그게 아니에요!"

"아가씨가 그런 말을 하지 않으면 이런 불빛 속에서 어디 앉았는지 분간도 못했겠는데."

결혼을 앞둔 감정을 이해하지 못하는 주인은 무관심한 표정으로 부인에게 말했다.

"남들은 아무 생각도 하지 않는데 미리 겁먹을 필요는 없지. 이 애가 아무 소리 하지 않았으면 우리는 몰랐을 거야…… 암 그렇고말고."

클레어는 억지 점잔을 피우면서 냉정하게 말했다.

"우리는 머지않아 결혼할 겁니다."

"아, 그래요! 그거 정말 반가운 소식이네요. 언젠가 결정을 내리시리라 짐작했지요. 테스는 이런 데서 일하기엔 아깝죠. 나는 첫눈에 알아봤어요. 누구라도 탐낼 겁니다. 더군다나 농부의 아내로는 안성맞춤이죠. 관리인이 섣불리 굴다간 용서 없을 겁니다."

웬일인지 테스는 자취를 감추었다. 주인의 멋없는 칭찬이 창피한 것보다도 그를 따라 들어온 세 아가씨들의 표정을 보고 그녀는 놀란 것이었다.

저녁식사를 마치고 침실로 돌아오니까 친구들은 모두 한자리에 있었다. 흰 잠옷을 입은 처녀들은 침대에 앉아서 테스를 기다렸다. 등불이 켜진 방 안에 마치 복수를 하려는 귀신들이 줄지어 앉은 것 같았다. 그러나 그들의 얼굴에 악의가 조금도 없는 것을 테스는 금세 알아챌 수 있었다. 그들이 바랄 엄두도 못 냈으므로 서운해하는 기색도 보이지 않았다.

테스한테서 눈을 떼지 않고 레티가 작은 소리로 말했다.

"그이가 쟤하고 결혼한다지? 테스 얼굴에 그렇게 씌어 있어."

"그 사람과 결혼할 셈이냐?"

메리안이 물었다.

"응."

테스는 대꾸했다.

"언제?"

"어느 때고."

그들은 대답을 그저 회피하는 것으로 알았다.

"그래, 그이와 결혼한대. 그 남자랑 말이야!"

이즈 휴엣이 혼자 다짐하듯 되풀이했다. 그들은 어떤 환상에 홀린 듯이 차례차례 침대에서 맨발로 내려와 테스를 둘러쌌다. 기적이 일어난 후 친구의 몸을 검사라도 하는 것처럼 레티는 그녀 어깨에 두 팔을 얹고, 다른 두 처녀는 팔로 테스의 허리를 감고, 다 함께 그녀의 얼굴을 들여다봤다.

"어쩌면 이렇게 예쁠까! 나는 생각조차 할 수 없어!"

이즈 휴엣이 말했다.

메리안은 테스에게 키스를 했다.

"그래, 참말이야."

입술을 떼면서 말했다.

"테스가 예뻐서 그러는 거니, 그렇지 않으면 다른 사람의 입술이 금방 거기 닿았기 때문에 그러는 거니?"

레티가 쌀쌀하게 메리안에게 말했다.

"그런 생각까진 하지 않았어. 다른 사람을 다 제쳐놓고 테스가 그와 결혼한다는 게 하도 신기해서 그러는 거야. 그렇다고 해서 나쁘다는 건 아냐. 아무도 나쁘다고 말할 수는 없어. 우리는 그 남자를 사랑했을 뿐이지 결혼은 생각지도 않았으니까. 그의 아내가 될 사람이 귀족의 딸도 아니고 갑부의 딸도 아닌 우리하고 똑같이 생활하는 테스라니!"

테스가 나직하게 말했다.

"그 때문에 나를 싫어하지는 않겠지?"

이에 대한 대답을 그녀의 표정에서 읽기라도 하려는 듯이 그들은 잠옷을 입은 채로 바싹 다가섰다.

"난, 몰라. 너를 미워하고 싶은데 그래지지 않아!"

레티 프리들이 중얼거렸다.

"나도 그런 생각이 들어. 미워할 순 없어. 어찌 된 셈인지 미워지지가 않아!"

이즈와 메리안이 대꾸했다.

"그 사람은 너희들 중의 하나와 결혼해야 하는데."

테스가 말했다.

"왜?"

"너희들은 모두 나보다 훌륭하니까."

처녀들은 나직이 그리고 천천히 속삭였다.

"너보다 훌륭하다고? 아니야 테스, 그렇지 않아!"

"훌륭하단 말이야!"

테스는 성급하게 말을 가로막고 돌아서며 그들의 팔을 뿌리치더니 갑자기 눈물을 흘렸다. 옷장에 기대어 미친 듯이 되풀이하며 외쳤다.

"그렇고말고, 정말이야! 너희들이 더 훌륭하단 말이야!"

그녀의 울음은 좀처럼 그칠 줄을 몰랐다.

"그 사람은 너희 중에서 한 사람하고 약혼했어야 옳았을 거야! 지금이라도 그이가 그렇게 해야 한단 말이야! 너희들이 더 잘…… 무슨 말을 하고 있는지 나도 모르겠어! 아아!"

그들은 테스에게 다가가서 그녀를 끌어안았다. 그러나 그녀의 흐느낌은 여전했다.

"물 좀 갖다 줘. 얘는 우리 때문에 흥분한 거야. 가엾어라!"

메리안이 말했다. 그들은 조용히 테스를 침대가로 데리고 가서 다정하게 키스를 했다.

메리안이 말했다.

"그 사람에겐 네가 제일 잘 어울려. 너는 숙녀다운 데가 있고 우리들보다 배운 것도 많잖니. 더구나 그이한테 많은 것을 배우고 난 뒤로 너는 더 훌륭해진 것 같아. 그러니까 넌 자존심을 가져야해. 난 네가 자존심이 있는 여자라고 믿는데."

"그래 그런가 봐, 너무 법석을 떨어 미안해!"

그들이 다 자리에 눕고 불이 꺼지자 메리안이 테스에게 속삭였다.

"테스야, 우리가 그 남자를 그토록 사랑하면서도 너를 미워하지 않으려 했고 미워하지도 않았고 미워할 수도 없었고 우리 중에서 선택되리라고는 생각지도 않았던 것, 네가 결혼한다고 해도 미워하지 않았던 것들을 생각해 줘."

이런 말을 듣는 테스가 눈물로 베개를 적시는 것을 그들은 몰랐다. 비밀을 덮어둠으로써 클레어를 배반하고 친구들에게도 해를 끼치느니 어머니와 약속을 어기고 모든 비밀을 그에게 고백하자.

그래서 믿고 살아가던 사람한테 모욕을 당하고 자기를 어리석다고 하는 어머니의 꾸지람을 듣는 것이 떳떳하리라. 테스는 가슴이 미어질 듯한 괴로움으로 어려운 결심을 했지만 그녀들은 그녀의 심경을 눈치 채지 못했다.

32

테스는 참회하는 기분 때문에 결혼 날짜를 정하려 하지 않았다. 클레어는 좋은 기회가 있을 때마다 여러 번 말을 꺼냈지만 11월이 되어도 날짜는 여전히 미정이었다. 테스의 심정은 영원히 약혼자로서, 지금처럼 남고 싶어 하는 것만 같았다.

초원의 경치도 많이 바뀌었다. 정오의 햇살은 작업을 시작하기 전에 잠시 거닐기에 알맞을 정도로 따뜻했다. 이맘때면 산책할 시간이 생길 만큼 목장 일도 한가로웠다. 태양이 비치는 쪽의 젖은 잔디밭을 보면 잔물결처럼 반짝이는 거미줄이 바다 위에 비치는 달그림자 같이 눈에 들어온다. 오솔길의 햇빛 속을 보잘것없는 생명인 줄도 모르고 떠다니는 하루살이들은 광선의 테두리를 빠져나가 저쪽으로 날아가 버렸다. 이런 장면을 볼 때마다 클레어는 결혼 날짜를 빨리 정해야겠다고 테스에게 말했다.

이따금 클레어에게 기회를 주려고 크릭 부인이 일부러 시키는 밤 심부름에 함께 갈 때에도 그녀에게 청했다. 부인이 시키는 심부름은 거의 이 골짜기의 위쪽 기슭에 있는 농가에 가서 그곳 헛간으로 옮긴 해산이 가까운 암소의 상태를 살피는 것이다. 암소들에게는 커다란 변화가 생기는 계절이어서 날마다 한 떼의 암소들이 이 산으로 옮겨왔다. 짚을 먹이로 해서 지내다가 새끼를 낳고 새끼가 걸을 수 있을 만큼 되면 송아지와 함께 목장으로 돌아왔다. 송아지를 시장에 내놓기까지는 상당한 시일이 걸리는데 키우는 동안에는 젖을 거의 짤 수 없었다. 그러나 송아지들이 팔려서 어미 곁을 떠나기만 하면 젖 짜는 아가씨들은 다시 일을 시작했다.

집으로 돌아가던 어느 캄캄한 밤, 자갈이 깔린 벼랑 위에 다다랐을 때, 그들은 걸음을 멈추고 귀를 기울였다. 많이 불어난 냇물은 둑을 통해 스며들어 배수구로 졸졸 소리를 내며 흘러가고 있었다.

조그만 도랑까지도 물이 넘쳐서 질러갈 지름길이 없었다. 그래서 길가는 사람들은 부득이 큰길로 가야 했다. 보이지 않는 골짜기 곳곳에서 갖가지 소리가 들려와, 그들의 발밑에 커다란 도시가 있어, 그 도시에 사는 사람들의 웅성대는 소리가 아닌가 하고 착각하지 않을 수 없었다.

"마치 수십 군데의 장터에서, 수만 명의 사람들이 군중대회를 개최하는 것 같아요. 토론을 하고, 전도를 하고, 다투고, 흐느껴 울고, 으르렁거리고, 기도 드리고, 또 저주하고 있는 것 같아요."

테스가 말했다. 클레어는 별로 귀를 기울이는 것 같지 않았다.

"겨울철에는 일손이 많이 필요치 않다는 말을 오늘 주인한테서 못 들었소?"

"아뇨."

"젖소들의 젖이 점점 말라붙는단 말이야."

"네, 여남은 마리가 어저께 헛간으로 옮겨졌어요. 그저께는 세 마리를 보냈고요. 거기서 옮긴 소는 거의 이십 마리나 되는걸요. 그러면 송아지를 낳는 데 저는 필요 없다는 건가요? 오호라, 저는 이곳에서 필요 없게 됐군요. 난 그런 줄도 모르고 지금까지 열심히……."

"당신이 필요 없다는 말을 주인이 하지는 않았어. 그러나 우리 사이를 알고 있으니까 크리스마스에 내가 이곳을 떠날 때 당신도 함께 데려갈 줄 생각했다고 공손한 태도로 말하더군. 그래서 당신 없이 어떻게 일을 하겠느냐고 물었더니 바쁜 계절이 아니어서 여자가 적어도 해나갈 수 있다고 말하더군. 못된 생각이지만, 크릭이 그렇게 해서 당신이 할 수 없이 결혼을 승낙하게끔 해준 것을 오히려 기쁘게 생각하고 있어."

"기뻐하실 일은 아니라고 생각해요. 이쪽에서 편리한 경우라도 그만두라는 것은 슬픈 일이니까요."

"암, 편리하고말고. 당신도 인정하는군."

그는 그녀의 볼을 만졌다.

"왜 그러세요?"

"꼬리가 잡혀서 얼굴이 붉어졌군그래! 내가 실없이 굴었나 보군. 이제 실없는 소린 그만둡시다. 인생은 너무나 심각하니 말이오."

"그건 당신보다 제가 먼저 알았을 거예요."

지금도 테스는 심각한 인생을 살고 있었다. 어젯밤과 같은 기분에 사로잡혀 끝내 결혼을 단념하고 목장을 떠난다는 건 목장 아닌 다른 곳으로 간다는 것을 뜻한다. 왜냐하면 이제 송아지 낳는 시기가 다가오므로 젖 짜는 아가씨가 필요 없기 때문이다. 그런 것은 생각조차 하기 싫었다.

클레어는 말을 계속했다.

"테스, 그러니까 진심에서 말하는 거요. 크리스마스에는 당신도 이곳을 떠나야 할 테니까, 여러 가지 형편을 봐서라도 내 아내로서 그때 함께 떠나는 게 가장 좋고 편리한 것 같소. 당신도 이대로 지낼 수 없다는 것쯤은 알겠지."

"이대로 지낼 수 있으면 좋겠어요. 여름과 가을처럼 언제나 변함 없이 말이에요. 항상 저에게 속삭이고 지난여름처럼 저를 생각해 주시면 좋겠어요!"

"나는 변치 않아."

그녀는 그를 믿는 뜨거운 사랑에 넘쳐서 말했다.

"저도 당신이 변치 않으실 줄 알아요! 에인절, 영원히 당신 것으로 될 날짜를 정해야겠어요!"

이리하여 양쪽에서 물결 소리가 들리는 밤, 집으로 돌아가는 길에 그들은 결혼 날짜를 정했다. 목장에 돌아오자마자 크릭 부부에

게 그 사실을 알렸다. 되도록 조용하게 결혼식을 올리고 싶은 마음
에서 아무에게도 얘기하지 말라는 당부도 했다. 테스를 보내려는
생각을 하고 있긴 했지만, 막상 잃게 되니까 주인으로서는 여간 걱
정이 아니었다. 크림 걷는 일은 어떻게 할 것이며, 앵글버리와 샌
드본의 귀부인들한테 보낼 장식용 버터는 누가 만들 것인가? 오랫
동안 질질 끌던 일이 해결된 것을 크릭 부인은 축하하면서 첫눈에
봤을 때 훌륭한 남자의 신부가 될 줄 알았다느니, 도착하던 날 마
당으로 걸어오던 그녀의 모습은 뛰어나게 의젓했다느니, 또 훌륭한
가문의 후손임을 장담할 수 있었다는 등 칭찬을 늘어놓았다. 테스
가 다가올 때 우아하고 상냥한 인상을 받았다는 건 기억하고 있지
만 뛰어나게 의젓했다는 것은 상상력을 덧붙인 것인지도 모른다.

　이제 테스는 시간이라는 날개에 실려 날아가고 있었다. 그의 청
혼을 승낙했고 결혼 날짜도 이미 정했다. 날 때부터 영리한 테스는
자연의 현상과 한층 광범위하게 접촉하고 있는 사람들에게 공통된
숙명론을 깨닫기 시작했다. 그래서 클레어의 말이라면 무엇이든
순종적인 태도로 받아들였다.

　겉으로 보기에는 결혼 날짜를 알리기 위한 것 같았으나 사실은
어머니의 의견을 한 번 더 들어 보기 위해 그녀는 편지를 썼다. 어
머니는 짐작조차 하지 않았겠지만, 그녀가 택한 남자는 신사라는
것과, 결혼 후에 고백을 하면 그이보다 미숙한 사람이라면 가볍게
용납해 줄 테지만 그이는 그런 기분으로 받아들이지 않을지도 모
른다는 사연을 적었다. 그러나 더비필드 부인한테서는 답장이 오
지 않았다.

　그들이 속히 결혼해야 할 필요성을 클레어는 자신과 그녀한테 그
럴 듯하게 설명은 했지만 뒤에 밝혀진 바로 미루어 볼 때 사실 너
무 서두른 점이 있었다. 다소 이상적이고 공상적이긴 했지만 클레
어는 그녀를 깊이 사랑하고 있었다.

　클레어가 생각했던 대로 무지한 농촌 생활을 시작했을 때에는 전

원시에서나 나오는 처녀의 매력을 실제 생활 속에서 발견하리라곤 생각지도 못했다. 말로만 듣던 순진한 아름다움이 과연 얼마나 사람의 마음을 움직이는 것인지 그는 이곳에 와서 비로소 알았다. 아직 장래를 분명히 내다볼 만한 시기도 아니고, 사업의 성공에 대한 자신을 가지려면 적어도 2년은 더 있어야 했다.

"당신이 중부 지방의 농장에 정착할 때까지 기다리는 게 좋지 않을까요?"

언젠가 조심스럽게 그녀가 물어 본 적이 있었다. (그곳은 클레어가 마침 찾고 있던 농장이었다.)

"테스, 난 사실 당신을 떼놓고 싶지는 않아."

그는 대답했다. 문제가 그것뿐이었다면 그 이유는 그것으로 훌륭했을 것이다. 그러나 클레어가 테스에게 끼친 영향은 너무나 뚜렷한 것이어서 그의 태도나 습관, 말투, 그의 기호까지도 본을 따고 있었다. 그래서 그녀를 목장에 놔두고 떠나면 다시 옛날의 습관으로 돌아가 그와 어울려지지 않기 때문이었다. 그녀를 데리고 있으려는 또 하나의 이유는 클레어가 식민지로 가든 어느 곳으로 가든 간에 먼 곳으로 떠나기 전에 그의 부모가 테스를 꼭 한 번 보고 싶어 하기 때문이었다. 양친이 의견을 말한다 해서 자기의 생각을 바꿀 클레어도 아니지만, 유리한 농장을 찾는 동안에 두어 달 방을 얻어서 생활하는 것이, 테스에게 고생스러운 시련으로 느껴질지도 모르는 대인 관계—목사관에서 어머니와 대면하는 것에도 도움이 될 거라도 판단했기 때문이다.

에인절은 밀농사와 방앗간을 겸할 생각이었으므로 방앗간의 작업 과정을 보아 두려고 마음먹었다. 한때는 어느 수도원의 소유였던 웰브리지의 오래되고 커다란 물방앗간 주인은, 아무 때라도 그가 오기만 하면 작업 과정도 보여 주고 며칠 동안 실습해도 좋다고 말한 적이 있었다. 어느 날 자세한 내용을 알아보려고 몇 마일쯤 떨어진 물방앗간에 갔다가 저녁에 클레어는 탈보테이스로 돌아왔다. 클레어가 얼마동안 그 방앗간에서 지내기로 결심한 사실을 테스는 눈치 챘다. 왜 이런 결정을 했을까? 제분 과정을 견학하려는 것보다는 옛날에 더버빌 가문의 일족이 저택으로 쓰던 바로 그 농가에서 하숙할 수 있다는 우연한 사실 때문이었다. 그래서 결혼식을 마친 다음에는 마을이나 여관으로 가는 대신 곧 거기로 가서 약 2주일가량 머물기로 결정했다.

"그러고 나서, 이전에 들린 적이 있는 런던 교외에 있는 농장을 찾아가 봅시다. 그래서 3월이나 4월쯤에 부모님을 뵈도록 하고."

클레어는 말했다. 이처럼 연속되는 문제가 여러 번 되풀이되는 사이, 그의 아내가 되어야 할 믿을 수 없는 그날인 12월 31일이 바짝 다가왔다. 그녀는 중얼거렸다.

"그의 아내가 된다. 이게 정말일까? 두 사람이 한 몸이 되면 아무도 그들을 갈라놓을 수 없고 모든 고락을 함께 나눈다. 그러지 말란 법이 어디 있지? 그러나 왜 그래야만 될까?"

어느 일요일 아침, 이즈 휴엣이 교회에서 돌아와 테스에게 가만히 물었다.

"너 오늘 아침에 결혼 예고를 않더라?"

"뭐?"

이즈는 침착하게 테스를 쳐다보면서 대답했다.

"오늘은 첫 번째 예고일이야. 12월 31일에 결혼하기로 돼 있잖니?"

테스는 얼른 그렇다고 대답했다.

"결혼식 전에 세 번 예고해야 하는데 주일은 두 번 남았어."

테스는 얼굴에 핏기가 사라지는 걸 느꼈다. 이즈가 한 말은 사실이었다. 사실 결혼식 전에 세 번 공개 문답을 해야 하는 것이었다. 아마 클레어가 그걸 잊고 있었는지도 모른다! 만약 그렇다면 결혼식은 한 주일 더 연기해야 한다. 그러나 연기한다는 건 불길한 일이다. 그에게 귀띔해 주면 좋을까? 그녀는 여태까지 소극적이었으나 자기의 귀중한 보물을 놓쳐서는 안 된다는 생각에 갑자기 초조해지고 불안에 사로잡혔다.

다행히 우연한 일이 생겨서 그녀의 근심을 덜어줬다. 이즈는 결혼 예고 문답에서 테스가 빠진 것을 크릭 부인한테 알렸다. 그러자 부인은 기혼 여성이 갖는 특권을 이용하여 클레어에게 말했다.

"클레어 씨 잊으셨나요? 결혼 예고 말입니다."

"아니요, 잊어버리긴요."

클레어는 테스와 단둘이 만나자 그녀를 안심시켰다.

"걱정할 것 없어, 예고 절차를 거치지 않고 결혼 허가장을 바로 받는 편이 간단할 것 같아서 당신한테 의논도 하지 않고 결정했어. 그러니까 일요일 아침에 교회에 가도 당신 이름은 부르지 않을 거야."

"뭐 꼭 이름을 듣고 싶었던 건 아니에요."

어떤 사람이 그녀의 과거를 들추어내서 결혼 예고를 방해할까 봐 두려워하던 그녀에게 뭔가 유리하게 되어 간다는 사실은 여간 다행한 일이 아니었다. 모든 것이 테스에게 얼마나 유리하게 진행되고 있는 것일까!

"아직도 난 안심할 수 없어."

그녀는 혼자 중얼거렸다.

"이 모든 행복이 어쩌면 액운으로 짓밟힐지도 몰라. 하나님이 하시는 일은 대개 그런 일이 많으니까. 차라리 남들 하는 대로 결혼 예고를 하는 게 좋았을걸!"

그러나 모든 게 순조롭게 진행됐다. 결혼식 때 입을 옷은 지금 갖고 있는 가장 좋은 흰 드레스를 그대로 입는 걸 좋아하는지, 아니면 새 옷을 사 입는 걸 좋아하는지 클레어의 생각이 궁금했다. 그녀의 이런 걱정은 클레어의 빈틈없는 배려로 몇 개의 큰 꾸러미가 그녀에게 배달되자 일시에 사라졌다. 꾸러미 속에는 간소한 결혼식에 어울릴 물건들, 이를테면 아침에 입을 예복을 포함해서 모자와 구두에 이르기까지 모든 의복이 들어 있었다.

소포가 배달된 조금 후에 클레어가 집 안으로 들어와 이층에서 그녀가 짐을 끄르는 소리를 들었다. 잠시 후 테스는 눈물을 글썽이며 층계를 내려왔다. 클레어의 어깨에 얼굴을 대고 속삭였다.

"어쩌면 이렇게 세심하세요! 장갑이랑 손수건까지! 당신은 정말 착하고 다정한 분이에요!"

"아냐, 아냐, 런던의 양장점에 주문한 것뿐이야. 그뿐이야."

너무 고마워하는 그녀의 마음을 다른 데로 돌리기 위해 이층에 올라가 천천히 옷을 입어보고 맞지 않으면 마을의 재봉사에게 부탁해서 고쳐 입으라고 말했다.

그녀는 이층으로 올라가서 옷을 입어 봤다. 거울 앞에서 비단옷을 입은 자기를 보다가 어머니가 즐겨 부르던 신비로운 의상에 대한 민요가 생각났다.

한 번 실수한 아내에게는
영원히 어울리지 않는 옷

이 노래는 테스가 어렸을 때 어머니가 요람에 한 발을 딛고 흔들어 주며 쾌활하게 들려주던 노래였다. 귀너비어 왕비의 옷이 왕비의 비밀을 폭로했듯 테스의 옷도 빛깔이 변해 그녀의 비밀을 폭로한다면? 목장에 온 후로 그녀는 한 번도 이 노래를 생각해 본 적이 없었다.

33

에인절은 결혼식을 올리기 전에 그들이 연인으로 있을 동안의 마지막 소풍으로 목장에서 떨어진 곳에서 하루쯤 지내고 싶어 했다. 그들 앞에 미소 짓고 있는 중대한 날이 이르기 전, 다시 되풀이할 수 없는 분위기에서 낭만적인 하루를 보내고 싶었던 것이다. 가까운 마을에 물건을 사러 가자고 지난주 클레어가 귀띔을 했기에 그들은 함께 나갔다.

클레어의 목장 생활은 친구들의 처지에서 본다면 은둔자의 그것과 같았다. 몇 달이 되도록 마을에 한 번 나가보지 않았고 마차도 따로 가지지도 않았다. 꼭 필요할 때는 주인의 마차나 조랑말을 빌렸다. 그날도 그들은 주인의 이륜마차를 빌려 타고 나갔다.

그들은 세상에 태어나서 처음으로 둘이 의논해 가면서 물건을 샀다. 마침 크리스마스 이브여서 장식용 사철나무와 겨우살이가 산더미처럼 쌓였고 각처에서 모여든 사람들로 거리는 온통 붐비고 있었다.

클레어와 팔짱을 끼고 행복한 미소를 지으며 사람들 틈을 돌아다니는 대신 그녀는 뭇 사람들의 시선이 집중되는 벌을 받아야 했다. 그들은 예약했던 여관으로 들어갔고 클레어가 마차를 안으로 끌어들이는 동안 그녀는 문간에서 기다리고 있었다. 큰 휴게실은 손님들로 가득 찼으며 그들은 계속 들락날락거렸다. 손님들이 현관문을 드나들 때마다 현관 안에 있는 등불이 테스의 얼굴을 밝게 비추었다. 그때 남자 두 사람이 옆을 지나가다가 한 남자가 놀란 표정으로 그녀를 아래위로 훑어봤다. 트랜트리지는 이곳에서 굉장히 먼 곳에 떨어져 있어 그 마을 사람들이 이곳에 오는 일은 아주 드물었지만, 그녀는 그 남자가 트랜트리지 사람일는지도 모른다고 생각했다. 다른 남자가 입을 열었다.

"거, 멋진 아가씨네."

"정말 멋지군. 그러나 내가 잘못 본 게 아니라면……."

그는 말끝을 흐렸다. 마침 그때 클레어가 마구간에서 돌아왔다. 그는 문턱에서 그들과 마주치고 그들이 말하는 것을 들었다. 그리고 그녀의 겁먹은 표정을 봤다. 클레어는 그녀가 모욕당했다고 느끼고는 있는 힘을 다해 그 남자의 턱을 후려갈겼다. 그는 비틀비틀 뒷걸음질쳤다.

그 남자가 몸을 바로잡고 덤빌 기세를 보이자, 클레어는 문 밖으로 나가 대항할 자세를 취했다. 그러나 상대는 사태 파악을 달리했는지 테스의 곁을 지나가다 다시 그녀를 쳐다보더니 클레어를 향해 말했다.

　"미안합니다. 사람을 완전히 잘못 봤네요. 저는 이곳에서 사십 마일 떨어진 마을에 살고 있는 여자인 줄 알았습니다."

　클레어도 자신이 너무 성급했다는 걸 깨달았다. 더군다나 여관 복도에다 그녀를 세워 둔 것은 자기의 큰 실수라 생각하고 으레 하는 사죄로 그 남자에게 오 실링의 약값을 지불했다. 그들은 서로 기분 좋게 인사를 나누고 헤어졌다. 클레어가 마부한테서 고삐를 받아들고 테스와 함께 마차를 몰아 출발하자 두 남자도 반대 방향으로 말을 몰았다.

　두 번째 남자가 말했다.

　"정말 사람을 잘못 봤나?"

　"천만에, 잘못 보지 않았어. 그 남자의 감정을 상하게 하고 싶지 않아서 그런 것뿐이야."

　한편 사랑하는 두 사람은 마차를 몰고 있었다. 테스는 맥없는 목소리로 말했다.

　"결혼식을 좀 미룰 순 없을까요? 만약 제가 원한다면 말이에요."

　"테스, 그건 안 돼. 진정해. 그 친구가 폭행했다고 나를 고발할까 봐 그러지?"

　그는 유쾌하게 말했다.

　"아니에요. 저는 그런 뜻이 아니라 연기하지 않을 수 없는 형편이 된다면 하는 말이에요."

　그녀가 말뜻이 뚜렷하지 않아 그런 상상은 아예 하지도 말라고 타일렀다. 테스는 순순히 그의 말에 복종했다. 그러나 기분은 여전히 우울했다. 우울한 기분은 목장에 도착할 때까지도 가시질 않았다. 그녀는 '이 지방에서 몇 백 마일이나 떨어진 먼 곳에 갈 거야.

그러면 이런 일은 다시 일어나지 않을 테고 과거의 도깨비들도 거기까지는 따라오지 못하겠지.'하고 생각했다.

그날 밤 층계참에서 다정하게 헤어진 클레어는 다락방으로 올라갔다. 며칠 남지 않은 결혼식을 앞두고 필요한 것들을 챙겨 놓으려고 테스는 깨어 있었다. 그녀가 이것저것 챙기고 있을 때 머리 위에서 쿵쿵 요란한 소리가 들렸다. 마루를 차면서 후다닥거리는 소리였다. 다른 사람들은 다 잠자는데 클레어가 갑자기 병이 나지 않았나 걱정스러워 그녀는 급히 뛰어올라가 방문을 두드리면서 왜 그러느냐고 물었다.

"아, 테스, 아무것도 아냐. 놀라게 해서 미안해! 하지만 그 이유는 재미있어. 곤히 자고 있는데 아까 당신을 모욕한 그놈이 꿈에 또 나타나서 한바탕 싸움을 했어. 당신이 들은 소리는 짐을 싸려고 내놓은 여행 가방을 주먹으로 두들겨 대는 소리였어. 나는 자다가도 이런 장난을 곧잘 해. 자, 이제 걱정하지 말고 돌아가 자요."

마음을 결정하지 못하던 그녀에게 클레어의 이 얘기는 저울추와 같은 역할을 했다. 그와 대면해서는 도저히 고백할 수 없지만 다른 방법이 있다는 것을 알았다.

그녀는 삼사 년 전에 있었던 일들을 넉 장의 편지지에다 간추려 쓴 다음, 봉투에 넣고는 클레어의 이름을 적었다. 다시 약한 마음이 생기기 전에 그녀는 맨발로 살금살금 기어올라가 편지를 문 밑으로 밀어 넣었다.

으레 그럴 테지만 그녀는 뜬눈으로 밤을 지새웠다. 처음으로 들리는 희미한 소리에 귀를 기울였으나 그 소리는 여느 때와 같았고 클레어도 다른 때와 마찬가지로 계단을 내려왔다. 테스도 아래층으로 내려갔다. 클레어는 아래층에서 그녀를 만나자 키스를 했다. 언제나 변함없는 뜨거운 키스였다.

클레어는 좀 불안하고 피곤해 보였다. 그러나 둘만 있을 때도 그녀의 고백에 대해 그는 한마디도 말하지 않았다. 그 편지를 읽어본 것일까? 그가 입을 열지 않는 한 그녀로서는 아무 얘기도 할 수 없었다. 그날은 그대로 지나갔다. 클레어는 테스의 비밀을 홀로 가슴속에 간직하려는 게 분명했다. 그의 태도는 여전히 솔직하고 부드러웠다. 그녀의 의심은 한낱 부질없는 것이었을까? 그녀를 용서해 주는 것일까? 클레어는 있는 그대로의 그녀를, 오히려 그렇기 때문에 그녀를 사랑해 주고 그녀의 불안을 마치 악몽이라고 미소로 대해 주는 것일까? 그는 정말 그 편지를 받았을까? 그녀는 그의 방을 힐끗 훔쳐봤지만 아무 흔적도 볼 수 없었다. 클레어의 태도는 혹시나 그녀를 용서해 준다는 뜻인지도 모른다. 그러나 설사 그가 편지를 보지 못했다 하더라도 틀림없이 용서해 주리라는 열광적인 믿음을 그녀는 품게 되었다.

그의 태도에는 변함이 없었다. 이리하여 섣달 그믐날—그들의 결혼식이 닥쳤다.

그들은 새벽 젖 짜는 시간에 일어나지 않았다. 그들이 목장에서 마지막으로 보내는 지난 일주일 동안은 마치 손님과 같은 대접을 받았고 테스에겐 독방까지 주었기 때문이다. 아침식사 시간에 아래층으로 내려왔을 때 식당이 깨끗하게 단장된 것을 보고 깜짝 놀랐다. 매우 이른 아침인데도 주인은 벽난로가 있는 벽에 흰 칠을 하고 벽돌 아궁이에는 붉은 칠을 해놓았고 바람구멍을 장식했던, 잔가지 무늬가 있는 푸른색 무명 바람막이를 떼고 눈부신 황금색 비단 막을 아치 위에 걸었다. 이 방의 중심인 벽난로를 단장하니까 음침한 방에 화사한 웃음을 던지는 것 같았다.

"축하하는 뜻에서 뭘 좀 해드리려고 마음먹었죠. 옛날에 하던 식으로 비올라나 바이올린을 갖추어서 한바탕 떠들썩하게 하려 해도 도련님께서 싫어하실 테니까 조용하게 축복하는 방법을 생각하다 보니 이렇게 됐지요."

주인이 말했다. 테스의 가족과 친구들은 멀리 떨어져 있기 때문에 초대를 했다 하더라도 오기가 힘들었겠지만 사실 말로트 마을에서는 아무도 초대하지 않았다. 에인절의 가족에겐 결혼 날짜와 시간 등을 알리고 한 사람이라도 와주시면 기쁘겠다는 사연을 적어 보냈다. 그런데 에인절의 행동을 괘씸하게 생각했는지 형들한테서는 아무 답장이 없었다. 그러나 부모한테서는 성급한 결혼을 한탄하는 편지가 왔다. 사랑하는 아들의 부인이 젖 짜는 아가씨임을 못내 서운해하면서도 에인절은 옳은 판단을 할 수 있는 연령에 도달했으니까 그것으로 위안을 삼겠다는 내용이었다.

클레어는 그들을 놀라게 할 그녀의 유리한 혈통이 없었더라면 이처럼 냉정한 편지에 크게 낙심했겠지만 다행히 낙심하지 않았다. 목장에서 나온 테스를 더버빌의 후손이니 또 숙녀니 하고 내세우는 것은 무모하고 위험한 일이라고 생각했다. 그래서 지금부터 몇 달 동안 여행도 하고 책도 읽으며 사회생활에 익숙해질 때까지 그녀의 가문을 숨겨 두었다가 부모님을 뵐 때에 명문의 후손이라고 자랑스럽게 소개할 속셈이었다. 이것은 적어도 사랑하는 사람의 아름다운 꿈이었다. 테스의 혈통은 에인절 클레어에게 세상의 어떤 가문보다 더 가치 있게 느껴졌다.

편지를 직접 전했는데도 그녀에 대한 클레어의 태도에 변함이 없는 것을 보고 그녀는 죄책감을 느끼면서도 과연 그가 편지를 봤는지 의심하지 않을 수 없었다. 클레어보다 먼저 식사를 마치고 그녀는 급히 위층으로 올라갔다. 오랫동안 클레어의 동지였던 괴상한 침실을 한 번 더 들여다보고 싶은 마음이 문득 생겼다. 그래서 사다리를 기어 올라가 열린 문 앞에 서서 골고루 살펴봤다. 이삼 일 전에 흥분해서 편지를 밀어 넣은 문지방 밑으로 허리를 구부렸다. 융단이 문지방 가까이까지 깔려 있고, 그 융단 밑에는 클레어한테 보낸 하얀 편지봉투의 끝이 어슴푸레하게 보였다. 문 밑으로 넣는다는 것이 서두른 나머지 융단 밑으로 집어넣었으니 클레어가 그것을 보았을 리 없었다. 그녀는 정신이 아찔해지면서 편지를 꺼냈다. 편지 봉투는 그녀가 밀어 넣을 때 봉한 그대로였다. 앞을 가리

253

고 있는 산은 아직 걷히지 않았다. 사람들은 준비하느라 법석을 떨고 있어서 클레어에게 다시 편지를 전할 수도 없었다. 그녀는 자기 방으로 돌아가서 편지를 찢어버렸다.

테스의 얼굴이 창백한 것을 보고 클레어는 적이 염려됐다. 편지를 잘못 넣은 사실이 그녀의 고백을 방해한 것처럼 생각됐지만 그녀는 그렇게 속단할 필요는 없다고 다짐했다. 시간은 아직 남아 있다. 사람들은 오락가락하느라 집 안은 온통 벌집을 쑤셔 놓은 것처럼 부산했다. 주인 부부는 그들의 입회인으로 동행해야 했기 때문에 정장을 차려입어야 했다. 조용히 생각하거나 신중히 이야기할 시간을 갖는다는 건 불가능했다. 단둘이 얘기할 수 있었던 시간은 계단에서 잠깐 만났을 때뿐이었다. 테스는 일부러 명랑한 척하면서 말했다.

"꼭 말하고 싶은 게 있어요. 저의 결점과 실수를 전부 고백하겠어요!"

"안 돼, 안 돼, 흠을 얘기하고 있을 때가 아니야. 적어도 오늘 하루만은 완전한 아가씨로 보여야 해. 서로의 잘못을 얘기할 시간은 앞으로 얼마든지 있을 테니까 나도 그때 고백하겠어."

그는 바쁜 듯 말했다.

"하지만 지금 말하는 게 저한테는 좋을 것 같아요. 그래야만 당신이 나중에 가서라도 뭐라고……."

"이 괴짜 아가씨, 정 그러면 우리가 하숙 자리를 정했을 때 바로다 말하라구. 그때 나도 나의 과실을 얘기할게. 오늘 같은 날 그런 얘기로 맘 상해서는 안 돼. 그런 얘기는 심심할 때 해야 어울리는 거야."

"그러면 당신은 제 얘기를 듣고 싶지 않으세요?"

"테시, 정말 듣고 싶지 않아."

서둘러 옷을 갈아입고 떠나야 했으므로 더 이상 얘기할 시간도 없었다. 클레어의 말을 생각해 보니 훨씬 안심이 됐다. 곧 다가올 결정적인 두 시간 동안은 그에 대한 애정의 힘찬 물결에 휩쓸려 밀려나가느라 생각할 틈도 없었다.

그녀가 오래 억눌러 오던 단 하나의 소원, 즉 그의 아내가 되고 그를 남편이라고 부르며 필요하다면 목숨이라도 바치려는 소원은 지루하게 더듬어 오던 반성의 골목길에서 그녀를 끌어올렸다. 그녀는 옷을 갈아입으면서 여러 빛깔로 아롱진 이상의 구름 속을 헤매고 있었다. 그 이상은 밝은 빛으로 모든 불길한 사건들을 덮어버렸다.

교회는 멀리 떨어진 곳에 있고 겨울철이어서 마차를 타야 했다. 길가 여관에 보관돼 있는 승용 마차를 부탁했는데, 이 마차는 역마차로 여행하던 시대부터 오늘날까지 사용하지 않고 이 여관에 보관되어 있는 것이었다. 마차에는 튼튼한 바퀴살과 육중한 바퀴테, 커다랗게 구부러진 마차 밑바닥과, 또 무지무지하게 굵은 가죽끈과 용수철, 그리고 망치 모양으로 생긴 채가 달려 있었다. 마부는 젊어서 풍상을 많이 겪은 데다가 독한 술을 마셔서 류머티스성 통풍에 걸린 육십쯤 된 늙은이로 지난 25년 동안을 하는 일 없이 여관 문 앞에서 서성거리며 젊은 시절이 되돌아오기를 기다리고 있는 것 같았다. 그의 오른발에는 캐스터브리지의 킹스 암스 여관에서 정식 고용원으로 일할 때 귀족 마차의 채에 쓸려서 생긴 상처가 남아 고름이 나오고 있었다.

늙은 마부가 모는 삐걱거리는 마차 안에는 신랑 신부와 주인 부부, 이렇게 즐거운 네 사람이 자리 잡고 있었다. 형들 중 한 사람만이라도 신랑의 들러리로 참석해 주기를 에인절은 바랐고 편지에도 그런 희망을 비쳤는데도 아무 소식이 없는 것을 보니 오고 싶은 생각이 없는 것 같다. 형들은 이 결혼을 달갑게 여기지 않았으니까 와서 축복해 줄 리 없었고 오히려 참석하지 않는 편이 잘된 일인지도 몰랐다. 형들은 세속적인 사람들은 아니었다. 그래도 이 결혼을 어떻게 생각하느냐 하는 것은 제쳐놓고라도, 목장의 일꾼들과 자리를 함께 한다는 것이 편파적이고 까다로운 그들에겐 불쾌한 일이었음에 틀림없으리라.

테스는 시간의 흐름에만 마음이 사로잡혀 있었기 때문에 그런 사실에 대해서는 조금도 몰랐고, 아무것도 눈에 보이지 않았으며 또 어느 길로 해서 교회에 가는지도 몰랐다. 그녀는 에인절이 옆에 있다는 사실만을 알고 있을 뿐, 그 밖의 모든 것은 빛나는 신기루 같았다. 그녀는 이를테면 시에 천상의 선녀 같은 존재였다. 그들이 함께 산보할 때면 클레어가 흔히 들려주던 고전 속에 나오는 여신 같았다.

결혼 허가장만으로 진행되는 결혼식이어서 참석한 사람은 열두 명밖에 되지 않았다. 그러나 참석한 사람이 설사 천 명이었다 하더라도 그녀에게 미치는 영향은 조금도 없었으리라. 지금의 그녀에게 그들은 별세계만큼이나 아득히 떨어져 있었다. 테스가 클레어에 대한 정절을 맹세하는 엄숙한 순간에는 흔해 빠진 성 따위는 경박하고 하찮아 보였다. 그들이 함께 무릎을 꿇고 있는 사이 식이 잠깐 멈췄을 때, 그녀는 자기도 모르게 몸이 기울어 어깨가 클레어의 팔에 닿았다. 깜짝 놀라는 순간 클레어가 정말 옆에 있음을 확인하고 그의 성실성만 있으면 두려울 것 없다는 신념이 솟았다.

클레어는 테스가 자기를 사랑한다는 걸 잘 알고 있었다. 그녀의 모습 하나하나에서 나타나고 있었다. 그러나 그때는 애정의 깊이와, 순정과, 상냥한 마음씨가 어느 정도인지 충분히 알지 못했고 그 사랑이 얼마만한 고뇌와 정직성과 참을성, 그리고 또 진실성을 밑받침하는지 몰랐다.

그들이 교회 밖으로 나올 때, 종지기가 종각에 있는 종을 힘껏 흔들어서 삼박자의 종소리가 사방에 울려 퍼졌다. 교회를 건립한 사람들이 마련한 종은 힘을 다해 마을의 경사를 울렸다. 남편과 함께 문 쪽으로 발을 옮길 때, 종소리가 지붕창이 달린 종루에서 둥글게 음파를 그리며 사방으로 퍼지는 것을 느낄 수 있었다. 그것은 그녀의 긴장된 분위기와 어울리는 것 같았다. 사도 요한이 태양 속에서 보았다는 천사처럼, 내려오는 빛을 받아 영광스러워진 것 같은 그녀의 흥분은 교회의 종소리가 사라지고 결혼식의 감동이 가라앉을 때까지 계속되었다. 테스는 비로소 사물을 똑똑히 볼 수 있었다. 크릭 부부는 자기들이 집으로 돌아갈 마차를 보내도록 이르고 타고 온 마차는 젊은 부부용으로 내주었기 때문에 그녀는 말없이 앉아서 마차를 오랫동안 바라보고 있었다.

"테시, 기분이 언짢은 것 같아."

클레어가 말했다. 그녀는 이마에 손을 갖다 얹으면서 대답했다.

"네, 가슴 떨리는 일이 많아요. 에인절, 모든 것이 진지할 뿐이에요. 무엇보다도 이 마차는 언젠가 본 일이 있는 것 같아요. 여러 번 본 것 같은…… 참 이상해요. 꿈속에서 봤는지 모르겠어요."

"아, 당신은 더버빌 가문의 마차에 관한 전설을 들었군그래. 이 지방에서 당당히 행세할 때 당신네 가문에 관해 이 지방에 파다하게 퍼졌던 전설이지. 그래 이 오래된 옛날 마차를 보고 생각이 났군."

"저는 그런 얘기를 들은 적이 없어요. 어떤 전설인지…… 들려주실 수 없어요?"

그녀는 말했다.

"지금은 그런 얘기를 자세히 하고 싶지 않은데. 16세긴가 17세기경에 더버빌 가문의 어떤 사람이 자기 집 전용 마차 안에서 범죄를 저질렀다는 거야. 그런 일이 있는 다음부터 그 집안사람들은 마차가 보이거나, 또 그 소리를 들을 때마다―그 다음은 나중에 얘기하지―아주 어두운 얘기니까. 이 마차를 보니 희미한 기억이 되살아났나 보네."

"그런 얘기를 들어본 기억은 없어요. 에인절, 우리 가족이 그 마차를 보게 된 때가 죽으려고 할 때인가요, 아니면 죄를 지으려고 할 때인가요?"

테스는 물었다.

"테스, 이제 그만!"

클레어는 키스로 그녀의 입을 막았다. 그들이 집에 돌아왔을 때 그녀는 자책감에 시달렸다. 에인절 클레어 부인이 된 건 사실이다. 그러나 그 이름에 부끄럽지 않은 도덕적인 자격이 조금이라도 있는 것일까? 알렉산더 더버빌 부인이라고 부르는 편이 더 마땅하지 않을까? 흠 없는 사람에게 죄 많은 눈가림으로 보일 행동을 굳센 사랑으로 정당화할 수 있을까? 이런 경우 어떤 태도를 취해야 좋을지 테스는 알지 못했다. 의논할 사람도 없었다.

그러나 잠시 동안 그녀는 자기 방에 혼자 있게 된 것을 알자—이 방에 들어오는 것도 오늘로 마지막이다—그녀는 무릎을 꿇고 기도드렸다. '하나님'께 기도드리려 생각했지만, 그녀가 매달려서 호소하는 상대는 그녀의 남편이었다. 클레어에 대한 그녀의 숭배는 우상화에 가까워서 불행의 전조가 아닌가 하는 두려운 생각마저 들었다.

로미오와 줄리엣에 나오는 로렌스 신부의 말이 떠올랐다. '걷잡을 수 없는 기쁨은 걷잡을 수 없는 종말을 본다.' 그것은 인간의 처지에서 보면 너무나 무모했을지도 모른다. 너무나 격심하고, 너무나 철저하고, 또 너무나 치명적이었을는지도 모른다.

그녀는 혼자 중얼거렸다.

"아, 내 사랑, 당신이여, 어째서 이다지도 당신을 사랑할까요! 당신이 사랑하는 여자는 지금의 제가 아니라 한때 저와 비슷한 여자일 거예요!"

출발할 시간이 다가왔다. 그들은 웰브리지 방앗간 근처의 농가에서 며칠 묵을 일정이었다. 클레어는 제분 과정을 견학할 동안 그곳에 머물 셈이었다. 오후 2시가 됐다. 출발만을 기다리고 있었다. 목장 일꾼들이 모두 나와서 그들을 전송하려고 빨간 벽돌 입구에 서고 크릭 부부도 문까지 따라 나왔다. 한 방에서 지내던 세 친구들이 나란히 벽을 등지고 서글프게 고개를 기울이고 있었다. 떠날 때 그녀들이 나와 주려나 테스는 내심 기대하고 있었고 그녀들은 냉정을 잃지 않고 나와 있었다. 어째서 우아한 레티가 그토록 창백해 보이며, 이즈는 슬픔이 가득해 보이며, 메리안은 멍청해 보이는지 테스는 그 이유를 잘 알고 있었다. 그녀들의 슬픔을 생각하느라고 자신을 따라다니는 불행한 그림자는 잠시 잊고 있었다. 그녀는 클레어에게 속삭였다.

"저 아가씨들에게 키스를 해주시겠어요?"

클레어는 처음이자 마지막으로 형식에 불과한 작별인사에 반대하지 않았다. 그녀들 앞을 지날 때 일일이 키스하고 "안녕" 하며 작별인사를 했다. 문 앞에 다다라서 그 자비의 키스효과가 어떤가 보려고 테스는 궁금증으로 뒤돌아봤다. 그러나 그런 때 있을 법한 자랑스러운 기색이 그녀들에게 없었다. 그런 기색이 있었다 하더라도 금세 사라졌을 것이다. 작별의 키스는 진정시키던 감정을 불러일으켜서 씁쓸했다.

클레어는 이런 사실을 조금도 몰랐다. 조그만 사립문을 빠져 나가면서 크릭 부부와 악수하며 그동안의 호의를 감사했다. 인사를 마치고 그들이 걸음을 옮기는 사이 잠시 침묵이 흘렀다.

별안간 수탉 우는 소리가 정적을 깨뜨렸다. 빨간 볏을 단 흰 수탉이 그들로부터 두어 야드 떨어진 곳의 울타리 기둥 위에 날아올라가 앉아 있었다. 날카로운 울음소리는 그들의 귀를 쨍쨍 울리고 산골짜기로 메아리쳐 사라졌다.

크릭 부인이 말했다.

"어머? 낮에 닭이 울다니!"

두 사나이가 마당 문을 열고 사립문께에 서 있었다. 쪽문에 있는 사람들 귀에 들릴 것을 꺼리지도 않는 듯 그중 한 사람이 옆의 남자에게 말했다.

"이건 좋지 않은데."

수탉은 클레어를 똑바로 향해서 다시 울었다.

주인이 고개를 갸우뚱하면서 말했다.

"이상한데!"

"전 저 소리가 듣기 싫어요!"

테스가 남편에게 말했다.

"마부한테 출발하라고 말해 주세요. 안녕히 계십시오! 안녕히 계세요!"

수탉이 또 울었다.

"쉿! 저리 가버려, 빌어먹을, 안 가면 목을 비틀어 버릴 테다!"

주인은 짜증스레 닭을 내쫓았다. 그리고 집으로 들어가면서 부인에게 말했다.

"하필이면 오늘 같은 날 울 게 뭐람! 수탉이 낮에 우는 건 1년 내내 본 적이 없었는데."

"날씨가 바뀌려고 그러는 거예요. 불길한 생각은 마세요!"

부인은 말했다.

34

골짜기를 따라 삼 마일가량 달려 웰브리지에 도착해서 이 마을의 명물인 엘리자베스 여왕 시대의 양식을 본뜬 다리를 건넜다. 다리의 바로 뒤쪽에는 그들이 머무를 집이 있는데 이 집의 모양은 프룸 분지를 지나는 여행자들에게 낯익은 것이었다. 이 집이 한때는 훌륭한 저택의 일부였고 또 더버빌 가문의 소유로서 쓰인 일이 있었으나 일부가 부서진 뒤로는 농가로 사용되고 있었다.

"조상께서 쓰시던 저택에 잘 오셨습니다!"

클레어는 마차에서 내리는 테스의 손을 잡아줬다. 그러나 이 말이 야유에 가까웠으므로 클레어는 자신의 농담을 후회했다. 방을 두 개 부탁한 그 집에 들어가 보니, 주인은 새해 인사 겸 친구들을 찾아보려고 이미 여행 중이었고, 집에는 그들의 시중을 들 여자가 이웃 농가에서 와 있다는 사실을 알았다. 둘이서 집을 독차지하게 된 것과 단둘이 시작하는 신혼생활을 기뻐했다.

그러나 그는 낡은 저택이 어딘지 모르게 테스의 마음을 침울하게 한다는 것을 알았다. 마차가 돌아가자 그들은 손을 씻으러 하녀를 따라 이층으로 올라갔다. 이층에 올라섰을 때, 테스는 걸음을 멈추고 눈을 크게 떴다.

"왜 그래? 무슨 일 있어?"

그는 말했다.

"저 무서운 여자들을 보세요! 깜짝 놀랐어요."

테스는 웃음 지으며 대답했다. 그는 위를 쳐다봤다. 돌벽을 파서 고착시킨 두 개의 화판에는 실물과 똑같은 크기의 초상화가 있었다. 두 개의 초상화는 약 200년 전에 그린 것으로 누구나 그 부인들의 초상화를 보면 오래도록 기억될 만한 인상이었다.

갸름한 얼굴과 가느다란 눈웃음을 짓고 있는 부인은 무정하고 앙칼진 인상을 풍기고 있었다. 매부리코에 커다란 이빨, 부리부리한 눈을 가진 흉측한 부인은 도도한 인상을 풍겼다. 꿈에 나올까 무서운 얼굴들이었다. 클레어가 하녀에게 물어봤다.

"이것은 누구의 초상이죠?"

"이 집의 옛날 주인이던 더버빌 가문의 귀부인들이라고 얘길 들었는데요. 벽에다 아주 고정시켜 놓았기 때문에 떼어내지를 못한답니다."

초상화가 테스를 놀라게 한데다가 더욱 불쾌한 것은 테스의 아름다운 얼굴이 과장된 초상화의 모습과 닮은 흔적을 찾을 수 있다는 사실이었다. 클레어는 아무 말도 하지 않았으나 이런 집을 택한 걸 후회하면서 딸린 방으로 들어갔다.

그 방은 서둘러 준비되어 대야가 하나밖에 없었으므로 그들은 한 대야에서 함께 손을 씻었다. 물속에서 클레어의 손이 그녀의 손에 닿았다.

"어느 게 내 손가락이고 어느 게 당신 것인지? 엇갈려서 잘 모르 겠는데."

그는 얼굴을 들면서 말했다.

"모두 당신 거예요."

그녀는 되도록 즐거운 표정을 지으려고 애를 썼다. 이런 때 그녀 가 생각에 잠겨 있는 것을 클레어는 불쾌하게 생각하지 않았다. 감 정이 섬세한 여자는 으레 그러기 마련이니. 테스도 자신이 우울해 보이는 것 같아 명랑한 기분을 되찾으려 웃어 보았다.

그해의 마지막 날인 오후의 짧은 햇살도 저물어, 창틈으로 새어 드는 황금빛 줄무늬 광선이 그녀의 치맛자락에 아른거렸다. 옛날 식으로 갖추어 꾸민 응접실로 들어가 처음으로 단둘이 식사를 했 다. 비로소 오붓한 식사 시간을 갖게 된 클레어는 마치 어린애처럼 좋아했다.

한 접시에 담은 빵과 버터를 둘이서 나누어 먹는다든지, 그녀의 입술에 붙은 빵부스러기를 핥아먹는 것을 무척이나 재미있어 하는 것이었다. 자기와 함께 어울려 주지 않는 그녀의 태도는 좀 의아했 지만 '이 여자가 내가 사랑하는 귀여운 테스야.'하고 자신에게 타일 렀다.

'이 연약한 여인이 철두철미하게 나의 성실과 운명에 의해서 좌 우되는 존재임을 내가 충분히 인식하고 있는가? 그런 것 같지 않 다. 나 자신이 여자가 아니고서는 그녀의 심정을 알 수 없다. 내 위 치에 따라 이 여자의 위치도 결정될 것이다. 내가 출세하면 이 여 자도 출세할 것이고, 내가 하지 못하는 일은 이 여자도 할 수 없을 것이다. 이 여자를 업신여기거나, 맘을 상하게 한다거나, 또 그녀 를 저버릴 때는 오지 않을까? 하나님, 이런 죄를 범하지 않도록 지 켜주옵소서!'

해가 저물기 전에 보내 주겠다고 목장 주인이 약속한 그들의 짐 이 도착하기를 응접실에서 기다리고 있었다. 그러나 날이 저물도

록 짐은 오지 않았다. 그들은 빈손으로 왔기 때문에 입은 옷 외에
는 아무것도 없었다. 해 저무는 것과 때를 같이하여 조용하던 겨울
날씨는 변덕을 부렸다. 창 밖에서 비단이 스치는 것 같은 소리가
들리기 시작했다. 지난 가을의 가랑잎이 바람에 흩날리며 덧창에
부딪치더니 비가 내리기 시작했다.

"그 수탉은 날씨가 변할 것을 미리 알고 있었군."

클레어가 말했다. 시중드는 여자는 식탁에다 초를 갖다놓고 자기
집으로 돌아갔다. 그들은 초에다 불을 켰다. 촛불은 벽난로 쪽으로
쏠렸다. 흘러내리는 촛농을 바라보며 클레어가 말을 이었다.

"이런 옛날 집은 바람 구멍투성이군. 짐마차는 어디쯤 왔을까?
솔도 빗도 하나도 안 가져왔는데."

그녀는 대꾸했다.

"글쎄 말이에요."

"테스, 다른 때는 명랑하더니 오늘 저녁엔 기분이 가라앉은 것
같아. 이층에 있는 흉칙한 초상화 때문에 불안했나 봐, 이런 데로
데리고 와서 미안해. 그런데 당신이 정말 나를 사랑하는지 알 수가
없어."

그녀가 사랑하고 있다는 것은 물론 클레어도 안다. 심각한 뜻으
로 한 말은 아니었지만, 그녀는 설움이 복받쳐 상처 입은 짐승처럼
웅크렸다. 참으려고 해도 흐르는 눈물을 막을 수 없었다.

"진심으로 말한 건 아니야! 당신은 짐이 오지 않아서 걱정하는 거
지? 나도 그런 줄 알아. 조나단 영감이 왜 아직 안 오는지 알 수가
없군. 벌써 7시 아냐? 아, 드디어 왔나?"

문 두드리는 소리가 났다. 클레어밖에 나가 볼 사람이 없었다.
그는 조그만 꾸러미를 한 개 들고 돌아왔다.

"조나단 영감이 아니더군."

"큰일이네요!"

테스가 말했다. 그 꾸러미는 특별히 보낸 심부름꾼이 가지고 왔

다. 에민스터에 있는 목사관에서 온 심부름꾼으로 신혼부부가 목장을 출발한 직후에 탈보테이스에 도착했으나 반드시 본인에게 직접 전달하라는 부탁때문에 이곳까지 찾아온 것이다. 클레어는 밝은 곳으로 그것을 가지고 왔다. 삼십 센티미터도 채 안 되는 이 짐은, 천막 천으로 싸서 꿰매었고 아버지의 도장이 찍힌 위로 빨간 봉인이 되어 있었다. 겉에는 아버지의 친필로 '에인절 클레어 부인 앞'이라고 씌어 있었다. 클레어는 꾸러미를 테스한테 주면서 말했다.

"테스, 당신한테 주는 작은 결혼 선물이야. 참 마음이 깊으신 분들이야."

어리둥절한 표정으로 테스는 꾸러미를 받았다. 그녀는 클레어에게 짐을 되돌려 주며 말했다.

"당신이 풀어 주세요. 이 어마어마한 봉인을 뜯고 싶지 않아요. 너무 위엄 있게 보여서…… 저 대신 좀 풀어 주세요!"

그는 꾸러미를 끌렀다. 안에는 모로코 가죽으로 만든 조그만 상자가 들어 있고 그 상자 위에는 편지와 열쇠가 놓여 있었다. 클레어 앞으로 온 편지에는 다음과 같이 적혀 있었다.

사랑하는 내 아들아!

네가 어렸을 때 세상을 떠난 사치스럽고 친절한 너의 대모 피트너 부인이, 네가 택할 신부와 너에 대한 호의의 표시로 자기가 갖고 있던 보석 중 일부를 내게 맡긴 사실을 너는 잊었겠지. 그 보석은 어느 때고 네가 결혼을 하게 되면 네 아내에게 전해 달라고 하셨다. 나는 이 당부를 존중해서 내가 거래하는 은행에 그 보석을 보관하고 있었다. 너도 알다시피 일생동안 사용할 소유권을 가진 부인에게 이 보석을 넘겨줘야 할 단계에 이르렀구나. 그래서 나는 이 보석을 즉시 너희한테 보낸다. 그러니까 이 보석은 너의 대모의 유언에 따른 상속 재산이고 이 문제에 관한 유언장을 동봉한다.

"이제야 생각나는군. 그동안 까맣게 잊고 있었어."

상자를 열자 안에는 목걸이와 팔찌, 귀걸이 그리고 몇 가지 장식품이 들어 있었다. 처음에는 테스가 보석에 손대기를 두려워했으나 클레어가 그중 한 개를 펼쳐 보이자 그녀의 눈도 그 보석처럼 반짝였다. 그녀는 믿을 수 없다는 듯이 말했다.

"이게 내 거예요?"

"당신 거고말고."

그는 난롯불을 물끄러미 들여다봤다. 클레어가 열다섯 살 때 세상을 떠난 대모는, 대지주의 부인으로 그가 사귀어 본 유일한 갑부였고 클레어의 성공을 확신하고 또 훌륭한 운명도 예언해 주었던 일이 생각났다. 자신의 아내와 그 후손들을 위해서 이런 보석을 간직한다는 것은 화려한 앞날을 예측했던 대모로서 당연한 것 같았다. 그러나 그 보석들은 비웃는 듯 반짝였다. '왜 간직했던 걸까?' 그는 자신에게 물었다. 보석을 간직한다는 건 어디까지나 허영심에 불과했다. 며느리한테 물려준다는 원리가 부부라는 방정식에 적용된다면 그것은 남편도 가질 권리가 인정되어야 할 것이다. 어쨌든 그의 아내는 더버빌 가문의 후손이다. 과연 테스보다 보석이 더 잘 어울릴 사람이 어디 있을까?

"테스, 해봐요, 걸어 봐!"

갑자기 열을 올려 말한 클레어는 거들어 주기 위해 일어났다. 마술이라도 걸린 듯이 그녀는 이미 목걸이도 귀걸이도 팔찌도 그리고 다른 것들을 모두 걸치고 있었다.

"그런데 테스, 그 가운이 안 어울려. 그런 다이아몬드에는 앞가슴이 트인 옷이라야 되겠어."

"그래요?"

"그럼."

옷의 윗부분을 어떻게 접어 넣으면 야회복과 비슷하게 만들 수 있는가를 보여 주자 그녀는 가르쳐 준 대로 웃옷의 깃을 안으로 집어넣었다. 목걸이에 달린 장식이 하얗게 드러난 목에서 제 모양을

265

드러냈을 때, 클레어는 몇 걸음 뒤로 물러서서 그녀를 훑어봤다.

"멋있는데, 정말 눈부시게 아름다워!"

단장한 테스의 자태에 눈이 부셨다.

"그런 자태로 무도회에 나타나기만 하면! 아니야. 차양 달린 모자와 수수한 작업복을 입은 당신이 나는 더 좋아. 그 모습이 가장 잘 어울려. 그렇고말고, 이 옷을 입은 것보다 훨씬 낫지. 이 옷을 입었다고 해서 품위가 떨어지는 것은 아니지만 말이야."

훌륭한 치장을 한 그녀는 마음이 설레어서 얼굴이 상기되기는 했지만 아직도 행복을 느낄 순 없었다.

"조나단이 보면 창피하니까 풀어 놔야겠어요. 이런 것들이 나에겐 어울리지 않죠, 그렇죠? 모두 팔아버리는 게 좋겠어요."

"그대로 있어요. 팔아버린다고? 그건 절대로 안 돼. 그건 신의를 배반하는 거야."

그녀는 그가 시키는 대로 따랐다. 그녀는 할 말이 있었다. 지금의 분위기가 그런 얘기를 하는 데 도움이 될지도 몰랐다. 그녀는 보석을 걸친 채 자리에 앉았다. 짐을 가지고 조나단이 지금쯤 어디 왔을까 하고 그들은 기다렸다. 그가 오면 주려고 따라 놓았던 맥주는 김이 다 빠졌다.

조금 있다가 그들은 저녁식사를 했다. 식사가 끝날 무렵에 벽난로의 연기가 갑자기 확 퍼지더니 마치 거인이 손으로 굴뚝 위를 막은 것처럼 방 안에 가득해졌다. 바깥문이 열려 바람이 들어왔기 때문이었다. 복도에서 묵직한 발소리가 들려 에인절이 밖으로 나갔다.

"아무리 두드려도 대답이 없어서요."

발소리의 주인공은 바로 조나단 케일이었다.

"게다가 밖에는 비가 오고 있으니까 제가 문을 열었죠. 여기 짐을 가져왔어요."

"무사히 도착해서 반갑군. 그러나 상당히 늦었는데."

266

"네, 그렇게 되었죠."

그의 말투에는 낮에 느끼지 못하던 좀 언짢은 기색이 엿보였다. 그의 이마에는 나이의 주름살에다 근심의 주름살까지 깊이 패어 있었다.

"서방님과 아씨께서…… 이젠 아씨라고 부르죠. 오늘 오후에 출발하시고 나서 말씀예요. 목장에선 하마터면 끔찍한 불상사가 생길 뻔해서 모두들 혼이 났답니다. 대낮에 수탉이 운 걸 설마 잊어버리시지는 않았겠죠?"

"아니, 어떻게 된 거요, 무슨……."

"하여간 그걸 가지고 이러쿵저러쿵 말이 많았지요. 구구하게요. 가엾게도 레티 프리들이 물에 빠져 죽으려고 했대요!"

"아니 그럴 수가! 다른 사람들과 함께 우리한테 작별인사까지 했는데……."

"네, 그랬죠. 서방님과 아씨께서 떠나신 다음에 레티하고 메리안은 모자를 쓰고 밖으로 나갔어요. 연말이니까 할 일도 없는데다가, 다들 거나하게 한잔씩 했으니 눈여겨보는 사람도 없었죠. 그들은 류에버라드 술집에서 술을 마시고, 드리 암드 크로스 술집까지 함께 간 후 그곳에서 헤어진 모양이에요. 레티는 집으로 가는 척하면서 목초지를 가로질러 갔고, 메리안은 다른 술집이 있는 이웃 마을로 갔다더군요. 뱃사공 한 사람이 집으로 가는 길에 그레이트 풀이라는 큰 늪가에 이상한 것을 발견할 때까지 레티의 소식은 아무도 몰랐었죠. 뱃사공이 가까이 가서 보니까, 레티의 모자와 숄이 뭉쳐놓였더래요. 물속에서 레티를 발견해서 그 뱃사공과 다른 사람이 그녀를 메고 왔는데…… 처음엔 죽은 줄 알았다니까요. 다행히 되살아났어요."

우울한 이야기가 테스에게 들릴까 싶어 에인절은 그녀가 있는 안방과 복도 중간의 문을 닫으러 갔으나, 어깨에 숄을 걸친 그녀는 이미 방문 앞에 와서 조나단이 가져 온 짐 위에서 반짝이는 빗방울에 시선을 멎은 채, 그의 얘기에 귀를 기울이고 있었다.

"더 기가 막힌 것은 메리안이었죠. 전엔 맥주도 조금밖에 못 마시던 그 아가씨가 곤죽으로 취해서 버들 숲 근처에 쓰러져 있는 것을 찾아냈죠. 그녀가 많이 마실 소질이 있다는 건 몸을 봐도 알 수 있지만, 보아하니 처녀들은 모두 정신이 나간 것 같아요!"

"이즈는 어떻게 됐죠?"

"이즈는 여느 때처럼 집에 있었죠. 어떻게 해서 이런 일이 생겼는지 다 안다고 말하더군요. 기분이 몹시 좋지 않은 것 같아요. 할 수 없는 노릇이지만 가엾은 아이죠. 마침 아씨 잠옷이며 화장품 등을 마차에 실으려 할 때 그런 일들이 생겨서 도착이 늦어졌지 뭡니까."

"그런가요. 조나단, 짐들을 이층으로 갖다 주고 맥주나 한 잔 하시고 속히 돌아가시오. 그쪽에 또 무슨 볼일이 있을지도 모르니까."

테스는 안방으로 돌아가서 벽난로 앞에 앉았다. 그녀는 괴로운 듯 물끄러미 불을 바라보고 있었다. 조나단이 부산하게 오르내리면서 짐 나르는 무거운 발소리와 클레어가 대접한 맥주와 사례금에 대한 인사가 들렸다. 이윽고 조나단의 발자국 소리가 멀어지자 짐마차가 삐거덕거리며 사라졌다.

에인절은 굵다란 떡갈나무 빗장으로 대문을 잠그고는 테스가 있는 방으로 돌아와서 그녀의 볼을 뒤에서 두 손으로 감쌌다. 기다리던 짐이 왔으니 그녀는 명랑하게 뛰어 일어나 화장품을 꺼내 볼 줄 알았는데 꼼짝도 하지 않고 있는 그녀 옆에 클레어는 조용히 앉았다. 식탁 위에 있는 촛불은 거의 다 타서 가냘프게 빛나고 있었다.

"퍽 안됐군, 당신에게마저 아가씨들의 슬픈 얘기를 들려줘서. 허나 그런 일로 상심할 건 없어. 당신도 알다시피 레티는 약간 병적이었으니까."

그는 말했다.

"그럴 만한 이유도 없는데 왜들 그랬는지 모르겠어요. 오히려 그

268

럴 만한 이유가 있는 사람은 시치미를 떼고 가만히 있는데요.”

테스는 말했다. 이 사건은 테스의 마음을 뒤집어 놓았다. 그녀들은 소박하고 순진한 여자였음에도 이룰 수 없는 사랑의 불행을 맛봤다. 테스는 지금 행복을 차지하고 있지만, 그들의 불행이 그녀에게 돌아오고 그녀의 행복이 그들에게 주어져야 당연했다. 대가를 치르지 않고 모든 것을 차지함은 악한 짓이다. 마지막 한 푼까지도 대가를 치르자. 지금 여기에서 모든 것을 고백하자. 클레어가 테스의 손을 잡고 불을 들여다보고 있을 때, 그녀는 마지막으로 이렇게 결심했다.

이제 불꽃이 일지 않는 숯불에서 발하는 발간빛이 잘 닦아 놓은 불 받침쇠, 길이가 맞지 않는 놋쇠 부젓가락도 붉게 물들였다. 벽난로 앞의 마룻바닥과 가장 가까이 있는 의자 다리가 뚜렷하게 빛났고 테스의 얼굴과 목도 불빛을 받아 따뜻한 빛을 반사했다. 그녀의 목에 걸린 보석들은 흰 색과 붉은 색과 녹색으로 빛나는 황우성이나 천랑성의 성좌처럼 변하고, 그녀의 심장이 뛸 때마다 여러 색깔로 바뀌며 반짝였다.

“오늘 아침에 우리들의 과실을 서로 고백하자고 주고받은 말을 기억하오?”

그녀가 아직도 꼼짝 않는 것을 보고 클레어가 갑자기 물었다.

“우리는 서로 가벼운 마음에서 그런 얘기를 했지, 당신도 그랬을 테고. 그러나 나는 진심으로 한 말이야. 난 당신한테 고백할 게 있어.”

클레어에게서 그런 말이 나올 줄은 꿈에도 몰랐으므로 마치 하나님이 도와주는 것 같았다. 테스는 기쁨과 안도의 빛마저 보이면서 재빨리 말했다.

“무엇인가 고백하지 않으면 안 된다고요?”

그녀는 이내 기쁜 듯한, 구제받은 듯한 빛마저 보이면서 말했다.

“나에겐 과실이 없는 줄 알았어? 아, 당신은 나를 너무 높이 평가하고 있어. 자, 내 얘길 들어 봐요. 머리를 그쪽으로 기대고 말이오. 난 용서를 받고 이미 그랬어야 마땅했겠지만, 지금 고백한다고 해서 화내지 않기를 바라는 거야."

얼마나 신기한 일인가! 그는 그녀와 닮은 인간인 모양이었다. 그녀는 침묵을 지켰다. 그는 말을 계속했다.

"내가 지금까지 말하지 않은 까닭은, 당신이란 내 일생의 보물—학교에서 장학금을 탄 것 같은—을 손에 넣을 기회를 잃기 싫었기 때문이야. 형님들은 대학에서 장학금을 탔지만, 난 탈보테이스 목장에서 탄 셈이야. 알겠어? 나는 그처럼 귀중한 당신을 놓치고 싶지 않았어. 한 달 전에 당신이 나의 청혼을 받아 줬을 때 말하려 했지만 그 말을 들으면 당신이 놀라 도망갈 것 같아서 하지 못했어. 그래 고백을 미뤄 오다가 어제 말하려 했었지, 적어도 당신이 결혼에 반대할 수 있는 마지막 기회를 주기 위해서. 그러나 역시 그러지를 못했어. 오늘 아침에 목장 이층에서 당신이 서로의 과실을 고백하자고 했을 때만 해도 나는 말하지 않았어…… 나는 실제로 죄를 짓고 있었어! 그러나 당신이 지금 엄숙한 표정으로 앉아 있는 걸 보니까 아무래도 고백하지 않고는 못 견디겠어. 당신은 나를 용서해 주겠지?"

"용서해 드리다 뿐이겠어요!"

"그런가, 그렇게 해주길 바랄게. 하지만 잠깐 기다려, 당신은 모르고 있으니까. 처음부터 얘기할게. 내 부족한 신앙 때문에 아버지는 나를 영원히 잃어버린 한 마리 양으로 생각하시지만 나도 테스에 못지않게 도덕을 믿는다는 것은 두말할 나위도 없지. 나는 늘 사람들을 가르치는 자가 되려고 마음먹었거든. 그러다가 내가 교회에 들어갈 수 없다는 사실을 알았을 때 나는 크게 실망했어. 나는 결함 없는 인간을 숭배하고 더러운 인간을 미워했어. 그럴 권리가 내게는 없지만 말이야. 지금도 그 생각에는 변함이 없어. 성경이 모두 하나님의 말씀이라는 주장에 이론이 있을지는 몰라도, 사

270

도 바울이 말한 이 말만은 진심으로 따라야겠지, '말과 행실과 사랑과 믿음과 정절에 대하여 믿는 자에게 본이 되어' 가엾은 인간에게는 이것만이 오직 유일한 반성의 방패야. '올바른 생애'와 사도 바울과를 결부시키는 건 우습지만, 로마의 한 시인은 이렇게 노래했어.

　　나약함을 벗어나 꿋꿋이 사는 사람이야말로
　　무어 족의 창이나 활이 소용없나니.

　그런데 이 세상에는 생각일 뿐, 실행이 따르지 않는 소망만으로 가득 차 있는 것 같아. 그런 사실을 잘 알기 때문에 다른 사람을 위해 훌륭한 목적을 품고 일하다가 자신이 잘못을 저질렀을 때 얼마나 뼈저린 뉘우침이 솟아나는가는 당신도 잘 알 거야."

　그리고 그는, 런던에서 한때 의혹과 고민으로 몸부림치며 물결 위를 떠다니는 병마개와 같은 생활을 할 때에 낯선 여자와 지낸 이틀간의 방탕한 생활을 그녀에게 고백했다.

　"다행히도 난 어리석었음을 깨달았어. 그 여자와는 더 얘기하지 않고 집으로 돌아왔어. 그런 실수는 두 번 다시 저지르지 않았지. 나는 어디까지나 솔직하고 깨끗한 마음으로 당신을 맞이하고 싶었어. 그러기 위해서 나는 고백하지 않을 수 없었던 거야…… 용서해 주겠소?"

　그녀는 대답 대신 클레어의 손을 꼭 쥐면서 답변을 대신했다.

　"테스, 그러면 그런 일은 지금 당장, 또 영원히 잊어버리기로 합시다! 오늘같이 기쁜 날 이런 얘기는 너무 괴로워…… 자, 그럼 이제 즐거운 얘기를 합시다."

　"에인절, 나는 정말 기뻐요. 당신도 저의 잘못을 용서해 주실 수 있으니까요! 저는 아직 고백하지 않았어요. 말씀드린 대로 저도 고백할 게 있어요. 기억하시죠, 그렇게 말한 걸."

"아 그렇군! 자 그러면 말해 봐요. 심술쟁이 아가씨!"

"당신은 웃고 계시지만, 당신 못지않은, 어쩌면 더할지도 몰라요."

"테스, 그보다 더한 일이야 될 리 없겠지."

"그럴 리가 없다고요? 그럼요, 그럴 리는 없어요!"

클레어가 용서해 주리라는 기대를 갖고 그녀는 벌떡 일어났다.

"정말이에요. 그보다 더할 까닭은 없죠. 당신과 꼭 같으니까요! 그럼 말씀드리겠어요."

그녀는 다시 자리에 앉았다. 그들은 여전히 손을 마주 잡고 있었다. 격자창 밑의 재는 장작불 빛에 비치어 불탄 들판처럼 보였다. 공상에 잠긴 자가 보면 새빨간 숯불도 '심판의 날'의 불같이 보일 것이다. 그 불빛은 그들의 얼굴과 손을 비추고 또 그녀의 흩어진 앞머리로 스며들어 그 아래 보드라운 살결을 비추었다. 그녀의 커다란 그림자가 뒤쪽 벽과 천정에 떠올랐다. 그녀가 몸을 앞으로 구부리자 목에 건 보석 하나하나가 불길하게 번쩍였다. 테스는 이마를 클레어의 관자놀이에 기대고 알렉 더버빌을 알게 된 동기와 그 결과에 대해서 얘기를 시작했다. 두려워하지도 않고 눈을 내려 뜬 채.

제5부 여자의 대가

35

설명을 보충하거나 되풀이하면서 그녀의 얘기는 끝을 맺었다. 그녀의 음성은 처음 시작할 때와 다름없이 나직하게 끝까지 계속됐다. 변명도 없었고 울지도 않았다.

그녀의 고백이 계속됨에 따라 그들을 둘러싼 물건들의 표정조차도 일그러지는 것 같았다. 꼬마 도깨비 같은 받침쇠 위의 불은 그녀가 빠진 곤경 따위는 아랑곳없는 듯 악마처럼 웃음 짓는 것 같았다. 벽난로의 둘레도 이를 드러내고 쌀쌀맞게 웃었다. 마치 자기는 아무 상관없다는 듯. 물병에서 반사되는 빛도 무심하게만 보였다. 모든 물체는 자기들에겐 책임이 없음을 재차 알리는 듯했다. 클레어가 테스에게 키스한 순간부터 변한 것은 아무것도 없었다. 사물자체가 변한 건 아니지만 사물의 본질은 변했다.

그녀의 얘기가 끝나자 여태까지 애정에 찬 속삭임은 그들의 기억을 앞다투어 사라져버리고, 어리석은 반소경 같았던 어린 시절의 메아리가 되풀이해 들렸다.

클레어는 불을 뒤적이고 있었다. 한참 타다 남은 불을 뒤적이다 그는 벌떡 일어섰다. 비로소 그녀의 고백의 힘이 그에게 미친 것이다. 핏기가 사라진 얼굴로 헝클어진 머릿속을 정리하기 위해 계속 걸어 다녔으나, 클레어의 초조함은 아무리 애써 봐도 생각을 정리해 주지 못했다. 오히려 더욱 괴로워지기만 했다. 그가 비로소 입을 열었다. 그의 음성은 그녀가 언제나 듣던 사랑이 넘치는 음성 중에서도 가장 어색한 음성이었다.

"테스!"

"네, 에인절."

"이 사실을 믿지 않으면 안 될까? 하지만 당신 태도를 보아 사실로 받아들여야 할 것 같소. 설마 머리가 돈 건 아니겠지! 그렇기라도 했으면! 당신은 돌지 않았어. 여보, 테스, 하지만 그런 가정을 뒷받침할 만한 증거가 없지 않소?"

"나는 맑은 정신으로 말씀드린 거예요."

그는 현기증을 느끼면서 말을 이으려고 그녀를 멍하니 쳐다봤다.

"그렇다면, 왜 미리 그런 얘길 하지 않았어? 참 말하려고 하는 걸 내가 말린 일이 있지. 이제야 생각나는군!"

그의 말은 표면에서만 이는 잔물결 같았다. 그는 저쪽으로 가더니 의자 위에 몸을 굽혔다. 테스는 방 복판에 있는 그에게 다가가서 눈물도 흐르지 않는 눈으로 그를 응시하다가 쓰러지듯 그의 발아래 방바닥에 쓰러졌다.

"우리의 사랑으로 용서해 주세요! 제가 당신을 용서한 것처럼!"

그녀는 바싹 마른입으로 속삭였다.

"똑같은 과실에 대해서 저는 당신을 용서했어요!"

그가 대답을 하지 않자 그녀는 다시 말했다.

"당신이 용서받은 것같이 저를 용서해 주셔요! 당신은 용서해 주지 않았어요, 에인절!"

"그렇지, 당신은 날 용서했어."

"그런데 당신은 저를 용서하지 않으시겠다는 건가요?"

"이것 봐 테스, 당신의 경우는 용서를 바랄 수 없는 거야! 당신은 지금과 다른 사람이었소. 지금의 당신은 예전의 테스가 아니오. 용서라는 것으로 어찌 용납할 수 있단 말이오!"

274

그는 말을 멈추고 곰곰이 생각하다가 갑자기 기분 나쁜 웃음을 터뜨렸다. 마치 지옥에서 들려오는 것처럼 소름이 오싹 끼치는 해괴한 웃음이었다.

"제발 그만하세요! 죽을 것만 같아요! 저를 불쌍히 생각해 주세요, 가련하게 여겨 주세요!"

클레어가 아무 말도 하지 않자 그녀는 일어나 창백한 얼굴로 소리쳤다.

"에인절, 에인절! 왜 그렇게 웃으셨죠? 그 웃음소리가 저를 얼마나 괴롭게 하는지 아세요?"

그는 고개를 저었다.

"저는 여태껏 당신만을 바라고 또 당신의 행복만을 위해서 기도해 왔어요. 그러지 않으면 한낱 하잘것없는 아내에 불과하다고 생각했어요! 그게 바로 제 생각이었어요, 에인절!"

"알고 있소."

"당신이 지금의 저를 사랑하시는 줄 알았어요. 당신이 사랑하시는 게 '저'라면 어떻게 그런 얼굴로 그렇게 말씀하실 수 있겠어요? 전 무서워 죽겠어요! 당신을 사랑한 이상, 어떤 변화나 어떤 굴욕에도 당신은 어디까지나 당신이니, 저는 당신을 영원히 사랑하겠어요. 저는 더 이상 바라지 않아요. 그런데 어째서 당신은…… 제 남편인 당신은 저를 사랑하지 않겠다는 거죠?"

"다시 말하지만 내가 사랑하던 여자는 당신이 아니란 말이오."

"그럼 누구란 말씀이에요?"

"당신 모습을 한 다른 여인이오."

그 말을 듣자 전부터 염려하고 있던 예감이 들어맞은 것을 테스는 느꼈다. 클레어는 자기를 순진한 여자의 가면을 쓴 죄 많은 여인으로, 사기꾼으로 보고 있는 것이다. 그녀의 창백한 얼굴에는 두려움이 가득 찼다. 그녀의 뺨은 힘없이 처졌다. 그가 자기를 그렇게 본다는 무서운 생각에 맥이 풀린 그녀는 비틀거렸다. 그녀가 쓰러질까 봐 그는 앞으로 다가서서 부드럽게 말했다.

"앉아, 앉아요. 어지러운가 본데."

그녀는 자리에 앉아 낙심해서 물었다.

"에인절, 그러면 이제 당신과는 상관이 없단 말씀인가요?"

'그이가 사랑한 것은 내가 아닌 날 닮은 여자라는 말씀인가 봐.'

이런 환상이 머리에 떠오르자 천대받는 사람처럼 자신이 처량해졌다. 자신의 처지를 알게 된 그녀의 두 눈엔 눈물이 고였다. 그녀는 돌아앉아 연민의 눈물을 쏟았다.

그녀의 변화에 클레어는 다소 안심이 되었다. 지금 그가 당하는 일이 그녀의 고백 자체에서 받는 비애에 비하면 훨씬 덜한 고뇌가 시작된 것 같았다. 그녀의 격렬한 슬픔이 가라앉고 세찬 울음소리가 간간한 흐느낌으로 바뀔 때까지, 클레어는 침착하게 기다렸다. 겁에 질려 미친 듯한 쉰 소리가 사라지고 그녀는 원래의 목소리로 말했다.

"에인절, 당신과 함께 살기에는 제가 너무 나쁜 여잔가요?"

"어떻게 해야 좋을지 생각할 수가 없구료."

"굳이 당신하고 함께 살게 해달라고 하진 않겠어요. 그럴 권리가 없으니까요! 알리겠다고는 했지만 어머니와 동생들한테 우리가 결혼했다는 걸 알리지 않겠어요. 그리고 이 집을 빌리고 있을 동안 바느질도 하지 않고 아내 행세도 하지 않겠어요."

"아무 일도 하지 않겠다고?"

"하지 않겠어요. 당신이 하라고 시키지 않는 한 아무 일도 하지 않겠어요. 제 곁에서 떠나시더라도 따라가지 않겠어요. 말씀 한마디 하시지 않더라도 당신의 허락 없이는 이유를 묻지도 않겠어요."

"내가 만일 무엇이든 하라고 시키면 어떡하지?"

"죽으라고 해도 노예처럼 복종하겠어요."

"그것 참 기특하군. 그러나 자신을 희생하려는 당신의 현재 생각이 과거에 자신을 지키려던 의지와는 조화가 잘 안 되는 것 같군."

이 말은 클레어가 테스에게 한 최초의 빈정거리는 표현이었지만, 이런 비유를 그녀에게 한다는 건 개가 고양이한테 한 것과 다름없었다. 그 말의 미묘한 뜻은 이해하지 못하고 다만 분노에 가득 찬 적의를 품은 말로만 테스는 받아들였다. 애정을 일부러 억누르고 있는 클레어의 속마음을 모르는 그녀는 잠자코 있었다. 클레어의 뺨으로 천천히 흘러내리는 눈물을, 굵은 눈물방울을 그녀는 보지 못했다. 그러는 동안에 그녀의 고백이 그의 생활과 그의 세계에 끼친 커다란 변화를 생각해 보았다. 그는 자기에게 닥친 새로운 환경을 뚫고 나가려고 필사적인 노력을 했다. 그러려면 어떤 필사적인 행동이 필요했다. 그러나 무엇을 할 수 있단 말인가?

그는 될 수 있는 한 부드럽게 말했다.

"테스, 지금은 이 방에 잠시도 있을 수 없어. 밖에 나가서 좀 걸어야겠어."

그는 조용히 밖으로 나갔다. 저녁식사 때 따라 놓았던 두 잔의 술은 입도 대지 않은 채 식탁 위에 놓여 있었다. 그들의 '사랑의 만찬'은 이렇게 끝났다. 두세 시간 전 차를 마실 때, 사랑에 취한 그들은 한 잔의 차를 둘이서 나누어 마시기도 했다. 클레어가 나가면서 문이 닫히는 소리에 멍하니 앉아 있던 그녀는 정신이 번쩍 들었다. 그는 나가고 없다. 그녀도 방 안에 있을 수 없었다. 황급히 외투를 몸에 걸치고 다시는 돌아오지 않을 것처럼 촛불을 끄고 그를 뒤쫓았다. 비는 멎었고 밤하늘은 맑게 개어 있었다.

클레어는 천천히 걷고 있었고 그녀는 금방 그를 쫓아갈 수 있었다. 연한 회색으로 보이는 그녀가 옆에 서니까, 그의 모습은 검은 색을 띤 음흉하고 가까이 할 수 없는 괴물처럼 보였다. 그녀가 잠깐 동안 귀중하고 자랑스럽게 여기던 보석의 감촉은 이제 빈정대는 듯 느껴졌다. 그녀의 발소리를 듣고 클레어는 뒤돌아봤지만 그녀를 보고서도 그는 무표정했다. 집 앞 다리에 있는 다섯 개의 아치 위를 묵묵히 걸어갔다.

길바닥에 패인 소와 말의 발굽 자국에는 물이 고여 있었다. 땅바닥이 패인 곳을 가득 채울 만큼 비가 내렸으나 씻어낼 정도로는 내리지 않았다. 우주에서 가장 넓은 별나라가 조그마한 사물 속에까지 그림자를 남기고 있는 걸 보지 못했다면 별이 머리 위에 빛나는 것도 깨닫지 못했을 것이다. 그들이 오늘 마차로 지나온 길은 탈보테이스 골짜기 안에 있는 것이지만, 강 하류에서 서너 마일 떨어져 있었기 때문에 사방은 활짝 틔어 있었다. 길은 초원 사이로 꼬불꼬불 뻗어 있었다. 그의 주의를 끌려고도 하지 않고 그녀는 잠자코 그의 뒤를 따랐다. 무심코 걷는 그녀의 걸음이 어느새 그녀를 그의 옆에 데려다주었다. 그는 말 한마디 하지 않았다. 속았다는 사실을 깨닫게 되면 한층 더 무자비해지기 마련인데, 클레어도 그런 상태에 놓여 있었다. 밖의 공기는 감정에 흘러 행동했던 그의 성향을 빼앗아 버렸다. 그녀를 적나라하게 바라보는 그의 눈길을 테스는 느꼈다. 그때 '세월'이라는 존재가 자기를 빈정거리는 찬가를 부르고 있음을 알았다.

보라, 그대의 가면이 벗겨질 때 사랑하는 연인은 그대를 미워하리.
그대의 운명이 기울어질 때, 아름다운 모습도 시들어지리.
그대의 인생은 가랑잎처럼 떨어지고 빗방울처럼 흘어 뿌려짐이니라.
그대 머리의 베일은 슬픔이 되고 머리에 얹은 관은 괴로움이 되리.

그는 여전히 골똘히 생각에 잠겨 있어서 가득 찬 그의 머릿속을 파고 들어갈 힘이 그녀에겐 없었다. 그녀의 존재는 지금 클레어에게는 얼마나 미약한 것일까? 그녀는 더 잠자코 있을 수가 없었다.

"제가 무슨 짓을 했다는 거예요, 제가 뭘 잘못했어요! 당신에 대한 사랑을 방해하거나 배반하는 짓은 하나도 하지 않았어요. 일부러 당신을 괴롭히려고 꾸민 짓으로 생각하시는 거예요? 에인절, 당신이 화를 내는 것은 당신 마음 때문이에요. 저 때문은 아니에요.

278

저 때문에 그런 건 아니잖아요. 그리고 당신이 아는 것처럼 저는 속이는 여자가 아니에요!"

"흠! 그렇지, 속이는 여자는 아니지. 그러나 예전 같은 여자는 아냐. 똑같은 여자가 아니지. 그러나 당신을 나무라진 않겠어. 그러지 않기로 결심했으니까. 그러지 않도록 나는 모든 노력을 다할 거야."

"에인절! 에인절! 저는 어린아이였어요. 그 일이 있었을 때 저는 어린아이였단 말이에요. 남자라는 건 알지도 못했어요."

"당신이 죄를 저지르지 않고 죄를 둘러썼다는 건 나도 인정해."

"그러면 용서해 주셔도 되지 않아요?"

"용서는 하지. 하지만 용서한다고 해서 모든 것이 해결되는 건 아니야."

"그럼 사랑해 주시는 거죠?"

이 물음에 그는 대답하지 않았다.

"아, 에인절, 그런 일쯤은 흔히 있는 거라고 어머니는 말했어요! 저의 경우보다 더 심한 경우들을 알고 계셨어요. 그런데도 그 남편은 크게 문제 삼지도 않고 간단히 용서해 주었대요. 그 여자는 저만큼도 남편을 사랑하지 않았는데도 말이에요."

"그만해 테스, 다투고 싶지는 않으니까. 사회가 다르면 풍습도 다른 법이야. 당신이 말하는 건 마치 사회적 조화를 배워 보지 못한 무식한 시골 여자 같아. 자신이 뭘 말하고 있는지도 당신은 모르고 있어."

"제 신분은 시골 여자예요. 그렇지만 제 태생은 그렇지 않아요!"

그녀는 순간적으로 노기를 띠고 말했으나 다시 침착해졌다.

"그러니까 당신은 더욱 나쁘단 말이야. 당신 집의 족보를 들춰낸 그 목사가 오히려 입을 다물고 있었더라면 좋았을 거야. 당신 가문의 몰락과 다른 사실 그러니까 당신 의지가 박약하다는 사실도 생각해야지. 노쇠한 가문들이란 영락없이 노쇠한 행실을 하기 마련이야. 그따위 족보를 들추어서 당신을 더 경멸하게 할 게 뭐야! 당신을 금방 싹튼 대자연의 새로운 인간으로 생각했는데 사실 당신은, 당신들은 쇠퇴한 귀족의 때늦은 묘목에 지나지 않아!"

"그런 점에서 저와 비슷한 가정은 얼마든지 있어요! 레티와 우유 장사 레트네도 한때는 큰 지주였고, 지금은 짐마차를 끄는 데비하우스네도 옛날에는 드베이유 가문이었단 말이에요. 그런 예는 어디서나 볼 수 있어요. 이 지방의 특징이 그러니까요."

"그만큼 이 지방에는 해로운 거야."

이런 핀잔을 그녀는 귀담아 듣지 않았고 자세한 뜻은 생각해 보지도 않았다. 그가 이전처럼 그녀를 사랑하지 않는다는 사실 이외의 모든 것에 그녀는 관심이 없었다.

그들은 다시 말없이 거닐었다. 웰브리지에 사는 어떤 농부에 의해서 전해진 말이지만, 그가 밤늦게 의사를 부르러 나갔다가 목장을 거니는 그들을 봤는데, 마치 장례 행렬이 지나가듯 아주 느린 걸음으로 앞뒤에 서서 말없이 거닐던 그들의 모습은, 얼핏 보기에도 근심과 슬픔에 잠겼더라는 것이다. 돌아오는 길에도 목장에서 그들 옆을 지나쳤지만, 음울한 밤이 깊어졌음에 아까와 마찬가지로 거닐고 있었다 한다. 그 농부는, 자신의 일과 가족의 병에 정신이 쏠려 그들의 밤 산책을 그다지 마음에 두지 않았지만, 다시 머리에 떠올랐던 것이다. 농부가 의사한테 갔다가 다시 돌아오는 사이에 테스는 남편에게 말을 건넸다.

"제가 왜 당신의 일생을 비참하고 불행하게 할 원인이 될 수밖에 없는지 모르겠어요. 저 강물에 빠져 죽어 버릴까 봐요. 조금도 두렵지 않아요."

"나의 어리석은 실수에다 살인 행위까지 더 보태고 싶지는 않소."

"저의 과실이 부끄러워 스스로 목숨을 끊었다는 증거를 남기면 아무도 당신이 나쁘다고 말하지 않을 거예요."

"바보 같은 소리는 하는 게 아냐. 그따위 말은 듣기 싫어. 그렇다고 죽겠다는 생각을 하는 건 어리석은 거야. 비극이라기보다는 조롱거리가 될 만하지. 불행이 어떤 건지 잘 모르는 것 같군. 만약 이런 얘기가 세상에 알려지면 사람들은 웃음거리로 삼을 거야. 그러니까 내 말을 듣고 집에 가서 자."

"그렇게 할게요."

그녀는 공손하게 말했다. 그들은 물방앗간 뒤에 있는 유명한 시토파 수도원의 폐허로 통하는 길을 걸었다. 수백 년 전에는 이 물방앗간도 시토파 수도원의 부속 건물이었다. 식량은 영원히 필요한 것인 만큼 방앗간은 지금도 돌아가고 있다. 그러나 교의는 덧없이 사라지는 것인지 사원은 허물어져서 자취도 없다. 일시적인 것을 위한 봉사가 영원한 것을 위한 봉사보다 오래 존속한다는 사실을 끊임없이 본다.

그들은 멀지 않은 집 주위를 빙빙 돌고 있었다. 강에 걸린 돌다리에서 길을 따라 조금만 가면 집에 닿을 수 있었다. 그녀가 집에 돌아와 보니 집을 나갈 때와 달라진 건 없었다. 난롯불도 아직 타고 있었다. 아래층에서 잠시 머무른 다음, 짐을 넣어 둔 이층 침실로 올라갔다. 그녀는 침대 끝에 앉아 방 안을 휘둘러보다가 일어서서 옷을 벗기 시작했다. 촛불을 침대 쪽으로 옮기자 흰 무명의 침대 휘장에 불빛이 비쳤다. 무엇인가 휘장 밑에 달린 것을 보고 그녀는 확인하려고 촛불을 높이 들어 비춰 보았다. 겨우살이의 가지였다. 에인절이 거기 놓은 것임을 알았다. 짐을 꾸리고 운반할 때 무척 힘이 들었던, 곧 알게 된다고만 말할 뿐, 내용도 밝히지 않던 꾸러미가 바로 이 가지였다. 클레어가 들뜬 기분으로 달아놓은 이 나무도 지금은 한물 지난 것처럼 싱겁고 어색해 보였다.

클레어의 마음이 누그러질 가망도 없고 더 이상 두려워하거나 희망을 가지려고 애태울 필요도 없어 그녀는 힘없이 자리에 누웠다. 슬픔에 잠겨 지쳤을 때 찾아오는 건 잠밖에 없다. 잠 못 이루게 하는 행복한 생각에 잠기다가도, 슬픈 생각만 들면 잠은 저절로 찾아온다. 테스는 조상의 신방이었을지도 모르는 방의 향긋한 고요 속에 묻혀 잠들었다. 밤이 깊어서야 클레어는 발길을 돌려 집으로 돌아왔다. 응접실로 들어온 그는 촛불을 켰다. 그는 미리 순서를 생각해 둔 사람처럼 낡은 말가죽의 소파에다 담요를 펴고 엉성하게 잠자리를 만들었다. 자리에 눕기 전에 맨발로 이층에 올라가 그녀의 침실에 귀를 기울였다. 고른 그녀의 숨소리가 깊이 잠들었다는 걸 말해 주고 있었다.

"잘됐군!"

클레어는 중얼거렸다. 그러나 그녀가 일생에 무거운 짐을 자기에게 떠맡기고 편하게 잠들어 있다는 생각이 들자, 그게 전부 사실은 아닐지라도 거의 사실이라는 생각에 가슴이 찢어지는 듯한 심한 고통을 느꼈다. 아래층으로 내려가려고 몸을 돌이켰다가, 다시 그녀의 방문을 바라보는 순간 침실 문 바로 위에 걸린 더버빌 귀부인들의 그림이 눈에 들어왔다. 촛불에 비친 그 초상화는 불쾌하다는 표현만으론 부족한 모습이었다. 음흉한 계략이 귀부인의 얼굴에 숨어 있는데, 에인절에겐 남자에 대한 원한이 가득 담겨있는 것같이 보였다. 캐롤라인 왕조풍의 웃옷은 앞이 패어, 테스에게 목걸이를 걸어 주기 위해 그녀의 옷깃을 집어넣었던 때의 모양과 조금도 다름이 없었다. 테스와 초상화 주인공과의 사이에 공통점이 있다는 생각을 그를 괴롭혔다. 그런 생각은 클레어의 행동을 가로막기에 충분했다. 그는 발길을 돌려 아래층으로 내려갔다.

그의 태도는 침착하고 냉정했다. 굳게 다문 작은 입은 참을성을 보였고, 고백을 들은 이후 나타난 냉엄함이 얼굴에 남아 있었다. 그 표정은 정욕에 사로잡힌 노예의 그것은 아니지만, 그렇다고 정욕을 완전히 초월한 인간의 표정도 아니었다. 그는 다만 인간이란 얼마나 쓰라린 우연에 부닥치게 되는가를 생각하고 있을 뿐이었다. 지나간 오랜 세월을, 그녀를 사모해 온 동안은 말할 것도 없거니와, 한 시간 전까지만 해도 이 세상에서 테스만큼 깨끗하고, 사랑스럽고, 또 순결한 여자는 없으리라 생각하고 있었다.

조금 흠이 있다 해서
사라지는 모든 꿈이여!

그녀의 마음씨가 그녀의 청신한 얼굴에는 나타나지 않았다고 혼자 중얼거렸다. 그것은 클레어의 착각이었다. 그렇지만 그녀에게는 그의 오해를 바로잡을 만한 변호인이 없었다. 그는 생각했다. 조금도 거짓말하지 않던 그녀의 눈이, 표면적인 세계 뒤에 숨어 있는 이면 세계를 볼 수 있을까?

그는 긴 의자에 기대어 불을 껐다. 어둠은 냉담하고 무관심하게 찾아와서 방 안에 스며들었고 클레어의 행복을 삼켜 버리고는 무심할 뿐이었다. 어둠은 또 태연하게 수많은 사람들의 행복을 집어삼키려 하고 있었다.

36

나쁜 짓이라도 하려는 듯 몰래 기어드는 새벽녘의 햇살을 받으며 클레어는 일어났다.

벽난로는 불이 꺼진 장작이 남아 있었고, 식탁에는 아무도 입대지 않은, 가득 채운 포도주 두 잔이 그대로 있었다. 그녀와 자기가 앉았던 자리, 그리고 다른 가구들은 도대체 어떻게 했으면 좋겠니?라고 물어보지 않을 수 없다는 듯 덤덤한 모습을 하고 있었다. 이층에서는 아무 소리도 들리지 않았다. 잠시 후 문 두드리는 소리로 그는 시중드는 여자가 온 것을 알았다.

지금으로서는 제삼자가 집에 온다는 것이 매우 거북한 일이다. 이미 옷을 갈아입고 있었기 때문에 클레어는 창문을 열고 오늘은 자기들끼리 그럭저럭 할 수 있겠다고 말했다. 가져온 우유통을 문 앞에 두고 가라고 했다. 그녀가 돌아가자 그는 뒷마당에 가서 장작을 찾아다가 불을 지폈다. 선반에는 계란, 버터, 빵, 그 밖의 먹을 거리가 가득했다. 목장 경험으로 식사 준비는 익숙했으므로 그는 곧 아침식사를 마련했다. 마치 둥근 기둥 모양의 굴뚝에선 장작불 연기가 피어올랐다. 그곳을 지나는 마을 사람들은 연기를 보고 갓 결혼한 신랑신부의 행복을 부러워했다. 다시 한 번 식탁을 훑어본 다음 계단 밑에 가서 여느 때처럼 소리쳤다.

"아침식사가 준비됐소!"

그는 신선한 아침 공기를 쐬러 밖으로 나갔다. 잠깐 거닐고 돌아와 보니까 테스가 내려와서 아침상을 살피고 있었다. 그녀를 부른 지 불과 이삼 분밖에 안 됐는데 옷매무새를 갖춘 걸 보면 부르기 전에 옷을 다 입고 있었거나 아니면 그때쯤 거의 입고 있었던 게 분명했다. 그녀는 머리를 뒤로 둥글게 땋아 올리고 목둘레에 흰 주름이 잡힌, 연하늘색 새 옷을 입고 있었다. 그녀의 손과 얼굴은 차 보였다. 아마 옷을 갈아입은 다음 불기도 없는 침실에서 오랫동안 앉아 있었으리라. 그녀를 부르는 클레어의 음성이 부드러웠으므로 그녀는 새로 반짝이는 희망에 기운이 나는 것 같았다. 그러나 그의 얼굴을 대하는 순간 그녀의 희망은 사라져 버렸다.

두 사람은 한때 타올랐던 불이 사라진 잿더미에 지나지 않았다. 지난밤의 슬픔에 뒤이은 답답함은 무겁기만 했다. 어느 한 사람도 지나간 정열에 다시 불붙일 수는 없을 것 같았다.

그는 부드럽게 말했고 그녀는 아무 느낌 없이 대답했다. 그녀는 자신의 얼굴도 남의 눈에 보인다는 것을 의식하지 못하는 듯 뚜렷한 윤곽을 지닌 그를 쳐다보면서 곁으로 다가갔다.

"에인절."

부르고는 발을 멈췄다. 한때는 애인이었던 남자가 그곳에 앉아 있는 것이 믿어지지 않는 것처럼 그녀는 산들바람처럼 가볍게 그를 만져 봤다. 그녀의 눈은 빛났다. 창백한 두 뺨에는 반쯤 마른 눈물이 반짝였지만 탐스러웠던 그녀의 입술은 창백하기만 했다. 가슴은 여전히 살아 뛰고 있었으나 깊은 슬픔에 맥박이 멋대로 뛰어 조금이라도 충격을 주었다가는 금세 파리해질 것 같았다.

그녀는 여전히 순결해 보였다. 자연의 장난은 그녀에게 온전한 처녀다움의 낙인을 찍어 주어서 클레어는 얼빠진 듯 그녀를 보고만 있었다.

"테스! 그건 다 거짓말이라고 말해 주오! 그건 절대로 사실이 아니라고 말이야!"

"그건 사실이에요!"

"한마디도 빠짐없이?"

"네, 한마디도!"

궤변을 부려서라도 근거 있는 거짓말로 만들고 싶어 애원하는 눈으로 그녀를 바라봤다. 그러나 그녀는 같은 말만 되풀이할 뿐이었다.

"그건 정말이에요."

"그 애는 지금도 살아 있소?"

"아이는 죽었어요."

"하지만 그 남자는?"

"살아 있어요."

마지막 절망의 그림자가 그의 얼굴을 스쳤다.

"영국에 살고 있나?"

"네."

그는 초조하게 몇 걸음 움직이다가 말했다.

"내 사정은 이렇소. 누구나가 다 그렇겠지만, 사회적 지위나 재산이나 학식이 있는 아내를 얻어야겠다는 야심을 버리면, 붉은 뺨의 순진한 시골 처녀를 얻을 수 있다고 믿었소. 그러나…… 물론 나는 당신을 나무랄 자격은 없어. 또 나무라고 싶은 생각도 없고."

테스는 그의 입장을 잘 알고 있었다. 바로 거기에 클레어의 괴로움이 있었다. 그가 모든 것을 잃어버렸다는 것도 그녀는 알고 있었다.

"에인절, 최악의 경우에도 당신에게 도피할 마지막 길이 있다는 걸 몰랐더라면, 난 결혼하지 않았을 거예요. 어떤 일이 있더라도 당신만은……."

그녀는 점점 목이 메고 있었다.

"도피할 마지막 길?"

"저를 버리시는 것 말이에요. 당신은 절 버릴 수 있어요."

"어떻게?"

"이혼하시면요."

"바보 같은 소리…… 당신은 어쩜 그렇게 단순해! 어떻게 이혼을 한단 말이오?"

"낱낱이 고백했는데도 어쩔 수 없잖아요? 제 고백이 당신에겐 이혼할 만한 충분한 이유가 된다고 생각해요."

"이것 봐 테스, 당신은 꼭 어린애 같고 미숙한 철부지 같아! 당신이 어떤 사람인지 난 도무지 알 수가 없어. 법률을 알지 못해서 그런 거야, 알지 못한단 말이야!"

"그럼…… 이혼할 수도 없나요?"

"물론 할 수 없어."

그녀의 얼굴에 괴로움과 부끄러움이 스쳐갔다. 그녀는 조그만 소리로 말했다.

"전 하실 수 있을 거라고 생각했어요! 아, 당신 눈엔 제가 거짓말쟁이로만 보이는 군요! 저를 믿어 주세요, 저를 믿어 줘요! 정말이지 당신은 이혼할 수 있다고 생각했어요. 이혼하지 않기를 바라긴 했지만. 저는 당신이 결심하시고 저를 조금—조금이라도 사랑하지 않으신다면 이혼할 수 있다고 믿어요!"

"당신이 잘못 생각한 거요."

"아, 그럴 줄 알았으면 해버릴 것을…… 어젯밤에 해버릴 걸 그랬어요! 다만 그럴 용기가 없었어요. 내 성질이 그 모양인가 봐요!"

"무슨 용기 말이오?"

그녀가 대답하지 않자 클레어는 그녀의 손을 잡고 물었다.

"뭘 하려고 생각했었소?"

"자살해 버리려고요."

"언제?"

집요하게 캐묻는 바람에 그녀는 어찌할 줄 몰랐다.

"어젯밤에요."

"어디서?"

"당신의 겨우살이 밑에서요."

"저런, 어떻게?"

그는 엄하게 물었다.

"화내지 않으시겠다면 말하겠어요! 내 옷 상자를 묶었던 끈으로 하려고 그랬어요. 그런데 할 수가 없었어요! 당신의 이름을 더럽힐 게 두려웠어요."

추궁에 억지로 털어놓은 뜻하지 않은 고백이 너무 끔찍해서 클레어의 놀라움은 이만저만이 아니었다. 그녀의 손을 잡고 시선은 방바닥을 보면서 그는 말했다.

"자, 내 말을 들어 봐요. 그런 끔찍한 생각을 해선 안돼요! 어째서 그런 생각을 할 수 있소! 남편인 나에게 다시는 그런 생각을 하지 않겠다고 약속해요."

"기꺼이 하겠어요. 그게 얼마나 나쁜 짓인가를 알았으니까요."

"나쁘고말고! 당신한테는 당치 않는 엉뚱한 생각이야."

"하지만 에인절,"

그녀는 침착하게 변명했다.

"그건 어디까지나 당신을 생각해서 마음먹은 거예요. 제 생각에는 곧 이혼하게 될 테니까, 그런 수치를 당신에게 끼치지 않고 자유롭게 해드리고 싶었던 거예요. 저 자신을 위해서 그렇게 하겠다는 생각은 꿈에도 없었어요. 그러나 제 손으로 목숨을 끊는다는 것도 분에 넘치는 것 같아요. 저 때문에 피해를 입은 당신만이 저를 처분할 수 있어요. 당신이 그렇게 해주실 수 있다면 저는 당신을 더 사랑할 거예요. 그렇지 않으면 당신이 빠져나갈 길이 없으니까! 저는 정말 무가치한 인간이에요! 당신의 장래에 방해만 되는!"

"그만!"

"그럼 말하지 않겠어요. 당신을 거역하고 싶은 생각은 추호도 없으니까요."

그녀의 말이 거짓이 아니라는 걸 클레어는 알고 있었다. 어젯밤에 실망한 이후로 그녀는 완전히 활기를 잃어서 두려워할 만한 조급한 행동을 하지는 않을 것이다.

테스는 다시 바삐 아침상을 준비했다. 그럭저럭 식탁이 갖추어지자 눈길이 마주치지 않게 그들은 식탁에 나란히 앉았다. 먹고 마시는 소리가 처음엔 어색하게 들렸지만 어쩔 수가 없었다. 먹는 둥 마는 둥 아침식사는 간단히 끝났다. 귀가 예정 시간을 그녀에게 알리고 클레어는 이곳에 온 유일한 목적인 제분 과정의 연구를 위해 방앗간으로 갔다.

그가 밖으로 나가자 테스는 창가에 서서 방앗간으로 통하는 돌다리를 건너는 그를 내다봤다. 돌다리를 건너고 철길을 지나니 모습은 사라졌다. 담담한 기분으로 식탁을 치우고 정돈하기 시작했다.

잠시 후에 심부름하는 여자가 왔다. 그 여자와 함께 있는 것이 처음에는 거북했으나 나중에는 그게 위안이 됐다. 12시 30분에 그 여자를 부엌에 혼자 남겨 두고 테스는 방에 들어와 다리 건너로 남편이 나타나기를 기다리고 있었다.

1시쯤 돼서 그가 다리 건너편에 나타났다. 테스 쪽에서 거의 사백 미터나 떨어진 곳인데도 그를 본 순간, 그녀의 얼굴은 빨갛게 달아올랐다. 때맞춰 점심을 차려놓으려고 그녀는 급히 부엌으로 달려갔다. 클레어는 먼저 어저께 둘이서 손을 씻던 방으로 갔다가 거실로 들어왔다. 식탁에 와서 그가 앉자마자 테스가 음식을 덮었던 보를 벗겼다.

"정말 정확하구려."

"네. 다리를 건너오시는 당신을 보고 있었어요."

식사하는 동안 클레어는 물방앗간의 제분 방법과 방앗간을 보고 느낀 걸 차분히 얘기했다. 한 시간쯤 머물고는 다시 방앗간에 갔다가 저녁때 돌아와서는 저녁 내내 서류만 뒤적이고 있었다. 일하는 여자가 돌아간 다음, 테스는 그의 일을 방해하지 않으려고 부엌에서 분주히 일하고 있었다. 그가 부엌에 들어왔다.

"그렇게 힘들게 일해선 안 돼. 당신은 내 아내지 종이 아니니까."

그를 쳐다보는 그녀의 얼굴에는 어딘지 모르게 밝은 빛이 보였다. 그녀는 악의 없는 농담조로 말했다.

"정말 그렇게 생각해도 좋아요? 말로만 그렇다는 거죠! 저는 그 이상 더 바라지도 않아요."

"테스, 그렇게 생각해도 좋으냐고! 그게 무슨 뜻이지?"

"모르겠어요. 저는…… 저는 변변치 못한 여자라고 생각했을 뿐이에요. 저는 그런 여자라고 이전에 말씀드렸듯이 결혼할 마음은 조금도 없다고요. 다만, 다만, 당신이 자꾸만 졸라 대서 그만!"

그녀는 울음을 터뜨리면서 돌아섰다. 에인절 클레어가 아닌 딴 남자였다면 누구나 거의 마음을 돌렸을 테지만 클레어는 그렇지 않았다. 클레어는 온순하고 부드러운 편이었으나, 그 밑바닥에는 단단한 논리의 광맥이 숨어 있어 그것을 꿰뚫어 보려는 어떤 것도 무디게 했다. 이런 광맥이 교회 교리도 받아들이지 않았고, 테스의 잘못도 용서하지 않는 것이었다. 그의 애정이라는 것도 뜨거운 불이라기보다는 일종의 빛이라고 보는 게 적합했다. 여자를 믿을 수 없게 되면 교제도 끊어 버리는 편이었다. 지성적으로는 경멸하면서도 감정에 빠지고 마는, 감수성 예민한 인간들에 비한다면 클레어의 태도는 대조적이었다. 그는 테스의 울음이 그치기를 기다리고 있었다. 여성을 한데 묶어 비난하는 투의 신랄한 감정이 폭발했다.

"영국 여성의 반만이라도 당신만큼만 훌륭했으면 좋겠어. 그건 훌륭하고 안 하고의 문제가 아니라 원칙적인 문제지!"

곧은 마음의 눈이 한 번 희롱되면 그 마음을 더욱 악착같이 뒤트는 적의에 휩쓸려서 비꼬는 듯한 얘기는 예사로 했다. 그러나 한편으로는 동정이라는 물결에 흔들리고 있었다. 세상일에 밝은 여자라면 남자의 그런 약점을 이용해서 정복했을지 모르지만, 테스는 그런 걸 생각하지 못했다. 모든 것을 잘못에 대한 대가로 받아들일 뿐 그녀는 입을 열지 않았다. 그녀의 애정은 애처로울 만큼 변함없었다. 테스는 본래 급한 성질을 타고 났지만 지금은 그가 뭐라고 말해도 흥분하지 않았고, 또 자기 마음대로 하려 들지도 않았다. 지금의 그녀는 모든 사람이 자기 본위인 현대에 되살아난 사도의 사랑, 그 자체였는지도 모른다.

이날도 어제와 똑같이 지냈다. 며칠 전까지만 해도 자기주장대로 살던 테스, 그녀가 단 한 번 말을 걸어 보려 했다. 식사가 끝난 다음 세 번째로 그가 물방앗간에 가려던 때였다. 그가 식탁을 떠나면서 다녀오겠다고 인사했을 때 그녀도 다녀오라는 인사를 하려고 입술을 그에게 돌렸다. 그녀가 청한 키스를 무시한 클레어는 급히 옆으로 돌아서서 "그 시간에 꼭 돌아오겠소."라고만 했다.

테스는 급소를 얻어맞은 것처럼 몸을 움츠렸다. 여태까지 그는 그녀의 승낙도 아랑곳 않고 키스했었다. 당신의 입과 숨결은 버터와 계란과 우유와 꿀맛이 난다느니, 자기도 입과 숨결에서 영양분을 빨겠다는 둥 농담을 하면서 키스하던 그가 지금은 그녀의 키스를 거들떠보지도 않았다. 그녀가 갑자기 풀이 죽는 것을 보고 클레어는 점잖게 말했다.

"테스, 나는 앞으로 취할 길을 생각해야겠소. 우리가 당장 헤어진다면 당신한테 추문이 돌 테니까 얼마 동안 이대로 지낼 수밖에 없소. 그러나 함께 지낸다는 것은 어디까지나 형식에 지나지 않는다는 사실을 알아 줘야겠소."

"네."

테스는 힘없이 대답했다. 그는 밖으로 나갔다. 방앗간으로 가는 길에 잠시 걸음을 멈추고, 좀 더 친절하게 대해 줄 것을…… 적어도 한 번쯤은 키스해 주었더라면 하고 잠시 생각했다. 한 지붕 밑에서 이처럼 절망적인 상태로 하루 이틀 지냈다. 같은 집안에 살면서도, 그들의 사이는 사귀기 전보다도 더욱 서먹서먹해졌다. 클레어가 말한 대로 앞으로의 방침을 골똘히 생각하느라고 그의 활동력이 무디어졌다는 건 그녀도 잘 알고 있었다. 유순한 성격 속에 굳은 결심이 있음에 그녀는 두려운 생각이 들었다. 한결같은 클레어의 태도는 너무나 잔혹한 것이었다. 용서를 바랄 수도 없는 지금, 그가 방앗간에 간 사이에 멀리 도망쳐 버리려는 생각도 그녀는 몇 번 해봤으나, 이 사실이 알려졌을 때 오히려 클레어를 불리하게 할 뿐 아니라 한층 더 괴로움과 굴욕을 주지나 않을까 두려웠다.

한편 클레어는 생각에 잠겨 있었다. 그의 생각은 그칠 줄 몰랐다. 너무 골똘히 생각하느라 병에 걸릴 정도였다. 그의 심신은 부식되듯 말라 갔고 마음은 시들어 울렁거렸던 가정생활의 꿈도 메말라 버렸다. "어떻게 해야 좋을까? 어떻게 해야 좋을까?"라고 걸어가면서도 중얼거리는 것을 테스는 우연히 엿들었다. 그래서 여태까지 입을 다물고 있던 장래 문제에 관해 그녀는 말을 꺼냈다.

"에인절, 저와 함께 지낼 날도 얼마 남지 않았죠?"

그녀는 물었다. 잔뜩 오므린 그녀의 긴장된 입가는 세련되고 태연한 표정과 상관없어 보였다.

"같이 살 수는 없어. 내 자신을 천대하거나, 당신을 천대하지 않고선. 다시 말하면 보통의 의미로는 함께 살 수 없단 말이오. 현재로서는 당신을 멸시할 생각이란 조금도 없소. 솔직하게 말하겠어. 그렇지 않으면 당신이 내 고민을 이해하지 못할 테니까. 도대체 그 남자가 살아 있는데 어떻게 우리가 함께 살 수 있겠소? 이치대로

291

따진다면, 당신 남편은 그 남자지 내가 아니란 말이오. 그가 죽고 없다면 문제는 좀 다르지만 말이야. 문제는 그것만이 아니오. 다른 면에서 본다면 이 문제는 다른 사람의 장래에도 영향을 미치거든, 우리에게 아이가 생긴다고 생각해 봐요. 그리고 그 아이가 자라서 이 비밀을 알게 된다고 해봐요. 그것은 세상에 알려지지 않을 수 없는 일이니까 말이오. 사람이 왕래 않는 곳이란 이 세상에는 없소. 우리의 불쌍한 어린애들이 다른 사람의 조롱을 받고 자라다가 나이가 들수록 그 괴로움의 위압을 느끼게 될 것을 생각해 보란 말이오. 아이들이 얼마나 실망하겠으며, 그 꼴이 뭐가 되겠는지! 이런 일을 알면서도 함께 살자고 말할 수 있겠소? 또 다른 불행을 겪게 되느니 지금 우리 둘이 겪고 있는 불행만 감당하는 게 낫다고 생각하지 않소?"

그녀의 눈꺼풀은 여전히 내리깔려 있었다.

"'함께 살자'고 말할 순 없어요. 그렇게 할 순 없어요…… 거기까지는 생각해 본 일도 없어요."

테스의 속내는, 두 사람이 함께 사는 동안 언젠가는 저절로 풀려서, 클레어의 이성에는 어긋날지라도 적어도 냉정함은 누그러지지 않을까 하는, 은근한 기대에 자꾸 사로잡혔다. 그녀는 단순하다는 것 외에는 여자로서 모자람이 없었다. 남녀가 가까이 있으면 어떤 결과가 생긴다는 것을 그녀는 본능적으로 알았다. 서로 가까이 지내도 아무 소용이 없다면 자기가 필요 없으리라는 걸 그녀는 알고 있었다. 남을 속이는 것에 희망을 건다는 건 잘못된 생각이라고 그녀는 중얼거렸지만 약한 희망이나마 완전히 버릴 수는 없었다. 그러나 방금 클레어는 자기의 마지막 생각을 말했고, 또 그녀도 말했듯이 그것은 그야말로 새로운 생각이었다. 사실 테스는 그렇게까지 생각해 본 일이 없었다. 앞으로 생길지도 모를 아이들이 그녀를 책망한다는 사실을 클레어가 생생하게 설명했기 때문에, 인도적이고 정직한 그녀는 굳은 결심을 되새기지 않을 수 없었다. 어떤 경우에서는 훌륭한 생활을 하는 것보다 더 좋은 방법이 있다는 걸 그녀는 배운 적이 있다. 그것은 어떤 생활이라도 청산해 버리는 것이다. 불행을 경험하고 앞을 내다본 사람들처럼 프랑스 시인 쉴리프뤼돔의 말대로 '그대 세상에 태어날지어다' 라는 엄명이, 특히 앞으로 태어날 아이들에게 선고하는 것처럼 들렸다.

테스의 클레어에 대한 눈먼 사랑으로 인해 그녀의 불행이 태어날 아이들까지 괴롭힌다는 사실을 깨닫지 못하게 할 정도로, '자연의 여신'은 교활하고 또 간사했다.

그녀는 클레어의 의견에 반대하지 못했다. 그러나 그에 대한 대답은 테스의 가슴 속에 떠올랐다. 그것은 거의 두려울 정도였다. 그것은 남달리 뛰어난 그녀의 육체적 조건과 관계되는 것으로, 그녀는 그런 이점을 유리하게 이용할 수도 있었다. 그녀는 또 이렇게 말할 수도 있었다.

'오스트레일리아의 고원이나 텍사스의 평원이라면 우리의 불행을 알거나 관계할 사람이 누가 있겠어요. 또 저와 당신을 책할 사람도 없을 것 아니에요?'라고. 다른 여자들과 마찬가지로 그녀도 일시적인 암시를 마치 피할 수 없는 것처럼 받아들였다. 그녀의 생각은 옳았는지도 모른다. 여자의 직감은 자신의 슬픔만 아니라 남편의 슬픔까지도 깨닫는 법이다. 클레어나 그의 어린애들은 남들이 비난하지 않는다 하더라도, 민감한 두뇌가 그들의 귀에 말을 전할지도 모른다.

그들이 사이가 멀어진 생활을 시작한 지 사흘째 되는 날이었다. 클레어가 본능적인 욕망이 더 강했더라면 더 고상한 인간이 되었을지도 모른다는 역설적인 말을 할 사람이 있을지 모르나 우리는 그렇게 생각하지 않는다. 두말할 것도 없이 클레어의 사랑은 결점이라고 할 만큼 정신적이었고 비현실적이라 할 만큼 공상적이었다. 이런 성격의 소유자는 육체가 눈앞에 있을 때보다 없을 때 더 매력을 느낀다. 실물의 결점을 감추는 이상적인 모습을 그려내기 때문이다.

테스는 자기의 성품이 자기를 옹호해 주지 못한다는 사실을 깨달았다. 그의 말은 틀리지 않았다. 현재의 그녀는 에인절의 욕망을 자극했던 그 여자와는 다른 여자였다.

"당신이 하신 말씀을 곰곰이 생각해 봤어요."

한 손으로 식탁보를 만지작거리고, 그들을 비웃는 듯 반짝이는 반지 낀 다른 손은 이마를 받친 채 그녀가 말했다.

"당신 말씀은 모두 다 옳아요. 그렇게 해야겠어요. 당신은 제 곁을 멀리 떠나셔야 해요."

"당신은 어떡할 셈이지?"

"집으로 가면 돼요."

클레어는 거기까진 미처 생각하지 않았다.

"정말?"

"정말이고말고요. 헤어지지 않으면 안 되는 바에야 깨끗이 끝을 내는 게 좋아요. 나는 남자들의 이성을 어지럽힐 염려가 있는 여자라고 당신이 말한 적 있어요. 그러니까 당신의 눈앞에서 사라지지 않으면 당신의 계획과 희망을 망쳐버릴 거예요. 그러면 당신의 후회와 저의 슬픔은 이루 말할 수 없겠죠."

"그래서 당신은 집으로 가고 싶다는 거요?"

"당신과 헤어져서 집으로 가겠어요."

"그럼, 그렇게 합시다."

그녀는 그를 쳐다보지 않았으나 클레어의 대답에 깜짝 놀랐다. 제안과 약속 사이에 차이가 있다는 것을 테스는 너무 빨리 느꼈다.

"우리 사이가 이렇게 되지 않을까 두려웠어요."

그녀는 평온하게 가라앉은 표정으로 속삭였다.

"에인절, 저는 불평하지 않겠어요. 헤어지는 게 가장 좋다고 생각해요. 당신이 하신 말씀 잘 알아들었어요. 그래요, 함께 산다 해서 나를 나무랄 사람이 없다 해도 세월이 흘러가는 동안 언젠가는 사소한 일에 화를 내시게 될 거예요. 저의 과거가 생각나면 당신도 모르는 사이에 입 밖에 내게 될 거구 그렇게 되면 우리 아이들이 그 말을 엿듣게 될 거예요. 아, 지금은 불쾌한 정도의 일이 그때는 제 목숨까지도 앗아갈지 모르겠어요. 전 가겠어요! 내일."

"나도 이곳에 머물지 않겠소. 이런 말을 꺼내고 싶진 않았지만 아무래도 헤어지는 게 좋을 것 같아서…… 일의 결과를 이해하게 돼서 편지를 쓸 수 있을 때까진 말이오."

테스는 남편을 힐끗 쳐다봤다. 그의 얼굴은 새파랗게 질려서 떨고 있었다. 결혼한 사람의 온순한 마음속에 뚜렷이 나타난 굳은 결심, 이를테면 야비한 감정을 신비한 감정에, 물질을 정신에, 육체를 영혼에 굴복시키려는 의지를 보고 그녀는 그만 놀랐다. 성질과 경향과 습관 따위는 그의 세계에서는 거센 바람에 휘날리는 가랑잎 같았다.

그녀의 표정을 눈치 챘는지 그는 덧붙였다.

"난 멀리 떨어져 있으면 그 사람을 더 생각하게 되지."

이어 비꼬는 투로 말했다.

"수많은 사람들이 그런 것처럼 우리도 고생을 겪은 후에 또다시 만나게 될지!"

그날로 클레어는 짐을 꾸리기 시작했다. 그녀도 이층에 올라가서 짐을 꾸리기 시작했다. 이 이별이 마지막이 될지도 모르지만 심한 괴로움을 느낄 그들이기 때문에, 마음을 위로하는 억측의 빛에도 불구하고 내일 아침 헤어지면 영원한 이별이 될지도 모른다는 생각을 두 사람은 똑같이 품고 있었다. 서로의 매력은—테스는 교양하고 거리가 멀지만—헤어진 후 며칠간은 전보다 더 강하게 느낄지 몰라도 세월이 지나면 사라질 것을 그들은 알고 있었다. 뿐만 아니라 같은 지붕과 같은 환경에서 일단 헤어지면, 제각기 빈자리를 메우려는 새로운 생각이 무의식중에 싹틀 것이며, 의도는 생각지도 않은 사건들로 방해를 받고 오래된 계획은 잊혀질 것도 알고 있었다.

37

밤은 소리도 없이 찾아와 흘러갔다. 프룸 분지에는 밤을 알려주는 것이 아무것도 없었다.

새벽 1시가 조금 지나자, 한때는 더버빌 가문의 저택이었던 캄캄한 농가에서 삐그덕 소리가 들렸다. 이층 침실에서 자던 테스는 그 소리에 잠을 깼다. 계단 구석에서 들리는 그 소리는 층계의 못이 헐겁게 박힌 곳에서 나는 것이었다. 방문이 열리더니 조심스런 발걸음으로 달빛을 가로질러 오는 남편이 보였다. 그는 셔츠에 바지만 입고 있었다. 그리고 그의 눈이 부자연스럽게 허공을 보는 걸 알았을 때 얼핏 느꼈던 그녀의 기쁨은 사라졌다. 방 복판에 오자 걸음을 멈추고 슬픈 소리로 중얼거렸다.

"죽었구나! 죽었구나! 죽었어!"

심한 괴로움에 시달릴 때 그는 이따금씩 잠을 자면서 걷거나 말을 했다. 결혼 전날 밤 시장에서 돌아왔을 때에도, 테스를 모욕한 남자와 싸우는 시늉을 잠자리에서 똑같이 되풀이한 적이 있었다. 잇따른 정신적인 고통이 몽유병을 도지게 했다는 걸 테스는 알았다.

그녀의 그에 대한 신뢰는 뿌리가 깊어서, 그녀가 자든 깨 있든 클레어가 신변에 위협을 준 일은 한 번도 없었다. 설사 클레어가 권총을 들고 들어왔더라도 자기를 지켜 주리라는 믿음에는 변함이 없었을 것이다. 클레어는 다가와서 그녀에게 몸을 굽히고 중얼거렸다.

"죽었구나! 죽었구나! 죽었어!"

측량할 수 없는 슬픔을 띤 눈으로 잠시 그녀를 들여다보다가 몸을 더욱 구부리고 두 팔로 그녀를 끌어안았다. 수의에 싸듯 홑이불에다 그녀를 싸더니, 시체를 대하는 것과 꼭 같은 동작으로 침대에서 그녀를 들어올렸다. 그녀를 안고 방안을 왔다 갔다 하면서 중얼거렸다.

"가엾은, 가엾은 나의 테스, 내 사랑하는 귀여운 테스! 그토록 사랑스럽고, 그토록 착하고, 그토록 충실하던!"

깨어 있을 때는 가혹하게 참았던 다정한 말들이, 버림받고 사랑에 굶주린 테스한테는 말할 수 없이 달콤하게 들렸다. 그것이 지쳐 버린 그녀의 생명을 구출하는 방법이었다 하더라도 현재의 상태에서 벗어날 생각은 없었다. 그녀는 조용히 안겨 어떻게 하려나 하고 의아히 여기며 층계참까지 몸을 맡기고 있었다.

"내 아내는 죽었어! 죽어버렸어!"

그는 숨을 돌리려고 그녀를 안은 채 잠시 난간에 기댔다. 나를 던져 버리려고 그러는 것일까? 자기를 염려하는 생각은 거의 사라지고 없었다. 내일 아침 떠나려는, 아마 영원히 떠나 버리려고 결심했을지도 모를 그의 계획을 알기 때문에 불안하면서도 공포라기보다는 만족함으로 그의 팔에 안겨 있었다. 만약에 둘이 함께 굴러떨어져 몸이 가루가 돼버린다면 얼마나 흐뭇한 일일까.

그러나 테스를 떨어뜨리지도 않고 난간 받침대를 이용해서 그녀의 입술에 키스했다. 낮에는 그렇게도 멸시하던 그 입술에. 힘을 주어 그녀를 다시 잘 안더니 계단을 내려갔다. 삐거덕 소리에도 잠을 깨지 않은 클레어는 무사히 아래층까지 내려왔다. 그는 그녀를 품고 있는 한쪽 팔을 잠깐 풀어서 대문 빗장을 빼고 밖으로 나갔다. 양말을 신은 그의 엄지발가락이 살짝 문 모서리에 부딪쳐도 아무렇지 않은 것 같았다. 밖으로 나와 몸을 움직일 여유가 생기자, 쉽게 움직일 수 있도록 그녀를 어깨에 둘러멨다. 그녀는 가벼웠다. 집을 빠져나온 그는 몇 야드 떨어진 강 쪽으로 갔다.

클레어에게 어떤 속셈이 있더라도 그것이 과연 무엇인지 그녀는 짐작할 수 없었다. 그녀는 제삼자가 하는 것처럼 현재의 문제를 추측해 보았다. 몸을 완전히 클레어한테 맡겼으므로, 자기를 어디까지나 그의 것인 줄 알고 마음대로 처리하리라고 생각하니, 오히려 마음이 기뻤다. 내일이면 헤어진다는 두려움에 잠기면서도, 그가 지금은 진실한 아내로 인정해 주는 게 기뻤다. 또 그걸 인정하곤 그녀를 해칠 수 있는 권리마저 있으니 과격하게 한다 해도 자기를 저버리지 않을 것 같은 위안이 됐다.

아! 그가 무엇을 꿈꾸는지 그녀는 이제 알았다. 그때 그 일요일 아침 테스만큼이나 그를 사랑하던 낙농장 아가씨들과 함께 물을 건너던 일을 꿈꾸는 것이다. 하긴 네 사람이 한 남자를 사랑할 수 있다는 것을 테스는 용납하지 않았다. 클레어는 다리를 건너지 않고 같은 방향에 있는 물방앗간 쪽으로 대여섯 걸음 가더니 잠자코 강가에 멈췄다. 이 물줄기는 근방에 있는 몇 마일의 목장을 천천히 흘러 몇 갈래로 갈려 꾸불꾸불 돌기도 하고, 또 이름도 없는 조그만 섬 사이를 누비다 다시 합류해서 폭이 넓은 원줄기를 이뤘다. 그들이 서 있는 바로 맞은편에는, 강물과 합치는 지점이 있어서 폭이 넓고 또 상당히 깊었다. 보행자만 건널 수 있는 좁은 다리가 있으나, 가을철의 홍수에 난간이 씻겨나가 발판만 남아 있었다. 그 다리는 거센 물결에서 불과 몇 인치 정도의 간격도 없기 때문에 멀쩡한 사람이라도 현기증이 날 만큼 위험한 길이었다. 젊은 사람들이 줄타기하는 곡예사처럼 위험한 동작으로 건너는 것을 테스는 낮에 창문으로 본 일이 있었다. 남편도 그런 장면을 보았을 것이다. 어쨌든 지금 그는 발판에 올라서서 한 발을 내딛고 건너기 시작했다.

그녀를 물에 빠뜨리려고 이러는 걸까? 그럴지도 모른다. 장소는 외딴 곳이고 강물은 깊고 넓어서 물에 빠뜨릴 생각만 있다면 할 수 있을 것이다. 서로 떨어져 살기 위해 내일 헤어지는 것보다는 차라리 이것이 나을지도 몰랐다.

빠른 물살은 물 위에 비친 달그림자를 높이 치켜 올리기도 하고 일그러뜨리기도 하며 때로는 조각조각 갈라놓기도 하면서 소용돌이를 이루어 치달렸다. 물거품이 재빨리 떠내려가고 갈 길이 막힌 잡초는 한데 몰린 곳에서 물결을 일으켰다. 두 사람이 치닫는 급류 속에 함께 빠져 버린다면 도저히 살아날 수 없을 것이다. 그래서 그들은 아무 고통도 없이 저 세상으로 갈 것이며 그곳에서는 그들이 결혼한 것을 나무랄 사람이 하나도 없을 것이다. 그녀와 함께 죽어가는 마지막 30분은 그리운 추억이 되겠지만, 만약 그가 살아서 꿈에서 깨어난다면, 둘이 죽지 않는다면, 낮에 보였던 그의 미움이 되살아나서 지금 이 시간은 덧없는 꿈이 되겠지. 거꾸로 함께 떨어지게 몸을 움직일까 하는 충동을 느꼈으나, 감히 그럴 용기가 없었다. 자신의 목숨쯤은 어떻게 돼도 상관없다는 건 이미 각오한 것이지만 클레어의 생명까지 간섭할 권리는 없는 것이다.

그녀를 어깨에 멘 채 그는 무사히 다리를 건넜다. 그들은 이제 수도원의 뜰 안에 들어왔다. 그녀를 다시 잘 추켜 업고 서너 걸음 더 나가 황폐해진 수도원 찬양대석에 다다랐다. 북쪽 벽에는 수도원장의 빈 석관이 기대어 있는데, 짓궂은 여행자들은 그 관 속에 들어가 누워 보기도 했다. 관에다 그는 조심스럽게 테스를 눕혔다. 그녀의 입술에 두 번째 키스를 하고는 마치 갈망하던 목적을 이룬 것처럼 긴 한숨을 쉬었다. 그리고 그녀의 관 옆 땅바닥에 나란히 눕자마자 곧 깊은 잠에 빠져 꼼짝도 안했다. 지금까지 행동을 격발케 했던 마음의 흥분이 가라앉은 것이다.

테스는 관에서 일어나 앉았다. 밤이 계절에 비해 따스하고 건조했지만 얇게 입은 클레어를 오랫동안 내버려 두기에는 밤공기가 차가웠다. 그대로 자게 놓아두면 아침까지 잠을 깨지 않을 것이며, 그렇게 되면 얼어 죽을지도 모를 일이다. 몽유병자가 밖에서 쓰러져 자다가 숨을 거두었다는 얘기를 그녀는 종종 들었다. 자기의 어리석음을 알게 되면 심한 굴욕감을 느낄 텐데 어떻게 그를 깨워서 그가 한 일을 말할 수 있을까? 하지만 그녀는 관에서 나와 가만히 그를 흔들었다. 심하게 흔들지 않고서는 깨울 재간이 없었다. 오직 홑이불 한 장으로 추위에 떠는 그녀는 무슨 방법을 쓰지 않을 수 없었다. 아슬아슬한 고비를 넘길 때는 흥분해서 추운 줄도 몰랐지만 그런 행복감은 이미 사라졌다. 그녀의 마음에 말로 설득시켜 보려는 생각이 갑자기 떠오르자 될 수 있는 한 마음을 굳게 먹고 그의 귀에 속삭였다.

"여보 함께 걸어가요."

이 말을 하는 동시에 그의 팔을 잡아 행동을 암시했다. 그는 순순히 복종했고 그녀는 퍽 안심이 되었다. 그녀의 말이 분명히 클레어의 꿈을 다시 불러 일으켜 새로운 상황으로 이끌었다. 테스가 영혼으로 나타나서 자기를 천국에 인도하는 줄로 생각하는 것 같았다. 그녀는 클레어의 팔을 잡은 채 돌다리를 건너 집 문 앞까지 데리고 왔다. 클레어는 털양말을 신고 있었지만, 테스는 맨발이기 때문에 돌다리를 건너는 동안 그녀의 몸은 뼈까지 얼어붙는 것 같았다. 집에 도착한 다음에는 더 어려울 게 없었다. 그녀는 클레어를 이끌어 침대에 눕혀 따뜻하게 덮어 주고 장작불을 피워 축축한 몸이 마르도록 했다. 그녀의 움직이는 소리가 그의 잠을 깨우지 않을까 염려하면서도, 마음속으로는 그가 깨어나기를 바라고 있었다. 그러나 심신이 지칠 대로 지친 그는 꼼짝도 하지 않았다.

날이 밝았다. 지난밤에 잠자리가 불편했던 것을 클레어가 알았는지는 모르지만, 그의 몽유병에 테스가 관계한 사실은 전혀 모르는 것을 테스는 눈치 챘다. 그날 아침 클레어는 그야말로 완전히 죽은 사람과 같은 상태에서 깨어났다. 마치 삼손이 머리를 깎인 다음에 힘을 되찾으려고 몸부림친 것처럼, 두뇌가 깨어나는 처음 몇 분 동안은 지난밤의 이상한 과정이 어렴풋이 떠올랐다. 그러나 당장 눈앞에 닥친 처리해야 할 문제가 추측하려는 힘을 저쪽으로 밀쳐냈다.

그는 마음이 지향하는 바를 분간하려고 기대 속에 기다렸다. 간밤에 결정한 의도가 아침 햇살에 바래지지 않았다면 그것이 일시적인 감정에서 나온 것이라 해도, 훌륭한 이성을 바탕에서 이루어졌다는 것을 그는 믿었다. 푸르스름한 아침 햇살 속에서 그녀와 헤어지려는 결심을 다시금 보았다. 뜨겁고 격한 본능이 아니라, 그것을 태운 열정을 타버리고, 뼈만 남은 앙상한 모습으로 서 있는 본능이었다. 그는 더 망설이지 않았다.

아침식사를 할 때나 얼마 남지 않은 짐을 꾸리는 동안에도 어젯밤의 행동으로 인한 피로의 기색이 너무나 뚜렷했기 때문에 테스는 어젯밤에 생긴 일을 다 얘기해 버릴까도 했다. 그러나 자기 상식이 인정하지 않는 그녀에 대한 애정을 무의식적으로 나타냈다는 것과, 이성이 잠자고 있는 사이에 그의 본심이 체면을 손상시켰다는 사실 등을 알게 되면, 노하고 슬퍼하고 자기를 어리석다고 할 것이 틀림없으리라는 생각이 들자 그녀는 그만 입을 다물었다. 그것은 마치 술이 깬 다음에 그 사람이 취중에 한 짓을 비웃는 것과 같은 것이다.

어쩌면 그가 보인 변덕스런 애정을 어렴풋이 기억할는지도 몰랐다. 그러나 그녀가 그것을 기회로 다시 매달리지나 않을까 하는 두려움에서 일부러 말하지 않는 것 같은 느낌이 테스의 마음을 스쳤다.

아침식사가 끝나자 클레어가 편지로 이웃 마을에 부탁한 마차가 곧 도착했다. 기어코 이별의 순간이—지난밤의 일로 그에게 애정이 있다는 것이 보였으므로 다시 만날 가망이 아주 없는 것도 아니니까—어쩌면 일시적인 이별이 될지도 모를 그 순간이 다가왔다. 짐은 마차 지붕 위에 실려졌고 마차는 그들을 태우고 떠나기 시작했다. 그들의 갑작스런 출발에 방앗간 주인과 일하는 여자는 의아한 표정을 보였으나, 클레어는 방앗간 시설이 자기가 연구하려는 신식 시설과는 거리가 좀 멀었다고 변명했다.

그 점에 대해서는 그의 말이 옳았다. 그 밖에는 그들의 결혼이 실패했다든가 또는 함께 친구들을 방문하러 가는 것이 아니라는 낌새를 알아차릴 만한 티는 전혀 내지 않았다.

그들이 달리는 길은, 불과 며칠 전에 장엄한 기쁨을 안고 떠나던 목장 근처를 지났다. 클레어는 목장 주인과 마무리를 잘 하고 싶었고, 테스는 그들의 불행한 사정을 크릭 부인에게 눈치 채이고 싶지 않았기 때문에 목장을 방문하기로 했다.

되도록이면 남의 눈에 띄지 않게 하려고, 큰길에서 목장으로 통하는 조그만 문 앞에서 마차를 내린 그들은 나란히 서서 오솔길을 걸었다. 버드나무는 잘려 없어졌고, 그 그루터기 저쪽 너머로 클레어가 그녀를 뒤쫓으면서 결혼해 달라고 졸라대던 곳이 보였다. 그 왼쪽에는 클레어의 하프 소리에 테스가 이끌렸던 울타리가, 그리고 외양간 훨씬 뒤쪽에는 그들이 최초로 포옹했던 목장이 보였다. 황금빛 여름 풍경은 이제 회색으로 변하여 그 빛이 바랬고 비옥한 토지는 수렁이 되었고 강물은 차가워졌다.

목장 주인은 안마당 문 너머로 그들이 오는 것을 보자, 탈보테이스와 그 근방 사람들이 신혼부부가 다시 나타났을 때 흔히 보이는 짓궂은 웃음을 띠면서 마중 나왔다. 크릭 부인과 대여섯 사람의 낯익은 친구들도 몰려왔다. 그러나 메리안과 레티는 없는 것 같았다.

테스는 그들의 익살맞은 공격과 허물없는 농담을 잘 받아 넘기고 있었다. 이런 것들은 그들의 상상과는 딴판으로 그녀의 마음을 찔렀지만 둘이 이별한다는 것을 비밀에 붙이려는 그들 부부의 무언의 합의 아래 보통 때와 다름없이 태연하게 행동했다. 테스는 그들의 입에서 아무런 얘기가 나오지 않기를 은근히 바랐으나, 메리안과 레티에 관한 자세한 얘기를 듣지 않을 수 없었다. 레티는 그녀의 아버지 곁으로 갔고, 메리안은 다른 곳에 직장을 구하러 갔지만, 뾰족한 수는 없을 거라고 그들은 말했다.

그 얘기를 듣고 얻은 슬픔을 씻으려고 정든 젖소들을 일일이 쓰다듬어 주면서 작별을 고했다. 그리고 일심동체가 된 듯, 나란히 서서 친구에게 작별할 때, 두 사람을 눈여겨본 사람이 있었다면 그들의 얼굴에 묘한 슬픔이 감도는 것을 발견했을 것이리라. 겉으로 보기에는 두 몸이 하나의 생명처럼 보였다. 그의 팔이 그녀의 팔에 닿고, 그녀의 치맛자락이 클레어의 옷에 스쳤으며, 자기들을 향한 목장 사람들에게 함께 인사를 할 때도 '우리' 라는 말을 사용했지만, 실상은 남극과 북극처럼 갈라져 있었다. 그들의 태도에는 신혼 부부한테서 흔히 볼 수 있는 자연스러운 수줍음과는 다른 좀 어색하고 초조한 빛이라든가, 다정한 부부로서는 무언가 어울리지 않는 인상을 주었을는지도 모른다. 그들이 떠나가자 크릭 부인은 남편한테 이렇게 말했다.

"그녀의 기쁜 표정이 왜 그렇게 어색해 보일까요? 마치 납 인형 같은 그들의 모습도 그렇고. 말하는 것은 꼭 잠꼬대를 하는 사람 같았어요! 당신은 그런 생각이 들지 않았어요? 테스의 성질이 좀 별나긴 하지만, 아직도 훌륭한 남자의 신부다운 긍지가 보이지 않아요."

다시 마차를 타고 웨더베리와 스택풋 레인을 지나 레인 여관에 도착한 그들은 마차를 돌려보냈다. 거기서 잠시 쉰 다음 분지에 들어서서 그들의 관계를 모르는 낯선 마부에게 테스의 시골집을 향해서 마차를 몰게 했다. 너틀베리도 지나고 사거리가 있는 중간 지점에 이르자, 클레어는 마차를 멈춰 세우고, 테스가 집으로 돌아갈 생각이라면 자기는 여기서 돌아가야겠다고 말했다. 마부가 있는 곳에서 마음대로 얘기할 수 없으므로 샛길까지 잠깐 함께 걷자고 테스에게 청했다. 테스는 승낙했다. 그래서 마부에게는 잠시 기다리라고 이른 다음, 그들은 걷기 시작했다. 클레어는 다정하게 말을 걸었다.

"우리는 서로 이해해야 되겠어. 지금의 나로서는 아무래도 참을 수 없는 일이긴 하지만, 우리 사이에 조금도 노여워할 감정이 있는 게 아니니까 말이오. 내가 참을 수 있도록 노력해 보겠소. 나의 계획이 결정되면 내가 곧 주소를 전하겠소. 그리고 내가 그것을 참을 수 있고, 필요하게 되거나, 또는 가능한 일이라면 당신한테 돌아가기로 하지. 그러나 내가 당신한테 돌아올 때까지 당신은 나를 찾아오지 않는 게 좋을 거요."

이 가혹한 판결은 그녀를 크게 실망시킨 것 같았다. 테스는 그의 생각을 충분히 알게 됐다. 클레어는 테스가 자기를 엄청나게 속인 여자로밖에 달리 생각할 여지가 없다는 사실을 말이다. 그러나 그녀와 같은 실수를 저지른 여자라도 이런 대접을 받아 마땅하단 말인가? 하지만 테스는 그 문제에 대해 더 따지고 있을 수는 없었다. 그가 한 말을 되풀이해 볼 뿐이었다.

"당신이 돌아오지 않는 한 당신을 찾지 말라구요?"

"그렇소."

"그럼, 편지는 써도 좋을까요?"

"아, 그렇지, 만약에 당신이 아프다거나 뭐 원하는 게 있으면 말이오. 그런 일이 없길 바라지만. 그러니까 아무래도 내가 먼저 편지를 쓰게 될 거요."

"당신의 의견에 반대하지 않겠어요. 하지만 에인절, 제가 어떤 벌을 받아야 하는가는 당신이 더 잘 알고 있어요. 다만, 다만 그 벌이 너무 가혹해서 제가 견뎌낼 수 없을 만큼 벌하지는 마세요."

그것이 그 문제에 대해 그녀가 한 말의 전부였다. 만약에 그녀가 기교를 부리는 여자여서, 한적한 길을 걸을 때 졸도를 하거나 히스테릭하게 울음을 터뜨려 연극을 했다면, 클레어가 아무리 완고한 결백성에 사로잡혀 있다하더라도 그녀를 당해내지는 못했을 것이다. 그러나 오랫동안 괴로움을 겪어 지친 테스의 마음은 그의 일을 순조롭게 했다. 사실 그녀만이 클레어에게 있어 둘도 없는 변호인이었다. 그녀의 자존심마저 굴종 속에 파묻혔다. 그런 성질은 더버빌 가문의 눈에 보일 만큼 뚜렷한, 그때그때 운명에 모든 것을 맡겨 버리는 자포자기의 태도일는지도 모른다. 그래서 테스가 몇 마디 하소연을 하기만 하면 효과 있게 울릴 수 있었을는지 모를, 숱한 갈래로 이어져 있는 마음은 건드리지 않고 그대로 두었다.

그들이 주고받은 그 밖의 얘기란 헤어지는 데 있어 현실적 문제뿐이었다. 클레어는 은행에서 미리 찾아 놓은 상당한 액수의 돈이든 꾸러미를 그녀에게 주었다. 보석에 대한 대모의 유언장을 풀이할 것 같으면, 그 소유권은 테스의 일생 동안만으로 한정돼 있었으므로 클레어는 안전하게 하려고 그 보석을 은행에 맡기도록 테스에게 권했고, 테스는 그의 충고를 기꺼이 받아들였다.

이런 합의를 본 다음, 테스와 함께 마차 있는 곳으로 돌아가 그녀가 마차에 오르는 걸 도와줬다. 마부에게 삯을 지불하고 그녀의 목적지도 가르쳐 줬다. 클레어는 자기의 가방과 우산을 갖고—여기까지 그가 가지고 온 물건은 이것뿐이었다—그곳에서 마지막 작별인사를 나누었다.

마차는 천천히 언덕길을 올라갔다. 잠깐만이라도 테스가 창밖으로 얼굴을 내밀어 주었으면 하는 부질없는 바람을 참으면서 클레어는 사라지는 마차를 물끄러미 지켜보았다. 그러나 그녀는 죽은 사람처럼 실신한 상태로 의자에 누워 있었기 때문에 내다볼 기력도 없었다. 멀어져 가는 마차를 바라보던 클레어는 답답한 마음을 풀길이 없어 어느 시인의 시 한 구절을 마음대로 고쳐 읊어 보았다.

신은 천국에 계시지 않고
이 세상은 온통 잘못투성이로다!

테스가 언덕배기를 넘어 사라져 버리자, 그는 자기의 갈 곳을 향해 발걸음을 옮겼다. 그는 아직도 그녀를 사랑하고 있다는 사실을 조금도 깨닫지 못했다.

38

블랙무어 골짜기로 마차가 접어들면서 소녀 시절에 보던 풍경이 눈앞에 펼쳐지자, 그녀의 의식이 되살아났다. 그녀가 제일 먼저 생각한 것은 어떻게 부모를 대할 것인가? 하는 것이었다.

마을 어귀에 있는 유료 통행문에 테스는 도착했다. 문을 연 사람은 그녀가 잘 아는 노인이 아닌 낯선 남자였다. 그 노인은 아마 이런 직업인이 흔히 교대하기 쉬운 정월 초하룻날 이곳을 떠났는지도 모른다. 근래에는 집으로부터 아무런 소식도 듣지 못했으므로 그 남자에게 마을 소식을 물었다.

"네, 아가씨, 뭐 별로 이렇다 할 게 없죠. 말로트 마을은 옛날이나 지금이나 여전하죠. 아무개가 죽었다든가 하는 것밖에는 말이오. 존 더비필드 집에서는 이번 주일에 어떤 점잖은 농부한테 딸을 시집보냈지요. 존의 집에서 신랑을 고른 건 아니지만, 딴 곳에서 결혼식을 올린 것 같더군요. 신랑이 넉넉지 못하다고 생각한 모양이죠. 존 가정이 옛날 귀족의 직계 후손이고 가산은 로마 시대에 소멸했지만, 아직도 조상의 묘지와 납골당이 있다는 사실을 신랑은 모르는 모양입니다그려. 하지만 존 경—우리들은 그를 꼭 경이라고 부릅니다만, 그 양반이 결혼식 날에 마을 사람들에게 한턱냈지요. 퓨어 드롭 술집에서 존 부인은 밤 11시가 넘도록 노래를 불렀죠."

이 얘기를 듣고 그녀는 마음이 너무 아파서 짐과 그 밖의 물건을 갖고 버젓이 집에 들어갈 용기가 나지 않았다. 문지기에게 잠시 동안 짐을 보관해 달라고 청했더니 그는 쾌히 승낙했다. 그래서 그녀는 짐을 그곳에 내려놓고 마차를 돌려보낸 뒤 뒷길로 돌아서 마을로 들어갔다.

자기 집의 굴뚝을 본 순간, 도대체 어떻게 집으로 들어갈 수 있을까?하고 그녀는 자신에게 물어 보았다. 저 집안에서는 그녀의 부모 형제들이 테스를 훌륭한 부인으로 만들어줄 퍽 부유한 신랑과 먼 곳으로 신혼여행을 떠났다고들 달콤한 상상을 하고 있으리라. 그러나 이 세상에서 갈 곳이라고는 여기보다 더 좋은 곳은 없다는 듯 그녀는 홀로 이 정든 낡은 문으로 조용히 다가가는 것이었다.

그녀는 집에 닿기도 전에 다른 사람의 눈에 띄고 말았다. 바로 마당 울타리 쪽에서, 학교 시절에 친하게 지내던 몇몇 친구들 중의 하나와 마주쳐 버렸다. 어떻게 이곳에 돌아왔느냐고 몇 마디 주고받은 다음, 테스의 감추어진 슬픈 표정을 눈치 채지 못한 친구는,

"그런데 네 남편은 어디 갔니, 테스?"하고 물었다.

당황한 테스는 남편이 사업상 딴 곳에 갔노라고 대답했다. 친구들과 헤어진 그녀는 울타리를 겨우 넘어 마당으로 들어갔다. 뜰 안의 좁은 길을 걷고 있을 때, 뒷문 쪽에서 어머니의 노랫소리가 들려 왔고, 가까이서 보니 어머니가 문턱에 서서 홑이불을 짜고 있었다. 일을 끝마친 어머니는 테스를 보지 못하고 안으로 들어갔다. 테스도 뒤따라 들어갔다. 빨래통은 예전과 다름없이 같은 장소에, 여전히 받침대 위에 놓여 있었다. 홑이불을 옆으로 던져 놓고 다시 빨래통 속에 손을 담그려는 참이었다.

"아니, 테스가 아니냐, 나는 니가 결혼헌 줄 알구 있었는데! 정말 이번에야말루 틀림없이 결혼헌 줄 알구 사과주두 보냈는데……."

"네, 어머니, 전 결혼했어요."

"앞으루 허겠다는 거냐?"

"아니에요. 이미 했어요."

"결혼했다구! 그러믄 니 남편은 어데 있니?"

"아, 그이는 잠깐 동안 다른 곳에 갔어요."

"갔다구! 그럼 언제 결혼했지? 니가 말헌 그날이냐?"

"네, 화요일이었어요."

"오늘이 토요일인데 벌써 갔다구?"

"네, 그는 가버렸어요."

"그게 무슨 소리냐? 너를 아무 때라두 얻을 수 있는 그따위 남편이라믄 차라리 지옥으루나 가라구 해."

"어머니!"

그녀는 어머니한테 달려가서 얼굴을 가슴에 파묻고 울음을 터뜨렸다.

"어머니, 저는 어떻게 해야 좋을지 모르겠어요! 그런 말을 그이한테 하지 말라고 말씀도 하시고 편지도 주셨지만 저는 얘기해 버렸어요. 어떻게 할 수가 없었어요. 그랬더니 그 사람은 떠나갔어요!"

"아이쿠, 이 바보 같은 애야, 이 바보야!"

더비필드 부인은 흥분한 나머지 테스와 자신에게 물을 튀기면서 소리를 질렀다.

"내 기가 막혀서! 나쁜 말을 허지 않을려고 그랬지만 안헐 수가 없구나. 이 바보 같은 애야!"

여러 날 참았던 긴장이 한번에 풀려 테스는 몸부림치며 울었다.

"알아요. 알고 있어요. 어머니! 제가 바본 줄 알아요! 하지만 어머니, 말하지 않을 수 없었어요! 그 사람은 너무나 착하기 때문에 제 과거를 숨기려는 마음이 얼마나 야비한 짓인지를 깨달았어요! 만약에, 만약에 이런 기회가 다시 온다하더라도 역시 고백하지 않을 수 없을 거예요. 그 사람한테 감히 그런 죄를 지을 수 없어요!"

"그렇다믄 그 사람과 결혼헌 것도 애당초 잘못이 아니냐!"

"그래요. 제가 불행하게 된 것도 그 까닭이에요! 제 실수를 용서하지 않으면, 그 사람은 법에 따라 이혼할 수 있으리라 생각했어요. 아, 제가 그 사람을 얼마나 사랑하는지, 남편으로 맞고 싶어 얼마나 애태웠는지 또 그리워하는 마음과 거짓 없이 대하려는 마음의 틈바구니에서 얼마나 몸부림쳤는지를 반만이라도 알아주신다면!"

그녀는 말을 할 수 없을 만큼 흥분하여 맥없이 의자에 쓰러지고 말았다.

"알았다, 알았어. 엎지른 물 주워 담을 순 없으니까! 남의 집 애들 같지 못허구 어째 애들이 한결같이 이렇게 바보냐. 남편이 알아내드래두 벌써 때가 늦었구나 헐 때까지 숨기믄 되는 걸 자기 입으루 미리 지껄이다니!"

더비필드 부인은 자기 신세가 한탄스러워 눈물을 흘리기 시작했다. 어머니는 말을 계속했다.

"니 아부지가 뭐라구 허실지 모르겠구나. 그이는 매일같이 롤리버와 퓨어 드롭으루 돌아다니면서 니 결혼을 자랑했단다. 니 결혼이 더버빌 가문의 체면을 되찾게 했다고 말이야. 아무튼 주책없는 양반이야. 그런데 니가 일을 모두 망쳐 놓았으니! 이 일을 어쩌면 좋으냐!"

때마침 아버지가 돌아왔다. 그러나 아버지는 방 안에 바로 들어오지 않았다. 더비필드 부인은 그 얘기를 자기가 할 테니까 테스는 잠깐 안 보이는 곳에 가 있으라고 말했다. 테스의 말을 듣고 처음에는 실망했으나 딸의 첫 번째 실수와 마찬가지로 이번에도 하나의 액운에 지나지 않는다고 생각하는 어머니는, 일요일에 비가 오거나 감자 농사가 신통치 않을 때의 재난쯤으로 생각했다. 당연한 보답이든 어리석은 짓이든 누구나 견딜 수 있는 스쳐 가는 재난으로만 생각했지, 인생에 대한 특별한 교훈으로는 깨닫지 못했다.

테스는 이층으로 올라갔다. 방 안은 정돈되어 있고 침대의 위치는 바뀌어 있었다. 그녀가 쓰던 침대는 동생들이 차지해 버려서 그녀의 잠자리는 없었다.

아래층 방은 천장에 널빤지를 대지 않았기 때문에, 그곳에서 하는 얘기는 거의 다 들을 수 있었다. 방금 아버지가 들어오셨는데 닭을 한 마리 갖고 오신 것 같았다. 두 번째 말도 팔아 버리지 않을 수 없었으므로, 지금은 바구니를 팔에 걸치고 걸어 다니며 행상을 하는 형편이었다. 그는 마을 사람들에게 일하는 시늉을 보이려고 걸핏하면 닭을 안고 돌아다녔지만, 오늘 아침에도 거의 한 시간 동안이나 롤리버 술집의 술상 다리에 닭을 묶어 놓았었다.

"이제 막 얘기하고 오는 길인데……."

더비필드는 얘기를 시작했다. 테스가 목사의 가정에 며느리로 들어간 사실을 실마리로 그 목사에 관해 오고간 얘기를 부인한테 자세히 말했다.

"요즈음은 그저 목사라고 불리고 있지만, 옛날에는 그 집안도 우리들처럼 '경'이라는 칭호가 붙었던 모양이야."

테스가 너무 떠들어 대지 말라고 해서 자세한 말은 하지 않았다
느니, 이제는 좀 마음대로 얘기할 수 있도록 테스가 신경을 쓰지
말았으면 좋겠다고 하면서 명맥 있는 더버빌이란 이름이 남편 성
보다 훌륭하니까 그 이름을 쓰는 게 나을 거라며 딸한테서 무슨 편
지라도 안 왔느냐고 물었다. 얘기를 다 듣고 난 더비필드 부인은
불행히도 테스가 돌아온 것을 알려 주었다.

불행한 얘기가 끝나자, 평소의 더비필드답지 않은 침울한 기분이
명랑하던 술기운을 눌러버렸다. 다른 사람이 이 일로 인해 받을 영
향을 걱정하는 것이었다.

"아니, 그래, 이걸로 끝장이 났다 그 말인가! 졸라드 갑부의 맥주
창고만큼이나 큰 납골당을 우리는 킹스비어에 갖고 있고, 누구 못
지않은 훌륭한 조상을 그곳에 모셨어. 또 롤리버나 퓨어 드롭에 모
이는 친구들이 힐끔힐끔 곁눈질을 하면서 할 얘기를 상상해 봐! '이
것 참 굉장한 혼인일세 그려. 이제는 노르만 왕조 시대의 지위를
되찾은 거나 다름없어!' 마누라, 이건 너무 창피한 일이지. 가문이
고 뭐고 다 집어치우고 죽어버렸으면 좋겠어. 이 이상 참을 수 없
단 말이야! 그런데 그 사람과 결혼했다면 먹여 살리라고 할 수 있
잖아?"

"그거야 물론이죠. 그러나 테스는 그럴 생각이 없나 봐요."

"정말 결혼한 것 맞아? 그전처럼 되어 버린 셈인지 모르겠군."

테스는 더 듣고 있을 수 없었다. 그녀가 한 말을 부모도 믿지 못
하자 이제껏 느껴 본 일이 없는 반감이 끓어올랐다. 이 얼마나 기
막힌 운명의 화살일까! 아버지마저도 그녀를 의심하는데 하물며
이웃 사람과 친구들은 얼마나 그녀를 의심할까? 아, 이제 집에도
오래 머물 수 없는 몸이다!

그래서 사흘 동안만 머물기로 그녀는 결정했는데 바로 사흘째 되
는 날 클레어한테서 짤막한 편지가 왔다. 북부 지방으로 농장을 보

러 간다는 내용이었다. 클레어의 아내라는 지위에 대한 영광이 목
마르게 그리웠고 둘 사이를 갈라놓은 엄청난 틈을 부모에게 알리
지 않을 생각도 있어서 그 편지를 다시 집을 떠날 구실로 삼았다.
그래서 테스는 남편을 만나러 가는 것처럼 집을 나섰다. 그리고 자
기에게 불친절하다는 비난으로부터 남편을 감싸 주기 위해, 클레
어 같은 사람의 아내라면 이 정도는 할 수 있다는 듯 그가 준 오십
파운드 중에서 이십오 파운드를 떼어 어머니에게 드리며, 지난 몇
해 동안 부모에게 끼친 근심과 굴욕에 대한 약소한 보답이라고 말
했다. 일단 자신의 위신을 세워 놓고는 그들과 작별을 고했다. 이
일이 있은 후 더비필드의 가정은 딸이 두고 간 선물 덕택으로 얼마
동안 생기가 감돌았다. 더비필드 부인은 젊은 부부의 불화가 헤어
져서는 살 수 없는 강한 애정으로 말미암아 자연히 해결됐노라고
얘기했고 실제로 그렇게 믿었다.

39

결혼식을 올린 지 3주일이 지난 뒤, 클레어는 아버지의 낯익은
목사관에 이르는 비탈길을 내려가고 있었다. 멀리 보이는 교회의
높은 탑이 너는 왜 돌아왔느냐고 캐묻는 것처럼 저녁 하늘에 우뚝
솟아 있었다. 저물어 가는 길에는 그를 알아보는 사람 하나 없었
고, 더구나 그가 오리라고 기다리는 사람도 없었다. 그는 유령같이
몰래 나타났고 자신의 발걸음 소리마저 방해물 같아 없애 버리고
싶었다.

그의 인생관에는 큰 변화가 생겼다. 이전에는 인생을 사색을 통
해서만 알았으나 몸으로 깨달았다. 아직 아무것도 아는 게 없을지
도 모르지만, 그의 앞을 가로막은 인생은 이탈리아 미술품 같은
아름다움에 싸여 있는 것이 아니라, 비에르츠 미술관에서 본 반
비어스의 습작 같은, 대상을 뚫어지게 응시하는 처절한 모습이었

다. 지난 몇 주일 동안의 그의 행동은 되는 대로였다. 시대의 위대하고 현명한 사람들이 권하는 바를 따라, 마치 새로운 것은 하나도 없던 것처럼 농업계획을 추진해 보려 했으나, 이론의 실현 가능성을 시험해 본 만큼 실제를 벗어나 본 사람이 거의 없다는 결론을 내렸다.

'이것이 중요하니 마음을 어지럽히지 말라'라고 이교도의 윤리학자는 말했다. 그 말은 바로 클레어의 생각이기도 하지만 마음은 흔들렸다. 성경은 '너희는 마음에 근심도 말고 두려워하지도 말라'라고 했다. 클레어는 그 말에 찬성했다. 그러나 그의 마음은 여전히 괴로움으로 가득 찼다. 위대한 종교 지도자들을 만나서, 같은 인간에게 그런 교리를 실천할 수 있는 방법을 가르쳐 달라고 호소하고 싶은 마음이 얼마나 간절했던가! 그는 완고하고 무심해져서 끝내 자기 존재를 구경꾼과 같은 소심한 마음으로 바라보게 됐다.

이런 모든 슬픔이 테스가 더버빌 가문의 후손이라는 우연한 사실로부터 움텄다고 생각하자, 점점 더한 괴로움에 잠겼다. 테스가 몰락한 귀족의 후손이고, 그가 그리워하던 새로운 세대의 집안이 아니라는 사실을 발견했을 때, 자기의 주장을 세워 그 여자를 왜 버리지 않았을까? 그것은 클레어가 변절했기 때문이니까 고통도 당연한 것이었다.

그는 불안하고 지치고 근심이 더해 갔다. 그녀에 대한 처사가 너무 지나치지 않았을까 염려가 되었다. 그는 무엇을 먹는지도 모르고 먹었고 맛도 모르는 술을 마셨다. 시간이 흐름에 따라 지나간 날의 모든 행동이 하나하나 머리에 떠올랐다. 테스를 귀여운 소유물로 갖고 싶어 했던 마음이 클레어의 모든 계획과 언어와 방법에 얼마나 주도적으로 파고들었는가를 알았다.

여기저기 떠돌아다니는 동안 어느 마을 어귀에 울긋불긋한 광고가 나붙은 것을 보았는데, 그것은 브라질 제국이 이주 농업가의 사업지로 가장 적합하다는 것이었다. 브라질로 가면 엄청나게 많은 땅을 유리한 조건으로 나눠 준다는 것이었다. 브라질은 신선하게 클레어의 관심을 끌었다. 풍토나 사상, 습관과 법률이 다른 곳이므로, 영국에서 테스와의 생활을 방해하는 원인도 그곳에 가면 별 영향이 없을 것이다. 따라서 테스와 함께 살 수 있을 것이다. 브라질 이민이 마음을 끌었고 출발 날짜는 눈앞에 다가와 있었다.

이러한 생각에서 부모에게 알리려고 그는 에민스터로 돌아오는 길이었다. 그리고 테스를 데려오지 않은 이유를 그들이 별거한다는 사실을 알리지 않는 범위 내에서 적당히 설명할 셈이었다. 그가 집에 도착했을 때, 달빛은 그의 얼굴을 밝게 비쳐 주었다. 그날 새벽 테스를 안고 강을 건너 수도자들의 묘지로 갈 때에 비춰 주던 그 달과 같았으나, 얼굴은 그때보다 여위어 있었다.

마치 물총새가 고요한 웅덩이 위에 뛰어들어 물결을 일으키듯 클레어의 갑작스런 방문은 고요한 목사관을 흔들어 놓았다. 양친은 마침 서재에 다 계셨으나 형들은 집에 없었다. 에인절은 응접실로 들어가서 조용히 문을 닫았다. 그의 어머니가 소리쳤다.

"그런데 애야, 네 댁은 어디에 있니? 어쩌면 이렇게 사람을 놀라게 하니!"

"그녀는 친정에 다니러 갔어요. 브라질에 가기로 결심해서 급히 온 겁니다."

"브라질이라니! 그곳 사람들은 로마 가톨릭 교인인데."

"그래요? 저는 그것까진 몰랐는데요."

그러나 에인절이 브라질로 간다는 데 대한 호기심이나 불안보다도 아들의 결혼에 관한 얘기가 부모에게는 더욱 궁금했다. 어머니가 말했다.

"삼 주일 전에 네가 결혼한다는 짤막한 편지를 받고, 너도 알다시피 대모님의 선물을 아버지가 보낸 거다. 며느리의 친정이 어딘지 모르지만 너는 굳이 목장에서 하기를 바랐으니까, 이쪽에선 아무도 가지 않는 편이 더 좋았지. 우리가 갔더라면 오히려 당황했을 테고 우리도 유쾌하지는 않았을 테니 말이야. 네 형들도 같은 생각들이더라, 다 지난 일이니까 이제는 상관없지만, 네가 목사가 되는 대신 택한 네 사업에 적합한 여자라면 두말할 거야 없지…… 그렇다고는 해도 며느리를 한 번 만나보거나 가정환경을 좀 더 알고 싶었을 따름이야. 뭘 좋아하는지 알 수 없어서 선물도 보내지 못했다마는, 선물이 좀 늦어지는 것으로만 생각해 주면 좋겠구나. 나나 네 아버지가 이 결혼에 대해서 감정을 품고 있는 건 아니니까 말이야. 네 처를 만날 때까지는 호감을 갖지 않는 게 좋다고 생각했단다. 그런데 네 처를 데리고 오지 않았으니 좀 이상하구나. 무슨 일이라도 있었니?"

그는 자기가 여기 있는 동안 친정에 가 있기로 했다고 대답했다.

"사실은 말이죠, 어머니 마음에 들게 될 때까지 집에 데려오지 않는 게 좋다고 생각했어요. 브라질에 가려는 결정은 최근에 한 겁니다. 만약에 간다 하더라도 이번에는 처를 데려가지 않기로 했어요. 제가 돌아올 때까지 친정에 머물게 될 겁니다."

"그러면 네가 출발하기 전에 며느리를 볼 수 없단 말이냐?"

아마 그렇게 될 거라고 그는 말했다. 그가 말한 것처럼 당초 계획은 부모님의 편견이나 감정을 상하게 하지 않으려고 당분간 테스를 대면시키지 않겠다는 것이었고, 또 그런 생각을 고집하는 다른 이유도 있었다. 에인절이 당장 출발한다 하더라도 1년 안에 돌아올 생각이니까 테스와 함께 브라질로 다시 떠나기 전에 인사시켜 드리겠다고 했다.

급히 차린 저녁식사에서 클레어는 새 계획에 대한 설명을 자세하게 늘어놓았다. 며느리를 보지 못한 어머니의 실망은 좀처럼 풀리지 않았다. 그러나 테스에 대한 클레어의 한결같은 칭찬을 들은 어머니는 조그만 마을에서 예수가 난 것처럼, 탈보테이스 목장에서도 매력 있는 여자가 있을 수 있겠지 하는 공감을 보여줬다. 어머니가 식사하는 아들을 유심히 지켜보다가 말했다.

"그 애가 어떻게 생겼는지 말해줄 수 없니? 상당히 예쁜 것 같은데, 에인절."

클레어는 괴로운 심정을 일부러 얼버무리면서,

"그럼요. 말할 것도 없죠."

"정숙하다든가 순결하다는 점에서도 말이냐?"

"물론이죠. 순결하고 얌전합니다."

"그 애를 눈앞에 보는 것 같구나. 언젠가 네가 말한 적이 있지. 몸매는 날씬하고 통통하며 큐피드의 활처럼 생긴 붉은 입술과, 검은 속눈썹과 눈썹, 배의 굵은 닻줄처럼 탐스러운 머릿단과, 그리고 남색과 보랏빛이 도는 검은 눈을 갖고 있다고."

"네, 그래요, 어머니."

"눈에 훤하구나. 외딴 고장에서 살고 있었으니까 너 말고는 외간 남자를 접촉할 기회가 자연히 없었겠지."

"없었죠."

"그럼 네가 그 애의 첫사랑이지?"

"물론이죠."

"세상에는 순박하고 건강한 시골 아가씨보다 못한 여자들이 얼마든지 있단다. 내가 이렇게 바라는 것도 당연한 일일 게야. 아들이 농업가가 되려는 거니까 며느리도 농사일을 아는 여자라야 하는 건 당연할 게다."

아버지는 별로 캐묻지 않았지만 저녁기도에 앞서 언제나 성경 한 장을 읽는 시간이 되자 어머니에게 말했다.

"오늘은 에인절이 왔으니까 계속해서 읽던 구절은 그만두고 잠언 31장을 읽는 게 좋겠소."

어머니가 성경을 인용하는 실력은 아버지 못지않게 훌륭했다.

"그렇고말고요. 레무엘 왕의 말씀이죠. 애야, 잠언에 있는 정숙한 여인을 찬양한 구절을 읽어 주시겠단다. 말할 나위도 없이 그 말씀은 이 자리에 없는 네 아내한테 해당하는 구절이지. 주여, 그 애가 어느 곳에 있든지 보살펴 주옵소서!"

에인절은 가슴이 뿌듯해 옴을 느꼈다. 운반용 작은 설교대를 방구석에서 난로 중앙 근처로 옮겨다 놨다. 두 사람의 늙은 하인이 들어와 앉자, 아버지는 먼저 말한 장의 제10절을 읽기 시작했다.

누가 현숙한 여인을 찾아 얻겠느냐? 그 값은 진주보다 더 하니라. 밤이 새기 전에 일어나서 그 집 사람에게 식물을 나눠주며, 허리를 묶으며, 그 팔을 강하게 하며, 자기의 무역하는 것이 이로운 줄을 깨닫고, 밤에 등불을 끄지 아니하고 그 집 안일을 보살피고, 게을리 얻은 양식을 먹지 아니하나니. 그 자식들은 일어나 사례하며, 그 남편은 칭찬하기를 덕행 있는 여자가 많으나, 그대는 여러 여자보다 뛰어나다 하느니라.

기도가 끝났을 때 어머니가 말했다.

"네 아버지가 읽으신 몇 구절이 어쩌면 그렇게도 네 아내를 두고 하는 것만 같은지. 완전한 여자란, 게으른 여자도 아니고 아름다운 여자도 아닌, 일하는 여자를 말하는 거다. 남을 위해서 손과 머리와 마음을 쓰는 여자 말이지. '그 자식들은 일어나 사례하며, 그 남편은 칭찬하기를 덕행 있는 여자가 많으나, 그대는 여러 여자보다 뛰어나다 하느니라.' 하듯이 말이야. 그 애를 만나 봤더라면 얼마나 좋았겠니. 순진하고 깨끗하다니까 그것으로 난 만족하다."

클레어는 그 이상 참을 수 없었다. 두 눈에는 눈물이 가득 고였다. 그것은 마치 녹아내리는 납 방울 같았다. 에인절은 진심으로 사랑하는 순박한 두 양친에게 인사를 드리고 방에서 물러나왔다. 그들은 세상도, 욕정도, 그리고 그들 마음속에 숨어 있는 악마까지도 모르고 있었다. 그런 것들은 그저 막연하고 희미한 존재일 뿐이었다.

클레어는 자기 방으로 갔다. 어머니는 아들의 뒤를 따라와 그의 방을 두드렸다. 에인절이 문을 열었을 때 어머니가 근심스런 표정으로 서 있었다.

"에인절, 뭐 나쁜 일이라도 있니? 그렇게 급히 자리를 뜨게. 어쩌 심상치 않은 일이 있는 것 같구나."

"아니에요 어머니, 그런 일은 없어요."

"네 아내 때문에 그러지? 얘야, 난 알고 있단다. 네 아내 때문이라는 걸! 얼마 안 됐는데 벌써 다투었니?"

"다툰 일은 없어요. 그저 좀 의견이 안 맞아서."

"에인절, 그 애의 품행에 이렇다 할 흠은 없겠지?"

어머니의 육감으로, 클레어 부인은 아들의 마음이 불안해질 만큼 근심스런 표정으로 원인을 꼬집어냈다.

"그녀는 깨끗해요!"

에인절이 대답했다. 그런 말을 했다 해서 그 자리에서 지옥에 던져진다 하더라도, 그는 끝까지 거짓말로 버티었을 것이다.

"그렇다면 다른 건 걱정할 필요 없다. 때 묻지 않은 시골 아가씨만큼 깨끗한 것은 세상에 없으니까 말이야. 그녀가 네 비위에 거슬리는 습관이 있을 테지만 같이 살면서 가르치면 쉽게 고칠 수 있을 거야."

어머니의 관대함은 테스 때문에 완전히 파멸했다는 생각을 에인절의 가슴에 더욱 뿌리박히게 했다. 이런 생각은 그녀의 고백을 들었을 때도 느끼지 못했던 것이다. 사실 장래에 대해서 크게 관심을 둔 일은 없었지만 부모와 형들을 위해서 적어도 체면은 지켜야겠다고 생각했다. 촛불을 들여다보고 있으니까, 자기는 분별 있는 사람을 비추는 것이지, 속은 자나 패배자는 비춰 주기 싫다고 불꽃이 말하는 것 같았다.

불안한 마음이 가라앉았을 때, 부모에게까지 거짓말을 하게 만든 아내가 괘씸했다. 그녀가 눈앞에 있는 것처럼 클레어는 화가 났다. 그러자 어둠 속에서 애원하듯, 타이르듯 달콤하게 속삭이는 그녀의 음성이 들렸다. 그녀의 보드라운 입술이 이마를 스치고 따뜻한 숨결이 방 안에 가득 찼다.

그날 밤 에인절이 원망하는 테스는 남편이 일마나 훌륭하고 착한 사람일까 하고 생각했다. 그러나 그들에게는 검은 그림자가 숨어 있었다. 모든 것을 혼자 힘으로 해결하려는 표본의 산물이라 할 훌륭한 의지의 스물다섯 살 청년은 난관에 부딪치자 고집을 꺾고 어릴 적의 순진한 생각으로 퇴행해서는 인습의 노예가 되어 버렸다.

도덕적 가치는 행위 자체에 있는 게 아니라 정신에 있고, 죄악을 미워하는 다른 여자들과 마찬가지로 테스에게도 레무엘 왕의 칭찬을 받을 만한 가치가 있다는 사실을 클레어한테 가르쳐 준 학자도 없고 또 스스로 깨닫지도 못했다. 오히려 그런 경우에 먼저 보게 되는 것은 드러난 나쁜 면이었다. 멀리 떨어진 것은 흐릿하게 보이므로 결점도 아름답게 보이게 한다. 테스를 그릇 판단하는 동안에 그녀의 참모습을 놓쳐서 결점이 완전함보다 나을 때가 있다는 사실을 잊어버렸다.

40

아침 식탁에서는 브라질이 화제가 되었다. 그곳에 이민 갔다가 일년 만에 돌아온 농부들의 비관적인 소문이 들렸으나 에인절은 농장 계획을 애써 희망적으로 보려고 했다. 식사를 마친 다음 마을과 관계되는 자잘한 일들을 정리하고 또 은행에 맡긴 돈을 모두 찾아 가지고 집으로 돌아오는 길에 교회 옆에서 머시 찬트 양을 만났다. 교회의 벽에서 튀어나온 듯한 갑작스런 대면이었다.

그녀는 팔에 자기 반 학생들에게 나누어 줄 한 아름의 성경책을 안고 있었다. 다른 사람의 가슴 아픈 일도 그녀의 관점에서는 미소로 넘길 수 있을 것처럼 보였다. 그런 생각이 신비주의에 바탕을 두고 인간성을 희생시키면서 얻은 결과라 하더라도 에인절로서는 여간 부러운 것이 아니었다. 에인절이 영국을 떠난다는 사실을 아는 머시는 장래성 있고 괜찮은 사업 같다고 말했다.

"그렇죠, 상업적인 면에서 본다면 좋은 사업이죠. 그러나 머시 아가씨, 그건 생활의 연속성을 잘라버리는 거나 마찬가지라오. 차라리 수도원을 택하는 게 좋을지도 모르죠."

"수도원이라고요! 에이, 에인절 클레어 씨!"

"왜요?"

"아니, 클레어 씨. 수도원을 택한다는 건 수도자가 되겠다는 게 아니에요. 수도사는 로마 가톨릭 아니에요?"

"그래서 '로마 가톨릭은 죄악이요. 죄악은 벌을 뜻하니 에인절 클레어여, 그대는 위험한 지경에 이르렀도다.'라는 건가요?"

"나는 신교를 영광스럽게 생각하고 있어요!"

그녀는 딱 잘라 말했다. 큰 슬픔으로 인해 악마와 같은 감정에 빠진 불행한 에인절은 그녀를 가까이 불러 생각나는 모든 이단적인 이론을 그녀의 귀에 대고 속삭였다. 그녀의 아름다운 얼굴에 나타난 공포의 빛을 보고 그는 불쾌한 웃음을 터뜨렸다. 그런 웃음마저 자신의 행복을 생각하는 염려와 괴로움에 휩쓸려 사라졌다.

"머시 양, 용서해 주시오. 난 꼭 미칠 것만 같아!"

그녀도 정말 그런가 보다고 생각했다. 짧은 조우를 마치고 클레어는 목사관으로 돌아갔다. 있을지도 모르는 좀 더 행복한 날을 위하여 그는 보석을 은행에 맡겼다. 몇 개월 안에 필요하게 되면 찾아 쓰도록 테스를 위해 삼십 파운드를 은행에 예금하고, 이런 사실을 블랙무어의 친정에 있는 그녀에게 편지로 알렸다. 이 금액은 그녀에게 준 오십 파운드와 합치면 당분간의 소용으로는 충분하리라 생각한 것이다. 또 급한 일이 생길 때는 아버지한테 연락하도록 일러 놓았었다.

편지 연락을 않는 편이 좋을 것 같아서 부모님께는 테스의 주소를 알리지 않고, 또 아들과 며느리의 사이가 벌어진 이유를 잘 모르기 때문에 양친도 테스의 주소를 알려고 하지 않았다. 끝낼 것은 속히 매듭짓는 게 좋다고 생각하면서 그는 그날로 목사관을 떠났다.

고향을 떠나기 앞서 결혼한 첫 사흘 동안 테스와 함께 머무른 웰브리지의 농가를 찾아보지 않으면 안 되었다. 3일간의 방세를 치르고 열쇠도 돌려주어야 하며, 출발할 때 남겨 둔 물건도 챙겨야 하기 때문이었다. 그의 일생에 가장 깊은 그림자를 던지고 무거운 슬픔을 안겨 준 곳이 바로 그 지붕 밑이었다. 그가 응접실 문을 열고 안을 들여다봤을 때, 그의 머리에 떠오른 것은 이맘때 오후에 있었던 두 사람의 행복한 도착이었다. 한 지붕 아래 함께 산다는 최초의 설렘과 처음으로 함께 나누던 식사와, 또 처음으로 두 손을 마주 잡고 난로 옆에서 속삭이던 말들.

클레어가 도착했을 때 농부 내외는 밭에 나가 있어서 얼마 동안 방에 혼자 있었다. 생각지도 않던 새로운 감정이 떠오르자, 한 번도 함께 써보지 않은 이층 침실로 올라갔다. 출발하던 날 아침 테스가 손질한 대로 침대는 깨끗하게 정돈돼 있었다. 겨우살이 가지도 그가 휘장에 달아 놓은 채로 있었지만 한 달이나 지난 것이어서 색은 바래졌고 열매와 잎은 쭈글쭈글 시들었다. 에인절은 그것을 떼어내려 벽난로 속에 틀어넣었다. 거기서 그는 자기가 취했던 태도가 과연 현명한 것이었는지 또는 너그러운 것이었는지를 생각해 봤다. 지나칠 정도로 무자비했던 건 아닐까? 갈피를 잡을 수 없는 감정들로 가슴이 미어져 눈물을 흘리며 침대 곁에 무릎을 꿇었다.

"오! 테스, 좀 더 일찍 말했더라면 용서했을 것을!"

그는 탄식했다. 아래층에서 발걸음 소리가 들렸다. 클레어는 일어서서 층계 위로 갔다. 층계 아래 서 있는 여자가 머리를 들었다. 파리하게 여윈 이즈 휴엣이었다.

"클레어 씨."

그녀가 불렀다.

320

"저는 선생님과 부인을 만나 뵙고 인사나 드리러 왔어요. 아무도 계시지 않았지만 전 반드시 돌아오실 줄 알았어요."

이 처녀의 비밀을 클레어는 대강 알고 있었지만 그녀는 아직 그의 내막을 모르고 있었다. 클레어를 진심으로 사랑했던 처녀였고 테스만큼이나 훌륭한 농부의 아내가 될 수 있는 이즈 휴엣이었다.

"난 지금 혼자 있소. 우리는 여기서 살지 않아요."

자기가 왜 이곳에 왔는지를 설명하고 그녀에게 물었다.

"이즈, 집은 어느 쪽이지?"

"저는 지금 탈보테이스 목장에 있지 않아요."

"그건 왜?"

이즈는 머리를 숙였다.

"그곳은 쓸쓸해서 견딜 수가 없어요! 그래서 전 이곳으로 왔어요."

그녀는 정반대 방향을 가리켰다. 그가 가려고 하려는 방향이었다.

"그럼, 지금 그쪽으로 가는 거요? 괜찮다면 태워다 주지요."

그녀의 얼굴이 상기되었다.

"감사합니다, 클레어 씨."

클레어는 농부를 만나서 방세를 지불하고 급히 떠나느라고 빠뜨린 것들을 마무리했다.

그가 마차 있는 곳으로 돌아오자 이즈는 마차에 뛰어올라 그의 옆에 앉았다. 말을 몰면서 클레어가 말했다.

"나는 이제 영국을 떠나게 돼, 이즈. 브라질로 갈 작정이오."

"부인께서도 그 계획에 찬성인가요?"

"테스는 이번에 가지 않지…… 한 1년 동안 말이야. 그곳 형편이 어떤지 우선 살피러 가는 거니까."

그들은 동쪽으로 달렸다. 이즈는 아무 말도 하지 않았다.

"다른 아가씨들도 잘 지내고 있소? 레티는 어떻게 지내지?"

"제가 그곳을 떠날 때 그녀는 무척 신경이 쇠약했던가 봐요. 너무 여위고 볼이 홀쭉해져서 어쩐지 폐병 환자 같았어요. 그 애하고 연애하겠다는 남자는 이제 없을 거예요."

이즈는 맥없이 말했다.

"메리안은?"

이즈의 목소리는 갑자기 낮춰졌다.

"그녀는 술을 마셔요."

"저런!"

"목장 주인이 내보냈어요."

"그럼 당신은 뭘 하고 지내?"

"저는 술도 마시지 않고 다 죽어 가지도 않아요. 그러나 아침식사 전에 부르던 노래를 지금은 부를 기운이 없어요."

"어떻게 그렇게 됐지? 아침에 우유 짤 때 부르던 노래 생각 안나? '큐피드의 꽃밭에서'라든가 '재단사의 바지' 등 얼마나 멋지게 불렀어!"

"참 그렇죠! 선생님이 처음 오셨을 때는 그랬죠. 그러나 좀 지난 다음에는 그렇게 부르지 않았어요."

"어째서 그런 변덕이 생겼지?"

대답 대신 그녀의 까만 눈이 클레어의 얼굴을 쳐다봤다.

"이즈, 왜 그렇게 약해—나 같은 사람 때문에 말이야."

클레어는 생각에 잠겼다.

"만약 내가 당신에게 청혼을 했다면 어떡할 셈이었지?"

"만약에 그랬다면 '네'하고 대답했겠죠. 그러면 선생님은 선생님을 사랑하는 여자와 결혼하셨을 테지요!"

"정말이야?"

"정말이에요! 아니 그걸 여태 짐작도 못 하셨어요?"

마차는 차츰 마을로 들어가는 갈림길에 이르렀다.

"여기서 내려야겠어요. 저는 저기 살고 있어요."

클레어는 말의 속도를 늦추었다. 그는 사회규범에 심한 반감을 품어서 자신의 운명을 저주하지 않을 수 없었다. 사회규범이라는 것이 정당하게 빠져나갈 수 없는 막다른 골목에 그를 몰아넣었기 때문이다. 왜 선생의 회초리 같은 사회적 관습에 얽매이기보다 무질서한 가정생활을 해서 사회질서에 복수를 못하는 것일까?

"나 혼자 브라질로 가는 거야, 이즈. 단순히 여행의 목적뿐만 아니라 개인적인 문제로 우리는 헤어졌어. 절대로 그녀와 다시 살 수는 없을 거야. 나는 이즈를 사랑할 수 없을지도 몰라. 그러나 테스 대신 나와 함께 가지 않겠어?"

"진심으로 원하시는 거예요?"

"물론이야. 나는 너무 지쳐서 이제 좀 편해지고 싶어. 그리고 당신은 적어도 이해관계를 떠나서 나를 사랑해 주니까."

"네, 따라가겠어요."

잠시 생각하다가 이즈가 대답했다.

"따라가겠다고? 이즈, 내가 한 말이 무슨 뜻인지 알겠어?"

"그곳에 머무는 동안만 함께 산다는 거죠…… 그것만으로 전 만족해요."

"그러나 한 가지 알아둘 게 있어. 도덕적인 면에서는 나를 믿지 말어. 문명인의 눈으로 본다면 내 행동은 죄악에 속한다는 사실을 알아 두어야겠어."

"저는 그런 것에 관심 없어요. 사랑 때문에 여자의 괴로움이 극도에 이르렀을 때 어느 여자든 그런 길밖에 딴 도리는 없으니까요!"

"그러면 내리지 말고 그대로 앉아 있어!"

그는 마차를 몰아 사거리를 지나 계속해서 달렸다. 아무런 애정의 표시도 보이지 않은 채……

"이즈, 당신은 나를 무척, 아주 무척 사랑하는 거야?"

그가 갑자기 물었다.

"그래요. 제가 말씀드린 대로 무척 사랑하고 있어요. 목장에 함께 있는 동안 한시도 사모하지 않은 때가 없었어요."

"테스보다도 더?"

그녀는 고개를 저었다. 그리고 조그만 목소리로 대답했다.

"아뇨, 그녀만큼은 사랑하지 못했어요."

"어째서?"

"테스처럼 당신을 사랑할 수 있는 사람은 아무도 없어요! 당신을 위해서라면 목숨이라도 버릴 여자예요…… 저는 도저히 따라갈 수 없을 정도로!"

페올 산상의 예언자처럼 이즈 휴엣도 그런 경우에 심술궂은 말을 할 수도 없겠지만, 테스의 성격이 그녀의 털털하고 거친 성질에도 영향을 주었는지 점잖아진 것 같았다. 클레어는 잠자코 있었다. 뜻밖에 탓할 수 없는 사람에게서 그런 말을 듣자 그의 가슴은 콱 막혔다. 흐느낌이 굳어져 목에 걸린 것 같은 기분이었다. 이즈의 말이 다시 귀에 울렸다.

'당신을 위해서라면 목숨이라도 버릴 여자예요…… 저는 도저히 따라갈 수 없을 정도로!'

그는 갑자기 말머리를 돌리면서 말했다.

"이즈, 우리가 한 실없는 얘기는 다 잊어버려요. 도대체 내가 무슨 말을 했는지 모르겠네. 당신 마을의 길목까지 데려다 줄게."

이즈는 자기의 경솔한 태도를 깨닫고 주먹으로 이마를 치며 울음을 터뜨렸다.

"모든 것을 거짓 없이 말씀드렸는데! 아, 어쩌면…… 어떻게 참으란 말이에요…… 어떻게."

"이 자리에 없는 여자를 위해서 한 착한 일을 후회하는 거요? 이즈, 후회로 착한 일을 더럽히지 말아요."

그녀는 차츰 진정했다.

"잘 알겠어요. 저 역시 무슨 말을 하고 있는지 몰랐어요. 될 수 없는 일을 저는 바랐어요!"

"나는 이미 사랑하는 아내가 있으니까."

"네, 그렇고말고요! 선생님은 아내가 있어요."

그들은 30분 전에 지나간 갈림길로 다시 돌아왔다. 이즈가 뛰어 내렸다.

"이즈, 제발 내 순간적인 경솔함을 잊어버려요! 그건 정말 주책 없고 어리석은 생각이었어!"

"잊어버리라고요! 천만에, 어째서죠? 아, 제게는 결코 경솔한 게 아니었어요!"

상심한 그녀의 부르짖음이 전하는 비난을 싫도록 받아 마땅하다 고 생각했다. 말할 수 없는 설움이 복받쳐 클레어는 뛰어 내려가서 그녀의 손목을 잡았다.

"그렇지만 이즈, 어떻게 하든지 웃는 낯으로 헤어져야 할 것 아 냐? 내가 얼마만한 가책을 받아야 할지 이즈는 모른단 말이야!"

그녀는 너그러운 처녀였다. 그를 괴롭게 해서 작별하고 싶지는 않았다.

"선생님, 모든 것을 용서해 드리겠어요!"

클레어는 본심은 아니지만, 교훈자의 입장을 자신에게 강요하면 서 이즈를 붙들고 말했다.

"그런데 이즈, 메리안을 만나거든 어리석은 짓은 그만하고 착한 여자가 돼달라고 말해 줘. 꼭 그렇게 말해줘요. 그리고 레티에게는 말이야, 세상에는 나보다 더 훌륭한 남자가 많으니까 나를 생각해 서라도 어질고 좋은 여자가 돼달라고 전해 줘…… 이 말을 잊지 말 아요. 두 번 다시 그녀들을 만날 수 없을지 모르니까, 죽어가는 사 람이 죽어가는 사람에게 하는 말이라고 말이야. 그리고 이즈는 내 아내를 정직하게 평가해 줘서 어리석고 배반적인 유혹에서 나를 건져 주었어. 그 한 가지 일만으로도 나는 결코 이즈를 잊지 않을 거야. 당신도 지금까지처럼 착하고 성실한 아가씨로 지내기를 바 랄게. 그리고 나를 알뜰한 애인은 못될망정 성실한 친구로 생각해 줬으면 좋겠어. 자, 그럼 약속해 줘."

그녀는 약속했다.

"선생님, 하나님의 축복과 가호를 받으시길 바랄게요. 안녕히!"

그는 마차를 몰아 멀리 사라졌다. 이즈는 좁은 길로 접어들자 심한 괴로움을 참을 길 없어 둑 위에 쓰러졌다. 그날 밤 늦게야 어머니가 사는 농가로 돌아온 그녀는 지쳐 보였다. 에인절 클레어와 헤어진 다음, 집에 돌아오기까지 몇 시간의 어둠 속을 어떻게 보냈는지 아는 사람은 하나도 없었다.

클레어도 그녀와 작별한 후 괴로움으로 입술이 바들바들 떨렸다. 그러나 그의 슬픔은 이즈 때문이 아니었다. 그날 저녁 그는 마음을 바꿔 자기와 테스의 고향을 갈라놓은 남부 웨섹스의 높은 고원지대로 말을 몰 뻔했다. 테스의 집으로 마차를 몰려던 생각을 그만둔 것은 그녀를 경멸한다든가, 그녀의 마음 상태를 짐작해서도 아니었다.

이즈의 말대로 테스가 클레어를 사랑하는 건 사실이지만 그녀의 과실은 씻을 수 없다는 생각이 떠올랐기 때문이었다. 클레어의 처음 판단이 공정한 것이었다면 지금에 와서 뒤엎을 수는 없다. 테스를 용서할 수 없다는 클레어의 마음은 오늘 오후에 들은 이즈의 말보다, 더 크고 지속적인 힘이 없는 한 도저히 굽혀지지 않으리라. 그 이상의 감동을 일으킬 만한 다른 것이 있었으면 그는 당장이라도 테스한테 돌아갈 것이다. 클레어는 그날 밤 런던으로 가는 기차를 탔다. 그리고 닷새 후 항구에서 형들과 작별의 악수를 나눴다.

41

테스와 클레어가 헤어진 지 8개월이 지난 10월의 어느 날부터 얘기를 옮겨 보기로 하자. 테스는 완전히 달라진 환경에 놓여 있었다. 짐을 일꾼에게 지우고 걷는 신부가 아니라 직접 보따리와 바구니를 들고 걸어가는 외로운 여자였다. 남편이 보내준 돈도 떨어져 지갑은 점점 가벼워질 뿐이었다.

그녀는 봄과 여름의 대부분을 고향과 탈보테이스에서 멀리 떨어진 블랙무어 분지 서쪽의 포트 브레디 근방의 목장에서 과히 힘들지 않은 날품팔이로 그날그날을 보냈다. 클레어가 준 돈에 기대는 것보다는 이런 생활이 훨씬 마음 편했다. 그녀는 여전히 불안한 상태였는데 반복적인 생활은 불안을 더욱 조장했다. 그녀의 마음은 잠시 잡았던 그림자처럼 놓쳐 버린 그이와 함께 지내던 목장과 시절에 머물러 있었다.

탈보테이스처럼 정식 자리를 얻을 수 없어 임시로 일했으므로 그곳의 낙농 일은 젖이 나올 동안만 계속됐다. 다행히 추수가 끝날 때까지 계속될 밭일은 얼마든지 있었다.

부모에게 걱정을 끼친 미안 마음에 이십오 파운드를 드리고 남은 이십오 파운드에는 거의 손대지 않았다. 테스는 차마 그 돈을 쓰기가 아까웠다. 에인절이 은행에서 새 돈으로 찾다가 그녀에게 직접 쥐어준 돈이었다. 그의 손이 닿아서 정화된, 그가 남긴 기념품 같았고, 클레어와 자기의 경험으로 이루어진 산 역사를 지닌 것 같았다. 따라서 그 돈을 쓰는 것은 그의 유물을 내버리는 것과 같았지만 돈은 쓸 수밖에 없었고 점점 그녀의 손에서 떨어져 나갔다.

거처는 부모한테 알렸지만 자신의 형편만은 알리지 않았다. 돈이 거의 다 떨어져 갈 때 어머니의 편지가 왔다. 가을비에 지붕이 온통 새는데, 새로 하려고 해도 지난번의 수리비도 청산하지 못해서 할 수 없다는 사연이었다. 이층의 천장과 서까래를 새로 하려면 지난번 빚까지 합쳐 이십 파운드는 있어야겠으니 지금쯤 남편도 돌아왔을 거고 돈도 있는 사람이니 네가 어떻게 좀 보내줄 수 없겠냐는 얘기였다.

테스에게는 에인절의 거래 은행에서 부쳐 올 삼십 파운드가 있었고 또 집안 사정이 딱했으므로 돈을 받자마자 이십 파운드를 떼어 보냈다. 그러자 당장 닥칠 장마철을 위한 돈은커녕 마지막 일 파운드까지 다 없어졌다. 다급할 때는 시아버지에게 부탁하라는 에인절의 말이 생각났지만 망설이지 않을 수 없었다. 그 방법은 생각하면 할수록 마음 내키지 않았다. 별거가 길어지는 것을 친정에 알리지 않은 것과 같은 수치심과 자존심 등 클레어를 위한 뭐라 해야 할지 모를 심정으로, 그가 미리 충분한 비용을 주고 갔는데도 시아버지한테 편지를 낼 수는 없었다. 아마도 자기를 무시하고 있을 텐데, 구걸하는 인상마저 준다면 얼마나 더 업신여길 것인가! 적어도 목사 가정의 며느리라는 여자가 시아버지에게 궁색한 말을 할 순 없다는 결론을 내렸다.

시부모에게 편지하기를 꺼리는 마음은 차츰 사그라졌으나 친정 부모한테는 반대였다. 결혼 직후 고향에 잠시 들렀다가 떠날 때 양친은 테스가 결국 남편과 함께 살게 되리라고 기대했다. 이후로 테스는 부모에게 실망을 안기지 않으려고 노력했다. 사위는 잠시 있다가 그녀를 데리러 오거나 브라질로 오라는 편지를 할 것이고 머지않아 가족과 친지들 앞에 어엿이 부부로 나타나리라. 그녀의 부모는 테스가 마음 편하게 기다리는 줄 알고 있었다. 사실 이런 희망은 그녀도 품고 있었다. 그녀의 최초의 과실을 메울 만한 성공적인 결혼을 했음에도 친정을 돕기 위해 혼자 생계를 꾸려나가지 않으면 안 될 처지라는 사실을 부모에게 알릴 수는 없었다.

그녀는 보석이 생각났다. 클레어가 그것을 어디다 맡겨 두었는지 알지도 못하고, 사용은 할 수 있어도 팔지도 못한다는 게 사실이라면 그 보석은 있으나마나 했다. 자기 거라고는 하지만 실질적으로는 그녀의 것이 아닌, 그저 법률상의 자격만으로 자기의 소유라고 주장한다는 것은 아무리 생각해도 비열한 짓이라 생각되었다.

한편 남편의 생활도 그리 편안한 것은 아니었다. 클레어는 브라질 꾸리찌빠 근방의 진흙땅에서 폭우와 고초를 겪어 열병을 앓고 있었다. 브라질 정부가 제공하는 조건과 약속을 믿고, 영국의 고원지대에서 다져진 농업 체질이니 악조건에도 능히 견뎌낼 수 있으리라 건너간 농부들과 함께 클레어도 폭우와 고난에 당면해 있었다.

다시 얘기를 돌리기로 한다. 결국 마지막 남은 돈마저 써버렸을 때 빈 지갑을 채우는 뾰족한 수는 없었다. 더구나 계절 탓으로 일자리를 얻기란 날로 어려워졌다. 인생의 어떤 면에 있어서든 영리함과 정력과 건강과 의욕의 부족을 느끼지 않는 테스는 집안에서 하는 일자리를 얻으러 나서진 않았다. 도회지나 큰 저택, 재력가면서 사교적인 사람들이나, 또는 세속적인 사람들을 그녀는 두려워하고 있었다. 테스를 망친 쓰라린 검은 운명은 이런 방향에서 왔다. 그녀가 사소한 경험을 통해서 생각하는 것보다 사회는 좋은 것이었을지도 모른다. 그러나 그녀는 그런 사실을 믿을 수 없었고 또 나쁜 환경에 처해 있는 그녀로서는 그런 인간들에게 접근하기가 싫었다.

　봄과 여름에 걸쳐 임시로 젖 짜는 일을 했던 포트 브레디 주변의 작은 목장에서는 이제 일손이 필요치 않았다. 탈보테이스는 가서 사정만 하면 동정심에서라도 그녀를 위해 일자리를 마련해 주었을 것이다. 그러나 그곳에서 편안한 생활을 할 수 있다 하더라도 다시 돌아갈 수는 없었다. 기막힌 꼴로 찾아가는 것도 그렇거니와 우상처럼 존경하는 그녀의 남편에게 비난이 돌아갈지도 모를 일이었다. 그들의 사정이라든지, 그녀의 묘한 처지에 대해서 쑥덕이는 말은 참지 못할 것 같았다. 그녀의 신상에 관한 문제라면 그들 나름대로 해석할 테니까 자신의 형편이 알려진다고 해도 두려워하지는 않았으리라. 그녀의 민감한 마음을 움츠러들게 하는 것은 자신의 문제에 대해 남들이 자꾸 여러 말을 하는 데 있었다. 그녀는 무엇이 옳고 그른가의 차이를 설명하지는 못하고 단지 그렇다는 사실만을 알고 있을 따름이었다.

　그녀는 지금 이 마을의 중심부에 있는 고원 농장을 찾아가는 길인데, 그곳은 여러 군데를 떠돌아다니다가 테스에게 겨우 배달된 메리안의 편지에서 소개된 곳이었다. 아마 이즈 휴엣한테서 들었을 테지만, 테스가 별거한다는 사실을 우연히 듣고 마음씨 좋은 메리안은 곤란에 처한 옛 친구에게 급히 편지한 것이었다. 메리안은 탈보테이스에서 나와 지금은 그 고원 농장에서 일하는데, 그전처럼 다시 일을 시작한 게 사실이라면 이곳에도 일자리가 있으니까 한 번 만나고 싶다는 사연이었다.

해가 짧아짐에 따라 남편의 용서를 받고 싶다는 희망이 그녀에게서 점점 사라져 갔다. 얽히고설킨 과거로부터 차츰 멀어지고 그녀에게 행복을 줄지도 모를 우연한 기회라든가 불의의 사고 등은 생각지 않고, 여기저기 돌아다니는 본능은 야생동물의 습성과도 비슷한 점이 있었다.

그녀의 고독한 생활 가운데서도 적잖이 고통을 느끼게 하는 것은, 그녀의 타고난 아름다움에다 클레어가 불어넣은 일종의 갖춰진 품위가 뭇사람들의 눈길을 모으는 일이었다. 결혼 준비로 마련한 옷가지를 입을 동안은 남들이 호기심에 찬 눈으로 봐도 거리끼는 일이 없었다. 그러나 농촌 여자의 옷을 입어야 할 상황에 이르면 곧 거친 말을 걸어오곤 했다. 그래도 11월 어느 날 오후까지는 신변에 두려움을 느낄 만한 일은 없었다.

지금 자기가 찾아가는 고원 농장보다 브릿 강의 서쪽에 있는 지방이 마음에 들었다. 시댁과의 거리가 훨씬 가까워서 언젠가는 목사관을 찾아갈 결심을 할지도 모른다는 생각으로, 남의 눈에 띄지 않게 그 근방을 다니는 것이 그녀의 마음을 기쁘게 했기 때문이었다. 건조한 고원지대에서 일해 보려고 일단 결심한 만큼 그녀는 마음을 굳게 먹고 동쪽으로 발길을 돌려 그날 밤을 묵기로 생각한 초크 뉴턴 마을을 향해 걸음을 재촉했다.

오솔길은 길게 뻗어 있었고 짧은 해는 어느덧 저물어 땅거미가 깔렸다. 언덕 위에 다다르자 산 아래로 꼬불꼬불 내려가는 오솔길이 보였다. 때마침 뒤에서 발걸음 소리가 들리고 잠시 후에 어떤 남자가 뒤따라 왔다. 그녀 옆에 나란히 걸으면서 "안녕하시오, 어여쁜 아가씨?"라고 인사를 했다. 그녀도 공손하게 인사를 받았다.

주위는 어두워졌지만 하늘에 남은 빛이 그녀의 얼굴을 비췄다. 그는 고개를 돌려 그녀를 한참 쳐다보았다.

"아, 틀림없군, 트랜트리지에 있었던 젊은 아가씬데…… 더버빌 도련님이 좋아하던. 나는 지금 그곳에 살지 않지만 그때는 그곳에 살았죠."

그 사람은 테스에게 실례되는 말을 함부로 했다고 해서 여관에서 에인절한테 얻어맞았던 유복한 농부가 분명했다. 그녀는 전기라도 오른 듯한 고통을 온몸에 느끼면서 아무 대답도 하지 않았다.

"그 마을에서 내가 한 말이 사실이라고 대답하시오. 아가씨의 애인은 그때 굉장히 화를 냈지만 말이오. 어때 이 앙큼한 아가씨야? 따지고 보면 그 친구가 때린 걸 당신이 도리어 사과해야 할걸."

테스는 아무 대답도 하지 않았다. 궁지에 몰린 영혼에겐 다만 도망칠 방법만이 남았다. 그녀는 뒤도 돌아보지 않고 바람처럼 달려 숲으로 통하는 길가의 농원 문까지 왔다. 그녀는 안으로 뛰어들어 사람 눈에 띄지 않을 만큼 숲으로 깊숙이 들어갔다.

발밑의 낙엽이 바스락거렸다. 낙엽수 사이로 빽빽이 나 있는 호랑가시나무 덤불의 잎사귀는 바람 한 점 얼씬 못할 만큼 무성했다. 커다란 더미를 이룰 만큼 낙엽을 긁어모은 그녀는 그 복판에 잠자리를 만들고 기어 들어갔다.

그녀의 잠자리는 불안했다. 이상한 소리가 들리는 듯하면 바람 소리라 스스로 타일렀다. 그녀는 지금 추운 곳에 있지만, 남편은 어딘지 모를 지구의 반대쪽 따뜻한 지방에 있으려니 생각했다. 이 세상에서 나만큼 처량한 존재가 또 있을까 하고 자신에게 물어 봤다. 또 자신의 일생을 돌이켜보고 '모든 것이 허망하구나'라고 중얼거렸다. 그녀는 그 말을 자꾸만 되뇌었다. 그러다가 그런 생각이 요즘 세상에는 너무 부적당한 말이라고 생각했다. 솔로몬 왕은 이미 3000년 전에 그런 이치를 깨닫고 있었다. 테스는 그보다 좀 더 깊은 것을 생각해 봤다. 모든 것이 허망하다면 그것을 마음에 둘 사람이 있을까? 모든 것은 헛되기만 한 게 아니라 허무 이상이었다…… 부정과 벌과 강압 그리고 죽음이었다. 에인절의 부인은 이마에 손을 대고 이마의 둥근 윤곽과 부드러운 살결 밑에 뚜렷이 만져지는 움푹 팬 눈 가장자리를 만져보면서 "언젠가는 이 뼈만 남는 날이 오겠지, '차라리 지금 그렇게 되었으면 좋겠어.'"라고 말했다.

떠도는 상념에 잠겨 있을 때 나뭇잎 사이에서 이상한 소리를 들었다. 바람 소리 같다. 그러나 바람은 거의 한 점도 없었다. 때로는 퍼덕이는 소리 같고, 어떤 때는 고동치는 소리 같으며, 또 어떤 때는 콸콸 물이 흐르는 소리 같았다. 그 소리는 어떤 들짐승한테서 나는 것임을 잠시 후에 알았다. 머리 위의 나뭇가지에서 소리가 났다가 땅으로 털썩 떨어지는 소리로 변하자 그녀의 짐작은 더욱 굳어졌다. 만약 좀 더 행복한 생각을 하며 누워 있었다면 그녀는 깜짝 놀랐을 것이다. 그러나 인간의 생각 따위는 멀리하고 있었으므로 아무 두려움도 없었다.

마침내 동이 텄다. 잠깐 동안 높은 하늘을 밝힌 햇살은 숲 사이로 곧 스며들었다.

아침 햇살이 더 밝아지자 그녀는 잠자리에서 일어나 사방을 둘러봤다. 간밤에 잠을 방해한 소리의 정체가 무엇인지 그녀는 비로소 깨달았다. 하룻밤의 잠자리를 마련했던 그 숲은 그녀가 있는 곳에서 급한 비탈을 이루었고, 숲이 끝나는 이쪽의 산울타리 너머는 경작지가 펼쳐져 있었다. 수목 아래에는 여러 마리의 꿩이 피에 젖어 죽은 것도 있고, 가냘프게 날개를 파닥이는 것도 있으며, 허공을 쳐다보는 것도 있고, 빠르게 심장을 할딱이는 게 있는가 하면, 어떤 것은 몸을 비틀고 또 어떤 것은 몸이 축 늘어졌다. 지난밤에 고통이 끝난 행복한 몇 마리만 빼놓고 다른 것들은 모두 고통으로 몸부림치고 있었다.

테스는 곧 그렇게 된 까닭을 알았다. 이 꿩들은 어제 사냥꾼한테 쫓겨서 이곳까지 온 것이다. 총에 맞아 죽었거나 어둡기 전에 죽은 꿩들은 사냥꾼이 찾아가고 상처를 입은 꿩들은 도망가기도 하고 울창한 나뭇가지에 숨기도 했다가 피를 흘려 힘이 없어지니까 차례차례 땅에 떨어진 것이다. 테스가 들은 소리는 바로 이 꿩들이 떨어지는 소리였다.

묘한 복장으로 눈에 핏발을 세우고 산울타리나 숲 사이로 총을 겨누고 있던 사냥꾼들의 모습을 테스는 소녀 시절에 이따금 본 일이 있었다. 난폭하고 잔인한 인간으로 보이지만, 가을과 겨울 동안의 일정한 사냥철만 제외하면 그들도 온순하고 교양을 갖춘 사람들이라는 얘기를 들은 적이 있었다. 사냥할 때 마치 말레이 반도의 원주민처럼 닥치는 대로 살생하는 사람들은, 가장 약한 동물을 택하는 게 보통이고, 또 잔인한 취미를 만족시키기 위해서 온순한 새의 생명을 빼앗는 것을 목적으로 삼는 것이다.

똑같이 고통을 당하는 생물의 처지에서, 테스는 아직 살아 있는 그들의 고통을 덜어줘야 한다는 생각이 들었다. 생각을 행동에 옮기려고 테스는 눈에 띄는 꿩은 모조리 목을 눌러 죽였다. 그리고 사냥터지기가 다시 올 때까지 꿩을 그대로 버려두었다—아마 한번은 찾으러 오겠지.

"가엾어라, 세상에 너희들처럼 불쌍한 존재가 있는 걸 보고도 나를 세상에서 가장 처량하게 생각하다니!"

가만히 목을 눌러 죽이며 눈물을 흘리는 그녀는 목멘 소릴 했다.

"나는 육체적인 고통은 없지 않나! 찢어지지도 않고, 피 흘리지도 않으며, 먹고살 수 있는 두 손이 있는데."

지난밤에 우울하게 부질없는 생각에 잠겼던 자신을 부끄럽게 생각했다. 인간이 멋대로 만들어 놓은 사회질서 밑에서 저주를 받는다는 것 외에 그녀가 괴로워해야 할 근거는 없었다.

42

날이 활짝 밝았다. 그녀는 조심조심 큰길로 내려가 걷기 시작했다. 근방에는 사람 그림자 하나 없었다. 그녀는 꿋꿋한 마음으로 길을 걸었다. 고통스러운 하룻밤을 소리 없이 견디어낸 꿩들을 생각하니 슬픔은 상대적인 것이고 남들이 뭐라 하든 용기를 낸다면 그녀의 슬픔도 견딜 수 있는 성질의 것이라는 생각이 들었다. 그러나 클레어가 세상 사람들과 똑같은 생각을 품는 것만큼은 무시해 버릴 수 없었다.

초크 뉴턴에 도착하여 그녀는 여인숙에서 아침식사를 했다. 몇몇 젊은 남자들이 모여 앉아서 귀찮을 만큼 그녀의 미모를 칭찬했다. 남편의 입에서도 언젠가는 저런 칭찬이 나올지도 모른다는 생각이 그녀의 마음에 희망을 불어넣는 것 같았다. 그렇게 될 때를 위해서라도 자기 몸을 잘 단속하고 이런 뜨내기 구애자들을 멀리 해야 했다. 그 희망을 위해 용모가 위험의 원인이 되게 하지 않겠다고 결심했다. 마을을 벗어나자 그녀는 숲 속에 들어가 바구니에서 아주 낡은 작업복을 꺼내 갈아입었다. 이 옷은 말로트 마을에서 처음으로 들일을 하러 나갈 때 입어본 후로는 목장에서조차도 입지 않던 옷이었다. 꾸러미에서 손수건을 꺼낸 테스는, 이앓이하는 사람처럼 모자 밑으로 머리와 뺨과 턱을 반쯤 가리게 얼굴을 감싸고 그 위에 모자를 썼다. 그런 다음 손거울을 보면서 가위로 사정없이 눈썹을 잘라버렸다. 엉큼한 생각을 가진 사내들의 찬사를 피할 방패막이 준비가 끝나자 그녀는 평탄치 못한 길을 다시 걷기 시작했다. 길에서 처음 만난 남자가 자기의 길벗에게 말했다.

"별나게 생긴 계집애도 다 있군!"

이 말을 들었을 때 그녀는 자기가 너무 불쌍해서 눈물을 흘리지 않을 수 없었다.

'하지만 상관없어! 남들이 뭐라 하든 상관없어! 에인절은 여기 없고 돌봐줄 사람도 없으니 언제나 이 꼴을 하고 있을 테야. 남편은 아주 가버렸고 이젠 남자를 사랑하지 않을 테지만 나는 변함없이 그이를 사랑해. 다른 남자는 모두 미워. 그들 멋대로 경멸하게 내버려둘 테야.'

이런 생각을 하며 걸음을 재촉하는 그녀의 모습은 사방 경치와 어울려 한 덩어리가 되었다. 회색 저지 윗도리, 빨간 털실 목도리와 거칠고 색이 바랜 갈색 작업복에 가려진 보잘것없는 치마, 누르스름한 가죽 장갑, 남루한 겨울옷 차림을 한 그녀의 모습은 보통 시골 여자의 모습이었다. 비에 젖고 햇볕에 바래고 바람을 맞아 올이 낡고 얇아진 옷이었다. 젊은 정열은 이제 그녀에게서 찾아볼 수 없었다.

아가씨의 입술 싸늘하고
……
소박하게 빗어 올린
무거운 머리

겉보기에는 생명이나 지각이 없는 것처럼 보일지 모르지만, 그 속에는 그녀의 나이에 어울리지 않을 만큼, 뜬구름 같은 세상의 허무함이나, 참을 수 없는 정욕의 잔인함과 덧없는 사랑의 나약함을 뼈저리게 겪은 생생한 생명의 기록이 숨어 있었다.

다음날은 날씨가 좋지 않았다. 정직하고 솔직하며 치우침 없는 자연의 조화에 조금도 겁내지 않고 무거운 다리를 끌며 나아갔다. 그녀의 목적은 겨울 동안 살 수 있는 일터와 잠자리를 얻으려는 것이어서 잠시도 지체할 시간이 없었다. 단기간의 임시 고용을 경험한 그녀는, 그런 일자리는 다시 갖지 않기로 결심했다.

그래서 그녀는 먼 길을 걸어 메리안이 편지로 알려 준 농장을 찾아, 여러 농장을 지나가는 길이었다. 그곳의 일이 몹시 고되다는 것은 별로 마음 내키게 하지 않았으나 다만 그곳을 마지막 기회로 삼으려고 결심했다. 처음에는 수월한 일을 찾아다녔으나, 무슨 일이든 구하기 수월한 것은 없어 좀 힘든 일을 구해 다녔다. 나중에는 그녀가 좋아하는 젖 짜는 일이나, 양계장 일은 말할 것도 없거니와 마지막엔 하고 싶은 생각이 조금도 없는 힘들고 거친 밭일에 이르기까지 찾아다녔다.

이틀째 되는 날 저녁, 그녀가 반원형의 무덤이 여기저기 산재해 있는 흰모래로 뒤덮인 고원에 다다랐다. 마치 유방의 여신 시벌리가 반듯이 누운 것처럼 기복이 심한 그 고원은, 테스가 태어난 블랙무어와 그녀가 사랑한 클레어의 마을 중간에 자리 잡고 있었다.

이곳은 건조하고 추운 기후여서 비가 오고 서너 시간만 지나도 길게 뻗은 달구지 길바닥에 뿌옇게 먼지가 일었다. 전연 없다고 해도 좋을 만큼 나무는 극히 드물었다. 원래 산울타리 안에서 자라야 할 나무도, 모든 수목의 적인 소작인들이 울타리와 함께 쳐버려서 자라나지 못했다. 그녀가 가는 길의 중간쯤에 벌배로우와 네틀콤 타우트의 낯익은 두 봉우리가 정답게 나타났다. 어릴 때 블랙무어 쪽에서 봤을 적에는 하늘에 우뚝 솟은 성채같이 보였으나, 지금 이곳에서 보니 나직하고 온순한 모습이었다. 남쪽으로 여러 마일 떨어진 곳에 있는 해안 지대 산맥의 능선 너머로 번쩍이는 강철 표면 같은 것이 보였다. 그것은 프랑스 쪽에 가까운 영국 해협이었다.

그녀의 눈앞에 나지막한 마을이 보였다. 이제야 비로소 메리안이 머물고 있는 플린트콤 애쉬에 도착한 것이다. 이곳에 오는 길밖에는 다른 방법이 없다고 생각했고 또 이곳에 오도록 그녀는 운명지어진 것이다. 사방에 깔린 거친 땅, 이것만으로도 이곳의 노동이 가장 거친 일임을 확실히 보여 주는 것 같았다. 그러나 다른 일을 찾아다니기엔 이미 때가 늦었으므로 그곳에 머물기로 마음먹었다. 더군다나 비가 뿌리기 시작했다. 마을 입구에는 농가가 한 채 있었다. 하룻밤 묵고 가기를 부탁하기 전에 그녀는 추녀 밑에 서서 어둠이 덮이는 모양을 지켜보고 있었다.

"나를 한때 에인절 클레어 부인이었다고 할 사람이 어디 있을까?"

어깨와 등을 기대고 있는 벽이 따뜻했다. 바람구멍 바로 안쪽에 그 집의 벽난로가 있어 따뜻한 기운이 벽을 통해서 나오는 것을 알았다. 그녀는 그 벽에다 손을 녹이고 축축하고 빨개진 두 뺨도 갖다 댔다. 따뜻한 벽만이 단 하나의 친구가 되어 주는 것 같았다. 떠날 마음이 없었으므로 밤새도록 그곳에 머물러 있을 작정이었다.

집에서는 하루 일을 마치고 모여 앉은 식구들의 말소리와 저녁식사를 하고 접시 부딪치는 소리도 들렸다. 그러나 길에 지나는 사람은 하나도 없었다. 이토록 적막한 고요함은 어떤 여자가 나타나 겨우 깨졌다. 쌀쌀한 저녁인데도 여름옷에다 면사가 달린 모자를 쓴 그녀가 메리안일지도 모른다고 그녀는 본능적으로 생각했다. 어둑어둑한 날씨에 얼굴을 분간할 수 있을 만큼 다가온 모습은, 틀림없는 메리안이었다. 메리안은 몸집과 혈색이 이전보다 더 좋아졌으나 의복은 한눈에도 초라했다. 옛날 같으면 이런 상태에서 옛 친구와의 관계를 새롭게 하기를 꺼려했겠지만, 테스는 오래 쓸쓸한 나머지 메리안의 인사에 반갑게 응대했다.

메리안은 무척 조심스럽게 물었다. 테스가 헤어져 있다는 소문은 어렴풋이 들어 알았지만 사정이 별로 좋아지지 않았다는 사실을 알고는 퍽 가슴이 아픈 모양이었다.

"테스, 클레어 부인, 그이의 귀여운 아내! 너 정말 그렇게 고생하고 있니? 예쁜 얼굴을 어째서 그렇게 싸매고 있지? 누가 너를 때렸니? 그이가 때린 건 아니지?"

"아냐, 아냐, 아냐. 남자들 눈에 띄지 않으려고 그러는 것뿐이야!"

얼굴을 싸맨 게 좋지 않은 인상을 주는 것 같아 그녀는 수건을 풀어버렸다.

"깃도 안 달았구나."

(테스는 목장에 있을 때 늘 조그맣고 흰 깃을 다는 버릇이 있었다)

"그래, 달지 않았어."

"길에서 잃어버렸구나."

"잃어버린 건 아냐. 사실은 이제 외모에 관심이 없어졌어. 그래서 안 달았을 뿐이야."

"결혼반지도 끼지 않았네!"

"아니야, 끼고 있어. 사실은 리본에 달아 목에 걸고 있어. 결혼해서 어떻게 되었다든지, 또 결혼한 사실도 알리고 싶지 않아서 말이야. 지금 같은 생활을 하고 있는 동안은 거북한 경우가 있으니까."

메리안은 잠시 잠자코 있었다.

"하지만 너는 점잖은 분의 아내가 아니니? 그런데 이런 생활을 하겠다니 아무래도 당치않은 것 같아!"

"아냐, 이게 당연해, 행복한 건 아니지만 말이야."

"기가 막혀, 그 사람과 결혼해서 불행하다니!"

"아내라는 것은 때때로 불행할 수도 있어. 남편의 실수에서가 아니라 두 사람의 잘못으로 말이야."

"그 사람에게 무슨 잘못은 없을 테고 너한테도 잘못이 있을 리가 없잖아. 그러면 너희 두 사람의 실수가 아니고 남의 일로 그러나 보다."

"메리안, 그런 질문은 그만하고 나를 도와주지 않겠어? 그이는 외국에 갔고 주고 간 돈은 다 써버려서 얼마 동안은 일을 다시 해야겠어. 클레어 부인이라고 부르지 말고 이전처럼 테스라고 불러 줘. 일자리가 있을까?"

"암, 있고말고. 이곳은 오려고 하는 사람이 없어서 언제나 빈자리가 있어. 땅이 아주 메말라서 나는 것이라곤 보리와 순무가 고작이야. 나는 견뎌내지만 너는 힘에 겨워서 어려울 거야."

"그렇지만 너도 이전에는 나와 같이 착실한 젖 짜는 아가씨였지 않니."

"그래도 술을 입에 댄 다음부터 나는 그 일을 그만두었어. 지금은 술만이 내 낙이야! 일자리를 얻게 되면 순무 뽑는 일을 맡게 될 거야. 나도 같은 일을 하지만 너는 곧 싫증이 날지도 몰라.”

“무슨 일이든 괜찮아! 네가 부탁 좀 해줄래?”

“네가 직접 말하는 게 좋을 거야.”

“알았어. 그런데 내가 일하게 되더라도 그이 얘기는 하지 말아줘. 그의 이름을 욕되게 하고 싶지는 않으니까.”

테스보다 성질이 좀 거칠긴 하지만, 메리안은 믿을 수 있는 아가씨였고 부탁은 무엇이든 들어줬다.

“오늘이 품삯 받는 날이야. 나를 따라가면 사정을 금방 알 수 있어. 네가 불행해서 참 안됐구나. 네 남편만 이곳에 있다면 불행할 건 하나도 없을 거야. 설사 돈을 안 주거나 노예처럼 다루더라도 말이야.”

“정말이야. 그래도 나는 행복할 거야!”

얼마 걷지 않아서 그들은 고요한 농가에 다다랐다. 눈길이 닿는 곳까지 나무 한 그루 보이지 않을 만큼 황량했다. 한결같이 멋없고 나직한 울타리를 두른 넓은 뜰은 황무지와 순무밭뿐이었다.

다른 사람들이 품삯을 받고 있는 동안 테스는 문 밖에서 기다렸다. 일꾼이 다 가고 난 뒤 메리안이 그녀를 소개했다. 농장 주인을 대신해서 일꾼들의 품삯을 치른 주인의 아내는 성모 마리아의 날까지 있겠다는 테스의 동의를 받고 고용하기로 결정했다. 요즘에는 밭일을 하겠다는 여자가 거의 없었고, 더구나 품삯은 싼 편이어서 남자들이 하는 일에 여자를 쓰면 훨씬 이득이 많았다.

계약서에 서명을 마치니 숙소를 정하는 일만 남았다. 마침 아까 몸을 녹이던 마을 어귀의 농가에서 방을 얻을 수 있었다. 하찮은 일터였으나 어쨌든 겨울을 지낼 잠자리는 마련된 셈이다.

말로트 마을로 남편의 편지가 올 경우를 생각해서, 그녀는 새 주소를 부모한테 알렸다. 그러나 그녀의 딱한 형편은 알리지 않았다. 혹시라도 남편을 욕할지 모르기 때문이었다.

43

플린트콤 애쉬 농장이 척박한 토지라는 메리안의 말은 사실 그대로였다. 이 땅 위에 살찐 것이라곤 메리안 하나뿐이었고 그나마도 그녀는 타향 사람이었다. 플린트콤 애쉬 마을은 토착 지주의 소작인 마을, 부동산 상속자와 자작농이 경작하는 마을, 그리고 부재지주가 토지를 세놓는 마을 중에서 마지막에 속하는 마을이었다.

하여간 테스는 일을 시작했다. 클레어 부인의 수줍은 육체는 정신적 용기가 합쳐진 강인함이 되어 그녀를 지탱하게 되었다.

메리안과 함께 작업하는 무 밭은 돌이 많고 비탈진 이 농장에서도 가장 높은 지대에 백 에이커나 되는 넓은 땅이었다. 둥글고 뾰족하고 장방형인 석영질의 흰 차돌이 무수히 솟아난 땅이었다. 가축이 땅 위로 나온 순무 잎을 죄다 뜯어먹어서 땅속에 묻힌 순무까지 먹어버릴지 모르니까 해커라고 하는 호미로 뿌리를 파헤치는 게 두 사람의 일이었다. 잎을 모두 뜯긴 순무 밭은 황갈색의 쓸쓸하고 단조로운 모습이었다. 마치 턱에서 이마까지 굴곡 없이 살가죽만 덮인 얼굴 같았다. 빛깔은 다를지언정 하늘도 윤곽 없는 얼굴처럼 희뿌옇고 공허했다. 하늘과 땅의 두 얼굴은 종일토록 서로 마주 보고 있었다. 희멀건 얼굴은 황갈색 얼굴을 내려다보고 황갈색 얼굴은 희멀건 얼굴을 쳐다보는 사이에는, 황갈색 얼굴 위를 파리처럼 기어가고 있는 두 여자 외에 아무도 없었다.

그들은 기계처럼 또박또박 움직였다. 붉은 삼베 겉옷 소매가 달린 갈색 앞치마는 바람에 날리지 않도록 뒤에서 비끄러맸고, 발목까지 오는 장화를 신고 손목이 긴 황색 양가죽 장갑을 꼈다. 차양이 달린 모자를 쓰고 생각에 잠긴 듯 머리를 깊이 숙인 모습은 이탈리아 초기의 두 마리아를 떠올리게 했다.

사방의 쓸쓸한 경치에 둘러싸인 외로운 모습도, 또 자기네 운명도 생각하지 않고 그녀들은 묵묵히 일만 계속했다. 그런 환경에서도 꿈을 그리며 살아갈 수는 있었다. 오후가 되면서 다시 비가 내려 메리안은 일을 그만해도 된다고 했지만 품삯을 받아야 하기 때문에 그들은 일을 계속했다. 이 농장은 너무 고지대에 있어서 휘몰아치는 바람과 함께 비가 온몸에 스몄다. 테스는 고원의 비가 어떤 건지 겪어 본 일이 없었다. 비에 젖는 것도 정도가 있다. 흔히 약간 젖은 것을 흠뻑 젖었다고들 한다. 그러나 스며드는 비를 맞으면서 일하고 있으면, 처음에는 발과 어깨로, 다음엔 머리와 허리로, 그리고 등과 가슴과 옆구리까지 빗물이 스며든다. 납덩이같이 흐린 빛마저 사라져 완전히 어두워질 때까지 일을 계속하려면 분명히 극기가 필요했다.

그녀들은 비에 흠뻑 젖어도 별로 신경 쓰지 않았다. 젊은 그녀들은 탈보테이스에서 살면서 사랑을 했던 그 시절, 여름이 아낌없이 행복과 풍요로움을 안겨주었던 옛날 얘기를 하느라 시간 가는 줄 몰랐다. 실제로는 모든 사람에게, 그러나 감정상으로는 그녀들에게만 주어졌던 것 같은 그 생활을 말이다. 법률상으로 남편인 사람의 얘기를 메리안과 하고 싶지 않았지만 가끔 화제를 억제하지 못하고 무심코 메리안과 말을 주고받곤 했다. 젖은 모자의 차양이 얼굴에 철썩거리고 겉옷이 성가시게 몸에 달라붙었지만, 푸르고 맑은 하늘에 빛나던 꿈같은 탈보테이스의 추억에 잠겨 나날을 보냈다.

"날씨가 갠 날은 푸름 분지에서 서너 마일 떨어진 산을 희미하게 볼 수 있어."

메리안이 말했다.

"어머! 정말?"

테스는 이 마을의 새로운 가치를 깨달은 듯이 좋아했다. 이곳도 다른 곳과 마찬가지로 인생을 향락하려는 본능과, 향락을 방해하려는 환경의 의지라는 두 갈래의 힘이 작용하고 있었다. 오후의 햇살이 기울어가면 메리안은 흰 헝겊 마개를 한 술병을 호주머 니에서 꺼내 목을 축이고 힘을 돋우는 버릇이 있었다. 테스한테도 권했다. 그러나 테스의 상상력은 술기운을 빌지 않아도, 상상의 세계를 헤맬 수 있을 만큼 충분했으므로 입에 대기만 하고 마시지 않았다. 그러면 메리안은 병을 받아서 쭉 들이켰다.

"버릇이 돼버려서 이제는 도저히 끊을 수 없어. 또 하나의 낙이니까. 나는 그이를 잃어버렸으니 말이야. 너는 그렇지 않으니까 술 없이도 살 수 있을 거야."

테스는 남편과 헤어진 것도 메리안의 상실과 마찬가지로 큰 것이라 생각했으나, 적어도 문서상으로는 에인절의 아내라는 기분에 힘입어 그녀의 생각을 그대로 인정하지 않을 수 없었다.

아침 서리와 저녁 비를 맞으면서 테스는 노예처럼 일했다. 순무 캐는 일을 하지 않을 때는 순무를 다듬는데, 호미로 순무에 붙은 흙과 잔털을 다듬어서 두고두고 쓰기 위해 저장했다. 일하는 동안에 비가 오면 움막으로 피할 수도 있으나, 서리가 심하게 내린 아침에 얼어붙은 순무를 다룰 때는 두꺼운 가죽 장갑을 껴도 손이 얼어터지는 것 같았다. 그러나 테스는 희망을 버리지 않았다. 클레어의 장점인 너그러운 마음이 언젠가는 자기를 데리러 올 것이라는 확신을 갖고 있었다.

술기운이 돌아서 기분이 좋아진 메리안은 묘하게 생긴 돌을 주워 킬킬거리고 있었으나, 테스는 여전히 시무룩한 표정이었다. 그녀들은 가끔 프룸 분지가 가로놓였을 아득한 방향에다 눈을 주고 즐거웠던 그날의 추억에 잠기는 것이었다.

"아아, 옛날의 친구들이 하나둘 이곳에 오게 되면 얼마나 좋을까? 탈보테이스의 밭을 이곳에 옮겨 놓고, 그 사람의 얘기도 하고, 즐거웠던 추억을 되새기기도 하면서 옛날처럼 재미있게 지낸다면, 다시 모든 것을 되찾을 수 있을 텐데!"

옛날 모습이 떠오르는 듯 메리안의 눈에는 눈물이 고이고 목소리는 조그맣게 떨렸다.

"이즈 휴엣한테 편지할 테야. 그녀는 지금 집에서 놀고 있으니까, 우리가 이곳에 있다는 걸 알려주고 함께 일하자고 부탁해야겠어. 레티도 좋아할 거야."

메리안의 생각에 테스는 반대하지 않았다. 탈보테이스의 옛 시절을 여기다 옮겨 놓자는 계획에 대한 지원은 며칠 후에 날아온, 될 수 있는 한 오겠다는 이즈의 답장이었다.

근래에 겪어 보지 못한 겨울이, 장기 두는 사람의 동작처럼 남몰래 그리고 어김없이 다가왔다. 어느 날 아침 몇 그루 안 되는 나무와 산울타리의 가시덤불은 식물의 허울을 벗어 버리고 동물의 가죽으로 갈아입은 것같이 변했다. 밤새 나무껍질에서 돋은 흰 솜털에 싸인 가지들은 털옷을 입은 것 같고 여느 때보다 네 배나 더 커 보였다. 사방에 있는 덤불숲과 나무는 잔뜩 흐린 하늘과 지평선의 음산한 회색을 배경삼아 흰 선으로 그린 선명한 그림처럼 보였다. 이때까지 눈에 보이지도 않던 거미줄이 헛간이나 벽면에서 그 위치를 나타냈고, 헛간채나 기둥이나 문 따위의 불쑥 튀어나온 데에 흰 털실 뭉치처럼 매달려 있었다.

습기가 응결하는 계절 다음에는 추위가 닥쳐오고, 때를 같이하여 북극에서 오는 못 보던 새들이 플린트콤 애쉬 고원지대에 소리 없이 날아들기 시작했다. 비쩍 마르고 괴상하게 생긴 이 생물은 인간으로서는 상상도 못할, 빙점의 추위 속에서 신비하고 무시무시한 북극의 위력을 목격하고 온 비참한 눈을 하고 있었다. 북극광에 의해서 부서지는 빙산과 눈사태를 보았고, 미친 듯 휘몰아치는 눈보라와 땅과 바다의 일렁이는 변동으로 눈이 멀다시피 한 새들은, 그때를 간직한 눈을 가지고 있었다. 저희들의 경험을 말하고 싶어 하는 성질이 아닌 그 새들은 이 소박한 고원과는 상관없는 경험담은 밀어 버리고, 두 아가씨가 호미로 파헤치는 식물에 군침을 삼키면서 묵묵히 바라보고 있었다.

어느 날 이상한 기운이 광활한 고장에 스며들었다. 습기가 가득했지만 비를 뿌리진 않았고 서리도 내리지 않았다. 추위는 그녀들의 눈을 시리게 했고 뼛속까지 스며들었다.

그녀들은 이 추위가 눈이 올 징조임을 알았다. 과연 눈은 밤부터 내리기 시작했다. 길 가는 나그네들의 언 몸을 녹여주는 박공벽이 있는 집에서 하숙하는 테스는, 그날 밤 지붕이 덜거덕거리는 소리에 눈을 떴다. 지붕이 온갖 바람의 놀이터로 바뀐 듯했다. 아침 일찍 일어나 등불을 켠 테스는, 창틈 사이로 들어온 눈이 고운 밀가루로 쌓아 올린 원뿔 모양이 된 것을 보았다. 눈은 굴뚝으로도 날아들어 발바닥이 묻힐 만큼 마룻바닥에 쌓였는데, 그녀가 움직일 때마다 발자국이 새겨졌다. 밖에서 몰아치는 눈보라는 부엌에 서리가 낄 만큼 맹렬히 불어 왔다. 밖은 캄캄해서 아무것도 보이지 않았다.

순무 밭일은 불가능하다고 테스는 생각했다. 조그만 등불 아래서 조반을 끝낼 무렵 메리안이 와서, 날씨가 갤 때까지 다른 여자들과 함께 헛간에서 밀을 훑는 일을 하게 됐다고 알려줬다. 바깥의 어둠이 뿌연 회색으로 바뀌자, 제일 두꺼운 겉옷을 입고 털목도리를 목에 두르고 그녀들은 헛간으로 향했다.

눈보라는 북극 바다의 눈 기둥처럼 새들의 뒤를 따라왔다. 그래서 눈은 하나하나의 조각으로 보이지 않았다. 눈보라는 빙산과 북극해와 고래와 흰곰의 냄새들을 실어와 지면을 핥을 뿐 땅에 쌓이지는 않았다. 그녀들은 되도록 눈보라를 피하려고 몸을 웅그린 채 산울타리를 방패삼아 얼어붙은 땅을 밟고 가려 했으나 산울타리는 바람막이 역할은 하지 못했다. 난무하는 눈보라에 시달려 창백해진 하늘은, 눈보라를 함부로 비틀고 흩날려서 만물을 무색의 혼돈으로 몰아넣는 것 같았다. 그러나 두 여인은 매우 유쾌해졌다. 건조한 고원지대의 냉혹한 기후가 결코 우울하기만 한 것은 아니었다.

"오오라! 그 영리한 북녘 새들은 눈보라가 몰아칠 것을 알고 있었구나. 그럼 이 새들은 북극성이 있는 곳에서 줄곧 눈보라의 앞잡이가 되어 왔던 거야. 네 남편은 지금 타는 듯 더운 곳에서 살고 있겠지. 이 아름다운 아내를 본다면! 네 아름다움은 이런 날씨에도 오히려 더 예뻐지는구나."

"메리안, 그이 얘기는 하지 마."

"하지만 속으로는 은근히 걱정이 되지! 그렇지?"

대답 대신 테스는 눈물을 글썽이면서 어렴풋이 짐작이 가는 남미 쪽으로 급히 얼굴을 돌렸다. 그리고 입술을 내밀어 눈보라 위로 뜨거운 키스를 보냈다.

"그래, 그래, 네 마음은 알겠어. 하지만 아무리 생각해도 너희는 괴상한 부부야! 이젠 아무 말도 하지 않을게! 그건 그렇고, 날씨 말인데, 밀 헛간에 들어가 있으면 춥지는 않겠지만 밀 훑는 일은 굉장히 힘들어. 순무 뽑는 일보다 훨씬 고약해. 나는 몸이 튼튼하니까 견뎌내지만 너는 나보다 약하니까 힘들 거야. 그런데 주인이 뭣 땜에 너한테까지 이런 일을 시키는지 알 수가 없네."

그들은 헛간 안으로 들어갔다. 기다란 헛간의 한쪽 구석에는 곡식이 가득 찼고, 가운데는 밀 훑는 장소인데 거기에는 오늘 중에 해치울 만한 분량의 밀단이 쌓여 있었다.

"어머나, 이즈 아냐!"

메리안이 말했다. 그것은 분명히 이즈였다. 이즈는 그녀들에게 다가왔다. 그는 어저께 오후에 어머니 집을 출발해서 줄곧 걸어왔는데 생각보다 길이 멀어서 도착이 늦긴 했지만 마침 눈보라가 치기 전에 도착해서 지난밤은 술집에서 묵었다. 농장 주인이 시장에서 어머니를 만났을 때, 오늘 중으로 도착하면 이즈를 쓰겠다고 약속했으므로 늦어서 해약이 되지 않을까 두려워하고 있었던 것이다.

테스, 메리안, 그리고 이즈 외에도 이웃 마을에서 온 여자가 두 사람 더 있었다. 남자 못지않은 두 여자는 스페이드의 여왕이라던카 다치와 그녀의 동생을—다이아몬드의 여왕이라는 이름밖에 모르는—테스는 첫눈에 알아보고 깜짝 놀랐다. 어느 날 밤 트랜트리지에서 테스에게 시비를 걸었던 바로 그 여자들이었다. 자매는 테스를 알아보지 못하는 것 같았다. 아마 얼굴도 기억하지 못할 것이다. 왜냐하면 그때는 둘 다 술에 취했고, 지금처럼 잠깐 그곳에 머물렀으니까. 그녀들은 남자가 하는 일은 무엇이든 가리지 않고 해치웠다. 우물을 판다거나, 울담을 두르거나, 도랑 파는 일 같은 힘든 일을 해도 피곤한 기색조차 없는 여자들이었다.

그녀들은 밀 훑는 일에도 솜씨가 뛰어나서 좀 우쭐한 태도로 세 사람을 돌아보았다. 장갑을 끼고 탈곡기 앞에 한 줄로 늘어서서 일을 시작했다. 탈곡기는 두 개의 기둥과 한 개의 가로지른 들보로 이루어졌고, 그 밑에는 탈곡할 밀단이 이삭을 바깥쪽으로 향한 채 쌓여 있었다. 들보는 양쪽 기둥에다 못을 박아 매달았으므로, 밑에 있는 밀단이 줄어들면 들보는 아래로 내려가게 되어 있었다.

햇살은 점점 밝아지고 헛간 문에서 들어오는 빛은 위에서 아래로 비치는 게 아니라, 마당에 덮인 눈에 반사되어 밑에서 위로 비쳤다. 세 아가씨는 들보 아래 있는 밀단을 한 줌씩 집어 올렸다. 그러나 추잡한 얘기를 지껄이는 두 여자 때문에 메리안과 이즈는 하고 싶은 옛날 얘기는 꺼내지도 못했다. 이내 투박한 말발굽 소리가 들리더니 한 농부가 헛간으로 말을 타고 다가왔다. 말에서 내린 그는 테스에게 다가와서는 그녀의 옆모습을 뚫어지게 들여다봤다. 처음에 그녀는 모르는 체했지만 그가 꼼짝 않고 서 있어서 돌아다봤다. 그녀를 고용한 농장 주인은 바로 큰길에서 테스의 과거를 들추어 그녀를 도망치게 한 트랜트리지 마을 사람이었다.

알곡을 다 턴 밀단을 바깥 짚더미로 가지고 올 때까지 테스를 기다리던 주인이 말했다.

"아가씨가 바로 나의 친절을 버릇없이 깔아뭉갠 그 젊은 여자구먼? 젊은 여자가 고용됐다는 말을 들었을 때 나는 직감적으로 너라는 걸 알았어! 네가 애인과 함께 여관에서 나를 골탕 먹이고, 길에서 만났을 때 도망친 일로 번번이 나를 이겼다고 생각할지 모르지만, 이번에는 내가 맛을 좀 톡톡히 보여 줘야겠어."

그는 한바탕 웃었다. 왈가닥 자매와 주인 사이에 끼어 마치 그물에 걸린 참새처럼, 테스는 아무 대꾸도 하지 않고 계속 밀단만 털고 있었다. 경험을 통해서 이제는 제법 사람의 성격을 판단할 줄 아는 그녀는 주인의 괄괄한 성격을 겁내지는 않았다. 그러나 클레어에게 당한 분풀이를 그녀한테 하지 않을까 두려웠다. 요컨대 테스는 남자들이 이렇게 자기를 미워하는 것이 오히려 마음 편했고 그만한 것은 참아낼 용기도 있었다.

"내가 반하기라도 한 줄 아는 모양이지? 세상에는 남자들의 언행을 진심으로 생각하는 여자들이 더러 있단 말이야. 그따위 생각을 가진 아가씨들의 어리석음을 고치려면, 겨울 내내 밭일을 시키는 수밖에 없어. 성모 마리아의 날까지 일하기로 계약서에 서명한 이상 나에게 용서를 빌어야겠지?"

"용서를 빌 사람은 당신이라고 생각해요."

"좋아…… 좋도록. 그러나 이 집에서 누가 주인인지 곧 알게 될 거야. 그래, 네가 오늘 턴 밀단은 겨우 요것뿐이야?"

"그렇습니다."

"이거 형편없는데. 저기 저 여자들이 해놓은 걸 보란 말이야. (그는 튼튼한 두 여자를 가리켰다.) 그리고 다른 사람들도 너보다는 많이 했잖아."

"저 사람들은 손에 익었지만, 저는 처음이에요. 그러나 주인에겐 조금도 지장이 없다고 생각해요. 무리를 지어 하는 일이고 또 일한 것만큼 품삯을 받으니까요."

"아…… 천만에, 지장이 있어. 난 헛간을 빨리 치워버리고 싶으니까."

"다른 사람들이 2시에 일을 마치면 저는 해질 때까지 하겠어요."

주인은 기분 나쁘게 그녀를 쳐다보고 나갔다. 여기보다 더 못된 농장은 없을 거라고 테스는 생각했다. 그러나 남자가 치근거리지 않는 것만은 다행한 일이었다. 2시가 되자 능숙한 다른 여자들은 납작한 병에 반쯤 남은 파인트를 마시고 갈고리를 땅에 놓고 마지막 밑단을 묶어 놓은 다음 밖으로 나갔다. 메리안과 이즈도 밖으로 나갔을 테지만 남보다 뒤떨어진 일을 보충하겠다는 테스의 말을 듣고는 나가지 않았다. 여전한 눈보라를 내다보면서 메리안이 기쁘게 말했다.

"이제야 겨우 우리끼리만 남았군!"

얘기는 목장의 지난날로 꽃을 피우고, 또 그녀들이 에인절 클레어를 그리워하던 얘기에 자연히 말이 미쳤다. 명목뿐인 아내라는 떳떳치 못한 기분을 느끼면서도 에인절 클레어의 부인이라는 긍지를 가지고 테스가 말했다.

"이즈 그리고 메리안, 나는 옛날의 클레어 씨를 대하던 기분으로 너희와 함께 그 사람 얘기를 할 수 없어. 너희들도 내 심정을 알거야…… 비록 그이가 먼 데 있더라도 어엿한 내 남편이니까."

클레어를 사랑하던 네 처녀 중에서 이즈는 가장 당돌하고 또 빈정대기 잘하는 아가씨였다.

"그 남자는 연인으로선 정말 멋진 남자였어. 그런데 너한테서 그토록 빨리 떠나가 버리다니 별로 다정한 남편은 아닌 것 같구나."

"그이는 꼭 가야 했어. 가지 않을 수 없었어. 그곳의 농장을 물색하러 말이야!"

테스는 변명했다.

"그러나 네가 겨울을 날 수 있도록 해놓고 가도 됐을 텐데."

"아, 그건 우연한 오해로 차질이 생긴 거야…… 그런 걸 갖고 말다툼하고 싶지 않아서."

테스는 울음 섞인 목소리로 말했다.

"내가 그이를 위해서 변명할 건 많아! 하지만 다른 남편들처럼 소리도 없이 가버린 건 아니야. 또 그이가 있는 곳은 언제든지 알 수 있어."

그녀들은 다시 입을 다물고 각각 생각에 잠겨 일을 했다. 밑단을 움켜잡고 이삭을 털어, 다시 겨드랑에 끼고 떨어지지 않은 이삭은 낫으로 쳤다. 헛간에서는 밀 이삭을 훑는 소리와 밀 이삭 자르는 소리만 들릴 뿐이었다. 테스가 갑자기 힘없이 밀 이삭 더미 위에 주저앉아 버렸다.

"네가 감당하지 못할 줄 알았어!"

메리안이 소리쳤다.

"이 일은 몸이 튼튼해야 할 수 있단 말이야."

마침 그때 농장 주인이 들어왔다.

"나만 없으면 아가씨는 당장 이 모양이군."

주인이 테스에게 말했다.

"하지만 내 손해지 당신 손해는 아니에요."

"이걸 다 마쳐야 해."

고집스럽게 말한 주인은 헛간을 가로질러 다른 문으로 나가면서 말했다.

메리안이 말했다.

"주인 말에 신경 쓸 필요는 없어. 난 이전에도 여기서 일한 경험이 있거든. 자, 저쪽에 가서 좀 누워. 이즈하고 내가 네 몫을 채울 테니까."

"너희들한테 미안해서 어떡하지. 너희들보다도 키가 큰데."

그녀는 너무 지쳐서 메리안의 말대로 잠시 쉬기로 했다. 알곡을 턴 다음 헛간 구석에 집어던져서 산더미처럼 쌓인 무더기 위에 테스는 가서 누웠다. 그녀가 지쳐 떨어진 것은 일이 힘든 탓도 있지만 남편과의 이별이 다시 얘깃거리로 등장하여 그녀의 신경을 자극한 때문이었다. 힘없이 누워 있는 그녀에게 이삭을 털고 낫질하는 소리가 무겁게 울려왔다.

기계 소음과 함께 테스의 귀에 그녀들의 소곤거리는 말이 들렸다. 아까부터 실마리를 터놓았던 화제를 여전히 계속하고 있는 게 분명했지만, 너무 낮아서 무슨 말을 하는지 알아듣지 못했다. 그럴

수록 테스는 그녀들의 얘기가 궁금해서 견딜 수 없었다. 그녀는 억지로 일어나 피로가 회복된 듯 다시 일하기 시작했다.

이번에는 이즈 휴엣이 쓰러졌다. 이즈는 어제 저녁 십여 마일이나 걸었고, 밤중에야 겨우 잠자리에 든 데다가, 오늘 아침에는 새벽 5시에 일어났기 때문이었다. 메리안만 술과 건강한 몸 덕택에 힘겨운 일을 고통 없이 견디고 있었다. 테스는 이제 피로도 회복하고 혼자서 넉넉히 다할 수 있으니까, 이즈에게 가서 쉬라고 했다. 이즈는 곧 문을 나가서 자기 숙소를 향해 눈길로 사라졌다. 메리안은 매일 오후 이맘때만 되면 술기운으로 달콤한 기분에 젖어드는 것이었다.

"그 남자가 그럴 줄은 생각도 못했어! 난 정말 그이를 사랑했었는데! 너하고 결혼한 건 아무렇지도 않아. 그러나 이즈에겐 너무했단 말이야!"

그녀는 꿈꾸듯 말했다. 테스는 그 말을 듣고 너무 소스라치게 놀라서 낫에 손가락을 베일 뻔했다.

"내 남편 말이니?"

테스가 띄엄띄엄 물었다.

"응, 그래. 이즈는 나보고 말하지 말라고 그랬지만 말하지 않고는 못 배기겠어! 그 사람이 뭐라고 한 줄 알아…… 브라질로 함께 가자고 그랬대."

눈에 덮인 바깥 경치처럼 테스의 얼굴엔 핏기가 가셨다.

"그래, 이즈가 거절했다는 거야?"

테스는 물었다.

"몰라, 어쨌든 그 남자가 스스로 그 말을 취소했대."

"하찮은 소리…… 그럼 처음부터 그런 뜻으로 말한 게 아니겠지! 남자들이 흔히 하는 농담일 거야!"

"아니라니까, 진지하게 말했다는데. 더구나 둘이 한참 마차를 달렸대."

"그래도 이즈를 데려가지 않은걸!"

둘은 아무 말 없이 다시 일을 했다. 테스는 갑자기 울음을 터뜨렸다.

"저런! 그 말을 괜히 했어!"

메리안이 말했다.

"아니야. 말해줘서 오히려 고마워! 난 여태까지 기약도 없이 외롭게 시간만 보냈어. 그래서 일이 어떻게 됐는지도 몰랐단 말이야! 내가 부지런히 편지라도 보냈어야 했을 텐데, 그리로 갈 수는 없다고 했지만 편지하지 말라는 말은 하지 않았으니까. 더 이상 우물쭈물 지낼 순 없어! 모든 걸 그에게 맡기고 있었다는 건 내 잘못이야!"

헛간 속은 점점 어두워져서 일을 계속할 수 없었다. 그날 저녁 그녀는 자기만 쓰는 새로 회칠한 작은 방에 들어앉아 편지를 쓰기 시작했다. 그러나 망설이는 마음이 생기자 잘 써지지가 않았다. 헤어진 지 얼마 안 돼서 이즈에게 마음을 둘 만큼 변하기 쉬운 남편이지만, 자기만이 틀림없는 그의 아내라는 생각을 더욱 굳히려는 듯 여태까지 리본에 꿰어 목에 걸고 다니던 소중한 반지를 밤새도록 손가락에 끼고 있었다.

클레어의 어엿한 아내는 자기뿐이라는 마음으로. 하지만 이 사실을 알았는데 어떻게 남편한테 애원하거나, 아직도 그를 잊지 않고 있다는 따위의 편지를 쓸 수 있을까?

44

헛간에서 메리안이 들려 준 얘기 때문인지 테스의 생각이 새로운 방향으로 기울어질 때가 있었다. 그녀의 마음은 가끔 멀리 떨어진 에민스터 목사관으로 이끌렸다. 편지할 일이 있으면 부모를 통해서 보내고, 어려운 일이 있으면 아버지에게 직접 연락하도록 남편이 다짐했지만, 테스는 시아버지한테 무엇을 요구할 권리가 없다는 생각에서 편지 쓰고 싶은 충동을 눌러왔다. 따라서 친정 부모와 마찬가지로 목사관 가족들에 대해서도 그녀의 존재는 뚜렷하지 못했다. 친정이나 시집에 대해서 자신의 존재를 드러내지 않는 것은 자신의 입장을 공평하게 판단한 다음에, 받을 자격이 없는 것이면 사랑이나 동정에 의해서 무엇 하나 받지 않으려고 하는 그녀의 독립적인 성격과 일치했다. 살든지 죽든지 어디까지나 혼자 힘으로 모든 것을 해결하겠다고 결심했다. 일시적인 충동에 의해서 결혼식을 올리고, 남편의 낯선 가족과 한집안이 됐다는 하찮은 사실로서 형식상의 권리를 주장하려는 생각은 일찌감치 포기했었다.

그러나 이즈에 관한 얘기를 듣고, 괴로움에 시달린 테스의 참을성에도 한계가 있었다. 남편은 왜 편지를 하지 않을까? 적어도 행선지만은 알려 준다고 했는데 한 번도 주소를 알려 준 일이 없으니 그는 정말 나를 잊은 것일까? 아니면 앓고 있는 것일까? 그녀가 먼저 편지했어야 옳았을까? 순전히 걱정되는 나머지 용기를 내서, 목사관을 방문하여 소식을 묻고 남편의 소식을 못 듣는 슬픔을 털어놓을 수도 있지 않을까? 에인절의 부친이 소문대로 선량한 분이라면 그녀의 고독한 심정을 이해해 줄 수 있을 것이다.

평상시에는 농장에서 나갈 기회가 없었다. 밖에 나갈 수 있는 유일한 기회는 고작 일요일뿐이었다. 플린트콤 애쉬는 아직 철도가 없고 백토질의 고원 중심에 있으므로 부득이 걸어가야 한다. 왕복 삼십 마일이나 되는 거리라서 당일에 갔다 오려면 새벽같이 일어나지 않으면 안 되었다.

이 주일이 지나 눈이 멎고 된서리가 내린 날씨에 길이 단단해진 것을 이용하여 떠나기로 했다. 일요일 새벽 4시에 이층에서 내려온 그녀는 별빛이 총총한 밖으로 나갔다. 날씨는 순조로웠고 땅은 걸을 때마다 모래처럼 바스락거렸다.

테스의 남편과 관련된 이번 여행에 메리안과 이즈는 큰 관심을 갖고 있었다. 그래서 그녀들의 숙소가 골목을 따라 떨어져 있는데도, 테스가 떠나기 전에 와서 출발을 도와주었다. 테스는 시아버지의 엄격한 장로교 교리를 알고 있어도, 복장에는 신경을 쓰지 않고 망설였지만, 두 아가씨는 시부모들의 마음을 끌려면 가장 예쁜 옷을 입고 가야 한다고 우겼다. 서글픈 결혼식이 지난 지 1년이 됐으나, 소박한 시골 처녀로서 남의 눈을 끌기에 좋은 의복을 그때 충분히 마련해서 좋은 옷이 상당히 남아 있었다. 그녀의 연분홍빛 얼굴을 돋보이게 해줄 흰 주름 칼라가 달린 연한 회색의 모직 외투, 까만 벨벳 재킷과 모자로 단장했다.

"이렇게 예쁜 네 모습을 보지 못하는 네 남편이 유감이구나……
정말 멋져!"

방안의 노란 촛불과 싸늘한 바깥의 별빛 사이의 문턱에 서 있는 테스의 모습을 보고 이즈 후엣이 말했다. 이즈는 자신의 괴로움은 내려놓고 관대한 마음으로 말했다. 개암 열매보다 조금 더 큰 심장을 가진 여자라면 테스에게 적의를 보이지 못할 것이다. 테스의 인상은 남다른 따스함과 힘을 지니고 있어서, 질투라든가 경쟁심을 지닌 다른 여자들의 마음을 정복하기에 충분했다.

솔로 먼지도 털어주고 매무새를 만져주고는 테스를 배웅했다. 테스는 동트기 전의 진주빛 대기 속으로 사라졌다. 꽁꽁 얼어붙은 길을 될 수 있는 한 성큼성큼 걸어가는 테스의 발소리가 들렸다. 이즈도 테스의 소원이 이루어지기를 빌었다. 자기의 줏대를 스스로 대견스레 여기는 건 아니지만, 클레어의 순간적인 유혹을 받았을 때 친구를 배반하지 않은 자신을 기쁘게 생각했다.

클레어가 테스와 결혼한 지 오늘로 꼭 하루가 빠지는 1년이었고, 그가 그녀의 곁을 떠난 지도 3일이 모자라는 1년이 된다. 그러나 오늘같이 건조하고 맑은 겨울 아침, 그런 용건을 가지고 공기가 희박한 산등성이를 가벼운 걸음으로 떠나는 건 싫지 않았다. 떠날 때 그녀의 생각은 시어머니의 마음에 들어서 모든 과거를 고백하고 자기편을 만든 다음, 집을 등지고 떠나간 남편도 다시 찾으려는 것이었다.

얼마 후 그녀는 넓고 가파른 내리막길에 닿았다. 발밑에는 비옥한 블랙무어 분지가 새벽안개에 덮인 채 고요히 누워 있다. 고원의 공기에 비해 발아래 대기는 푸른빛으로 가득 찼다. 그녀가 일하고 있는 백 에이커의 광대한 농토와는 달리 오륙 에이커 정도밖에 안 되는 조그만 밭이 수없이 깔렸는데, 데서 보니 마치 그물을 펼쳐 놓은 것 같았다. 고원의 경치는 흐린 다갈색이지만, 발아래 경치는 프룸 분지처럼 언제나 푸른빛이다. 그 분지야말로 그녀의 슬픔을 낳은 곳이어서 옛날처럼 그곳을 사랑하지는 않았다. 그녀에게 아름다움이란, 물체 밖에 나타난 형태에 있는 것이 아니라 그 물체가 상징하는 것에 있었다.

블랙무어 분지를 오른편에 끼고 서쪽을 향해 계속 나아갔다. 힌톡스 고원의 마을들을 지나고, 셔튼 애바스에서 캐스터브리지로 통하는 길을 똑바로 건너 '악마의 부엌'이라고 부르는 산골짜기가 있는 도그버리 힐과 하이스토이 산기슭을 끼고 돌아 나갔다. 오르막길을 따라가다가 크로스인 핸드에 도착했다. 그곳에는 기적이 일어났던 곳, 살인 행위가 있었던 곳, 또 살인과 기적이 함께 있었던 곳을 표시하는 둥근 돌기둥이 외롭게 서 있었다. 삼 마일쯤 더 가서 롱 애쉬 레인이라는 로마 시대의 곧고 황폐한 길을 가로질렀다. 길을 넘어 좁은 길을 따라 언덕을 내려가 에버세드의 작은 마을에 도착했다. 그녀는 목적지의 반을 온 셈이었다. 그녀는 잠깐 쉬면서 아침을 맛있게 먹었다. 남의 눈을 꺼려 소우 앤 에이콘 술집에서 먹지 않고 교회 옆의 한 농가에서 먹었다.

남은 길은 지나온 길보다 좀 수월한 벤빌 레인을 따라 평탄한 마을을 지나게 된다. 그녀와 목적지가 가까워짐에 따라 테스의 용기도 점점 줄어들고, 목적은 만만치 않게 눈앞에 다가왔다. 자기의 목적은 너무 어마어마해 보이고 사방의 경치는 너무나 희미해 보이는 것 같은 착각에서 이따금 길을 분간 못할 뻔했다. 점심때쯤 에민스터 목사관이 있는 분지의 한쪽 문 앞에서 그녀는 멈췄다.

네모진 탑, 그 밑에 목사와 교인들이 모여 예배를 드리고 있을 그 탑은 거룩해 보였다. '어떻게든 주일을 피해서 올 걸······.'하고 테스는 생각했다. 신앙이 두터운 분이니까 그녀의 처한 곤경은 짐작 못하고 하필이면 주일에 찾아오는 그녀에게 어떤 편견을 가질지도 모른다. 그러나 그녀로서는 지금 방문하지 않을 수 없었다. 먼 길을 신고 온 투박한 장화를 벗고 에나멜가죽으로 만든 가볍고 예쁜 구두로 바꿔 신은 다음, 장화는 찾기 쉽도록 문기둥 옆 울타리 사이에 끼워 놓고 언덕길을 내려갔다. 신선한 공기를 마시고 건강미가 넘치던 안색은 목사관에 가까워짐에 따라 차츰 핏기가 사라졌다.

도움이 될 우연한 일이라도 생기기를 테스는 은근히 바랐다. 그러나 어떤 우연도 생기지 않았다. 목사관 정원수는 차가운 서릿바람에 불쾌한 소리를 내고 있었다. 그녀가 가장 좋은 옷으로 꾸민 것처럼 최고의 상상력을 발휘해 봐도 여기가 그리운 시댁이라는 실감이 나지 않았다. 성실성이나 감정적인 면에서도, 그들과 다른 것은 아무것도 없었다. 고통과 쾌락과 생각과 삶과 죽음 그리고 죽음 이후의 문제에 있어서도 그들과 같았다.

그녀는 마음을 가다듬고 현관에 있는 초인종을 눌렀다. 일은 이미 저질러졌다. 이제 새삼스레 물러설 수도 없었다. 아니, 아직 일이 벌어진 건 아니었다. 초인종을 듣고 나오는 사람이 아무도 없었다. 다시 한 번 용기를 내어 그녀는 두 번째 초인종을 눌렀다. 십오 마일이나 걸어온 육체적 피로에 정신적 긴장까지 겹친 테스는, 허리를 짚고 팔꿈치를 현관 벽에 대고 몸을 의지했다. 담쟁이덩굴 잎은 겨울바람에 시들어 잿빛으로 변하고, 바람이 불 때마다 서로 얽히는 잎사귀는 그녀의 신경을 자극했다. 쇠고기를 쌌던, 어느 집 쓰레기통에서 나온 피 묻은 종이가 한길에서 바람에 이리저리 뒹

굴고 있었다. 땅바닥에 붙어 있기에는 너무 가볍고 멀리 날아가 버리기엔 너무 무거운 듯한 피 묻은 종이에 지푸라기 두서너 개가 붙어 같이 날아다녔다.

두 번째 누른 초인종은 훨씬 크게 울렸지만, 역시 아무도 나오지 않았다. 그녀는 현관에서 물러나 대문을 열고 밖으로 나왔다. 다시 눌러 보고 싶은 생각이 있어 망설이는 기색으로 현관을 바라보고 있었으나, 대문을 닫는 순간 저도 모르게 안도의 숨을 쉬었다. 어떻게 알았는지는 몰라도 그녀가 누군가를 이미 알아채고 집 안에 들이지 말라는 명령이 내려진 것 같은 생각이 그녀에게서 떠나지 않았다.

테스는 집 모퉁이까지 걸어갔다. 불안한 현실을 도피해서 장래의 더 큰 불행을 가져오고 싶은 생각은 없었다. 그녀는 발길을 돌려 목사관 앞을 천천히 지나면서 길가로 난 창문을 일일이 살폈다.

아, 아무도 나오지 않는 이유를 알았다…… 한 사람도 남김없이 모두 교회에 나간 것이다. 아버지는 하인까지도 예배에 참석시켜서 집에 돌아오면 식은 음식을 먹기가 일쑤라고 말한 남편의 얘기가 생각났다. 그러니까 예배가 끝날 때를 기다려야만 했다. 그곳에서 서성거리다가 남의 눈에 띄기 싫어서 교회 뒤편의 오솔길에 들어가 있으려고 걷기 시작했다. 그러나 교회 마당의 문에 이르렀을 때 테스는 쏟아져 나오는 교인들 틈에 둘러싸이고 말았다. 시골 사람들이 한가롭게 집으로 돌아가는 길에 낯선 사람을 만난 것처럼, 교인들은 대수롭지 않게 그녀를 쳐다봤다. 그녀는 오던 길로 되돌아 빠른 걸음으로 비탈길을 올라갔다. 목사 가족들이 점심을 마칠 동안, 산 위에 숨었다가 다시 내려가는 편이 만날 때 그들한테도 편리할 것 같았다. 잠시 후에 그녀는 교인들을 멀리 벗어났다. 그러나 팔짱을 낀 두 젊은 남자들이 빠른 걸음으로 그녀의 뒤를 따라오고 있었다.

그들이 가까이 옴에 따라 이야기에 열중하고 있는 음성을 들을 수 있었다. 테스와 같은 처지에 있는 여자들의 날카로운 눈치로 남편의 음성과 비슷한 그들의 목소리를 무심코 들어 넘길 까닭이 없었다. 그들은 바로 남편의 형들이었던 것이다. 질겁한 테스는, 그들을 대면할 만한 마음의 자세도 갖추지 않은 현재 상태에서 얼굴을 보일 수 없다는 생각만이 가득했다. 그들이 그녀의 얼굴을 알 턱이 없지만 본능적으로 유심히 쳐다볼 게 분명했다.

그들의 걸음걸이가 빨라질수록 그녀의 발걸음도 빨라졌다. 그들은 점심을 먹으러 집에 돌아가기 전에, 예배 드리느라 오래 앉아 있어 시렸던 팔과 다리를 녹이려고 잠시 산책에 나선 길이었다.

젊은 숙녀 같아 보이는 사람이 언덕을 올라가는 테스 앞에서 걷고 있었다. 어딘지 부자연스럽고 새침한 인상을 풍겨도 상냥해 보이는 젊은 여자였다. 테스가 그녀를 거의 따라갔을 때, 얘기 소리가 똑똑히 들릴 정도로 그들이 테스의 뒤로 다가왔다. 테스의 관심을 끌 만한 얘기는 아니지만, 앞에 가는 젊은 여인을 발견하고 한 남자가 말했다.

"저기 머시 찬트가 있군, 우리 따라 갑시다."

테스는 그 이름을 알고 있었다. 그 여자는 에인절과 머시의 양친이 에인절의 한평생 반려자로 지목했던 사람으로, 자기만 아니었던들 그의 처가 됐을지도 모를 여자였다. 한 남자가 이런 말을 했다.

"아! 불쌍한 에인절! 불쌍한 에인절! 나는 저 참한 아가씨를 볼 때마다 젖 짜는 아가씨인지 뭔지 하는 여자에게 자신을 던져 버린 그애의 경솔한 행동이 원망스럽단 말이야. 아무리 생각해도 알 수 없는 일이거든. 그 여자가 에인절과 다시 만났는지 어쨌는지는 모르지만, 몇 달 전 편지가 왔을 때만 해도 별거하고 있는 것 같았어."

"나도 잘 모르겠어요. 요즘은 아무 소식이 없으니까. 나하고 사이가 벌어진 것은 에인절의 별난 의견 때문이었지만, 그의 분별없는 결혼이 사이를 아주 벌려놓은 것 같아요."

테스는 발걸음을 재촉했지만, 그들의 시선에서 벗어나려면 오히려 그들의 시선을 더욱 끄는 행동을 하지 않을 수 없었다. 그들은 마침내 테스 곁을 지나 앞질러 버렸다. 앞서 걷던 젊은 여인은 그들의 발소리를 듣고 뒤돌아봤다. 세 사람은 서로 인사를 나누고 한데 어울려서 걸었다.

언덕 막바지에 도달한 그들은 그곳이 산책의 마지막 지점인 듯 걸음을 늦추고, 한 시간 전에 테스가 멈추어서 마을을 내려다보던 그 문 쪽으로 발길을 옮겼다. 그들이 얘기하는 동안 우산으로 산울타리를 조심스레 들추던 형제 중의 하나가 무엇인가를 밝은 데로 끄집어냈다.

"낡은 장화가 한 켤레 있는데…… 거지나 떠도는 사람이 버린 것 같아."

"어떤 협잡꾼이 맨발로 마을에 오려고 그랬을 거예요. 마을 사람들의 동정을 얻으려고요. 틀림없어요. 아주 좋은 장화인 데다가 멀쩡한 걸요. 정말 못된 짓이에요. 누구 가난한 사람에게 갖다 줘야겠어요."

찬트 양이 말했다. 장화를 발견한 커트버트 클레어가 구부러진 지팡이 끝으로 장화를 걸어 올려 그녀한테 줬다. 이제 테스의 장화는 남의 물건이 돼버렸다. 얘기를 듣고 있던 테스는 털로 짠 베일로 얼굴을 가리고 그들을 지나쳐 가다가 뒤를 돌아보았다. 그들은 이미 문을 떠나서 장화를 들고 언덕길을 내려가고 있었다.

우리의 여주인공은 다시 걷기 시작했다. 눈물이, 앞을 가리는 눈물이 볼을 타고 자꾸만 흘러내렸다. 그 장면이 바로 자기에 대한 단죄라고 해석하는 것은 어디까지나 감상적이고 근거 없는 과민함에 불과하다는 것을 잘 알면서도 테스는 그 생각을 씻지 못했다. 이런 조짐을 물리칠 만큼 마음이 강하지 못한 그녀가 시댁을 방문한다는 것은 도저히 불가능한 일이었다. 에인절의 아내는 이 사람들—테스가 생각하기에는 대단한 존재인 이 목사들에게 쫓겨 나온 것 같은 생각이 들었다. 그들로서는 아무 생각 없이 한 말이겠지만, 성격이 편협해도 아들만큼 딱딱하지 않고 또 인정이 몸에 밴 아버지를 만나지 못하고 그의 아들들을 만난 것은 불행한 일이었다. 테스의 생각이 먼지투성이가 된 장화에 미치자, 그들의 웃음거리가 된 자신이 처량하기만 했고 그 신발 주인의 인생이 얼마나 절망적인가를 뼈저리게 느꼈다. 그녀는 자신을 한탄하면서 말했다.

"아! 그이가 사준 이 예쁜 구두를 아끼려고 험한 길에 장화를 신고 왔는데, 그런 내 심정을 모르다니! 알 턱이 없지! 이 아름다운 옷도 남편이 골라준 건 몰랐을 거야. 어떻게 알 수 있을라고? 알았다 하더라도 거들떠보지도 않았을걸. 그들은 에인절을 돌보지도 않았으니까…… 가엾은 사람!"

테스는 사랑하는 남편을 위해 슬퍼했다. 남편의 낡은 생각이 그녀에게 여러모로 슬픔을 안겨 준 것은 사실이었다. 그러나 그 아들만 보고 시아버지의 성품을 판단함으로써 마지막 순간에 가서 용기를 잃어버린 것이 그녀의 일생에서 가장 큰, 최대의 불행이라는 것을 깨닫지 못하고 그대로 발길을 돌렸다. 그녀의 현재 처지야말로 늙은 시부모의 동정을 얻기에 족한 것이었다. 테스만큼 절망하지 않은 인간들의 미묘한 정신적 고민 따위는 그들의 관심이나 주의를 끌지 않지만, 극도로 절망적인 경우에 대해서는, 그들의 동정심은 한이 없었다. 세무 관리나 죄인들에게 동정을 쏟는 그들은 학자나 위선자들은 거들떠보지 않는다. 그러니까 노부부의 편견과 고집이라고 할 수 있는 그런 성정에는, 길 잃은 양 같은 테스의 처지를 오히려 구원받을 만하다고 생각했을지도 모른다.

그녀는 희망에 부푼 가슴 대신 무엇인가 일생일대의 위기가 다가오는 것 같은 생각을 안고 터벅터벅 되돌아갔다. 그러나 표면상으로는 불행한 사건이 연달아 닥쳐올 것 같지도 않았다. 시댁을 찾아갈 용기가 다시 돋아날 때까지는, 그 메마른 밭에서 일을 계속할 수밖에 없었다. 마치 머시 찬트에게 없는 아름다움이 자기한테는 있다는 걸 과시하듯, 베일을 벗어 버릴 만큼 다시 자존감을 찾고는 갈 길을 재촉했다. 그럼에도 그녀는 곧 실망했다.

"아무것도 아냐. 아름다움 따위는 아무것도 아냐! 사랑해 주는 사람도 없고 봐주는 사람도 없어! 나같이 버림받은 여자의 얼굴에 누가 관심이 있겠어!"

돌아가는 그녀의 걸음걸이는 앞으로 나아가는 게 아니라, 마치 헤매는 것 같았다. 힘도 없고 목적도 없이 그저 타성으로.

지루한 벤빌 레인을 따라 걷는 동안 피로가 몰려왔다. 이따금 문기둥이나 이정표에 기대어 숨을 돌렸다. 부푼 가슴을 안고 아침을 먹었던 에버세드 마을이 보이는 험하고 기다란 비탈길, 에민스터에서 칠팔 마일쯤 되는 지점에 이르기까지 테스는 아무 집에도 들리지 않았다. 그녀가 잠깐 쉰 교회 옆의 농가는, 마을에서 맨 끝에 있는 외딴 집이었다. 그 집 아주머니가 부엌으로 우유를 가지러 간 사이에 거리를 내다봤다. 길에는 사람 하나 보이지 않았다.

"다들 오후 예배에 간 모양이죠?"

테스가 물었다.

"아니요, 아가씨. 예배 시간은 아직 멀었어. 아직 종이 안 울렸거든. 저쪽 헛간으로 설교하는 걸 들으러 갔지. 랜터 교파의 전도사가 예배가 없을 때 설교하는 건데, 훌륭하고 열렬한 신자래요. 하지만 난 듣고 싶지 않아. 교회에서 듣는 것만 해도 충분한 걸."

노파가 말했다. 테스는 마을 쪽으로 발길을 옮겼다. 그녀의 발소리가 죽은 듯 고요한 마을에 울려 퍼졌다. 마을 복판에 이르렀을 때 다른 음향이 그녀의 발소리를 지웠다. 길에서 멀지 않은 헛간을 바라본 그녀는 바로 그 전도사가 지금 설교하고 있는 중임을 알았다.

전도사의 음성은 고요하고 깨끗한 대기 속으로 울려 퍼져 헛간 밖에 있는 테스도 또렷이 알아들을 수 있었다. 짐작할 수 있듯이 설교는 신앙 전능주의였다. 사도 바울의 신학에서 강조하는 신앙에 의한 선을 설교하고 있었다. 열광적인 전도사의 절대적인 교리는 열띤 웅변조로 풀이됐다. 그에게는 웅변가로서의 재능은 없는 듯 했다. 처음부터 듣지는 않았지만 성경 구절을 계속 인용했으므로 주제가 무엇인지 알 수 있었다.

'어리석도다. 갈라디아 사람들아, 예수 그리스도께서 십자가에 못 박히신 것이 너희 눈앞에 밝히 보이거늘 누가 너희를 꾀더냐?' [5]

테스가 뒤에 서서 듣고 있는 동안, 설교자의 교리가 에인절 부친의 주장을 더욱 강하게 표현한 것임을 깨닫고 관심이 부쩍 커졌다. 그리고 이 설교자가 자신의 경험담을 설명할 때 그녀의 관심은 더욱 커졌다. 자기는 말할 수 없이 무서운 죄인이었다고 했다. 그는 모든 사람을 우롱하고 건달과 방탕한 자들과 어울려 다녔다. 그러다 깨우치는 날이 왔다. 어느 목사의 영향을 받은 것인데 처음에는 그 목사를 마음껏 모욕했었다. 그러나 목사가 떠날 때 남긴 마지막 말 한 마디가 가슴 깊이 박혀서 잊을 수가 없었다. 하나님의 은총으로 그 목사의 말이 그를 움직여 오늘의 자기로 변화시켰다는 것이다.

더욱 놀라운 것은 그의 설교가 아니라 그의 음성이었다. 도저히 있을 수 없는 일같이 생각됐지만, 그것은 분명 알렉 더버빌의 음성이었다. 그녀의 얼굴에는 고통스런 불안의 빛이 감돌았다. 그녀는 헛간 앞을 지나치며 봤다. 나직한 겨울 햇살은 커다란 이중 출입문을 곧장 비췄다. 한쪽 문이 열려 있어서 햇살은 타작마당을 지나 아늑한 헛간 안에 있는 설교자와 청중들까지 비췄다. 모인 사람들은 모두 마을 사람들이었고, 거기에는 페인트 통을 들고 다니며 성경구절을 쓰던 남자도 끼어 있었다. 그러나 그녀의 시선은 곡식 포대 위에 올라서서 청중을 향하고 있는 설교자에게 쏠렸다. 오후 3시의 햇살은 그 사람에게 쏟아지고 있었다. 그의 음성을 들으면서, 그녀를 유혹한 자가 눈앞에 있다는, 온몸의 맥이 일시에 풀리는 재회가 기어코 현실로 나타났다.

---

5) 갈라디아서 3장 1절

제6부 개심자

45

트랜트리지를 떠난 뒤 오늘에 이르기까지 더버빌을 만난 일도 소식을 들은 적도 없었다. 우연한 상봉은 조금만 자극해도 터질 것 같은 고통스러운 순간에 찾아왔다. 알렉이 방탕한 생활을 뉘우친 개심자로 마을 사람들 앞에 서 있는데도, 테스는 겁에 질려 꼼짝 못하는 형편이었다.

마지막으로 봤을 때 그에게서 풍겨 나던 인상이 떠오르고 지금 또 그 모습을 보니…… 여전히 훌륭한 풍채지만 불쾌함이 앞섰다. 지금은 새까만 코밑수염이 없어지고 깨끗하게 손질한 구식 턱수염을 기르고 있었다. 복장에서는 거의 목사 냄새가 풍기고, 내적 변화는 표정마저 완전히 바꾸어 잠시 동안 더버빌인지 알아보기 힘들었다.

처음 얼마 동안은 그 사람 입에서 쏟아져 나오는 성경의 구절이 오싹하고 부조리하게 들렸다. 4년 전 귀에 익었던 목소리가 전연 반대되는 목적의 말을 전달하니 어처구니없는 대조에 그녀는 욕지기를 느꼈다. 그것은 개선이 아니라 오히려 변모였다. 이전의 정욕적인 곡선은 신앙적인 열성의 곡선으로 다듬어지고, 유혹을 일삼던 입술은 이제 기원을 하고 있었다. 방탕한 생활에 물들었던 그의 뺨은 경건함의 빛으로 승화되어 있었다. 광신으로 변하고 이단주의는 사도주의로 변했다. 옛날에 지배적인 위엄으로 대담하고 부리부리하게 테스 앞에서 번쩍이던 눈이 지금은 뜨거운 신앙으로 빛나고 있었다. 자기의 욕망이 방해받을 때 으레 나타내던 심술궂은 표정이 지금은 방탕 생활이 그리운, 배교자같아 보였다.

그는 무슨 불평을 품은 것 같았다. 타고난 원래의 목적에서 빗나간 인상을 줬다. 그의 성화 자체가 잘못된 것이며 고상하고자 하는 노력이 위선으로 보이는 것은 얼마나 이상한 일인가.

하지만 그런 변화가 있을 수 있는가? 그녀는 이런 편파적인 감정을 품지 않으려고 했다. 타락한 생활에서 영혼을 구원하려고 신앙을 택한 사람은 비단 더버빌만이 아닌데, 그 사람만 부자연스럽게 볼 이유는 무엇일까? 그의 음성을 통하여 복음을 들을 때, 귀에 거슬리는 건 그녀의 선입관이 작용한 까닭이리라. 죄 많은 자일수록 더 거룩한 자가 된다는 사실은 굳이 기독교를 깊이 연구하지 않더라도 알 수 있는데.

이러한 인상과 생각들이 뭐라고 꼬집어 말할 수 없는 혼란으로 그녀의 마음을 흔들었다. 뜻밖의 사실에 얼이 빠졌다가 정신이 들자 그의 앞에서 사라지려는 충동을 느꼈다. 테스가 햇살을 등지고 서 있어서 그는 그녀를 알아보지 못했다.

그러나 그녀가 다시 몸을 움직였을 때 그는 테스를 알아봤다. 그녀가 옛 애인에게 준 충격은 테스가 받은 충격보다 훨씬 강했다. 거침없는 설교도 자취를 감추는 것 같았다. 그의 입술은 무슨 말을 하려고 안간힘을 쓰고 있었으나 아무래도 말이 나오지 않았다.

그는 한 번 그녀를 힐끗 보고 나서부터는 당황해서 사방을 두리번거리다가, 어쩔 수 없이 테스가 있는 쪽을 되돌아보았다. 그러나 그의 초조함은 얼마 가지 못했다. 알렉이 허탈 상태에 빠지는 데 반해서 테스는 정신을 차리자 재빨리 헛간을 지나가 버렸기 때문이다.

돌아볼 여유가 생기자 그녀는 서로의 변화에 깜짝 놀랐다. 그녀에게 재앙을 준 사람은 지금 영적으로 새사람이 됐지만, 그녀는 옛날 그대로의 모습이었다. 마치 음탕한 여신이 변화된 알렉의 제단에 불쑥 나타나 제단의 거룩한 불길을 꺼버린 순간과 같았다.

그녀는 뒤돌아보지 않고 계속 걸어갔다. 그녀의 등은—심지어 의복까지도—사람의 시선을 분간할 수 있을 만큼 날카로운 신경이 달린 것 같았다. 헛간 앞에서 그녀의 등에 쏠릴지도 모르는 눈길에 그녀는 민감했다. 이 마을에 도착할 때까지 그녀의 가슴을 누르던 슬픔은 이제 새로운 걱정으로 바뀌었다. 오랫동안 억압했던 애정에 대한 갈증은 아직까지 그녀를 끈덕지게 따라다니던 과거의 무자비한 감각과 잠깐 자리를 바꾸었다. 과거를 새삼 뼈저리게 느낀 그녀는 절망에 빠지고 말았다. 과거와 현재가 완전히 끊어지기를 늘 바랐지만 여전히 한 줄에 묶여 있었다. 자신이 과거의 존재로 사라지지 않는 한 완전한 과거란 있을 수 없었다.

이런 생각에 골몰한 채 롱 애쉬 레인의 북쪽을 곧장 가로질러 고원에 이르는 하얀 길이 뻗어나간 지점에 이르렀다. 이 고원의 기슭을 따라 그녀는 걸어야 했다. 눈에 뜨일 만한 것이라곤 아무것도 보이지 않고, 지루하게 뻗어나간 희고 건조한 길에는, 말라붙은 갈색 말똥이 여기저기 흩어져 있었다. 언덕을 향해 천천히 올라가고 있을 때 뒤에서 발소리가 들렸다. 그녀는 뒤돌아봤다. 눈에 익은 모습—감리교의 신자답게 괴상한 복장을 한—이생에서는 두 번 다시 만나지 않으리라 원했던 바로 그 남자가 다가오고 있었다.

생각할 시간도 도망갈 기회도 없으므로 그녀는 될 수 있는 대로 침착한 태도를 지키면서 그가 따라오도록 내버려두었다. 그가 몹시 흥분한 것을 알았다.

"테스!"

알렉이 불렀다. 그녀는 돌아보지 않고 걸음만 늦추었다.

"테스! 나야, 알렉 더버빌이야!"

그는 다시 말을 걸었다. 그제야 그녀는 뒤돌아보았고 알렉은 다가왔다.

"당신이군요."

그녀는 냉정하게 대답했다.

"인사가 겨우 그거야? 하긴 더 바랄 자격도 없지! "

그는 씽긋 웃으면서 말했다.

"이런 날 보고 당신은 우스꽝스런 사람이라고 생각할거야! 난 그런 비판도 견뎌야 해…… 당신이 집을 나가버렸다는 얘길 들었지만 있는 곳을 아는 사람이 하나도 없었어. 내가 따라온 걸 의아하게 생각하지?"

"네, 나는 따라오지 않기를 바랐어요!"

"그럴 테지."

그녀와 함께 걸으면서 그가 침울하게 말했다. 그녀는 마지못해 나란히 걸었다.

"오해는 하지 마오, 당신이 갑자기 나타났을 때 내가 당황하는 걸 눈치 챘다면 당신이 오해할지도 모르기 때문에 이러는 거요. 그건 어디까지나 일시적인 낭패였고 당신과 나의 관계를 생각하면 당연한 행동이지. 이런 말을 하면 나를 허풍쟁이라 할지 모르지만, 나는 냉정을 되찾은 다음에 이렇게 생각했어. 하나님의 심판이 임하기 전에 모든 사람을 구원해야 한다고. 비웃을 테면 비웃어도 좋소. 그중에서도 가장 큰 상처를 입힌 여자야말로 내가 구원해야 할 사람이라고 말이오. 그런 목적에서 당신을 따라온 거지 그 밖에 다른 이유는 없소"

그녀의 대답에는 약간 경멸하는 듯한 냄새가 섞였다.

"당신 자신은 구원하셨나요? 자선은 먼저 저기 집부터라는 말이 있던데요."

그는 태연하게 말했다.

"아무것도 할 일이 없소! 내가 설교하듯이 내 구원에 관한 것은 하나님이 맡으셨으니까. 당신이 아무리 나를 경멸해도, 몇 년 전에 내가 내게 퍼부은 조소에는 미치지도 못하니까! 믿건 안 믿건 간에 어떻게 내가 개심했는지 들어나 보시오. 에민스터의 목사의 이름을 들어본 적이 있소? 아마 들었을 테지. 클레어 목사라는 분이오. 교파에서 가장 열렬한 분이고 교계에서 몇 분 안 되는 강력한 목사 중의 한 분이지. 나의 운명을 맡겼던 극단파보다 강력하진 못하지만, 국교 목사 중에서는 특별한 위치에 계신 분이오. 젊은 목사들은 그들의 궤변으로 진리를 가리어, 교파의 그림자 같은 상태로 타락했지요. 내가 클레어 목사와 의견을 달리한 점은 국가와 교회라는 문제뿐이오. 즉 '주께서 말씀하시기를 너희는 그들에게서 나와 따로 있으라.'[6]라는 성경 구절의 해석이오. 그분은 당신이 아는 어떤 목사보다도 가장 많은 영혼을 구한 겸손한 일꾼이라고 나는 믿소. 그분의 소문을 들었소?"

"네, 들었어요."

"이삼 년 전에 어느 종교 단체 대표로 트랜트리지에 전도하러 온 일이 있었는데 방탕아였던 나는, 도리를 설명하고 갈 길을 가르쳐 준 그분에게 모욕을 주었소. 그래도 그분은 노여워하지 않고 '그래도 언젠가는 성령의 첫 열매를 얻으리라. 조롱하는 자도 기도할 때가 있으리라'라고만 말했소. 그 말씀에는 이상한 힘이 들어 있어서 내 마음을 파고들었소. 사실 어머님이 돌아가신 것도 내게 큰 충격이었지만 나는 차츰 빛을 보게 됐소. 그때부터 다른 사람에게 복음을 전하려는 의욕이 불붙고 오늘 집회도 그런 목적에서 이루어진 것이오. 이 근방에서 전도를 시작한 것은 극히 최근의 일이오. 전도를 시작한 처음 몇 달 동안은 불신자들이 많은 영국의 북부 지방을 돌아다녔소. 그 지방을 택한 이유는 서투른 설교라도 익혀서 친지들이나 암흑 시절의 방탕하던 친구들 앞에서 엄숙한 시련을 받기 전에 용기를 갖추기 위해서였소. 테스, 만약 자신의 뺨을 갈기는 쾌감을 알 수 있다면 틀림없이……."

"그만하세요!"

6) 고린도후서 6장 17절

버럭 소리를 지른 테스는 길가의 난간으로 달려가서 기댔다.

"그따위 얘기는 믿을 수 없어요! 나를 어떻게 망쳐 놓았는지 잘 아시지 않아요! 당신 같은 사람들은 나 같은 여자를 마음대로 망쳐 놓고 그걸 낙으로 삼잖아요! 쾌락을 즐기고 난 다음은 회개했다면서 천국의 낙이나 누리겠다고 신자가 됐다는 거죠! 참 편리하군요! 난 당신을 못 믿어요. 그런 건 증오해요!"

알렉도 굽히지 않았다.

"테스, 그렇게 말하는 게 아냐! 회개가 어느날 내 가슴에 차올랐단 말이야! 나를 믿지 않는다고? 무엇을 못 믿겠다는 거야?"

"당신의 개심 말이에요. 당신이 종교로 구원받았다는 사실 말이에요."

그녀는 음성을 낮췄다.

"당신보다 더 훌륭한 사람도 그런 걸 믿지 않으니까요."

"여자의 이론이란 참! 그 더 훌륭한 사람이란 누구지?"

"말할 수 없어요."

건드리기만 하면 터질 것 같은 투로 말했다.

"좋아, 하나님 앞에서 감히 내가 착한 인간이라고 말할 순 없어. 그런 말이 아니라는 건 당신도 알 것이오. 선이 무엇인지 이제 겨우 알기 시작한 것뿐이오. 그러나 늦게 안 자가 더 많은 것을 깨달을 수도 있소."

테스는 서글프게 말했다.

"네, 그건 사실이에요. 하지만 당신이 회개하고 새사람이 됐다는 건 믿을 수 없어요. 알렉, 당신이 느끼는 밝은 빛은 오래가지 못할 거예요!"

기댔던 난간에서 몸을 세워 그녀는 알렉을 쳐다봤다. 알렉도 유심히 그녀를 바라봤다. 비열한 성질이 숨은 건 사실이지만 완전히 자취를 감춘 것도 아니고 또 부드러워진 것도 아니었다.

"그런 눈으로 보지 말아요!"

알렉이 별안간 소리쳤다. 자신의 표정에 신경을 쓰지 않던 테스는, 크게 뜬 까만 눈을 얼른 내리뜨고 얼굴을 붉히며 말했다.

"죄송해요!"

그러자 가슴에 깃들었던 비참한 생각이 되살아났다. 자연이 준 육체의 장막에 머무는 것도 자신의 과실이 아닐까 하는.

"아냐, 아냐! 죄송할 건 없어. 아름다운 얼굴을 베일로 가리고 있는데 왜 그걸 썼소?"

그녀는 급히 말했다.

"바람을 막으려고 쓴 거예요."

"명령하듯 말해 무례한 것 같지만, 당신 얼굴을 자주 보지 않는 게 좋을 거요. 무슨 일이 생길지도 모르니까."

"듣기 싫어요!"

"어쨌든 여자를 두려워하지 않을 수 없을 만큼 내게 큰 힘을 미쳐 왔단 말이오! 전도사는 여자와 아무 관계도 없겠지만 여자만 보면 잊고 싶은 과거가 자꾸 되살아났소!"

그들의 얘기는 점점 줄어들고 겉다가 이따금 생각난 듯이 몇 마디 주고받을 뿐이었다. 그가 어디까지 따라올 것인지 궁금했지만 그렇다고 적극적으로 가달라고 말하긴 싫었다. 문이나 목장 난간 있는 곳을 지날 때마다 거기에는 빨간색이나 파란색 페인트로 성경 구절이 적혀 있었다. 그녀는 저걸 쓰러 다니느라 수고하는 사람이 누군지 아느냐고 물었다. 그 사람은 알렉과 그의 동료들이 고용한 사람이고 세상 사람의 마음을 깨우칠 수 있는 방법이면 무엇이든 가리지 않겠다는 생각에서 그런 말씀을 쓰고 다니게 했다는 것이다.

그들은 크로스인 핸드에 다다랐다. 거칠고 메마른 고원 중에서도 여기가 가장 쓸쓸한 곳이었다. 비극적 분위기가 풍기는 아름다움, 즉 미술가나 관광객들이 새로운 아름다움과는 다른 정경이었다. 지명은 그곳의 돌기둥에서 딴 것인데 근방의 채석장에는 없는, 괴이하고 거친 지층에서 깨낸 돌에 서투른 솜씨로 글자가 새겨 있었다. 돌기둥의 유래와 목적에 대해선 구구한 설들이 있었다. 처음에는 십자가의 형태를 갖추었던 것인데 지금 남은 것은 받침돌이라는 사람도 있고, 또 어떤 사람은 지금 서 있는 돌기둥이 원래 형태고, 경계선이나 회합 장소를 알리려고 세운 거라고 말하는 사람도 있었다. 연유야 어떻든 한가운데 우뚝 서 있는 모습은 보는 사람의 기분에 따라 불길하게 또는 엄숙하게 보여서 누구든 강렬한 인상을 받았다.

돌기둥에 다가가자 알렉이 말했다.

"나는 여기서 돌아가야겠소. 저녁 6시에 애보트 서넬에서 집회가 있으니까 여기서 오른쪽으로 돌아가야겠소. 테스, 어쩐지 당신이 내 마음을 뒤엎어 놓은 것 같군. 그 까닭은 말할 수 없고, 또 말하고 싶지도 않지만 말이오. 가서 좀 쉬고 다시 힘을 얻어야…… 그런데 무척 유창한 말을 쓰는데 웬일이오? 그런 말을 누가 가르쳐 줬소?"

"고생을 겪는 동안 많은 걸 배웠어요."

그녀는 대답을 피했다.

"어떤 고생을 했기에?"

그녀는 맨 처음의 고생, 즉 그와 관계되는 일만을 그에게 얘기했다. 더버빌은 잠자코 있을 수밖에 없었다. 그러자 잠시 후,

"나는 그런 사정을 통 몰랐군! 어려운 일이 닥쳤을 때 왜 편질 하지 않았소?"

그는 중얼거렸다. 그녀는 아무 말도 하지 않았다. 알렉이 말을 덧붙였다.

"자, 그러면 다시 만나기로 하지."

"안 돼요. 다시는 나를 찾아오지 마세요!"

"생각해 보지. 그러나 헤어지기 전에 이쪽으로 와 봐요."

그는 돌기둥 쪽으로 다가갔다.

"이것이 한때는 성 십자가였소. 유적 따위는 내 교리와 무관하지만 가끔 당신이 무서울 때가 있어. 당신이 지금 나를 두려워하는 것과 비교도 안될 만큼 엄청나게 무서워한단 말이오. 나의 두려움을 없애기 위해서, 당신의 손을 저 돌기둥의 손자국에 대고, 당신의 매력으로 결코 나를 유혹하지 않겠다고 맹세해 줘요."

"기가 막혀서—어떻게 그따위 시시한 말을 해요! 나는 상상도 못한 일이에요!"

"그야 그렇지. 하지만 맹세해 줘요."

테스는 너무나도 기가 막혔지만, 그의 고집스런 부탁에 손을 얹고 맹세했다.

"당신이 신자가 아닌 게 유감이군. 불신자가 당신을 유혹해 마음을 흔들어 놓을 수도 있으니까, 다른 얘기는 그만두겠소. 적어도 당신을 위해 기도할 수 있으니까. 꼭 기도하겠소. 어떤 일이 생길지 누가 알겠소? 난 가겠소. 잘 가요!"

그는 사냥꾼 통로가 있는 울타리 쪽으로 가더니 뒤돌아보지도 않고 훌쩍 뛰어넘어 애보트 서널 쪽으로 걸어갔다. 비틀거리며 걸어가는 걸음걸이엔 어딘지 마음의 어지러움이 보였다. 그는 차츰 옛 생각이 되살아난 듯 조그만 수첩을 꺼내 낡고 때 묻은 편지를 갈피에서 끄집어냈다. 더버빌은 편지를 폈다. 그것은 오륙 개월 전의 날짜가 적혀 있고 클레어 목사의 서명이 든 편지였다.

그 편지는 더버빌의 개심을 들은 목사의 기쁨과 그런 사실을 알려 준 데 대해 감사한다는 내용으로 시작했다. 지난날 더버빌의 무례한 행동을 기꺼이 용서하고 그의 장차 계획에 큰 관심을 가지며, 클레어 목사가 다년간 일을 보던 교회에서 함께 일하겠다면 신학대학 입학을 도와주겠다는 것이다. 교육 기간이 길어서 생각이 없다면 굳이 강요하지 않겠고, 모든 사람은 자기 힘껏 일해야 하며 성령이 가르치는 방법에 따라야 한다고 적혀 있었다.

더버빌은 그 편지를 몇 번이고 되풀이해서 읽었다. 그 내용은 자신을 비웃는 것 같았다. 또 그는 수첩에 적어 놓은 성경 구절을 읽었다. 다소 마음이 가라앉고 테스의 환상은 이제 그의 마음을 괴롭히지 않는 것 같았다.

한편 테스는 지름길이 있는 언덕 가장자리를 걷고 있었다. 일 마일도 채 가기 전에 그녀는 한 목동을 만났다.

"내가 지나오다가 본 옛날 돌기둥은 도대체 뭐에요? 십자가로 쓰였던 일이 있었나요?"

테스가 물어 봤다.

"십자가? 아니죠. 그게 십자가였다니! 그건 불행의 상징이란 말이요, 아가씨. 기둥에 묶여 손바닥에 못 박히고 교수형을 당한 어떤 죄인을 위해서, 그 친척이 거기다 세운 거래요. 뼈는 그 밑에 묻었죠. 죄인이 악마에게 영혼을 팔았기 때문에 그곳을 귀신이 되어 거닌다는군요."

뜻밖에 무서운 얘기를 들은 그녀는 어지러운 마음으로 다시 길을 재촉했다. 그녀가 플린트콤 애쉬에 다다랐을 때는 이미 황혼이 깃들고 있었다. 작은 마을 어귀에서 그녀가 다가오는 것도 모르고 나란히 앉아 있는 젊은 남녀를 봤다. 그들은 비밀 얘기를 하는 눈치도 아니어서, 남자의 다정한 음성에 응답하는 여자의 맑고 거침없는 목소리는 부드럽게 황혼이 깃든 차가운 대기를 뚫고 번졌다. 그들의 음성은 잠시 동안 상쾌한 기분을 안겨 주었다. 테스에게 고난의 실마리가 된 사랑의 출발처럼, 그들의 사랑도 누군가가 먼저 마음에 끌린 거겠지 하고 생각하면서 가까이 다가가자 처녀는 침착하게 돌아보고 테스를 알아봤지만, 남자는 겸연쩍은 듯 그곳을 떠났다. 처녀는 이즈 휴엣이었다. 그녀는 테스의 여행에 대해서 품었던 관심이 갑자기 솟아났다. 테스는 여행 결과를 상세히 얘기하지 않았다. 약삭빠른 이즈는 방금 테스가 목격한 만남에 대해서 얘기했다.

"그이는 앰비 시들링라는 사람인데, 탈보테이스에 있을 때 가끔 도우러 오곤 했어. 여기저기 찾아다니다가 내가 이곳에 있다는 걸 알고 따라온 거야. 지난 2년 동안 꾸준히 나를 사랑했다는 거야. 그래도 선뜻 대답하지는 않았어."

46

헛된 여행을 마친 지 여러 날이 지나고 그녀는 다시 밭일을 시작했다. 건조한 겨울바람은 아직 불어오지만 병풍처럼 둘러친 짚단 울타리가 그녀를 막아줬다. 울타리 옆에는 새로 칠한 순무 써는 기계가 있었다. 빛나는 파란색은 음산한 주위의 정경에 거의 소리가 날 정도로 뚜렷했다. 맞은편에는 초겨울부터 순무를 저장하는 기다란 무덤 같은 움이 있었다. 테스는 지붕이 없는 울타리 끝에 서서 순무에 붙은 흙과 잔털을 낫으로 깨끗이 떨어낸 다음 절단기 속으로 던졌다. 한 남자가 기계 손잡이를 돌릴 때마다 갓 자른 무채가 통에서 쏟아져 나오고 순무에서 풍기는 신선한 향기는 맑은 바람 소리와 순무 다듬는 낫질 소리들과 어울려 사방에 퍼졌다.

순무를 모조리 뽑아서 황갈색으로 변한 넓은 농장은 더욱 짙은 황갈색 밭고랑으로 변하더니, 나중에는 겹겹이 감은 리본처럼 변했다. 열 개의 다리를 가진 어떤 물체가 밭고랑을 따라 서두르지도 않고 쉬지도 않으면서 천천히 일하고 있었다. 봄에 씨를 뿌리려고 어떤 남자가 두 필의 말이 끄는 쟁기로 밭고랑을 일구는 모습이었다.

몇 시간이 흘러도 단조롭고 지루한 풍경을 깨뜨릴 즐거운 일은 생기지 않았다. 얼마 있더니 밭가는 사람의 저쪽에 까만 점이 나타났다. 그 점은 울타리의 벌어진 틈을 빠져 나와 비탈길을 따라 순무 자르는 사람들 쪽으로 오는 것 같았다. 처음에 점 같아 보이던 그것은 조그만 기둥만큼 커지고 잠시 후엔 플린트콤 애쉬 쪽에서 오는 까만 복장의 남자임을 알았다. 순무 써는 기계를 돌리고 있는 남자는 손만 놀리면 되는 일이므로 눈길은 줄곧 오고 있는 사람에게 쏠려 있었다. 일에 열중한 테스는 동료가 알려 줄 때까지 남자가 오는 걸 전혀 몰랐다.

까다로운 작업 감독인 농장주 그로비가 아니라 한때 방탕했던 알렉 더버빌이 제법 목사의 복장을 하고 나타났다. 전도할 때처럼 열렬한 의욕이 보이지 않고, 또 일하는 남자가 있어서 좀 거북한 것 같았다. 테스는 머리에 쓴 수건을 더 깊숙이 당겨 내렸다.

"테스, 얘기할 게 있어."

알렉이 다가와 조용하게 말했다.

"다시는 오시지 말라고 부탁드렸는데 내 청을 무시하는군요."

"그렇지, 하지만 그럴 만한 이유가 있어."

"그러세요. 그럼 까닭을 말씀해 주세요."

"당신이 짐작하는 것보다 훨씬 심각한 문제야."

누가 엿듣기나 하는 것처럼 그는 사방을 두리번거렸다. 작두질하는 남자한테서도 상당히 떨어졌고, 또 작두 소리 때문에 알렉의 목소리는 들릴 리가 없었다. 알렉은 테스가 보이지 않도록 그들에게 등을 돌리고 그녀 앞에 섰다. 그는 뉘우치는 듯한 기색으로 말했다.

"사실은 말이오, 지난번에는 당신과 나의 영혼 문제에만 열중해서 당신의 형편을 묻지 못했소. 당신이 좋은 옷을 입고 있어서 거기까지는 미처 생각하지 못했는데…… 사실은 생활이 어렵다는 걸말이오. 견딜 수 없을 만큼 곤란하지? 그것도 다 나 때문일 거요!"

그녀는 대답하지 않았다. 수건으로 완전히 가린 얼굴을 숙이고 다시 순무 다듬는 일을 시작하자 알렉은 의아한 표정으로 그녀를 지켜봤다. 그녀는 그가 뭐라 하더라도 흔들리지 않으리라 생각했다.

"테스."

불만스런 한숨을 쉬고 알렉이 덧붙여 말했다.

"당신의 경우가 내가 저지른 과오 중에서도 가장 큰 과오였소! 그런 결과가 될 줄은 꿈에도 생각지 못했소. 순진한 사람의 일생을 망쳐 놓다니…… 내가 정말 나쁜 놈이지! 모든 잘못은 나에게 있소. 트랜트리지에 살 때의 방종한 행동 말이오. 당신도 어리석었지, 당신이야말로 진정한 후손이고 나는 천한 가짜에 불과했는데, 앞일을 그렇게 모르는 젊은 여자였을까! 진심으로 말하지만, 악한 인간들의 함정이나 그물에 아랑곳없이 딸을 함부로 키우는 부모도 이유야 어떻든 창피한 일이오."

테스는 다듬은 순무를 집어던지고 또 다른 순무를 집으면서 여전히 듣기만 했다.

"그러나 그런 얘길 하러 이곳에 온 게 아니오. 내 형편은 이렇소. 당신이 트랜트리지에서 떠난 후에 어머니가 돌아가시고 그곳이 내 소유가 됐소. 그러나 나는 그 집을 팔고 아프리카로 전도하러 가려고 결심했었소. 전도에 서투른 건 사실이지만, 당신에게 부탁하는 건 부디 나의 의무 즉, 당신한테 저지른 잘못을 갚을 단 한 가지 보상을 내게 맡겨 달라는 거요. 다시 말해 내 아내가 돼서 나와 함께 가줄 수 없겠소? …… 서류도 이미 얻어 놓았소. 그건 어머니의 마지막 소원이었다오."

그는 약간 주저하며 호주머니에서 한 장의 양피지를 꺼냈다.

"그게 뭐죠?"

그녀는 말했다.

"결혼 허가장이오."

"어머나, 안 돼요. 천만에!"

그녀는 너무 놀라 뒷걸음치며 말했다.

"싫다고? 이유가 뭐요?"

그의 얼굴에는 자신의 잘못을 갚지 못하는 데 대한 실망이 아닌, 다른 실망의 빛이 스쳤다. 그것은 틀림없이 그녀에 대한 옛정이 되살아난 징조였다. 의무와 욕망이 엇갈리며 줄달음치는 것 같았다.

"틀림없이……."

그는 뜻대로 되지 않아 초조한 듯, 다시 입을 열더니 작두 다루는 사나이를 돌아봤다. 테스 또한 그 자리에서 얘기가 쉽게 끝날 것 같지 않은 생각이 들었다. 손님이 찾아와서 좀 거닐다 오겠다고 그 남자에게 말한 다음 얼룩말 무늬가 진 밭을 지나갔다. 새로 갈아 놓은 밭에 도달했을 때, 그녀를 건네주려고 알렉이 손을 내밀었다. 그러나 그녀는 그를 못 본 체하고 밭이랑 위를 건너갔다.

"결혼하지 않겠다는 거지, 테스. 그래서 내 과실을 그대로 지고 살라는 거지?"

그들이 밭고랑을 건너자마자 알렉이 되물었다.

"할 수 없어요."

"하지만 어째서?"

"당신에 대한 애정이 없다는 걸 아시잖아요!"

"그러나 당신이 진정으로 용서해 준다면 자연히 사랑을 느끼게 될 것 아니오?"

"그런 일은 절대로 없어요!"

"어째서 그렇게 단정적으로 말하오?"

"나는 다른 사람을 사랑하고 있어요."

이 말에 알렉은 깜짝 놀란 것 같았다.

"그래? 다른 남자를? 하지만 도덕적으로 옳고 그른 것을 따져 볼 힘도 당신은 없다는 말인가?"

"없어요, 없어요. 그런 말은 하지 말아 주세요!"

"그렇다면 그 남자에 대한 당신의 사랑도 극복할 수 있는 일시적인 감정일 테고……."

"아니에요, 아니에요."

"그렇지, 그렇고말고! 왜 아니란 말이오?"

"이유는 말할 수 없어요."

"무슨 일이 있어도 꼭 얘기해야 하오!"

"정 그러시다면…… 나는 그분과 결혼했어요."

"아아!"

그는 탄성을 올리고는 꼼짝도 않고 그녀를 쳐다봤다. 테스는 애원하듯 말했다.

"그런 얘기는 하고 싶지 않았어요. 말할 생각은 없었어요! 여기선 아무도 아는 사람이 없어요. 안다 하더라도 어렴풋이 짐작할 뿐이에요. 그러니 제발 그런 질문일랑 아예 하지 말아 주세요. 그리고 지금은 아무 관계도 없다는 걸 아셔야 해요."

"우리 사이에 아무 관계가 없다고? 남이라고!"

순간 그의 얼굴에는 옛날의 짓궂은 인상이 번득였다. 그러나 그는 꿋꿋하게 그 표정을 지워 없앴다. 손짓으로 순무 자르는 남자를 가리키며 기계적으로 물었다.

"저기 저 남자가 당신 남편이오?"

"저 남자라니요! 천만에요!"

그녀는 자랑스럽게 말했다.

"그럼, 누구요?"

"말하고 싶지 않은 걸 자꾸만 묻지 마세요!"

그녀는 부탁했다. 치켜든 그녀의 눈에는 간절하게 애원하는 기색이 보였다.

더버빌은 어리둥절했다.

"당신을 생각해서 물어보는 거요!"

그는 안간힘을 쓰면서 말을 받아넘겼다.

"오, 하늘의 천사들이여! 하나님이시여! 이런 말을 용서해 주시옵소서─맹세코 말하지만 오로지 당신을 위한다고 생각해서 이곳에 왔소. 테스─그렇게 쳐다보지 말아 줘─그런 눈은 견딜 수 없어! 그런 눈초리는 예수님이 오기 전이나 온 후에도 없었어! 내가 이성을 잃어서는 안 되지, 절대로 안 돼. 솔직히 말하지만 당신의 그 눈초리가 사라진 줄 알았던 내 감정을 되살려 놓았어. 하지만 나는 결혼이 우리 둘을 정결하게 해주리라 생각했소. '믿지 아니하는 남편이 아내로 인하여 거룩하게 되고, 믿지 아니하는 아내가 남편으로 인하여 거룩하게 되느니라.'[7]라는 성경 구절을 외우곤 했소. 그런데 내 생각은 수포로 돌아가고 다시 실망에 잠겨야 하다니!"

그는 침울한 표정으로 땅바닥을 내려다보고 있었다.

"결혼, 결혼했지!…… 알겠소, 결혼을 했다면야."

침착하게 말을 덧붙인 다음 결혼 허가증을 찢어 주머니에 넣으면서 덧붙였다.

"결혼이 수포로 돌아간 바에야 그 사람이 어떤 지위의 사람이건 당신과 그 남편을 위해 좋은 일을 하고 싶소. 알고 싶은 게 많지만 당신이 싫다는데 구태여 묻진 않겠소. 당신 남편이 누군지만 알 수 있다면 쉽게 도와줄 수 있을 거요. 그 사람은 이 농장에 있소?"

"아니에요. 먼 곳에 갔어요."

그녀는 중얼거렸다.

"먼 곳에 갔다고? 당신을 남겨두고? 무슨 남편이 그럴 수 있나?"

"그를 나무라는 말은 하지 마세요! 모두 당신 때문이에요! 그 사람이 내 과거를 알게 돼서……."

"아, 그래서?…… 그건 안 됐군, 테스."

"네, 슬픈 일이에요."

"하지만 당신을 남겨두고…… 당신을 이렇게 고생하도록 내버려두다니!"

"고생하라고 내버려둔 게 아니에요!"

눈앞에 없는 에인절을 열렬하게 감싸주려고 그녀는 벌떡 일어서서 소리쳤다.

"그이는 이 일을 몰라요! 내가 자진해서 이런 일을 하는 거예요."

"그러면 편지는 오나?"

"그건 말할 수 없어요. 우리 둘만의 사정이 있으니까요."

---

7) 고린도전서 7장 4절

"물론 그렇겠지, 편지도 없다 그 뜻이로군. 귀여운 테스, 당신은 버림받은 거요!"

충동에 이끌린 그는 갑자기 돌아서면서 그녀의 장갑을 낀 손을 잡았다. 호주머니에서 손을 빼듯 장갑을 쥐어 둔 채 손만 빼내면서 그녀는 겁에 질려 소리쳤다.

"안 돼요! 안 돼요! 아, 제발 가세요, 나와 내 남편을 생각해. 당신의 하나님을 대신해 부탁하는 거예요."

"알았소, 알았소, 가겠소."

그는 당황하며 말했다. 그는 장갑을 돌려주고 돌아서서 가려다가 뒤돌아서 말했다.

"테스, 하나님께서는 잘 판단하시겠지만 당신을 꾀려고 손을 잡은 건 아니었소!"

여태까지 얘기에 열중한 그들은 달려오는 말발굽 소리를 듣지 못했다. 말발굽 소리는 그들의 뒤에 와서 멈추었고 한 사나이의 목소리가 들렸다.

"몇 신데 일은 팽개쳐 두고. 뭘 하는 거야?"

주인 그로비는 멀리서 그들을 발견하고 밭에서 뭘 하는지 보려고 달려온 것이었다.

"이 여자에게 그따위로 말하지 마시오!"

더버빌은 기독교인답지 않은 감정으로 얼굴을 붉히며 말했다.

"그렇군요. 나리, 그런데 감리교 목사께서 이 아가씨한테 무슨 볼일이라도 있으신지요?"

더버빌이 테스를 돌아보며 물었다.

"대관절 저 작자는 누구요?"

그녀는 더버빌 옆으로 다가갔다.

"돌아가세요. 제발 부탁이에요!"

그녀는 말했다.

"뭐라고! 저런 난폭한 작자한테 당신을 맡기고 가란 말이오? 얼마나 야비한지 얼굴만 봐도 알 수 있는데!"

"나를 해치지는 않아요. 나를 탐낼 사람도 아니에요. 성모 마리아의 날에는 이곳을 떠날 수 있어요."

"알았소, 하라는 대로 할 수밖에. 나는 아무 자격도 없으니까, 하지만—좋아, 잘 지내시오!"

그녀를 공격하는 자도 무서웠지만, 더욱 두려워하는 알렉이 마지못해 사라지자 농장주는 새삼 테스를 책망했다. 그러나 남녀 문제와는 관계없는 꾸중이었으므로 그녀는 냉정하게 듣고 있었다. 마음만 먹는다면 그녀를 때리기까지 할 목석같은 이 남자를 주인으로 갖는다는 것은, 전에 경험이 있는 테스로서는 오히려 속이 편했다. 그녀는 그로비의 말 콧등이 그녀의 어깨에 닿을 정도가 돼도 알지 못할 만큼, 방금 끝낸 알렉과의 얘기에 정신이 쏠려 있었다.

"성모 마리아의 날까지 일하기로 했으니 끝까지 해치워야 될 걸. 계집들은 알 수가 없단 말이야. 이러쿵저러쿵하다가 시간이 지나면 늘 딴소릴 하는 그따위 버릇은 가만 놔두지 않겠어!"

주인은 버럭 소리를 질렀다. 지난번 무안을 당한 앙갚음에서, 다른 여자들은 그다지 심하게 대하지 않아도 그녀에게만 심하게 구는 걸 알고 있으므로, 돈 많은 알렉의 아내가 되어 달라고 했을 때, 자유로운 처지에서 그의 청을 받아들였다면 어떻게 됐을까 하고 잠시 동안 상상해봤다. 그렇게 한다면 가혹한 주인뿐 아니라 그녀를 경멸하는 세상에 대한 굴종에서 완전히 벗어날 수 있으리라.

"하지만 안 돼, 안 돼! 지금은 그 남자와 결혼할 수 없어! 어쩐지 불쾌한 사람이야!"

테스는 숨 가쁘게 중얼거렸다. 그날 밤 그녀는 괴로운 사정을 숨기고 변함없는 사랑을 클레어에게 썼다. 편지에 적히지 않은 사연을 짐작할 줄 아는 이는, 커다란 사랑 뒤에 말할 수 없는 비밀스런 일이 일어날지 모른다는 거의 절망적인 두려움이 숨어 있음을 간파했을 것이다. 그러나 그녀는 안타까운 사정은 쓰지 않았다. 에인절은 이즈에게 함께 가자고 요구한 적이 있으니까, 자기 생각은 조금도 하지 않을 것임에 틀림없으리라. 그녀는 편지를 상자 속에 넣어 두었다. 과연 이 편지를 에인절이 볼 기회가 있을까 의심하면서.

이런 일이 있은 후 그녀의 일과는 나날이 무거워졌고 어느덧 농부들에게 매우 중요한 장날이 다가왔다. 곧 다가올 성모 마리아의 날 다음 날부터 시작되는 1년간의 새로운 계약은 이 장날에 맺어지는 것이어서, 농부들 가운데 일자리를 바꾸고자 하는 사람은 지체 없이 장이 서는 마을로 갔다. 대부분 다른 곳으로 옮기려는 플린트콤 애쉬 농장의 농부들은 십에서 십이 마일이 되는 산길을 향해 이른 아침부터 농장을 나섰다. 몇 사람만이 농장에 그대로 남았는데 테스도 그중의 한 사람이었다. 3월에는 물론 농장을 떠날 작정을 하고 있었지만, 품팔이를 하지 않아도 좋을 어떤 일이 생기지 않을까 하는 막연한 희망을 품고 있었기 때문이다.

겨울이 다 지난 줄로 착각할 만큼, 계절에 어울리지 않는 포근하고 고요한 2월 초하룻날이었다. 점심이 거의 끝날 무렵 그녀가 머물고 있는 하숙집 창문에 더버빌의 그림자가 나타났다.

테스는 벌떡 일어났다. 그러나 방문객은 이미 문 앞에 서 있어서 빠져나가지 못했다. 더버빌이 노크하는 태도와 방문으로 걸어오는 모습은 지난번 봤을 때와 다른 어떤 변화가 있었다. 그것은 알렉의 수줍어하는 듯한 태도였다. 문을 열어 주지 않으려고 생각했으나, 그것도 지각없는 행동 같았다. 그녀는 문고리를 벗기고 얼른 뒤로 물러섰다. 그가 방에 들어왔다. 그녀를 한 번 보고는 말 없이 의자에 털썩 주저앉았다.

"테스, 오지 않고는 어쩔 수가 없었소!"

그는 상기된 얼굴을 한 번 쓰다듬고서 절망적으로 말했다. 그의 얼굴에는 설렘과 흥분이 깃들어 있었다.

"적어도 당신의 안부만은 물으러 와야겠다고 생각했어. 정말이지, 지난 일요일 당신을 만나기 전엔 한 번도 생각한 적이 없었소. 그런데 지금은 아무리 애써도 당신을 잊지 못하겠소! 착한 여자가 악한 남자를 괴롭힐 리가 없지만 당신은 나를 괴롭히고 있소. 테스, 나를 위해 기도만이라도 해준다면!"

혼란을 억제하는 그의 모습은 가련할 정도였다. 그러나 테스는 측은하게 여기지 않았다.

"이 세상을 움직이는 위대한 '힘'이, 나를 위해 그 계획을 바꾼다는 믿음을 금하고 있는데, 어째서 당신을 위해 기도할 수 있겠어요?"

"정말 그렇게 생각하오?"

"그럼요. 억측하지 못하도록 해준 사람이 있었어요."

"해주다니, 누가?"

"굳이 알고 싶다면 말씀드리겠어요. 내 남편이에요!"

"아, 당신 남편─당신 남편! 정말 듣기 싫어! 언젠가 비슷한 말을 한 적이 있소. 테스, 당신은 대체 뭘 믿는 거요?"

그는 물었다.

"당신은 신앙이라곤 털끝만치도 없는 것 같아…… 그것도 내 탓이겠지만 말이오."

"하지만 나도 믿는 게 있어요. 오직 인간의 힘만을 믿는 거예요."

더버빌은 의아하게 그녀를 봤다.

"그렇다면 내가 믿는 신앙이 모두 거짓말이란 말이요?"

"대개는 그렇죠."

"음─하지만 나는 확실히 믿으니까."

그는 불안한 듯이 말했다.

"산상수훈의 정신만큼은 나도 믿고, 나의 사랑하는 남편도 믿어요! 하지만 나는……."

그녀는 자신의 부정적인 생각을 나타냈다.

"내 생각으로는,"

알렉이 냉정하게 말했다.

"당신 남편이 믿는 것을 당신도 따라서 믿고, 그 사람이 반대하면 당신도 반대하는 식으로, 자신의 입장에선 따지지도 않고 의문도 품지 않는 태도는 당신네 여자들이 하는 것이지만 당신의 마음은 그의 노예가 된 것 같소."

"네, 그 사람은 모르는 게 없으니까요!"

그녀는 완전한 인간에 대한 과분할 정도의 신뢰감을 자랑스럽게 쏟으며 말했다.

"그럴 거야. 그러나 다른 사람의 부정적인 생각을, 당신도 똑같이 따라가선 안돼요. 당신한테 회의론을 가르치다니, 그 사람도 어지간하군!"

"내 판단을 강요한 적은 없어요! 그 문제에 대해서 다툰 일도 없으니까요! 나는 이렇게 판단했어요. 교리를 깊이 연구한 그 사람의 생각은, 교리를 전연 생각해 보지도 못한 내가 믿는 것보다 옳은 거라고요."

"그의 주장은 어떤 거요? 무엇인가 늘 설명했을 텐데?"

그녀는 생각해봤다. 에인절의 말뜻을 깨닫지 못했을 때라도, 그 말은 분명히 기억했다. 가끔 그녀를 옆에 두고 생각에 열중하여 혼잣말을 할 때, 그가 즐겨 쓰는 논쟁적인 삼단논법에 귀를 기울였으므로, 그가 하던 말이 생각났다. 에인절의 말을 알렉에게 전하는 그녀는 충실하게 에인절의 말투와 손짓까지 따라했다.

"한 번 더 그 말을 해보오."

그녀의 얘기에 주의를 기울여 듣고 있던 더버빌이 말했다. 그녀는 에인절의 주장을 되풀이하고 더버빌은 생각에 잠겨 그녀의 말을 따라 외웠다.

"그 밖에 다른 말은 없소?"

그는 다그쳐 물었다.

"어느 땐가 그가 이런 말을 한 적이 있어요."

테스는 기억나는 대로 말해 주었다. 그것은 '철학사전'과 '수상록'

계열에 속하는 서적에서 흔히 볼 수 있는 그런 내용이었다.

"아하! 어떻게 그런 말들을 다 외고 있소?"

"그이는 원치 않았지만, 그이가 믿는 것은 뭐든지 나도 믿고 싶었어요. 그래서 그의 사상을 조금이라도 가르쳐 달라고 졸랐죠. 그 사상을 전부 이해한다고 말할 순 없지만 그것이 옳다는 건 알아요."

"흠, 이해도 못하는 생각을, 나에게 설명해 줄 수 있다니!"

그는 생각에 잠겼다. 그녀가 말을 계속했다.

"그래서 나는 그이의 정신을 내 정신에 쏟아넣었어요. 서로 어긋나는 정신을 갖고 싶지 않았어요. 그 사람한테 좋으면 나한테도 좋으니까요."

"그 사람도 당신이 그에 못지않은 철저한 불신자라는 사실을 알고 있소?"

"신자니 불신자니 하는 얘기는 한 적이 없어요."

"테스, 결과적으로 당신은 나보다 훨씬 행복한 사람이오! 당신에게 꼭 설교해야 된다고 생각하진 않을 테니까, 설교를 안 한다고 해서 양심에 가책이 되지는 않을 테니. 그러나 나는 꼭 내 교리를 설교해야겠다고 생각하오. 그런데 지금은 악마에게 흘린 것처럼 겁이 난단 말이오. 왜냐하면 갑자기 설교를 포기하고 당신에 대한 애정에 굴복하고 말았으니까."

"어째서요?"

알렉이 무뚝뚝하게 대답했다.

"글쎄 말이오. 나는 당신을 만나려고 여기까지 먼 길을 왔소! 그러나 집에서 출발할 때는 캐스터브리지의 장에 가서 2시쯤에 마차를 연단으로 삼아 설교할 계획이었소. 이 순간에도 교인들은 나를 기다리고 있을 거요. 여기 그 집회 광고가 있소."

안주머니에서 꺼낸 포스터에는 그가 말한 대로 더버빌이 복음을 전도할 날짜와 시간과 장소 등이 적혀 있었다. 테스는 시계를 보며 말했다.

"하지만 어떻게 시간에 맞춰 가시겠어요?"

"내가 이곳에 왔으니까 못 가는 거요!"

"아니 정말 설교하기로 해놓고도, 그럼……."

"설교하기로 약속은 했지만 가지 않겠소. 한때는 경멸하던 여자를 보고 싶은 간절한 욕망에서 말이오! 아니야, 경멸한 일은 사실 한 번도 없어! 만약에 한 번이라도 경멸한 일이 있었다면 지금 이토록 사랑할 순 없을 거야! 당신을 경멸하지 않은 이유는 오직 순결을 지키는 까닭이오.

당신은 자신의 처지를 깨닫자마자 결단력 있게 내 곁에서 떠났잖소. 내 마음대로 움직여 주지 않았소. 그래서 내가 경멸하지 못할 여자가 한 사람 있었는데, 바로 당신이오. 이제 당신은 얼마든지 나를 경멸해도 좋소! 나는 산 위에서 기도를 올리고 있는 줄 알았는데 알고 보니 나는 아직도 숲 속에서 우상을 섬기고 있었소! 하하!"

"오, 알렉 더버빌! 그게 무슨 뜻이에요? 내가 뭘 했다는 거예요?"

그는 비웃는 투로 말했다.

"뭘 했냐고? 고의적으로 한 일은 없지. 당신도 모르는 사이에 나의 타락을 부채질했어. 난 정말 '세상의 더러움을 피한 후에 다시 그중에 얽매이고 지면 그 나중 형편이 처음보다 더 심하리니'[8]—그 후의 결과는 애초보다도 나쁘다는 '멸망의 종'중의 한 사람이 아닐까? 하고 스스로 물어 봤어."

알렉은 그녀의 어깨에 팔을 얹고 마치 어린아이를 다루듯 갑자기 그녀를 흔들면서 말했다.

"테스, 이봐요, 적어도 당신을 다시 보기까지 나는 의지가 굳은 사람이었소! 그런데 왜 나를 그때 유혹했지? 다시 보지 않았더라면 나는 꿋꿋한 남자로 변함이 없었을 거요. 이브의 입을 빼놓는다면 이토록 남자를 미치게 하는 입은 없어요!"

---

8) 베드로후서 2장 20절

그의 음성은 가라앉았고 까만 눈에는 뜨겁고 장난스러운 빛이 번득였다.

"이 마녀, 귀엽고도 요염한 바빌론의 요부, 당신을 다시 만난 순간 나는 꼼짝할 수 없었소!"

"당신을 다시 만난 것은 나로서도 피할 도리가 없었어요!"

테스는 뒷걸음치며 말했다.

"나도 알아. 거듭 말하지만 당신을 나무라는 게 아니오. 그러나 사실은 사실이야. 그날 당신이 천대받는 걸 보았을 때, 당신을 보호할 법적인 권리도 없고, 또 가질 수도 없다고 생각하니 정말 미칠 것 같았소!"

"그 사람을 욕하지 마세요. 그 사람은 지금 여기에 없단 말이에요!"

그녀는 몹시 흥분해서 소리쳤다.

"그분을 신사답게 대접하세요. 당신한테 나쁘게 한 것도 없잖아요! 그 사람의 이름을 더럽히는 소문이 나지 않도록 제발 돌아가 주세요!"

"가지, 돌아가지!"

그는 악몽에서 깨어난 듯 말했다.

"장터에서 가엾은 주정뱅이들에게 설교한다던 약속을 어겼소. 이런 장난 같은 짓을 하긴 처음이오. 한 달 전만 하더라도 이런 건 생각만 해도 몸서리쳤을 거요. 난 가겠소. 맹세코! 그러나 당신을 멀리 할 수 있을까!"

그러더니 갑자기,

"테스 한 번만, 옛정을 생각해서 꼭 한 번만 안아 줘. 헤어지는 지금—."

"난 약한 여자예요 알렉! 나는 남편의 명예를 지키고 있어요. 부끄러움을 아세요!"

"좋아. 그래, 그래!"

알렉은 자기의 무력함에 굴욕감을 느끼며 입술을 깨물었다. 이제 세속적인 신의도 종교적인 신앙도 사라져버렸다. 잠자고 있던 정욕의 잔해가 발작적으로 부활이라도 한 듯 일시에 되살아나는 것 같았다. 그는 자신 없이 나가버렸다.

설교 약속을 어긴 것은 신자의 일시적인 타락에 불과하다고 더버빌이 말했지만, 에인절 클레어에게서 메아리쳐 오는 것 같은, 테스가 들려 준 말은, 그에게 깊은 감명을 주었고 테스와 헤어진 후에도 그 감명은 쉽사리 떠나지 않았다. 자신의 신앙심을 지킬 수 없을지도 모른다는, 생각지도 않던 일이 생겼으므로 그는 온몸의 정열이 마비된 듯 묵묵히 걸었다. 그의 일시적 개심은 원래 이성이 개입되지 않은 것이었다. 그것은 새로운 자극을 찾아 헤매는 인간의 일시적인 장난에 지나지 않으며 모친의 사망으로 생긴 후회의 결과였던 것이다.

그의 열광적 신앙의 바다에 테스가 떨어뜨린 두서너 방울의 논리는 들끓는 거품을 식히고 가라앉게 하는 역할을 했다. 그녀가 들려 준 말을 되씹던 알렉은 중얼거렸다.

"그 영리한 친구도 결국 그 말이 내가 그녀한테 돌아갈 길을 터놓아 주리라고는 꿈에도 몰랐을 거야!"

47

플린트콤 애쉬 농장의 마지막 타작 날이었다. 3월의 새벽은 흐려서 동쪽 지평선이 어느 쪽인지 분간하지 못할 정도였다. 겨울의 비바람에 씻기고 바래져 있던 사다리꼴의 노적가리가 새벽노을에 쓸쓸해 보였다.

이즈 휴엣과 테스가 타작마당에 도착했을 때는 바스락거리는 소리만으로 먼저 온 사람이 있음을 알려 줄 뿐이었다. 날이 차츰 밝아지자 노적가리 위에 두 남자의 그림자가 나타났다. 그들은 '짚가리 벗기기' 즉 밀단을 던져 내리기 전에 일단 덮은 이엉을 걷고 있었다. 그들이 일을 계속하는 동안 이즈와 테스는 연한 갈색 앞치마를 입은 다른 여자들과 추위에 떨면서 그곳에 서 있었다. 농장주 그로비는 될 수 있으면 하루에 일을 다 끝내려고 서둘러 그들을 일찍 끌어낸 것이다. 노적가리 옆에는 그녀들이 섬겨야 할 붉은 폭군이 희미하게—재목으로 틀을 짜고 가죽띠와 바퀴가 달린—보였다. 돌아가는 탈곡기는 신경의 인내를 요구하는 폭군이었다.

조금 떨어진 곳에 다른 기계가 또 하나 희미하게 보였다. 씩씩 소리 내는 까만 물체는 상당한 힘을 지닌 것 같았다. 느릅나무 옆에 솟은 긴 굴뚝과 거기서 번지는 온기가 태양의 힘을 빌리지 않아도 이 좁은 세계에서 중심 동력으로 활동할 발동기임을 알려 주었다. 기계 옆에는 그을음과 때에 찌든 까맣고 키 큰 남자가 꿈꾸는 듯 꼼짝 않고 석탄 더미와 나란히 서 있었다. 그는 바로 기관수였다. 그는 토박이들을 놀래주려고 누런 곡식과 푸른 토지로만 가득 찬 이 마을의 맑은 대기에 잘못 뛰어든 쓰레기 더미에서 나온 사람 같았다.

그도 이질감을 느끼고 있었다. 농촌에 와 있지만 농부는 아니었다. 이곳 주민들은 채소와 날씨와 서리 그리고 태양을 섬기는데, 그는 불과 그을음을 섬겼다. 웨섹스 지방에는 아직 증기 탈곡기가 순회용밖에 없었기 때문에 그는 기계와 함께 마을에서 마을로, 농가에서 농가로 돌아다녔다. 그는 귀에 익지 않은 북부 지방의 사투리로 말했다. 생각이 내부로만 쏠려 자기 일만 걱정했고 눈은 기계에만 쏠려 사방의 풍경은 보이지도 않았다.

이 고장 사람들과는 꼭 필요한 교제만 했다. 마치 태곳적부터 짊어진 운명 때문에 본의 아니게 이곳을 할 수 없이 헤매는 자 같았다. 기계의 회전축과 탈곡기를 연결하는 기다란 가죽 띠만이 농사와 그를 잇는 단 하나의 줄이었다.

그들이 노적가리 덮개를 벗기는 동안 그는 이동 동력기 옆에 무관심하게 서 있었고, 열에 단 까만 기계 언저리에는 아침 공기가 가늘게 떨고 있었다. 그는 타작을 준비하는 일에는 아무 관계도 없었다. 달아오른 증기가 높이 팽창하면서 기다란 가죽 띠를 빠르게 회전시킨다. 가죽 띠가 연결된 부분을 제외한다면, 곡식이든 짚단이든 그 밖에 어떤 것이든 그와는 상관이 없었다. 만약에 마을의 게으른 자가 '당신은 뭐라고 부르는 사람인가'하고 물으면 그는 '기관수'하고 간단히 대답했다.

날이 활짝 밝을 무렵 노적가리 이엉도 다 벗겨졌다. 남자들은 맡은 자리에 서고 여자들은 노적가리 위로 올라가자 일이 시작됐다. 주인 그로비, 아니 일꾼들이 부르는 대로 따른다면, '그 사람'은 일찍 나타났다. 주인의 명령에 따라 탈곡기 발판에 선 남자 옆에 테스는 자리 잡았다. 노적가리 위에서 이즈가 내려주는 밑단을 푸는 게 그녀의 일이었다. 그러면 밀을 터는 남자는 그걸 집어 삽시간에 알알이 털어버리는 탈곡기에 펼쳤다.

처음에 한두 번 기계가 고장이 나서 멈췄을 때, 기계의 존재를 달가워하지 않는 친구들은 은근히 좋아했으나, 일은 곧 전속력으로 진행됐다. 그러다 아침식사를 위해서 탈곡기는 30분가량 일을 멈췄다. 작업이 다시 시작되자 남는 일손은 모조리 짚단 쌓는 데 동원되어 짚단은 점점 높이 쌓였다. 일자리에 선 채 새참을 마친 그들은 점심시간까지 일을 계속했다. 지칠 줄 모르는 바퀴는 힘차게 돌아가고 귀청을 찢을 듯한 탈곡기 소리는 가까이서 일하는 사람들의 뼛골까지 뒤흔들었다.

높아지는 짚단 위에서 노인들은 헛간의 떡갈나무 바닥에서 도리깨로 타작하던 옛날 얘기를 했다. 그땐 키질도 손으로 했는데 느렸지만 성과는 좋았다는 것이다. 노적가리 위에 있는 사람들도 잡담할 시간이 있었다. 그러나 테스를 포함하여 탈곡기에서 땀 흘리는 일꾼들은 얘기하느라고 맡은 일을 게을리 할 순 없었다. 숨 돌릴 새 없이 바빴으므로 테스는 힘에 겨워 플린트콤 애쉬에 온 것을 후회했다. 메리안은 이따금 일손을 멈추고 병에 든 맥주나 시원한

차를 마시기도 하고 잡담도 했다. 다른 여자들은 땀을 닦거나 옷에 붙은 지푸라기를 털기도 했다. 그러나 테스에게는 조금도 쉴 시간이 없었다. 왜냐하면 탈곡기는 끊임없이 돌고 남자는 밀단을 털어야 했고 밀단을 집어주는 테스 또한 손을 멈출 수 없었다. 일손이 느려서 곤란하다는 그로비의 반대에도 불구하고 때때로 메리안이 30분 정도 테스의 일을 대신해 주기도 했다.

경제적인 이유겠지만 그런 일은 흔히 여자를 시켰다. 그 일을 테스한테 맡긴 이유로, 밀단을 푸는 솜씨라든가 참을성이나 동작이 재빠른 면에서 적합하다고 그로비는 설명했다. 그건 그럴 듯한 얘기였다. 잡담을 못하게 하는 탈곡기의 윙윙거림은 밀단의 공급량이 줄어들면 더욱 커진다. 테스와 밀 터는 남자는 곁눈질할 틈도 없었고, 점심시간이 임박했을 때 어떤 남자가 농장 문으로 들어오는 것도 몰랐다. 그 남자는 둘째 번 노적가리 곁에 서서 테스의 일하는 모습을 유심히 지켜봤다. 그는 무늬가 있는 트위드 양복을 입고 화려한 지팡이를 빙빙 돌리고 있었다.

"저 사람은 누구지?"

이즈 휴엣이 메리안에게 물었다. 테스는 알아듣지 못했다.

"누군가의 애인이겠지."

메리안이 짤막하게 대답했다.

"일 기니 걸어도 좋아. 틀림없이 테스를 따라온 남자야."

"어머 아냐. 요새 그 애 꽁무니를 쫓아다니는 사람은 돌팔이 목사야. 저런 멋쟁이가 아니야."

"저게 바로 그 사람이야."

"저 사람이 그 사람이라고? 아주 딴판인데!"

"까만 양복과 흰 타이를 벗어버리고 수염도 깎았거든. 하지만 역시 같은 사람이야."

"정말 그래, 그렇다면 테스에게 알려야지."

메리안이 말했다.

"그러지 마, 그 애가 이제 곧 돌아볼 텐데."

"전도한다는 사람이 유부녀 꽁무니를 따라다닌다는 건 잘못이지. 비록 남편이 외국에 있어서 과부 같은 처지에 놓였지만."

"어머, 하지만 그 애를 건드리진 못할 거야. 구덩이에 빠진 수레처럼 까딱 않는 그녀의 마음을 끌어내진 못하겠지. 어떤 으름장을 놓는다 하더라도 끌어내지 못할걸. 테스를 위해선 그게 낫더라도 말이야."

점심시간이 되자 기계는 멈췄다. 테스가 자리를 뜨려 했을 때, 기계의 진동으로 무릎이 몹시 떨려 제대로 걸을 수도 없었다. 메리안이 말했다.

"나처럼 한 잔 마시면 얼굴이 그렇게 창백하진 않을 텐데. 네 안색이 형편없구나!"

마음씨 고운 메리안은 테스가 너무 지쳐 있기 때문에 그 남자를 보면 오히려 식욕을 잃을지도 모른다는 생각에서 노적가리 반대편 사다리로 내려오도록 할까 하고 생각하는데, 마침 그때 그 신사는 노적가리 있는 곳까지 와서 테스를 올려봤다. 테스는 조그맣게 외마디 소리를 질렀다.

"어머!"

곧 이어 재빨리 말했다.

"난 여기서 먹겠어. 여기 노적가리 위에서."

집에서 멀리 나와 있을 때는 노적가리 위에서 식사하는 게 예사였지만, 오늘은 바람이 세서 메리안과 다른 사람들은 짚동 밑에 자리를 잡았다. 복장과 모습은 바뀌었지만, 새로운 방문객은 분명 전날의 전도사 알렉 더버빌이었다. 그의 타고난 '속세적 정욕'이 되살아났음을 첫눈에 알 수 있었다. 테스를 찬미했던 첫 번째 남자로, 그리고 사촌이라고 부르던 옛날의 화려하고 대담한 차림새에다 서너 살의 나이만 더한, 거의 변함없는 모습으로 돌아온 것이었다. 노적가리 위에 머물기로 결심한 그녀는 땅에서 보이지 않도록 밀단 복판에 앉은 채 식사를 하기 시작했다.

잠시 후 사다리로 올라오는 발소리에 이어 알렉이 노적가리 위로 나타났다. 정방형으로 평탄한 밀단 위에 나타난 그는 성큼 다가와 아무 말 없이 그녀 앞에 마주 앉았다. 그녀는 집에서 가져온 팬케이크로 간단한 식사를 있었다. 다른 일꾼들은 노적가리 밑에 흩어진 밀짚 위에 모여 앉아 편히 쉬고 있었다.

"보다시피 다시 왔소."

더버빌이 말했다.

"왜 이토록 나를 괴롭히는 거예요!"

그녀는 손가락 끝까지 불만에 찬 소리를 질렀다.

"당신을 괴롭힌다고? 그건 내가 할 소리요. 당신이야말로 나를 괴롭히고 있소."

"어느 때고 당신을 괴롭힌 일은 없어요!"

"괴롭히지 않는단 말이지! 그러나 괴롭히고 있어! 당신이 내 머리에서 떠나지 않아. 조금 전에 날 쳐다보던 그 매서운 눈초리가 밤낮을 가리지 않고 나를 본단 말이오! 테스, 당신이 우리 아기에 관한 얘기를 내게 해준 이후 청교도적인 강한 감정의 물결이, 당신한테 통하는 길을 찾아주고는 일시에 빠져나갔어. 그때부터 종교로 통하던 운하는 바짝 말라버렸지. 그렇게 만든 건 당신이란 말이오!"

그를 잠자코 쳐다보던 테스가 말했다.

"네? 전도를 완전히 그만두었다고요?"

근대사상은 믿을 수 없다는 회의적 태도나 일시적인 종교적 열광을 경멸할 만한 예들을 에인절한테 들은 적이 있지만, 막상 닥쳐보니 더욱 놀라지 않을 수 없었다.

일부러 엄격한 태도로 알렉이 말을 계속했다.

"캐스터브리지 장터에서 주정꾼들에게 설교하기로 했던 그날 오후부터 나는 모든 약속을 취소했어. 교우들이 나를 어떻게 생각할지 그건 악마만이 알아. 아하! 교우들! 그들은 날 위해 기도하고 또 눈물지을 거야. 나름대로 친절한 인간들이니까. 그러나 내가 알 게 뭐야! 믿을 수 없게 된 것을 어떻게 믿고 따라갈 수 있어? 믿지 않으면서도 따라간다는 건 가장 비열한 위선이야! 선량한 그들에게 나는 하나님을 모욕하지 않기 위해 마귀에게 넘겨진 후메네오와 알렉산더 같은 존재였을 거야. 당신은 그야말로 멋진 복수를 했어! 나는 순진무구한 당신을 속였지. 4년이 지난 후에 당신은 열렬한 신자가 된 나를 사로잡아 완전히 파멸할지도 모를 길로 몰아넣기 시작했어! 하지만 테스, 늘 부르던 나의 사촌 누이, 내 표현 방법이 이런 것뿐이니까 그렇게 겁에 질린 눈으로 보지 마. 물론 예쁜 얼굴과 날씬한 몸매를 그대로 지녔다는 것 외에 당신의 잘못은 없어. 당신이 나를 알아보기 전에 노적가리 위에 있는 당신 모습을 봤어. 꼭 맞는 앞치마랑 차양이 달린 모자, 남의 눈을 끌지 않으려면 당신들 같은 시골 아가씨는 그런 걸 입어서는 안 돼!"

그는 잠시 말을 중단하곤 그녀를 훑어보면서 비웃는 듯 웃으며 다시 말을 계속했다.

"아마도 독신이었던 사도 바울도…… 나는 그의 대변자였다고 생각했지만, 그도 당신 같은 아름다움에 유혹됐다면 반드시 나처럼 신앙을 버렸으리라 생각해!"

그녀는 그에게 충고하려고 마음먹었으나 이런 중대한 때 말이 제대로 나오지 않았다. 그는 아랑곳없이 말했다.

"하여간 당신이 주는 낙원은 그 어떤 것보다 훌륭한 것이겠지. 진심으로 말하지만, 테스."

더버빌이 일어나서 가까이 다가오더니 짚단에 비스듬히 기대고 팔베개를 했다.

"지난번 당신과 헤어진 후로, 당신이 말한 얘기를 줄곧 생각했어. 낡아빠진 그 이론에는 상식이 부족하다는 결론에 도달했어. 어떻게 해서 가엾은 클레어 목사의 열성이 나까지 불붙었는지, 또 목사가 무색하도록 전도 사업에 열중할 수 있었는지 도무지 알지 못하겠어! 당신은 남편의 이름을 한 번도 가르쳐 주지 않았지만, 그 사람의 놀라운 지식을 힘입어서 지난번에 당신이 말한, 독단주의를 포함하지 않은 윤리설이 있다는 주장에는 나는 반대야."

"하지만 독단주의는 갖지 못해도 자비와 순결의 신앙은 가질 수 있지 않아요."

"오, 천만에! 난 그런 신앙에서 거리가 먼 사람이야! '이렇게 해라, 그러면 죽은 후에 너에게 유익하리라. 저렇게 해라, 그렇잖으면 너에게 해로우리라' 하는 식으로 가르쳐 주는 사람이 없으면 내 신앙은 뜨거워지지 않아. 그런 건 상관하지 않아. 테스, 만약에 내가 당신 입장에 있다 하더라도 그럴 생각은 없어!"

원시시대에는 완전히 구분됐던 신학을, 알렉의 둔한 머리가 혼돈하고 있다는 사실을 따지고 싶었으나, 그녀는 에인절 클레어의 과묵한 성질에 물들었고 지식이 부족했으며 이성보다 감성적인 성격이었으므로 토론을 펼치지 못했다. 알렉이 말을 계속했다.

"그거야 어떻든 상관할 건 없어, 나는 옛날 그대로니까!"

"옛날과 같지 않아요. 같을 수 없어요. 당신은 옛날과 달라요!"

그녀는 애원했다.

"나는 애정을 느끼지 않았어요! 왜 신앙을 버렸어요? 나한테 이런 소릴 하려고 이러는 거예요?"

"당신이 내 신앙을 쫓아낸 거야. 그러니까 당신에게 죄가 있는 거야! 당신 남편은 당신에게 가르친 지식이 올가미가 돼서 내게 되돌아올 줄은 몰랐을걸! 하하, 난 당신이 나를 변절자로 만들어 준 게 굉장히 기뻐. 테스, 어느 때보다도 당신한테 반했고, 또 당신을 동정해. 당신이 아무리 숨기려 해도 당신의 딱한 형편을 잘 알아. 당연히 보살펴 주어야 할 사람한테도 버림받고 있다는 걸."

그녀는 음식을 넘기지 못했다. 입술은 바짝 마르고 금방 숨이 막힐 것 같았다. 노적가리 밑에서 먹고 마시며 웃어대는 일꾼들의 소

393

리는 조그맣게 들렸다.

"그건 너무 잔인해요! 조금이라도 나를 생각하신다면 어떻게 그런 말을 하시죠?"

"사실이야. 사실이라구."

알렉이 주춤하여 말했다.

"내 잘못을 당신에게 뒤집어씌우려고 온 게 아니야. 테스, 사실은 당신이 이토록 고생하는 걸 버려두지 못해 온 거야. 당신을 생각해서 왔다구. 내가 아닌 다른 남편이 있다고 당신은 말했어. 그야 남편이 있을 테지. 하지만 나는 그를 본 적이 없고, 당신은 이름도 가르쳐 주지 않았어. 그래서 그는 신화 속에 나오는 인간 같은 느낌이 들어. 당신에게 남편이 있다고 할지라도 그 사람보다는 내가 더 밀접한 관계에 있다고 생각해. 어떻든 나는 당신의 고생을 덜어 주려고 애쓰지만 그는 그렇지 않아. 보이지 않는 그 얼굴에 복이 있을 지어다! 내가 즐겨 외우던 엄격한 예언자 호세아의 말이 생각나는군. 테스, 당신은 모르지? '그가 그 사랑하는 자를 따라갈지라도 미치지 못하며 그들을 찾을지라도 만나지 못할 것이라. 그제야 그가 이르기를 내가 본남편에게로 돌아가리니 그때의 내 형편이 지금보다 나음이니라 하리라.'[9] 테스, 내 마차가 저 고개 너머에서 기다리고 있어. 그의 것이 아닌 사랑스러운 나의 연인! 더 말 안 해도 알겠지?"

그녀의 얼굴에 진홍색 분노의 불길이 이글거렸다. 그러나 아무 말도 하지 않았다.

"당신이 나를 타락하게 만들었어."

벌린 팔을 그녀의 허리에 뻗치면서 알렉은 말을 계속했다.

"내 타락의 원인이 되었으니 당신도 기꺼이 책임을 져야 해. 그리고 남편이라 부르는 미련한 작자는 영원히 단념하라고."

과자를 먹으려고 벗은 장갑이 그녀의 무릎에 있었다. 그녀는 손

---

9) 호세아 2장 7절

394

목이 긴 장갑으로 그의 얼굴을 호되게 후려갈겼다. 투구처럼 무겁고 두꺼운 그 장갑은 정통으로 그의 입에 들어맞았다. 마치 화살을 가진 그녀의 조상들이 훈련을 거듭한 무술의 재현 같은 동작이었다. 알렉은 누웠던 자리에서 벌떡 일어났다. 장갑에 맞은 상처에 빨간 피가 비치더니 밀단 위로 피가 뚝뚝 떨어졌다. 그러나 알렉은 감정을 억제하고 손수건을 꺼내 피를 닦았다. 그녀도 벌떡 일어섰다가 다시 털썩 주저앉았다.

목을 비틀기기 직전의 절망적인 참새 같은 눈초리로 그를 보면서 테스는 말했다.

"나를 꾸짖어 주세요. 때려 주세요. 나를 마구 짓눌러 주세요! 소리치지 않을 테니까, 밀단 아래 있는 사람들에게 신경 쓸 것 없어요. 한 번 희생당한 인간은 언제나 그러기 마련이에요!"

"아, 아냐 테스."

그는 부드럽게 말했다.

"이 일은 다 용서하겠지만 당신이 까맣게 잊은 사실이 하나 있어. 당신이 그토록 나를 뿌리치지만 않았으면 당신과 결혼했을 거라는 사실 말이야. 이봐, 내가 아내가 돼달라고 간청한 적 없었어? 말해 봐."

"있었어요."

"그런데도 안 된단 말이지. 하지만 한 가지 기억해 둘 게 있어!"

그녀에게 청혼했던 자신의 성의가 그녀에게 아무런 고마움도 주지 못함을 알자, 감정이 치솟아 그의 음성이 거칠어졌다. 그녀의 어깨를 움켜잡았다. 그녀는 억눌린 채 떨고 있었다.

"단단히 기억해 두는 게 좋아. 나는 한때 당신의 주인이었어! 그러니 다시 주인 노릇을 해야겠어. 설사 누구의 아내가 되었다 할지라도 당신은 내 거야!"

밑에서 탈곡기가 다시 움직이기 시작했다.

"우리 싸움은 이 정도로 해두지."

그녀를 놓아주면서 말했다.

"지금은 돌아가지만 오후에 답을 들으러 다시 올게. 당신은 아직 나를 모르지만 난 당신을 알고 있어."

그녀는 아무 말도 않고 그대로 서 있었다. 더버빌은 사다리를 통해 아래로 내려갔다. 밑에 있던 일꾼들은 기지개를 켜며 방금 마신 술기운을 털어버렸다.

탈곡기가 다시 돌아가기 시작했다. 밀단이 부스럭거리는 자리에 돌아온 테스는, 윙윙 돌아가는 탈곡기 옆에서 마치 꿈꾸는 사람처럼 밀단을 한 단 또 한 단 끝없이 풀어 나갔다.

48

그날 오후 주인은 달이 밝아 일할 수 있고 발동기 주인도 내일 아침엔 다른 농장에 가기로 돼 있으니, 오늘 밤 안으로 타작을 다 마쳐야겠다고 알렸다. 털털거리고 윙윙거리고 부스럭거리는 소음은 어느 때보다 길게 이어졌다.

오후 새참 시간인 3시가 채 못돼서 그녀는 잠깐 머리를 들어 사방을 둘러봤다. 농장 문 울타리 곁에 알렉 더버빌이 돌아와 있는 걸 발견했으나, 그녀는 과히 놀라지 않았다. 테스가 고개 든 걸 본 그는 점잖게 손을 흔들어 키스를 보냈다. 그들의 싸움이 끝났다는 신호 같았다. 테스는 땅을 내려다보며 그쪽을 다시 쳐다보지 않으려고 했다.

그날 오후는 지루하게 흘러갔다. 밀 노적가리는 점점 낮아지는 대신 짚단 더미는 차츰 높아지며 알곡 자루는 수레에 실려 갔다. 오후 6시쯤 됐을 때 노적가리의 높이는 어깨 정도만큼 낮아졌다. 대부분의 밀단이 젊은 여자의 두 손으로 옮겨져 기관수의 손을 거쳐 헤아릴 수 없이 많은 밀단을, 싫증낼 줄 모르는 기계가 삼켰어도, 아직도 손대지 않은 밀단은 수북하기만 했다. 아침에는 아무것도 없었던 자리에 산더미처럼 쌓인 밀단은 마치 이 붉은 대식가의 배설물 같았다. 3월의 해질 무렵에는 으레 그렇듯이 서쪽 하늘에서 성난 것 같은 새빨간 태양이 찬연히 빛났다. 피로와 땀에 젖은 타작꾼들의 얼굴에 넘치는 햇살은, 그들의 얼굴을 구릿빛으로 물들이고 햇살에 물든 여인들의 옷자락은 뿌연 불꽃처럼 그녀들의 몸에 엉겼다.

허덕이는 고통이 노적가리를 스쳤다. 밀단을 터는 남자도 지쳤다. 테스에겐 먼지와 밀 껍질에 덮인 그의 목이 보였다. 그녀는 일을 계속했다. 땀이 배고 붉게 달아오른 그녀의 얼굴은 곡식 가루로 뒤덮였으며 하얀 모자는 갈색으로 변했다. 탈곡기 발판에 서서 온몸을 흔들거리며 일하는 여자는 테스 하나뿐인데다. 노적가리가 낮아짐에 따라 이즈와 메리안의 거리와도 점점 멀어져서 이제는 잠시 교대할 수도 없었다. 전신의 세포가 끊임없이 진동하므로 몽롱한 상태에서 테스는 손만 기계적으로 놀렸다. 머리채가 풀렸다고 알려주는 이즈의 음성도 듣지 못했다.

가장 활발하던 사람들도 얼굴이 창백해지고 두 눈은 떼꾼해졌다. 테스는 머리를 들 때마다 북쪽 하늘에 높이 솟은 짚단 더미 위에 셔츠 차림의 남자들이 있는 걸 보았다. 짚단 더미 앞쪽에는 야곱의 사다리처럼 길고 붉은 사다리가 높여 있어서 그 위를 누런 짚단이 줄지어 올라갔다. 그것은 마치 누런 물줄기가 거꾸로 흘러 짚단 더미 위에 쏟아지는 것 같았다.

어느 곳이라고 분명히 말하지는 못해도 알렉 더버빌이 근방 어디선가 지켜본다는 것을 테스는 알고 있었다. 그가 그 장소에서 떠나지 않는 한 가지 구실이 있었다. 그것은 타작이 거의 끝날 무렵에는 언제나 쥐 사냥을 하는데 타작에 관계없는 사람도 때로는 그 놀이에 끼기 때문이다. 거의가 오락을 즐기는 사람들이어서, 괴상한 파이프를 물고 개를 끌고 나오는 신사가 있는가 하면 지팡이와 돌을 갖고 나오는 왈가닥 패거리 등 가지각색이었다.

그러나 쥐들이 모여 있는 노적가리 구석을 들어내려면 아직 한 시간 분량은 더 털어야 했다. 애보트 서넬 곁의 자이언트힐 쪽으로 저녁 해가 사라지자 반대편 미들턴 애비와 포드 쪽에서 3월의 흰 달이 얼굴을 내밀었다. 메리안은 두어 시간 남은 작업 시간을 가까이 가서 말을 걸 수도 없는 테스 때문에 걱정하며 보냈다. 다른 여자들은 맥주를 마셔 힘을 돋우지만, 테스는 술의 비극을 어릴 때 겪어 입에 대지 않기 때문이었다. 그러나 그녀는 계속 버텼다. 맡은 일을 다 하지 못하면 그녀는 일자리를 떠나야 한다. 그런 일이 두어 달 전이라면 그녀는 그런 실직을 두려워하지 않을 뿐 아니라 오히려 마음 편하게 생각했을 게다. 그러나 더버빌이 그녀 곁을 맴도는 지금 일터를 잃는다는 건 큰 두려움이었다.

밀단을 던지는 사람과 터는 사람들이 얘기를 나눌 만큼 노적가리가 낮아졌다. 놀랍게도 농장주 그로비가 테스가 있는 기계 쪽으로 올라오더니 친구를 만나고 싶으면 다른 사람과 교대시켜 주겠다고 말했다. 그 '친구'라는 게 더버빌임을 테스가 모를 리 없었다. 또 이런 선심이 친구인지 적인지 알지 못할 알렉의 부탁에서 나왔다는 사실도 잘 알았다. 그녀는 고개를 가로젓고 일을 계속했다.

마침내 밑바닥이 드러나고 쥐 사냥이 시작됐다. 노적가리가 낮아짐에 따라 쥐들은 자꾸만 밑으로 파고들어 모두 한자리에 모였다. 마지막 밀단을 벗기자 쥐들은 이리저리 피해 다녔다. 이때 반쯤 취한 메리안이 쥐가 덤볐다고 째지는 비명을 질렀다. 그 소리를 들은 다른 여자들은 치마를 걷어 올리고 까치발을 하면서 쥐를 피하느라 야단들이었다.

짚단 밑으로 숨어든 쥐들은 기어코 쫓겨났다. 개 짖는 소리, 남자들의 고함치는 소리, 날카로운 여자의 비명, 욕지거리, 쫓는 소리 등으로 야단법석이었다. 테스는 마지막 짚단을 풀었다. 차츰 속도가 떨어지면서 윙윙거리던 탈곡기도 멈췄다. 그녀는 비로소 땅으로 내려왔다. 쥐 사냥을 구경만 하던 알렉이 재빨리 그녀 곁에 달려왔다.

"그런 모욕을 당하고도 왜 또 왔어요!"

그녀는 꺼져가는 소리로 말했다. 말할 힘도 없을 만큼 기진맥진해 있었다.

"당신이 무슨 말을 하든 어떤 짓을 하든 성내지 않기로 했어."

트랜트리지에서처럼 유혹적인 목소리로 말했다.

"귀여운 몸을 저렇게 떨다니! 당신은 갓난 송아지처럼 연약해, 알겠어. 내가 온 순간부터 일하지 않아도 괜찮은데, 왜 그토록 고집을 부리지? 하여간 기계 타작 일을 여자한테 맡기는 건 불법이라고 농장주에게 말했어. 그건 여자들의 할 일이 아니니까. 좀 나은 농장에선 그런 일에 여자를 쓰지 않거든. 그도 잘 알고 있어. 내가 집까지 바래다주지."

"네, 좋아요."

무거운 다리를 끌면서 그녀가 대답했다.

"원하신다면 함께 걸어도 돼요! 당신이 내 입장을 모르고 나와 결혼하려는 걸 잘 알아요. 어쩌면 당신은 내가 생각해 온 것보다 조금 선량하고 좀 더 친절한 분일는지 몰라요. 무엇이든 친절한 마음에서 나오는 거라면 나는 고맙게 생각하겠어요. 그렇지 않고 딴생각을 품은 거라면 나는 가만있지 않겠어요. 나는 가끔 당신의 행동을 이해 못할 때가 있어요.

"우리의 옛날 관계를 정식 부부로 성립시키진 못하더라도 당신을 도울 순 있어. 돕는 것도 이전처럼 내 멋대로 하는 게 아니라 당신의 의사를 좀 더 존중하면서 할게. 종교적 광신이라 하든 뭐라 하든 이제 그 생활은 끝났어. 그러나 한 가닥 양심은 아직 남았다고 생각해. 그러니까 테스, 나를 믿어 줘! 당신과 당신 부모와 그리고 동생들을 경제적 고통에서 구하기에 족한 아니 그 이상의 것을 나는 가졌어. 당신이 나를 믿어만 준다면 그들을 모두 잘살게 해주겠어."

"우리 집 식구를 만난 일이 있어요?"

그녀는 놓치지 않고 물었다.

"응, 그런데 그들은 당신이 어디서 사는지 모르더군. 당신을 이 지방에서 만난 건 그야말로 우연이었어."

테스가 임시로 거처하는 농가에 그들이 함께 다다랐을 때, 싸늘한 달빛이 산울타리 가지 사이로 피로한 그녀의 얼굴을 비스듬히 비췄다. 더버빌도 그녀 옆에 섰다.

"어린 동생들의 얘기는 꺼내지 마세요. 내 결심이 꺾이지 않게 해주세요! 궁핍한 건 하나님이 아실 테지만, 도우려고 하신다면 나에겐 아무 말 말고 도와주세요. 하지만 싫어요. 싫어요! 당신한테선 하나도 받고 싶지 않아요."

테스는 그 집 사람들과 함께 살고 있었으므로 알렉은 더 이상 따라 들어가지 않았다. 몸을 씻고 그 집 사람들과 저녁을 마치자 그녀는 생각에 잠겼다. 벽 아래 놓인 책상에 앉아 조그만 등불을 의지 삼아 격렬한 감정으로 편지를 썼다.

그리운 남편에게

당신을 남편이라 부르도록 해주세요. 저같이 하찮은 아내를 생각하고 노하실지라도 그렇게 부르지 않고는 못 견디겠어요.

저의 괴로운 심정을 당신께 호소하지 않을 수 없어요. 아무도 의지할 사람이 없으니까요! 저는 지금 심한 유혹을 받고 있어요. 에인절! 그게 누구라고 말하기도 싫고 또 그 내용을 쓰고 싶지도 않아요. 당신은 상상조차 할 수 없는 안타까운 심정으로 당신에게 매달리고 싶어요! 어떤 불행이 닥치기 전에 지금 당장 나한테 돌아오실 수 없을까요? 아아, 오시지 못한다는 것도 잘 알고 있어요. 당신은 너무 먼 곳에 계시니까! 만약 당신이 곧 돌아오시든지 아니면 당신 곁으로 오라고 하시지 않는다면, 저는 죽을 수밖에 없어요.

당신이 저에게 내린 처벌은 당연합니다. 저도 잘 알아요. 당연하고말고요. 저 때문에 화내시는 건 조금도 잘못이 없어요. 하지만 에인절, 제가 자격이 없는 여자라 할지라도 제발 조금은 따뜻하게 해주세요. 그리고 저에게 돌아와 주세요. 만약 돌아와 주신다면 당신 품에 안겨 죽어도 좋아요! 당신께서 저의 잘못을 용서하신다면 만족한 마음으로 죽을 수 있어요!

에인절, 저는 당신만을 위해 살고 있어요. 당신을 너무 사랑하는 까닭에 당신이 떠나신 것도 원망하지 않아요. 농장을 구하셔야 한다는 것도 알고 있어요. 저의 말을 원망하는 뜻으로 듣지 마세요. 다만 돌아와 주세요. 당신 없는 저는 쓸쓸해요! 여보, 너무나 쓸쓸해요! 고생하는 건 아무렇지도 않아요. 하지만 '속히 돌아가겠소.'라는 한마디만 보내 주신다면 모든 걸 참고 견디겠어요. 에인절, 기꺼이 기쁜 마음으로 참아 내겠어요.

결혼한 후 이제까지 모든 면에서 충실한 아내가 되는 게 저의 변치 않는 신앙이었어요. 제가 모르는 사이에 다른 남자에게 칭찬을 들어도 당신한테 미안한 생각이 들었어요. 목장에서 지내던 일을 조금이라도 생각해 본 일이 있으신지요. 있으시다면 어떻게 저를 버려두실 수 있으세요? 저는 당신이 사랑하시던 그 여자예요. 네, 바로 그 여자예요. 당신이 싫어하거나 본 일도 없는 여자가 아니에요. 당신을 뵌 순간 저의 과거란 이미 죽은 거나 다름없어요. 저의 과거는 모두 매장된 거예요. 당신이 주신 새 생명으로 저는 다른 여자가 될 거예요. 제가 어떻게 과거의 그 여자가 될 수 있을까요? 왜 당신은 그런 사실을 모르시나요? 저를 변화시킬 만큼 강한 힘이 있다는 생각이 있고 또 믿으신다면 당신의 가련한 아내에게 돌아오려는 생각이 날 거예요.

언제나 사랑해 주실 것을 믿고, 행복하기만 했던 제가 얼마나 어리석었는지요! 그런 행복은 가없은 저에게 어울리지 않는다는 걸 일찌감치 깨달았어야 했죠. 그러나 저는 지난일 때문이 아니라, 당장 눈앞에 닥친 일로 가슴 태우고 있답니다. 생각해 보세요. 생각해 보시란 말이에요. 언제까지나 당신을 보지 못한다면 저의 가슴이 얼마나 아프겠는가를! 아아, 만약 끊임없는 저의 괴로움을 잠깐만이라도 당신이 느낀다면 당신도 외로운 아내의 심정을 알게 될 거예요.

세상 사람들은 아직도 저를 대단히 예쁘다고 말하고 있어요. 에인절 그들의 말이 사실일지도 몰라요. 하지만 얼굴 같은 건 아무래도 좋아요. 저의 아름다움은 어디까지나 당신 것이고 또 당신을 기쁘게 해드릴 조건이 한 가지라도 있어야 되겠다는 생각에서 간직하고 싶을 뿐이에요. 그래서 외모로 인해 괴로움을 당했을 때 남의 눈을 피하려고, 얼굴을 붕대로 싸매고 다니기도 했어요. 아, 에인절, 뽐내려고 이런 말을 하는 게 아니에요. 당신도 그런 줄 아실 거예요. 다만 당신을 돌아오게 하려는 생각에서 말하는 것뿐이에요.

당신이 오지 못하면 제발 당신한테 제가 가도록 허락해 주세요! 말씀드린 대로 저는 지금 마음에도 없는 짓을 강요당해서 괴로워하고 있답니다. 한 치라도 굽힐 수 없는 일이지만 어떤 일이 생길지 알지 못하고 또 첫 번째 과실 때문에 무력한 처지에서 심히 불안한 가운데 놓여 있어요. 너무 비참한 일이라서 더 말씀을 드릴 수가 없군요. 하지만 제가 무서운 덫에 걸려 넘어진다면 그 결과는 처음과 비교도 안될 만큼 불행해지리란 생각이 들어요. 하나님, 이런 일은 생각조차 못하겠어요! 저를 그이에게 보내주시든지, 그이를 제게로 보내주세요!

당신의 아내로 함께 살 수 없다면 당신의 종으로라도 만족하겠어요. 참으로 기쁘게. 그리되면 당신 곁에 있을 수 있고 당신을 바라볼 수 있으며 당신을 제 것같이 생각할 수 있으니까요.

당신 없는 이곳에선 태양마저 저에게 아무것도 보여 주지 않고, 밭에 있는 까마귀나 찌르레기 같은 것도 보기 싫어요. 그것들을 함께 바라보던 당신이 생각나서 슬픈 마음 그지없으니까요. 천국에서나 땅 위에서나 지옥에서라도 당신을 보고 싶은 게 단 하나의 소원이에요! 그리운 당신, 돌아오세요. 그래서 저를 위협하는 것에서 구해 주세요!

슬픔에 잠긴 당신의 충실한 아내
테스가

49

그녀의 애절한 편지는 고요한 목사관의 아침 식탁에 배달됐다. 플린트콤 애쉬에 비해 공기가 맑고 토지가 기름진 곳이라 농사란 그저 간단하게 돌보면 충분했다. 테스가 볼 때 그곳 사람들은 (사실은 다를 것도 없지만) 딴 세상 사람들 같았다. 반드시 아버지를 통해서 서신 연락을 하도록 에인절이 당부한 이유는 단순히 서신의 안전을 위한 의도에서였다. 무거운 마음으로 멀리 외국에 간 에인절은 주소가 바뀔 때마다 아버지에게 꼬박꼬박 알렸다.

"자!"

겉봉을 읽고 난 클레어 목사가 부인을 향해 말했다.

"그 애가 이전에 말했듯이 이달 말경에 리오를 출발해서 여기로 돌아온다면 이 편지는 에인절의 계획을 앞당기게 할지도 몰라, 이건 분명히 며느리가 썼을 테니까."

목사는 그녀를 생각하고 길게 한숨을 쉬었다. 그 편지는 이내 에인절 앞으로 다시 발송되었다.

"아무쪼록 무사히 돌아왔으면 좋겠어요."

"죽는 순간까지 그 애한테 잘해주지 못한 게 마음에 걸릴 것 같아요. 신앙에는 부족한 점이 있었다 하더라도 그 애를 케임브리지 대학에 보내 형들처럼 똑같은 기회를 줬더라면 혹시 좋은 영향을 받아 부족한 신앙심을 극복하고 성직을 택했을지도 모르죠. 성직을 하건 안 하건 대학은 보냈어야 했어요."

이 말은 클레어 부인이 자식들 일로 목사의 고요한 마음을 흔든단 하나의 불평이었다. 부인은 이런 불평을 좀처럼 입 밖에 내지 않았다. 부인도 자신의 두터운 신앙만큼 분별 있는 사람일 뿐 아니라, 에인절에 대한 처사로 남편이 괴로워한다는 사실을 잘 알기 때문이었다. 깊은 밤에 남편이 일어나서 에인절을 위해 숨 죽여 기도하는 소리를 부인은 종종 들은 적이 있었다. 하지만 교의를 가르치는 것을 가족의 평생 사명으로 생각하는, 타협을 모르는 목사로서는, 비방에 이용되는 일이 없다 할지라도 대학이라는 유리한 지위를 위해, 가능성이 없는 에인절에게도 다른 아들들처럼 대학교육을 시킨다는 것이 정당하다고는 지금도 생각하지 않았다. 한 손으로 신앙이 두터운 두 아들의 발판을 마련해 주고 다른 손으로 신앙심 없는 막내아들을 같은 방법으로 높은 위치에 올려 준다는 것은 자신의 신념이나 희망에 어긋나는 일이라고 생각했다.

아들 이삭을 데리고 산에 오르던 아브라함이 속으로 슬퍼한 것처럼, 어울리지 않는 이름을 붙여준 에인절에 대한 처사를 클레어 목사는 남몰래 괴로워하고 있었다. 목사의 말없는 후회는 부인이 발설하는 원망보다 훨씬 뼈아픈 것이었다.

아들의 불행한 결혼에 대해서도 목사 부부는 자신들을 탓했다. 에인절이 농부의 길을 택하지만 않았던들 시골 처녀와 인연을 맺진 않았을 것이다.

뭣 때문에 그들이 헤어졌는지 언제부터 헤어졌는지 그들은 정확히 몰랐다. 처음에는 서로 마음이 맞지 않아 그러려니 생각했으나, 근래의 편지에서 그녀를 데리러 귀국할 생각이라는 말을 비치는 걸로 보아 그들의 이별이 불화에 있지 않으리라는 희망을 품었다. 에인절은 아내가 친정에 있다고 말했으므로 내용을 잘 알지 못하는 목사 부부는 간섭하지 않기로 하고 있었다.

지금쯤 테스의 편지를 읽고 있어야 할 에인절의 눈은 남미 대륙에서 노새를 타고 해안으로 향하는 중에 광막한 대평원을 바라보고 있었다. 이 낯선 타향에서 그가 겪은 일들은 서글픈 것뿐이었다. 그가 이곳에 도착한 직후에 걸린 중병은 아직도 완전히 가시지 않았고 머무를 수 있을 때까지는 계획의 변경을 부모에게 숨겼지만, 이곳에서 농장을 경영하려는 계획은 언제라도 단념할 결심으로 있었다.

에인절과 마찬가지로 자립할 수 있다는 선전에 현혹되어 브라질로 건너간 많은 농업 노동자들은 중병에 걸리기도 하고 죽기도 해서 점차 자취를 감추었다. 영국 농장에서 건너온 어머니들이 열병에 걸려 죽은 아이를 안고 힘없이 걸어가는 모습을 그는 흔히 볼 수 있었다. 맨손으로 무른 땅을 파서 아이를 매장한 부인은 눈물 젖은 얼굴로 힘없는 발길을 돌려 다시 터덜터덜 걸어가는 것을 보았다.

에인절의 당초 목적은 브라질로 이민가는 게 아니라 영국 본토의 북부나 동부 지방에 농장을 마련하는 것이었다. 브라질로 온 동기는 순간적인 그의 실망에 있었지만 그 당시 영국 농민들 사이에 있던 브라질 이민 열기는 과거에서 도피하려는 에인절의 욕망과도 부합했던 것이다.

고국을 떠나 있는 동안에 정신적으로는 열 살이나 더 나이를 먹은 것 같았다. 지금 그가 느끼는 인생의 가치란 눈에 보이는 아름다움이 아니라 오히려 그 속에 숨은 애처로움이었다. 오랫동안 낡은 신비주의를 불신하던 그가 지금은 낡은 도덕적 평가를 불신하기 시작했다. 도덕적 인간이란 어떤 사람인가? 더욱 적절한 말을 인용한다면 도덕적 여자란 도대체 누구를 가리키는 것일까? 성격의 추하고 아름다움은 그 행실에만 달린 게 아니라, 그 목적과 동기에도 달렸다. 성격의 역사는 과거에 있는 게 아니고 앞으로 살아갈 마음가짐에 달려 있는 것이다. 그렇다면 테스의 경우는 어떠한가?

그녀를 생각하면 자신의 조급한 판단에 대한 후회가 마음을 억눌렀다. 그녀를 영원히 배척할 것일까? 아니면 일시적인 것이었을까? 영원히 배척했다고는 말할 수 없었다. 그렇게 말하지 못하는 것은 이미 마음속으로 그녀를 용서했다는 뜻이다.

그녀를 그리워하는 마음이 싹트기 시작한 것은 테스가 플린트콤애쉬에서 일할 무렵이었지만 그때는 테스가 형편과 감정에 대한 한마디라도 남편의 마음을 어지럽혀선 안 된다고 생각할 때였다.

에인절의 마음은 몹시 흔들렸다. 심난해진 그는 그녀에게서 소식이 없는 이유조차 묻지 않았다. 오히려 그녀의 유순한 성격은 에인절의 오해를 샀다. 테스의 침묵을 그가 이해했더라면 그녀의 심정을 알 수 있으련만! 에인절이 하고도 잊어버린 명령을 그녀는 아직도 충실하게 지키고 있다든가, 대담한 성격을 지녔으면서도 권리를 주장하지 않고 에인절의 판단만이 옳다고 존중하고 복종하는 그녀의 태도를 말이다.

앞에서 말한 대로 내륙을 노새로 횡단하는 에인절에겐 길벗이 한 사람 있었다. 다른 지방에서 온, 같은 계획을 품었던 영국인이었다. 그들은 침울한 기분으로 고향 얘기를 나눴다. 믿음은 더욱 굳은 믿음을 낳는다. 이런 묘한 기분은 남자들의 경우 빈번히 있는 일이지만, 고향을 멀리 떠났을 때는 더욱 두드러진다. 다정한 친구한테도 말하기 꺼리는 얘기까지도 낯선 친구에게 털어놓고 싶은 에인절은 말을 몰면서 자신의 슬픈 결혼 생활을 얘기하기 시작했다.

낯선 나그네는 에인절보다 더 많은 나라를 돌아다녔고 더 많은 사람들을 겪었다. 그의 세계주의자다운 마음으로 본다면 가정생활에서 매우 중대하고 또 사회 질서에서 벗어난 것 같은 이런 이탈도 지구의 전체 곡선에 나타난 보잘것없는 골짜기와 산맥의 굴곡에 지나지 않았다. 에인절과는 아주 다른 각도에서 그는 이 문제를 관찰했다. 테스의 과거란, 그녀의 미래에 비하면 아무것도 아니라고 생각한 그는, 그녀의 곁을 떠난 것은 클레어의 잘못이라고 솔직히 지적했다. 이튿날 번개가 치고 쏟아지는 폭우에 그들은 흠뻑 젖었다. 에인절의 길벗은 열병에 쓰러지고 그 주말에 곧 숨을 거두었다. 그를 매장하느라 지체한 에인절은 다시 길을 떠났다.

극히 평범한 이름 외엔 아무것도 알 수 없는 마음 넓은 나그네가 무심코 한 말이, 그의 죽음으로 더욱 숭고해지고 철학자들의 어떤 사상보다도 클레어를 감동시켰다. 자신의 옹졸함이 부끄러웠다. 모든 모순이 홍수처럼 그에게 밀어닥쳤다. 그는 기독교를 물리치고 줄곧 그리스적인 이교를 숭배해왔다. 더군다나 기독교인의 문명에선 불법적인 굴종이라고 해서 반드시 모욕을 뜻하는 건 아니었다. 그렇다면 분명히 신비주의 교리와 함께 불완전에 대한 증오감을 이어받은 그가, 그 증오심이, 결과적으로 어떤 속임수에 기인한 것임을 알았다면 적어도 그녀의 잘못을 용서해줘야 했을 것이다. 자괴감과 뉘우침이 에인절을 괴롭혔다. 이즈 휴엣의 말이 마음에 떠올랐다. 그는 나를 사랑하느냐고 이즈에게 물었다. 그러자 그녀는 그렇다고 대답했다.

"테스보다 더 나를 사랑하고 있는가?"

"아뇨."

테스는 그를 위해서라면 목숨이라도 버릴 여자지만 자기는 따라가지도 못하노라고 말했던 것이다. 결혼식 날의 테스의 모습을 생각했다. 그녀가 얼마나 끊임없이 자기를 쳐다봤던가. 에인절의 말이 절대적인 양, 얼마나 자기를 믿고 있었던가! 난로 옆에서 지낸 몸서리쳐지는 그날 밤, 단순한 마음으로 자신의 과거를 에인절에게 고백하던 동안 그의 사랑과 보호가 물러갈지도 알지 못하는, 불빛에 비친 그녀의 얼굴은 얼마나 측은했던가.

그녀를 비평했던 처지에서 그녀를 감싸주는 심정으로 마음이 바뀌어갔다. 그녀에게 퍼붓던 비웃음을 혼자 되뇌어 본 적도 있었다. 인간이란 남을 비평하거나 조롱하고만 살 순 없다고 자기의 완고함을 깨우쳤다. 남을 비웃고 비난하는 태도는 일반적인 원칙을 고집하는, 특수한 경우를 일체 무시해서 생기는 무지의 편견이라고.

그러나 그런 이론도 어쩐지 케케묵은 것 같았다. 애인들이나 남편들이 이런 처지를 겪으며 살아온 것은 어제 오늘의 일도 아니다. 클레어가 테스한테 가혹했던 것이다. 그것은 의심할 여지가 없다. 사랑하거나 사랑하던 여자에 대해서 남자가 자주 가혹하게 대하지만, 그것은 여자도 마찬가지다. 그러나 이런 가혹은 일반적인—성품에 대한 환경의, 목적에 대한 수단의, 어제에 대한 오늘의, 그리고 오늘에 대한 내일의—가혹에 비하면 오히려 부드러운 느낌도 있다.

쇠잔한 존재라 해서 에인절이 경멸하던 테스의 혈통에 대한 관심, 즉 더버빌 가문의 훌륭한 혈통이 새삼스럽게 그의 감정을 자극했다. 혈통 문제에 있어서 에인절은 왜 역사 가치와 상상적 가치의 차이를 깨닫지 못했을까? 상상적인 면에서 본다면 그녀가 더버빌 가문의 후손이란 것은 커다란 비중을 차지하고 있다. 경제적으로는 하등의 가치가 없다 하더라도 공상가나 교훈을 얻으려는 역사가들에게는 유익한 자료다. 그것은 머지않아 망각될 사실이었다. 가련한 테스의 혈통과 이름 속에 담긴 영예도, 킹스비어에 있는 대리석의 묘비나 조상들의 납골당과 함께 그녀가 대대로 이어받은 가문도 잊히고 말 것이다. 시간은 무참히 낭만을 파괴한다. 그녀의 얼굴을 몇 번이나 머릿속에 그려보는 동안 그녀의 조모들이 지녔을 위엄 있는 인상이 그녀의 얼굴에 번득이는 것 같았다. 이전에 그런 환상이 번득였을 때, 사뭇 불쾌감을 갖게 한 그 영감이 그의 혈관으로 스며들었다.

순결을 지키지 못한 과거는 지녔을망정 테스의 마음속에 담긴 것은 그녀의 친구들보다 훨씬 값진 것이었다. 에브라임의 끝물 포도가 아비에셀의 맏물 포도보다 훌륭하지 않았던가?

되살아난 애정으로 마침 아버지가 보내준 테스의 간절한 편지를 받아들일 마음의 준비가 되었다. 깊은 내륙에 있는 까닭에 편지가 도착하려면 오래 걸리기는 하겠지만.

한편 남편이 돌아오리라는 테스의 기대는 부풀기도 하고 줄어들기도 했다. 그녀의 기대를 줄어들게 하는 것은 그들이 헤어져야만 했던 그녀의 과거가 아직도 존재하고 있으며 또 영원히 존재한다는 사실이었다. 그들이 함께 있을 때에도 해결되지 않았으니 헤어져 있는 지금은 도저히 가망이 없을 수 있다. 그러면서도 만약 그가 돌아오면 어떻게 그를 기쁘게 할 수 있을까 하는 즐거운 염려도 마음을 기울였다. 에인절이 하프로 타던 곡을 귀담아들어 둘 것을, 또 시골 아가씨들이 부르는 민요 중에서 그가 가장 좋아하는 게 뭔지 물어 둘 걸 하면서 한숨을 쉬었다.

탈보테이스에서 이즈 휴엣을 따라온 앰비 시들링에게 넌지시 물어봤더니 우연하게도 그는 에인절이 좋아하던 노래를 알고 있었다. 목장에서 젖이 잘 나오라고 젖소에게 불러주던 노래 중에서도 에인절은 '큐피드의 동산'이라든지 '나에겐 사냥터와 사냥개가 있네'라든지 '동틀 무렵' 등을 좋아한 것 같았고, 노래로서는 훌륭했지만 '재단사의 반바지'와 '나는 예뻐졌어요'라는 노래는 별로 관심이 없는 것 같다는 사실을 그는 요행히 기억하고 있었다.

그가 좋아하는 노래를 멋지게 부르고 싶은 게 그녀의 바람이었다. 그녀는 여가를 틈타 '동틀 무렵'을 남몰래 연습했다.

> 일어나요, 일어나요, 어서 일어나세요!
> 정원에 예쁜 꽃 한데 엮어서,
> 님께 다 바치리라, 사랑의 꽃다발을.
> 모든 가지마다 참새들 집 짓네
> 모든 가지마다 산비둘기 집 짓네
> 이른 봄 5월의 계절,
> 먼동이 터오는 새벽하늘에!

이 춥고 건조한 계절에 테스가 부르는 이 노래를 듣는다면 돌 같은 심장을 가진 남자라도 마음이 녹아날 것이다. 에인절이 끝내 돌아오지 않으리라 생각하니 노래를 부르면서도 눈물이 하염없이 흘렀고 노래의 천진한 가사는 그녀의 괴로운 마음을 뒤틀리도록 비웃는 듯 울려 퍼졌다.

테스는 이런 상상을 하느라 계절이 어떻게 흘러가는지도 몰랐다. 해는 조금씩 길어지는데 그녀의 해약 기일이 가까워 오는 것도 잊고 있었다.

사반기 품삯을 받는 날이 오기 전에, 새로운 대책을 세워야 할 일이 발생했다. 어느 날 저녁 하숙집 아래층 방에서 다른 때와 같이 그 집 가족들과 함께 앉아 있으려니까 누군가가 문을 두드리며 테스를 찾았다. 키는 어른 같았으나 몸은 아직 어린아이처럼 야위고 초라한 여자가 기울어가는 햇빛을 등지고 서 있었다. "테스!" 하고 부를 때까지 희미한 달빛으로는 누군지 분간을 못했다.

"아니, 리자 루 아냐?"

테스가 놀란 음성으로 물었다. 1년 전 고향을 떠날 때 어린애였던 동생은 지금 보는 것처럼 부쩍 컸지만 리자 루는 자신이 그렇게 자란 걸 모르는 것 같았다. 작년에 길었던 원피스는 짧아져서 비쩍 마른 두 다리가 껑충 드러났으며 길게 늘어진 두 팔에서는 동생의 젊음과 순결함이 보였다. 루는 흥분한 기색 없이 조용히 말했다.

"응, 나야, 하루 종일 걸었어. 언니를 찾으러 다니느라고 힘들어 죽겠어."

"집에 무슨 일이 있니?"

"엄마가 많이 편찮으셔. 의사는 엄마가 곧 돌아가시게 될 거라고 그랬어. 아빠도 몸이 많이 약해지셨어. 자기 같이 훌륭한 후손이 천한 노동을 노예처럼 할 수 없다고 그러셔. 우리는 어떻게 해야 좋을지 모르겠어."

테스는 오랫동안 멍하니 서 있다가 겨우 정신이 나서 동생을 불러들여 방에 앉혔다. 리자 루가 차를 마시는 사이에 그녀는 결심했다. 이제 고향에 돌아갈 수밖에 없다. 그녀의 계약 기간은 4월 6일까지였지만 며칠 안 남았으므로 거리낄 것 없이 당장 떠나기로 결심했다. 그날 밤에 바로 출발하면 열두 시간 정도 빨리 고향에 닿을 수 있지만 지쳐 버린 동생을 내일 아침까지 걷게 할 순 없었다. 테스는 이즈와 메리안의 하숙집에 가서 사정 얘기를 하고 내일 아침 주인한테 잘 말해 달라고 부탁했다.

하숙집에서 돌아온 테스는 루에게 저녁을 먹여 재우고 버드나무 바구니에 들어갈 수 있는 데까지 짐을 채웠다. 동생에게는 내일 아침 뒤따라오라고 이르고 귀향길에 올랐다.

50

시계가 10시를 알리자 그녀는 싸늘한 별빛 아래 십오 마일의 먼 길을 가려고 춘분의 어둠 속을 나섰다. 길을 아는 테스는 샛길을 따라 가장 빠른 지름길로 접어들었다. 요사이는 도적이 나타날 염려도 없었고 유령에 대한 두려움은 어머니에 대한 걱정으로 느낄 수조차 없었다. 비탈길을 오르내리며 걸음을 재촉한 그녀가 벌배로우에 도착한 것은 12시가 다 되었을 때였다. 그녀는 저 멀리 고향 골짜기의 모습을 드러내고 있을, 캄캄하고 사방을 분간할 수 없는 깊은 벼랑을 내려다봤다. 고원지대를 오 마일은 더 가야 그녀의 여행이 끝날 참이었다. 꼬불꼬불한 내리막길을 따라 내려가자, 길이 별빛에 어렴풋이 보였다.

곧 그녀가 밟는 땅이 고원과 다르다는 것을 발의 감촉과 흙냄새로 알 수 있었다. 진흙땅으로 이루어진 블랙무어의 변두리인 이곳은 큰길이 뚫린 적도 없고 다른 어느 곳보다 미신이 늦게까지 남아 있었다. 이곳에서 잡히던 수사슴, 바늘에 찔려 물에 던져진 마녀, 사람이 지나가면 킬킬대며 웃는다는 번쩍이는 녹색 옷을 입은 요정 등 아직도 이곳엔 짓궂은 마귀들이 우글대는 것 같았다.

너틀베리 마을의 여인숙 앞을 지날 때 그녀의 발소리에 응답하듯, 여인숙 간판이 덜커덕 흔들렸다. 테스만 그 소리를 들었다. 햄블던 언덕배기에 동이 트는 순간, 이엉을 이은 지붕 밑에서 보라색 헝겊 조각을 모아 만든 이불을 덮었다가, 새 하루의 일을 나가기 위해 일어나 나른해진 몸과 피로한 팔다리를 풀고 있을 사람들의 모습이 그녀의 마음의 눈에 보였다. 3시쯤 그녀는 지금까지 걸어온 꼬불꼬불 길의 마지막 모퉁이를 돌아 말로트 마을로 접어들어 지난날 부인회 때 처음으로 클레어를 만난 초원을 지났다. 그때 함께 춤추지 못했다는 아쉬움은 아직도 그녀의 가슴에 남아 있었다. 어머니 집의 불빛이 비쳤다. 침실에서 새어 나오는 그 불빛은 창문 앞의 나뭇가지에 가려, 가지가 흔들릴 때마다 반짝반짝 그녀에게 눈짓을 했다. 테스가 보낸 돈으로 새로 이엉을 이은 집의 윤곽이 나타나자 그녀는 옛날의 감회에 젖었다. 그것은 여전히 그녀의 몸과 생활의 일부분인 것 같았다. 지붕에 난 비스듬한 창문, 통풍구의 끝머리, 굴뚝 윗부분의 드문드문 이어 붙인 빨간 벽돌 등 모든 면에서 테스의 성격과 공통점이 있는 것 같았다.

그녀는 식구들이 깨지 않게 살짝 문을 열었다. 아래층 방은 비어 있었으나 어머니를 간호하던 이웃 아낙이 충계 위에 나타나서 더비필드 부인이 방금 잠들었고 병세가 좋지 않다고 속삭였다. 테스는 어머니를 간호하러 침실에 들어갔다.

아침이 되어 동생들의 모습을 유심히 바라보니 놀랄 만큼 성장해 있었다. 1년이 조금 넘게 헤어져 있긴 했어도 그들의 성장엔 놀라지 않을 수 없었다. 그들의 뒷바라지를 하려면 몸과 마음을 다해야겠다는 절박함 때문에 자신의 걱정은 돌볼 엄두도 나지 않았다.

건강이 나쁜 아버지는 언제나처럼 의자에 앉아 있었다. 테스가 도착한 이튿날 아버지의 기분은 유별나게 좋은 것 같았다. 생계를 유지할 괜찮은 방법이 생겼다고 했다. 테스는 어떤 방법인지 물어봤다.

"영국에 있는 모든 고고학자들에게 나의 생계유지를 위한 기부금을 내도록 회람을 돌릴 작정이야! 그들은 틀림없이 나의 요구에 적극 찬성할 거야. 그럴 듯한 생각이지. 허물어진 고적을 보존한다든지, 유적을 발견하려고 막대한 돈을 쓰는 그들이니까 괜찮을 거야. 내 존재를 알기만 하면 나는 살아 있는 고적이니까 훨씬 더 큰 관심을 기울이겠지. 누구든 상관없으니까 그들을 찾아다니면서 그들이 나를 모르고 있다는 사실을 알려줬으면 좋겠어! 우리 가문을 발견한 트링엄 목사만 살아 있어도 틀림없이 이 일을 맡았을 텐데."

테스는 야단스런 계획에 대한 시비는 미뤄 놓고, 돈을 보냈어도 달라진 게 없는 것 같은 당면 문제를 우선 처리하기로 했다. 집안 정리가 대강 끝나자 그녀는 바깥일에 시선을 돌렸다. 지금은 모내기와 파종의 철이어서 마을 사람들은 채소밭과 소작지의 밭갈이를 거의 다 끝냈다. 그러나 더비필드 가정만은 밭일에 손도 대지 않고 있었다. 더욱 실망스러운 것은 종자로 쓸 씨감자까지 먹어치운, 되는대로 사는 살림도 이보다 더할 수는 없었다. 그녀는 될 수 있는 한 서둘러 얻을 수 있는 데까지 씨감자를 얻었다. 아버지도 딸의 설득에 채소밭을 돌볼 용기가 났다. 한편 그녀는 마을에서 이백 야드가량 떨어진 소작지를 빌려 농사를 시작했다.

며칠 동안 어머니를 간호하느라 침실에 갇혔던 그녀였으므로 밭일을 하는 게 좋았고, 또 어머니의 병세는 상당히 좋아져서 그녀가 없어도 괜찮았다. 심한 육체노동은 오히려 그녀의 마음을 편하게 했다. 소작지는 건조하고 높은 지대의 넓은 울타리 산에 있는데 그곳에는 비슷한 소작지가 수십 개나 있었다. 여기 일은 하루의 품일이 끝날 무렵이 제일 부산했다. 밭일은 언제나 아침 6시에 시작하지만 끝나는 시간은 대중이 없어 달이 뜨는 시간까지 계속될 때도 있었다. 건조한 날씨가 모닥불을 피우기에 적합했으므로 이곳저곳에서 마른 풀과 쓰레기 더미를 태우고 있었다.

어느 맑게 갠 날, 테스와 리자 루는 석양이 소작지의 흰 경계 말뚝에 비칠 때까지 마을 사람들과 함께 일을 계속하고 있었다. 해가 지고 저녁놀이 덮이자, 개밀과 호배추 줄기를 태우는 불빛이 밭을 밝게 비춰 밭의 윤곽은 짙은 연기가 바람에 흔들릴 때마다 나타났다 사라졌다 했다. 한곳에서 불꽃이 일렁이면 길게 땅을 더듬는 연기의 둑은 반투명체로 빛나면서 일하는 사람들의 사이를 하나하나 갈라놓는 것이었다. 낮에는 구름 기둥이 되고 밤에는 불기둥이 됐다는 구약의 '구름 기둥' 모습을 짐작할 수 있었다.

날이 어두워지자 집으로 돌아가는 사람도 더러 있었으나 대부분의 소작인들은 남은 파종을 마치려고 밭에 남았다. 동생만 집에 돌려보내고 테스는 그들과 함께 남았다. 개밀이 여러 곳에서 불타는 가운데 테스는 쇠스랑을 들고 밭을 일궜다. 네 개의 번쩍이는 갈

퀴는 돌과 마른 흙에 부딪쳐 달그락달그락 작은 소리를 냈다. 밭에서 태우는 연기가 그녀의 몸을 완전히 감싸는가 하면 연기는 사라지고 풀더미의 노르스름한 불길에 비치어 그녀의 몸이 드러나기도 했다. 좀 다른 옷을 입은 오늘 밤의 그녀는 유난히 눈에 띄었다. 자주 빨아서 빛이 바랜 겉옷 위에다 까만 재킷을 입고 있어서 전체적인 느낌은 마치 장례식과 결혼식 손님을 하나로 묶은 것 같았다. 훨씬 뒤쪽에 있는 여자들은 흰 앞치마를 둘렀는데, 불꽃이 활짝 필 때는 좀 다르지만, 잔잔할 때는 그녀들의 흰 앞치마와 창백한 얼굴만 희미하게 보일 뿐이었다.

서쪽에는 밭의 경계를 이룬 헐벗은 가시나무 울타리의 앙상한 가지들이 나직한 젖빛 하늘을 배경으로 훤히 드러나 있었다. 머리 위에는 활짝 핀 황수선 같은 목성이 그림자를 드리울 만큼 떠 있었다. 이름을 알 수 없는 조그만 별들이 여기저기 나타났다. 먼 데서 개 짖는 소리가 들리고 이따금 마른 땅에 짐수레가 덜거덕거리며 지나갔다.

대기는 맑고 차가웠지만 그 속에는 일하는 사람들의 힘을 돋우는 봄의 속삭임이 있었다. 이 장소와 이 시간과, 타닥타닥 튀는 모닥불과, 신비로운 불빛과 그림자는 그들의 마음을 기쁘게 해주었다.

아무도 곁눈질하는 사람은 없었다. 그들의 눈은 파헤친 흙이 불빛에 드러나는 부분에만 쏠렸다. 테스는 땅을 일구면서 부질없는 노래를 흥얼거렸다. 언젠가는 클레어가 이 노래를 들어주겠지 하는 희망도 사라졌다. 얼마 후에 조금 떨어진 곳에서 아까부터 같은 밭을 일구는 남자를 발견했다. 기다란 작업복을 입은 그 남자는 일을 거들라고 아버지가 보낸 사람이려니 생각했다. 남자가 땅을 파면서 점점 다가오자 테스는 더욱 그를 의식하게 됐다. 가끔 연기가 그들을 갈라놓을 때도 있으나 연기가 비스듬히 방향을 바꾸면 다른 일꾼들에게는 전혀 보이지 않은 채 그들끼리만 얼굴을 볼 수 있었다.

414

테스는 아무 말도 하지 않았다. 그 남자도 아무 말이 없었다. 아무리 생각해도 낮에 일할 때는 보지 못한 것 같고, 말로트 마을에 사는 사람 같지도 않았다. 요 몇 해 사이에 자주 타향에 나갔고 또 오래 머물러서 그녀는 더 신경을 쓰지 않았다. 둘 사이가 더욱 가까워지자 쇠스랑도 불빛을 받아 반짝였다. 모닥불을 더 밝게 하려고 테스가 불 곁으로 다가가 마른 풀을 던지자 그 남자도 맞은편에서 같은 행동을 하고 있었다. 불꽃이 활짝 피어오르는 순간 그녀는 더버빌의 얼굴을 봤다.

생각지도 않은 그의 출현과, 지금은 아무도 입지 않는 주름 잡힌 노동복을 걸친 모습은 사뭇 우스꽝스러워서 그녀를 오싹하게 했다. 더버빌은 낮은 음성으로 한참 킬킬거리며 웃었다.

"내가 농담을 한다면 여기가 바로 천국 같소!라고 말할 거야."

그는 머리를 기울여 얼굴을 들여다보면서 무슨 기분에선지 장난투로 말했다.

"뭐라고요?"

그녀가 힘없이 물었다.

"농담을 잘하는 사람 같으면 '여긴 마치 낙원 같습니다.'라고 할 거라 그랬어. 당신이 이브라면 나는 뱀의 탈을 쓰고 당신을 유혹하러 온 교활한 마귀란 말이지, 내가 신앙에 빠져 있을 때는, 밀턴의 '실낙원'에 나오는 장면을 외었었지 ―

여왕이시여, 길은 마련됐고 멀지 않나니
소귀나무 줄지은 저쪽에……
그대 만약 제 길잡이를 받아들이시면
그곳으로 그대 곧 모시오리다.
'그럼, 인도해 주사이다.' 하고 이브는 말했노라.

테스. 그리운 테스, 당신은 나를 나쁘게 생각하고 또 그렇게 말할 것 같아서 이런 말을 한 거요. 당신은 나를 고약하게만 생각하니……."

"나는 당신을 마귀라고 말한 적도 없고 그렇게 생각한 적도 없어요. 당신이 나를 모욕하지 않는 한. 땅을 파러 이곳에 온 것은 오직 나 때문인가요?"

"정말 그렇다오. 당신을 만나려는 것 외에 아무 목적도 없소. 여기 오는 길에 노동복을 사 입었소. 이것만 입으면 남의 눈에 띄지 않겠다는 생각이 들어서. 당신이 이런 일을 하는 걸 말리러 온 거요."

"하지만 이런 생활이 좋아요. 아버지를 위해서 하는 것이니까요."

"다른 데서 일하던 건 계약이 끝났소?"

"네!"

"다음엔 어디로 갈 거요? 그리운 남편을 만나러 가나?"

그녀는 이런 모욕을 더 참을 수 없었다.

"아아, 그건 몰라요!"

그녀는 쓰디쓰게 말했다.

"난 남편이 없어요!"

"그건 사실이오. 그러나 당신은 친구가 한 사람 있어. 당신이야 싫어하든 말든 당신을 편안하게 해주려고 결심했소. 집에 가보면 당신을 위해서 무얼 갖다났는지 알 거요."

"오오, 알렉, 아무것도 받지 않겠다고 말했잖아요! 난 받지 않겠어요! 난 싫어요. 그건 옳은 일이 아니에요!"

"아니지, 옳은 일이오!"

그는 쾌활하게 소리쳤다.

"내가 이토록 좋아하는 여자가 고생하는 걸 가만히 보고 있을 순 없단 말이오!"

"하지만 나는 조금도 곤란을 느끼진 않아요! 내가 걱정하는 것은…… 생계 때문은 아니란 말이에요!"

그녀는 돌아서서 다시 땅을 일궜다. 쇠스랑 손잡이와 흙덩이 위에 눈물이 떨어졌다.

"애들 때문이겠지, 당신 동생들 말이오."

"나도 여태까지 당신 동생들에 대해서 줄곧 걱정하고 있었소."

테스의 가슴은 떨렸다. 가장 약한 곳을 그가 건드렸기 때문이다. 그는 테스의 가장 큰 고민거리를 꿰뚫어본 것이다. 집에 돌아온 후로 그녀는 열정이라 해도 좋을 만큼 뜨거운 애정을 동생들에게 쏟고 있었다.

"어머님의 병이 완전히 낫지 않는다면, 누군가가 그 애들을 돌봐주지 않으면 안 되지. 당신 아버지는 별로 힘쓰지 못할 것 같은데."

"내가 도우면 하실 수 있어요. 아버지는 일을 하셔야 해요."

"나도 돕고."

"아녜요. 당치도 않은 말씀이에요!"

"정말 어리석기 짝이 없군!"

더버빌이 버럭 소리를 질렀다.

"당신 아버지는 나를 같은 일가라고 생각하니까 아주 만족하실 거야!"

"그럴 리 없어요. 내가 사실을 말했으니까요."

"그렇다면 더 어리석군!"

화가 잔뜩 난 더버빌은 그녀 곁을 떠나 산울타리 쪽으로 물러갔다. 그리고는 기다란 노동복을 벗어 둘둘 뭉친 다음 모닥불 속에 처넣고는 돌아가 버렸다.

테스는 일을 더 계속할 수가 없었다. 그녀는 안절부절못하고 불안해했다. 알렉이 아버지한테 간 것이나 아닐까 하고 걱정이 되어 쇠스랑을 집어 들고 집으로 향했다. 집에서 이십 야드쯤 되는 거리에 이르렀을 때 테스는 자기를 데리러 오는 동생들을 만났다.

"아, 언니 어쩌면 좋아! 리자 루 언니는 울고 집에는 마을 사람들이 잔뜩 모였어. 엄마는 괜찮은데 아버지가 돌아가신 것 같다고 야단들이야!"

417

동생은 큰일이 생겼다는 건 알고 있지만 그것이 얼마나 슬픈 소식인지를 몰랐다. 큰일 난 듯이 눈을 둥그렇게 뜨고 테스를 쳐다보던 꼬마는 테스의 표정이 달라지는 걸 보자 다시 말했다.

"근데 언니, 아빠하곤 이제 다시 얘기할 수 없는 거야?"

"아빠는 조금 편찮으셨을 뿐인데!"

테스는 낙담했다. 마침 리자 루가 달려와서 말했다.

"아빠가 방금 돌아가셨어. 엄마를 왕진하러 왔던 의사가 그러는데 심장이 막혀버려서 도저히 살아날 가망이 없대."

사실 그대로였다. 더비필드 부부는 서로의 운명이 뒤바뀌었다. 죽어 가던 아내는 살아나고, 별로 대단치 않던 남편은 죽어 버린 것이다. 더비빌드가 죽었다는 소식은 단순한 사실 이상의 뜻을 내포하고 있었다. 아버지의 수명에는 몸소 해놓은 개인적인 업적과는 상관없는 다른 가치가 있었다. 그렇지 않았더라면 그의 죽음이 그리 대수롭지는 않았을 것이다. 그것은 삼대로 한정된 토지 차용 계약으로, 차용 기한이 끝나는 마지막 삼대 손이 바로 더비필드였던 것이다. 거기에다 장기 일꾼을 둔 소작농들은 그들이 거처할 집이 모자라서 항상 그 집을 탐내고 있었다. 더구나 종신 지주는 태도가 거만해서 마을 사람들은 소지주만큼이나 그를 싫어하고 있었다.

따라서 임대 기간이 끝나면 계약의 갱신은 절대로 할 수 없었다. 결국 더버빌 가문에 속하던 더비필드 일가는 이 지방에서 유력한 존재로 행세하던 그 시절에, 현재의 그들처럼 땅 없는 자들에게 냉혹했던 대가를 고스란히 치렀다. 밀물과 썰물처럼 변화무쌍한 흐름은 땅 위의 모든 것에 엇갈리어 그칠 줄 몰랐다.

51

드디어 성모 마리아의 날 전날 밤이 다가왔다. 농가에서는 1년

중 어느 때도 보지 못한 열띤 소란에 휘말렸다. 성촉절[10]에 체결한 1년간의 고용 계약이 끝나는 날이다. 노동자—'품팔이꾼', 이 말은 노동자라는 말이 외부에서 들어올 때까지 오랫동안 써오던 말이지만, 노동자들은 일하던 곳에 더 있고 싶지 않으면 다른 농장으로 옮겨갔다.

농장에서 농장으로 옮겨 다니는 사람의 수가 해마다 늘어갔다. 테스의 어머니가 아직 어렸을 때는, 말로트 부근의 농부들은 거의 평생토록 한군데 농장에서 생계를 이어 갔다. 그곳은 조상의 일터기도 했다. 그러나 최근에는 해마다 일자리를 바꾸는 경향이 상당히 높아졌다. 젊은 일꾼의 가족들에게는 더 나은 이득이 있을지도 모른다는 유쾌한 자극의 계기가 됐다. 이곳도 어느 가족에겐 모세가 가고자 했던 가나안, 먼 데서 보는 가족에겐 약속된 낙원 같아 보인다. 그러나 막상 그곳에 가서 살아보면 역시 이집트가 된다. 이렇게 해서 그들은 한군데 머물지 않고 자꾸 떠돌아다닌다.

눈에 띄게 늘어가는 이주가 단순히 농촌 생활의 불안에서 오는 것만은 아니었다. 인구의 감소 현상도 일어나고 있었다. 농촌이라 하면 예전에는 농부 외에 신분이 높고 취미와 지식이 훨씬 앞선 계급—테스의 양친이 속하던 계급—과 더불어 목공, 대장장이, 구두장이, 행상인 그리고 농업 노동자가 아닌 노동자 계급, 또 테스 아버지처럼 종신 임대권 소유자라든가 토지 등기부 소지자가 때로는 소규모 자작농이었기 때문에 어느 정도 생활이 안정된 한 무리의 주민들이 속하는 사회였다.

그러나 장기간의 임대 계약이 지나면, 그 집을 같은 사람에게 다시 빌려주는 경우는 없고, 지주가 고용인을 위해서 꼭 필요하다고 하지 않는 한 대개 헐어버리는 것이었다. 지주에게 직접 고용되지 않은 노동자들은 푸대접을 받았다. 이렇게 해서 쫓겨나는 노동자들이 생기면, 그들을 의지했던 장사꾼들도 그곳을 떠나지 않을 수

10) 2월 2일, 우리의 경칩에 해당

없었다. 옛날 농촌 생활의 뼈대를 이루고 또 농촌 전통의 수호자였던 이런 가족들은 도시에서 피난처를 구해야만 했다. 통계학자가 '농촌 인구의 도시 집중 경향'이라고 규정한 이 과정은, 기계력을 이용하여 물줄기를 억지로 산꼭대기로 끌어올리는 것과 같았다.

이런 식으로 헐렸기 때문에 말로트 마을의 주택 사정은 상당히 악화되었고 남아 있는 집들은 농장주가 구입해서 고용자들의 숙소로 사용하려고 했다. 테스의 생애에 무거운 그림자를 던진 사건 이후, 더비필드 일가(그의 혈통을 믿어 주는 사람은 없었다)가 그 임대권이 끊어졌을 때, 도의적으로 떠나야 할 사람이라고 마을 사람들은 무언 중에 생각하고 있었다. 금주라든가 절도라든가 또는 정조라는 점에서 볼 때 이 가족은 모범될 만한 것이 조금도 없었다. 아버지뿐만 아니라 어머니도 가끔 술에 취하기가 일쑤요, 아이들은 좀처럼 교회에 나가지 않고 또 큰딸은 묘한 관계를 맺고 있었던 것이다. 마을에서는 어떤 방법을 쓰더라도 기풍을 잡아야 했다.

결국 더비필드 가족은 성모 마리아의 날 첫날에 마을을 쫓겨나게 됐고 넓은 집은 대가족을 거느린 마차꾼이 들어오게 되었다. 그래서 과부 조앤과 테스, 리자 루, 아들 에이브러햄, 그리고 그 밑의 아이들은 다른 곳으로 떠나지 않으면 안 되었다. 그들이 떠나기로 한 전날 밤은 이슬비가 부슬부슬 내려서 잔뜩 흐리고 어느 때보다 일찍 어두워졌다. 그들이 태어난 이 마을에서 지내는 것도 오늘이 마지막이므로 어머니와 리자 루와 에이브러햄은 친지들에게 작별인사를 나누러 갔다. 테스는 그들이 돌아올 때까지 집을 지키고 있었다.

그녀는 창문에 얼굴을 바싹 대고 창가의 의자에 무릎을 꿇고 앉아 있었다. 퍽 오래전에 굶어 죽은 성싶은 거미줄에 눈이 멎었다. 파리 한 마리 걸려들지 않는 곳에 잘못 쳐진 거미줄은 창문 사이로 스며드는 약한 바람에 하늘거리고 있었다. 가족들의 난처한 처지를 곰곰 생각하니 자신의 잘못이 원인이란 걸 깨달았다. 그녀가 돌아오지 않았으면 어머니와 동생들은 적어도 일주일은 더 머무를 수 있었으리라. 그러나 그녀가 돌아온 것과 거의 때를 같이하여 까다롭고 유력한 위치에 있는 마을 사람들의 눈에 띄었다. 그들은 죽은 아기의 무덤을 흙손으로 정성껏 다듬으며 교회 묘지에서 시간을 보내는 테스를 보았다. 그녀가 말로트 마을에 돌아와 산다는 사실을 안 그들은, 테스를 감싸주는 그녀의 어머니를 비난했다. 그러자 조앤도 되받아쳐서 당장 떠나겠다고 잘라 말해 버렸던 것이다. 장담한 결과가 온 것이다. 테스는 쓸쓸히 중얼거렸다.

"돌아오지 말걸 그랬어."

그녀는 생각에 골몰하느라 흰 우장을 입은 남자가 말을 타고 오는 걸 보고도 관심을 두지 않았다. 창가에 얼굴을 바싹 대고 있었던 탓인지 그 남자는 그녀를 금방 알아보고 현관 앞까지 바싹 말을 다가세웠다. 말이 담 밑의 조그만 꽃밭을 밟을 뻔했다. 그가 말채찍으로 창을 두드렸을 때에야 그녀는 그를 알아보았다. 비는 이미 그쳤다. 알렉의 손짓에 따라 그녀는 창문을 열었다.

"날 보지 못했소?"

더버빌이 물었다.

"딴생각하고 있었어요. 소리가 들린 것 같긴 했지만 여러 필이 끄는 마차인 줄 알았어요. 꿈을 꾸고 있었나 봐요."

"아아! 아마 저 더버빌 가의 마차 소리를 들었나 보군? 그 전설을 알고 있어?"

"아뇨. 누가 얘기해 주려다가 그만둔 일이 있어요."

"당신이 틀림없는 더버빌 가문의 사람이라면 나도 얘기 않는 게 좋겠어. 나야 가짜니까 상관없지만. 우울한 얘기야. 사실은 유령 같은 마차 소리는 더버빌 가문의 피를 이어받는 후손한테만 들린다고 하는데 그 소리를 들은 사람에게 불행한 일이 생긴다는 거야. 몇 백 년 전에 조상의 한 사람이 저지른 살인 사건에 관계되는 거라더군."

"이미 말씀하셨으니 끝까지 다 얘기해 주세요."

"그렇다면 하지. 그 가문의 사람이 어느 아름다운 여인을 납치해서 마차로 데리고 가는 도중에 여자가 도망치려 했다는군. 그래서 다투다가 남자가 여자를 죽였다든가 여자가 남자를 죽였다든가 그건 잊어버렸소. 이렇게 전해 내려오는 얘기지…… 양동이와 대야를 꾸려 놓았는데 이사 가는 거요?"

"네, 내일—성모 마리아의 날에."

"얘길 듣긴 했지만 너무 갑작스러워서 믿어지지 않는데. 그런데 무슨 일이라도 있소?"

"아버지는 이 집에 살 수 있는 마지막 소유권자였어요. 아버지가 돌아가신 이상 권한이 없어졌으니 더 있지 못해요. 내 일만 아니었더라도 일주일쯤은 더 머무를 수 있었을 텐데 말예요."

"당신이 어떻게 했기에?"

"저는 저—올바른 여자가 아니니까요."

더버빌의 얼굴이 붉어졌다.

"무슨 빌어먹을 그따위 일이 있나! 변변치 못한 것들이! 그따위 더러운 정신머리들이란 불태워서 재나 만들어 버리지!"

그는 비꼬는 듯한 노여움에서 소리쳤다.

"그래서 떠나는 거요? 쫓겨난단 말이지?"

"쫓겨나는 건 아니지만 빨리 비워 달래요. 다들 자리를 바꾸는 지금 나가는 게 좋을 것 같아요. 무슨 좋은 일이 있을지도 모르니까요."

"어디로 갈 작정이요?"

"킹스비어요. 그곳에 방을 얻어 놓았어요. 어머님은 아버지의 가문을 믿고 어리석게도 그곳에 가고 싶어 하는군요."

"많은 가족을 거느리고 셋방살이를 하기란 어려울 거요. 더구나 좁은 마을에서 말이요. 그러지 말고 트랜트리지에 있는 우리 집 아래채로 오면 어떻소? 어머니가 돌아가신 후로 다 치워버렸지만 집과 뜰은 그대로 있어. 하루면 깨끗이 전부 회칠을 할 수 있고 거기 같으면 당신 어머니도 편히 지낼 수 있을 거요. 그리고 동생들은 좋은 학교에 보내주겠소. 나는 꼭 당신에게 무언가 갚아야 할 의무가 있단 말이요!"

"하지만 킹스비어에 방을 얻어 놓았어요! 거기서 기다리기만 하면 돼요."

그녀는 명확히 말했다.

"기다리다니—무엇을? 그 훌륭하신 남편을 기다린단 말이지. 하지만 이것 봐, 테스. 나는 남자가 어떤지 잘 알아. 당신들이 헤어진 원인을 생각하면 그는 절대로 화해할 사람이 아니라고 나는 단정하겠소. 날 봐요. 당신의 원수였지만 지금은 친구야. 당신은 믿지 않더라도 말이오. 내 집에 와서 정식으로 양계를 해보지 않겠소? 그렇게 되면 당신 어머니도 잘 돌볼 거구 또 동생들도 학교에 갈수 있을 테니."

테스의 숨결이 점점 빨라졌다. 잠시 후 이렇게 말했다.

"당신이 하는 말을 어떻게 믿어요? 당신 마음이 달라질 수도 있으니 다시 집 없는 신세가 될 거 아니에요."

"오오, 천만에. 그럴 리가 있나! 필요하다면 증서라도 쓰지. 한번 잘 생각해 봐요."

테스는 고개를 저었다. 그러나 더버빌도 굽히지 않았다. 그렇게까지 결심한 그를 그녀는 일찍이 본 적이 없었다. 그는 기어코 동의를 얻으려고 했다.

"제발 어머님한테 말이라도 해봐요."

그는 힘주어 말했다.

"아무튼 당신의 어머님이 판단하는 것이지 당신은 아니니까. 내일 아침 집을 말끔히 청소하고 칠도 다시 해놓고 불도 피워 놓겠소. 저녁쯤에는 다 마를 테니까 곧장 오면 되는 거요. 알겠소? 그럼 오는 걸로 기다리고 있겠소."

테스는 다시 고개를 저었다. 뒤얽힌 감정이 치밀어 올랐다. 그녀는 더버빌의 얼굴을 쳐다볼 수 없었다.

"나는 당신에게 최선을 다해 과거의 보상을 하지 않으면 안 돼."

그는 말을 이었다.

"그리고 또 신앙에 미친 나를 고쳐준 사람도 당신이니까. 그러니 나는 기꺼이……."

"오히려 그 정열이 그대로 계속되었다면 좋았을걸 그랬어요. 그러면 당신은 신앙에나 열중했을 것 아녜요!"

"나는 조금이라도 보상할 수 있는 기회가 온 것을 기뻐하고 있소. 내일 당신 어머니의 이삿짐을 내리는 소리가 들리기를 기다리겠소…… 자, 그런 뜻에서 악수를 해줘—아름다운 테스!"

말을 마치자 목소리를 갑자기 낮춰 뭐라고 중얼거리면서 열린 창문 틈으로 한쪽 손을 내밀었다. 노여움에 가득 찬 눈초리로 그녀는 창문 고리를 확 잡아당겼다. 그의 팔이 창문과 돌쩌귀가 달린 문턱에 끼었다.

"빌어먹을—이건 정말 지독한데!"

알렉이 얼른 팔을 빼면서 말했다.

"아냐, 괜찮아! 일부러 그런 건 아닐 테지. 하여간 당신을 기다리겠소. 그렇지 않으면 적어도 당신 어머니와 동생들만이라도 오는 걸 기다리고 있겠소."

"난 가지 않겠어요—돈이 넉넉히 있으니까요!"

"어디에?"

"부탁만 하면 말이지. 하지만 테스, 그런 부탁 하지 않을 걸. 난 당신을 잘 아니까. 차라리 굶어 죽으면 죽었지 돈 부탁을 할 여자는 아니지!"

그는 말을 몰고 가버렸다. 길모퉁이에서 그는 페인트 통을 든 남자를 만났다. 그 남자는 교우를 저버릴 생각이냐고 물었다.

"악마한테나 찾아가게!"

더버빌은 말했다. 테스는 꼼짝 않고 오랫동안 그 자리에 머물러 있었다. 자기가 부당하게 괄시를 받고 있다는 반항심이 생겨 뜨거운 눈물이 솟아올랐다. 남편인 에인절 클레어마저도 남들처럼 그녀를 괴롭혔다. 그렇다! 분명히 그녀를 괴롭혔다! 이전에는 미처 깨닫지 못했지만 그녀를 괴롭힌 건 확실하다! 그녀가 살아오는 동안 남에게 해를 끼치려는 마음을 먹은 적은 한 번도 없었다는 것을 그녀는 진심으로 맹세할 수 있었다. 그런데도 이처럼 가혹한 심판을 받다니. 그녀가 죄를 범했다 할지라도 고의적으로 한 건 아니고 오로지 부주의로 말미암아 생긴 일이었다. 그런데 어째서 이토록 끈질기게 벌을 받아야 하는가?

그녀는 손에 잡히는 종이쪽을 꽉 움켜쥐고는 몇 줄의 사연을 갈겨썼다.

오오, 에인절! 당신은 왜 이다지도 저를 학대하시나요. 에인절! 저는 그런 보복을 받을 만큼 나쁜 짓을 하지 않았어요. 모든 일을 다시 곰곰이 생각해 봤어요. 도저히 이해할 수 없어요. 저는 결코 당신을 용서하지 못하겠어요! 제가 당신을 욕되게 하고 싶은 생각이 조금도 없다는 걸 아시면서, 그런데 어째서 당신은 이토록 저를 괴롭히시나요? 당신은 너무나 가혹해요. 정말 가혹하셔요! 저는 이제 될 수 있는 대로 당신을 잊도록 노력하겠어요. 당신이 제게 내리신 판단은 모두 부당해요!

T로부터

밖을 내다보던 그녀는 집배원이 지나가는 걸 보고 달려 나가 편지를 전했다. 그러고는 다시 아까의 자리로 돌아와 앉았다.

편지를 이렇게 쓰든 단정하게 쓰든 다를 게 없다. 이런다고 에인절이 꺾여 이 애처로운 호소를 받아들이겠는가? 현실은 여전히 달라지지 않았다. 그의 마음을 움직일 만한 새로운 사건은 아무것도 없었다.

날이 점점 어두워지고 난로의 불빛은 방 안을 밝게 비췄다. 큰아이 둘은 어머니를 따라갔고 네 살에서 열한 살까지의 네 아이들은 까만 옷을 입고 난롯가에 모여 앉아 저희들끼리 지껄이고 있었다. 테스도 그들 틈에 끼어 앉았다.

"애들아, 우리들이 태어난 이 집에서 자는 것도 오늘 밤이 마지막이야."

그녀가 재빨리 말했다.

"그걸 잘 생각해야 한다고, 그렇잖니?"

그들은 모두 잠잠해졌다. 다른 곳으로 이사한다는 기쁨에 온종일 젖었던 아이들은 모두 감동하기 쉬운 나이였다. 테스가 한 마지막이라는 말에 금방 울음을 터뜨릴 것 같았다. 테스는 얼른 화제를 바꿨다.

"무슨 노래를 할까?"

"너희들이 아는 것을 해봐, 뭐든 좋아."

잠시 동안 침묵이 흘렀다. 그러자 한 아이가 시험 삼아 가만히 입을 열었다. 그러자 두 번째 음성이 노래에 힘을 합하고, 세 번째 또 네 번째 음성이 한데 어울려서 그들은 주일 학교에서 배운 노래를 불렀다.

세상에서 우리들은 슬픔과 고통을 겪고
세상에서 우리 다시 만나면 이별이라네
그러나 천국에서는 영원히 이별이 없다네.

가사에 나타난 사실 따위는 이미 터득해서 틀림이 없으니 더 걱정하지 않아도 된다고 생각하는 사람의 냉담하고 무심한 태도처럼 네 아이는 노래를 계속했다. 한 구절 한 구절 똑똑히 외우려는 그들은 반짝이는 난롯불을 바라보고 있었다. 막내 동생의 노래는 다른 아이들이 끝났는데도 여전히 서툴게 계속되었다.

테스는 자리에서 일어나 창가로 돌아갔다. 창밖의 어둠을 뚫어보려는 듯 그녀는 창틀에 얼굴을 바짝 댔다. 실은 흐르는 눈물을 감추기 위해서였다. 만약 동생들이 부른 노래의 내용을 믿을 수만 있다면, 만약 그렇다고 확실히 느낄 수만 있다면 모든 것이 얼마나 변했을까? 어떻게든 믿는 마음으로 내세의 천국에 동생들을 맡길 수 있을 것을! 그러나 그녀는 무언가 다른 대책을 세우지 않으면 안 됐다. 테스에게 있어 다음의 시구가 오싹하게 들렸기 때문이다.

완전한 알몸이 아닌
영광의 구름을 타고
우리들은 이승에 왔노라.

그녀와 같은 인간에게는 태어났다는 것 자체가 그들의 의지를 꺾는 하나의 시련이었다. 어떤 결과라도 그 시련의 내력을 정당하게 해주지 않았고 고작해야 그것을 누그러뜨릴 뿐이었다.

비에 젖은 어두운 길로 어머니가 키 큰 리자 루와 에이브러햄과 함께 돌아오는 모습이 보였다. 더버필드 부인이 현관 앞에 다다르자 테스는 문을 열었다.

"밖에 말발굽 자국이 있던데, 누가 왔다갔니?"

어머니가 물었다.

"아뇨!"

테스는 대답했다. 난로 옆에 있는 꼬마들이 심각한 표정으로 테스를 바라보더니 그중 하나가 말했다.

"테스 누나, 말 탄 신사가 왔었잖아!"

"그 사람은 찾아온 게 아니야. 지나가다 얘기를 건 것뿐이지."

"그 신사란 누구지?"

어머니가 물었다.

"니 남편이냐?"

"아니에요. 남편은 절대로 돌아오지 않아요."

테스는 아주 절망적인 투로 대답했다.

"그럼 누구란 말이야?"

"뭐, 아실 필요 없어요. 이전에 한 번 보신 일이 있고 저도 본 적이 있는 사람이에요."

"그래! 뭐라구 허든?"

어머니는 사뭇 궁금한 듯 물었다.

"내일 킹스비어로 이사한 다음에 자세하게 말씀드릴게요."

남편은 아니라고 그녀는 말했다. 그러나 오직 그 남자만이 육체적인 남편이라는 생각이 그녀의 마음을 점점 무섭게 압박하는 것 같았다.

52

이튿날 아직 컴컴한 새벽인데 마을 사람들은 잠을 방해하는 시끄러운 소리가 날이 샐 때까지 간간이 계속되는 걸 어슴푸레 들었다. 그것은 이달 첫 주면 으레 들리는, 같은 달 셋째 주의 뻐꾹새 소리처럼 해마다 반복되는 소리였다. 이삿짐을 실어 나르려고 빈 짐마차가 지나가는 소리였다. 농장주의 짐마차로 일꾼의 이삿짐을 목적지까지 실어다 주는 게 보통이어서 농장주는 해지기 전까지 이사가 끝나기를 바랐다.

그러나 테스에게 마차를 보내줄 만한 사람은 아무도 없었다. 그들은 여자뿐이었고 고용된 정식 일꾼도 아니었다. 게다가 어디서 오라는 데도 없었다. 결국 자기네 비용으로 마차를 빌렸다.

그날 아침 창밖을 내다본 테스는 바람 불고 날씨는 흐렸으나 비는 오지 않았고 또 마차가 제시간에 와 있었으므로 한결 마음이 놓였다. 비 오는 성모 마리아의 날이란 이사하는 사람에게는 결코 잊을 수 없는 유령 같은 날이다. 젖은 가구며, 이부자리며, 옷가지가 유령처럼 불길하게 잡아 끄는 것 같았다.

어머니와 리자 루 그리고 에이브러햄은 깼지만 어린 동생들은 아

428

직 자고 있었다. 네 사람은 희미한 불빛 아래 식사를 마치고 짐을 꾸리기 시작했다.

짐을 챙길 때 두어 명의 친한 이웃이 도와주어서 빨리 진행됐다. 큰 가구를 마차에 싣자 다음은 더비필드 부인과 아이들이 쉬며 갈 수 있도록 침대와 이부자리로 둥그렇게 앉을 자리를 마련했다. 짐 싣는 동안 안장을 풀어 놓아서 짐을 모두 싣고도 말을 맬 때까지는 잠시 시간이 있었다. 오후 2시쯤 되자 마차는 움직이기 시작했다. 마차의 굴대에 매달아 놓은 냄비는 멋대로 흔들리고, 짐 위에 앉은 더비필드 부인은 깨지지 않도록 무릎 위에 벽시계를 얹어 놓고 있었다. 벽시계는 마차가 흔들릴 때마다 짓눌린 듯한 소리로 1시를 치기도 하고 3시를 치기도 했다. 테스와 리자 루는 짐수레가 마을 어귀를 벗어날 때까지 수레와 나란히 걸어가고 있었다.

어제 저녁과 오늘 아침에 몇몇 이웃에게 작별인사를 다녔으므로 출발할 때 몇 사람이 배웅하러 왔다. 그들은 한결같이 테스 집안의 행운을 빌었으나 마음속으론 더비필드 가정이 남들에게 끼친 손해가 없다 하더라도 이 집안에 행운이 있으리라곤 생각하지 않았다. 마침내 짐수레가 비탈길을 오르기 시작했고 높이와 토질의 변화에 따라 바람은 더욱 차가와졌다.

그날은 4월 6일이라 그들처럼 짐 위에 가족들이 탄 여러 대의 마차를 만났다. 꿀벌의 집이 육각형으로 일정한 것처럼 시골 사람들의 이삿짐 싣는 모양이나 방법도 거의 비슷했다. 짐의 맨 밑에는 장롱이 있는데 손자국이 많고 반짝이는 손잡이가 달린 것이다. 때 묻은 장롱은 말 엉덩이 위에 소중하게 얹혀 있다. 마치 공손하게 모셔야 할 경전이 들어 있는 성스러운 궤 같았다.

생기에 넘쳐 있는 가족이 있는가 하면 슬픔에 잠겨 있는 가족도 있었다. 큰길가 술집 입구에 짐마차를 멈춰 놓은 패도 있었다. 더비필드 가족도 말에 먹이를 줄 겸 쉬려고 이곳으로 마차를 몰았다.

그들이 쉬는 동안 테스의 눈은 조금 떨어진 짐마차 위에서 삼 파인트 짜리 술병을 기울이는 여인들한테 쏠렸다. 그녀의 눈길은 공중에 솟은 술병을 더듬어 내려가다가 그 술병을 쥔 손의 주인공이 잘 아는 여자임을 알아차렸다. 테스는 그 마차 쪽으로 갔다.

"메리안! 이즈!"

테스가 외쳤다. 그들은 하숙집이 이사하는 바람에 함께 따라가는 것이었다.

"너희들도 다른 집처럼 오늘 이사하니?"

그녀들은 그렇다고 대답했다. 플린트콤 애쉬의 생활이 너무 고생스러워 고소할 테면 하라고 내버려두고 그로비에게는 알리지도 않고 나왔다는 것이다. 그녀들은 목적지를 테스한테 알렸고 테스도 그녀들에게 말했다.

메리안이 짐 위에서 몸을 굽혀 그녀에게 작은 소리로 말했다.

"네 뒤를 쫓아다니던 남자 생각나니―누군지 짐작이 가지?―네가 떠난 다음에 그 남자가 플린트콤 애쉬로 너를 찾아온 걸 알고 있니? 네가 싫어하는 걸 알고 너 있는 곳을 가르쳐 주지 않았어."

"아아, 하지만 벌써 만났어! 나 있는 곳을 알아냈어."

테스는 중얼거렸다.

"그럼 네가 가는 곳도 그 사람이 알고 있니?"

"알고 있을 거야."

"남편은 돌아왔니?"

"아니."

마침 양쪽 마부가 술집에서 나와서 그녀는 친구들에게 작별을 고하고 두 짐마차는 각기 반대 방향으로 다시 길을 떠났다. 메리안과 이즈와 그녀들이 하숙하던 집 가족들이 탄 산뜻하게 칠한 짐마차는 안장에 번쩍이는 놋쇠 장식들을 단 세 마리의 튼튼한 말이 끄는 한편, 더비필드 가족이 탄 수레는 짐을 겨우 지탱할 만큼의 마차로 페인트칠이라곤 없는 데다 두 마리의 말이 삐거덕거리며 끌 뿐이었다. 번창하는 농장주를 따라가는 사람과 고용주도 없이 스스로 살 길을 찾아가는 사람과의 차이가 두드러졌다.

여정은 아득했다. 하루해의 여행길로는 너무 멀고 말들이 감당하기에도 벅찬 것 같았다. 일찍 출발한 편이지만 그들이 그린힐 고원의 일부를 이루는 산허리를 돌 때는 늦은 오후였다. 말들이 멈춰서 배설을 하고 숨을 돌리는 동안 테스는 사방을 둘러봤다. 그들이 서 있는 언덕 밑 앞쪽에 그들의 목적지인 조그마한 킹스비어가 음산하게 놓여 있었다. 그곳에는 그녀의 아버지가 마음에 사무치도록 이야기하고 노래하던 조상들이 묻혀 있었다. 그리고 더버빌 가문이 줄잡아 500년 동안이나 살던 곳이므로 세상의 어느 곳보다도, 특히 더버빌 가문의 고향이라고 생각되는 곳이었다.

읍 어귀에 지켜 섰던 사나이가 이곳을 향해 오는 모습이 보였다. 짐수레를 발견하자 그는 빠른 걸음으로 다가왔다.

"더비필드 부인이신가요?"

그가 테스 어머니에게 말을 건넸다. 그때 그녀는 남은 길을 걸으려고 마차에서 내렸다. 그녀는 머리를 끄덕였다.

"정식으로 말씀드리자믄 최근에 돌아가신 가난한 귀족 존 더버빌 경의 미망인입니다. 지금 조상의 영지루 돌아가는 길입니다만……."

"네, 그렇습니까? 저는 그런 것은 전혀 모릅니다만 더비필드 부인이시라면 말씀드려야겠습니다. 사실은 댁에 빌려드리기로 되어 있는 방에 다른 사람이 들었다는 전갈입니다. 오늘 아침 편지를 받고서야 이리로 오신다는 걸 알았지만 이미 때가 늦었죠. 하지만 어디든지 빈방은 분명히 있을 겁니다."

그 남자는 이 얘기를 듣고 하얗게 질린 테스를 쳐다봤다. 그녀의 어머니는 난처해서 매우 실망한 것 같았다.

"테스야, 이제 어떻게 허믄 좋겠니?"

어머니가 애처롭게 물었다.

"이것이 조상들이 묻힌 땅에 돌아와서 받는 대접이구나! 하여간 다른 곳을 찾아보기루 허자."

어머니와 리자 루가 방을 얻으러 샅샅이 헤매는 동안 테스는 동생들과 함께 마차에 남아 있었다. 한 시간쯤 뒤에 어머니가 마차로 돌아왔으나 허탕만 쳤다는 것이다. 마부는 말이 녹초가 되었고 오늘 밤 안에 조금이라도 온 길을 돌아가야 하므로 짐을 풀어야겠다고 말했다.

"좋아요. 여기에다 내려주세요. 어디 임시 거처라두 얻을 테니까."

부인이 무작정 말해 버렸다. 교회당 묘지의 담장 밑, 사람들의 눈에 띄지 않는 곳으로 마차를 몰고 갔다. 잘됐다는 듯이 마부는 얼마 안 되는 초라한 살림살이를 내렸다. 짐을 다 내린 다음 마차삯을 치렀다. 이제 그녀의 수중에 남은 돈은 마지막 일 실링 남짓뿐이었다. 거래를 끝낸 게 기쁘기만 한 듯 마부는 그들을 남겨 두고 뒤돌아보지도 않고 사라졌다. 날씨가 좋은 밤이었으므로 하룻밤 이슬을 맞아도 괜찮겠지 하고 마부는 생각했다.

테스는 절망의 눈길로 짐 더미를 바라봤다. 해질 무렵의 차가운 햇살 아래 항아리와 주전자를, 산들바람에 흔들리고 있는 약초다발을, 옷장에 달린 놋쇠 손잡이를, 아이들이 모두 잠들어 보았던 버드나무로 만든 요람을, 그리고 둘레가 반질반질하게 닳은 벽시계 등을 일일이 살펴봤다. 물건들은 실내용으로 만들어진 저희들을 지붕도 없는 밖에서 뒹굴게 함은 억울하다는 듯 원망의 빛을 발사하고 있었다. 전에는 공원이었던 언덕이며 비탈이 지금은 칸칸이 막아 놓은 목초지가 되어 있었고 한때는 더버빌 저택의 표시였던 풀에 덮인 주춧돌이 사방에 널려 있었다. 또 조상의 영지에 속했던 이그돈 황야 가까이에 더버빌의 회랑이라고 불리는 교회의 회랑이 사면을 내려다보고 있었다.

"가족 묘지는 우리의 부동산이 아닌가?"

교회와 묘지를 둘러보고 온 테스의 어머니가 말했다.

"왜 아니야. 그렇구말구, 우리 소유지. 그러니까 조상이 살던 영지에서 집을 얻을 때까지 여기서 임시로 사는 거야! 자, 테스야, 그리구 리자와 에이브러햄 모두 와서 도와라! 동생들 잠자리를 만들어 주구 우리는 다시 한 바퀴 둘러보자."

테스는 내키지 않는 기분으로 어머니를 도왔다. 15분쯤 걸려 이 삿짐에서 침대를 꺼낸 그들은 교회 남쪽의 벽 밑에다 내렸다. 침대 덮개 위로는 15세기쯤에 만들어졌다고 하는 스테인드글라스 유리창이 줄지어 있었다. 그것은 '더버빌의 창'이라 불리는데, 유리창의 높은 부분에는 더비필드 집안의 인장과 수저에 새겨 놓은 것과 똑같은 문장이 보였다.

어머니는 침대 둘레에 커튼을 쳐서 훌륭한 천막을 만들어 놓고 그 안에 아이들을 들여보냈다.

"정 허는 수 없으믄 하룻밤쯤 여기서 자두 되겠다. 허지만 더 찾아보기루 허자. 그리구 애들 먹을 것두 좀 구해 봐! 아, 테스, 아무 도움두 되지 않을 바에야 신사양반과 결혼 따위가 무슨 소용이냐! 우리들이 이렇게 된 바에야!"

어머니는 말했다. 리자 루와 남동생을 데리고 어머니는 교회와 마을을 연결하는 좁은 길을 따라 비탈길을 올라갔다. 그들이 거리로 갔을 대 말을 타고 사방을 두리번거리며 오는 남자를 보았다.

"아, 마침 찾고 있던 길입니다!"

말을 몰아 앞으로 다가오면서 그는 말했다.

"이건 정말 역사적인 땅에 가족이 모인 셈이군요!"

그는 알렉 더버빌이었다.

"테스는 어디 있습니까?"

그가 물었다. 테스 어머니는 알렉을 조금도 좋아하지 않았다. 그녀는 무뚝뚝하게 교회 있는 곳을 가리키고는 다시 걸어갔다. 그는 방금 들은 얘기지만 방을 얻지 못했을 경우엔 다시 만나 뵙겠다고 했다. 그들이 사라지자 더버빌은 여관으로 돌아갔다가 잠시 후에 나왔다.

테스는 그동안 동생들과 함께 침대 안에 남아서 얘기를 주고받다가 방금 저녁놀이 물들기 시작한 교회 묘지 근처를 거닐었다. 교회 문은 마침 열려 있어서 난생 처음으로 교회 안에 들어가 보았다.

침대를 마련하고 있는 위쪽 창문 안에는 몇 백 년에 걸친 조상들의 무덤이 있었다. 무덤은 각각 제단 모양으로 만들어진 평범한 것이었다. 조각은 닳아서 없어지고 파손됐으며 커다란 못 구멍은 사암 절벽에 있는 제비 구멍처럼 남아 있었다. 그녀의 가문이 사회적으로 소멸됐다는 사실을 깨닫게 하는 일들을 숱하게 보았지만 이곳의 황폐한 모습만큼 강한 인상을 주는 것은 없었다. 그녀는 다음과 같은 문자가 새겨진 까만 돌 앞으로 다가갔다.

OSTIUM SEPULCHRI ANTIQUAE FAMILIAE D'URBERVILLE
(더버빌 가문 묘지 입구)

테스는 교회의 라틴어를 읽지는 못하지만 이것이 조상들의 묘지의 문이고 또 아버지가 술잔을 놓고 항상 흥얼거리던 건장한 기사들이 이 안에 잠들어 있다는 사실을 알았다.

생각에 잠긴 그녀가 돌아가려고 가장 오래된 무덤 앞을 지날 때 그 위에 모로 누운 사람을 발견했다. 교회 안이 어두웠으므로 그녀는 미처 깨닫지 못했고 그 모습이 움직인다는 느낌이 없었다면 몰랐을 것이다. 그녀가 앞으로 다가간 순간 그것이 살아 있는 인간임을 알았다. 여태껏 혼자 있었던 게 아니라는 사실을 알고 놀란 데다 그게 바로 더버빌이라는 걸 똑똑히 보자 그녀는 거의 기절할 것처럼 주저앉았다. 그는 두꺼운 돌에서 껑충 뛰어내려 그녀를 붙들어 주었다.

"나는 당신이 들어오는 걸 보고 있었지."

그는 빙글빙글 웃으며 말했다.

"당신의 명상을 방해하지 않으려고 저 위에 올라간 거요. 우리 발

434

밑에 있는 조상들과 처음으로 인사하는 건가? 그럼 잘 들어 봐요."

그가 발꿈치로 힘껏 바닥을 찼다. 그러자 발밑에서 속이 텅 빈 듯한 소리가 울려 왔다.

"조상들이 조금 놀라셨겠네!"

"나를 조상 중 누군가의 석상으로 생각했나보군. 하지만 그렇지 않아. 세상은 바뀌기 마련이요. 지금은 가짜인 더버빌의 조그만 손가락 하나가 이 밑에 있는 조상들의 손가락을 전부 합친 것보다도 훨씬 당신을 위할 수 있소…… 자 나에게 명령하시오. 뭘 해드릴까요?"

"가주세요!"

그녀는 조그만 소리로 말했다.

"가지, 가서 어머니를 찾아뵈야겠소."

부드럽게 말했으나, 그녀 옆을 지나면서 속삭였다.

"알아 줘요. 머지않아 당신도 내게 친절해질 거요!"

그가 돌아간 다음 그녀는 납골당 입구 위에 몸을 구부리고 혼자 중얼거렸다.

"나는 왜 이 문 바깥에 있어야 하나!"

한편 메리안과 이즈 휴엣은 하숙집의 이삿짐과 함께 가나안의 농장—오늘 아침에 떠난 다른 사람들로선 '이집트'의 농장이었던—을 향해 가고 있었다. 그러나 그 아가씨들은 목적지에 대한 생각에만 골몰하지는 않았다. 그녀들의 얘기는 에인절 클레어와 테스, 그리고 테스를 끈덕지게 따라다니는 남자에 대한 것이었다. 그 남자가 그녀의 과거와 관계가 있다는 사실을 반은 소문을 듣고, 또 반은 추측으로 그녀들도 이미 알고 있었다.

"그 애 말이야, 그 남자를 전연 몰랐던 건 아닌 모양이지."

메리안이 말했다.

"그 남자가 옛날에 그 애를 손에 넣었던 일이 있다면 문제는 아주 달라질 거야. 만약 그 남자가 다시 데려간다면 그야말로 돌이킬 수 없게 되는 거지. 클레어 씨는 우리한테는 아무것도 아니잖니. 이봐요, 이즈. 그러나 그이를 테스에게 빼앗긴 게 아깝다고 현재 상태로 내버려둘 순 없잖니? 테스가 고생하고 있는 것과 또 어떤 남자가 그녀를 따라다니고 있는지 만약 클레어가 알기만 하면 그녀를 보살피려고 돌아올지도 몰라."

"어떻게 알릴 방법이 없을까?"

그녀들은 목적지에 도착할 때까지 줄곧 그 일을 생각했으나 목적지에 도착하자 새로운 농장에서 자리 잡고 살림을 정리하는 일에만 정신이 쏠렸다. 한 달쯤 지나고 자리가 잡혔을 때 테스의 소식은 듣지 못했지만 머지않아 클레어가 돌아온다는 소문을 들었다. 그 소식을 듣자 아가씨들은 아직도 가슴 설렘을 느꼈다. 그러나 테스에게 부끄러운 짓을 할 수 없다는 생각에서 메리안은 이즈와 함께 쓰는 잉크병의 뚜껑을 열었다. 그래서 두 아가씨는 짤막한 몇 줄의 글을 적었다.

존경하는 선생님

부인이 선생님을 사랑하는 만큼 선생님께서도 부인을 사랑하신다면 부디 부인을 돌봐주세요. 왜냐하면 부인은 지금 친구의 탈을 쓴 적에 의해 괴로움을 겪고 있기 때문예요. 그래요, 선생님. 부인 곁에 있어서는 안 될 자가 있답니다. 여자 혼자 너무 큰 시련을 당해서는 안 됩니다. 물방울도 쉴 새없이 떨어지면, 돌이라도 아니 그보다 더한 금강석이라도 닳게 하니까요.

행복을 비는 두 친구 올림

에인절 클레어에게 쓴 편지를 에인절과 관계가 있다고 들은 에민스터의 목사관으로 부쳤다. 이 일이 있은 후 그녀들은 자기들의 너그러움에 만족해서 흥분을 누르지 못해 가끔 생각난 듯 노래를 부르기도 하고 함께 눈물을 흘리기도 했다.

제7부 성취

53

에민스터의 목사관에는 황혼이 깃들고 있었다. 목사의 서재에는 여느 때처럼 두 개의 촛불이 녹색 갓 밑에 켜져 있었으나 목사는 거기에 있지 않았다. 목사는 이따금 들어와서 난롯불을 쑤셔 일구어 놓다가는 다시 나가곤 했다. 현관에서 우두커니 서 있다가 응접실로 가기도 했다가 다시 현관으로 돌아오기도 했다.

현관은 서쪽을 향하고 있으므로 집 안은 이미 어둠이 깃들었지만, 문 밖은 아직 사물을 분간할 만큼 밝은 빛이 남아 있었다. 응접실에 앉아 있던 목사 부인은 목사를 따라 현관에 나왔다.

"아직 시간이 많이 남았어."

목사가 말했다.

"기차가 제시간에 도착한다 하더라도 초크 뉴턴에 6시까지 도착 못할 테고 거기서도 십 마일쯤 되는데, 그중의 반은 클리머크록 래인 고갯길을 올라올 테니 우리 집의 늙은 말로는 빨리 오지 못할 거요."

"그 말이 우리를 태우고 한 시간만에 달린 적도 있잖아요."

"옛날 얘기지."

그들의 중요한 한 가지 일은 다만 기다리는 것뿐이어서, 이런 얘기가 헛되다는 걸 잘 알면서도 그렇게 시간을 보내고 있었다.

드디어 희미한 소리가 멀리 골목길에서 들리더니 조그만 망아지가 끄는 마차가 울타리 밖에 나타났다. 한 사람이 마차에서 내리는 걸 보자 목사 부부는 알아보는 듯 했지만 특정한 사람이 특정한 시간에 마차에서 나타났으니 망정이지, 만약 길에서 지나쳤다면 그가 누구인지 알아보지 못했으리라. 목사 부인은 캄캄한 복도를 따라 현관으로 달려 나가고 목사는 천천히 뒤따라 나왔다.

이제 막 문에 들어서려는 사나이는, 현관에 서 있는 두 사람의 근심스런 얼굴로 향하는 그날의 마지막 햇살을 받고 있었기 때문에 그들의 안경에 반사되는 황혼 빛을 봤다. 목사 부부는 햇빛을 등지고 서 있는 그의 모습만을 볼 뿐이었다.

"오오, 내 아들—드디어 돌아와 주었구나!"

목사 부인이 소리쳤다. 부인은 그의 옷에 묻은 먼지도, 오랫동안 헤어져 있게 한 이단자의 허물도 상관하지 않았다. 진리에 충실한 신봉자라 해도 자기 자식을 사랑하는 것만큼 깊이 하나님의 약속과 위협을 믿는 여자가 어디 있을까? 또 신앙과 자식의 행복을 저울질해야 할 때 신앙을 버리지 않을 여자가 어디 있을까? 촛불이 켜 있는 방에 들어가자 부인은 이내 아들의 얼굴을 들여다봤다.

"오오, 에인절이 아니야—내 아들이 아니야—집을 떠날 때의 에인절이 아니에요!"

부인은 그의 곁을 떠나면서 모든 걸 부정하는 듯 슬프게 소리쳤다. 그의 아버지도 그를 보고 깜짝 놀랐다. 고국에서 생긴 짓궂은 사건에 대한 반발로 무작정 달려간 낯선 땅의 기후 속에서 겪은 고초와 풍상으로 부모를 놀라게 할 만큼 그는 예전과 달라져 있었다. 그의 얼굴 뒤로는 거의 망령이 보일 지경이었다. 그의 모습은 마치 이탈리아 화가 크리벨리가 그린 '죽은 그리스도의 모습' 같았다. 움푹 팬 눈은 음울한 빛을 띠었고 눈빛에는 생기가 없었다. 늙은 조상들의 형편없이 여윈 주름투성이 모습이, 20년이나 빨리 그의 얼굴에 찾아와 있었다.

"저는 거기서 병을 앓았어요. 이제는 다 나았지만."

에인절이 말했다. 하지만 그의 말이 거짓이라고 증명이라도 하듯 그의 다리는 무너질 것 같았다. 그래서 그는 넘어지지 않으려고 급히 주저앉았다. 그날의 지루한 여행과 집에 도착한 흥분에서 생긴 대수롭지 않은 현기증 때문이었다.

"요즘 저에게 온 편지는 없어요?"

"지난번에 마지막으로 주신 편지는 내륙에 있었기 때문에 상당히 지체된 후에 정말 우연한 기회에 받았어요. 그렇지 않았더라면 좀 더 일찍 돌아왔을 거예요."

"이건 네 아내한테서 온 것 같던데?"

"네, 그래요."

에인절이 곧 돌아온다는 걸 알았으므로 그에게 보내지 않았던 편지를 에인절이 재빨리 뜯어 봤다. 급히 쓴 편지 속에 나타난 테스의 감정을 필적에서 직접 느끼자 그의 마음은 적잖이 어지러웠다.

오오, 에인절! 당신은 왜 이다지도 저를 학대하시나요. 에인절! 저는 그런 보복을 받을 만큼 나쁜 짓을 하지 않았어요. 모든 일을 다시 곰곰이 생각해 봤어요. 도저히 이해할 수 없어요. 저는 결코 당신을 용서하지 못하겠어요! 제가 당신을 욕되게 하고 싶은 생각이 조금도 없다는 걸 아시면서, 그런데 어째서 당신은 이토록 저를 괴롭히시나요? 당신은 너무나 가혹해요. 정말 가혹하셔요! 저는 이제 될 수 있는 대로 당신을 잊도록 노력하겠어요. 당신이 제게 내리신 판단은 모두 부당해요!

T로부터

"사실이야!"

편지를 집어던지며 에인절이 말했다.

"아마 나하고 절대로 화해하지 않을 거야!"

"얘야, 기껏 흙에서 태어난 여자 때문에 근심해선 안 돼!"

어머니가 말했다.

"흙에서 난 여자라구요! 그렇죠. 우리들은 모두 흙에서 태어났죠. 어머니가 말씀하신 뜻과 같은 여자라면 좋겠습니다만, 덮어뒀던 사실을 말씀드리겠습니다. 그녀의 아버지는 모든 마을 사람들이 거들떠보지 않는 농촌 생활을 하고 '흙에서 태어난 아들'이라고 불리는 시골 사람들처럼, 오래된 노르만 가문의 직계 후손입니다."

그는 곧 잠자리에 들었다. 이튿날 아침 몸이 불편해 자기 방에서 꼼짝도 않고 이것저것 생각에 잠겨 있었다. 그는 테스를 어려운 환경에 놓아두었지만 적도 남쪽에서 애정이 듬뿍 담긴 그녀의 편지를 받았을 때는 용서할 마음만 생기면 언제든지 급히 그녀에게 돌아가는 것쯤은 쉬운 일이라고 생각했다. 그러나 막상 돌아와 보니 생각만큼 쉽게 될 것 같지 않았다. 그녀는 정열적이어서 지금 이 편지는 자기가 지체하는 바람에 그녀의 마음이 달라져 버렸다는 사실을 전하는 내용이었다. 지나치도록 당연한 변화를, 슬픈 일이지만 인정하지 않을 수 없었다. 그녀의 친정 부모 앞에서 예고도 없이 그녀를 만나는 게 과연 현명한지 생각해 봤다. 별거 중이던 마지막 몇 주일 동안에 그녀의 애정이 완전한 혐오로 변해 버렸다고 한다면 갑작스런 대면에서 씁쓸한 얘기만 나누게 될지도 모르는 일이었다.

그래서 클레어는 말로트 마을에 편지를 보내 자기가 돌아온 사실과 영국을 떠날 때 약속한 대로 아직 친정에 있을 것으로 생각한다는 것을 알리고, 테스와 그 가족에게 미리 마음의 준비를 시키는 게 상책이라고 생각했다. 에인절은 그날 바로 편지를 보냈다. 그 주가 가기 전에 더비필드 부인한테서 짤막한 답장이 왔다. 그 편지는 주소조차 없어서 에인절의 궁금한 마음은 더했다.

선생님

나는 지금 테스가 집에 없다는 걸 알려 드립니다. 언제 돌아올지 확실한 날짜도 모릅니다. 그러나 그 애가 돌아오는 즉시 알려 드리겠습니다. 그 애가 임시로 있는 곳은 나로선 말씀드리지 못할 일입니다. 그리고 나와 가족이 말로트 마을을 떠난 지가 꽤 오래됩니다.

J. 더비필드

테스가 무사히 있다는 사실은 알았으므로 그녀의 어머니가 거처를 굳이 밝히지 않는다 해도 그다지 걱정하지 않았다. 그녀의 가족들이 확실히 에인절의 처사를 못마땅하게 생각하는 게 분명했다. 부인의 편지는 머지않아 테스가 돌아올 거라고 했으므로 돌아왔다고 다시 소식이 올 때까지 기다리기로 했다. 그 이상 다른 것을 더 바랄 자격도 없었다. 에인절의 사랑이야말로 '다른 대상을 찾으며 변했던' 사랑이었다. 고국을 떠나 있는 동안 그는 기구한 경험을 숱하게 했다. 그는 명목상의 코넬리아 같은 여인한테서 실질상의 포스티나를 봤고, 프리네같이 육체적인 여인에게서 정신적인 여인 루크레티아를 발견했다. 간음하다 들켜 돌 맞아 죽을 뻔했던 여인 그리고 왕후가 된 우리아의 아내를 생각했다. 그는 자기가 왜 테스의 의지에 대해 실질적으로 판단하지 못했던가, 어째서 그녀의 행위만을 보고 이론적으로 판단하지 못했던가 하고 자책했다.

약속했던 더비필드 부인의 두 번째 편지가 오기를 기다리면서 건강을 회복시키고자 아버지 집에 머무는 동안에 두어 날이 지났다. 기운은 차츰 회복되었으나 그녀의 어머니한테서는 아무 소식도 없었다. 그래서 브라질에 있을 때, 플린트콤 애쉬에서 테스가 보낸 편지를 찾아 다시 읽어 봤다. 그 사연은 처음 읽을 때 못지않게 그의 가슴을 울렸다.

저의 괴로운 심정을 당신께 호소하지 않을 수 없어요. 아무도 의지할 사람이 없으니까요! …… 만약 당신이 곧 돌아오시든지 아니면 당신 곁으로 오라고 하시지 않는다면, 저는 죽을 수밖에 없어요. …… 돌아와 주신다면 당신 품에 안겨 죽어도 좋아요! 당신께서 저의 잘못을 용서하신다면 만족한 마음으로 죽을 수 있어요!

······ '속히 돌아가겠소.'라는 한마디만 보내 주신다면 모든 걸 참고 견디겠어요. 에인절! ······ 언제까지나 당신을 보지 못한다면 저의 가슴이 얼마나 아프겠는가를! 아아, 만약 끊임없는 저의 피로움을 잠깐만이라도 당신이 느낀다면 당신도 외로운 아내의 심정을 알게 될 거예요. ······ 당신의 아내로 함께 살 수 없다면 당신의 종으로라도 만족하겠어요. 참으로 기쁘게. 그리되면 당신 곁에 있을 수 있고 당신을 바라볼 수 있으며 당신을 제 것같이 생각할 수 있으니까요. ······ 천국에서나 땅 위에서나 지옥에서라도 당신을 보고 싶은 게 단 하나의 소원이에요! 그리운 당신, 돌아오세요. 그래서 저를 위협하는 것에서 구해 주세요!

이 편지를 읽고 나자 최근에 보낸 그녀의 편지가 자기를 아주 나쁜 사람으로 생각하는 것 같지 않았다. 그는 곧 출발하여 그녀를 찾기로 결심했다. 에인절은 자기가 없는 동안에 테스가 돈을 청구한 일이 없는지 아버지한테 물었다. 아버지는 그런 일이 없었다고 대답했다. 에인절은 테스의 자존심때문에 퍽 궁핍을 겪었으리라는 것을 생각이 들었다. 그의 얘기를 듣고는 부모님도 그들이 별거한 진짜 이유를 알았다. 신앙이 두텁고 특히 타락한 인간들에게 깊은 동정을 품는 까닭에 그녀의 유서 깊은 혈통이나 소박한 성품이나 또 빈곤 같은 것에 동정심이 우러나지 않았지만 목사 부부의 마음은 그녀의 죄에 대해서 불현듯 동정을 느끼지 않을 수 없었다.

급하게 여행 짐을 챙기고 있는데 메리안과 이즈에게서 온 편지가 힐끗 눈에 띄었다.

존경하는 선생님
부인이 선생님을 사랑하는 만큼, 선생님께서도 부인을 사랑하신다면 부디 부인을 돌봐주세요. '행복을 비는 두 친구 올림'.

54

15분 뒤에 클레어는 집을 나섰다. 어머니는 사라져가는 그의 여윈 모습을 집 안에서 유심히 바라보고 있었다. 그는 늙은 암말이 집에 꼭 필요하다는 걸 알고 있었으므로 말을 빌려 타려고 하지 않았다. 여인숙에 가서 소형 마차를 한 대 빌린 에인절은 말을 매는 동안에도 초조한 기색을 감추지 못했다.

서너 달 전에 부푼 가슴을 안고 내려왔다가 테스가 깊이 낙심하여 돌아간 언덕길을 향해 에인절이 마차를 몰아 올라가고 있었다. 산울타리와 새싹으로 파릇파릇하게 물든 수목이 눈앞에 펼쳐졌지만 그는 한 가지 생각에 골몰하느라 다만 자기가 가는 길의 표지를 분간할 뿐이었다. 2시간이 채 못돼서 킹스 힌톡의 영지 남쪽을 돌아 음산하고 쓸쓸한 크로스인 핸드의 비탈길로 접어들었다. 그곳에는 변덕으로 개심한 알렉이 두 번 다시 자기를 유혹하지 않겠다고 테스에게 맹세시킨 불길한 돌기둥이 있었다. 강둑에는 지난해에 시든 쐐기풀 줄기가 그대로 남아 있었으나 그 뿌리에서는 올봄의 새싹이 파릇하게 돋아 있었다.

그곳에서부터 그는 힌톡 지방의 반대편에 잇닿은 고지를 지나 오른편으로 꺾여 나갔다. 언젠가 보낸 편지에 적혀 있던 주소가 바로 그곳이었고 그녀의 어머니가 말하는 테스의 거주지가 바로 여기일 것 같아 플린트콤 애쉬를 향해 달렸다. 상쾌한 석회질의 지역으로 들어섰다. 이곳에서는 물론 그녀를 찾지 못했다. 세례 받은 테스라는 이름으로는 잘 통했지만 '클레어 부인'이라는 이름은 들어본 일이 없다는 농부나 농장주의 말을 듣자 에인절은 더욱 낙심했다. 그들이 별거한 동안 테스가 남편의 성을 쓰지 않은 게 명백했다. 남편에 기대지 않겠다는 그녀의 자존심은 에인절의 아버지에게 돈을 요구하기조차 꺼렸고 오히려 고생을 택한 (이런 심정을 그는 처음 알았지만) 사실 못지않게 클레어의 성을 쓰지 않았던 것만 봐도 알 수 있었다.

에인절이 들은 바에 위하면 그녀는 아무 말도 없이 블랙무어 저쪽에 있는 고향에 갔다는 것이었다. 아무래도 이번엔 더비필드 부인을 만나야 될 것 같았다. 말로트에 살지 않는다고 말은 했지만 이유 없이 거처를 밝히려 하지 않았으므로 말로트 마을에 가서 그들의 간 곳을 알아보는 수밖에 없었다. 테스에겐 거칠게 굴던 농장주가 클레어한테는 고분고분한 태도로 대하면서 말로트까지 갈 마차와 마부를 빌려주었다. 에인절이 타고 온 마차는 벌써 하루에 달릴 수 있는 한도에 달했으므로 에민스터로 돌려보냈다.

클레어는 농장주의 마차를 블랙무어 분지의 기슭까지만 빌리기로 했다. 그날 밤은 여인숙에서 머문 다음 이튿날 아침 걸어서 그리운 테스의 고향에 들어섰다. 채소밭이나 나뭇잎에 푸르른 빛이 오르기엔 아직 이른 계절이었다. 봄철이라는 엷은 녹색 외투를 걸친 겨울에 지나지 않았고 에인절이 품은 기대 역시 그처럼 덧없고 희미한 것이었다.

테스가 어린 시절을 보냈던 집에는 그녀를 모르는 사람들이 살고 있었다. 새로운 거주자들은 여기 살던 가족이 옛날에는 화려한 전성시대를 누렸다는 사실을 모르는 듯, 뜰에서 일에만 몰두하고 있었다. 이전에 살던 사람들에 비하면 그네들의 과거는 보잘것없는 것이었다. 그들은 움직일 때마다 그들 뒤에 희미한 망령이 따라다니는 것도 모르고, 테스가 살던 시절이 지금보다 흥미롭지 않았던 것처럼 얘기를 나눴다. 봄새조차도 아무것도 달라진 게 없다는 듯 지저귀고 있었다.

먼저 살던 사람의 이름조차 기억 못하는, 기가 막히도록 분별없고 순박한 이 사람들한테서 에인절은 존 더비필드가 죽었다는 사실과 부인과 아이들은 킹스비어로 살러 간다고 떠났지만 계획이 바뀌어 다른 곳에 산다는 얘기를 간신히 들었다. 테스가 없는 집이 몸서리치도록 싫어진 클레어는 그 집을 급히 떠났다.

그가 걷는 길은 맨 처음 들놀이에서 테스를 만났던 무도장 옆이었다. 그 무도장도 그 집만큼이나 보기 싫었다. 그는 급히 교회 묘지 사이를 빠져나왔다. 묘지에는 새 비석들이 여기저기 들어섰는데 유난히 눈에 띄는 모양의 묘비가 있었다. 그 묘비에는 다음과 같은 비문이 새겨져 있었다.

존 더비필드, 정확하게는 더버빌 때는 유력한 세력을 지닌 기사의 일족으로서, 정복왕의 기사 중 한 사람인 페이건 더버빌 경의 찬란한 혈통을 이어받은 직계 후손을 기념하기 위해. 18—년 3월 10일 죽다.
'오호라 두 용사가 엎드러졌도다.' [11]

묘지기 같아 보이는 남자가 클레어를 보고 다가왔다.
"아, 선생님, 그분은 이곳에 묻히는 걸 싫어하고 늘 조상들이 묻힌 킹스비어에 잠들기를 바랐죠."
"그럼 왜 원대로 해주지 않았을까요?"
"그거야—돈이 없었기 때문이죠. 기막힌 이야깁니다만. 선생님. 이런 얘기가 퍼지는 걸 바라고 싶지는 않지만, 거창하게 쓰인 저 묘비도 실은 아직 돈을 치르지 못했지요."
"그래요, 누가 묘비를 세운 건가요?"
그 남자는 마을에 사는 석공의 이름을 가르쳐주고 가버렸다. 클레어는 석공을 찾아가 사실을 확인하고 돈을 치러 주었다. 그는 이사한 사람들을 찾아 다시 발길을 옮겼다.
걷기엔 너무 먼 거리였지만 홀로 있고 싶은 생각이 간절했으므로 기차로 돌아갈 수 있는 방법도 버리고 마차도 빌리지 않은 채 걸어갔다. 샤스톤에 이르렀을 때는 길이 나빠 아무래도 마차를 빌려야 할 것 같았다. 그곳에서 마차로 달려 더비필드 부인이 사는 곳에 도착한 것은 저녁 7시 무렵이었다. 말로트 마을을 떠나 이십 마일이 넘는 길을 내달린 것이었다.

11) 사무엘하 1장 19절

상당히 작은 마을이어서 더비필드 부인의 셋집을 쉽게 찾았다. 길에서 멀리 떨어진 곳에 담으로 둘러싸인 뜰이 있는 집인데 낡아 빠진 세간들을 겨우 쌓아 놓고 있었다. 무슨 까닭인지 에인절이 찾아온 것을 달갑게 여기지 않는 부인의 심정을 알았으므로 에인절은 함부로 뛰어든 무단침입자가 된 것 같았다. 문 밖에 나온 부인의 얼굴을 저녁 햇빛이 똑바로 비췄다.

에인절이 장모를 만나는 것은 이번이 처음이었지만 자기 생각에 마음이 사로잡혀 있었기 때문에 부인이 과부의 옷차림을 한 것과 나이에 비해 아직 젊어 보이는 것 같은 인상 외에는 아무것도 알아채지 못했다. 에인절은 자기가 테스의 남편이며 또 찾아온 목적을 설명하지 않을 수 없어 서투른 얘기를 늘어놓았다.

"저는 곧 테스를 만나고 싶은데요."

그는 말을 덧붙였다.

"편지를 다시 하겠다고 말씀하시고는 소식이 없어서요."

"그 애가 아직두 돌아오지 않은걸요."

그녀는 말했다.

"그녀의 소식은 아십니까?"

"난 몰라요. 당신이야말루 알아야 헐 일이 아니오?"

그녀는 말했다.

"당연히 알아야죠. 지금 어디 있죠?"

에인절을 봤을 때부터 그녀는 줄곧 손을 한쪽 뺨에서 떼지 못하고 당황한 기색을 드러내고 있었다.

"난 그 애가 어디 있는지 확실헌 걸 몰라요…… 갔었지만 그러나…… ."

"어디 갔었다구요!"

"아무튼 지금은 거기에두 없어요."

부인은 사실을 감추려고 다시 입을 다물었다. 마침 그때 막내가 살그머니 다가와 엄마의 치맛자락을 잡아당기면서 종알댔다.

"이분이 테스와 결혼한다는 그 신사야?"

"벌써 결혼하신 분이야."

부인이 조그맣게 말했다.

"안에 들어가 있어."

부인의 무언가 숨기려는 기색을 보고 클레어가 물었다.

"테스는 제가 애써 찾아 주기를 바랄까요? 만약 아니라면 물론……."

"바랄 것 같지 않군요."

"정말 그럴까요?"

"틀림없이, 정말 그럴 거예요."

그는 몸을 돌렸으나 테스의 다정한 편지가 머리에 떠올랐다.

"아닙니다. 틀림없이 바랄 겁니다! 제가 테스를 잘 압니다!"

그는 흥분해서 대꾸했다.

"그럴지도 모르죠. 사실 나는 여태껏 그 애의 속을 잘 모르니까요."

"이 불행하고 비참한 사람에게 친절을 베풀어 주십시오. 제발 그녀의 주소를 가르쳐 주십시오!"

테스의 어머니는 불안스럽게 손바닥으로 볼을 문지르면서 괴로워하는 에인절을 보더니 기어코 낮은 목소리로 입을 열었다.

"그 애는 샌드본에 있어요."

"네? 샌드본은 어디쯤인가요? 그곳은 큰 도시로 변했다던데요."

"더 자세헌 건 모르겠어요. 샌드본이라는 말만 들었으니까요. 그곳은 나두 가본 일이 없답니다."

부인이 숨김없이 얘기한 게 분명했으므로 굳이 물으려 하지 않았다.

"혹시 뭐 필요한 건 없습니까?"

그는 친절하게 말했다.

"아뇨, 별루 아쉬운 것 없이 살아가요."

집 안에 들어가지도 않고 클레어는 돌아섰다. 삼 마일 정도 더

가면 정거장이 있으므로 그는 마차 삯을 지불하고 마차를 돌려보
내고는 그곳까지 걸어갔다. 샌드본으로 가는 막차는 에인절 클레
어를 싣고 떠났다.

55

밤 11시, 여관에 숙소를 정한 에인절은 전보로 주소를 아버지에
게 알리고는 샌드본 거리를 산책했다. 수소문하러 다니기엔 시간이
너무 늦었으므로 테스를 찾는 일은 할 수 없이 내일 아침으로 미룰
수밖에 없었다. 그러나 아직 잠자리에 들고 싶은 생각은 없었다.

동서로 기차 정거장을 비롯해서 선창과 소나무 숲과 산책길과
옥상 정원 등이 갖추어져 있는 이 새로운 해수욕장은 클레어로선
마술사가 지팡이를 휘둘러 순식간에 태어난 선경에 먼지가 약간
낀 것 같았다. 광활한 이그돈 황야의 동쪽 끝과 가까운 곳에 있지
만 태고의 아름다움이 남아 있는 변두리에 이렇게 찬란한 유흥 도
시가 불쑥 솟아난 것이었다. 교외에서 일 마일만 나가도 땅의 기
복 하나하나가 원시시대의 모습이 아닌 것이 없고 길이란 길은 모
두 고대 영국의 옛 모습을 고스란히 지니고 있었다. 그곳에서는 한
줌의 흙도 로마의 황제가 지배하던 시대부터 오늘날에 이르기까지
일구어진 적이 없었다. 더구나 이질적인 요소가 예언자의 조롱박
처럼 갑자기 이곳에 생겨났고 그것이 테스를 끌어들인 것이다.

한밤중의 가로등을 의지 삼아 에인절은 원시 세계 속에 있는 이
신세계의 거리를 돌아다녔다. 수목 사이의 별들을 배경으로 해서
이 거리를 이루고 있는 우아한 주택의 높은 지붕이나, 굴뚝이나,
망루 그리고 탑 등을 볼 수 있었다. 이곳은 영국 해협에 면한 지중
해식 휴양지로 한 채 한 채가 별장으로 지어진 도시였다. 지금 어
둠 속에서 보는 이 거리는 실제 보다 훨씬 웅장해 보였다. 바다는
바로 가까운 곳에 있었으나 귀에 거슬리지 않게 어렴풋이 들리는

파도 소리를 에인절은 소나무를 스치는 바람 소린 줄 알았다.

모든 부와 유행이 물결치는 이 세계에서 시골 아가씨이며 그의 젊은 아내인 테스가 과연 어디다 발붙일 수 있을 것인가? 생각하면 할수록 점점 더 알 수 없는 노릇이었다. 여기 어디에 젖을 짤 만한 젖소라도 있단 말인가? 경작할 밭이 없다는 것도 확실했다. 그녀는 반드시 이 많은 저택들 가운데 어느 집에 고용되었음에 틀림없다. 그래서 그는 모든 집의 창문과 하나씩 꺼져 가는 불빛을 일일이 살피며 정처 없이 걸어가면서 어느 집에 그녀의 방이 있을까 하고 생각했다.

추측을 해봤자 소용없는 일이라 12시가 지나자 그는 여관에 돌아와 잠자리에 들었다. 불을 끄기 전에 정열적인 테스의 편지를 다시 읽어봤다. 하지만 역시 잠은 오지 않았다. 이토록 가까이 와 있으면서 한없이 떨어진 기분을 느껴야 하다니. 그래서 그는 끊임없이 커튼을 여닫으며 건너편에 있는 저택들의 뒷면을 바라보면서 지금 테스는 어느 창문 뒤에서 쉬고 있을까 하고 생각했다.

뜬눈으로 밤을 지새운 거나 다름없었다. 이튿날 아침 7시에 일어난 그는 밖으로 나와 우체국이 있는 방향으로 발길을 옮겼다. 우체국 문 앞에서 그는 아침 우편물을 배달하러 나오는 영리해 보이는 집배원을 만났다.

"클레어 부인의 주소를 아십니까?"

에인절은 물었다. 집배원은 고개를 저었다. 테스가 아직 결혼 전의 이름을 그대로 쓰고 있을 거라는 생각이 들자 클레어는 다시 물었다.

"그러면 더비필드 양의 주소는?"

"더비필드?"

이 역시 집배원은 처음 듣는 낯선 이름이었다.

"아시다시피 이곳은 수많은 사람들이 드나드니까요. 집 주소를 모르면 찾기가 어렵습니다."

마침 그때 다른 집배원이 급히 나와서 에인절은 같은 질문을 되풀이했다.

"더비필드라는 이름은 모릅니다만, 백로정에 더버빌이라는 사람은 있습니다."

둘째 번 집배원이 말했다.

"바로 그 사람이요."

클레어가 소리쳤다.

"백로정이란 어떤 곳입니까?"

"아주 멋진 하숙집이지요. 이곳은 어느 집이나 모두 하숙집이니까요."

집으로 가는 설명을 들은 후 걸음을 재촉하여 그 집으로 가는 우유 배달원과 동시에 닿았다. 백로정은 보통 하숙집과 같은 모양이었지만 따로 떨어져 있어서 고요했다. 가엾게도 테스가 만약 그의 추측대로 이 집에 하녀로 고용돼 있다면, 그녀는 우유 배달부가 왔으므로 뒷문에서 나올 거라고 생각한 그도, 역시 우유 배달원을 따라 뒷문으로 가려다 다시 생각을 돌이켰다. 그것도 확실치 않은 일이라 현관으로 돌아가서 벨을 눌렀다. 그 집 안주인이 직접 문을 열었다. 테레사 더버빌이나 혹은 더비필드라는 여자가 있느냐고 클레어는 물었다.

"더버빌 부인 말씀인가요?"

"네, 그렇습니다."

테스는 기혼 부인으로 행세하는구나 싶었고 테스가 클레어의 이름을 쓰지 않는 게 좀 서운했지만 그래도 그는 몹시 기뻤다.

"죄송합니다만, 친척 되는 사람이 꼭 만나고 싶어 한다고 전해 주시지 않겠습니까?"

"너무 일러서, 성함은 누구시라고 전할까요?"

"에인절이라 합니다."

"에인절 씨라구요!"

"아뇨, 그냥 에인절입니다. 저의 세례명이죠. 그렇게 말씀하시면 알 겁니다."

"일어나셨는지 가보고 오겠어요."

그는 식당으로 안내되었다. 봄의 커튼을 통해 좁은 잔디밭과 만병초와 그 밖의 관상목을 내다봤다. 확실히 그녀의 처지가 걱정한 것처럼 곤란한 건 결코 아님이 분명했다. 그녀는 이런 생활을 위해서 그 보석을 찾아 팔아버린 게 틀림없으려니 하는 생각이 문득 떠올랐다. 에인절은 그녀를 조금도 원망하지는 않았다. 얼마 후 귀를 기울이고 있던 에인절은 계단을 밟는 발소리를 들었다. 그러자 그의 심장이 심하게 쿵쿵거려 겨우 서 있을 정도였다.

"아아! 이렇게 변해 버린 나를 그녀는 어떻게 생각할까!"

그는 중얼거렸다. 그때 마침 문이 열렸다.

테스가 문턱에 나타났다―그가 상상하고 있던 그녀와는 아주 딴판인―정말 어리둥절할 정도로 변한 모습이었다. 그녀의 타고난 아름다움은 그대로 있다 하더라도 옷차림 때문에 한층 더 돋보였다. 반 상중임을 표시하는 색의, 까만 수를 놓은 연한 잿빛의 캐시미어 화장복을 느슨하게 걸쳐 입고 잿빛 슬리퍼를 신고 있었다. 목은 털로 장식된 깃 가장자리 위로 드러났고 기억에 생생한 짙은 갈색의 머리칼의 일부는 뒤로 틀어 올리고 나머지는 어깨 위로 늘어뜨렸는데, 그것은 아마 황급히 나왔음에 분명했다.

그는 두 팔을 벌렸다가 다시 내리고 말았다. 왜냐하면 그녀가 문턱에 어두커니 선 채 달려오지 않았기 때문이었다. 누런 해골 같은 모습으로 변한 에인절은 자신과 테스와의 대조를 깨닫고 자기의 몰골이 그녀에게 끔찍스러우리라고 생각했다.

"테스!"

바짝 마른 음성으로 그는 말했다.

"당신을 두고 간 나를 용서해 주겠소? 나에게로 와줄 수 없겠소? 어떻게 해서 이런 생활을 하게 됐소?"

"너무 늦었어요."

그녀의 음성은 날카롭게 방 안에 울리고 눈은 이상하게 빛나고 있었다.

"당신을 제대로 생각하지 못했소—당신의 참된 모습을 알아보지 못했던 거요!"

그는 애원하듯 말했다.

"그 이후에 나는 깨달았다오, 그리운 테스!"

"너무 늦었어요, 늦었다구요!"

심한 괴로움으로 한 순간이 한 시간처럼 느껴졌다. 그녀는 초조히 팔을 저으면서 말했다.

"가까이 오지 마세요. 에인절! 안 돼요—오시면 안 돼요. 비켜나세요."

"당신은 내가 앓아서 이렇게 되었다고 사랑하지 않는단 말이오? 당신이 변덕스러운 여자는 아닐 텐데—난 일부러 당신을 찾아온 거요—이젠 어머니와 아버지도 당신을 기꺼이 환영할 거요!"

"그래요—네, 그렇겠죠! 하지만 늦었어요. 정말 너무 늦었단 말이에요."

그녀는 마치 꿈속에서 도망가려야 도망갈 수 없는 사람이 된 같았다.

"아무것도 당신은 몰라요—당신은 사정을 모르시나요? 모르신다면 이곳은 어떻게 찾아오셨어요?"

"여기저기 수소문해서 찾았소."

"저는 당신을 기다리고 또 기다렸어요."

그녀는 말을 계속했고 목소리는 피리 소리 같은 지난날의 애조 어린 음성으로 변하고 있었다.

"하지만 당신은 돌아오시지 않았어요! 그래서 저는 당신에게 편지를 썼어요! 그래도 당신은 오시지 않았어요! 그 사람은 당신은 이제 절대로 돌아오지 않는다고 말했고 기다리는 저를 바보 같은 여자라고 늘 말했어요. 그 사람은 아버지가 돌아가신 다음부터 저와 어머니, 그리고 동생들한테도 무척 고맙게 해주었어요. 그이는⋯⋯."

"무슨 말인지 모르겠소!"

"그이는 나를 다시 찾아 온 거예요."

클레어는 뚫어지게 그녀를 봤다. 마침내 그녀의 말뜻을 알아차리고는 병에 지친 사람처럼 갑자기 풀이 죽고 시선을 떨어뜨렸다. 한때 장밋빛을 띠었던 손, 그러나 지금은 한결 부드럽고 화사한 그녀의 손에 시선이 머물렀다.

그녀는 말을 계속했다.

"그 사람은 지금 이층에 있어요. 그가 거짓말을 해서 이제는 그 사람이 미워 죽겠어요. 왜냐고요?—당신은 결코 돌아오지 않을 거라고 내게 거짓말을 했으니까요. 그런데 당신은 이렇게 돌아오셨어요! 이 옷도 그가 해준 거예요—저는 그 사람이 하고 싶은 대로 내버려두었어요! 하지만—제발 떠나주세요, 에인절. 이제는 제발 다시 찾아오지 말아 주세요, 네?"

그들은 꼼짝 않고 서 있었다. 가슴이 찢어지는 듯한, 보기에 애처로울 만큼 덧없는 심정을 그들의 눈에서 뚜렷이 엿볼 수 있었다. 두 사람은 현실에서 자기들을 감싸줄 무엇인가를 갈망하는 것 같았다.

"아아, 내 잘못이었소!"

클레어가 한탄했다. 그러나 그는 더 이상 말을 이어갈 수 없었다. 그의 말은 반응 없는 침묵과 같았다. 나중에서야 뚜렷하게 느낀 것이지만 그는 한 가지 사실을 어렴풋이 의식하게 되었다. 본질적인 테스가 그 앞에 서 있는 스스로를, 정신적으로 자기의 것이라 소유하지 않고, 다만 물 위에 뜬 송장처럼 물결이 흘러가는 대로 맡겨 두고 있다는 사실이었다.

몇 순간이 또 흘렀다. 그는 테스가 사라지고 없다는 것을 알아차렸다. 정신을 집중하고 있었던 그의 얼굴은 점점 싸늘하고 비참한 표정으로 굳어갔다. 그리고 그는 정처 없이 거리를 헤매고 있는 자신을 발견했다.

56

백로정의 여주인이자 아담한 가구들의 소유주이기도 한 브룩스 부인은 호기심이 강한 여자는 아니었다. 그녀는 가엾게도 너무나 오랜 세월 동안 이득과 손실이라는 숫자의 마귀에 사로잡혀 물질주의에 깊이 빠져 있었기 때문에 손님들의 호주머니 속을 떠난 호기심은 가지지 않았다. 그런데 하숙비도 잘 내고 자기 생각으로는 더버빌 부부라고 하는 하숙인에게 에인절 클레어가 찾아온 건, 유달리 이른 방문 시간과 그의 태도로 미루어 영업과 관계없는 한 불필요한 짓이라고 억누르고 있었던 그녀의 호기심을 돋우기에 충분했다.

테스가 식당으로 들어가지 않고 문턱에서 에인절과 얘기를 주고받는—브룩스는 문을 반만 연 그녀의 방에 있었으므로—이 비참한 운명에 놓인 두 사람의 말의 단편을 간간이 엿들을 수 있었다. 그녀는 테스가 다시 이층으로 올라가는 것과 에인절이 나가면서 현관문 닫는 소리도 들었다. 방문 닫히는 소리가 들렸으므로 테스가 자기 방에 들어간 것을 알았다. 젊은 부인은 아직 옷을 갈아입지 않았으므로 얼마 동안은 나오지 않으려니 하고 브룩스는 생각했다.

그래서 그녀는 발소리를 죽여 이층에 올라가서 응접실 문 앞에 섰다. 이층은 두 짝의 문으로 칸막이가 되어 있고 응접실은 침실 바로 앞에 있었다. 백로정에서 가장 좋은 이층 방은 더버빌 부부가 매주 세를 내고 살고 있었다. 침실은 고요했으나 응접실 쪽에서 인기척이 들렸다. 마치 불수레에 묶인 익시온의 신음 소리 같은 외마디 소리가 쉴 새 없이 되풀이되는 것이었다.

"오오―오오―오오―!" 잠시 침묵이 흐른 다음 무거운 한숨 소리, 그리고 다시 "오오―오오―!" 하는 소리가 들렸다.

안주인은 열쇠 구멍으로 방 안을 들여다봤다. 아침을 차려 놓은 식탁의 한 귀퉁이와 식탁 의자가 눈에 들어왔다. 그 의자 앞에 테스가 무릎을 꿇은 채 얼굴을 파묻고 엎드려 있었다. 두 손으로 머리를 움켜쥐고 수놓은 잠옷 자락은 방바닥에 길게 드리워졌으며 슬리퍼가 벗겨진 맨발은 융단 위로 삐죽 나와 있었다. 무어라 표현할 길 없는 절망적인 넋두리가 그녀의 입에서 새어나오고 있었다. 그러자 옆방 침실에서 남자의 음성이 들렸다.

"왜 그래?"

그녀는 대답도 하지 않고 장송곡 같은 넋두리를 계속하고 있었다. 브룩스 부인에겐 띄엄띄엄 들릴 뿐이었다.

"그리운 남편이 돌아왔어요…… 나는 그것도 모르고…… 당신은 악착스럽게 나를 졸라 가지고…… 진절머리 나도록 쉬지도 않고…… 그럼―조금도 늦추지 않고…… 동생들과 어머니가 가엾어서―결국 그걸로 내 마음을 움직였어요…… 당신은 내 남편이 절대로 돌아오지 않는다고 말했어요―결코 돌아오지 않는다고요. 그리고 나는 바보라고, 그 사람을 기다리는 건 바보 같은 짓이라고 말했죠…… 당신 말을 곧이듣고 당신한테 모든 것을 맡겨 버렸어요. 그런데 그이는 돌아왔어요! 오자마자 또 갔어요. 또다시 가버렸단 말예요. 이번에야말로 영원히 그이를 잃어버렸어요…… 이제 그이는 나를 사랑하지 않을 거예요. 다만 나를 미워하겠죠…… 그렇고말고요. 나는 다시 그이를 잃어버렸어. 그건 또 당신 때문이에요."

의자 위에 엎드린 채 몸부림치는 테스의 얼굴이 문 쪽을 보았다. 그녀의 얼굴에는 고통의 빛이 뚜렷했고 깨물고 있던 입술에선 피가 흐르며 속눈썹은 눈물에 젖어 있었다. 브룩스는 이런 고뇌에 찬 표정을 본 적이 없었다. 그녀는 다시 말을 계속했다.

"그이는 죽을 것 같아요. 마치 죽어가는 사람 같았어요! …… 내 죄가 인생을 산산이 망쳐놨어…… 두 번 다시 이런 꼴을 만들지 말아 달라고 그토록 애원했는데 당신은 나를 또 망쳐놨어…… 진실한 내 남편은 절대로 돌아오지 않을 거예요. 오오, 하나님—저는 이제 도저히 못 참겠어요…… 더는 못 참겠어요!"

이번에는 좀 더 여러 가지의 그리고 좀 더 날카로운 남자 음성이 들렸다. 갑자기 옷자락 스치는 소리를 내면서 그녀가 벌떡 일어났다. 브룩스 부인은 넋두리하던 그녀가 문으로 달려오는 줄 알고 급히 계단을 내려갔다.

그러나 그럴 필요는 없었다. 응접실의 문은 열리지 않았다. 하지만 계단 중간에서 이 이상 엿듣다가는 들킬 수도 있다고 생각한 브룩스는 자기 방으로 들어갔다.

그녀는 귀를 기울였으나 천장을 통해서는 아무 소리도 들리지 않았다. 그래서 먹다 만 아침식사를 마치려고 부엌으로 갔다. 이윽고 아래층 방으로 가서 아침상을 물리라는 초인종이 울리기를 기다리면서 무언가 바느질할 것을 집어 들었다. 할 수 있으면 직접 가서 무슨 일이 있었는지 알아볼 속셈이었다. 그리고 앉아 있으려니까 누군가가 거니는 듯 위층 마룻바닥이 삐거덕거리는 소리가 들려왔다. 잠시 후 계단 난간에 옷자락이 스치는 소리가 들리고 현관문을 여닫는 소리가 들리더니 거리로 나가는 테스의 모습이 보였다. 그제야 브룩스는 그것이 테스가 서성거리던 발소리였음을 알았다. 검은 깃털이 달린 모자와 베일을 드리운 것만 빼면, 그녀의 복장은 이곳에 올 때와 같이 부유하고 젊은 귀부인의 화려한 나들이 차림이었다.

그녀가 나가면서 남편과 주고받는 인사말은 들리지 않았다. 그들이 다투었거나 아니면 더버빌이 아직 자고 있는지도 몰랐다. 그는 늦잠 자는 버릇이 있었다.

브룩스는 혼자 쓰는 뒷방으로 들어가서 바느질을 계속했다. 외출한 부인도 돌아오지 않고 또 그 남편도 벨을 누르지 않았다. 브룩스는 이렇게 시간이 늦나 하고 궁금해하며 아침 일찍 찾아온 남자와 이층의 부부와는 어떤 관계일까 하고 생각했다. 그런 생각을 하면서 그녀는 의자 등에 몸을 기대고 고개를 들었다.

그러다 그녀는 우연히 천장을 바라보게 됐다. 여태껏 보지 못하고 있었던 흰 천장의 한가운데에, 그 한가운데에 눈이 멎었다. 그녀가 처음 봤을 때는 동그란 과자만 하던 그 얼룩은 순식간에 그녀의 손바닥만큼 번졌고 그것이 붉은 얼룩임을 알 수 있었다. 한가운데가 진홍으로 물든 장방형의 하얀 천정은 마치 커다란 하트 에이스 카드 같았다.

브룩스 부인은 묘한 불안감으로 몸이 움츠러들었다. 그녀는 테이블 위에 올라서서 손가락으로 천장에 묻어 있는 얼룩을 만져봤다. 축축하게 젖은 핏자국인 것 같았다.

테이블에서 내려와 방을 나와서는 응접실 뒤쪽 침실인 위층의 방에 가볼 양으로 계단을 올라갔다. 그러나 겁이 난 그녀는 아무래도 손잡이를 돌릴 용기가 나지 않았다. 그녀는 귀를 기울였다. 죽은 듯 고요한 방안의 침묵은 다만 어떤 규칙적인 소리가 침묵을 깨뜨릴 뿐이었다.

뚝, 뚝, 뚝.

브룩스 부인은 황급히 계단을 내려가 현관문을 열고 거리로 뛰쳐나갔다. 이웃 별장에 고용되어 있는 아는 남자가 지나가는 것을 보고 이층에 든 하숙인에게 무슨 일이 생긴 것 같으니 함께 올라가 봐달라고 부탁했다. 그 남자는 부인의 뒤를 따라 이층으로 올라갔다.

그녀는 문을 열고 비켜서면서 남자를 들여보낸 다음 그녀도 뒤따라 들어갔다. 방은 비어 있었다. 커피, 계란 그리고 햄 등 아침식사는 그녀가 가져다 놓은 그대로 식탁 위에 있었지만 다만 고기를 써는 나이프만 보이지 않을 뿐이었다. 그녀는 문을 지나서 옆방에 들어가 보도록 남자에게 부탁했다.

그는 문을 열고 두어 걸음 방으로 들어가더니 금세 굳어버린 얼굴로 되돌아 나왔다.

"아이쿠 맙소사, 큰일 났어, 침대에 남자가 죽어 있어요! 칼에 찔린 것 같은데—피가 마룻바닥에 넘쳐 흘러!"

사건은 즉시로 경찰에 알려졌다. 조금 전까지만 해도 고요했던 이 집은, 여러 사람들의 발소리로 발칵 뒤집혔다. 그중에는 외과 의사도 끼어 있었다. 상처는 작았지만 칼끝이 희생자의 심장을 찌른 모양이었다.

반듯이 누운 시체는 단 한 번에 찔려서 즉시 숨이 멎은 듯 창백한 얼굴로 죽어 있었다. 15분쯤 후에는 이곳에 잠시 머물던 신사가 침대에서 칼에 찔려 죽었다는 소문이, 이름난 해수욕장의 온 거리와 별장마다 샅샅이 퍼져 나갔다.

57

에인절 클레어는 먼저 왔던 길을 돌아서 여관에 들어가 멍하니 허공을 바라보다가 아침상 앞에 앉았다. 아무 생각 없이 음식을 먹던 그는 갑자기 계산서를 가져오라고 말했다. 숙박비를 치른 다음 그가 가져왔던 유일한 소지품인 조그만 가방을 들고 그곳을 나왔다.

출발하려 할 때 한 통의 전보가 배달됐다—어머니한테서 온 그 전보에는 주소를 알려줘서 고맙다는 것과 형 커트버트가 머시 찬트에게 구혼하여 승낙을 받았다는 간단한 사연이었다. 클레어는 전보를 구겨버리고는 정거장으로 걸어갔다. 그곳에 도착해 보니 아직 한 시간 안에 떠나는 기차가 없었다. 그는 앉아서 기다리려고 했다. 하지만 15분이 지나니까 더 앉아 기다릴 수가 없었다. 가슴이 찢어질 듯하고 감각마저 마비된 그에게 달리 서둘러야 할 일은 없었지만 그런 쓰디쓴 경험을 안겨준 이곳을 어서 벗어나고 싶었던 것이다. 그래서 다음 정거장까지 걸어가서 기차를 타려고 작정한 그는 발길을 돌렸다.

넓게 트인 길은 얼마 안 가서 낮은 분지로 변하면서 끝에서 끝까지 길이 뻗어 있는 것이 보였다. 그는 이 골짜기의 거의 전부를 가로질러 서쪽 비탈길을 오르고 있었다. 그때 잠간 쉬려고 걸음을 멈춘 그는 무심코 뒤를 돌아다보았다. 왜 그런 생각이 들었는지 말할 순 없으나 보이지 않는 어떤 작용이 그렇게 만든 것 같았다. 테이프같이 보이던 한 줄기 길바닥은 눈이 미치는 뒤쪽으로 뻗쳐 사라졌다. 길을 바라보고 있으려니까 움직이는 한 개의 점이 까마득히 보이는 하얀 공간에 점점 들어오는 것이 보였다.

그것은 뛰어오는 사람의 모습이었다. 클레어는 누군가가 자기를 쫓아오는 것이라 생각하고는 조용히 기다리고 있었다. 비탈길을 올라오는 모습은 여자였다. 그러나 그의 아내가 뒤쫓아 오리라고는 꿈에도 생각지 않았으므로 그녀가 훨씬 가까이 다가왔을 때도 아주 달라진 옷차림을 한 그녀를 테스라고는 생각하지 못했다. 그녀가 아주 가까이 왔을 때에야 에인절은 비로소 그녀가 테스임을 알아차렸다.

"제가 정거장에 거의 다다랐을 때 당신이 거기서 나오시는 걸 봤어요. 그래서 줄곧 뒤쫓아 왔어요!"

얼굴이 창백해진 그녀는 숨을 몰아쉬며 와들와들 떨고 있었다. 그는 아무 말도 묻지 않고 그녀의 손을 잡고 함께 걸어갔다. 길 가는 사람들의 눈을 피하려고 큰길에서 벗어나 전나무가 줄지은 오솔길로 접어들었다. 괴로운 듯 나뭇가지가 심하게 흔들거리는 숲 속으로 깊숙이 들어갔을 때 에인절은 걸음을 멈추고 의아한 듯 그녀를 쳐다보았다.

"에인절."

마치 기다리기나 한 것처럼 테스가 말했다.

"왜 당신 뒤를 따라왔는지 아시겠어요? 그 남자를 죽인 사실을 알리러 온 거예요!"

이런 말을 하는 그녀의 얼굴에는 애처롭고 쓸쓸한 미소가 감돌 았다.

"뭐라고!"

심상치 않은 태도로 보아 그녀가 일시적인 정신착란증에 걸린 것 이라고 생각했다.

"전 기어이 일을 저질렀어요. 어째서 그렇게 되었는지 모르지만 요. 하지만 당신을 위해서도, 나 자신을 위해서도 그래야만 했어 요. 오래전에 그를 장갑으로 때리고 난 다음부터 철없고 어린 나를 유혹했고, 또 나를 통해 당신까지 괴롭힌 그를 언젠가는 죽이게 될 거라는 생각을 했어요. 그는 우리 둘 사이에 끼어들어 우리를 파멸 시켰지만 그따위 짓을 이젠 다시 할 수 없어요. 에인절, 당신을 사 랑한 것만큼 그를 사랑한 적은 결코 없어요. 당신은 아시겠죠, 모 르세요? 당신은 믿지 않으세요? 당신이 돌아오시지 않았기 때문에 그에게 가지 않을 수 없었어요. 그토록 당신을 사랑했는데 당신은 가버렸어요. 전 그 이유를 모르겠어요. 하지만 당신을 원망하는 건 아니에요. 에인절, 이제 그 사람을 죽여버렸으니 당신에게 저지른 잘못을 용서해 주시겠지요? 그를 죽였으니까! 이제는 당신이 용서 해 주시리라고 달려오면서 생각했어요. 그런 방법으로 당신을 되 찾아야겠다는 생각이 번개처럼 떠올랐던 거예요. 전 이제 당신 없 이는 잠시도 살지 못해요. 당신의 사랑을 받지 못하는 게 얼마나 괴로운 일인지 당신은 몰라요! 여보, 말해 주세요. 저를 사랑한다 고 말해 주세요. 이제 그 사람을 죽였으니까요!"

"사랑해 테스, 아, 사랑하고말고. 이제 모든 게 옛날로 되돌아갈 거야!"

그녀를 끌어안은 두 팔에 힘을 주면서 에인절이 말했다.

"그러나 그 남자를 죽였다는 건 무슨 말이야?"

"죽여 버렸어요."

테스는 꿈꾸듯 중얼거렸다.

"뭐, 그를? 그래, 그 사람이 죽었단 말이오?"

"그럼요. 그 사람이 당신 때문에 우는 걸 듣고는 심하게 욕을 하고 당신한테까지 욕을 퍼붓기에 죽여 버렸어요. 도저히 더 참을 수 없었어요. 전에도 당신 때문에 나를 괴롭힌 적이 있어요. 그래서 곧 옷을 갈아입고 당신을 찾으러 온 거예요."

그녀의 설명을 들으니까 적어도 몽롱한 상태에서 범했음이 틀림없을 것 같은 생각이 차츰 굳어졌다. 테스의 범행에 대한 에인절의 두려움은 그를 사랑하기 위해서 도덕관념마저 완전히 없어진 듯한 비상한 애정을 깨달은 놀라움과 뒤범벅이 되었다. 자기가 저지른 일이 얼마나 끔찍한 일인지를 알지 못하는 그녀는 오히려 만족해하는 것 같았다. 에인절은 자기 어깨에 기대어 행복에 젖은 눈물을 흘리는 그녀를 보고 더버빌 가문의 핏줄엔 무슨 잘못된 힘이 있기에 이런 탈선을 저지르게 하는 것일까 하고 생각했다. 더버빌 가문의 사람들이 이런 일을 곧잘 하는 것으로 알려져 왔으니까 저 마차와 살인에 얽힌 전설이 생겼을 거라는 느낌이 문득 스쳤다. 어지럽고 흥분된 머릿속을 가다듬어 상상력이 미치는 데까지 상상했다.

만약 이것이 사실이라면 참으로 무서운 일이고, 일시적인 환상이라면 서글픈 일이다. 그러나 어떻든 여기 버림받은 아내, 에인절이 반드시 보호자가 돼줄 것을 조금도 의심하지 않고 매달려서, 오직 사랑만을 생각하는 여자가 있다. 그가 보호자 아닌 다른 사람이 되는 일은 있을 수 없다고 생각하는 테스의 마음을 에인절은 잘 알았다. 그녀의 사랑은 기어코 클레어의 마음을 완전히 사로잡았다. 그는 핏기 없는 입술로 테스에게 끝없는 키스를 했다. 그리고 그녀의 손을 잡고 말했다.

"난 결코 당신을 버리지 않겠소! 여보, 내 힘으로 할 수 있는 모든 수단을 다해 당신을 지켜 주겠어. 당신이 무슨 짓을 했든 하지 않았든 간에!"

그들은 나무 아래를 걸어가고 있었다. 테스가 이따금 에인절을 쳐다봤다. 고생으로 얼굴이 많이 여위고 옛날처럼 잘 생긴 품은 없으나 그 모습에서 조그만 결점이라도 찾지 못함은 말할 나위도 없었다. 테스에게 있어서 에인절의 외모와 정신은 옛날처럼 완전한 것이었다. 그는 아직도 그녀의 안티누스요, 아폴로였다. 병으로 수척해진 그의 얼굴은 그녀의 사랑에 넘치는 눈에는 옛날과 똑같이 신선한 아침처럼 아름다웠다. 왜냐하면 에인절이야말로 그녀를 깨끗하게 사랑하고 또 순결한 여자로 믿어준 이 세상 단 하나의 남자였기 때문이다.

혹시 무슨 일이 있을지도 모른다는 직감에서 그는 처음에 생각한 대로 다음 정거장으로 가지 않고 이 근방 몇 마일에 걸쳐 빽빽이 들어선 전나무 숲 속으로 더 깊숙이 들어갔다.

그들을 방해할 생물이라고는 하나 없는 곳에서 겨우 단둘이 있다는 몽롱한 도취에 젖어든 그들은 살인 사건이 있었다는 건 까맣게 잊은 채, 서로 허리를 안고 마른 전나무 잎이 쌓인 메마른 땅 위를 걷고 있었다. 이렇게 오륙 마일 갔을 때에야 정신이 든 테스는 사방을 두리번거리면서 가만히 말했다.

"여보, 우리가 가는 목적지라도 있나요?"

"모르겠어. 그런데 왜?"

"그냥요."

"어쨌든 이삼 마일 정도만 더 가자고. 그러면 해가 질 테니까 어디 지낼 곳을 찾아보든지, 아니면 외딴 농가라도 있을 거야. 테스, 잘 걸을 수 있겠어?"

"아, 그럼요! 당신 팔에 안겨서라면 어디까지라도 영원히, 영원히 걸을 수 있어요!"

어쨌든 이렇게 하는 편이 좋을 것 같았다. 그곳에서부터 걸음을 재촉해서 큰길을 피해 북쪽으로 인기척 없는 좁은 길을 따라갔다. 그러나 그들이 종일토록 한 행동은 실제적이지 못했다. 두 사람 중 어느 한 사람도 재치 있게 도망친다든가, 변장한다든가 또는 어디에 오래 숨는 문제 등을 생각하지 않는 것 같았다. 그들이 생각이란 마치 두 어린아이의 계획처럼 즉흥적이었고 무계획적이었다.

점심때쯤 돼서 그들은 길가에 있는 여인숙에 다다랐다. 먹을 것을 얻기 위해 테스는 그와 함께 가려 했으나 에인절은 자기가 돌아올 때까지, 반은 숲이고 반은 황무지인 이곳 나무와 덤불 사이에서 기다리도록 그녀를 타일렀다. 그녀의 옷차림은 최신 유행을 따른 것이었고, 상아 손잡이가 달린 양산만 하더라도 그들이 헤매고 있는 이 외딴 지방에서는 보지도 못한 것이었다. 술집에라도 들어갔다간 그녀의 낯선 물건이 남의 눈을 끌지 않을 수 없으리라. 에인절은 이내 너덧 명 분은 됨직한 음식과 포도주 두 병을 가지고 돌아왔다. 그들은 마른 풀 위에 앉아서 같이 식사를 했다. 1시가 좀 넘었을 때 남은 음식을 싸들고 다시 걷기 시작했다.

"이젠 얼마든지 걸을 수 있을 것 같아요."

그녀는 말했다.

"내 생각엔 외진 시골구석으로 깊숙이 들어가는 편이 좋을 것 같아. 그곳에서는 얼마 동안 숨을 수 있고 해안 근처보다는 발각될 염려도 적으니까. 또 우리를 찾지 않게 되면 항구 쪽으로 빠져나갈 수도 있어."

그녀는 에인절의 허리에 감은 팔에 힘을 주었을 뿐 다른 대답은 하지 않았다. 그들은 숲 속으로 곧장 들어갔다. 계절은 '영국의 오월'이어서 하늘은 맑게 빛나고 오후에는 한결 따뜻했다. 그들이 걸어온 여러 마일의 길은 뉴포레스트라는 숲 속 깊숙이 그들을 이끌고 있었다. 저녁 무렵이 되어 어느 오솔길 모퉁이를 돌았을 때 조그만 개천과 거기 걸린 다리 건너편에 커다란 게시판이 눈에 띄었다. 그 게시판에는 흰 페인트로 '가구가 갖추어진 아담한 셋집'이라고 크게 씌어 있고 조그만 글씨로 런던에 있는 소개소로 신청하라는 안내가 적혀 있었다. 대문을 들어서니 널찍한 건물이 보였다.

그것은 구식 벽돌 건물로서 꽤 넓었다.

"난 잘 알지, 이건 브람셔스트 영주관이라는 저택이오. 창문은 닫혀 있고 마당에는 풀이 나 있잖소."

"열려 있는 창문도 있는데요."

"아마 통풍을 위해 그랬을 거요."

"이 많은 방들이 비어 있는데 우리가 누울 자리는 없군요."

"피곤한 모양이군, 테스!"

"이제 조금만 더 가서 쉬기로 하지"

그녀에게 키스를 하고 다시 걸었다. 이미 십이 마일은 걸었으므로 에인절도 피곤을 느꼈다. 쉴 곳을 어떻게 얻을까 하는 문제를 생각해야 했다. 그들은 멀리 드문드문 떨어져 있는 농가나 여인숙을 보고 그중 여인숙 하나를 향해 다가갔으나 역시 용기가 나지 않아 다시 돌아섰다. 마침내 그들은 무거운 다리를 끌다시피 걷다가 끝내 서 버렸다.

"나무 밑에서 자도 되겠지요?"

그녀가 물었다. 그러기에는 아직 철이 이르다고 에인절은 생각했다.

"나는 우리가 방금 지나온 그 빈 주택을 생각하고 있는 중이오. 자, 그쪽으로 다시 돌아가 봅시다."

그들은 방향을 돌렸다. 다시 그 집에 이르기까지는 30분이나 걸렸다. 그 집에 누가 있는지 살피고 올 동안 그 자리에서 기다리도록 테스에게 당부했다. 그녀는 대문 안의 덤불 속에 쭈그리고 앉았고 그는 집으로 살금살금 들어갔다. 그는 상당히 오랫동안 돌아오지 않았다. 그가 돌아왔을 때 테스는 에인절의 안전을 생각하여 심히 불안해하고 있었다. 노파는 근처에 있는 가까운 마을에서 날씨가 좋을 때만 와서 공기를 환기시키고 간다는 사실을 알아냈다는 것이다. 아마도 저녁 때 창문을 닫으러 오겠지.

"자, 저 아래쪽 창문으로 들어가서 거기서 쉽시다."

에인절의 부축을 받아 무거운 다리를 끌면서 현관 앞으로 다가갔다. 장님 눈처럼 덧창이 내려진 창문은 그들을 지켜보는 사람이 없음을 말하는 것 같았다. 현관 옆에는 열린 창문이 하나 있었다. 클레어가 먼저 기어 올라가서 테스를 끌어올렸다.

모든 방이 캄캄했다. 그들은 이층으로 올라갔다. 이층도 역시 덧창이 굳게 닫혀 있었고 바람이 통하도록 열어놓은 창문은 현관 쪽과 이층 뒤쪽의 두 군데뿐이었다. 클레어는 어느 큰 방의 문고리를 벗기고는 더듬더듬 그 방을 지나 덧창을 열었다. 눈부신 한줄기 햇살이 방 안을 비추자, 육중한 고풍 가구와 수놓은 진홍빛 비단 커튼 그리고 뛰는 사람들의 모습을 앞머리에 조각한 커다란 침대가 보였다. 그 조각은 그리스 아탈란타의 경기 모습을 그린 것 같았다.

"겨우 쉬게 됐군!"

가방과 음식 꾸러미를 내려놓으며 에인절이 말했다.

집을 지키는 사람이 오리라고 짐작되는 시간까지 그들은 아무 소리도 내지 않고 조용히 있었다. 만약 우연한 일로 노파가 들어오는지 몰랐으므로 그들은 먼저대로 문고리를 걸고 칠흑 같은 어둠 속에 앉아 있었다. 6시와 7시 사이에 노파가 나타났으나 그들이 있는 방에는 접근하지 않았다. 창문을 꼭 닫고 현관문을 잠근 다음 돌아가는 노파의 기척을 두 사람은 들었다. 노파가 돌아간 다음 클레어는 다시 창문을 조금 열어 햇살이 들어오게 했다. 어둠을 흩을 초 한 자루 없어서 테스와 함께 식사를 하는 동안 차츰 암흑에 휩싸였다.

58

그날 밤은 신비하도록 경건하고 조용했다. 밤 2시쯤 돼서 테스는 에인절이 잠결에 그녀를 안고 두 사람의 생명이 위태로운 것도 모른 채, 프룸 물결을 건너 황폐한 사원의 석관에다 그녀를 눕힌 일의 자초지종을 얘기했다. 에인절은 지금까지 그 일에 대해서는 아무것도 모르고 있었다.

"왜 그 이튿날 말하지 않았소? 얘기를 했더라면 열 가지 오해나 화근을 방지할 수 있었을지도 모르는데."

"지나간 일은 생각하지 마세요? 저는 지금의 일 외에 다른 문제는 생각하기 싫어요. 그럴 필요가 어디 있어요! 내일 어떤 일이 생길지 누가 알아요? 그건 아무도 알 수 없어요."

다음 날은 슬픔을 마련하고 있지 않았다. 아침에는 비가 부슬부슬 오고 안개가 짙었다. 집 지키는 노파는 날씨가 좋은 날만 창문을 연다는 말을 확실히 들었으므로 테스가 잠자는 동안 침실에서 빠져나와 집안을 두루 살펴봤다. 이 집에 먹을 것이라곤 없었지만 물은 있었다. 안개를 이용하여 집을 빠져나온 에인절은 이 마일가량 떨어진 마을 상점에서 차와 빵과 버터 그리고 연기를 내지 않고 불을 피울 수 있는 조그만 주전자와 알코올램프를 사왔다. 그가 방에 다시 돌아왔을 때 그녀는 잠에서 깼다. 에인절이 사온 것으로 그들은 아침식사를 했다.

그들은 밖에 나갈 마음이 나지 않았다. 해가 지면 밤이 오고 그날이 지나면 또 이튿날을 맞이했다. 거의 눈 깜짝할 사이에 어느덧 닷새란 시간이 그들이 의식하지 못하는 가운데 완전히 동떨어진 생활 속에 흘러갔다. 날씨의 변동만이 유일한 변화였고 뉴포레스트의 새들만이 그들의 벗이었다. 생각이 서로 같아서 그랬음인지 그들은 결혼한 이후의 지난 일에 대해서는 한마디도 하지 않았다. 침울했던 그 시간은 혼돈 속에 가라앉아 버려서 마치 그런 과거 따위는 존재하지 않았던 것처럼 현재의 시간만 둘러싸고 있었다. 그가 사우스햄튼이나 런던으로 가야겠다고 말할 때마다 그녀는 이곳을 떠나기 싫어했다.

"이렇게 즐겁고 정다운 생활을 왜 끝맺지 않으면 안 되나요!"

그녀가 반대하며 말했다.

"오고야 말 일은 꼭 오겠죠."

덧창 틈으로 밖을 내다보더니,

"밖은 모두가 괴로울 뿐이에요. 이 안은 모든 게 만족한 것뿐인데."

에인절도 밖을 내다봤다. 그녀의 말은 사실이었다. 안에는 사랑과 이해와 용서받은 과오가 있었다. 그러나 밖에는 냉정한 바람만이 불고 있었다.

"그리고, 그리고……."

그녀의 볼을 에인절의 볼에 대면서 말했다.

"지금 저를 생각하는 당신의 마음이 변하지 않을까 두려워요. 당신의 사랑이 식을 때까지 살고 싶지 않아요. 오히려 그 전에 죽는 게 더 좋아요. 당신께서 저를 경멸할 때가 오면 차라리 죽어서 땅속에 묻히는 게 더 나아요. 그렇게 되면 당신이 미워해도 알 수가 없으니까요."

"나는 어떤 일이 있어도 당신을 미워할 수 없어."

"저도 그러길 바라고 있어요. 하지만 제 과거를 생각하면 어떤 남자라도 언젠가는 미워하지 않을 수 없을 것 같아요…… 아 내가 어쩌면 그따위 악한 일을 저질렀을까요! 옛날에는 파리 한 마리도 죽이지 못하고 새장에 갇힌 새만 봐도 눈물이 났는데."

그들은 하룻밤을 더 묵기로 했다. 밤이 되자 날씨는 맑게 개였고 이튿날 아침 집 지키는 할머니는 일찍 일어났다. 화사한 아침 햇살은 할머니의 기분을 상쾌하게 했다. 오늘 같은 날이야말로 저택에 달린 모든 문을 열어서 공기를 갈아야겠다고 마음먹었다. 아침 6시 전에 저택에 온 할머니는 아래층의 모든 방문을 열어 놓고 이층에 올라가 그들이 자고 있는 침실의 손잡이를 막 돌리려 했다.

바로 그 순간, 방 안에서 사람의 숨 소리가 들리는 것 같았다. 슬리퍼를 신었고 또 나이가 많았으므로 할머니는 소리를 내지 않고 여기까지 왔었고 또 이내 돌아가려던 참이었으나 혹시 잘못 듣지 않았나 싶어 다시 문으로 다가가서 손잡이를 살짝 돌려 봤다. 걸쇠는 망가져 있었고 안쪽에 가구를 하나 문 앞으로 옮겨 놓았으므로 이 인치 정도밖에는 문을 열지 못했다. 덧문 틈 사이로 밝은 아침 햇살이 흘러들어 곤히 잠든 그들의 얼굴 위에 비치고 있었다. 테스의 입술이 에인절의 뺨 바로 옆에 반쯤 핀 꽃봉오리처럼 열려 있었다. 의자에 걸쳐 놓은 테스의 웃옷, 그 옆에 벗어놓은 견직 양말, 예쁜 양산, 그대로 입고 있던 의복의 화려함을 본 노파는 깜짝 놀랐다. 처음에는 이 방랑자들의 뻔뻔스러움에 화가 났던 할머니는, 그들의 행색이 점잖은 남녀들의 사랑의 도피행각 같아 보여서 짧은 감상을 느꼈다. 할머니는 방문을 닫고 자기가 발견한 이 이상한 일을 이웃과 의논할 양으로 올 때처럼 발소리를 죽여 조용히 내려갔다.

할머니가 사라진 다음 테스가 눈을 뜨고 이어 클레어도 잠을 깼다. 그들은 한결같이 무언가로 그들의 잠을 방해받은 것 같은 생각이 들었다. 하지만 그것이 뭔지는 분명히 알 수 없었다. 불안은 점점 더 커져갔다. 그는 옷을 다 입고 나서 좁게 벌어진 덧창 틈으로 바깥 잔디밭을 자세히 살펴봤다.

"당장 떠나기로 하지. 날씨가 참 좋아. 저택 부근에 누군가 숨은 것 같은 생각이 자꾸만 들어. 아무튼 오늘은 집 지키는 여자가 꼭 올 거요."

그녀는 순순히 그의 의견을 따랐다. 방을 깨끗이 정돈하고 짐을 챙긴 다음 그들은 발걸음을 죽여 가며 밖으로 나왔다. 숲에 접어들기 시작했을 때 그녀는 걸음을 멈추고 돌아서서 마지막으로 그 저택을 보았다.

"아, 행복하던 집이여 안녕! 내 생명은 앞으로 이삼 일밖에 안 남았어요. 왜 이곳에 더 있으면 안 되죠?"

"테스, 그런 말 하지 마! 우리는 빨리 이곳을 벗어나게 돼. 처음에 가던 대로 이 길을 따라 곧장 북쪽으로 갑시다. 거기까지 찾으러 올 사람은 없을 테니까. 수사를 한다면 웨섹스의 항구에서나 수 사망을 펼 거야. 북쪽에 도착하면 어느 항구에서든 외국으로 가버립시다."

　겨우 그녀를 설득시켜 곧바로 북쪽을 향해 걸었다. 저택에서 잘 쉰 탓으로 걸을 힘이 생겼다. 점심때가 가까워서 그들은 지붕이 뾰족하게 솟은 멜체스터 시에 도착했음을 깨달았다. 에인절은 오후에는 그녀를 푹 쉬게 하고 어둠을 타 다시 걷기로 결심했다. 저녁놀이 깃들 무렵 에인절은 여느 때와 같이 음식을 사왔다. 밤의 행진이 시작되었다. 이리하여 북부 웨섹스와 중부 웨섹스의 경계를 지난 것은 오후 8시쯤이었다.

　한길을 떠나 산속 길을 걷는 건 테스에게 처음 있는 일이 아니다. 그래서 옛날의 민첩한 걸음걸이로 길을 재촉했다. 앞을 가로막는 옛 도시 멜체스터는 그들 앞에 가로놓인 강을 건너기 위해 아무래도 통과하지 않을 수 없었다. 군데군데 가로등이 희미하게 비치는 인적이 없는 거리를 발소리가 울릴까 포도를 피하면서 지나간 것은 거의 자정이 가까운 때였다. 웅장하고 화려한 사원이 왼편에 우뚝 솟아 있었지만 지금의 그들에겐 돌러볼 겨를이 없었다. 거리를 벗어나 큰길을 따라 걷다보니 광활한 벌판에 들어서 있었다.

　하늘은 구름이 덮여 있었지만 구름 사이로 비치는 달빛은 조금이나마 그들에게 도움이 되었다. 그러나 이제 달도 기울어져서 구름은 머리 위를 거의 덮어버린 것 같았다. 밤은 동굴 같은 암흑으로 변해 버렸다.

　그들은 발소리를 내지 않으려고 될 수 있는 대로 잔디 위를 걸어 겨우 갈 수 있었다. 산울타리와 담장이 전혀 없어서 걷기에 어렵지 않았다. 사방은 광활한 적막에 싸인 캄캄한 고독의 세계였다. 그 위를 바람이 세차게 불고 있었다.

　더듬듯 이삼 마일을 더 갔을 때 눈앞의 풀밭에 거대한 건물 같은 것이 우뚝 서 있는 것을 알아차렸다. 하마터면 그들은 그 물체와 부딪칠 뻔했다.

"이건 정말 괴상한데!"

에인절은 말했다.

"웅웅 소리가 나요, 저것 봐요. 들어 보세요!"

테스는 말했다. 그는 귀를 기울였다. 바람이 건물에 부딪쳐 마치 거대한 하프를 타는 것 같은 웅웅 소리를 내고 있었다. 그 밖에는 아무 소리도 들리지 않았다. 한 팔을 뻗고 두어 걸음 앞으로 나아가니 건물의 수직면에 손이 닿았다. 그것은 이음새도 없고 다듬은 자리도 없는 단단한 천연석으로 만든 것 같았다. 손가락으로 위쪽을 더듬어 보니 커다란 장방형의 돌기둥이었다. 이번엔 왼손을 뻗어 보니 옆에 있는 것과 같은 비슷한 돌기둥이 손에 만져졌다. 머리 위 무한히 높은 곳에 캄캄한 밤하늘을 더욱 어둡게 하는 것은 이 두 기둥을 수평으로 잇는 거대한 대들보 같았다. 그들은 조심조심 대들보 밑 돌기둥 사이로 들어갔다. 돌기둥 표면은 그들의 옷 스치는 소리를 울렸다. 그들은 아직도 건물 밖에 있는 기분이었다. 거기에는 천장이 없었다. 테스는 무서워서 제대로 숨도 못 쉬고 에인절도 당황해서 중얼거렸다.

"도대체 이게 뭘까!"

옆으로 가서 더듬어 보니까 또 다른 돌기둥 같은 것에 부딪쳤다. 그것도 처음 것과 같이 네모지고 단단한 탑과 같은 돌기둥이었다. 그런 식으로 돌기둥은 하나하나 줄지어 있었다. 그것은 마치 문과 기둥만 있는 것 같았고 어떤 큰 대들보로 기둥이 연결된 것도 있었다.

"이거야말로 바람의 신전이로군."

에인절이 말했다.

다음 돌기둥은 따로 떨어져 있다. 어느 것은 세 개의 돌기둥으로 문을 만든 것도 있었다. 옆으로 쓰러진 것도 있고 옆쪽에는 마차가 한 대 지날 수 있을 만큼의 돌로 포장한 길이 나 있었다. 이런 것들이 한 덩어리가 되어 이 평원에 돌기둥의 숲을 이루고 있다는 사실

470

을 알았다. 그들은 돌기둥 사이로 더 깊숙이 들어가 그 복판에 다다랐다.

"여긴 스톤헨지야!"

클레어가 말했다.

"이교도의 신전 말이에요?"

"그렇지, 여러 세기 전의 유물로 더버빌 가문이 생기기 전부터 있었던 거요! 한데 여보, 어떡할까? 좀 더 가면 쉴 곳이 있을 것 같은데."

테스는 지칠 대로 지쳤으므로 바로 옆에 있는 길쭉한 석판 위에 풀썩 주저앉았다. 한 개의 돌기둥이 바람을 막아 주고 있었다. 낮의 태양열을 받았기 때문에 그 돌은 따뜻하고 말라 있었다. 치마와 구두를 축축하게 했던 사방의 거칠고 싸늘한 초원과는 달리 기분이 좋았다.

"에인절, 더 가고 싶지 않아요."

에인절의 팔을 끌어당기려고 손을 내밀면서 테스가 말했다.

"여기 있으면 안 되나요?"

"안 될 것 같은데, 낮에는 몇 마일 떨어진 곳에서도 여기가 보일 거야. 지금은 그렇지 않지만."

"지금 생각하니까 외갓집의 아는 사람이 이 근방에서 양을 치고 있어요. 그리고 탈보테이스에 있을 때 당신은 날 보고 이교도라고 늘 말씀하셨죠. 그러니까 나는 고향에 돌아온 거나 다름없어요."

에인절은 길게 누운 그녀의 옆에 무릎을 꿇고 그녀의 입술에 자기 입술을 갖다 댔다.

"졸립지, 응? 당신이 꼭 제단 위에 누운 것 같군."

"난 여기 있는 게 무척 좋아졌어요. 이곳은 참 조용하고 쓸쓸해요. 벅찬 행복을 맛본 뒤라서 말예요. 내 머리 위에는 널따란 하늘만 보여요. 마치 우리 둘 외에 세상에는 아무도 없는 것 같아요. 정말 아무도 없었으면 좋겠어요. 리자 루만 빼고."

클레어는 날이 좀 밝을 때까지 그녀를 이곳에 쉬게 하는 편이 좋겠다고 생각했으므로 자기의 외투를 그녀에게 덮어주고 그 옆에 앉았다.

"에인절, 만약 저에게 무슨 일이 있으면 리자 루를 돌봐주시지 않겠어요?"

돌기둥 사이로 부는 바람 소리를 한참 듣고 있다가 테스가 말했다.

"그러지."

"그 애는 정말 착하고 순진해요. 그리고 순결해요. 아, 에인절, 만약 제가 없어진다면 그렇게 되는 것도 얼마 남지 않았지만, 그 애하고 결혼해 주세요. 아, 당신이 그렇게만 해주신다면⋯⋯."

"당신을 잃는다는 것은 곧 모든 것을 잃는 거나 마찬가지요. 그리고 그녀는 내 처제가 되는데."

"그건 문제가 아니에요. 말로트 마을에서는 처제와 결혼하는 일이 흔해요. 리자 루는 정말 착하고 귀여워요. 그리고 점점 아름답게 자라고 있어요. 우리가 영혼이 되면 저는 기꺼이 그 애와 함께 당신을 나누어 가질 수 있어요! 만약 당신께서 앞으로 그 애를 잘 가르치고 길들이면 그리고 당신 마음에 맞도록 잘 돌봐주신다면!⋯⋯ 그 애는 저의 좋은 점만 전부 갖고 있어요. 나쁜 점은 조금도 없어요. 그리고 그 애가 만약 당신의 아내가 된다면 난 죽음이 우리를 갈라놓지 않은 것처럼 느낄 거예요⋯⋯ 이제 저는 모든 걸 다 말씀드렸어요. 다시는 그런 말 않겠어요."

그녀는 입을 다물고 생각에 잠겼다. 멀리 북동쪽 하늘에서 한 줄기 광명이 나타났다. 골고루 덮였던 검은 구름장이 항아리 뚜껑을 열 때처럼 그대로 들려 나가고 대지의 끝은 이제 막 올라오는 태양에게 그 자리를 양보하고 있었다. 먼동을 등지고 높이 솟은 돌기둥이나 세 개의 돌기둥으로 된 탑이 거무스레한 모습을 드러내기 시작했다.

"옛날에는 이곳에서 하나님께 제물을 드렸을까요?"

"아니."

"그럼, 누구한테?"

"태양한테 바쳤을 거요. 따로 떨어져 있는 저기 높은 돌이 태양 방향이오. 지금 곧 솟아오를 태양을 향하고 있소."

"여보, 이제 생각나는 게 있어요. 우리가 결혼하기 전엔 제가 무엇을 믿든 당신은 간섭하지 않겠다고 하셨어요. 생각나시죠? 하지만 난 당신의 마음을 알고 있었어요. 그래서 당신이 생각하는 대로 저도 생각했어요. 당신이 그렇게 하니까 그런 거예요. 에인절, 지금 말해 주세요. 우리가 죽은 뒤에 다시 만날 수 있는지 가르쳐 주세요. 전 그게 알고 싶어요."

그는 대답을 피하기 위해 테스에게 키스를 했다.

"오, 에인절, 못 만난다는 뜻인가요?"

울음이 터질 것 같은 심정을 누르고 테스가 말했다.

"그런데도 저는 당신과 다시 만나게 되길 바랐어요. 얼마나, 얼마나 바랐는지 몰라요. 당신과 제가 다시 만나지 못하다니요. 우리가 이토록 뜨겁게 사랑하는데……."

그는 테스의 중대한 질문에 대답하지 않았다. 그들은 다시 침묵했다. 일이 분쯤 지나자 그녀의 숨결은 규칙적으로 쌔근거리고 그의 손을 잡고 있던 그녀의 손이 풀렸다.

동쪽 지평선을 따라 나온 한 줄기 은빛 광선은 대평원의 먼 부분까지도 검게, 그리고 가깝게 보이게 했다. 광활한 사방의 경치는 날이 밝기 직전, 어딘지 주저하고 수줍어하는 듯한 기색이 보였다. 동쪽에 있는 돌기둥과 그 사이의 큰 대들보는 광선을 등에 받고 시커멓게 솟아 있었다. 그 너머엔 커다란 불꽃 모양을 한 '태양석'이, 그리고 '희생의 돌'은 중간쯤에 서 있었다. 잠시 후에 바람은 잠잠해지고 돌의 움푹 팬 곳에서 찰랑이던 물도 고요히 가라앉았다.

마침 그때, 동쪽의 경사진 언저리에서 무엇인가 움직이는 것 같았다. 그것은 한 개의 점에 지나지 않았다. 그것은 '태양석'이 있는 저쪽 너머 낮은 땅에서 다가오는 한 남자의 머리였다. 클레어는 여기서 머물지 말고 더 갈까 싶었지만 어쩔 수 없는 형편이었으므로 조용히 그냥 있기로 작정했다. 그 모습은 그들을 둘러싸고 있는 돌기둥이 선 곳으로 곧장 다가오고 있었다.

등 뒤에서 무슨 소리가 들렸다. 발이 스치는 듯한 소리를 들었다. 돌아다보자 옆으로 쓰러진 돌기둥 저쪽에도 다른 모습이 또 하나 보였다. 미처 깨닫기도 전에 오른편 돌기둥 셋의 탑이 서 있는 곳에 또 한 사람 그리고 왼편에도 한 사람이 있었다. 새벽 햇살이 서쪽에 있는 남자의 정면을 비췄다. 클레어는 그가 키가 크고 훈련된 걸음걸이의 남자임을 알았다. 그들은 모두 명확한 목적을 지니고 점점 다가오는 것 같았다. 그녀가 한 말이 현실로 나타났다. 에인절은 벌떡 일어서서 무기는, 돌은, 도주할 방법은? 아무 거라도 좋았다. 무엇이 없는가 하고 사방을 두리번거렸다. 그때 가장 가까이에 와 있던 남자가 그를 잡았다.

"소용없습니다. 이곳에 우리 동료가 열여섯 명이나 있습니다. 더군다나 이 지방 전체가 들끓고 있으니까요."

"잠이 깰 때까지 저 여자를 제발 자게 해주십시오!"

그는 사방에서 모여든 사나이들에게 작은 소리로 애원했다.

그때까지도 그들은 테스가 어디 있는지 몰랐으나 자는 모습을 보고는 모두 한결같이 둘레에 있는 돌기둥처럼 움직이지 않고 서 있었다. 에인절은 그녀가 누운 돌 쪽으로 다가가서 가냘픈 손을 쥐고 그녀 위에 몸을 구부렸다. 그녀의 호흡은 여자의 숨결이라기보다는 가냘픈 생물의 그것처럼 빠르고 또 가냘팠다. 그들은 점점 밝아오는 햇살을 받으며 그 자세로 기다리고 있었다. 그들의 얼굴과 손은 은이라도 입힌 듯 빛나고 몸의 다른 부분은 검게 보였다. 돌은 회녹색으로 빛나고 들판은 여전히 그늘의 덩어리였다.

잠시 후 강해진 광선이 무의식 상태에 놓인 그녀의 얼굴을 활짝 비췄다. 광선이 눈까풀 아래 스며들어 그녀의 잠을 깨웠다.

"웬일이에요, 에인절?"

그녀가 급히 일어나 앉으면서 말했다.

"저를 잡으러 온 건가요?"

"여보, 그렇소. 그들이 왔소."

"당연하죠, 에인절. 저는 기쁠 정도예요. 네, 정말 기뻐요. 이런 행복이 오래갈 순 없으니까요. 그동안 너무 행복했어요. 전 아주 만족해요. 또 당신한테 멸시받을 때까지 살지 않아도 되고요!"

그녀는 일어서서 몸을 털고 앞으로 걸어갔지만 남자들은 아무도 움직이지 않았다.

"가요."

테스는 조용히 말했다.

59

옛날에 웨섹스의 수도였던 아름다운 도시 윈톤체스터는 7월 아침의 상쾌하고 따뜻한 대기에 싸여 기복이 심한 분지의 한복판에 자리 잡고 있었다. 박공지붕이 있는 벽돌집이나 기와집 또는 돌집들은 계절 탓으로 이끼가 거의 말라붙어 깨끗한 모습이었다. 목장 복판을 흐르는 시내도 물이 줄었고 '서쪽 문'에서 중세기의 십자표에 이르기까지 그리고 그곳에서 다리에 이르기까지 경사를 이루는 큰길은 구식 장날에 으레 하는 대청소가 되어 있었다.

'서쪽 문'에서 시작되는 큰길은 윈톤체스터에 사는 사람이면 누구나 다 알고 있듯이, 인가에서 벗어난 가파른 경사가 일 마일이나 뻗어나간 언덕길이다. 시가지를 벗어나 이 언덕길을 급히 올라가는 두 사람이 있었다. 그들은 힘든 비탈길도 개의치 않는 것 같았다. 무언가를 골똘히 생각하고 있기 때문에 그들은 비탈 아래쪽의 높은 담이 둘린 좁은 문을 빠져나와 이 길로 나온 것이었다. 두 사람은 민가와 사람이 보이지 않은 곳으로 오려고 애쓰는 것 같았다.

고개를 푹 숙인 채 걷는 그들의 슬픈 걸음걸이를 태양은 매정한 미소로 내려다보고 있었다.

한 사람은 에인절 클레어였고 또 한 사람은 키가 큰 한창 꽃봉오리와 같은 아가씨—반은 소녀고 반은 여인이라고 하는 편이 어울릴—그녀는 테스보다 가느다란 몸매지만 테스처럼 눈이 아름다운 클레어의 처제 리자 루였다. 그들의 창백한 얼굴은 수척해 있었다. 그들은 손을 마주잡고 묵묵히 걷고 있었다. 머리를 숙인 모습은 마치 이탈리아 화가 지오토의 '두 사도'와도 같았다.

그들이 높다란 서쪽 언덕에 거의 다다랐을 때 거리의 시계는 8시를 알렸다. 이 소리를 듣고 깜짝 놀란 두 사람은 몇 걸음 더 나아가 푸른 잔디밭 뒤로 하얗게 서 있는 첫 번째 이정표에 이르렀다. 이곳에서 잔디밭이 큰길로 통하고 있었다. 잔디밭에 들어선 그들은 의지를 지배하는 어떤 힘에 이끌려 갑자기 걸음을 멈췄다. 악몽이라도 꾸는 듯한 초조한 상태로 이정표 옆에서 기다리고 있었다.

이 꼭대기에서 내려다보는 경치는 끝이 없었다. 눈 아래 보이는 분지에는 이제 막 떠나온 도시가 있고 그중에서도 한층 눈에 띄는 건물은 마치 실물 크기 그대로 보였다. 그 안에는 노르만풍의 창문을 비롯해서 기다란 회랑과 본당이 딸려 있는 대사원의 탑이 있는가 하면 성 토마스 사원의 뾰족탑도 있고 조그만 탑이 솟은 대학 건물도 있으며 오른쪽에는 오늘도 순례자들에게 빵과 맥주를 베풀어주는 옛날 사원의 탑과 박공지붕이 보였다. 도시의 뒤쪽에는 성 캐서린 언덕이 펼쳐져 있고 더 멀리에는 경치와 경치가 겹쳐진 마지막 지평선이 그 위에 걸린 찬란한 태양 속에 파묻혀 있었다.

멀리 펼쳐져 있는 시골 풍경을 배경으로 시내의 건물들을 전경으로 한, 우뚝 솟은 회색 지붕과 창살 달린 창문이 있는 빨간 벽돌 건물은 주위에 있는 우아한 고딕 건물들과는 상당히 대조적으로 인간을 감금했었던 과거를 은연중에 말해 주고 있었다. 그 앞을 지날 때는 주목나무와 사철나무에 가려 잘 보이지 않았으나 이곳에 올라와 보니 뚜렷하게 보였다. 아까 두 사람이 나온 좁은 샛문은 이 건물의 담에 뚫린 문이었다. 이 건물 중앙부에는 꼭대기가 평평한 보기 흉한 팔면탑이 동쪽 지평선을 배경 삼아 서 있었다. 이곳에서 보면 태양을 등진 도시의 그늘진 쪽이 보이므로 도시의 미관을 더럽히는 하나의 오점 같았다. 두 사람의 시선이 멈춘 곳은 아름다운 정경이 아니라 바로 이 오점이었다.

그 탑의 돌출부에는 높은 깃대가 있었다. 그들의 눈은 그곳에 머물렀다. 8시를 알리는 종소리가 울리고 나서 뭔가가 깃대 위로 서서히 올라가더니 미풍에 펄럭이기 시작했다. 그것은 검은 깃발이었다.

'정의'는 이루어졌다. 그리스의 비극 작가 아이스킬로스 말대로 '불멸의 수호신'은 테스와의 희롱을 끝마쳤다. 더버빌 가문의 기사와 귀부인들은 아무것도 모르고 그들의 무덤 속에 잠들어 있었다. 묵묵히 바라보던 두 사람은 기도라도 하듯 땅에 꿇어 앉아 오랫동안 꼼짝 않고 있었다. 깃발은 여전히 바람에 펄럭이고 있었다. 그들은 함께 일어나 손을 마주잡고 다시 걸어가기 시작했다.

옮긴이의 말

빅토리아 왕조 후기의 소설을 최고의 반열로 끌어올렸고, 엘리엇이 타계한 후 조지 메러디스와 더불어 영국 문단을 대표했으며, 숱한 비평과 학술논문의 대상이 되었던 위대한 작가 토머스 하디. 숙련된 석공의 아들로 태어나 건축사무소 일을 보던 하디는 예술 비평가가 되는 게 꿈이었다. 이후 독일로 건너가 문학을 공부하면서 작가의 꿈을 키웠다.

하디는 영국 남부에 있는 고향 도싯 도체스터를 무대로 〈광란의 무리를 떠나서〉, 〈캐스터브리지의 시장〉, 〈테스〉 같은 소설과 시집 등을 출판했다. 전원적인 인간관계와 인간성이 기계문명과 산업자본주의라는 세파에 휘말려 붕괴되어 가는 과정을 애정과 향수를 담아 그려낸 작품들이다.

그중 〈테스〉는 하디의 대표작이라고 할 수 있으며 영국소설 사상 19세기 후반 걸작 중의 걸작으로 지목되었다. 1891년에 발표된 이 작품은 〈더버빌가의 테스〉라는 원제에 '순결한 여성'이라는 부제가 붙어 있다.

줄거리를 살펴보면, 조상의 가문이 명문이었다는 것을 알게 되자마자 실속 없는 자랑에 도취된 술주정뱅이 아버지, 지나치게 순진해 무지스럽기까지 한 어머니, 그리고 나이 어린 동생들을 돌봐야

하는 테스는 가난을 벗어나겠다는 일념으로 먼 친척뻘인 부잣집의 일을 거들러 찾아간다. 하지만 그 집의 아들인 바람둥이 알렉에게 유혹되어 순결마저 잃고 사생아까지 낳은 테스는 불행의 씨앗인 아기가 죽자 갱생의 길을 모색하여 먼 곳으로 떠나 목장에서 젖 짜는 일로 하루하루를 살아간다. 그곳에서 만난 목사의 아들인 에인절은 테스에게는 구세주 같은 존재였다. 끊임없는 구애를 이기지 못한 테스는 과거가 있는 여자라는 무거운 자책감을 벗지 못한 채 마침내 그와 결혼한다.

첫날밤, 모든 것을 받아줄 남자라고 기대하며 테스가 에인절 앞에 쏟아놓은 고백에, 아내가 성스러운 처녀이리라 믿어 의심치 않았던 에인절은 그 불순함의 충격에 못 이겨 그녀의 곁을 떠나버리고 만다.

세월이 흘러 테스가 자기에게 바치려고 한 참사랑이 사실은 얼마나 순수한 것이었는가를 깨닫게 된 에인절이 테스를 찾았을 때, 가난과 온갖 고초를 이기지 못한 테스는 이성을 잃고 회한에 겨운 칼을 알렉의 심장에 꽂고, 이어 자신도 사형대의 이슬로 사라지게 된다는 이야기이다.

대중적 인기와 함께 전문가들의 인기를 누리며 영국 소설 가운데 최고의 작품으로 손꼽히고 있는 행복한 고전 〈테스〉. 우리나라에서 가장 많은 번역본이 있는 작품이라고 해도 과언이 아닐 것이다.

그러나 이러한 대중적 인기와 일반적 인식 때문에 작품을 바라보는 기본 관점이 좁아지고 고정되어 작품을 올바로 이해하는 것을 저해하는 경우가 적지 않다. 예컨대 난봉꾼에게 당한 시골 처녀라는 상투적 이미지가 이 작품을 한마디로 요약하는 용어로 자주 등장하는 데서도 알 수 있다.

사실 테스와 알렉, 에인절 이 세 사람의 관계는 행간을 살피는 독서와 성찰을 요한다. 알렉이 단순한 '나쁜 남자'가 아니며 테스

또한 그에게 일방적으로 당하기만 한 것은 아니라는 사실을 어렵지 않게 확인할 수 있기 때문이다. 순결을 잃은 후에도 테스는 얼마간 알렉의 농장에 머물렀다. 그런 점들이 테스를 수동적 희생자가 아니라는 사실을 말해 준다. 한편 에인절이라는 인물은 전형적인 관념적 진보주의자 혹은 이상주의자로 요약할 수 있을 것이다. 겉으로는 진보적인 모습을 보이지만 내면에는 관습적 사고에 침윤되어 있는 모습이다.

이처럼 알렉과 에인절이 극히 대조적인 성격의 인물로 보이지만 실상 이 두 사람은 모두 빅토리아 사회가 여성들에게 요구한 남성 위주의 성 이데올로기의 표상이었을 뿐이고, 테스의 사형은 그와 같은 환경 속에서 독립적 여성이 모색하는 인간적 실현이 얼마나 힘겨운 것인지를 여실히 보여준다. 그런 점에서 이 소설은 상당한 여성론적 의의를 지니고 있는데, 사실 '순결한 여성'이라는 이 작품의 부제 때문에도 상당한 논란이 되었다. 더욱이 주인공이 상류층 계급이 아니고 고달픈 현실을 꿋꿋이 헤쳐 나가는 노동계급 여성이라는 점을 감안한다면 이후의 여성론적 전개과정을 보더라도 이 작품의 선구적 성취를 인정하는 데는 어려움이 없다.

운명에 희롱당하는 한 여인의 삶이 극적인 구성으로 표현된 작품 〈테스〉. 항의적인 요소는 강렬하지 않지만, 민감한 양심을 지닌 여주인공의 창조를 통해 소멸되어 가는 것의 연약한 아름다움을 훌륭하게 그려냈다.

감동적인 비극미와 애틋한 슬픔을 자아내는 20세기 문학의 선구적인 이 작품은 19세기 말 영국 사회의 모순적인 사회구조와 그것을 유지하기 위한 도덕적, 종교적인 인습과 편견에 대한 작가의 고발이라고도 할 수 있다.

작품해설

중세 봉건사회의 영국은 산업혁명으로 거대한 변혁을 겪기 시작했다. 도시로의 인구 이동은 계속되고, 봉건사회의 소규모 관계나 오래된 유대감은 하나씩 붕괴되고 있었다. 사회 경제적 구조가 변화함에 따라 사상적 구조에도 커다란 변화가 생겨났다.

18세기의 합리주의는 관습에 반기를 든 신낭만주의와 손을 잡고 당시 영국 사회의 정치, 사회, 종교적 신념을 근본부터 흔들어 놓았다. 19세기에 들어서면서 대부분의 사상가들은 다윈의 진화론에 동조하는 이교도적인 모습을 보였다. 그러나 과거의 종교에 근간을 둔 사상과 이에 반기를 든 신사상 모두 마음으로 기꺼이 받아들이기에는 충분하지 못했다.

암흑에서 다시 암흑으로 빠져드는 듯한 느낌. 회의와 의혹에 가득 찬 당시의 시대적 분위기는 예술가들에게 가장 먼저 큰 영향을 끼쳤다. 그들은 오래된 신념에 안주하거나 아니면 탐미적인 세계로 도피하곤 했다. 그런 혼돈의 시기에 문학의 자리를 발견하지 못한 사람들이 생겨나면서 영국 문단에는 염세주의 조류가 자리를 잡았다. 그 대표 작가로 토마스 하디를 꼽을 수 있다. 중세의 기독교 전통이 가장 오래 머물러 있던 사회에서 자라났던 그는 옛 사상의 붕괴에 누구보다도 많은 영향을 받았다.

그는 농촌 사람으로서 차츰 사라져가는 세계에 속해 있었다. 신성하게만 보였던 농촌이 이제 그의 눈앞에서 붕괴되는 것이었다. 하디는 새로운 안목으로 이 암울한 시대의 함축성을 받아들이고 있었다.

하디에게 인간은 눈에 보이지 않는 거대한 힘(신)에 의해 지배당하고 있으며 언제나 실의와 고뇌를 반복해야 하는 가련한 존재에 지나지 않는다. 또한 인간은 태어나면서부터 그 어떤 거대한 힘에 이끌려 자신의 의지와는 상관없이 운명의 힘에 좌우되기 마련이라고 생각했다.

〈테스〉의 주인공 역시 운명의 힘에 어쩔 수 없이 비극을 겪게 된다. 타인을 괴롭혀 본 일이라고는 전혀 없는 테스가 부자 친척집에 일을 거들어 주러 갔다가 그 집 아들에게 순결을 유린당하고 사생아를 낳는다. 그러나 나서 그녀의 순결한 마음과는 전혀 관계없이 결국 사형대에 오른다.

〈테스〉를 포함한 토마스 하디 작품 속의 인물들은 비극적인 운명에 희생당하는데, 하디의 비극문학에 나타난 특징은 대개 세 가지로 요약된다.

첫째, 그의 작품에는 가슴을 에는 듯한 강렬하고도 어두운 인간의 비애와 우수가 짙게 깔려 있다. 그러면서도 이런 비애감은 인간이기에 피할 수 없는 불안, 공포, 실망, 회환 같은 고뇌를 오히려 말끔히 씻어 주는 듯한 위안을 준다. 따라서 〈테스〉야말로 그의 비극의 문학의 대표작이라 할 수 있다.

둘째, 하디는 대자연 특히 향토색 짙은 농촌을 배경으로서만이 아니라 등장인물의 성격이나 사건에까지도 큰 역할을 하는 존재로 묘사하고 있다. 하디에게 대자연은 인간과 동떨어진 객체가 아니라 인간의 운명에 지대한 영향을 미치는 운명의 일부이다. 그는 인간의 모든 행위와 생활, 성격과 사상 등이 대자연의 작용에 따라 좌우된다고 믿었다.

그의 작품의 대부분은 그의 고향을 무대로 삼고 있으며 이미 사라진 '웨스'라는 옛 지명을 쓰는 것만 보아도 그의 대자연과 전통에 대한 사랑을 단적으로 보여준다. 〈테스〉에서도 남부 웨섹스 일대의 목장, 황무지와 푸른 숲, 초원, 구릉, 과수원, 촌락, 교회 등이 아름답고 정답게 묘사되어 있다.

셋째, 하디는 자연을 파괴하고 자연의 섭리에 역행하며 전통적인 가치관과 윤리, 도덕, 생활, 풍습 등이 뒤바뀌는 사회상을 혐오하고, 사회의 여러 부조리, 모순 등을 날카롭게 지적하고 있다. 그는 소설을 통해 사회적 계급제도에 따른 기득권의 교만과 위선, 가식적인 권위, 그 밖에 인간을 차별하는 모든 기존의 사회질서에 반기를 들었다.

문학은 시대의 산물이다. 19세기에서 20세기를 거치며 인간의 소외감과 인간 존재의 허무함 즉 염세주의는 더욱 팽배해졌다. 하디의 작품은 이러한 사회적 풍조를 배경으로 사람들에게 잊혀 가는 자연과 전통에 대한 주의를 환기시키면서 운명에게 희생당하는 인간에게 시선을 돌릴 것을 요구한다.

〈테스〉는 당시 영국 사회를 유지하고 있는 도덕적, 종교적 편견에 대한 고발인 동시에 20세기 신조류 소설로서 우리에게 인간애에 대한 깊은 고민과 사회적 인습의 맹점을 재고할 수 있는 기회를 제공한다.

작가연보

1840년   6월 2일, 영국 남부 도셋 주의 벽촌 어퍼보컴프턴에서 출생

1848년   마을의 지주가 경영하는 소학교에 입학

1849년   도체스터의 학교로 전학

1856년   도체스터의 교회 건축가 존 힉스의 제자가 됨

1862년   런던으로 가서 교회 건축가 아더 블룸필드의 조수가 됨

1863년   〈근대 건축에서의 채색 별돌 및 테라코타 적용론〉이 영국 건축협
         회의 현상 논문에 당선

1865년   〈챔버즈 저널〉에 〈내가 집을 지은 이야기〉 발표

1868년   〈빈자와 귀부인〉을 탈고했으나 지나친 사회 풍자로 출판되지 못함

1871년   〈궁여지책〉 익명으로 출판

1872년   〈푸른 숲 그늘에서〉 2권 익명으로 출판

1873년   〈푸른 눈동자〉 출판

1874년   〈광란의 무리를 떠나서〉를 〈콘힐〉 지에 연재

1876년   〈에델버터의 손〉 출판

1878년 〈귀향〉 출판

1880년 〈나팔장〉 출판

1881년 〈미온자〉 출판

1882년 〈탑상의 둘〉 출판

1883년 소설 〈도싯 주의 노동자〉 발표

1885년 신축한 저택 '맥스 게이트'로 이사

1886년 〈캐스터브리지의 시장〉 출판

1887년 〈숲 사람들〉 출판, 중편 〈알리샤의 일기〉 발표

1888년 소설 〈소설 읽는 법〉 발표, 단편집 〈웨섹스 이야기〉 출판

1890년 소설 〈영국 소설 속의 솔직성〉·〈어느 작가를 논함에 관하여〉·〈맥스 게이트에서 발견된 로마 점령시대의 유물〉을 각각 발표

1891년 단편집 〈귀분인들〉·〈소설의 과학〉 출판. 〈더버빌가의 테스〉·단편 〈아내를 위하여〉 출판

1892년 부친 별세, 〈지복자〉 연재, 소설 〈희곡을 쓰지 않는 이유〉 발표, 모험소설 〈웨스트 폴리에서의 공적〉 발표

1894년 단편집 〈인생의 소풍자〉 출판

1895년 〈비천한 사람 주드〉 출판

1897년 구고(舊稿) 〈지복자〉 출판

1901년 제2시집 〈과거와 현재의 시집〉 출판

1904년 서사비극 〈패자들〉 제1부 출판, 모친 지마이머 별세

1905년 애버딘 대학에서 명예박사 학위 수여

1906년 〈패자들〉 제2부 출판

1908년 〈패자들〉 제3부 출판

1909년 시집 〈세월의 웃음거리〉 출판

1910년 국왕으로부터 유공훈장 추서

1912년 영국 문학협회로부터 생일 축하의 금메달 취득, 부인 엠마와 사별

1913년 캠브리지 대학에서 명예박사 학위 수여. 단편집 〈변모한 사나이〉
출판

1914년 아동문학이며 비서였던 플로렌스 에밀리 닥데일 여사와 재혼, 제
1차 세계대전 시 〈타임즈〉 지에 〈군가〉 발표, 시집 〈경우의 풍자〉
출판

1916년 〈선시집〉 출판, 〈전쟁시〉 발표

1917년 시집 〈환상의 순간〉 출판

1919년 2권의 〈선시집〉 출판

1920년 옥스퍼드 대학에서 명예박사 학위 수여

1922년 〈고이서정시집〉 출판

1923년 영국 황태자, 맥스 게이트 방문

시극 〈콘월 여왕의 비극〉 출판

1927년 〈선시집〉 가필 재판

1928년 1월 11일 맥스 게이트 자택에서 별세, 1월 16일 국장으로 웨스트
민스터 사원의 시인 묘지에 안장됨(그의 심장만은 고인의 유지에
따라 고향에 있는 부인의 무덤 옆에 묻혔다), 별세 후 시집 〈겨울의
소리〉 출판.

테 스

초판 1쇄 인쇄일 ┃ 2012년 1월 15일
초판 1쇄 발행일 ┃ 2012년 1월 20일

지은이 ┃ 토머스 하디
옮긴이 ┃ 이혜민
교정교열 ┃ 이현정
발행처 ┃ 현대문화센타
발행인 ┃ 양장목
출판등록 ┃ 1992년 11월 9일
등록번호 ┃ 제3-448호
주소 ┃ 경기도 고양시 일산동구 백석동 1449-5
대표전화 ┃ 031-907-9690~1   팩시밀리 ┃ 031-813-0695
이메일 ┃ hdpub@hanmail.net
ISBN 978-89-7428-383-4 03840

이 도서의 국립중앙도서관 출판시도서목록(CIP)은 e-CIP홈페이지(http://www.
nl.go.kr/ecip)와 국가자료공동목록시스템(http://www.nl.go.kr/kolisnet)에서
이용하실 수 있습니다.(CIP제어번호: CIP2012000141)